Des jumelles à secourir

Réunis par le danger

Attirance sous tension

AMELIA AUTIN

# Des jumelles à secourir

*Traduction française de*
LUCIE DELPLANQUE

BLACK ROSE

HARLEQUIN

*Collection :* BLACK ROSE

*Titre original :*
A FATHER'S DESPERATE RESCUE



**HARPERCOLLINS FRANCE**
83-85, boulevard Vincent-Auriol, 75646 PARIS CEDEX 13
Service Lectrices — Tél. : 01 45 82 47 47

www.harlequin.fr

ISBN 978-2-2803-6800-1 — ISSN 1950-2753

# Prologue

Lorsque Terrell Blackwood sortit de prison, le lendemain du nouvel an, une limousine avec chauffeur l'attendait devant la porte. Enfin, il allait pouvoir profiter de deux plaisirs dont il avait été privé si longtemps : le luxe de se déplacer librement et celui de profiter à sa guise de son argent. Ses millions ne lui avaient pas servi à grand-chose, en prison. Pire même : sa fortune lui avait coûté cinq ans supplémentaires — pour corruption de gardien —, ajoutés à sa peine à perpétuité, assortie de quinze ans ferme.

Tentative d'homicide. C'était ce qu'avait affirmé ce procureur pompeux lors du procès, bien des années plus tôt ; c'était aussi ce qu'avait conclu le juge chargé de l'affaire. Tentative d'homicide. Aux yeux de Terrell, il s'agissait plus d'une tentative de justice. Car l'homme qui avait assassiné son fils unique, lui, n'avait pas été puni, pas plus que la femme qui avait menti à la barre pour protéger le coupable.

Terrell avait attendu son heure. À présent qu'il était enfin libre, la justice allait finalement pouvoir être rendue. Sabrina Weston avait déjà reçu un châtiment divin — morte sur une table d'opération, dix-sept mois plus tôt —, mais Derek Summers ne s'en sortirait pas à si bon compte. Terrell y veillerait personnellement. Summers allait souffrir le martyre, tout comme Terrell avait souffert pendant près de vingt ans.

— À moi la vengeance, murmura-t-il.

Le Seigneur s'était montré laxiste à l'encontre de Summers, mais cette fois Terrell serait la main de Dieu.

— Vous me parlez, monsieur Blackwood ? demanda le chauffeur en prenant la direction de Minnetonka, dans le Minnesota, où se trouvaient les terres de la famille Blackwood.

— Non, répondit Terrell en se calant sur la banquette confortable, savourant l'odeur du cuir de qualité.

Il se sourit à lui-même. Un sourire froid, calculateur. Un sourire effrayant qui n'annonçait rien de bon pour Derek Summers et ses filles jumelles. Derek Summers que tout le monde connaissait aujourd'hui sous le nom dé Dirk DeWinter.

# 1

Jamais Dirk DeWinter n'avait vu une telle beauté exotique. Ce qui n'était pas peu dire, étant donné qu'il travaillait dans le show business, où les belles femmes ne manquaient pas. Même Bree, sa défunte épouse, une blonde à la beauté classique, aurait fait pâle figure en comparaison.

Ce n'était pas simplement les traits eurasiens délicats de cette femme qui avaient attiré son attention, ni sa peau au grain parfait ou sa silhouette aux courbes douces que soulignait une robe rouge de coupe impeccable. Non, c'était plutôt son attitude : contrairement aux autres femmes présentes, celle-ci ne cherchait pas à capter son regard.

Il savait pourtant qu'elle l'avait vu entrer dans ce club de jazz très branché, situé près de Causeway Bay à Hong Kong ; un club apprécié autant des expatriés britanniques et américains que des amateurs de jazz chinois. Elle l'avait reconnu, comme tout le monde. Lui, la star du cinéma américain, Dirk DeWinter. Pourtant, après avoir trahi un léger étonnement, elle avait redirigé son attention vers l'homme plus âgé qui l'accompagnait et le pianiste de jazz. Étrange.

Il ressentait pour elle une puissante attirance physique, ce qui le surprenait. Pour la première fois depuis une éternité, il se sentait suffisamment attiré par une femme pour avoir envie de tenter quelque chose. Pourtant, il n'était pas du genre dragueur et la jeune femme était déjà en compagnie d'un autre homme.

Cela dit, ça ne coûtait rien de regarder un peu… Ni de se renseigner. Il but une longue gorgée de sa bière Tsingtao — il buvait toujours local, lors de ses déplacements — et se tourna vers le barman.

— Vous savez qui c'est ? La femme à la robe rouge ?

Il n'eut pas besoin d'en dire davantage. Même dans un océan de robes rouges, celle de la femme sortait du lot, avec sa modestie apparente qui soulignait plus qu'elle ne cachait. Le barman chinois reposa le verre qu'il lustrait depuis un moment.

— Le chic absolu de la première table, au milieu ? C'est Mei-li. Je ne connais pas son nom de famille. Elle vient ici de temps en temps. Toujours avec le même type, un Britannique. Lui boit un scotch single malt sec, et elle, une eau gazeuse avec une rondelle de citron.

L'idée qu'elle ne boive pas d'alcool plaisait à Dirk. Lui-même n'était pas un gros buveur et n'avait guère de tolérance pour les ivrognes. L'homme qui accompagnait la jeune femme lui tournait le dos, mais ses cheveux gris trahissaient le fait qu'il était sans doute bien trop vieux pour elle. Dirk n'était cependant pas naïf : elle n'était sans doute pas la première belle jeune femme à s'allier à un riche vieillard. Cela le laissait d'ailleurs un peu perplexe, tout comme le fait qu'elle l'ignorait sciemment.

Il l'observa à la dérobée pendant tout le *set*, profitant de la musique agréable et de ce visage qui le faisait se sentir encore vivant. Un visage qui lui rappelait qu'il avait été plusieurs fois élu « homme le plus sexy du monde » par des magazines un peu futiles. Un visage qui faisait battre son cœur comme jamais depuis la mort de Bree.

Le souvenir de son épouse, décédée quelques années plus tôt, ne parvint même pas à apaiser son désir pour la femme à la robe rouge. Encore un détail surprenant. Il était resté scrupuleusement fidèle à Bree de son vivant et, depuis sa mort, malgré les nombreuses tentations, il n'avait jamais brisé les vœux prononcés lors de leur mariage. Cela n'avait d'ailleurs pas été difficile.

Ce soir, cependant, c'était différent. Ce soir, il était entré dans ce club et l'avait aperçue. Elle. Et il la désirait. Comme un fou. Si elle avait été seule, il aurait fait n'importe quoi pour savoir si sa peau au teint d'or pâle était aussi douce qu'elle en avait l'air.

Mais elle n'était pas seule. Et il n'était pas du genre à s'imposer.

*
* *

*Il te regardait*, remarqua Mei-li, surprise de sentir sa gorge se serrer et son corps réagir comme jamais depuis… *Depuis Sean,* insistait son cerveau. Le regard de cet homme avait suffi à faire dresser le bout de ses seins contre la soie rouge de sa robe. Et son pouls s'était accéléré.

Elle l'avait reconnu — évidemment. Comment ne pas reconnaître Dirk DeWinter ? Elle fut tentée de vérifier s'il la regardait encore, mais elle se rappela mentalement à l'ordre. Elle avait largement passé l'âge de se pâmer pour des acteurs de cinéma. Et pourtant… Il l'avait bel et bien fixée avec ce petit quelque chose dans les yeux.

Elle s'efforçait de ne pas quitter la scène des yeux, de se concentrer sur la musique. *C'est pour ça que tu es là*, se rappela-t-elle à l'ordre. Mais son cœur s'affolait tellement que le sang lui battait aux tempes et qu'elle n'entendait presque plus le pianiste.

Le *set* se termina sous des applaudissements enthousiastes. Le club était bondé et le pianiste était très bon. Lorsque la femme en rouge se tourna vers le bar pour la première fois depuis que leurs regards s'étaient croisés, Dirk vit à son expression qu'elle était surprise de le voir encore là, en train de la regarder.

Il eut un petit sourire, puis leva sa bouteille de bière en un hommage silencieux. Malgré la pénombre, sa réaction ne lui échappa pas. *Ça alors… Aussi belle soit-elle, elle semble sincèrement troublée par mon attention.* Il n'en fut que plus intrigué.

Elle se pencha alors vers l'homme qui l'accompagnait pour lui murmurer quelque chose. L'homme se retourna, aperçut Dirk dans la foule et lui adressa un large sourire.

Second choc pour Dirk. Il connaissait cet homme : c'était le célèbre producteur et réalisateur Sir Joshua Moore. Si Dirk se trouvait à Hong Kong, c'était justement pour tourner avec lui un film d'aventures. Lui qui avait toujours rêvé de travailler avec Josh avait bondi sur l'occasion, même si cela l'avait obligé à déménager pour trois mois, emmenant avec lui ses jumelles.

*Josh n'est-il pas marié ?* se demanda-t-il, en essayant de rassembler les quelques détails qu'il connaissait sur la vie privée de cet homme. Il s'efforçait de ne pas le juger, mais il ne put s'empêcher de ressentir une certaine amertume. La vie était bien injuste. Lui-même aurait tout donné pour que sa femme soit vivante ; il aurait même sacrifié sa célébrité sans hésiter. Cet homme, en revanche, trompait sa femme alors qu'il avait la chance de l'avoir encore.

Josh faisait des signes enthousiastes à Dirk pour l'inviter à leur table, mais celui-ci hésitait. Non seulement il ne voulait pas s'imposer — surtout après les pensées qu'il venait de nourrir sur les fréquentations de Josh ce soir-là —, mais il n'avait surtout pas envie de se retrouver mêlé, de près ou de loin, à cette relation illicite. Sur un plan strictement professionnel, il admirait énormément Josh. L'ensemble de son œuvre était imposant. Dirk ne voulait pas ternir cette admiration avec des détails sordides sur sa vie personnelle.

Ce dernier finit quand même par prendre sa bouteille sur le comptoir pour les rejoindre. Plus il s'approchait de la table, plus son corps réagissait à la présence de la femme en rouge, malgré ses rappels à l'ordre impérieux. *On ne braconne pas sur les terres d'autrui*, se répétait-il. Surtout pas sur les terres d'un homme avec lequel il allait devoir travailler pendant les prochains mois. Mais son corps faisait la sourde oreille. Heureusement, la lumière tamisée du club rendait son excitation moins évidente.

— Dirk ! lança Josh, en se levant pour lui serrer la main. Je ne savais pas que tu étais amateur de jazz, sinon je t'aurais parlé de ce club. Comment l'as-tu découvert ?

— J'ai demandé à mon chauffeur, expliqua Dirk. Celui que vous avez mis à ma disposition.

Poliment, il était resté tourné vers Josh, mais son regard finit par s'échapper vers la femme qui suivait l'échange avec intérêt.

— Mei-li, dit enfin Josh. Je te présente Dirk DeWinter, l'un des meilleurs acteurs du moment. Un vrai professionnel. Dirk, voici ma fille, Mei-li.

Dirk lança un regard surpris à Josh en entendant ces dernières paroles.

— Votre fille ?

La question lui avait échappé. Josh éclata de rire, comme si ce n'était pas la première fois que quelqu'un se méprenait sur sa relation avec la jeune femme. Avant que Josh puisse répondre, Mei-li serra la main tendue de Dirk :

— Certaines femmes pourraient prendre ombrage de vos présomptions, monsieur DeWinter.

Elle avait une voix riche, cultivée, avec le même accent britannique que son père.

— Pour ma part, je trouve juste cela amusant, reprit-elle, sans la moindre lueur de gaieté dans le regard. Si vous rencontrez un jour ma mère, vous comprendrez pourquoi.

Son visage était impassible. Dirk crut d'abord y voir une marque de dédain, comme si elle l'avait jaugé et avait été déçue par cet examen.

— Ma mère est la plus belle femme du monde aux yeux de mon père… et aux miens.

Dirk se retint de porter sa main à ses lèvres.

— Dans ce cas, vous devez lui ressembler, Miss Moore, se contenta-t-il de répondre avec une simplicité naturelle.

— *M'goy*, murmura-t-elle en retirant sa main.

C'était l'un des rares mots que Dirk connaissait en cantonais : « merci ». Il savait pourtant qu'il s'agissait là de pure politesse et qu'elle n'avait guère goûté le compliment. Il sentit même qu'elle se fermait.

Une fois encore, Dirk fut intrigué. La plupart des femmes auraient réagi à ce genre de compliments, mais pas elle. *Elle se fiche de sa propre apparence, comme des hommes qui y sont sensibles.* Pourtant, elle ne devait pas manquer de sollicitations, car la plupart des hommes étaient incapables de résister à tant de beauté et d'élégance. En revanche, cela ne signifiait pas qu'il fallait agir. Bree avait fait de lui un gentleman, et Dirk n'avait pas l'intention d'oublier les leçons durement apprises. Cela, cependant, Mei-li ne le savait pas, car elle ne le connaissait pas.

Malgré son indifférence polie, Dirk eut envie d'en savoir plus sur elle.

— Êtes-vous aussi dans le cinéma, Miss Moore ?

— Un cinéaste dans la famille, c'est bien suffisant, vous ne trouvez pas ? répondit-elle. D'ailleurs, comment rivaliser avec autant de talent ? ajouta-t-elle en adressant à son père un sourire plein de fierté. Non, je suis dét…

Elle fut interrompue par un troupeau de femmes plus ou moins jeunes qui s'approchèrent de leur table.

— Puis-je avoir un autographe, monsieur DeWinter ? balbutia la première en fourrant un papier et un crayon dans les mains de Dirk.

Ce dernier avait une règle sacrée en matière d'autographes : tant qu'il était debout, comme à cet instant, il acceptait de signer. Mais dès qu'il était assis à une table en compagnie d'autres personnes, il refusait poliment, car il ne voulait pas être grossier avec les gens qui l'accompagnaient.

— Excusez-moi un instant, voulez-vous ? murmura-t-il en jetant un regard à Josh et Mei-li.

Il s'éloigna de quelques pas pour gribouiller son nom sur une série interminable de menus et de bouts de papier. Lorsqu'une jeune femme plus audacieuse lui demanda de signer son soutien-gorge, en commençant à tirer sur le décolleté de sa robe, il refusa d'un signe de tête.

— Non, désolé, annonça-t-il poliment malgré le dégoût que lui inspirait ce genre d'indécence.

Ce n'était pas la première fois. Des femmes lui avaient même fait ce genre de demande en présence de Bree, comme si les sentiments de sa femme n'avaient pas d'importance. Comme si des avances évidentes pouvaient être accueillies favorablement par un homme épris de son épouse.

Ce fut d'ailleurs le souvenir de Bree, plus que toute autre chose, qui acheva de convaincre Dirk de ne pas pousser les choses plus loin avec Mei-li. Il avait beau se sentir attiré, il savait que c'était purement physique. *Cela ne sera jamais semblable à ce que je partageais avec Bree.*

Deux semaines plus tard, lorsque Dirk sortit des studios après une longue journée de tournage, les rues de Kowloon, l'une des deux principales zones urbaines de la Région administrative spéciale, ou RAS, de Hong Kong, étaient presque désertes. Les bus à impériale d'habitude omniprésents avaient également disparu. Tout semblait s'être arrêté en prévision du typhon De-De. Il se dirigea vers la Rolls-Royce noire qui devait le ramener au Peninsula Hotel, situé à la pointe du quartier de Tsim Sha Tsui.

— Merci, Patrick, lança-t-il à l'adresse de son chauffeur chinois, un jeune homme de vingt-quatre ans du nom de Shuài « Patrick » Chan, qui vint lui ouvrir la portière.

— À l'hôtel, monsieur DeWinter ?

— Appelez-moi Dirk, lui rappela-t-il.

— Oui, monsieur.

Dirk ne put retenir un sourire. Il n'avait pas encore réussi à convaincre le jeune homme de renoncer à tant de formalités et doutait d'y arriver un jour. C'était pareil avec ses autres employés. Sa gouvernante, Hannah, persistait à l'appeler « monsieur DeWinter », et tout le reste du personnel suivait son exemple.

— Oui, à l'hôtel, reprit Dirk. Les drapeaux ont été hissés. Il vaut mieux ne pas traîner.

S'il ne s'agissait plus vraiment de drapeaux, une alerte de niveau 3 avait cependant été émise un peu plus tôt dans la journée. Cela signifiait que les écoles étaient fermées et que le gouvernement ainsi que les marchés financiers et la majorité du secteur privé avaient cessé toute activité. Une demi-heure plus tôt, l'observatoire de Hong Kong avait publié un avertissement de force 8 SE, ce qui avait convaincu le studio de fermer boutique pour le reste de la journée et de renvoyer tout le monde chez soi.

Le typhon De-De arrivait sur Hong Kong depuis le sud-est, avec un mois d'avance sur la saison des typhons, qui ne commençait en général pas avant le mois de juin. Les transports en commun ne fonctionnaient plus et, malgré les taxis rouges qui circulaient toujours, les rues étaient presque vides.

Une bourrasque violente vint s'abattre sur la limousine qui fit une embardée, projetant Dirk contre la portière.

— Pardon, monsieur, lança Patrick en ramenant rapidement la voiture sur sa voie.

— Pas de problème. Heureusement qu'on ne va pas loin…

Il réfléchit un instant.

— Vous vivez sur l'île de Hong Kong, non ? demanda-t-il.

— Oui, monsieur.

— Vous n'aurez pas le temps de rentrer à temps. Vous devriez rester à l'hôtel. Ma suite est bien assez grande, et je suis sûr que Vanessa et les jumelles seront d'accord.

Vanessa Riordan était la nounou de ses jumelles. Elle s'occupait des filles depuis leur sortie du service de néonatalogie, à l'hôpital Cedars Sinaï de Los Angeles. Dirk avait déjà tenté de la contacter un peu plus tôt, sans obtenir de réponse. Il sortit son smartphone de sa poche et tenta de nouveau d'appeler la suite, puis le portable de Vanessa, toujours sans succès. Étrange.

Dirk croisa le regard de Patrick dans le rétroviseur. Le chauffeur hésitait à accepter sa proposition. Patrick vivait chez ses parents et s'inquiétait sans doute pour eux.

— Appelez vos parents, conseilla-t-il. Je suis sûr qu'ils seront rassurés. Mieux vaut ne pas prendre de risque, non ?

Patrick Chan était étudiant en maîtrise à l'école d'ingénieurs de l'université de Hong Kong, mais il exerçait deux emplois pour financer ses études : il était assistant à l'université et chauffeur de limousines.

En son temps, Dirk avait lui aussi eu jusqu'à trois boulots, dont celui de cascadeur, pour gagner sa croûte. Travailler ne lui avait jamais fait peur. À Bree non plus, d'ailleurs. Autrefois, elle avait accepté toutes sortes de petits boulots et l'avait soutenu pendant qu'il poursuivait ses rêves de gloire. Par fierté, Dirk avait cependant attendu de décrocher son premier grand rôle pour la demander en mariage, afin de pouvoir lui offrir la vie qu'elle méritait.

Son cœur se serra, comme toujours lorsqu'il pensait à Bree. Jamais il ne pourrait oublier, car il avait été puni pour quelque chose qui s'était produit il y a des lustres. Bree était morte et leurs filles avaient failli mourir, elles aussi. Seul un miracle orchestré par les médecins et les infirmières de l'hôpital avait pu maintenir les jumelles prématurées en vie.

La sonnerie de son téléphone retentit. Il sourit en découvrant l'identité de l'appelant.

— Que me vaut l'honneur de votre appel, Votre Majesté ?

La voix son amie Juliana lui répondit, précédée d'un gloussement qui n'avait rien de royal.

— Oh ! Dirk, vieux farceur. Arrête tes simagrées !

Ils continuèrent à plaisanter ainsi pendant quelques minutes, puis Juliana demanda :

— Il paraît qu'un typhon est attendu à Hong Kong ce soir, et je crois me souvenir que tu es en tournage là-bas. Vous êtes en sécurité, les filles et toi ? Et Vanessa et Hannah, bien sûr.

— Hannah n'est pas du voyage. Elle est tombée dans l'escalier et s'est cassé la jambe trois jours avant notre départ.

— Oh non ! Comment va-t-elle ? demanda Juliana, sincèrement peinée, car elle connaissait bien cette dernière.

— Elle est en convalescence dans un centre de rééducation fonctionnelle. Linden et Laurel l'appellent tous les soirs.

Hannah, veuve et sans enfant, avait endossé le rôle de grand-mère d'adoption pour les jumelles, en plus de celui de gouvernante. Ses filles l'adoraient et elle le leur rendait bien.

— Envoie-moi par mail l'adresse et le numéro de téléphone du centre, s'il te plaît, demanda Juliana. Je vais lui faire parvenir des fleurs et une petite carte.

— Je n'y manquerai pas. Et ne t'inquiète pas pour nous, Juliana. Tout ira bien. Merci d'avoir appelé.

— Embrasse les filles de ma part.

Juliana était la marraine des jumelles et elle les aimait de tout son cœur. Soudain, elle ajouta d'une voix teintée de chagrin :

— Les dernières photos que tu m'as envoyées sont superbes, mais bon sang… Elles ressemblent chaque jour un peu plus à Bree.

Dirk sentit sa gorge se serrer sous le coup de l'émotion. Juliana avait été la meilleure amie de Bree.

— Oui, c'est vrai, parvint-il enfin à articuler.

Lorsqu'il raccrocha, Patrick contournait la fontaine devant l'entrée de l'hôtel.

— Trouvez une place de parking, conseilla-t-il à Patrick. Ensuite, vous appellerez vos parents… Même si je connais déjà leur réponse. Nous monterons ensemble.

Il ne fallut qu'une minute à Patrick pour recevoir l'approbation de ses parents. Ceux-ci semblèrent soulagés de savoir leur fils à l'abri.

Dans le hall d'entrée, Dirk se laissa un moment distraire par les préparatifs, en prévision du typhon. La somptueuse baie vitrée en arche avait déjà été recouverte de panneaux de bois, et des sacs de sable étaient empilés le long d'un mur, par mesure de précaution. L'hôtel était situé non loin de Victoria Harbour et un typhon violent pouvait pousser la mer jusqu'à ses portes.

— Je pense à quelque chose, dit Dirk à Patrick en appuyant sur le bouton de l'ascenseur, on ferait mieux de se renseigner sur les consignes de sécurité de l'hôtel et de faire des réserves de nourriture et d'eau dans la suite. Si le courant est coupé, cela nous évitera de monter et descendre les étages dans le noir.

L'ascenseur les emmena jusqu'au vingt-sixième étage, où se trouvait la suite royale, avec chambres communicantes pour les jumelles et la nourrice. Dirk se serait contenté de quelque chose de moins luxueux, mais c'était le studio qui payait. La salle de sport privative, le home cinéma et le piano demi-queue n'étaient cependant pas pour lui déplaire. De plus, la suite était relativement isolée du reste de l'hôtel. Avant de devenir père lui-même, Dirk s'était souvent demandé pourquoi les parents ne faisaient pas plus d'efforts pour empêcher leurs enfants de semer la panique partout où ils allaient. À présent, il savait que c'était mission quasi impossible. Cela dit, dans la mesure du possible, il essayait de ne pas imposer la présence de ses filles aux autres clients de l'hôtel.

En pénétrant dans la suite, il fut tout de suite saisi par le calme inhabituel qui y régnait. En général, les filles avaient fini leur sieste, à cette heure. Il pensait les trouver dans le salon, en compagnie de Vanessa et du garde du corps — l'un des trois qui accompagnaient Dirk et sa famille à Hong Kong. Les jumelles aimaient passer de longs moments le nez collé contre la baie vitrée, à regarder la baie et les bateaux, tout en barbouillant le verre de leurs doigts en général collants.

Le vaste salon était vide. L'une des petites chaises installées près d'une table basse devant la baie était renversée... D'autres détails lui sautèrent aux yeux. Le sac à langer, que Vanessa laissait en général près de la porte, n'était pas là. En revanche, la poussette double se trouvait à sa place habituelle et le sac à main de Vanessa était posé sur le petit guéridon du vestibule. Vanessa pouvait peut-être porter une des jumelles dans ses bras, mais pas les deux. Pas longtemps, en tout cas. Et même si Chet Ritter, le garde du corps de service ce jour-là, avait pu porter la seconde petite fille, il savait que Vanessa ne sortait jamais sans son sac à main.

Une odeur étrange flottait dans l'air — un effluve un peu écœurant que Dirk ne parvenait pas à reconnaître.

Soudain, il entendit un bruit. Un son étrange et étouffé, accompagné de coups sourds, en provenance de la chambre des filles. Il traversa le salon, Patrick sur ses talons, sentant un éclair de terreur le traverser. Dans la chambre, Vanessa et Chet étaient allongés sur le sol, les mains liées dans le dos avec du ruban adhésif. Leurs chevilles étaient également attachées et ils étaient bâillonnés de la même façon. Le bruit étouffé était émis par Vanessa, à travers son bâillon. De ses pieds liés, elle frappait le sol moquetté, dans l'espoir d'attirer l'attention de quelqu'un à l'étage inférieur.

En revanche, nulle trace de Linden et Laurel.

# 2

— Chet ! s'écria Vanessa dès que Dirk lui eut retiré son bâillon.

Elle toussa, déglutit avec peine, puis ajouta :

— Ils l'ont assommé quand ils ont pris les filles, monsieur...

Elle fut secouée par un violent sanglot.

— Quand ? demanda brusquement Dirk.

Il lui tint les poignets pendant que Patrick tranchait ses liens avec un couteau qu'il avait sorti de sa poche. Lorsque Vanessa fut libérée, Dirk l'aida à s'asseoir. Elle frotta ses avant-bras douloureux afin de rétablir la circulation sanguine tandis que Patrick faisait de même avec ses chevilles.

Les deux hommes s'occupèrent ensuite de Chet. Un hématome bleuâtre sur son front indiquait qu'il avait été assommé avant d'être ligoté.

— Que s'est-il passé ? demanda Dirk. Quand est-ce arrivé ?

Vanessa fut la première à répondre :

— Il y a deux heures environ. Je crois... Je ne suis pas sûre, mais... J'ai cru que c'était le garçon d'étage avec notre déjeuner quand la sonnette a retenti.

— La sonnette de l'entrée de la suite ? demanda Dirk, interloqué. Pas la porte de service de la cuisine ?

Vanessa le regarda un moment sans comprendre, puis s'exclama :

— Oh ! Je n'y avais pas pensé... Mais oui, c'était la porte d'entrée. C'est Chet qui a ouvert et avant que j'aie le temps de comprendre ce qui se passait, deux hommes sont entrés et l'ont assommé. L'un d'eux était chinois...

— Est-ce que... ? commença Dirk.

— Non, je ne les avais jamais vus. Mais je les reconnaîtrai si je les croise à nouveau. Surtout l'autre. Celui avec un revolver.

Elle frissonna.

— Son regard était… si froid.

— Ont-ils laissé un message ? Une demande de rançon ?

Le cerveau de Dirk fonctionnait à plein régime, alors qu'une sueur glacée lui coulait dans le dos à l'idée que ses filles — les filles de Bree — se trouvaient aux mains de ravisseurs. *C'est ta faute*. Sa conscience ne tarda pas à entrer dans la danse. *Tu n'as pas réussi à les protéger. Comme tu as échoué à sauver Bree.*

— Non, répondit Vanessa. Pas dans cette pièce, en tout cas. Et dans le salon ?

— Rien.

Dirk bondit sur ses pieds et sortit son téléphone de sa poche. Il fit rapidement défiler ses contacts, jusqu'à trouver le numéro du consulat américain à Hong Kong et Macao, qu'on lui avait conseillé d'enregistrer pour la durée de son séjour.

— Monsieur DeWinter ? appela Chet d'une voix timide.

Dirk le fit taire d'un geste impatient. Il laissa sonner longtemps, sans résultat. Enfin, on répondit, mais le soulagement de Dirk fut de courte durée quand il entendit un répondeur se mettre en route :

« En raison du typhon qui se prépare, le consulat américain à Hong Kong et Macao est fermé jusqu'à nouvel ordre. Nous espérons reprendre nos activités habituelles dès que le typhon sera passé. Nous vous invitons cependant à reprendre contact avec nous par téléphone avant de vous déplacer jusqu'à nos locaux. En cas d'urgence, merci de contacter la police de Hong Kong ou de Macao… »

Dirk raccrocha avant la fin du message et leva les yeux vers Patrick.

— Le consulat est fermé à cause du typhon, expliqua-t-il simplement. Le message conseille d'appeler la police en cas d'urgence. Vous n'auriez pas leur numéro, par hasard ? Sinon, je…

— Pas la police ! s'écria Vanessa, prise de panique. Les ravisseurs ont dit que si vous appeliez la police, ils tueraient les filles et jetteraient leurs corps dans le port !

Patrick approuva à contrecœur.

— Elle n'a pas tort, monsieur. Vous ne savez rien de ces

kidnappeurs. Ils ont peut-être soudoyé quelqu'un dans la police pour être mis au courant. C'est trop risqué.

Il se mordit pensivement la lèvre, puis ajouta :

— Le paiement de rançon est une affaire délicate à Hong Kong. Autrefois, c'était illégal, mais aujourd'hui il existe des négociateurs professionnels qui agissent presque toujours avant que la police soit avertie.

Vanessa se leva avec peine et prit Dirk par le bras.

— Les ravisseurs ont dit que le seul moyen pour vous de revoir vos filles vivantes, c'était d'attendre qu'ils vous contactent et de suivre leurs instructions à la lettre.

— Ils savent que je vais payer…, marmonna Dirk d'une voix brisée.

Il prit un instant pour se calmer.

— Je suis prêt à payer n'importe quel prix pour retrouver mes filles. Mais je ne peux pas rester sans rien…

— Quelqu'un dans ma famille est détective privé, proposa alors Patrick. Voulez-vous que… ?

— Je ne sais pas si…, commença Vanessa.

— Appelez, ordonna Dirk après une seconde d'hésitation.

Il était hors de question d'enfreindre les ordres des ravisseurs en appelant la police… Du moins, pour l'instant. Il était cependant assez malin pour savoir que le paiement d'une rançon, quel qu'en soit le montant, ne garantirait en rien le retour de ses filles — mortes ou vivantes. Il devait agir. Sa vie n'aurait plus de sens s'il arrivait quoi que ce soit à Linden et Laurel.

Dirk tendit une main à Chet pour l'aider à se relever, puis guida la nounou et le garde du corps jusqu'au salon, pendant que Patrick téléphonait au détective.

— De quoi d'autre vous souvenez-vous ? demanda-t-il quand Vanessa se fut installée sur le canapé.

Il s'empara d'un bloc-notes et d'un crayon qui traînaient sur la table.

— Écrivez tout ce qui vous revient à l'esprit, tant que c'est encore frais.

Il se tourna ensuite vers Chet, qui attendait debout près du canapé, et lui fit signe de s'asseoir.

— Je sais que vous avez perdu connaissance, mais vous rappelez-vous quoi que ce soit, avant qu'ils vous assomment ?

— Je ne me souviens même plus d'avoir ouvert la porte, répondit-il. Vanessa dit que je l'ai fait, donc ça doit être vrai, mais…

Il toucha avec précaution la bosse sur son front.

— Quand j'ai repris connaissance, j'étais sur le sol de la chambre des filles, ligoté et bâillonné à côté de Vanessa. Les jumelles avaient déjà disparu.

Patrick entra dans le salon en annonçant :

— C'est bon. En taxi, ça ne devrait pas lui prendre plus de quinze minutes… À condition que les taxis roulent toujours.

Dirk se tourna de nouveau vers Vanessa.

— Seriez-vous capable de les décrire ?

Avant qu'elle puisse répondre, il s'adressa de nouveau à Patrick :

— Linden et Laurel n'aiment pas trop les inconnus. Elles devaient certainement pleurer. Je me demande comment les ravisseurs ont pu sortir sans se faire remarquer.

— Je suis prêt à parier que vos filles n'étaient pas conscientes quand elles sont sorties d'ici. Les ravisseurs n'auront pas pris de risques.

— Du chloroforme, marmonna Dirk avec un frisson. C'est ça, l'odeur que j'ai sentie en entrant.

Une colère froide s'empara de lui.

— Ces salauds ont chloroformé mes petites filles pour de l'argent…

Son téléphone sonna. Il décrocha aussitôt, bien que l'identité de l'appelant soit masquée.

— Allô !

— Monsieur DeWinter ? demanda une voix menaçante à l'accent américain.

— Oui ?

— Nous avons vos filles.

Dirk inspira profondément pour apaiser la fureur qui le gagnait.

— Quel que soit votre prix, je paierai.

— Évidemment, monsieur DeWinter. Evidemment.

— Combien ?

Il s'efforçait de maîtriser ses émotions et de rester concentré.

Son cerveau était déjà en train de faire des calculs fous quand il ajouta :

— Il faudra cependant me laisser un peu de temps. Tout est fermé, ici… À cause du typhon. Mais je peux vous faire un virement depuis les États-Unis demain…

La voix glaciale lui coupa la parole :

— Nous vous contacterons avec les instructions. Combien, quand et où. Ne vous inquiétez pas, vous aurez tout le temps nécessaire. La seule chose que vous ayez besoin de savoir, pour l'instant, c'est que si vous appelez la police, vos filles sont mortes.

— Je n'ai pas appelé, s'empressa-t-il de dire, bénissant Vanessa et Patrick.

— Très bien, monsieur DeWinter. Ou devrais-je dire… monsieur Summers ?

Dirk sentit ses jambes céder sous lui et il s'assit dans le fauteuil le plus proche.

— Que voulez-vous dire ? chuchota-t-il.

— Terrell Blackwood vous salue bien.

La communication fut coupée. Dirk ferma les yeux.

— Elles sont mortes, chuchota-t-il en s'efforçant de repousser cette éventualité. Oh ! mon Dieu, elles sont mortes…

Un très vieux souvenir refit surface. Terrell Blackwood l'invectivant à travers la salle du tribunal :

« Tu me le paieras, Summers ! Avec ton sang ! »

Il avait déjà payé. Il le faisait chaque jour de sa vie. Il portait la culpabilité de ses actes. Jusqu'à la mort de Bree, il avait réussi à contenir sa conscience, à se convaincre de la pureté de ses motifs.

Tout cela, il était prêt à l'accepter. Ce qu'il ne supportait pas, en revanche, c'était que Bree aussi avait payé, alors qu'elle était totalement innocente. Tout comme ses filles. Un autre souvenir lui revint en mémoire : il se revit, fou de chagrin, en train de sangloter dans les bras de Juliana, à l'enterrement de Bree. *C'est mon châtiment. Dieu me punit, mais c'est elle qui a payé.* Si quoi que ce soit arrivait à Linden et Laurel par sa faute… Il ne le supporterait pas.

Vanessa, Chet et Patrick le regardaient d'un air étrange, mais ce fut Vanessa qui parla la première :

— Comment ça… elles sont mortes ? C'est… C'est impossible. C'est…

Elle se tut, incapable de finir sa phrase. Dirk s'apprêtait à répondre, mais la sonnette de la suite retentit. Patrick se dirigea vers l'entrée, mais Dirk fut plus rapide. Il ouvrit brusquement la porte et contempla d'un air stupéfait la belle Eurasienne aux cheveux noirs qui se tenait devant lui. La femme à la robe rouge dont il avait fait la connaissance deux semaines plus tôt. La femme qui hantait ses rêves. Mei-li Moore.

— Oui ? balbutia-t-il, n'ayant pas la moindre idée de ce qu'elle faisait ici. Que puis-je pour vous, Miss Moore ?

— Je crois que c'est plutôt moi qui peux quelque chose pour vous, monsieur DeWinter, répondit-elle avec un sourire. Mon cousin m'a dit que vous aviez besoin de mon aide.

Patrick s'avança alors et s'écria :

— Mei-li ! Merci d'être venue si vite !

Il prit la jeune femme par le bras, la fit entrer dans la suite et referma la porte derrière elle. Abasourdi, Dirk contempla Mei-li sans rien dire. Il n'était pas sexiste, loin de là, mais quand Patrick avait parlé de détective privé, il avait pensé… Il avait conclu qu'il s'agissait d'un homme. Surtout ici, à Hong Kong, où l'égalité hommes-femmes était loin d'être acquise.

Soudain, il se rendit compte que ce pouvait être un réel avantage. Si les ravisseurs le surveillaient, comme le suggéraient les menaces exprimées à Vanessa, ils ne se douteraient pas que Mei-li était un détective privé travaillant sur l'affaire.

À condition que ses filles ne soient pas déjà mortes.

Quoi qu'il en soit, le nom de Terrell Blackwood ne laissait rien présager de bon et il ne fallut pas longtemps à Dirk pour comprendre que la rançon n'était sans doute pas le seul motif de l'enlèvement. Loin de là.

— Monsieur DeWinter ? l'interpella la fille de Sir Joshua Moore. Il faut me communiquer tout ce que vous savez aussi vite que possible. Patrick ne m'a pas dit grand-chose au téléphone. Simplement que les ravisseurs vous ont conseillé de ne pas appeler la police et que vous ne l'avez pas fait. Est-ce exact ?

— Oui.

— Je pense que c'est plus sage, en effet. Pour l'instant.

Elle sortit un carnet et un crayon de l'énorme sac à main qui pendait à son épaule, puis désigna le salon.

— Asseyons-nous, voulez-vous ? Je veux tout entendre depuis le début.

Il ne fallut pas longtemps à Chet pour réexpliquer qu'il n'avait rien vu et ne se souvenait de rien, et à Vanessa pour répéter le peu qu'elle savait. Pendant ce temps, Dirk s'efforçait de mettre un semblant d'ordre dans ses pensées. Il devait parler de l'appel téléphonique qu'il avait reçu à Mei-li. Et de Terrell Blackwood. Et des raisons que Blackwood avait de se venger.

Mei-li écoutait avec attention ce que Vanessa lui racontait — et ce qu'elle ne disait pas. C'était sa routine habituelle. Elle avait des questions, tout un tas de questions, mais parfois on obtenait plus de réponses en laissant simplement les gens parler. Surtout quand le silence s'installe et que la personne en face de vous ressent le besoin désespéré de le combler... Parfois, cela occasionnait des révélations étonnantes et Mei-li avait pour habitude de ne jamais briser le flux. Vanessa finit cependant par épuiser ses ressources.

— Voilà, c'est tout. C'est tout ce dont je me souviens.

Mei-li savait que c'était peu probable. Les témoins, même les plus coopératifs, racontaient rarement tout. Vraiment tout. Ils faisaient de leur mieux pour relater ce qui leur semblait le plus important, sans se rendre compte que c'était justement les détails qui permettaient de résoudre une affaire. Parfois, également, ils se souvenaient d'une information importante longtemps après les faits.

Mei-li prenait beaucoup de notes avec ses propres codes cryptiques et ne posa que quelques questions.

— Vous voulez bien essayer quelque chose ? demanda-t-elle soudain.

— Bien sûr, répondit Vanessa.

— Fermez les yeux, voulez-vous ? Parfois, les événements sont plus clairs dans notre esprit si on ferme les yeux pour se les représenter.

— D'accord, répondit Vanessa après une infime hésitation.

Mei-li remarqua l'hésitation, mais n'en tira aucune conclusion. Elle attendit que Vanessa ferme les yeux.

— Merci. Où étaient les filles quand Chet est allé ouvrir ?

— Dans la chambre. Elles… Elles faisaient la sieste.

L'œil vif de Mei-li fit rapidement le tour de la pièce et elle nota quelques mots sur son carnet.

— Je voudrais que vous me décriviez tout ce qui s'est passé, depuis le moment où la porte a été ouverte. Étape par étape.

— Je ne voyais pas vraiment la porte de là où je me tenais. L'un des hommes a dû frapper Chet à la tête, parce que je l'ai entendu crier, puis je l'ai vu s'effondrer juste devant la sculpture du vestibule. Avant que j'aie le temps de réagir, les deux hommes étaient dans le salon. L'un d'eux était armé. Il m'a mise en joue et m'a demandé où se trouvaient les filles. Il a menacé de me tuer si je refusais de coopérer… Je l'ai cru.

Mei-li gribouilla de nouveau quelques signes étranges, puis demanda d'une voix tranquille :

— Vous avez donc vu leur visage ?

— Non, non, répondit Vanessa. Seulement leurs yeux. Ils portaient tous les deux des cagoules noires.

— Mais vous saviez que l'un était chinois et l'autre, pas.

— Oui. Les yeux. Vous savez, la forme des yeux.

Vanessa s'éclaircit la gorge.

— Enfin… L'un était asiatique, en tout cas. J'ai pensé qu'il était chinois, mais…

— D'accord, poursuivit Mei-li, toujours d'un ton calme et rassurant. Vous êtes dans la chambre des filles. Et ensuite ?

— Ils… Ils m'ont forcée à m'allonger et m'ont ligotée avec de l'adhésif. Et ils m'ont bâillonnée.

— Lequel des deux ?

— C'est l'Asiatique qui avait l'adhésif. L'autre… celui avec le revolver… me tenait.

Son visage se crispa, comme si elle s'efforçait de se rappeler chaque détail.

— Ils sont ressortis, puis sont revenus au bout d'une minute en tirant Chet par les pieds. Il était toujours évanoui et je… Je ne savais même pas s'il était encore vivant, ajouta-t-elle dans un sanglot.

Vanessa prit quelques secondes pour se calmer, avant de poursuivre :

— Ils l'ont ligoté, puis l'homme avec le revolver a retourné Chet du pied. Il n'a pas… Il n'a pas été très doux.

Mei-li attendit, mais rien ne vint.

— Vous êtes sur le sol, ligotée et bâillonnée, mais vous pouvez voir les deux hommes. Et les entendre. Lequel des deux commande ?

— Celui avec le revolver, je crois… C'est lui qui donnait les ordres.

— Est-ce qu'ils utilisaient des noms quand ils se parlaient ? Non, n'ouvrez pas les yeux. Écoutez mes questions et répondez du mieux que vous pouvez, mais gardez les yeux clos, afin de visualiser la scène.

Elle attendit quelques secondes.

— Alors, avez-vous entendu un nom ?

Vanessa fit signe que non.

— Ont-ils chloroformé les filles dans leur lit ou les ont-ils d'abord sorties avant de les chloroformer ?

— D'abord le chloroforme.

— Qui a pris chaque fille ?

Une fois encore, Vanessa cligna des yeux.

— L'Asiatique a pris Linden. L'autre a pris Laurel.

Mei-li attendit quelques secondes avant de demander d'une voix douce :

— Pourquoi ne vous ont-ils pas endormie, vous aussi ?

# 3

Vanessa ouvrit brusquement les yeux. L'espace d'une seconde, elle eut l'expression d'une biche prise dans les phares d'un camion. La question l'avait prise de court. Mei-li attendit un instant avant de poursuivre :

— Pourquoi ne vous ont-ils pas assommée, comme Chet ? Cela n'a pas de sens.

— Je… Je n'en ai pas la moindre idée, balbutia Vanessa, avant d'affirmer d'une voix plus assurée : Cela n'a peut-être pas de sens, mais c'est ce qui s'est passé.

Mei-li sourit. Un sourire désarmant, pensa Dirk qui ne fut cependant pas aussi dupe que Vanessa.

— On n'obtient jamais toutes les réponses, expliqua Mei-li, sur le ton de la confidence. Mais je devais poser la question.

Elle se tournait vers Dirk lorsqu'une violente bourrasque frappa l'hôtel de plein fouet. Le bâtiment vacilla sous l'assaut. La pièce était à présent plongée dans la pénombre, car le ciel s'était obscurci. Tout le monde se tourna vers la baie vitrée du salon. Au même moment, le ciel sembla crever comme une outre et une trombe d'eau s'abattit sur la ville. Dirk jura dans sa barbe. Il avait oublié ce maudit typhon.

— Ces fenêtres rendent la suite très vulnérable.

Il regarda Patrick d'un air désolé :

— Moi qui croyais que vous seriez plus en sécurité ici.

— Je suis heureux d'être resté, répondit Patrick. Et d'avoir pu vous être utile pour…

Il eut un geste vague en direction de Mei-li et des autres. Soudain, le téléphone de la suite se mit à sonner, faisant sursauter tout le monde. L'espace d'une pénible seconde, Dirk eut la certitude qu'il s'agissait de nouveau des ravisseurs.

— Oui ? aboya-t-il en décrochant.

— Monsieur DeWinter ? demanda une voix avec un fort accent britannique. Je suis le concierge de l'hôtel.

— Oui ? De quoi s'agit-il ?

— Nous sommes désolés de vous déranger, mais l'Observatoire de Hong Kong vient d'émettre une alerte de niveau 9, annonçant des rafales encore plus violentes. Même si rien n'indique que Hong Kong se trouvera sur la trajectoire directe du typhon De-De… Ce qui signifierait une alerte de niveau 10… Nous préférons demander à tous nos clients de bien vouloir descendre au rez-de-chaussée de l'hôtel, jusqu'à ce que le temps se calme. Nous avons bien conscience du dérangement que cela implique pour vous, mais nous espérons adoucir cette difficulté en mettant gracieusement à votre disposition les restaurants de l'hôtel pour vos repas.

— Je comprends.

— Nous vous recommandons également d'emporter les médicaments dont vous pourriez avoir besoin, ainsi que des vêtements de rechange, des couvertures, des oreillers… Tout ce qui pourrait vous être nécessaire dans l'immédiat. En cas de coupure de courant, il deviendrait délicat d'atteindre votre étage sans ascenseur.

*Vingt-six étages ? Plutôt délicat, en effet*, pensa Dirk avec une ironie mordante. *Ces Britanniques sont vraiment les rois de l'euphémisme.*

— Je vous remercie. Nous descendons.

— Merci, monsieur DeWinter. Avez-vous besoin de quoi que ce soit pour vous ou votre famille ? Nous comprenons bien que ce genre de situation peut être particulièrement éprouvante pour les familles avec des enfants en bas âge.

Dirk sentit son cœur se serrer en se souvenant que ses filles n'étaient justement pas avec lui, mais il s'éclaircit la gorge et répondit :

— Nous n'avons besoin de rien, je vous remercie.

— N'hésitez pas à solliciter notre personnel si vous avez

besoin de quoi que ce soit. Une fois encore, nous vous prions de nous excuser pour ce désagrément.

Après avoir raccroché, Dirk s'adressa aux autres :

— Le typhon est passé d'un T8 à un T9 et la direction de l'hôtel veut que nous descendions au rez-de-chaussée.

Il s'approcha des fenêtres.

— Descendons les stores. Ça ne nous protégera pas si la vitre vole en éclats, mais cela limitera les dégâts en notre absence.

Puis il s'adressa à la nounou :

— Vanessa, prévoyez des vêtements de rechange. Pas question de monter vingt-six étages à pied pour une paire de chaussettes. Prenez aussi votre oreiller et votre couverture.

Quand elle sortit, il se tourna vers Chet.

— Votre hôtel se trouve à quelques rues d'ici, c'est ça ?

— Oui, sur Nathan Road, répondit-il avec une grimace. Mais je n'ai pas très envie de me risquer dehors ce soir. Pas même en taxi.

— Je ne l'envisageais pas. Je peux vous prêter des vêtements. Ils ne vous iront sans doute pas très bien mais, étant donné la situation, cela n'a pas d'importance.

Il regarda soudain Mei-li.

— Je vous prie de m'excuser, dit-il d'un ton contrit. Mon cerveau ne fonctionne pas encore correctement. Vanessa devrait pouvoir vous prêter quelques vêtements de rechange. Je vais aller lui dem…

— J'ai prévu ce qu'il faut, l'interrompit Mei-li en désignant son gros sac à main posé sur le canapé. Quand Patrick a appelé, j'ai emporté quelques affaires, au cas où. Ne vous inquiétez pas pour moi. Mais Patrick va sans doute avoir besoin de vous en emprunter…

L'idée de son cousin d'un mètre soixante-quinze dans les habits de Dirk, qui mesurait un mètre quatre-vingt-dix, sembla l'amuser un instant, mais elle se reprit et lança à Dirk un regard sans équivoque : elle voulait lui parler en privé.

— Patrick n'a qu'à se servir dans ma penderie, annonça Dirk, avant de se tourner vers Chet : Allez tous les deux dans ma chambre pour chercher ce dont vous avez besoin. Je prendrai quelques affaires quand vous aurez fini. Oh… et, Chet, appelez Rafe et Mike, voulez-vous ?

Les deux autres gardes du corps venus des États-Unis n'étaient pas de service ce jour-là.

— Expliquez-leur la situation, mais demandez-leur de ne pas bouger jusqu'à ce que le cyclone soit passé. Je ne veux pas qu'ils prennent des risques inutiles en venant ici.

Dès qu'ils furent seuls dans le salon, Mei-li murmura rapidement :

— Je vais être brève : ne dites *rien* devant Vanessa ou Chet. Je vous expliquerai plus tard, mais Vanessa ne dit pas la vérité. En tout cas, pas toute la vérité. Pas encore. Elle se sent peut-être coupable… Peut-être aurait-elle voulu en faire plus pour arrêter les ravisseurs… C'est une possibilité, mais il y en a d'autres. Tant que nous ne sommes pas sûrs, il vaut mieux garder nos suppositions pour nous. Car, si elle ment, il est possible que Chet aussi mente.

Dirk fronça les sourcils.

— Pourquoi dites-vous cela ? Il n'a quand même pas inventé ce bleu sur son front… J'ai assez vu de mauvais maquillages dans mon métier pour faire la différence.

— Chut ! répondit Mei-li tandis que Vanessa revenait dans le salon, un petit sac à la main.

Mei-li rangea son carnet et son crayon.

— Je suis prête à descendre avec vous, monsieur DeWinter.

Dirk était troublé par les affirmations de Mei-li, mais il était trop bon acteur pour ne pas réussir à le cacher. Il jeta un rapide coup d'œil à Vanessa et comprit aussitôt que Mei-li avait dit vrai : Vanessa leur cachait quelque chose.

Ils dînèrent tous les cinq au restaurant du premier étage : La Lune de printemps. Le typhon faisait rage dehors. Ils entendaient le vent hurler et la pluie cingler le bâtiment avec force, mais le Peninsula Hotel en avait vu d'autres et le personnel se comportait comme si de rien n'était. Tant que l'électricité n'était pas coupée, des clients restaient des clients, et il fallait bien nourrir tout ce monde.

La normalité apparente de la situation semblait bizarre à

Dirk, malgré les couvertures et oreillers empilés près des tables. Ce n'était cependant pas l'idée de passer la nuit par terre qui le rendait nerveux. Comment manger alors que ses filles avaient disparu ? Mei-li lui murmura à l'oreille :

— Il n'y a rien à faire tant que le typhon n'est pas passé. Ce serait du suicide de sortir maintenant.

— Je sais, répondit-il d'une voix étouffée par l'émotion.

— Jeûner ne vous mènera à rien, monsieur DeWinter, ajouta-t-elle avant de commander le homard et sa bisque, servis avec du riz croustillant.

Elle avait raison.

— La même chose, annonça-t-il, sans regarder le menu.

Il devait prendre des forces, ne serait-ce que pour s'occuper des ravisseurs quand il les retrouverait. Parce qu'il les retrouverait. Cela ne faisait aucun doute. Il ne connaîtrait pas de repos tant qu'il n'aurait pas récupéré ses filles. Tant que les ravisseurs, y compris Terrell Blackwood, ne seraient pas soumis à la justice… La justice d'un père.

Il devait s'entretenir en privé avec Mei-li, pour lui expliquer ce qui s'était passé vingt ans plus tôt et pourquoi Terrell Blackwood avait organisé ce kidnapping. Et aussi, pourquoi la rançon n'était sans doute pas sa motivation première.

Le téléphone jetable de Terrell Blackwood sonna trois fois avant qu'il puisse s'extraire de son rêve. Il jeta un coup d'œil au radio-réveil : 5 heures du matin.

— Allô !

— Nous avons deux colis pour vous, annonça une voix froide.

Son cœur se serra. Il comprenait parfaitement la signification de cette phrase convenue à l'avance : les filles de Summers se trouvaient à présent entre les mains de ses hommes.

— Cependant, il y a un problème…

— Comment ça ?

— Rien de grave, mais nous n'avons pas encore été en mesure de les expédier, comme prévu. Hong Kong est bouclé à cause d'un typhon. Tous les vols sont annulés.

Un typhon. L'expédition des colis signifiait que les deux filles de Summers devaient être remises aux pilotes censés quitter rapidement Hong Kong à bord d'un avion privé à destination de Manille, aux Philippines, puis de Jakarta en Indonésie, avant de gagner Perth, en Australie, puis enfin — et c'était là la partie la plus épineuse du plan — les États-Unis. Là, les petites filles devaient être vendues sur le marché noir de l'adoption. Le prix de la transaction était ridicule, en comparaison du coût total de l'opération, mais l'argent importait peu. Seule comptait la vengeance.

Terrell avait tenté de tuer Derek Summers, voilà bien des années... Mais il avait échoué. Chaque jour passé en prison, il avait rêvé de vengeance et imaginé la façon dont il le tuerait de ses propres mains... Une fois libre. Puis, les filles de Summers étaient nées et cela avait été une révélation.

Il avait compris qu'il pouvait infliger à Summers la même souffrance que lui avait causée la perte de son enfant unique. Summers allait enfin payer... Pour l'éternité.

Au départ, Terrell avait pensé tuer les petites filles, tout comme Summers avait tué Lyon. Œil pour œil. Mais il n'avait pu s'y résoudre. Il aurait pu tuer Summers lui-même, parce que cela n'aurait été que justice. Mais tuer les filles de Summers... Non, cela n'avait rien à voir avec la justice.

D'ailleurs, la mort de ses filles, aussi horrible soit-elle, n'aurait pas suffi. Summers aurait porté le deuil et aurait fini par accepter cette réalité. Et Terrell s'était juré que Terrell ne connaîtrait jamais le repos.

Non, son nouveau plan était bien meilleur. Pas de corps, pas de deuil, impossible de tourner la page. Summers ne saurait jamais vraiment ce qui s'était passé. Terrell pourrait remuer le couteau dans la plaie indéfiniment, torturer Summers jour après jour. Il aurait beau remuer ciel et terre dans Hong Kong... En vain. Il pourrait payer la rançon — ce qu'il ne manquerait pas de faire —, cela ne changerait rien. Jamais plus il ne reverrait ses filles. Mortes ou vivantes.

*
* *

En plein milieu du repas, Dirk se leva en s'excusant.

— Je dois appeler ma gouvernante à Hollywood, expliqua-t-il. Pour lui annoncer ce qui s'est passé tant que mon téléphone fonctionne encore.

— Vous pensez que c'est une bonne idée ? demanda soudain Vanessa. Et si la nouvelle se répandait ? Je croyais que vous vouliez rester discret.

Chet semblait approuver. Vanessa s'empressa d'ajouter :

— Je ne crains pas que Hannah parle de façon délibérée de cette affaire. Mais, on ne sait jamais, si par inadvertance…

— Hannah travaille pour moi depuis de nombreuses années, répliqua Dirk.

*Depuis bien plus longtemps que vous deux*, ajouta-t-il pour lui-même, avant de reprendre d'une voix dure :

— Et jamais elle n'a transmis la moindre information à la presse, de façon délibérée ou non. Elle aime Linden et Laurel comme si elle était leur grand-mère et il est hors de question qu'elle ne soit pas informée de la situation.

Mei-li se leva à son tour.

— Je dois aller me rafraîchir un peu, murmura-t-elle en s'emparant de son sac.

Cependant, elle lança à Dirk un regard éloquent. Il ne s'agissait que d'une excuse pour s'entretenir avec lui en privé, loin des oreilles indiscrètes de Vanessa et Chet.

— Dites au serveur de ne pas débarrasser, ajouta-t-elle à l'adresse de Vanessa. Nous n'en aurons pas pour longtemps.

À peine sorti du restaurant, Dirk sortit son téléphone, mais Mei-li lui fit signe d'attendre.

— Pas ici, expliqua-t-elle. Allons dans le hall d'entrée.

Lorsqu'ils arrivèrent au rez-de-chaussée, elle regarda rapidement autour d'elle, puis désigna un coin tranquille près d'une des grandes baies vitrées en ogive qui avaient été recouvertes de panneaux protecteurs.

— Par ici.

Ce que Dirk avait à annoncer à Hannah ne prenait qu'une

minute, mais l'appel dura plus longtemps, car la connexion n'était pas bonne. Hannah éclata en sanglots.

— Oh ! monsieur DeWinter ! s'exclama-t-elle. Si seulement j'avais pu être à vos côtés.

— Qu'auriez-vous pu faire de plus que Vanessa et Chet ?

— Je ne sais pas, dit alors la gouvernante. Mais je n'aurais sans doute pas laissé les ravisseurs partir sans me battre.

Hannah s'en voulait de ne pas être partie avec eux. Elle en voulait aussi à Vanessa, qu'elle estimait trop jeune pour cet emploi depuis le début. Cependant, cette dernière s'était présentée avec d'excellentes recommandations et Dirk était pressé. Vanessa était sincèrement attachée aux jumelles et, si Linden et Laurel n'étaient pas aussi attachées à elle qu'à Hannah, il existait un lien indéniable entre elles.

— Si seulement je ne m'étais pas cassé la jambe ! gémit Hannah. Si seulement…

— C'était un accident, lui rappela Dirk. Ça arrive à tout le monde. Et vous savez que les vieux os sont plus fragiles, ajouta-t-il avec un petit sourire dans la voix.

Il aimait taquiner Hannah, qui était restée très jeune d'esprit, mais avait du mal à accepter les limites que son âge commençait à lui imposer. Il espérait ainsi la distraire de sa culpabilité.

— Je sais, mais je ne suis pas aussi maladroite d'habitude. Je sais que je n'ai plus un squelette de vingt ans, et c'est même pour ça que je suis toujours très prudente. Je ne comprends pas comment j'ai pu trébucher de la sorte.

Elle ne se laissait pas distraire aussi facilement.

— Maintenant, c'est à se demander si quelqu'un ne cherchait pas délibérément à m'écarter… Oh ! monsieur DeWinter… Qu'est-ce que vous allez faire ?

— Tout ce qui sera nécessaire, assura Dirk avec détermination. Les ravisseurs m'ont déjà contacté, mais sans faire de demande de rançon. Pour l'instant. Et avec ce foutu typhon… C'est pour cela que je vous ai appelée maintenant. Je sais qu'il est très tôt chez vous, mais tout pourrait s'arrêter de fonctionner ici d'une minute à l'autre. Je craignais de devoir attendre demain ou après-demain pour pouvoir vous joindre de nouveau.

— Je sais que vous ferez tout ce qui est en votre pouvoir, monsieur DeWinter, répondit Hannah d'une voix ferme. J'ai confiance en vous. S'il y a bien quelqu'un capable de ramener Linden et Laurel saines et sauves, c'est vous.

Sa voix se brisa, mais elle reprit vaillamment :

— Je vous en conjure, ramenez-les, monsieur. Et vite. Je n'ose même pas imaginer ce qu'elles doivent vivre en ce moment.

Dirk fut incapable de parler pendant quelques secondes.

— Moi non plus, marmonna-t-il enfin d'une voix rauque.

Après avoir raccroché, il ferma les yeux et prit plusieurs inspirations. Des images de ses filles impuissantes aux mains de ces hommes impitoyables défilaient dans son esprit.

— Ça va ? demanda soudain une voix douce tandis qu'une main se posait sur son bras.

Mei-li. Dirk se passa la main sur le visage, puis rangea son téléphone dans la poche de son jean.

— Ouais, ça va, répondit-il d'une voix brusque. Tout va parfaitement bien. Mes filles ont été enlevées par un homme qui veut ma mort, ma gouvernante me croit capable de marcher sur l'eau, et vous, vous prétendez que la nounou de mes filles ment peut-être.

Il laissa échapper un rire sans joie.

— Ah oui, j'oubliais : je ne peux pas contacter le consulat ni même partir à la recherche de mes filles, parce qu'un typhon a décidé de s'abattre sur Hong Kong avec un mois d'avance sur la saison. Dites-moi si j'oublie quelque chose.

L'expression de Mei-li n'était que pure compassion.

— Non, je crois que vous avez fait le tour, en effet.

Dirk sentit les larmes lui monter aux yeux et les ferma pour contenir ses émotions. Quand il les rouvrit, cependant, il savait que tout affleurait, juste sous la surface.

— Elles n'ont même pas deux ans, chuchota-t-il, accablé. Quel genre de monstre se venge ainsi sur des petites filles ?

Après avoir jeté un regard autour d'eux, Mei-li le conduisit jusqu'à deux fauteuils libres.

— Il y a quelque chose que vous ne m'avez pas dit, commença-t-elle en s'asseyant. J'ai besoin de savoir toute la vérité.

Dirk resta un moment silencieux, puis soupira avant de déclarer :
— Oui, vous avez raison.
Il leva les yeux vers elle et soutint son regard.
— J'ai tué un homme.

# 4

Mei-li ne laissa rien paraître. Une fois le premier choc passé, elle accepta cette vérité sans ciller. Cela lui semblait logique. Il devait s'agir de quelque chose de très grave. Un drame capable de chambouler une vie. Si elle-même n'avait jamais tué personne, elle connaissait des tueurs. Parfois c'était justifié, et tant qu'elle n'en saurait pas davantage… Elle refusait de juger Dirk.

— C'était il y a presque vingt ans, reprit Dirk. J'avais dix-sept ans, à l'époque. Lui en avait un de plus. Nous avions… Disons qu'il y avait un passif entre nous.

C'était peu dire.

— Que s'est-il passé ?

Le ton calme et dénué de jugement de Mei-li lui rappela aussitôt l'avocate commise d'office, vingt ans plus tôt. Cela lui permit de répondre avec un semblant de détachement.

— Bree avait quinze ans. Nous étions… Je crois qu'on peut dire que nous étions amoureux, comme des adolescents peuvent l'être.

Comment expliquer ce que Bree et lui ressentaient l'un pour l'autre, à l'époque ? Il renonça.

— Lyon Blackwood, lui, était…

*Un gosse gâté qui se croyait tout permis.*

— Ce n'était pas la première fois que nous avions un différend, poursuivit-il après quelques secondes. Mais ce qui a tout déclenché, c'est quand je l'ai surpris en train d'agresser sexuellement une amie de Bree. La fille n'a pas voulu porter plainte, malgré notre insistance. Elle ne voulait pas être stigmatisée. Minnetonka… C'est dans le Minnesota, c'est encore là que je vis aujourd'hui… C'est une petite ville, où les nouvelles vont vite. Et les lycéens peuvent se montrer particulièrement cruels quand une fille pas très populaire accuse la star de l'équipe de football américain.

Il fit la grimace.

— Elle craignait qu'on dise qu'elle l'avait cherché et qu'elle portait plainte juste parce que je les avais surpris.

— C'est fréquent, répondit Mei-li. C'est d'ailleurs l'une des principales raisons pour lesquelles les femmes dénoncent rarement leur agresseur.

— Mmm… En tout cas, elle n'a pas porté plainte, mais Lyon ne s'en est pas tiré comme ça. Le lendemain, je lui ai mis une bonne raclée. Il était plus grand et plus fort que moi, mais… Pas question de le laisser se vanter, comme il avait commencé à le faire auprès de certains de ses coéquipiers. Le châtiment n'était certes pas à la hauteur du crime, mais…

Sa mâchoire se crispa.

— C'est alors que Lyon a décidé de se venger… en s'en prenant à Bree.

Il s'arrêta brusquement, se rendant soudain compte qu'il lui était beaucoup plus pénible de raconter cette histoire qu'il ne l'avait imaginé. Mei-li attendait en silence. Dirk savait qu'elle se taisait pour mieux le faire parler et ne put s'empêcher d'admirer ses compétences de négociatrice.

— Ce soir-là…, reprit-il enfin. C'était au mois de mai, il faisait une chaleur incroyable et la clim de ma vieille voiture ne fonctionnait pas. Je me suis souvent demandé…

Sans la chaleur, il aurait roulé les fenêtres fermées et il n'aurait pas entendu…

— Lyon a dû suivre Bree pendant des semaines, parce qu'il savait qu'elle se rendait à la bibliothèque le mercredi et le vendredi soir. C'étaient les soirs où je travaillais. Je devais normalement être à la pizzeria ce vendredi-là, mais le gérant m'avait demandé à la dernière minute d'échanger mon service avec celui d'un autre gars. Je ne sais plus pourquoi. J'ai accepté sans hésiter et me suis dirigé vers la bibliothèque pour retrouver Bree. Je voulais lui faire une surprise.

Le reste de la soirée lui revenait aussi clairement que si tout s'était passé la veille.

— Quand je suis arrivé à la bibliothèque, la dame de l'accueil m'a annoncé que Bree venait juste de partir. Je suis donc remonté en voiture pour aller chez elle.

Il sentit son cœur se mettre à battre plus fort.

— Il y avait une école primaire sur la route. À cette heure, la cour était déserte, mais en passant devant j'ai entendu un cri. Je me suis arrêté pour écouter et, de nouveau, j'ai entendu… C'était bien un hurlement. Et je savais que c'était Bree. Je ne sais pas comment, mais je le savais, c'est tout.

La peur l'avait saisi au ventre, mais, loin de le paralyser, elle lui avait donné des ailes. Il était rapidement sorti de sa voiture pour se diriger derrière le parking du bâtiment.

— Quand je les ai aperçus, Lyon avait plaqué Bree au sol, un couteau sous sa gorge, et il essayait de la violer.

Il frissonna sous l'effet de la rage pure qui l'envahissait de nouveau à ce souvenir. Ses poings se crispèrent convulsivement.

— Elle ne criait plus, mais elle se débattait malgré le couteau. Quand je l'ai tiré en arrière, il a tourné l'arme contre moi. Nous nous sommes battus. Il était mû par sa haine et le souvenir de la raclée que je lui avais infligée. Et il était armé. Mais moi, après avoir vu ce qu'il avait tenté de faire à Bree… J'étais furieux. Et déterminé à…

Il s'interrompit. Au bout d'un moment, Mei-li lui toucha doucement le bras.

— Que s'est-il passé ensuite ?

— Je l'ai tué, balbutia Dirk. C'était lui ou moi. J'étais en état de légitime défense.

Il poussa un profond soupir.

— Du moins… C'est le témoignage qu'a fait Bree lors de mon procès. Le juge l'a crue. Il m'a acquitté.

— Si c'était de la légitime défense, pourquoi y a-t-il eu un procès ?

— La police m'a arrêté, ce soir-là. Après tout, Lyon était quand même mort à cause de moi. Et puis, j'avais déjà eu quelques démêlés avec la police, un an plus tôt. Rien de grave, les conneries habituelles de l'adolescence. J'avais fait le mur, quelques bagarres, des trucs comme ça. Cela aurait pu en rester là, mais le père de

Lyon, Terrell Blackwood, était un milliardaire bien entouré. Il a affirmé que j'en voulais à son fils, comme le prouvait notre précédent accrochage.

Dirk eut un geste d'agacement.

— J'avais également été arrêté au moment de cette bagarre, mais Lyon avait refusé de porter plainte malgré l'insistance de son père. Malheureusement, l'arrestation figurait toujours sur mon casier et la défense n'a pas hésité à s'en servir contre moi. Mais j'ai été acquitté. J'ai quitté le tribunal lavé de tout soupçon, ajouta-t-il avec amertume.

Il attendit. Mei-li continuait à le regarder avec la même expression de patience et de compassion.

— Et ? demanda-t-elle enfin.

Sans savoir pourquoi, Dirk avait envie de secouer son flegme apparent. Il voulait qu'elle sache le pire sur lui, qu'elle cesse de le regarder comme ça. Certes, la compassion n'avait rien à voir avec la pitié, mais il ne voulait voir ni l'une ni l'autre dans le regard de Mei-li. Pour des raisons tout aussi obscures que les émotions qu'elle avait déclenchées en lui deux semaines plus tôt. Il n'était cependant pas prêt à dévoiler tous ses secrets.

— Terrell Blackwood a tenté de nous tuer, Bree et moi, lorsque nous sommes sortis du tribunal. Il a failli réussir, d'ailleurs.

Il défit un bouton de son polo pour dévoiler la cicatrice qu'il portait toujours au niveau du cœur.

— Selon le chirurgien, si la balle avait pénétré un centimètre plus à droite, c'en était fini de moi. J'ai passé trois semaines à l'hôpital, mais ça a été bien pire pour Bree qui avait reçu une balle dans le ventre.

Dix-neuf années s'étaient écoulées, pourtant la rage était toujours là. Tout ce qui était arrivé à Bree, tout ce qu'elle avait enduré, c'était finalement sa faute.

— Elle a fait une septicémie, malgré les efforts de l'hôpital. Ils ne savaient pas trop si elle allait s'en tirer.

Toutefois, à la grande surprise de tous, Bree avait survécu. Dirk avait tant insisté qu'on avait fini par le conduire à son chevet en fauteuil roulant. Du haut de ses dix-sept ans, il l'avait suppliée de ne pas le laisser seul. Bree n'avait gardé aucun souvenir de ces trois jours, passés entre la vie et la mort. Dirk, lui, n'avait pas oublié. Cela avait été les pires moments de sa vie.

— Mais elle a survécu, fit remarquer Mei-li, le tirant de sa réflexion.

— Oui.

— Et ensuite ?

— Cela ne vous suffit pas ?

— Qu'est-il arrivé à l'homme qui a tenté de vous tuer ?

— Terrell Blackwood a été jugé. Malgré les avocats qu'il a pu se payer, il a été reconnu coupable de tentative d'homicide. Il y avait plus d'une dizaine de témoins, en plus de Bree et moi, et le rapport médico-légal l'accablait. Les balles provenaient d'une arme enregistrée à son nom, avec ses empreintes digitales partout, il avait des résidus de poudre sur les mains. C'était imparable, mais…

— Mais ?

— Il a eu deux condamnations à perpétuité, avec quinze ans ferme, mais pas consécutives. Il devait les purger en même temps. Le juge a eu pitié du « père accablé de chagrin par la mort de son fils ».

Il resta silencieux un moment.

— Quelques années plus tard, j'ai appris qu'on lui avait rajouté cinq ans pour tentative de corruption envers un fonctionnaire de l'administration pénitentiaire, reprit-il avec une moue de dégoût. Chaque tentative de meurtre ne lui a valu que sept ans et demi de prison, mais la corruption, c'était cinq ans.

L'ombre d'un sourire se dessina sur les lèvres de Mei-li.

— J'ai entendu parler des… comment dire… des aléas étranges de la jurisprudence américaine, dit-elle. Surtout quand quelqu'un a de l'argent. Les choses ne sont pas très différentes ici, monsieur DeWinter.

— Je vous en prie, appelez-moi Dirk.

— Entendu. Mais… si c'est Terrell Blackwood qui est derrière l'enlèvement, cela signifie qu'il est sorti de prison.

Dirk acquiesça.

— Il a été libéré en janvier dernier. J'avais été informé de l'audience pour sa conditionnelle à l'automne, mais je… Je n'y suis pas allé. C'est compliqué à expliquer…

Mei-li jeta un coup d'œil vers les fenêtres barricadées.

— Ce n'est pas le temps qui nous manque…

Dirk réfléchit un instant.

— Une partie de moi voulait qu'il reste enfermé pour toujours. Je comprends qu'il ait essayé de me tuer. Après tout, je suis responsable de la mort de son fils et, dans son esprit, je méritais de mourir. Mais jamais je ne pourrai lui pardonner de s'en être pris à Bree qui n'avait rien fait d'autre que dire la vérité à la barre des témoins.

— Pourtant, vous n'avez pas assisté à l'audience de conditionnelle ? Comme nous avons longtemps été une colonie britannique, notre système est similaire : une victime peut de nouveau témoigner pour rappeler le dommage qu'il a subi. Pourquoi n'y êtes-vous pas allé ?

— Je venais juste de devenir papa, répondit-il, comme si cela expliquait tout.

Le sourire furtif de Mei-li réapparut.

— Je vois.

Ce n'était pas la crainte d'une publicité négative qui avait retenu Dirk loin du tribunal, mais une sorte de compassion envers ce père qui aimait tellement son fils qu'il avait décidé de se faire justice lui-même. La justice d'un père. Le genre de justice que Dirk envisageait à présent.

— Après le procès de Blackwood, Bree et moi sommes partis pour la Californie. J'ai officiellement changé de nom, passant de Derek Summers à Dirk DeWinter. Il ne s'agissait pas simplement de laisser derrière moi les stigmates attachés à mon nom. Mon agent, Marty Devens, me l'avait également recommandé. C'est Bree qui a suggéré Dirk. Mon agent, lui, a proposé DeWinter. Il disait que c'était « euphonique ».

Il éclata de rire.

— Je ne savais même pas ce que ça voulait dire, à l'époque !

Il redevint soudain sérieux.

— Voilà, vous savez pourquoi Terrell Blackwood veut ma mort. À présent, revenons à vos doutes concernant Vanessa.

— Son histoire ne tient pas debout, expliqua-t-elle.

— Je ne suis pas sûr de vous suivre.

— Plusieurs détails clochent : d'abord, Chet a été assommé et les filles ont été chloroformées, mais pas Vanessa. Elle a été bâillonnée, certes, mais c'est tout.

— Oui. Elle n'avait d'ailleurs aucune explication à proposer.

— Deuxièmement, elle a dit qu'elle pensait que c'était le garçon d'étage avec le déjeuner quand la sonnette a retenti.

— Si c'était le garçon d'étage, il aurait sonné à la porte de service, comme d'habitude.

— Ce n'était pas ce que j'avais en tête, dit doucement Mei-li, mais cela fait un détail de plus. Ça commence à faire beaucoup.

— Qu'aviez-vous en tête ?

— Elle a dit que les filles étaient dans leur chambre pour leur sieste quand les ravisseurs sont arrivés. Or, dans ce cas, le déjeuner serait arrivé *avant* la sieste, pas pendant. De fait, ses deux déclarations sont contradictoires. Si elle attendait le garçon d'étage, alors les filles n'étaient pas à la sieste. Et si les filles étaient à la sieste, alors elle ne pouvait pas attendre le déjeuner. D'ailleurs, avez-vous remarqué la table basse devant la baie vitrée ? L'une des chaises était renversée. Comme si les filles avaient été enlevées en plein déjeuner, et pas alors qu'elles se trouvaient dans leur chambre.

— Est-ce important de savoir où elles se trouvaient et ce qu'elles faisaient ?

— Peut-être. Peut-être pas. Mais je n'aime pas les histoires qui ne tiennent pas debout. Vanessa a menti, c'est certain. Peut-être plusieurs fois. Ce que nous ignorons, c'est pourquoi. J'ai déjà vu des gens mentir pour les raisons les plus saugrenues. Parfois même mes propres clients.

— Je ne vous ai pas menti, protesta Dirk.

— Je n'ai jamais dit le contraire. Seulement, certains clients le font. Parfois, ils cherchent bêtement à se faire passer pour plus héroïques qu'ils ne le sont en réalité. Parfois, c'est parce qu'ils ont honte d'avouer quelque chose ou bien ils pensent qu'un détail n'a pas d'incidence. Ce que je veux dire, c'est que si Vanessa ment, ce n'est pas forcément parce qu'elle est impliquée. Ses mensonges peuvent avoir une raison tout à fait banale. Mais tant que nous n'en sommes pas sûrs…

*Non, Dirk ne ment pas*, pensait Mei-li en regagnant avec lui la salle du restaurant. Malgré les diverses récompenses qu'il avait reçues dans sa carrière, il n'avait pas simulé en lui racontant son histoire. *Toutefois, il ne dit pas non plus toute la vérité.* Cela ne la perturbait pas outre mesure. Elle avait l'habitude que ses clients lui cachent des choses. Elle avait cependant en sa possession les informations de base et elle comprenait les motivations de l'homme qui tirait les ficelles. Cela l'inquiétait d'ailleurs grandement.

Kidnapper quelqu'un pour une rançon, c'était presque un métier et les ravisseurs connaissaient les règles du jeu. Du moins à Hong Kong. Règle numéro un : quand on reçoit la rançon, on libère la victime, saine et sauve. Comme pour beaucoup de choses à Hong Kong, le montant de la rançon était négociable. C'était là qu'elle entrait en scène. Elle était extrêmement douée pour marchander avec des ravisseurs et possédait une sorte de sixième sens pour savoir jusqu'où ces derniers étaient prêts à descendre. Si sa rémunération ne dépendait pas des économies qu'elle permettait à ses clients de réaliser — ce qui aurait été un risque énorme pour la victime —, il n'était pas rare que la famille reconnaissante lui accorde une prime généreuse.

Cependant, un enlèvement motivé par la vengeance, c'était une tout autre histoire et elle n'avait aucune expérience dans ce domaine. Il n'existait plus aucune règle, car l'argent n'était plus le but premier. Elle devrait donc naviguer à vue. Le bon sens lui intimait de refuser cette affaire et de laisser Dirk trouver quelqu'un d'autre. Le problème, c'était qu'elle ne connaissait aucun collègue à Hong Kong possédant la moindre expérience dans ce genre de situation. Pire encore, les victimes de cette affaire étaient de très jeunes enfants. *Si tu refuses et qu'il leur arrive quelque chose…*

Impossible. Elle avait choisi ce métier pour des raisons très personnelles et elle ne pouvait pas se défiler. Pas plus qu'elle ne pouvait changer le passé. Elle devrait donc dire la vérité à Dirk et le laisser prendre la décision. Elle s'apprêtait à parler, lorsqu'une idée lui vint. Si Vanessa et/ou Chet étaient impliqués dans l'enlèvement, elle pouvait tenter de les induire en erreur. Cela pouvait jouer en sa faveur. Toutefois, elle devait avertir Dirk de son idée.

Elle posa une main sur son bras pour le retenir, juste quand il allait rentrer dans le restaurant.

— Je dois vous dire quelque chose, chuchota-t-elle. Mais avant, je dois savoir si vous savez jouer la comédie.

Elle éclata soudain de rire.

— Suis-je bête ! s'excusa-t-elle. J'oubliais que vous êtes un acteur. Et même un acteur primé. Je voulais vous avertir : je vais dire des choses en présence de Vanessa et de Chet et je veux que vous fassiez semblant de ne pas être au courant.

Un semblant de sourire se dessina sur les lèvres de Dirk.

— Ça devrait être dans mes cordes. Qu'allez-vous m'apprendre ?

— Je vais être directe. Je suis la meilleure négociatrice de rançon de tout Hong Kong. Je n'ai jamais perdu une seule victime. Pas une seule.

Certes, elle avait eu besoin de renforts à une ou deux reprises, mais ce n'était pas le moment d'aborder la question.

— En revanche, c'est la première fois que je traite un cas d'enlèvement par vengeance.

Le sourire de Dirk disparut et il sembla soudain désespéré. Comme s'il venait de voir s'éteindre sa dernière source d'espoir.

— Vous voulez vous retirer ?

— Pas du tout, le rassura-t-elle. Je suis prête à faire de mon mieux. Mais je ne vais pas vous mentir : je vais devoir me fier davantage à mon instinct qu'à mon expérience. Si vous voulez toujours de moi, en sachant ça…

Il n'hésita pas une seconde :

— Je veux que vous vous chargiez de l'affaire.

— Alors, vous pouvez compter sur moi à cent pour cent.

— Est-ce cela que vous voulez dire devant Vanessa et Chet ? Que vous n'avez pas la moindre expérience dans ce genre d'affaires ?

Elle fit signe que oui.

— S'ils trempent dans l'enlèvement de vos filles, alors plus je leur semblerai incompétente, moins ils se méfieront de moi.

Avec un peu de chance, ils laisseront peut-être échapper quelque chose… S'ils ont quelque chose à cacher. Vous me suivez ?

— Bon sang, vous êtes sacrément douée, marmonna Dirk, sans cacher son admiration.

Soudain, une lueur différente s'alluma dans son regard, une lueur à laquelle Mei-li répondit de façon instinctive. Elle eut brusquement du mal à respirer. C'était dément. Jamais elle n'avait établi de lien personnel avec un client. Jamais. Mais cet homme… Il était différent. L'admiration évidente avec laquelle il la regardait à présent tranchait nettement avec la façon marquée dont il l'avait regardée au club de jazz, lors de leur première rencontre. Elle eut toutes les peines du monde à s'arracher à l'emprise hypnotisante de ses yeux.

Ils dormirent tant bien que mal en compagnie des centaines d'autres clients de l'hôtel, dans le grand hall d'entrée dont toutes les chaises avaient été retirées. Ils s'installèrent du mieux qu'ils purent dans un coin spacieux pour passer la nuit sur le sol de marbre inconfortable. Mei-li partagea son oreiller et sa couverture avec son cousin Patrick. Mei-li nota avec curiosité que Vanessa en partageait une avec Chet. Ces deux-là avaient beau tenter de rester discrets, il était évident que ce n'était pas la première fois qu'ils dormaient côte à côte.

*Je me demande ce que cela signifie.* Cela pouvait être sans importance. Il n'était pas rare qu'un homme et une femme travaillant ensemble tombent amoureux. Cependant, cela étayait sa théorie sur le fait qu'il valait mieux se méfier de Vanessa et Chet. Jusqu'à nouvel ordre. Si Vanessa était impliquée dans l'enlèvement, il y avait fort à parier que Chet était au courant… S'il n'était pas lui-même complice.

Mei-li se retourna doucement pour ne pas réveiller Patrick, qui dormait déjà. Elle aperçut alors Dirk, bien réveillé, adossé au mur. De temps en temps, il baissait les yeux vers ses mains, puis son regard se perdait de nouveau dans le vide. Elle hésita un instant, mais elle finit par se lever pour s'approcher de lui.

Elle s'assit à ses côtés et s'adressa à lui à voix basse, afin de ne réveiller personne.

— Vous devriez vraiment essayer de dormir, Dirk.

Son expression fut si poignante qu'elle sentit son cœur se serrer.

— Je n'y arrive pas.

Elle mourait d'envie de le rassurer, de lui dire qu'il retrouverait ses filles saines et sauves dès qu'il aurait payé la rançon, mais ils savaient tous les deux que c'était un mensonge. Dirk n'avait pas besoin de platitudes. Seule la vérité pouvait toucher un homme comme lui. Toutefois, il n'avait pas non plus besoin qu'on lui serve une réalité insupportable.

— Chaque fois que je ferme les yeux, je vois mes petites filles, continua Dirk en chuchotant. Elles ressemblent tellement à Bree que cela me brise le cœur.

— Parlez-moi d'elle.

— Il n'y a pas grand-chose à dire, déclara-t-il dans un soupir, comme si la mort de sa femme n'avait pas tout fait basculer dans sa vie.

Mei-li savait qu'il n'en était rien. L'infidélité était presque banale dans le show business, à quelques exceptions près. Son propre père, par exemple. Et, d'après ce qu'elle savait, Dirk également.

— Je l'aimais, dit-il enfin d'une voix détachée, comme s'il parlait de quelqu'un d'autre que lui. Elle m'aimait. Elle est tombée malade. Elle est morte.

Sa voix se brisa.

— Mais elle m'a laissé Linden et Laurel. Elle savait que je prendrais soin d'elles. Quoi qu'il arrive.

— C'est vrai. Vous avez toujours fait de votre mieux.

Il laissa échapper un rire cynique.

— Oh oui, c'est sûr. Alors, pourquoi suis-je assis ici à me demander où elles sont ? À me demander si elles sont encore…

Il se tut, comme si le fait de verbaliser l'inimaginable risquait de le faire se réaliser. Il reprit enfin d'une voix dure :

— Je suis tellement un bon père que j'ai laissé mes filles se faire enlever.

# 5

— Vous n'y êtes pour rien, affirma Mei-li. C'est arrivé, c'est tout. Malgré tous voSs efforts.

Elle posa une main sur la sienne avant qu'il ne puisse protester.

— Combien de gardes du corps vous accompagnent à Hong Kong ?

— Trois.

— Combien sont ici pour vous ?

— Aucun, mais…

— Une nurse à plein temps. Trois gardes du corps. Et vous logez au Peninsula, c'est-à-dire l'hôtel le plus sûr de Kowloon. À part veiller vous-même sur elles vingt-quatre heures sur vingt-quatre, sept jours sur sept — ce qui était impossible —, qu'auriez-vous voulu faire de plus ?

— Je…

Il comprenait enfin ce qu'elle voulait dire.

— Vous avez raison, reconnut-il en regardant sa main, toujours posée sur la sienne.

Il entrelaça ses doigts aux siens avec reconnaissance.

— C'est juste que… chaque fois que j'essaie de dormir, j'entends la voix de Bree qui me demande où sont nos filles. Et je ne peux pas…

— Arrêtez, l'interrompit-elle. Ça va aller, Dirk. Je vous promets que, quoi qu'il arrive, vous allez surmonter cette épreuve.

Elle prit une profonde inspiration. Elle savait comment lui prouver qu'il était possible de surmonter un pareil cauchemar.

— Pourquoi croyez-vous que j'ai choisi ce métier ?

— Que voulez-vous dire ?

— Détective privée. Négociatrice de rançon. Ce ne sont

pas des professions très fréquentes pour une femme de Hong Kong. Ne vous méprenez pas, ajouta-t-elle avec un sourire. Les femmes ont fait de grands progrès, par ici, même si Hong Kong reste encore un monde d'hommes. Quoi qu'il en soit, ce métier n'était pas un rêve d'enfant pour moi.

— Alors, pourquoi avoir embrassé cette profession ?

Elle choisit ses mots avec soin.

— J'avais dix-neuf ans quand Sean et moi nous sommes fiancés. Il en avait vingt-trois. J'entamais juste ma deuxième année d'études pour devenir ingénieur en mécanique. Lui se préparait depuis toujours à prendre les rênes de l'entreprise familiale. Sa famille est à Hong Kong depuis cinq générations… *gwai lo*. C'est un euphémisme pour dire qu'ils ne sont pas chinois. Des étrangers. Mais ils sont nés ici. Et ils sont très riches, selon les critères de Hong Kong. Sean était leur fils unique. Son grand-père — son nom vous dirait sans doute quelque chose — a fondé une société mondialement connue. Nos deux familles étaient ravies, même si mes parents me trouvaient trop jeune et voulaient que je termine mes études. Sean et moi ne voulions pas attendre, mais avions accepté de rester fiancés pendant un an.

Elle chercha un instant le courage de continuer.

— Trois jours avant le mariage, Sean a été enlevé. Le paiement de la rançon a été bâclé et… Sean a été tué.

À une certaine époque, Mei-li n'aurait pas été en mesure de parler de tout ça. Elle avait mis du temps, beaucoup de temps, à surmonter la mort de Sean. Cependant, presque onze ans avaient passé et elle avait trouvé un exutoire dans le travail. Elle était douée — très douée —, parce qu'elle connaissait parfaitement les conséquences de la médiocrité. Depuis qu'elle avait commencé ce travail, de nombreuses années auparavant, toutes les victimes des affaires qu'on lui avait confiées étaient revenues vivantes. Parfois, les ravisseurs avaient été capturés, parfois non. Parfois, la rançon avait été récupérée, en partie ou dans sa totalité. Cependant, l'argent était toujours secondaire pour les familles. Le brut principal était de retrouver le proche disparu. Jamais Mei-li n'avait perdu cet objectif de vue.

L'espace d'une brève seconde, elle laissa la douleur paraître dans son regard, partageant ce chagrin très intime avec Dirk.

— J'ai eu envie de mourir après la mort de Sean. Mais le destin en a décidé autrement. Chaque fois que je ramène une victime d'enlèvement saine et sauve chez elle, chaque fois que je lis la joie sur le visage des parents et des proches, je sais que c'est pour cela que j'ai survécu.

Dirk se réveilla quand la femme qui dormait entre ses bras s'agita dans son sommeil. L'espace d'un bref instant, il crut que tout n'avait été qu'un horrible cauchemar, puis la réalité s'abattit sur lui comme une vague impitoyable. Ses filles avaient bel et bien été kidnappées.

À sa grande surprise, il avait réussi à dormir un peu. Grâce à Mei-li. Il desserra très doucement son étreinte, s'efforçant de ne pas humer le parfum de la jeune femme, un mélange enivrant de gingembre et de peau tiède, et se glissa hors de la couverture. Il se leva et s'étira, sentant tout le poids de ses trente-six ans dans les muscles douloureux de ses épaules.

Il se força à ne pas regarder le visage endormi et paisible de Mei-li. Il se souvint soudain du soir de leur première rencontre et se rendit compte qu'il avait à présent la réponse à l'une des questions qu'il s'était posées : sa peau était bel et bien aussi douce qu'elle en avait l'air.

Les rais de lumière qui filtraient à travers les fenêtres barricadées lui indiquèrent qu'il était encore tôt. Son téléphone lui confirma qu'il était à peine 6 heures du matin. Puis, il comprit que si le soleil brillait dehors, cela signifiait que le typhon était passé. Un espoir nouveau jaillit en lui : à présent, il pourrait enfin agir.

Vanessa, Chet et Patrick dormaient encore, mais le reste de la salle commençait à se réveiller. Dirk bâilla et s'étira de nouveau, puis se pencha pour toucher doucement l'épaule de Mei-li. Il lui répugnait de la réveiller, mais il ne voulait pas que les autres sachent qu'ils avaient partagé un oreiller et une couverture. Elle non plus, sans doute.

Elle se réveilla rapidement et se mit debout d'un bond.

— Ça va ? demanda-t-elle à voix basse. Avez-vous dormi ?

Dirk sentit une émotion inconnue se déployer en lui.

— Un peu. Grâce à vous.

Il ne put s'empêcher de lui caresser la joue du bout du doigt.

— Tant mieux, répondit-elle en le regardant gravement.

Un besoin urgent de la serrer contre lui le prit totalement au dépourvu et il dut faire un effort pour résister. En revanche, il ne put se retenir de laisser glisser son pouce le long de sa mâchoire, puis sur ses lèvres. Il se détourna brusquement et se baissa pour ramasser la couverture, qu'il secoua vigoureusement, comme s'il souhaitait se secouer lui-même pour reprendre ses esprits.

Lorsqu'il leva de nouveau les yeux vers Mei-li, celle-ci le regardait toujours d'un air solennel. Il se rendit compte alors que cette émotion qu'il avait ressentie quelques instants plus tôt et qu'il n'avait pas réussi à reconnaître, c'était… de l'attirance. Pas l'attirance sexuelle qu'un homme pourrait ressentir en présence d'une belle femme, mais l'attirance émotionnelle qu'un homme éprouverait devant une femme qu'il reconnaîtrait comme son égale. Le genre d'attirance qu'il n'avait pas ressentie pour une femme depuis…

*N'y pense même pas*, se dit-il. *Tu as des choses plus importantes à régler.*

Pourtant, alors même qu'il chassait cette pensée dans les recoins les plus sombres de sa conscience, il était bien obligé d'admettre son existence. Il savait aussi que, dans des circonstances différentes, il aurait suivi son instinct, parce que Mei-li était bien plus qu'un joli minois. Ce qu'elle avait à offrir, c'était exactement ce qui manquait à sa vie.

Une heure plus tard, ils étaient de retour dans la suite, où le petit déjeuner venait juste d'être servi. Leur petit groupe comptait à présent deux personnes supplémentaires : les autres gardes du corps qui accompagnaient la famille de Dirk à Hong Kong. Mike Beckett, encore plus grand et large d'épaules que Dirk, et Rafe Johnson. Les deux hommes semblaient sincèrement outrés que leurs protégées aient été enlevées. Rafe en particulier — un géant à la peau noire comme l'ébène — ne se priva pas de dire ce qu'il pensait de l'attitude de Chet, la veille. Cela plut à Mei-li, qui ne put s'empêcher de penser que, si Rafe avait été de service, les ravisseurs ne s'en seraient sans doute pas sortis aussi facilement.

Les deux gardes étaient également bien décidés à prendre part au plan d'action. Pourtant, Mei-li n'avait pas l'intention de partager sa tactique avec n'importe qui. Elle entendait d'abord écarter un temps Chet et Vanessa, tout en gardant un œil sur eux. Consciente qu'elle ne pouvait pas faire confiance à tout le monde, elle choisit ses mots avec soin.

— La première chose à faire, commença-t-elle à l'adresse de Dirk, c'est vous procurer l'argent de la rançon.

— Aucun problème. Mais combien ? Le ravisseur n'a rien dit.

— Cela n'a pas d'importance. Pas encore.

Elle écrivit un nom et un numéro de téléphone sur un bout de papier, qu'elle fit glisser vers Dirk.

— Voici le contact d'un banquier à Hong Kong. J'ai déjà traité avec lui par le passé. Appelez-le dès 9 heures. Il vous indiquera la marche à suivre.

Elle se tourna ensuite vers Vanessa et Chet.

— Je sais que vous êtes encore sous le choc, mais nous avons besoin de votre aide.

— Je ferai tout ce qui est en mon pouvoir pour aider M. DeWinter, affirma Vanessa en regardant Dirk.

Mei-li écrivit quelques noms et adresses sur une autre feuille, qu'elle passa à Vanessa.

— Le premier nom sur la liste est un dessinateur professionnel. Vous êtes la seule à avoir vu les ravisseurs…

— Mais ils portaient des masques ! Je n'ai pas vu leur visage.

— Je sais, mais nous devons saisir tout ce que vous avez vu tant que les détails sont encore frais dans votre esprit. Ne vous inquiétez pas, Vanessa, ajouta-t-elle avec un sourire encourageant. Tout ce dont vous pourrez vous souvenir sera utile. Ensuite… La seconde personne est un hypnotiseur.

— Un quoi ? s'exclama Vanessa.

Une expression de stupeur se dessina sur son visage, mais

disparut aussitôt. Cependant, ce détail n'avait pas échappé à Mei-li, qui guettait la réaction de la jeune femme.

— Un hypnotiseur, répéta-t-elle, comme si de rien n'était. Il est possible que vous vous souveniez de plus que ce que vous nous avez dit hier. Mon ami est très doué pour aider des témoins à accéder à des souvenirs enfouis. Cela n'a aucune valeur devant un tribunal, évidemment, mais c'est sans importance pour l'instant. Nous avons besoin de tous les indices possibles.

Vanessa regardait la feuille de papier comme si elle craignait de se faire mordre.

— Je ne connais pas Hong Kong..., balbutia-t-elle.

— Patrick vous conduira.

Mei-li jeta un rapide coup d'œil à son cousin, qui acquiesça aussitôt. Chet prit alors la parole :

— Je devrais peut-être l'accompagner. Je ne me souviens même plus d'avoir ouvert la porte, mais... Si jamais l'hypnose peut aider, cela vaut le coup.

Il tendit la main vers Vanessa, qui lui remit le papier, presque avec soulagement. Mei-li fit semblant d'étudier la proposition de Chet, alors que c'était la réaction qu'elle espérait depuis le début.

— Tout le monde n'est pas réceptif à l'hypnose, répondit-elle enfin d'une voix dubitative. Mais si vous insistez...

— Oui. C'est notre meilleure chance.

— D'accord. Pourquoi pas, après tout ? Patrick vous conduira tous les deux.

— Quand ? demanda Vanessa.

— Le plus tôt sera le mieux. J'ai déjà contacté ces deux personnes. Mon ami dessinateur est chez lui toute la matinée. Quant à l'hypnotiseur, il sera disponible dans l'après-midi.

— Et le typhon ? demanda encore Vanessa, comme si elle cherchait le moindre prétexte. Je veux dire... ce n'est pas... ?

Rafe intervint alors.

— Mike et moi sommes sortis ce matin, dit-il. Aucun problème. Bon, il y a des débris un peu partout et de grandes flaques d'eau, mais les trains et les bus circulent.

— Cela vous convient-il, monsieur DeWinter ? demanda enfin Vanessa. C'est ce que vous voulez faire ?

— C'est Mlle Moore l'experte, annonça Dirk, en glissant un regard à Mei-li pour lui faire comprendre que non seulement il comprenait sa tactique mais que, en plus, il l'admirait.

— Oh ! je ne suis pas experte, protesta humblement Mei-li. Pas pour ce genre d'enlèvements. Je ne fais que suivre les procédures qui ont fonctionné par le passé.

Patrick, qui avait compris la situation, se leva de table, rapidement imité par Chet et Vanessa.

— Je vais chercher mon sac, annonça Vanessa d'une voix nerveuse. Je reviens tout de suite.

Mei-li termina son petit déjeuner en silence. Lorsque Vanessa et Chet quittèrent la suite avec Patrick, elle se tourna vers Dirk :

— À vous de voir, dit-elle en désignant Mike et Rafe.

Dirk comprit qu'elle lui demandait de décider ce qu'il fallait confier aux deux autres gardes du corps de la famille. Il hésitait. D'un côté, il faisait confiance à ces hommes. Ils avaient toujours veillé sur Linden et Laurel par le passé. Non seulement pour les protéger, mais aussi pour tenir les paparazzis à distance. Presque aucune photo de ses filles n'avait fuité dans la presse people, malgré les efforts répétés des journalistes. Mais depuis la veille… Et puis, il avait aussi fait confiance à Chet et à Vanessa.

Mike prit la parole :

— Nous ne sommes pas naïfs, monsieur DeWinter. Ça pue le coup monté de l'intérieur. Si j'étais vous, je ne nous ferais pas plus confiance qu'à Chet.

— Ou qu'à Vanessa, ajouta Rafe.

— Exact, approuva Mike.

Rafe se tourna ensuite vers Mei-li.

— Malin, la façon dont vous vous êtes débarrassée d'eux, lança-t-il avec une pointe d'admiration. Mike et moi, on veut vous aider. Mais je comprends que le meilleur moyen, c'est peut-être encore de ne pas nous en mêler.

Sans s'en rendre compte, il avait crispé les poings et son regard dégageait une réelle fureur.

— Je n'avais encore jamais protégé des gens aussi jeunes que vos filles, monsieur DeWinter, reprit-il. Pour être honnête, quand j'ai commencé à travailler pour vous, l'idée ne me plaisait pas trop. J'avais déjà travaillé pour un acteur célèbre avant… C'était une de mes références, vous vous souvenez ?

Dirk acquiesça. Il s'agissait d'un homme qui vivait à cent à l'heure et avait des fréquentations douteuses. Pourtant, il avait été triste quand Rafe avait démissionné, et il lui avait fourni une lettre de recommandation élogieuse.

— Je n'avais pas vraiment envie de changer pour ce nouveau style de vie… Mais je vous ai accordé le bénéfice du doute. Et je dois avouer que j'ai été surpris. Vos petites filles… Comment dire…

Il jeta un coup d'œil à son collègue.

— … Elles sont notre famille, maintenant. On est plus souvent avec elles que vous.

Dirk s'apprêtait à répondre à cette critique sous-jacente, mais Rafe l'interrompit.

— Ouais, vous aussi, vous bossez pour gagner votre vie, on le sait. Mais nous, notre boulot, c'est de protéger vos filles, ce qui signifie qu'on est tout le temps avec elles.

Le visage de Rafe se ferma et son regard se fit glacial.

— Alors, qui que soient ces types qui les ont enlevées… Tout ce que je peux dire, c'est que je leur souhaite bonne chance si jamais Mike et moi mettons la main sur eux !

*Si Rafe joue la comédie, alors il est plus doué que moi*, pensa Dirk. Cela suffit à le décider. Il jeta un coup d'œil à Mei-li, qui haussa les épaules.

— Vous feriez mieux de vous resservir du café, annonça-t-il en leur tendant la cafetière. Ça risque de prendre longtemps.

Dirk leur raconta alors ce que les ravisseurs lui avaient dit — le message de Terrell Blackwood —, puis expliqua les raisons que ce dernier avait de se venger, sans entrer dans les détails.

Plus tard, Rafe et Mike annoncèrent qu'ils descendaient dans le hall pour savoir si le personnel de l'hôtel avait remarqué quelque chose d'anormal la veille. Cependant, Mei-li avait des doutes :

— Nous ne voulons pas que la rumeur se répande. La moindre indiscrétion serait fatale. La dernière chose que nous voulons, c'est que la presse pointe le bout de son nez.

— Rafe était dans les marines, avant, expliqua Mike. Police militaire. Et moi, j'ai été flic pendant neuf ans avant de passer dans le privé. Je crois que nous sommes capables de poser quelques questions sans éveiller les soupçons.

Les deux hommes avaient à peine quitté la suite que le téléphone de Dirk se mit à sonner. Il sentit son cœur s'affoler. Une part de lui-même espérait que c'étaient les ravisseurs, mais une autre redoutait cet appel. Comme la veille, il s'agissait d'un numéro inconnu. Il décrocha.

— Oui ?

— Monsieur DeWinter ? demanda la même voix glaciale.

— Oui.

Il se mordit la lèvre pour ne pas se mettre à supplier.

— Vous n'avez pas appelé la police. C'est très bien.

Dirk savait que l'homme ne trichait pas. D'une façon ou d'une autre, les ravisseurs savaient. Peut-être avaient-ils été informés par quelqu'un de chez lui ou possédaient-ils un contact dans la police. Peu importait. Dirk était soulagé d'être resté discret.

— C'est ce que vous m'aviez demandé, rappela-t-il.

— Et vous faites toujours ce qu'on vous dit de faire, monsieur DeWinter ?

— Quand la vie de mes filles est en jeu, oui, répondit-il en serrant le poing. Je me fiche bien de l'argent.

C'était la vérité.

— Je me fiche même de savoir si vous serez arrêtés un jour.

Ça, c'était moins vrai.

— Tout ce qui compte, c'est que je les retrouve.

Mei-li griffonna rapidement quelques mots sur un papier, qu'elle lui tendit. *Dites que vous voulez être sûr qu'elles sont toujours en vie*. Au bout de quelques secondes, il demanda :

— Mais avant de poursuivre, je veux m'assurer qu'elles vont bien. Je veux une preuve.

— Quel genre de preuve ?

— Je veux entendre leur voix.

Aussitôt, Mei-li secoua vigoureusement la tête et griffonna à nouveau quelque chose. *Photos*.

— Et je veux que vous m'envoyiez une photo d'elles par mail, ajouta-t-il rapidement.

— Cela demande du temps, monsieur DeWinter. Et je crains que vous…

— Vous avez promis de me laisser du temps pour réunir la somme nécessaire, ajouta Dirk précipitamment. J'ai déjà entamé les démarches. Mais avant de vous verser la rançon, je dois savoir si mes filles sont vivantes.

Plusieurs secondes s'écoulèrent, pendant lesquelles Dirk n'osa plus respirer. Puis il entendit un son à l'autre bout de la ligne. Un son étrangement familier, mais qu'il n'arrivait pas à définir. Il s'efforça de se concentrer, mais en vain.

— Très bien, répondit enfin la voix. Occupez-vous de l'argent. Je me charge de vous fournir une preuve.

La bribe de souvenir s'envola.

— Combien ? demanda Dirk, agacé.

— À combien estimez-vous la vie de vos filles, monsieur DeWinter ?

Dirk serra les dents, refoulant l'envie de rugir comme un lion blessé devant cet homme qui tenait sa vie entre ses mains.

— Votre prix sera le mien.

— Quel est votre salaire pour le film que vous tournez en ce moment ? Vingt ? Trente millions ?

Dirk ne pouvait pas répondre à cette question, car il avait accepté une baisse de salaire direct pour une part des bénéfices. Tant que le film ne serait pas terminé et diffusé en salle, il ne saurait pas exactement combien il avait gagné.

— Ah, peu importe, reprit le ravisseur. Nous voulons vingt millions de dollars américains. Dix pour chaque fille.

— C'est entendu.

Il comprit en voyant l'expression de Mei-li qu'il n'aurait pas dû accepter, afin de lui laisser l'occasion de négocier le montant à la baisse. Cependant, il ne s'agissait pas d'un ravisseur hongkongais et il ne voulait pas prendre de risque. D'ailleurs, l'argent n'était pas un problème.

— Je vais vous envoyer la photo demandée, annonça la voix.

Rassemblez la somme et je vous recontacterai plus tard pour la livraison.

— Quand allez-vous… ? commença Dirk, mais la communication avait déjà été coupée.

— Combien ? demanda aussitôt Mei-li.

— Vingt millions américains.

Mei-li cligna des yeux, mais ce fut sa seule réaction.

— A-t-il spécifié quelque chose pour les billets ?

— Non. Il n'a rien dit.

— Ce n'est pas bon signe.

— Pourquoi ?

— On dirait qu'ils ne s'attendent pas à récupérer l'argent.

— Je ne vois pas comment…

— Le billet qui circule le plus, c'est celui de cent dollars ?

Dirk acquiesça.

— Vingt millions, même en billets de cent, c'est une somme impossible à transporter pour un homme seul. Même à deux, ce serait difficile. Réfléchissez : cela représente deux cent mille billets de cent dollars.

— D'accord. Donc ils n'envisagent pas de recevoir la rançon en liquide. Peut-être un transfert ou quelque chose comme ça ? Où est le problème ?

— Parce que c'est comme ça que la plupart des ravisseurs se font prendre, expliqua-t-elle avec patience. Quand ils doivent venir chercher la rançon, cela signifie qu'ils se rendent à un endroit précis, à un moment précis. Pour un transfert, c'est complètement différent. Il y a des banques… des pays… Une fois le transfert effectué, l'argent disparaît. Envolé. Sans la moindre trace.

Mei-li se radoucit.

— Une fois qu'ils ont l'argent — à condition que ce soit leur motif premier, ce qui est loin d'être évident —, trois possibilités s'offrent à eux. Une seule est bonne pour vous. Ils peuvent relâcher vos filles. Ils peuvent les tuer.

Dirk sursauta.

— Ou ils peuvent vous demander une rançon supplémentaire… indéfiniment. Pour vous ruiner.

Un silence de mort se fit dans la pièce.

— Que suis-je censé faire ? demanda Dirk d'une voix rauque. Renoncer ? Ne pas payer ?

— Non. Nous n'allons pas renoncer. Mais nous allons être plus malins qu'eux.

— C'est-à-dire ?

— Pour commencer, il faut qu'ils vous envoient des photos des filles, pour prouver qu'elles sont en vie.

— Je comprends, mais qu'est-ce que ça change ? Ils pourraient prendre les photos, puis…

Il ne pouvait se résoudre à le dire.

— Oui, ils pourraient prendre la photo et les tuer aussitôt après, termina-t-elle sans détour. Mais nous n'allons pas les laisser faire. Nous allons leur demander une série de photos, dont chacune sera datée. Cela prouvera quand la photo a été prise. Ce que les ravisseurs ne savent peut-être pas, en revanche, c'est qu'il est également possible de savoir *où* chaque photo a été prise. Ils peuvent se déplacer — nous ne le saurons qu'à la seconde photo —, mais s'ils restent au même endroit, nous les tenons.

— Comment peut-on savoir où les photos ont été prises ?

Mei-li sourit.

— Parce que s'ils se servent d'un smartphone et qu'ils n'ont pas désactivé la géolocalisation, alors toutes les photos qu'ils prendront disposeront de coordonnées GPS incluses dans le fichier.

# 6

— Quoi ?

Dirk n'en croyait pas ses oreilles.

— Tous les smartphones disposent de cette fonctionnalité, expliqua Mei-li. On appelle ça la géolocalisation. Parfois, c'est facile à désactiver et on peut même créer une zone privée. C'est-à-dire que la géolocalisation se désactive automatiquement dans une zone déterminée. Autour de votre maison, par exemple, ou à l'école de vos enfants.

— C'est la première fois que j'entends parler de ça.

— Beaucoup de gens l'ignorent. Donnez-moi votre téléphone, je vais vous montrer.

Quelques secondes plus tard, Mei-li lui rendit son appareil.

— Regardez, c'est ici. La première fois que vous utilisez l'appareil photo de votre téléphone, il vous demande s'il peut vous géolocaliser. La plupart des gens n'y prêtent pas attention et cochent « oui ». C'est ce que vous avez dû faire.

Dirk marmonna un juron.

— Vous voulez dire que, depuis tout ce temps, chaque photo que j'ai prise avec mon téléphone… ?

Mei-li acquiesça.

— Désactivez-la, demanda-t-il d'une voix ferme.

Mei-li pianota quelques instants, puis leva vers lui un regard plein d'enthousiasme.

— Vous voyez ? Votre géolocalisation était activée et vous n'en aviez même pas idée. C'est ce que j'espère avec les ravisseurs.

Son enthousiasme était contagieux et Dirk sentit une bouffée d'espoir lui gonfler la poitrine. Pour un peu, il aurait embrassé Mei-li, mais celle-ci s'empressa d'ajouter :

— N'en parlez à personne. Surtout pas à Vanessa et Chet, mais à Mike et Rafe non plus.

— Vous ne leur faites pas confiance, constata Dirk, sentant soudain une colère froide monter en lui. Pourquoi alors m'avez-vous laissé leur parler de Terrell Blackwood ?

— Parce que c'était l'occasion rêvée de leur faire croire que nous leur faisions confiance, répondit-elle doucement. Si l'un d'eux est impliqué, il connaît déjà Terrell Blackwood et vous ne lui avez donc rien appris.

À 9 h 01, Dirk composa le numéro du banquier que Mei-li lui avait donné. Effectivement, l'homme en question connaissait bien la marche à suivre. Dirk appela ensuite son agent, qui avait procuration pour toute démarche administrative, et lui demanda d'organiser le transfert des vingt millions vers une banque à Hong Kong.

— Que fait-on ensuite ? demanda-t-il à Mei-li.

— Ça dépend.

— De quoi ?

Elle le regarda un instant, puis dit :

— De si vous voulez simplement retrouver vos filles vivantes. Ou si vous souhaitez traduire les ravisseurs en justice.

Il s'apprêtait à répondre, mais elle leva une main pour le faire taire.

— Réfléchissez bien avant. Réfléchissez vraiment.

Quand il avait appris l'enlèvement de ses filles, il avait envisagé de démembrer soigneusement les ravisseurs. Pourtant, si cette rage instinctive l'habitait toujours, elle s'était atténuée. Bien sûr, il avait toujours envie de se faire justice lui-même, mais son vernis de civilisation et de culture était suffisant pour qu'il accepte que cela ne soit pas possible. En revanche, cela ne signifiait pas qu'il ne voulait pas obtenir justice.

Soudain, une pensée lui traversa l'esprit : traquer les ravisseurs comportait de graves risques… pour ses filles.

Il savait ce qu'il devait répondre. Les ravisseurs étaient la lie de l'humanité et devaient croupir en prison pour le restant de leurs jours. La part primitive de lui-même rêvait toujours de remuer ciel et terre pour atteindre ce but, mais…

Il visualisa Linden et Laurel, leurs petits visages radieux d'innocence la dernière fois qu'il leur avait lu une histoire, la dernière fois qu'il les avait bordées… Il sentait encore leurs bras autour de son cou quand elles lui faisaient un dernier bisou. Il sut alors avec une certitude absolue qu'il ne ferait jamais rien pour compromettre leur sécurité.

— Je veux que les ravisseurs soient arrêtés, répondit-il d'une voix grave. Mais je ne suis pas prêt à risquer la vie de mes filles. Tout ce qui compte, c'est qu'elles soient saines et sauves.

Mei-li hocha simplement la tête, mais Dirk vit dans son regard comme une lueur d'approbation.

— J'en prends bonne note, car notre prochaine action en dépend.

— Quelle est notre prochaine action ?

Elle soupira, la mine contrite.

— S'il s'agissait d'un enlèvement ordinaire, il faudrait réunir la rançon exactement comme ils l'ont demandé. En dehors de ça… Rien. Il faudrait attendre bien sagement que les ravisseurs nous contactent, puis suivre les instructions à la lettre. Ensuite, toujours dans le cas d'un enlèvement ordinaire, il faudrait payer, en priant que tout se passe bien, que personne d'autre que les ravisseurs ne se présente sur le lieu du dépôt, que la rançon ne soit pas récupérée par un citoyen bien intentionné qui…

Elle s'interrompit brusquement.

— Est-ce ce qui s'est passé pour votre fiancé ? demanda-t-il d'une voix hésitante et pleine de douceur.

Au bout de quelques secondes, elle fit signe que oui.

— Un homme a trouvé la mallette et l'a portée au commissariat le plus proche. Il n'a même pas vérifié le contenu. Par malchance, le commissariat en question était bondé, ce jour-là. Les policiers étaient débordés et il a fallu attendre plusieurs heures avant que quelqu'un ouvre la valise pour essayer d'y trouver un indice sur son propriétaire. Quand ils ont vu l'argent et compris de quoi il s'agissait, il était trop tard.

Son visage se ferma soudain, indiquant clairement que le sujet était clos. Dirk ressentit alors une compassion identique à celle qu'elle éprouvait pour lui. Au bout de quelques longues secondes, il s'efforça de reprendre le fil de leur conversation.

— Il ne s'agit pas d'un enlèvement ordinaire. Donc, quelle est notre prochaine étape ?

— En général, je conseille à mes clients de se libérer complètement, mais…

— Bon sang ! Je n'y pensais même plus ! Je suis censé être en tournage, aujourd'hui.

Il sortit son téléphone, mais Mei-li le retint d'un geste.

— J'ai appelé mon père avant le petit déjeuner. Je ne suis pas entrée dans les détails, mais il sait que vos filles ont été enlevées. Ne vous inquiétez pas, il saura rester discret.

— Je sais. J'ai toute confiance en Josh.

— Il m'a chargée de vous dire qu'il était sincèrement navré et que vous ne deviez vous soucier que d'une chose : vos filles. En tant que producteur et réalisateur, il a une grande marge de manœuvre. Officiellement, vous êtes au lit avec une grippe carabinée et il va modifier le planning pour filmer d'autres scènes cette semaine.

— C'est très généreux de sa part mais, si ça a le moindre impact financier sur le film, je veux que…

— Vous vous inquiéterez de ça en temps et en heure.

— D'accord. Bon. Quoi d'autre ?

Le téléphone secret de Terrell Blackwood sonna juste après 9 heures. Il était seul dans sa demeure de Minnetonka, ayant donné congé à ses employés pour la semaine. Il ne voulait aucun témoin. Vingt ans plus tôt, il aurait eu toutes les peines du monde à se débrouiller seul aussi longtemps, mais plus à présent. Pas après la prison.

— Allô !

— Il y a un autre problème avec la livraison de vos colis, annonça une voix froide, sans préambule.

— Un problème ?

— Le typhon d'hier a endommagé l'avion qui devait servir

à les acheminer. Les pièces détachées nécessaires ne seront pas disponibles tout de suite.

Terrell jura mentalement, mais se contenta de répondre :

— Que proposez-vous ?

— Il serait… peu recommandable de livrer les colis par un autre avion. La situation pourrait devenir critique. Je suggère donc de repousser la livraison jusqu'à ce que l'avion initialement prévu soit de nouveau opérationnel.

— Combien de temps ?

— Les pièces devraient arriver d'ici trois jours maximum. Elles doivent être expédiées par le fabricant, depuis les États-Unis. Ensuite, il faudra compter moins d'une journée de main-d'œuvre.

Trois à quatre jours. Une éternité. Mais il avait attendu si longtemps que quelques jours ne feraient aucune différence.

— C'est entendu.

— Bien, monsieur.

Terrell se souvint alors que Derek Summers savait déjà qui tirait les ficelles de cet enlèvement. Il avait pensé que les fillettes seraient loin de Hong Kong, sinon il n'aurait jamais pris ce risque.

— Cela change également la donne pour la suite, ajouta-t-il.

Depuis le début, le plan était que ses agents récupèrent la rançon… sans rendre les jumelles à leur père. Terrell avait garanti une rémunération fixe aux ravisseurs, en plus de la rançon elle-même, principalement parce qu'il ne voulait pas que les fillettes soient tuées. L'idée que Summers finance lui-même l'enlèvement de ses filles lui avait semblé séduisante. C'était comme remuer le couteau dans la plaie. Terrell avait d'ailleurs bien l'intention de lui faire connaître ce petit détail… En temps voulu.

— Comment cela ?

Terrell réfléchit à la façon dont il allait s'exprimer sans trop en révéler au téléphone. Certes, il avait payé cash cet appareil afin qu'on ne puisse pas retrouver sa trace. Toutefois, mieux valait se montrer prudent.

— La présentation de la facture devra être retardée, expliqua-t-il, en espérant que son agent comprendrait que la demande de rançon devait être repoussée, d'une façon ou d'une autre.

— Bien reçu. Nous pourrions toutefois être confrontés à des

difficultés de stockage. Les pilotes ont refusé les colis hier, car ils ne voulaient pas endosser cette responsabilité avant le vol.

— Où se trouvent les colis, actuellement ?

Terrell n'avait pas envisagé de devoir garder les filles de Summers à Hong Kong.

— Nous avons trouvé un entrepôt temporaire, mais il ne nous semble pas bien sécurisé.

Terrell savait qu'il ne s'inquiétait pas de la sécurité des filles, mais de la sienne.

— Nous allons devoir trouver un autre endroit, ajouta l'homme. Ou bien abandonner les colis.

— C'est hors de question.

Terrell sentait sa conscience le travailler. Enlever les filles de Summers, les mettre en vente sur le marché noir de l'adoption aux États-Unis… Tout ça, il l'envisageait sans ciller. Mais les tuer ? Il ne pouvait se résoudre à pousser les choses aussi loin. Même si Summers méritait le pire, Terrell n'était pas un monstre. D'ailleurs, il était hors de question que les cadavres de ces filles resurgissent un jour ou l'autre pour permettre à Summers de faire son deuil.

— Entendu. Nous ferons de notre mieux.

— Je n'en attends pas moins de vous.

Comme un lion en cage, Dirk faisait les cent pas dans le salon, sous le regard impassible de Mei-li, qui était installée sur le sofa, les jambes remontées sous elle.

— Toute cette agitation ne sert à rien, fit-elle remarquer.

— On voit bien que ce ne sont pas vos filles ! rétorqua-t-il, avant de se reprendre aussitôt. Je vous prie de m'excuser. C'était totalement déplacé.

— Oui, mais totalement compréhensible.

Elle comprenait parfaitement ce désir d'agir. Pour un homme tel que lui, cette impuissance devait être insupportable. Elle sortit son carnet de son sac, dans l'intention de passer ses notes en revue, quand elle se rendit compte qu'elle n'avait pas reparlé avec Dirk des deux conversations téléphoniques qu'il avait eues avec le ravisseur. Elle l'invita d'un geste à s'asseoir à son côté.

— Venez, nous allons reparler de ces appels… Celui d'hier et celui de ce matin. J'aurais dû vous demander tous les détails aussitôt.

Dirk s'assit, mais dans le fauteuil le plus proche de la fenêtre. Mei-li s'interrogea un instant sur ce choix. La veille au soir, il lui avait semblé si ouvert, si vulnérable. À présent, il s'était refermé et la tenait à distance.

*À distance ?* se répéta-t-elle, soudain interloquée par la direction que prenaient ses pensées. *C'est un client. Ne mélange pas tout.*

— Que voulez-vous savoir ? demanda-t-il.

— Commençons par hier. Dites-moi tout ce dont vous vous souvenez, dès la première phrase du ravisseur.

Il se mit à parler, lentement d'abord, comme s'il voulait ne rien oublier. Puis son débit s'accéléra, mais Mei-li n'eut aucun mal à le suivre, car elle avait développé son propre système d'abréviations. Certains détectives privés se servaient d'enregistreurs, mais elle trouvait que cela mettait souvent les clients mal à l'aise.

Elle gardait les yeux rivés sur son carnet, se concentrant sur la voix grave et mélodieuse de Dirk. De temps en temps, toutefois, elle levait les yeux pour le regarder, surtout quand quelque chose changeait dans son ton… Ce qui se produisait chaque fois qu'il évoquait ses filles.

— C'est tout, annonça-t-il enfin. Il a dit : « Terrell Blackwood vous salue bien », et il a raccroché.

Mei-li passa rapidement en revue ses notes. Parfois, des détails anodins se révélaient cruciaux, mais pas cette fois.

— À présent, parlez-moi de l'appel de ce matin.

— Ce n'était pas très différent. Sauf la demande de rançon. Et le fait qu'il savait que je n'avais pas appelé la police.

— Si vous le voulez bien, demanda-t-elle avec un léger sourire, je vais vous demander de fermer les yeux. Parfois, cela aide beaucoup. Reprenez depuis le début.

Dirk avait atteint le moment de la conversation où il avait exigé une preuve que ses filles étaient bien en vie.

— À ce moment, j'ai entendu un bruit de fond. Quelque chose

de vaguement familier, mais que je n'ai pas réussi à reconnaître. Ensuite, il a dit : « Très bien. Occupez-vous de l'argent. Je m'occupe de vous fournir une preuve. » Ensuite, je…

— Une seconde, interrompit Mei-li et Dirk ouvrit brusquement les yeux. Parlez-moi de ce bruit de fond.

— Ça m'était complètement sorti de la tête. Quand il a parlé de la suite, j'ai…

— De quoi s'agissait-il ?

Dirk ferma de nouveau les yeux, le front plissé par la concentration, mais il finit par secouer la tête d'un air agacé.

— C'est juste là. Mais je n'arrive pas à mettre le doigt dessus.

Ils se regardèrent un moment, puis Mei-li demanda :

— Avez-vous déjà été hypnotisé, Dirk ?

En voyant son regard sceptique, elle rit.

— Ce n'est pas aussi incroyable que vous le croyez. Cela ne fonctionne pas avec tout le monde, mais il paraît que les gens imaginatifs sont particulièrement réceptifs. Vous êtes acteur, non ? Vous ne devez pas manquer d'imagination…

Dirk eut un petit rire amer.

— Ouais, je suis un acteur, mais je n'ai pas plus d'imagination que les autres. Je ne pense pas que…

— Ça ne coûte rien d'essayer, reprit-elle avec un sourire de défi. J'ai toutes les qualifications, évidemment.

Dirk s'apprêtait à répondre, mais se ravisa. Elle l'avait coincé et il le savait.

— Si par hasard je parviens à vous hypnotiser, reprit-elle, sachez que je ne vous poserai des questions que sur ce bruit que vous avez entendu. Vos secrets ne risquent rien, ajouta-t-elle en le regardant droit dans les yeux. Je vous le promets.

Elle avait parlé d'un ton volontairement doux et rassurant, car elle savait qu'il cachait des choses. Cela se voyait sur son visage. Des secrets plus sombres encore que celui qu'il avait partagé avec elle la veille.

— Comment procède-t-on ? demanda-t-il enfin. Vous balancez une montre de gousset devant mes yeux en prenant une voix d'outre-tombe ? Genre : « Regardez-moi dans les yeux » ?

Il plaisantait, mais elle voyait bien qu'il était tendu.

— Je n'ai pas de montre de gousset, répondit-elle avec bonne humeur. Et je ne sais pas prendre une voix d'outre-tombe.

Son rire arracha à Dirk un semblant de sourire, le premier sourire sincère depuis le soir de leur rencontre. Elle voyait enfin celui que les journaux féminins qualifiaient d'« homme le plus sexy de la planète ». À raison, il fallait l'admettre. Même s'il était bien plus que cela.

Comment avait-elle pu le prendre en grippe de la sorte, le soir de leur première rencontre ? Cela ne lui ressemblait pas du tout. En général, elle se montrait assez tolérante vis-à-vis des hommes qui admiraient ouvertement son physique. Sa propre beauté la laissait indifférente — un bon tirage à la loterie génétique, rien de plus. Elle n'y était pour rien. Elle faisait de son mieux pour ne pas en rajouter, surtout quand elle travaillait. Elle se maquillait très peu. En revanche, elle avait un faible pour les beaux vêtements, particulièrement la soie, comme la robe rouge qu'elle portait l'autre jour. Et peu d'hommes résistaient à une femme en rouge. Elle s'était donc montrée bien injuste envers Dirk.

Il y avait bien pire que les hommes qui la courtisaient pour son physique : ceux qui s'intéressaient à elle à cause de son père. Des acteurs superficiels, narcissiques, qui voulaient se servir d'elle pour faire décoller leur carrière. Ce n'était absolument pas le cas de Dirk, qui était déjà une star internationale. Au contraire, c'était même son père qui ne cessait de parler de Dirk, ravi qu'il était d'avoir réussi à décrocher une vedette pareille pour son prochain film.

Ce qu'il avait raconté sur l'acteur lui rappelait à quel point elle s'était trompée sur son compte... Tout comme il s'était trompé sur le sien en pensant qu'elle était la maîtresse de son père. Pourquoi s'était-elle agacée aussi vite ? Parce que son erreur lui avait semblé grossière ? Ou bien y avait-il une cause plus profonde ?

À l'instant même où elle l'avait aperçu au club, son corps avait réagi d'une façon instinctive qu'elle avait presque oubliée. Les pointes de seins durcies, un frisson le long de l'échine, une tension dans les reins, un nœud dans la gorge. Elle avait été obligée de détourner le regard pour se concentrer sur la scène.

Avait-elle craint que cet homme soit capable de faire tomber les murs qu'elle avait dressés autour d'elle après la mort de Sean ?

Soudain, elle se rendit compte qu'ils se regardaient depuis de longues minutes sans un mot. Dirk ne souriait plus, mais son visage reflétait à présent des pensées qui lui serraient le cœur. Pas du désir. Pas exactement. Plus comme un besoin. Une soif de chaleur. De compagnie. De contact féminin.

Elle inspira profondément et détourna les yeux. Quand elle le regarda de nouveau, l'expression avait disparu, comme si elle n'avait jamais existé. Comme si Mei-li avait rêvé. Elle savait pourtant que son imagination n'était pas en cause.

— Donc, comment comptez-vous procéder ? demanda Dirk d'un ton qui se voulait détendu.

Mei-li savait qu'il avait été ému, mais décida, comme lui, de faire semblant de rien.

— Une simple question de concentration, expliqua-t-elle.

— Si vous le dites.

— Vous n'avez rien à perdre. Au contraire.

— D'accord. Dites-moi quand vous êtes prête à commencer.

— Fermez les yeux, s'il vous plaît. C'est la première étape.

Il obéit. Elle devait d'abord dissiper cette tension dans ses épaules. Elle commença donc par parler d'elle-même, de son enfance à Hong Kong, et des endroits qu'elle avait visités en suivant son père sur les tournages. Au fur et à mesure qu'elle évoquait ces souvenirs en apparence anodins, elle voyait le corps de Dirk se libérer et se détendre.

Il n'avait pas beaucoup dormi — elle était bien placée pour le savoir, ayant passé la nuit contre lui. Cela signifiait qu'il était physiquement et émotionnellement épuisé et qu'elle devait pouvoir le plonger dans un état de transe sans trop d'efforts. Sans marquer de pause, elle se mit à parler de son travail, évoquant les différentes affaires qu'elle avait pu gérer.

— Il est toujours difficile de maintenir une distance émotionnelle avec les clients, expliqua-t-elle, veillant à parler toujours d'une voix calme. Parce que je sais mieux que quiconque ce qu'ils sont en train d'endurer. Cela signifie que je souffre avec eux… À chaque fois. Cela signifie aussi que je me réjouis avec eux quand ils retrouvent leur proche.

Planter le décor. Gagner sa confiance.

— Cette fois-ci encore, je veux me réjouir, poursuivit-elle, toujours sur cette cadence hypnotique. Mais j'ai besoin de votre aide. Vous êtes le seul à pouvoir agir, Dirk, en vous souvenant de ce que vous avez entendu. Je veux donc que vous remontiez jusqu'à ce matin. Vous allez me guider pas à pas. Mot à mot. Toutes vos pensées. Tout ce que vous avez ressenti. Racontez-moi, Dirk.

Il se mit à parler. Elle n'eut besoin de le relancer qu'une ou deux fois, mais retranscrit la conversation presque mot pour mot.

— « Mais avant de vous donner la rançon, je dois savoir si mes filles sont toujours en vie », récita Dirk comme un automate.

Soudain, son expression se fit perplexe.

— Qu'est-ce que c'est, Dirk ? demanda Mei-li d'une voix calme. Que se passe-t-il ?

— J'entends quelque chose au loin, répondit-il de la même voix monotone. Un son…

— Quel son ? demanda-t-elle.

— C'est le Star Ferry, répondit-il. Je reconnais la sirène du bateau.

# 7

— Dirk !

La voix semblait lointaine, déformée, comme s'il était sous l'eau.

— Réveillez-vous, Dirk ! répéta-t-elle avec plus d'urgence.

Il savait qu'il devait se réveiller. Il remonta vers la surface, mais il avait l'impression de nager dans de la mélasse. Puis, il ouvrit les yeux et aperçut Mei-li agenouillée devant son fauteuil, qui serrait ses deux mains dans les siennes.

— Quoi ? s'écria-t-il, soudain paniqué. Que se passe-t-il ?

— Tout va bien. Vous vous êtes souvenu, c'est tout. Le son que vous avez entendu au téléphone.

Soudain, tout lui revint.

— Le Star Ferry. La sirène du bateau.

Il se tourna vers la baie vitrée surplombant la baie.

— Oui, c'est bien ça que j'ai entendu, chuchota-t-il.

— Cela signifie que ce matin le ravisseur pouvait entendre la sirène du Star Ferry. Côté Hong Kong ou côté Kowloon, je ne sais pas, mais pas très loin.

Dirk se leva brusquement et sortit sur le balcon.

— On le voit d'ici, appela-t-il, appuyé à la rambarde.

Mei-li le rejoignit. Il désigna du doigt le Star Ferry qui approchait de Tsim Sha Tsui en provenance de l'île de Hong Kong. Il observa un moment le bateau, puis une pensée insoutenable lui traversa l'esprit. Dans un état de frénésie furieuse, il saisit par le tronc un des arbustes en pot ornant le balcon.

— Cela ne signifie rien ! hurla-t-il en traînant l'arbuste et son pot en direction des fenêtres.

Il frappa du poing la rambarde en métal, sans même s'en

rendre compte. Il avait envie de casser quelque chose, de se faire du mal à lui-même.

— Rien !

Il tomba à genoux, martelant le sol comme s'il espérait chasser la souffrance brutale qui lui oppressait le cœur. Comme si la douleur physique pouvait éradiquer l'émotionnelle.

— Pourquoi ? lança-t-il, le visage levé vers le ciel.

— Arrêtez !

Mei-li s'accroupit et le serra contre elle tandis qu'il continuait à se débattre. Soudain, il se rendit compte qu'elle pleurait.

— Ne faites pas ça, murmura-t-elle. Je vous en prie…

Dirk ne parvenait plus à parler, car trop d'émotions se débattaient en lui. Il aurait voulu pleurer, lui aussi, mais rien ne sortait. Il n'y était pas arrivé non plus à la mort de Bree. Même cette libération lui était inaccessible.

— Arrêtez ! répéta Mei-li en appuyant son visage baigné de larmes contre son épaule.

Enfin, il parvint à parler, sa gorge aussi rugueuse que du papier de verre.

— Je me suis souvenu… Mais ça ne sert à rien.

Elle ferma les yeux et s'efforça de respirer profondément.

— Cette fois, non. Mais vous ne pouvez pas renoncer, parce que la prochaine fois… Peut-être que la prochaine fois…

Une heure plus tard, la fureur de Dirk s'était apaisée. Par chance, il n'avait pas abîmé la porte vitrée. Quand Mei-li entreprit de remettre le pot en place, il la repoussa gentiment.

— Allez vous passer de l'eau sur le visage. J'ai l'habitude de nettoyer derrière moi.

Puis, il lava ses mains meurtries et sanguinolentes dans la cuisine, observant presque avec détachement le mélange de terre, de sang et de savon qui disparaissait par le siphon.

— À quand remonte votre dernier rappel antitétanique ? demanda Mei-li depuis la porte.

Dirk se retourna. Elle avait lavé les larmes sur ses joues, mais ses yeux étaient encore rouges. Jamais il n'oublierait qu'elle avait pleuré pour lui, quand il en était incapable.

Il s'essuya les mains sur un torchon, grimaçant en voyant les traces rosâtres qu'il laissait encore sur le tissu, puis s'adossa au plan de travail.

— Il y a deux ans environ. J'ai croisé d'un peu trop près une épée médiévale sur un tournage.

L'incident lui avait valu onze points de suture et une belle cicatrice mal placée, mais il n'avait pas l'intention de s'étendre sur le sujet.

— Tant mieux. Mieux vaut ne pas prendre de risques.

Elle s'avança vers lui pour examiner ses mains, où des ecchymoses se formaient déjà.

— Ça commence à faire beaucoup, fit-elle remarquer en levant les yeux vers lui.

— Quoi ?

— Ces choses que vous faites et qui ne servent à rien, expliqua-t-elle avec un léger sourire. Refuser de manger. Faire les cent pas. Et maintenant, ça.

Il sourit comme un petit garçon pris sur le fait.

— Je tâcherai de m'en souvenir. Ou alors, je vous garde à mes côtés pour me le rappeler, de temps en temps.

Son sourire s'estompa, car il se rendit compte qu'il avait bel et bien envie qu'elle reste, mais pas pour lui servir de conscience. Quand elle se rapprocha, il sentit la chaleur qui émanait de son corps et ce très léger parfum de gingembre. Brusquement, il la désira. Comme un fou. Elle ne résista pas quand il la prit dans ses bras. Au contraire, elle leva vers lui son visage, comme pour l'inviter à l'embrasser. Une invitation qu'il ne pouvait refuser.

Il savait déjà qu'elle était douce et que sa peau était un délice. En revanche, il ne savait pas que ses lèvres seules étaient capables de déclencher chez lui une excitation aussi absolue. Il ne s'était pas non plus attendu à la satisfaction qu'il ressentit lorsqu'elle s'abandonna.

Rapidement, cette béatitude laissa place à des sentiments plus confus. Le désir planta ses griffes en lui tandis qu'elle l'entraînait vers des contrées oubliées. Lorsque Dirk entendit un grondement sourd s'échapper de la gorge de Mei-li, il abandonna sa bouche pour explorer la source de ce bruit si doux, pressant ses lèvres sur son cou offert. Il profita de la situation sans hésiter, se traçant un chemin jusqu'à la naissance de sa gorge. Les battements frénétiques de son cœur attisèrent son désir, car il savait que c'était pour lui que celui-ci s'affolait. Elle le désirait tout autant qu'il la désirait.

Ses mains couraient sur tout son corps, sans répit, pleines d'impatience, se glissant sous la ceinture de sa jupe pour atteindre sa peau, plus soyeuse encore que le tissu. Pendant quelques brèves secondes, il voulut s'arrêter, mais ses doigts ne lui obéissaient déjà plus. Elle posa sa main sur son sexe, caressant son érection à travers la toile de son jean qui refusait de céder. *Maudit jean !* pensa-t-il en souriant, avant de soupirer de soulagement lorsque Mei-li défit le bouton et la fermeture Éclair pour le libérer.

Une petite main se glissa dans son boxer et…

La sonnerie stridente de la porte d'entrée retentit et tout se brisa. Dirk lâcha un chapelet de jurons. Il aurait préféré ignorer l'importun, mais déjà Mei-li s'écartait de lui. Son visage trahissait clairement que son propre comportement la stupéfiait, tout comme cette proximité aussi soudaine qu'inattendue…

— Rhabillez-vous, chuchota-t-elle en s'efforçant de remettre un semblant d'ordre dans ses vêtements.

Estimant sans doute qu'il n'allait pas assez vite, elle tendit la main vers la fermeture Éclair, mais il l'arrêta avant qu'elle ne l'émascule et se rhabilla lui-même… Avec quelques difficultés. Il tenait à peine dans son jean.

La sonnette retentit de nouveau, avec plus d'insistance. Mei-li baissa les yeux vers l'entrejambe encore enflé de Dirk.

— Je vais ouvrir, annonça-t-elle en se tournant vers l'entrée. Vous feriez mieux de…

— Oui. Je vais dans la chambre jusqu'à ce que…

Il la rattrapa par le bras.

— N'ouvrez pas avant de savoir qui c'est !

Puis, il l'embrassa de nouveau, en prenant cette fois tout son temps, et chuchota avec le plus grand sérieux :

— Ce n'était pas une erreur, Mei-li. Et ce n'est pas terminé.

***

Dirk ressortit de la chambre quelques minutes plus tard. Il avait pris une rapide douche glacée dans l'espoir de dompter son érection, mais cela n'avait pas servi à grand-chose. Son esprit s'était mis à vagabonder pendant qu'il se séchait et des visions de Mei-li s'étaient immiscées en lui — sa chaleur, sa douceur inattendue, ces petits bruits qui lui échappaient. Le temps de finir de s'habiller, il était déjà de nouveau au comble de l'excitation. *Je n'y peux rien*, se dit-il avec une pointe de bonne humeur en rentrant sa chemise dans son pantalon.

Lorsqu'il regagna le salon, Rafe était en pleine discussion avec Mei-li. Visiblement, le garde du corps avait appris quelque chose d'intéressant et Dirk put enfin chasser de son esprit le souvenir de ce qui s'était passé dans la cuisine.

— Il a accepté de venir pendant sa pause déjeuner, expliquait Rafe en consultant sa montre. Il ne devrait plus tarder. Je lui ai dit qu'il ne le regretterait pas et…

La sonnette retentit. Rafe bondit pour ouvrir et fit entrer un Chinois d'une soixantaine d'années vêtu d'un uniforme.

— Merci d'être venu, monsieur Lin, lança Rafe en invitant l'homme à entrer. C'est vraiment très gentil à vous. Monsieur DeWinter, mademoiselle Moore, voici M. Kampor Lin, un des portiers de l'entrée principale. Il travaillait hier et je crois que vous devriez écouter ce qu'il a à dire.

Mei-li s'empara de son sac à main et sortit un billet de couleur rouge, qu'elle plia avec dextérité pour le glisser dans la paume du portier en lui serrant la main. Le billet disparut et elle murmura quelques paroles en cantonais, avant de s'écarter pour que Dirk puisse à son tour saluer l'homme.

— Monsieur Lin m'a expliqué tout à l'heure ce qu'il a vu hier après-midi, reprit Rafe.

— Asseyons-nous, proposa Mei-li en désignant le canapé et les fauteuils du salon.

Lorsque tout le monde fut installé, elle se tourna vers le portier et lui posa une question en cantonais. L'homme acquiesça vigoureusement, avec un sourire qui révéla un large écart entre ses deux dents de devant. Il parla ensuite pendant plus d'une minute, sans s'arrêter, le visage rayonnant de fierté. Mei-li semblait fascinée par son récit. Elle attendit poliment qu'il ait terminé avant de se tourner vers Dirk.

— J'ai demandé à M. Lin s'il avait des enfants. Il me parlait de ses deux fils et de sa fille, qui ont tous été à l'université. L'aîné est pharmacien, le second est comptable. Sa fille est institutrice.

En voyant son regard appuyé, Dirk comprit qu'il devait refréner son impatience.

— Vous devez être très fier de vos enfants, monsieur Lin.

— Oui, répondit le portier en anglais. Le ciel a souri à ma famille. Et bientôt, la femme de mon premier fils va me donner mon premier petit-enfant.

— Vous avez vraiment de la chance, approuva Mei-li avec un sourire, avant de reprendre avec un air grave : En tant que père vous-même… et bientôt grand-père… vous comprenez ce qu'un père ressent pour ses enfants. C'est son lien vers l'immortalité.

— Absolument.

— Quelque chose d'inestimable a été volé à M. DeWinter, hier, poursuivit Mei-li, toujours grave. Ses deux filles jumelles. Des petites filles d'à peine deux ans.

Choqué qu'elle révèle la nouvelle à un inconnu, Dirk se tourna vivement vers elle. Elle ne le regarda pas.

— Vous pouvez comprendre mieux que quiconque pourquoi nous avons tant besoin de votre aide.

Le visage du portier se décomposa aussitôt.

— Volé ? demanda-t-il sombrement. Ah ! je savais bien qu'il y avait quelque chose de louche chez ces deux hommes. Mais jamais je n'aurais imaginé…

— Quels hommes ? interrompit Dirk.

— Hier après-midi, pendant que tout le monde s'activait en prévision du typhon, ces deux hommes sont sortis rapidement. Il ne pleuvait pas encore, mais quand même… Ils n'avaient pas l'air d'être des clients. *C'est bizarre*, ai-je pensé.

— Qu'est-ce qui vous fait dire qu'il ne s'agissait pas de clients ? demanda Mei-li.

— Ils portaient tous les deux un gros sac en toile… Du genre militaire. À cause de la couleur, vous comprenez.

— Kaki ?

— C'est ça. Nous avons peu de militaires, à l'hôtel. Et les sacs n'étaient pas tout neufs non plus. Pas vraiment le genre de bagages qu'on voit d'habitude au Peninsula.

Il renifla avec mépris.

— Il y avait autre chose. L'un des hommes portait un…

Il cherchait ses mots.

— Un sac à langer ?

— C'est ça ! Un attaché-case ou une sacoche d'ordinateur, j'aurais pu comprendre. Mais un sac à langer ? Ils semblaient très pressés et l'un d'eux m'a demandé d'appeler un taxi.

— Ce que vous avez fait.

— Oui. Il y a un autre détail qui a achevé de me convaincre qu'ils n'étaient pas clients de l'hôtel.

— Le pourboire, bien sûr, dit Mei-li avec un sourire.

— Un billet bleu, approuva l'homme avec mépris, presque comme s'il s'était senti insulté. Aucun client du Peninsula ne laisse de billets bleus en pourboire.

— Les billets de Hong Kong sont de différentes couleurs, expliqua Mei-li à Dirk. Pour les identifier plus facilement. Le bleu, c'est vingt dollars… Même pas trois dollars américains.

Dirk avait compris avant même l'explication de Mei-li. Il était à Hong Kong depuis assez longtemps pour avoir une vague idée des prix locaux, et la chambre la moins chère du Peninsula coûtait quatre cents dollars américains. Seule une clientèle aisée pouvait se permettre de descendre là.

— À quoi ressemblaient-ils ? demanda Dirk, espérant vaguement un signe distinctif, un détail frappant.

— Nous étions très occupés, hier, dit M. Lin, presque en s'excusant. Il y avait des taxis et des voitures qui arrivaient en permanence. Je ne me souviens que de l'homme qui s'est adressé à moi, celui avec le sac à langer. C'était un Américain aux yeux sombres, avec des cheveux bruns, coupés très court. Il portait des bottes de western, comme dans les films.

— Des bottes de cow-boy ? demanda Dirk.

— Voilà ! Il était grand. Pas autant que M. Johnson, précisa-t-il en désignant Rafe. L'autre homme était plus petit. Chinois. Cheveux noirs un peu longs sur les côtés. Yeux noirs, évidemment. Mais il n'a pas dit un mot, donc je ne sais pas s'il est de Hong Kong.

Il fronça les sourcils, comme s'il cherchait à se souvenir de quelque chose, mais finit par renoncer.

— C'est tout ce dont je me souviens… Ah si ! Le chauffeur a voulu mettre les sacs dans le coffre, mais ils ont insisté pour le faire eux-mêmes. Vous croyez que… ?

Mei-li, Dirk et Rafe échangèrent un regard entendu. Si ces hommes étaient bel et bien les ravisseurs, le contenu des sacs en toile ne faisait plus aucun doute : il s'agissait des deux petites filles endormies.

— Quand ils sont montés dans le taxi, ajouta le portier, le plus grand des deux a demandé au chauffeur de les conduire à l'aéroport. Nous avons bien tenté de lui expliquer qu'aucun avion ne serait autorisé à décoller, mais il a insisté.

Son expression trahissait ce qu'il pensait d'un homme ignorant un sage conseil.

— Quel âge leur donneriez-vous ? demanda Mei-li.

— Le Chinois, entre vingt-cinq et trente ans, répondit le portier sans hésiter. Quant à l'Américain…

Il se gratta le menton.

— Difficile à dire. Je dirais entre trente et quarante. Je ne peux pas être plus précis.

— Aucun signe distinctif ? Une cicatrice ? Une tache de naissance ?

— Non. Mais j'allais oublier : le Chinois avait un tatouage sur l'intérieur de son poignet gauche. Je l'ai vu quand il a posé le sac dans le coffre. Je ne sais pas de quoi il s'agissait, mais…

Mei-li se perdit un instant dans ses pensées. Puis, elle se leva et tendit la main au portier avec un sourire reconnaissant.

— Merci infiniment, monsieur Lin. Votre aide nous a été très précieuse et nous vous remercions d'être venu pendant votre pause déjeuner. J'ai encore un service à vous demander, si vous voulez bien.

— Si je peux vous aider…

— J'ai un ami portraitiste. Accepteriez-vous de lui décrire ces deux hommes ? Vous êtes sans doute le seul à avoir vu leur visage, et votre témoignage pourrait être crucial.

— Mais bien sûr. Ce serait un honneur de vous aider.

— Le temps presse, évidemment. Si M. DeWinter s'entendait avec la direction de l'hôtel, accepteriez-vous de rencontrer le dessinateur au plus vite ?

Le portier acquiesça.

— Mon ami pourrait venir ici, ce sera sans doute le plus simple pour vous.

Elle hésita un instant, puis poursuivit :

— Il est important qu'aucun détail de cette affaire ne parvienne aux oreilles de la presse. Une célébrité comme M. DeWinter risquerait d'être assaillie par les journalistes et la discrétion est une question de vie ou de mort.

— Soyez sans crainte, assura le portier avec ferveur.

— Je savais que je pouvais compter sur votre discrétion.

Elle lui serra de nouveau la main, ajouta quelques mots en cantonais, puis, un nouveau billet apparut dans sa main, marron et jaune celui-là. Le portier leva les mains en signe de protestation et se mit à parler avec volubilité en cantonais. Mei-li se tourna vers Dirk.

— M. Lin dit qu'en tant que père il refuse d'accepter de l'argent pour aider un autre père à retrouver ses enfants ou pour rester discret sur le sujet, expliqua-t-elle.

Dirk sentit un élan de compassion pour le vieil homme, mais le regard de Mei-li ne lui échappa pas. Lui prenant le billet des mains, il le pressa dans la main du portier :

— Pour votre futur petit-enfant. Entre pères, nous nous comprenons. Je vous remercie du fond du cœur.

Le portier finit par acquiescer et le billet disparut dans sa poche.

— Vous êtes un homme bon, monsieur DeWinter. Je suis désolé de ne pouvoir vous aider davantage. Je ferai de mon mieux pour décrire ces hommes au dessinateur. Je prie le ciel pour que cela vous aide à retrouver vos filles rapidement.

— Merci. C'est ce que je souhaite aussi.

Mei-li raccompagna M. Lin à la porte, qu'elle lui tint ouverte avec courtoisie. Elle était sur le point de refermer lorsque le vieil homme se retourna soudain, l'air songeur.

— Peut-être le chauffeur de taxi pourrait-il vous en apprendre davantage ?

# 8

Ce fut comme si un courant électrique traversait la pièce.

— Le chauffeur de taxi ? s'écria Dirk. Vous le connaissez ?

— Mais oui. Yik-hong Wang travaille pour l'hôtel depuis de nombreuses années. Il transporte les clients entre l'aéroport et le Peninsula, ou bien les conduit dans Hong Kong et les Nouveaux Territoires. Il devrait pouvoir vous dire où il a déposé ces deux hommes, à quel terminal.

— Où pouvons-nous trouver ce M. Wang ? demanda promptement Mei-li.

— Il travaille tous les jours. Il a déjà conduit trois clients à l'aéroport, maintenant que le typhon est passé et que les avions sont de nouveau autorisés à décoller.

Dirk se tourna vers Rafe, qui réagit aussitôt.

— Je m'en occupe, annonça-t-il en se dirigeant vers la porte. Si vous voulez bien me présenter, monsieur Lin ?

Dirk resta planté au milieu du salon tandis que Mei-li refermait la porte derrière les deux hommes.

— Est-ce possible ? murmura-t-il.

Il avait l'impression que des nuages noirs venaient de s'écarter pour laisser passer un rayon de soleil d'une pureté aveuglante.

— C'est une avancée énorme, reconnut Mei-li. Je ne veux pas vous décourager, mais vous devez savoir que, même si le chauffeur de taxi nous indique où il a conduit les ravisseurs et vos filles, cela ne signifie pas qu'elles s'y trouvent encore à l'heure qu'il est.

— Taisez-vous, répliqua-t-il en se reculant brusquement. C'est la première lueur d'espoir que j'ai et vous…

Il ravala sa colère et se dirigea vers la cuisine pour prendre une bouteille d'eau fraîche dans le réfrigérateur. Il arracha presque le bouchon et engloutit trois longues gorgées.

Mei-li le rejoignit. Dirk se souvint alors brièvement de ce qui s'était passé la dernière fois qu'ils s'étaient retrouvés ensemble dans cette pièce, mais il chassa ce souvenir avec la même mauvaise humeur.

— Je suis désolée, murmura Mei-li. Je sais que ce n'est pas ce que vous avez envie d'entendre. Mais jamais je ne vous mentirai sur cette affaire. Et je le ferais si je vous disais que j'ai bon espoir de retrouver les ravisseurs de cette façon.

— Mais…

— Est-ce une possibilité ? poursuivit-elle. Oui, bien sûr. Si nous les localisons grâce à cette piste, je serai folle de joie. Mais si je me laisse distraire par cet espoir, je perds mon objectivité. Je risque même de rater un détail important.

— Et moi aussi, soupira Dirk. Je comprends. Donc… on ignore ce que le chauffeur de taxi peut nous dire ?

— Bien sûr que non.

— Pourquoi les ravisseurs ont-ils pris un taxi, d'ailleurs ? demanda soudain Dirk. Pourquoi n'avaient-ils pas un complice qui les attendait dans une voiture ?

— Tout le monde ne possède pas une voiture, ici, expliqua Mei-li avec un sourire. C'est cher et le prix de l'essence est exorbitant. Comme les transports en commun sont bien développés, la voiture est moins présente qu'aux États-Unis. D'ailleurs, beaucoup de gens à Hong Kong n'ont pas le permis.

— Et vous ?

— Je l'ai. Mais c'est surtout parce que j'ai vécu à l'étranger. Je ne possède pas de voiture. Je ne suis donc pas surprise qu'ils aient pris un taxi. D'ailleurs, une voiture stationnée devant l'hôtel aurait risqué d'attirer davantage l'attention.

Soudain, son sourire disparut et son regard se fit sérieux.

— Il y a cependant un autre point dont nous devons discuter. Vous avez des décisions à prendre dès maintenant, avant même le témoignage du chauffeur de taxi.

— Quelles décisions ?

— Permettez-moi d'abord d'appeler mon ami pour qu'il nous

rejoigne dès qu'il aura terminé avec Vanessa et Chet. Vous devez également parler avec le directeur de l'hôtel pour libérer M. Lin le plus vite possible… Cela risque d'être délicat, ajouta-t-elle, le front plissé. Vous allez sans doute devoir lui expliquer pourquoi.

— Je m'en occupe.

Dirk savait parfaitement comment obtenir ce qu'il voulait, quand il voulait. Un privilège lié à son statut, dont il abusait rarement.

Cinq minutes plus tard, Dirk raccrochait, après avoir obtenu l'aval du directeur. Il n'avait pas eu besoin d'entrer dans les détails ; il lui avait suffi d'expliquer que c'était d'une importance capitale.

— Vanessa et Chet sont toujours chez mon ami, expliqua Mei-li. Mais il nous rejoint dès qu'il a fini.

— Bien. M. Lin est à ma disposition aussi longtemps que je le désire. Maintenant, expliquez-moi ces décisions que je dois prendre.

— Vous m'avez dit que la seule chose qui comptait, c'était vos filles. Je crois que vous étiez sincère.

— Oui.

— En revanche, nous savons tous les deux que, même si vous payez la rançon, rien ne garantit qu'ils ne les tueront pas.

Dirk tressaillit devant cette franchise brutale, mais il savait qu'il devait envisager cette possibilité.

— L'argent n'est pas le seul motif ici, rappela Mei-li. La vengeance joue pour beaucoup.

Dirk avait la gorge trop nouée pour répondre.

— Cela signifie que vous ne pouvez pas vous contenter de payer en espérant que tout se passe bien. Il va falloir suivre les ravisseurs à la trace. Et voir où ça nous mène.

— D'où me vient cette impression que vous allez m'annoncer une mauvaise nouvelle ? demanda Dirk avec un soupir.

Mei-li eut un sourire teinté de tristesse.

— Vous êtes trop malin pour vous voiler la face. Et vous savez que nous lancer à la poursuite des ravisseurs représente un risque… Je n'ai aucune statistique à vous offrir à ce propos, mais il est probable que les ravisseurs paniquent.

« Et qu'ils tuent vos petites filles. » Elle n'eut pas besoin de le répéter.

— C'est l'une des décisions que vous devez prendre, poursuivit-elle. Je ne peux pas le faire à votre place.

Dirk n'eut pas besoin de réfléchir longtemps.

— Si je suis perdant dans tous les cas, je préfère encore agir. Et si le pire se produit, alors au moins j'aurai essayé.

— Je me doutais que vous diriez cela.

— Quelle autre décision dois-je prendre ?

— Est-ce que nous appelons la police de Hong Kong maintenant ou pas ?

— Non, répondit-il d'une voix ferme. Quand les ravisseurs ont téléphoné ce matin, ils savaient que je n'avais pas contacté la police. Je ne préfère pas prendre de risques, si jamais ils ont des contacts en interne.

— Et le consulat américain ? Je ne sais pas exactement ce qu'ils pourraient faire, mais ils appelleraient sans doute le FBI. Est-ce quelque chose que vous envisagez ?

Dirk hésita. Demander de l'aide à son gouvernement ? La réputation du FBI n'était plus à faire, surtout en matière de kidnapping. Sa première idée, la veille, avait été de le contacter. À présent, il hésitait.

— Peut-être devrais-je au moins informer le consulat…

— À vous de décider.

Elle s'apprêtait à ajouter quelque chose, mais renonça.

— Vous pensez que ce n'est pas une bonne idée, fit remarquer Dirk.

— C'est vous qui décidez, répéta-t-elle avec fermeté.

— Expliquez-moi.

— C'est vous qui décidez.

Elle refusait de l'influencer dans ce choix.

— Alors, non, trancha-t-il. Du moins… pas aujourd'hui.

Elle ne répondit rien, mais son regard indiquait qu'elle approuvait sa décision.

— À présent, expliquez-moi pourquoi, demanda Dirk.

Elle soupira.

— D'après mon expérience, un policier reste un policier. Ce

qui signifie que, malgré tous ses efforts pour vous comprendre et voir les choses selon votre point de vue, son but premier reste d'attraper les coupables, d'amener les criminels devant un juge, pour protéger la société, éviter que l'incident se reproduise. C'est son objectif principal. Ce pour quoi il est devenu policier. Certes, la sécurité des victimes est importante et il fera tout son possible pour l'assurer, mais…

— Je vois.

— C'est pour cela que les familles de Hong Kong préfèrent payer la rançon avant de contacter la police. Une fois que tout est terminé.

Cela semblait diablement logique.

— Je comprends, dit-il. Quoi d'autre ?

— Vous devez décider jusqu'où vous faites confiance à Rafe et Mike.

La question prit Dirk de court.

— Je pensais que vous ne leur faisiez pas confiance.

— C'est ma nature. Je suis méfiante. Mes parents, mon cousin Patrick. Mon frère… quand il est là.

— Vous avez un frère ? demanda-t-il, un instant distrait.

— Oui. Mais là n'est pas la question. Il s'agit de vous. De vos enfants. On peut régler ça entre nous, mais ce serait plus facile si nous pouvions compter sur d'autres personnes.

Il réfléchit.

— Avant, je faisais confiance à tous ceux qui travaillaient pour moi. Ma gouvernante, Hannah. Vanessa. Les trois gardes du corps. Maintenant…

— Oui ?

— Hannah serait prête à marcher sur des charbons ardents pour Linden et Laurel, affirma-t-il sans l'ombre d'une hésitation. Elle serait à mes côtés si elle ne s'était pas cassé la jambe juste avant notre départ.

Il réfléchit une seconde, puis poursuivit :

— Vanessa ? Non. Chet ? Non. Mike ?

Il fit la grimace.

— Je ne suis pas sûr. Mais Rafe…

Il repensa à ce que Rafe avait dit et fait depuis le matin. Pourquoi aurait-il fait venir le portier s'il trempait dans l'enlèvement ?

— Oui, je crois que je lui fais confiance.

— Alors, tout ce que vous direz à Rafe devra rester secret. Et vous devrez vous assurer qu'il ne répète rien à Mike. Je n'ai pas eu l'impression qu'ils étaient amis en dehors du travail.

— Non, en effet.

— Tant mieux. Ça aurait compliqué les choses s'ils avaient été liés.

Elle hésita un instant, puis reprit :

— Il vous reste une décision à prendre, Dirk. Mieux vaut la mettre sur le tapis tout de suite.

— Je vous écoute.

— Jusqu'où êtes-vous prêt à aller pour sauver vos filles ?

Elle leva une main pour l'empêcher de l'interrompre.

— Ce que je veux savoir, c'est si vous êtes prêt à enfreindre la loi ? À aller en prison ?

Ses paroles résonnèrent dans la pièce.

— Admettez-vous que, parfois, il n'est pas question de légalité ? Qu'il faut choisir un moindre mal. Jusqu'où êtes-vous disposé à aller ?

Le smartphone de Dirk se mit à sonner. Son cœur se serra, car il pensa un instant qu'il s'agissait des ravisseurs, avant de se rendre compte que la sonnerie était celle de ses gardes du corps.

— Allô ! Rafe ? Que se passe-t-il ?

— Je suis en bas avec le chauffeur de taxi, répondit Rafe. Je lui ai glissé un billet de cinquante pour qu'il refuse une course, mais si vous voulez lui parler, il faudrait descendre très vite.

— On arrive, répondit Dirk en se dirigeant vers la porte avant même d'avoir raccroché.

Il se tourna vers Mei-li.

— Rafe a retrouvé le chauffeur de taxi.

Mei-li n'était pas sortie de l'hôtel depuis le typhon, et le soleil radieux ainsi que le ciel parsemé de nuages cotonneux lui firent du bien, après l'atmosphère confinée de l'hôtel. À peine dehors,

Dirk enfila une paire de lunettes de soleil, ce qui la surprit, car la lumière n'était pas très aveuglante. Puis, elle se rendit compte que c'était sans doute un réflexe. Il avait l'habitude de dissimuler son visage en public. Un petit détail très révélateur. Elle ressentit un élan de sympathie pour lui. Elle osait à peine imaginer l'existence qu'il menait, à devoir protéger jalousement sa vie privée.

Que ressent-on quand le moindre coup du sort fait la une des journaux ? Après la mort de Sean, les médias avaient été pris d'une sorte de frénésie, mais qui était retombée rapidement. Cela avait permis à Mei-Li de parcourir en toute intimité les cinq phases du deuil : déni, colère, marchandage, dépression et, enfin, acceptation. Dirk, lui, n'avait même pas cette chance. Quand il avait perdu l'amour de sa vie, les paparazzis ne lui avaient laissé aucun répit, aucune chance de pleurer en paix.

Elle chassa ces pensées de sa tête. La douleur intime de Dirk était un sujet auquel elle ne devait pas s'autoriser à penser. Pas maintenant. Elle ne pouvait prendre le risque de voir l'enlèvement dégénérer et se transformer en une autre catastrophe monumentale… pour lui. *Si quoi que ce soit arrive à ses filles*, pensa-t-elle, *il y survivra peut-être, mais il ne s'en remettra jamais.*

Elle jeta un regard autour d'elle et aperçut Rafe qui leur faisait signe, debout près d'un taxi rouge, tout au bout de la vaste esplanade devant l'hôtel. Dirk s'avançait déjà vers lui, si bien qu'elle dut presser le pas pour le rattraper.

— Je ne lui ai encore rien dit, annonça Rafe à voix basse en s'avançant à leur rencontre. Juste que vous vouliez lui parler et que vous étiez prêt à le rémunérer pour sa course perdue.

— Merci, répliqua Dirk en remontant un instant ses lunettes sur le sommet de sa tête. Mais je vais lui demander plus que ça.

— Vous voulez qu'il vous conduise à l'aéroport, dit Mei-li. Vous voulez qu'il vous montre exactement l'endroit où il a déposé ces hommes hier, c'est ça ?

— Oui.

Il fouilla dans sa poche, en sortit la clé magnétique de la suite, qu'il tendit à Rafe.

— Allez trouver Mike. Vous pouvez nous attendre là-haut.

Se souvenant soudain de l'avertissement de Mei-li, il ajouta :

— Ne dites rien à Mike, pour l'instant. Vous n'avez qu'à lui expliquer que nous suivons une piste, sans préciser de quoi il s'agit.

Rafe hocha la tête.

— Compris. Vous ne faites pas confiance à Mike.

— Ce n'est pas ça…

— Si, c'est ça. C'est même exactement ça. Mais je comprends. S'il s'agissait de mes enfants… Bon sang, elles sont presque comme mes filles ! Je ne prendrais pas de risque avec leur sécurité, moi non plus.

— Je vous fais confiance, à vous, dit Dirk avec une sincérité évidente.

Rafe sembla sur le point de sourire, mais se ravisa.

— Moi aussi, je me fais confiance. Mais je ne vous en voudrais pas si vous changiez d'avis. Qu'allez-vous faire si vous trouvez les ravisseurs ? Vous pensez pouvoir vous charger de deux hommes tout seul ? Tout en mettant vos filles hors de danger ?

Il jeta un rapide coup d'œil à Mei-li.

— Pardon, m'dame. Non pas que je cherche à vous évacuer de l'équation, mais vous n'êtes pas de taille à affronter des gars comme ça. D'autant plus que l'un des deux est armé. Peut-être les deux. Et qu'ils sont prêts à tout. Ce sont les pires.

— Aucun souci, répondit Mei-li. Dirk, il n'a pas tort…

Rafe monta à l'avant à côté du chauffeur tandis que Dirk et Mei-li s'installaient sur la banquette arrière. Le chauffeur de taxi n'avait rien pu rajouter à la description des deux hommes, mais il avait assuré à Dirk qu'il pouvait le conduire là où il les avait déposés. Son anglais n'était pas aussi bon que celui du portier, mais c'était largement suffisant.

— Chek Lap Kok, annonça-t-il, en faisant référence à l'île artificielle au nord de l'île de Lantau, où se trouvait l'aéroport international de Hong Kong. Une demi-heure. Une heure. Pas sûr. Trafic. Une heure, peut-être.

Il enclencha le compteur.

— Course aller-retour. Vous payez.

Mei-li répondit en cantonais, pour rassurer le chauffeur : ils avaient compris que la course serait coûteuse. Ils étaient plus préoccupés par le temps… Et son pourboire en dépendait.

Rafe appela rapidement Mike pour l'informer qu'ils étaient en train de suivre une piste et ne seraient pas de retour avant la nuit. Il resta aussi évasif que possible.

— Non… Tu peux aller déjeuner. On mangera en route. Et si tu as fini tes interrogatoires auprès du personnel, ce serait peut-être une bonne idée de rentrer à notre hôtel pour faire une sieste. Qui sait quel sera le programme de ce soir.

Le téléphone de Mei-li sonna presque aussitôt après.

— *Wei* ?

C'était Patrick. Ils discutèrent un instant, lui parlant cantonais, elle répondant en anglais, car elle sentait que le chauffeur de taxi écoutait la conversation. Lorsqu'elle raccrocha enfin, Dirk lui lança un regard interrogateur. Elle se pencha alors vers lui et parla à mi-voix.

— Les portraits n'ont pas été une perte de temps, annonça-t-elle. Mon ami va scanner les dessins et me les envoyer par mail. Cependant, Vanessa n'a vu que leurs yeux. Avec les masques, ce pourrait être n'importe qui.

— Ça n'est pas d'une grande utilité, alors.

— Oh ! mais si ! le rassura-t-elle. Déjà, ça nous a permis de ne pas avoir Chet et Vanessa dans les pattes. Ils sont en train de déjeuner, avant de se rendre chez l'hypnotiseur. Patrick dit que Vanessa semble inquiète. Chet fait de son mieux pour la rassurer, mais…

— J'ai de plus en plus l'impression qu'elle est impliquée dans l'enlèvement, dit Dirk. Et Chet aussi.

— Oui.

Mei-li vit une vague d'émotions balayer le visage de Dirk — colère, frustration, remords. Colère d'avoir confié ses filles aux mauvaises personnes. Frustration de ne pouvoir leur arracher la vérité, les forcer à avouer ce qu'ils savaient. Tout cela, elle comprenait. Mais des remords ?

— Je suis désolée, murmura-t-elle.

— Ce n'est pas votre faute.

Ils roulaient à présent sur l'autoroute 8, l'artère principale qui traversait la pointe occidentale de Tsim Sha Tsui, avant de passer d'île en île pour rejoindre Lantau, la plus grande des soixante-trois îles qui composaient Hong Kong.

— Non, je sais que je n'y suis pour rien, mais… je compatis. Quand Sean a été enlevé…

Dirk lui serra la main, l'encourageant en silence à poursuivre. Elle se pencha vers lui et sa voix ne fut plus qu'un murmure.

— La famille de Sean était abasourdie d'apprendre que l'enlèvement avait été organisé par un proche. Un notaire qui travaillait pour la famille depuis longtemps, un homme de confiance. Il puisait sur le compte qu'il était censé gérer pour Sean, afin de payer sa consommation de drogue. Pour lui, c'était l'occasion de remplacer l'argent détourné sans que personne ne se rende compte de rien. Il n'avait pas prévu la mort de Sean. Au contraire, car il le connaissait personnellement et l'appréciait. Et puis, la mort de Sean a déclenché un audit de ses avoirs. C'est comme ça que le notaire a été démasqué. Malheureusement, quand le paiement de la rançon a échoué, les deux kidnappeurs qu'il avait embauchés ont paniqué. Ils ont tué Sean sans consulter le notaire, avant de s'enfuir à Macao.

Elle détourna le regard vers la fenêtre, se mordant la lèvre pour tenter de maîtriser ses émotions. Dirk lui tenait toujours la main et cette fois, ce fut lui qui tenta de la consoler par sa présence.

Dirk comprenait le parallèle que Mei-li tentait d'établir et, lorsqu'elle se tourna de nouveau vers lui, il dit à voix basse :

— Vous pensez que c'est la même chose avec Vanessa ?

— C'est possible. Si quelqu'un leur a proposé de l'argent, en leur assurant que rien de mal n'arriverait aux filles… Il est possible que l'un d'eux ne souhaite pas la mort de vos filles. Du moins, je l'espère.

— Moi aussi.

L'inverse était possible, cependant. Il se souvint soudain de la réaction étrange de Vanessa, la veille. Quand il avait reçu le message de Terrell Blackwood, il avait d'abord pensé que Linden et Laurel étaient mortes. Vanessa avait été choquée. Elle avait dit que c'était « impossible ». Comment pouvait-elle en être si sûre ?

Trente minutes plus tard, quand le taxi quitta la voie express avant le pont de l'aéroport, Mei-li sursauta et interrogea aussitôt le chauffeur en cantonais. Dirk ne saisit que trois lettres : BAC. Puis, le taxi prit la route sud de Chek Lap Kok, le long du littoral.

— Il dit qu'il n'a pas conduit les deux hommes aux terminaux pour les passagers, expliqua-t-elle avec une lueur d'excitation dans les yeux. Il les a emmenés jusqu'au HKBAC, le Hong Kong Business Aviation Center.

— Ce qui veut dire ?

— Ce qui veut dire qu'ils allaient prendre un avion privé.

# 9

— Mais…, commença Dirk.

— Tous les avions sont restés cloués au sol à cause du typhon, l'interrompit Mei-li. Je crois que vos filles se trouvent toujours à Hong Kong.

Dirk n'avait même pas envisagé que ses filles puissent se trouver ailleurs, mais il comprenait à présent l'absurdité de cette hypothèse. Surtout si Terrell Blackwood n'avait pas l'intention de les libérer, une fois la rançon payée. Linden et Laurel pouvaient parfaitement être sorties illégalement du pays, sans laisser la moindre trace.

— Mais… si elles ont été amenées ici hier après-midi… N'importe quel avion privé a pu décoller depuis ce matin avec mes filles à son bord. Le typhon est passé et les interdictions de décollage ont dû être levées.

— C'est bien pour ça que je mérite chaque centime que vous me payez, répondit-elle avec un petit sourire. Ce que vous ignorez, c'est que les avions privés sont les derniers sur la liste des priorités. Ils passent même après les avions-cargos. Et vu le nombre de vols annulés hier, je doute qu'un seul avion privé ait déjà été autorisé à décoller.

Dirk se rappela soudain qu'ils n'avaient pas encore évoqué la question de la rémunération. Mei-li s'était jetée dans l'enquête, lui avait donné de sages conseils et l'avait soutenu dans ce drame. *Bon sang, elle a même pleuré pour moi !* se rappela-t-il. Il ne lui était pourtant jamais venu à l'esprit de parler argent avec elle. Non pas qu'il envisageât de rechigner si le prix était trop élevé. Non. C'était son métier. Elle méritait d'être payée à hauteur de ses compétences. Il se rendit compte qu'il n'avait pas envie d'être un simple client aux yeux de Mei-li. Il voulait qu'elle s'inquiète de la santé de ses filles… Parce que lui-même commençait à s'attacher à elle.

Comment était-ce possible ? Cela faisait moins d'une journée qu'ils se connaissaient. Certes, il avait fait sa connaissance deux semaines plus tôt, mais cela ne signifiait rien. Et pourtant… Il lui avait confié des secrets qu'il n'avait jamais avoués à personne, pas même à ses amis les plus proches. Des choses que seule Bree savait. Mei-li avait également partagé avec lui des bribes de son propre passé, des détails intimes et tragiques, dont il était certain qu'elle ne les évoquait pas devant le premier venu. Cela avait été pour elle une façon de lui faire savoir qu'elle comprenait ce qu'il était en train de vivre. Qu'elle compatissait.

Ce n'était pas tout. Elle avait dormi dans ses bras. Il n'avait pas été capable de fermer les yeux avant qu'elle ne se couche près de lui. Avant qu'il lui ait ouvert son cœur. Avant qu'elle ait insufflé en lui l'espoir de survivre à ce cauchemar.

Et puis, il y avait le baiser de ce matin. Un baiser qui avait fait basculer son univers. Il avait affirmé à Mei-li qu'il ne s'agissait pas d'une erreur et que c'était loin d'être terminé. Il était sincère. Du moins, à cet instant. Jamais il n'avait été aussi excité, aussi rapidement, par une femme. Jamais. Pas même avec Bree.

Il n'était cependant pas simplement question de sexe. Pas son genre. La première fois qu'un magazine l'avait qualifié d'« homme le plus sexy de la planète », il en avait ri de bon cœur avec Bree. Les fois suivantes aussi. Personne d'autre que Bree ne se doutait à quel point la blague était énorme. Car sa femme avait toujours été la seule et l'unique. Et cela n'avait pas changé. Après elle, il n'y en avait jamais eu d'autres.

Dans le terminal du HKBAC, ils découvrirent rapidement que Mei-li avait vu juste : aucun avion privé n'avait décollé le matin. Tous étaient encore en attente, derrière une longue liste de vols commerciaux et de fret.

— Et hier après-midi ? demanda soudain Dirk à l'employé souriant installé derrière son comptoir.

— Laissez-moi faire, je vous prie, chuchota Mei-li.

Un billet de banque apparut dans sa main comme par magie. Elle posa la main sur le comptoir, paume vers le bas, mais le billet bien visible.

Le sourire disparut du visage de l'employé. Il se lécha les lèvres d'un geste nerveux. Après avoir jeté un regard autour de lui, il pianota un instant sur le clavier de son ordinateur.

— Non, finit-il par répondre, le regard vissé à son écran. Il y avait cinq avions programmés, mais aucun n'avait décollé quand la tour de contrôle a tout fermé.

— Cinq avions ? demanda doucement Mei-li.

Inutile de poser la question directement — apparemment, l'employé avait compris le sous-entendu. Dirk ne put qu'admirer la façon dont Mei-li parvenait à paraître irrésistiblement féminine et fragile, tout en faisant clairement comprendre à son interlocuteur qu'elle voulait une copie des informations qui se trouvaient sur son écran. L'homme regarda de nouveau autour de lui, appuya sur une touche et une série de feuilles jaillirent de l'imprimante derrière lui. Il prit la liasse, qu'il glissa retournée sur le comptoir, la paume posée dessus.

Mei-li avança la main pour s'emparer des feuilles, laissant le billet à la place. L'argent disparut comme s'il n'avait jamais existé. Mei-li plia les feuilles, qu'elle glissa aussitôt dans son sac. Un second billet apparut alors dans sa main. Elle semblait toujours en avoir à disposition.

— Où puis-je trouver ces avions ?

Cette fois, l'employé se tourna vers le fond de la salle, vers les portes, comme pour s'assurer que celles-ci étaient bien fermées. Puis, sans quitter le billet des yeux, il se pencha pour chuchoter quelque chose.

— *M'goy*, dit-elle à l'homme en laissant le billet sur le comptoir. Allons-y, Dirk.

Elle s'éloigna tranquillement.

— Vous l'avez acheté, fit remarquer Dirk dès que la porte se fut refermée derrière eux. C'est de la corruption.

— Je n'appellerais pas ça comme ça. C'est une très ancienne tradition de Hong Kong. *Heung yau.*

— Ce qui signifie ?

— Littéralement, « la graisse parfumée ». Graisser la patte à la mode de Hong Kong. Voyez plutôt ça comme un pourboire.

Elle se tourna vers lui et ajouta d'une voix calme mais implacable :

— Ce n'est pas très différent dans votre pays, quand la police ou les détectives privés paient pour obtenir des tuyaux, Dirk. Nous avions besoin de cette information. Y avions-nous un droit d'accès légal ? Probablement pas. La police aurait-elle pu l'obtenir ? Sans doute… Mais pas aussi facilement que nous. Et nous avons déjà jugé peu opportun de faire appel aux forces de l'ordre pour l'instant. Donc… Qu'auriez-vous souhaité que je fasse ?

— Exactement ce que vous avez fait, répondit-il sans hésiter.

Elle se détendit un peu.

— Je vous ai posé une question, tout à l'heure, mais vous ne m'avez pas répondu. Je vous le demande à nouveau : jusqu'où irez-vous pour sauver vos filles ?

Son ton avait soudain quelque chose de dur et son expression lui sembla féroce, comme une lionne défendant ses petits.

— Êtes-vous prêt à aller jusqu'au bout ?

— Jusqu'au bout, assura-t-il.

Elle le regarda longuement, comme pour s'assurer de sa sincérité, mais il savait qu'elle ne pouvait voir ses yeux à cause des lunettes de soleil. Lorsqu'elle s'avança pour les lui retirer, il la laissa faire. Apparemment satisfaite, elle dit :

— Moi aussi. Ravie que nous soyons du même avis.

Ils se regardèrent quelques secondes.

— Bon, reprit-il enfin, coupant court à cet instant suspendu qui le troublait au plus haut point. J'imagine que la prochaine étape, c'est d'aller voir ces avions.

— Oui, répondit-elle en lui rendant ses lunettes pour fouiller dans son sac à la recherche de la liste. Trois d'entre eux sont des vols tout à fait réguliers. Cela ne les exclut pas nécessairement, mais ils ne me semblent pas prioritaires. Ces deux-là, en revanche… Je ne les reconnais pas. On va commencer par eux.

Elle tourna quelques pages pour lire la suite.

— L'un d'eux est à destination de Taipei, à Taïwan. L'autre a enregistré Manille, aux Philippines, comme destination.

— Qu'est-ce que ça signifie ?

— Rien… Pour l'instant. Manille est à environ deux heures d'avion, sur les lignes régulières. Taipei est encore plus proche. Le vol pour Taïpei indique quatre passagers, alors que celui pour Manille n'en a que deux. Deux ravisseurs, plus deux enfants, ça fait quatre passagers. Toutefois, deux ravisseurs plus deux enfants en bas âge dans un sac…

Dirk serra les poings pour contenir sa rage. Ses filles, transportées dans des sacs en toile… Traitées comme de vulgaires bagages. Il retrouva son calme avec peine. *Tout ça se paiera*, se promit-il néanmoins. *D'une façon ou d'une autre.*

Lorsque Dirk, Mei-li et Rafe quittèrent le dernier hangar, l'heure du déjeuner était passée depuis longtemps. Ils n'avaient pas retrouvé les jumelles. Aucune trace des filles. Même si Dirk ne se faisait guère d'illusions, il se sentait cruellement déçu. Ils n'avaient rien remarqué de suspect. Lui, en tout cas. Peut-être que Mei-li… Il se tourna vers elle, mais elle devait avoir lu dans ses pensées, car elle secoua la tête avec regret.

— Non, je n'ai rien remarqué non plus. À part…

— À part quoi ?

— Rien. Rien de précis. Le pilote australien du second avion m'a simplement laissé une drôle d'impression…

— Oui, approuva Rafe. Maintenant que vous le dites, j'ai senti un truc bizarre, moi aussi. D'abord, j'ai pensé qu'ils étaient impatients de décoller. Le temps, c'est de l'argent, pour eux, et ils devaient être furieux d'attendre une autorisation de décoller. Mais quand le mécanicien a expliqué que leur avion avait été endommagé par le typhon et que des pièces devaient arriver des États-Unis… Vous avez vu leur réaction ?

— Oui, approuva Dirk. Presque comme s'ils n'avaient pas envie qu'on connaisse ce détail.

— Exactement. C'est bizarre, non ? Et puis, si vous savez que vous devez attendre deux ou trois jours, pas la peine de se mettre dans tous ses états. Autant en prendre son parti. Mais eux, non. Ils semblaient nerveux et tendus.

Arrivé près du taxi, Dirk tint la portière à Mei-li.

— Je me demande d'ailleurs ce que les pilotes faisaient sur place, dit celle-ci. S'ils attendent les pièces, pourquoi ne pas en profiter pour… je ne sais pas, moi… visiter un peu le coin ? À moins qu'ils n'aient été à Hong Kong tant de fois qu'ils ont tout vu. Ou qu'ils pensent avoir tout vu. Je trouve quand même ça bizarre.

Elle sortit son téléphone de son sac.

— Une seconde, dit-elle en s'éloignant de quelques pas.

Dirk jeta un coup d'œil à Rafe, qui haussa les épaules et monta à l'avant du taxi. Dirk regarda Mei-li d'un air songeur, se demandant ce qui la différenciait des autres femmes. Ce n'était pas simplement sa beauté. Ni le fait qu'elle l'excitait comme jamais depuis… Il coupa court à cette pensée. *Machine arrière*, se tança-t-il. *Pas vraiment le moment*. Il en avait pourtant envie. Cela en devenait même presque douloureux et il en était le premier surpris.

Mei-li raccrocha et revint vers le taxi.

— J'ai contacté quelqu'un qui me devait une faveur, murmura-t-elle en anglais à l'oreille de Dirk. Je vous expliquerai plus tard.

Elle se glissa dans la voiture.

— À l'hôtel ? s'enquit Dirk en s'installant à ses côtés.

— Oui, répondit-elle en consultant sa montre. Nous n'avons plus grand-chose à glaner ici. Patrick devrait être rentré avec Vanessa et Chet. Je veux écouter ce qu'il a à dire. Et puis, je ne sais pas ce qu'il en est pour vous, mais moi j'ai faim. Préférez-vous acheter quelque chose en chemin ou contacter le room service ?

— Il faut qu'on parte bientôt, Gabe, rappela Bao Feng à son complice. Le vol de ma copine arrive juste avant 20 heures. À 22 heures au plus tard, elle va débarquer ici. Il faut qu'on les ait sorties avant.

Il faisait référence aux jumelles, blotties l'une contre l'autre sur un coin du lit.

— C'est loin, cette autre planque dont tu m'as parlé ?

— Deux heures et demie en bus. Une heure, peut-être une heure et quart, en taxi.

Gabe Croft étouffa un juron.

— En taxi, alors. Pas question de se taper deux heures et demie de bus.

— On pourrait essayer de trouver un hôtel…

— Avec elles ?

— Pour une nuit, c'est tout, le rassura Feng. Je t'ai dit : mon cousin peut nous héberger, mais pas avant demain soir.

Le téléphone jetable de Croft sonna, les faisant tous les deux sursauter. Ils se regardèrent, vaguement inquiets. Ils n'attendaient aucun appel. Seules trois personnes connaissaient ce numéro : Terrell Blackwood et les deux pilotes. De qui s'agissait-il ?

Les deux fillettes étaient réveillées et gémissaient sous leur bâillon, leurs grands yeux bleus écarquillés de frayeur.

— Fais-les taire, lança Croft d'une voix sèche en désignant la bouteille de chloroforme posée sur une commode.

C'était indiscutablement lui le chef. Le cerveau. Celui qui avait été engagé par Terrell Blackwood. Celui qui avait planifié l'enlèvement avec minutie et embauché Feng, un Hongkongais, pour l'assister. Feng était un contrebandier, membre d'une mafia locale : la Confrérie. C'était heureux, finalement, car Croft avait été forcé de changer ses plans.

Cela ne lui plaisait guère d'être coincé ici avec les gamines en attendant que l'avion soit de nouveau opérationnel. Et tout ça à cause de la réticence de Terrell Blackwood à mettre un terme à la vie des fillettes.

— Plus tard, répondit Feng. On en aura besoin pour le taxi. Il ne faut pas en abuser.

— Alors, débrouille-toi pour les faire taire autrement.

Le petit téléphone portable n'affichait pas l'identité de l'appelant. Croft ne répondit pas et la sonnerie finit par s'arrêter, pour reprendre aussitôt après. Cette fois, il décrocha :

— Oui ?

— Trois personnes sont venues cet après-midi pour poser des questions, annonça une voix à l'accent australien. Une fille d'ici, détective, je crois. Et… Dirk DeWinter. Il portait des lunettes de soleil, mais c'était lui. Il va falloir que vous fassiez quelque chose à ce sujet.

Dirk se décida pour le room service, sachant que Vanessa et Chet n'auraient sans doute pas mangé non plus. Il appela la réception de l'hôtel pour passer la commande.

— Des préférences ? demanda-t-il aux deux autres.

— Peu importe, répondit Rafe. Je ne suis pas difficile. Surtout quand j'ai très faim.

— Pareil pour moi, ajouta Mei-li.

Tandis que Dirk téléphonait, elle griffonna quelque chose au dos d'une carte de visite qu'elle tendit au chauffeur, avec quelques mots en cantonais et un billet de banque glissé sous la carte. Après avoir vérifié la somme, l'homme hocha la tête. Mei-li se cala de nouveau dans son fauteuil.

— Petit changement de programme, annonça-t-elle. Le chauffeur va me déposer à mon appartement, puis il vous conduira à l'hôtel tous les deux.

Elle savait que Dirk n'avait rien raté de l'échange de carte et d'argent. Il se doutait donc qu'elle ne lui disait pas toute la vérité, mais il ne lui poserait pas de questions. Elle-même ne savait pas trop pourquoi elle faisait tant de mystères. Cependant, Dirk n'en resterait pas là. Tôt ou tard, il voudrait savoir.

— Vous avez besoin de quelque chose chez vous ? demanda-t-il. On peut vous attendre.

— Non. Je veux prendre une douche et me changer. Ensuite, je vous rejoindrai à l'hôtel. Avez-vous assez d'argent pour le taxi ? Sinon, je…

Il posa une main sur la sienne. La sollicitude de Mei-li le faisait sourire, car elle lui rappelait Bree. Pour la première, ce souvenir ne le rendit pas infiniment triste.

— Ça ira, assura-t-il, sans lâcher sa main, mêlant ses doigts aux siens. Il faut d'ailleurs que vous notiez toutes vos dépenses. Le portier, le chauffeur, l'employé de l'aéroport. Tout ce que vous dépenserez à l'avenir pour cette affaire. Je n'ai pas besoin d'une liste détaillée, mais j'insiste pour qu'une somme totale soit incluse dans la facture finale. D'ailleurs… Nous n'avons jamais parlé de votre rémunération.

Elle fit mine de retirer sa main, mais il tint bon. Il attendit qu'elle lève les yeux vers lui pour dire doucement :

— C'est votre métier, Mei-li. Votre présence m'a été vitale jusqu'ici et cela n'a pas de prix. En revanche, je tiens à payer le temps que vous me consacrez. Quelle que soit la somme que vous me demanderez, elle ne couvrira jamais la dette que j'ai envers vous.

— Attendez de recevoir la facture, répondit-elle avec un petit sourire. Je pourrais profiter de la situation.

— Je sais que vous ne le ferez pas.

Le sourire de Mei-li s'estompa, laissant place à autre chose. De la tendresse ? Une ombre de désir ? Il n'était pas sûr mais, soudain, ils ne se lâchaient plus du regard.

— Jamais je ne profiterais de la situation avec vous.

Il savait qu'elle ne faisait pas juste référence à l'argent.

# 10

— C'est un client, marmonna Mei-li en sortant de la douche pour s'envelopper dans un grand drap de bain. Ne perds pas ce détail de vue.

Un client qu'elle avait rencontré vingt-quatre heures plus tôt, même si elle avait l'impression de le connaître depuis des années, comme Sean. Ça n'avait pas été le coup de foudre, avec Sean. Loin de là. Mei-li sourit en séchant doucement ses longs cheveux noirs à l'aide d'une autre serviette. La première fois qu'elle avait vu Sean, elle l'avait tout de suite pris en grippe. Un peu comme Dirk…

Elle tua cette pensée dans l'œuf, refusant d'établir des parallèles entre Dirk et Sean, car ce qu'elle ressentait pour Dirk était bien plus profond que l'amour qu'elle avait éprouvé pour Sean. Ce qu'elle ressentait pour Dirk, c'était ce que son amour pour Sean aurait pu devenir… Si Sean n'avait pas été assassiné.

— Ce n'est pas possible, chuchota-t-elle, interloquée.

Elle ne pouvait pas être en train de tomber amoureuse de Dirk. Elle le connaissait depuis vingt-quatre heures à peine. Il lui avait fallu des mois, presque une année, pour tomber amoureuse de Sean. Et même alors, elle n'avait eu de cesse de s'interroger pour être sûre de ses sentiments. L'attirance sexuelle était bien présente, mais l'amour ? Le véritable amour ? Comme celui que ses parents partageaient ? Lorsque Sean l'avait demandée en mariage, le jour de son dix-neuvième anniversaire, elle avait accepté, mais… elle avait également accepté d'attendre un an avant la cérémonie, comme le souhaitaient ses parents. Ceux-ci craignaient de la voir se précipiter dans un mariage qu'elle risquait de regretter par la suite. Malgré son amour pour Sean, elle avait compris la force de leur argument.

Même à dix-neuf ans, elle avait conscience que l'amour n'était pas statique. Il grandissait en même temps que vous… ou bien mourait. Le mariage de ses parents était la preuve que l'amour pouvait croître s'il était nourri. Choyé.

Tandis qu'elle essayait d'hypnotiser Dirk, ce matin-là, elle avait failli lui parler de ses parents, des difficultés qu'ils avaient rencontrées au moment de leur mariage. C'était une autre époque, évidemment. Les Chinois n'épousaient pas des *gwai lo*, alors. Sa mère venait d'une famille chinoise très ancienne, très fière, très traditionnelle. Son père aussi, mais dans un style différent. Les deux familles avaient désapprouvé cette union et il leur avait fallu plusieurs années avant de revenir sur cette position. C'était surtout l'arrivée des petits-enfants qui avait changé la donne.

Mei-li sourit doucement en se regardant dans le miroir. En cantonais *gwai lo* signifiait littéralement « diable étranger », même si aujourd'hui le terme n'avait plus rien de péjoratif. Il désignait les étrangers en général, les Occidentaux en particulier.

Les mariages mixtes n'étaient plus autant stigmatisés, à présent. Enfin… dans la plupart des milieux. D'ailleurs, si jamais elle s'éprenait de Dirk, cela ne regardait qu'elle.

Ce qui la ramenait à sa constatation première : elle était en train de tomber amoureuse. Au bout de vingt-quatre heures. Ça ne lui ressemblait tellement pas qu'elle avait du mal à y croire.

— C'est de la compassion, se dit-elle. Tu comprends ce qu'il est en train de vivre, c'est tout.

Cependant, la compassion n'expliquait pas leur baiser dans la cuisine. Ni pourquoi elle manquait de s'étouffer chaque fois qu'il lui souriait d'une certaine façon. Un sourire intime et pourtant… étrangement innocent. Pas un sourire sexy et entendu. De même que la compassion n'expliquait pas cette impression qu'elle avait de pouvoir lire dans ses pensées, et lui dans les siennes, comme s'ils fonctionnaient sur la même longueur d'onde. Comme s'il existait entre eux un lien qui transcendait à la fois le temps et l'espace.

*
* *

Dirk se retira dans sa chambre afin de prendre une douche avant le déjeuner. Certes, le mois de mai à Hong Kong était chaud et moite, mais il avait surtout besoin de s'éclaircir les idées. Son esprit était encombré de pensées fugaces qui le taraudaient : les deux appels des ravisseurs, la discussion avec le portier, l'expédition à l'aéroport. Et Mei-li. Tout ce qu'elle avait dit ou fait. Mei-li au petit jour, assise à ses côtés dans le hall de l'hôtel, tandis que le typhon faisait rage dehors. Mei-li le consolant en lui dévoilant ses propres blessures. La session d'hypnose du matin, sa colère sur le balcon, le baiser dans la cuisine.

Ce n'était pas tout. Il ressentait également une certaine admiration. Il n'avait pas exagéré en disant qu'il ne pourrait jamais payer la dette qu'il avait envers elle.

Dix minutes plus tard, Dirk débrancha son téléphone qui était en train de charger et sortit de la chambre. Il se sentait mieux physiquement, mais son esprit bouillonnait toujours. Il s'avança vers la double porte du bureau donnant sur le salon et resta là quelques minutes, sans être vu. Il observa Vanessa et Chet, qui parlaient tranquillement sur le canapé, puis passa à Rafe et Mike, debout près de la fenêtre. D'après l'expression de Mike, Rafe lui avait raconté la version des faits sur laquelle ils s'étaient entendus : leur expédition n'avait pas donné grand-chose. Dirk n'aimait pas l'idée de mentir à Mike, mais tant qu'ils n'étaient pas certains de pouvoir lui faire confiance…

Patrick était là aussi, assis dans un fauteuil près de Vanessa et Chet, qu'il ne quittait pas des yeux. Il avait l'air fatigué, et Dirk se rappela qu'il n'était pas encore rentré chez lui. Il ne s'était cependant pas plaint une seule fois.

— Avez-vous appelé vos parents, ce matin ? demanda soudain Dirk, se sentant coupable de ne pas s'en être inquiété plus tôt.

— Oui, monsieur.

— Tout va bien ?

— Quelques arbres déracinés dans le parc en face de chez eux, mais sinon, tout va bien. Je les rappellerai cet après-midi, si jamais je dois encore passer la nuit ici.

— Vous dormirez dans votre lit ce soir, annonça Dirk.

— Êtes-vous sûr que vous n'aurez pas besoin de moi ? Mei-li a dit que…

— Je ne pense pas. Je…

Son téléphone sonna, figeant toutes ses pensées. Cependant, quand il regarda l'écran, il vit que c'était le banquier qu'il avait appelé ce matin-là.

— Excusez-moi, Patrick, dit-il en s'éloignant un peu. Allô ? Dirk DeWinter.

— Monsieur DeWinter, répondit le banquier. Je voulais simplement vous informer que l'argent est arrivé. Le transfert s'est déroulé sans accroc et, comme convenu, j'ai ouvert un nouveau compte dans notre banque. Mlle Moore vous l'a peut-être déjà expliqué, mais je suis à votre entière disposition, de jour comme de nuit. Vous pouvez être rassuré : l'argent ne sera pas un problème dans cette affaire.

Dirk n'avait pas clairement exposé la situation au banquier, mais ce dernier avait visiblement déjà rencontré des cas similaires. Encore un exemple du professionnalisme de Mei-li, qui ne laissait jamais rien au hasard.

Après avoir remercié l'homme, il raccrocha. L'argent était là. S'il pouvait acheter la liberté de ses filles, il paierait sans aucune hésitation. Mais si l'argent n'était qu'une ruse… Dirk serra les poings. S'il arrivait quoi que ce soit à Linden et Laurel, il dépenserait jusqu'à son dernier dollar pour retrouver la trace des ravisseurs. Et les faire payer.

Mei-li arriva en même temps que le room service. Elle passa en revue la pièce et, bien qu'elle soit impatiente de questionner Patrick, elle sut qu'elle devait attendre. L'occasion se présenterait d'elle-même.

Elle avait dans son sac des copies des portraits-robots établis par son ami avec l'aide de M. Lin. Pas question de les sortir devant tout le monde. Elle avait également récupéré les portraits conçus d'après le témoignage de Vanessa. Là encore, elle attendrait de se retrouver seule avec Dirk.

Le garçon d'étage installa rapidement le repas sur la table, puis tendit la note à Dirk, qui signa rapidement. Ils étaient sur le point de s'asseoir quand le smartphone de Dirk sonna. Il jeta un coup d'œil à l'écran et se figea. Mei-li sut aussitôt que c'étaient les ravisseurs.

— Oui ? répondit-il, les lèvres pincées.

Mei-li s'approcha rapidement pour entendre la conversation.

— Avez-vous l'argent ? demanda une voix froide.

— Oui, répondit Dirk en fermant les yeux de toutes ses forces. Où est la photo promise ?

— Je vous l'enverrai par mail dès que vous aurez prouvé votre bonne foi.

— Comment ça ?

— Nous voulons le premier million en liquide.

Dirk se tourna vers Mei-li, qui lui fit signe d'accepter.

— Aucun problème, répondit-il.

— Et nous voulons que vous déposiez l'argent en personne.

Mei-li hocha de nouveau la tête.

— D'accord.

— En quatre fois.

Cette fois, Dirk répondit avant même que Mei-li donne son accord.

— Tout ce que vous voulez, murmura-t-il. Pourvu que je retrouve mes filles.

— Tant mieux. Préparez l'argent demain matin, à la première heure. En dollars américains. Quatre paquets séparés, enveloppés dans du papier kraft avec de la ficelle. Vous déposerez chaque paquet dans un de ces cabas qu'on trouve partout à Hong Kong. Ensuite, vous attendrez nos instructions.

— Quand ? demanda Dirk. Où ? Où est-ce que je… ?

La voix se fit glaciale.

— Nous vous contacterons. Ne quittez pas votre hôtel. C'est là que nous vous transmettrons les instructions.

Il ne fallut que quelques secondes à Mei-li pour comprendre que les ravisseurs savaient que Dirk s'était rendu à l'aéroport. Donc, soit Dirk était surveillé — mais elle était persuadée qu'ils n'avaient pas été suivis —, soit ils avaient alerté les pilotes en les questionnant. Seuls Dirk, Rafe et elle savaient où ils s'étaient rendus. S'il était possible que Rafe soit à la solde des ravisseurs, il aurait pris un risque énorme en dévoilant leurs agissements, car cela l'aurait presque aussitôt désigné comme responsable.

Ils avaient bel et bien touché un point sensible, elle en aurait mis sa main à couper. C'étaient donc les pilotes qui avaient contacté les ravisseurs. Puisque les cinq avions de la liste devaient à l'origine décoller le jour précédent, cela signifiait que les ravisseurs avaient très certainement prévu de quitter Hong Kong par la voie des airs, avec les jumelles. Donc… ils n'avaient nullement l'intention de relâcher les filles de Dirk, quel que soit le montant de la rançon. En revanche, cela signifiait qu'ils n'avaient pas non plus l'intention de les tuer.

Un immense soulagement l'envahit. Elle aurait voulu partager ses conclusions encourageantes avec Dirk, mais pas devant tout le monde. Elle se contenta d'articuler silencieusement à Dirk : « Acceptez. »

— C'est d'accord, répondit Dirk au ravisseur. Je dois aller à la banque en personne demain, afin de retirer l'argent. Sinon, je ne bougerai pas. Mais je veux une photo de mes filles maintenant. Et avant que l'argent quitte l'hôtel demain, je veux une seconde photo. Juste avant mon départ.

Il poussa un soupir qui fendit le cœur de Mei-li.

— Une dernière chose. Avant de déposer l'argent où que ce soit, je veux parler à mes filles… Pour savoir qu'elles sont toujours en vie.

Un long silence se fit à l'autre bout de la ligne.

— Accordé. La première photo est en route.

La communication fut brutalement coupée. Quelques secondes plus tard, une petite sonnerie retentit, indiquant l'arrivée d'un courriel. Dirk toucha son écran à plusieurs reprises, puis il se figea. Son immobilité effraya Mei-li, qui l'interpella :

— Dirk ?

Sa mâchoire se contracta et elle vit qu'il tentait de se contenir, crispant tous ses muscles dans un effort sauvage. Il lui tendit le téléphone d'un geste brusque, marmonnant une imprécation, puis sortit de la pièce sans un mot. Il ferma derrière lui la porte du bureau, non pas en la claquant, comme Mei-li l'avait craint, mais avec une retenue encore plus effrayante.

Lorsqu'elle jeta un regard à la photo que Dirk avait reçue, son cœur se serra. Malgré la petite taille de la photo, chaque détail était bien visible. Dirk n'avait donc pu ignorer les joues striées de larmes de ses filles, comme un reproche personnel. Il avait échoué à les protéger.

Elle devait lui parler, malgré son désir évident d'être seul. Avant cela, cependant, elle avait une autre chose à faire : transférer le message et sa pièce jointe vers sa propre adresse. Elle sortit son téléphone et, lorsque le mail de Dirk arriva, elle le transféra à son tour vers un autre numéro.

Dirk se tenait près de la fenêtre du bureau, les mains dans les poches, lorsque quelqu'un frappa à la porte. D'abord, il ignora l'intrusion, perdu dans ses souvenirs et la contemplation du port. Il repensait à la fascination de Linden et Laurel pour le ballet incessant des bateaux. Elles aimaient regarder la nuit tomber, quand l'île de Hong Kong s'illuminait petit à petit, jusqu'à ce que le port tout entier ne forme plus qu'un immense halo reflété par la mer.

On frappa de nouveau, avec plus d'insistance.

— C'est ouvert, lança-t-il d'un ton résigné.

Il savait que c'était Mei-li. Personne d'autre qu'elle n'aurait osé le déranger. Sans se retourner, il s'efforça de parler d'une voix aussi posée que possible.

— Que voulez-vous, Mei-li ?

La porte se referma en douceur.

— Je suis désolée.

— De quoi ? Vous n'y êtes pour rien.

— Si. C'est moi qui ai insisté pour que vous demandiez des photos de Linden et Laurel, afin d'obtenir des coordonnées GPS… Et pour prouver que vos filles étaient toujours en vie. Je n'aurais pas dû vous laisser les regarder, cependant. J'aurais dû me douter que…

— Vous n'auriez pas pu m'en empêcher.

— Vous êtes mon client. C'est ma mission de vous protéger du trauma émotionnel engendré par un événement pareil.

Il se retourna vers elle.

— C'est donc ça que je suis ? Un client ?

Elle acquiesça lentement, impassible, puis elle soupira en baissant les yeux.

— Et autre chose, aussi. Je ne sais pas quoi… Et je ne suis pas certaine de vouloir le savoir. Mais je ne peux pas prétendre le contraire. Je… Je vous ai expliqué que j'avais du mal à maintenir une distance émotionnelle avec mes clients. C'est vrai. Et oui, j'ai vécu un drame similaire. Mais je n'ai pas perdu un enfant, encore moins deux. J'ose à peine imaginer…

*C'est comme si quelqu'un m'avait ouvert la poitrine en deux pour m'arracher le cœur*, pensa Dirk, incapable d'exprimer ces mots à voix haute.

— Je croyais avoir vécu l'enfer quand j'ai perdu Bree, prononça-t-il dans un soupir. Mais là… c'est pire.

Mei-li se tenait à quelques mètres de lui, dos à la porte, mais en réalité un gouffre les séparait.

— Que puis-je faire ?

Lorsque leurs regards se croisèrent, il vit dans ses yeux le souvenir de leur baiser. C'était ce contact qui lui avait permis de tenir les ténèbres à distance. Toutefois, ce n'était pas ce qu'il voulait… Pour elle. Il ne voulait pas se servir d'elle pour faire barrage au cauchemar qu'il était en train de vivre ou pour oublier qu'il était aussi impuissant à sauver ses filles qu'il l'avait été à sauver Bree.

— Continuez à faire ce que vous faites, répondit-il, la voix enrouée par l'émotion. Continuez à faire votre travail de votre mieux… Ce qui est sacrément impressionnant, jusqu'ici.

Elle s'apprêtait à dire quelque chose, mais il l'interrompit.

— Et n'ayez pas peur de me bousculer. Laissez-moi gérer ma propre culpabilité. Faites ce que vous avez à faire pour retrouver mes filles. C'est tout ce qui compte.

*
* *

Dirk avait déjà appelé le banquier pour récupérer l'argent, le lendemain, à la première heure.

— La banque ouvre à 9 heures, annonça Patrick. Je serai là à 8 heures.

— Moi aussi, ajouta Rafe, avant que Mike ou Chet puissent se porter volontaires. Il est hors de question que vous vous baladiez seul en ville sans protection.

— Vous aurez besoin de deux hommes, avec autant de liquide, intervint Mike. Je serai là à 8 heures, moi aussi.

Vanessa s'excusa rapidement, annonçant qu'elle était épuisée et qu'elle avait besoin de se coucher tôt. Dirk nota néanmoins que Chet la suivait des yeux. *Après tout, ces deux-là ont bien le droit d'être amoureux*, se dit Dirk. *Mais si l'un des deux travaille pour les ravisseurs, alors l'autre…*

Patrick et les trois gardes du corps partirent une fois le dîner terminé. Patrick rentra chez lui, les gardes à leur hôtel situé quelques rues plus loin. Mei-li attendit qu'ils soient seuls pour sortir de son sac un dossier qu'elle tendit à Dirk.

— Qu'est-ce que c'est ? demanda-t-il.

— Les ravisseurs.

Il se figea un instant, puis ouvrit le dossier et se retrouva face à un visage inconnu. Il le contempla longuement en silence, hypnotisé par les yeux durs et froids. Des yeux de tueur. Au bas du dessin étaient inscrits plusieurs mots en chinois. Il jeta un regard vers Mei-li, qui expliqua :

— C'est celui qui donne les ordres, selon M. Lin.

Dirk regarda de nouveau le dessin, puis se souvint soudain de ce que Vanessa avait dit : « Je ne les connaissais pas. Mais je les reconnaîtrais si je les revoyais, surtout le second, celui qui n'était pas chinois. Celui avec une arme. Ses yeux. Ils étaient tellement froids. »

Il fut soudain pris de doutes quant à la culpabilité de Vanessa. Si elle était à la solde des ravisseurs, pourquoi l'aurait-elle décrit de la sorte ? Pourquoi…

— Ce n'est pas tout, annonça Mei-li. Regardez le suivant.

Dirk tourna une page et poussa un juron à voix basse. Il leva vers Mei-li un regard troublé.

— C'est le même type.

Dans le dessin réalisé d'après les descriptions de Vanessa, le ravisseur était masqué, mais ses yeux étaient les mêmes que sur le deuxième dessin. Des yeux de tueur. Si Vanessa avait menti, sa description au moins était sincère.

Il jeta un rapide coup d'œil aux deux portraits représentant le second ravisseur. Si les descriptions de Vanessa étaient trop vagues pour être d'une quelconque utilité, M. Lin avait en revanche noté quelques détails que le dessinateur avait réussi à rendre.

— Le chauffeur de taxi est chez mon ami, à l'heure qu'il est, annonça Mei-li. Je lui ai donné l'adresse et cinq cents dollars hongkongais pour s'y rendre après vous avoir déposés ici. Et je lui ai promis cinq cents dollars supplémentaires s'il acceptait de décrire les deux hommes à mon ami.

Elle hésita, puis ajouta :

— Si les portraits correspondent à ceux de M. Lin…

— Ils sont coincés.

— Oui. Mais cela ne servira à rien. Impossible de diffuser ces dessins.

Dirk hocha la tête. Ils ne pouvaient pas les publier dans la presse… Tant que ses filles seraient encore en vie. Cela risquait de faire paniquer les ravisseurs. Si le pire devait se produire, en revanche, il remuerait ciel et terre pour retrouver ces deux hommes, et diffuserait ces portraits à la télévision, dans les journaux, sur Internet… Il n'aurait de cesse de les traquer.

Il se rendit compte soudain qu'il devait des excuses à Vanessa et Chet pour les avoir soupçonnés. Lorsqu'il annonça ses intentions à Mei-li, cependant, celle-ci le retint.

— Pas encore.

— Pourquoi ?

— Comment les ravisseurs ont-ils eu votre numéro de téléphone ?

# 11

Dirk se figea. Seules quelques rares personnes connaissaient son numéro personnel. Des amis proches. Le producteur et le réalisateur du film sur lequel il travaillait — cette fois, le père de Mei-li, Sir Joshua Moore. Et ses employés : Hannah, Vanessa, Chet, Mike et Rafe.

— Quelqu'un a bien dû leur donner votre numéro, poursuivit Mei-li doucement. Je n'en ai pas parlé plus tôt, car tout indiquait que Vanessa était impliquée. Et si nous ne pouvons pas être sûrs pour elle, alors on ne peut pas l'être pour Chet non plus… D'un autre côté, s'ils sont innocents, cela réduit les possibilités.

— Mike ou Rafe.

— Ou Hannah.

Les paroles de Mei-li firent l'effet d'une bombe.

— Quoi ? Non, je refuse d'y croire, trancha-t-il d'un ton dur. Pas Hannah. Non.

— Elle n'est pas ici… Alors qu'elle vous accompagne en général. N'est-ce pas ce que vous m'avez dit ?

— Elle s'est cassé la jambe. Vous sous-entendez qu'elle l'a fait exprès ? Afin de ne pas être soupçonnée ?

— Je ne sous-entends rien du tout. Je ne fais qu'énumérer des possibilités.

— Non.

— Mais…

— Non ! Pas Hannah !

— Alors Mike ou Rafe. Quelqu'un est impliqué.

— Mike est un ancien flic.

Mei-li ne broncha pas.

— Et Rafe était un marine.

Mei-li laissa passer quelques secondes, puis annonça :

— Nous n'avons pas besoin de savoir tout de suite de qui il s'agit. En revanche, cela signifie que nous devons rester discrets et ça ne sera pas facile.

— Vous avez raison.

Dirk la regarda soudain d'un air songeur.

— Il y a une autre possibilité…, annonça-t-il lentement.

— Qui ?

— Patrick.

— Patrick ? répéta-t-elle, visiblement prise de court. Non. C'est impossible.

— Pourquoi impossible ? Patrick a mon numéro de téléphone. Je le lui ai donné le premier jour du tournage.

— C'est lui qui m'a appelée.

— Oui, mais s'il est impliqué, alors il sait que vous n'avez aucune expérience dans ce genre d'enlèvements. C'est la couverture parfaite. Sa culpabilité est aussi probable que celle de Hannah. Et vous n'avez pas hésité à l'ajouter à la liste des suspects.

— Et vous l'avez aussitôt éliminée. Je fais la même chose pour Patrick.

— Parce que c'est votre cousin ?

— Parce que je le connais !

— Êtes-vous prête à jouer la vie de mes filles là-dessus ?

Il y avait une telle intensité dans sa voix qu'elle ne répondit pas tout de suite. Elle semblait presque choquée.

— Non, chuchota-t-elle enfin. Je ne suis pas prête à jouer avec la vie de vos filles… En aucune circonstance. Ça signifie que je ne peux faire confiance à personne d'autre que vous et…

L'espace d'une seconde, elle sembla sur le point d'ajouter quelque chose, mais se ravisa.

— Vous devez me promettre la même chose : ne faites confiance à personne d'autre que moi.

Dirk lui toucha la joue. Sans elle, il serait totalement isolé. Seul au monde.

— Promis, chuchota-t-il.

Ils se regardèrent longuement. Dirk se demanda si elle pensait à la même chose que lui, si elle ressentait ce même élan, ce lien qui existait entre eux. Puis, elle cligna des yeux et brisa l'instant en demandant :

— Avez-vous un ordinateur ?

— Un portable.

— J'ai déjà fait suivre le mail des ravisseurs à mon adresse pour le lire chez moi, mais si vous avez un portable, nous pouvons essayer ici. Les coordonnées GPS ? lui rappela-t-elle en voyant son air interdit.

Il n'avait pas oublié. En fait… si, complètement. En voyant l'air terrifié de Linden et Laurel sur la photo, le visage strié de larmes, il avait oublié tout le reste.

— Je vais chercher mon ordinateur.

Il revint rapidement et installa son portable sur la table du salon, l'alluma et entra le mot de passe. Il se figea en apercevant le fond d'écran : une photo de ses filles prise quelques jours plus tôt à peine. Il se souvenait encore de cette journée passée dans un parc d'attractions à Hong Kong. Les jumelles étaient trop jeunes pour apprécier pleinement l'occasion, mais il n'avait pas pu résister. Lorsqu'il les avait bordées, ce soir-là, les deux fillettes épuisées mais ravies lui avaient fait un énorme câlin.

— Stop, l'interrompit Mei-li d'une voix tranchante qui le tira de la spirale émotionnelle dans laquelle il était en train de sombrer. Cela ne sert à rien, Dirk. Au contraire.

— Comment pouvez-vous savoir à quoi je pensais ?

— C'était évident, répondit-elle, les yeux pleins de compassion. Le contraste est cruel entre cette photo et celle que le ravisseur vous a envoyée. Je sais que c'est difficile, mais vous devez rester concentré.

Elle reprit d'un ton professionnel :

— Ouvrez votre messagerie. Téléchargez la pièce jointe dans un nouveau dossier. Je me charge du reste.

Quelques secondes plus tard, Dirk fit glisser l'ordinateur vers elle.

— C'est bon. Montrez-moi ces coordonnées GPS.

— Je ne vous promets rien, mais…

Mei-li fit un clic droit sur le fichier puis il parcourut rapidement le menu déroulant.

— Je le savais…, chuchota-t-elle soudain, les yeux brillants. Regardez.

En bas du menu, une entrée était intitulée « GPS ». Juste en dessous, trois lignes annonçaient latitude, longitude et altitude.

— À quoi correspondent les chiffres ? demanda Dirk, quand il eut enfin retrouvé sa voix.

— L'altitude est la hauteur par rapport au niveau de la mer, répondit Mei-li. Mais la latitude et la longitude sont exprimées en heures, minutes et secondes.

— Ce qui signifie ?

— C'est facile. Vous additionnez le premier chiffre de la latitude au second divisé par soixante… Ce sont les minutes… Puis, vous ajoutez le troisième chiffre divisé par trois mille six cents… Les secondes. Au nord de l'équateur, vous obtenez un chiffre positif, tandis que le sud est négatif.

Elle sourit à Dirk.

— Ensuite, vous faites exactement la même chose pour la longitude, sauf que c'est l'est qui est positif et l'ouest qui est négatif. Hong Kong a une latitude et une longitude positives. Une fois le calcul effectué, il suffit d'entrer les chiffres dans Google Maps pour déterminer exactement l'endroit d'où la photo a été prise.

Dirk contempla un instant l'écran sans rien dire, puis regarda Mei-li.

— Ce ne peut pas être aussi simple.

— Si. Et ce n'est pas tout ! ajouta-t-elle avec un sourire. Regardez ce que la photo nous apprend également.

Elle fit dérouler le menu jusqu'à la rubrique « appareil photo ».

— Le ravisseur se sert d'un téléphone semblable au vôtre. En revanche, il n'a pas la dernière version, vous voyez ? Ce n'est ni un appareil classique ni un téléphone jetable. Et il y a un détail tout aussi important que les coordonnées GPS.

Elle chercha encore quelques secondes, puis dit doucement :

— Voici les informations sur la date et l'heure. C'est très important. Pas la date de la création du fichier, mais celle à laquelle la photo a effectivement été prise.

Dirk regarda l'information que désignait Mei-li. C'était la

date du jour. Et l'heure indiquait deux minutes après l'appel du ravisseur.

— Elles sont vivantes, murmura-t-il d'une voix qu'il ne reconnut pas. Bon sang, elles sont vivantes.

Une vague d'énergie s'éleva en lui, implacable. Sentant ses émotions prêtes à le submerger, il se dressa brusquement pour marcher jusqu'à la fenêtre, où Victoria Harbour scintillait dans la nuit. Il ferma les yeux un instant, laissant le soulagement l'envahir, puis il les rouvrit et aperçut son reflet dans la vitre : un père abattu à qui on venait d'offrir une inestimable lueur d'espoir. Mei-li se tenait derrière lui, frêle silhouette qui lui arrivait à peine à l'épaule, mais semblait pourtant solide comme un roc. Cette femme venait de lui faire un cadeau inestimable.

Quand il se retourna, il ne chercha même pas à cacher les larmes dans ses yeux. Le cœur battant, il répéta dans un murmure :

— Elles sont vivantes.

Le lendemain matin, Dirk sortit de la banque, flanqué de Rafe et Mike, avec à la main un sac en toile contenant un million de dollars en liquide. Cent petits paquets de dix mille dollars chacun, soit cent billets de cent dollars soigneusement empilés.

Il rajusta la sangle du sac sur son épaule et se dirigea vers la Rolls-Royce garée le long du trottoir, avec Patrick au volant. Mike monta à l'avant, tandis que Rafe et Dirk s'installaient sur la banquette arrière. Patrick s'engagea aussitôt dans la circulation et demanda :

— Tout va bien ?

Dirk se repassa la conversation qu'il avait eue avec Mei-li, la veille au soir. Il ne soupçonnait pas vraiment Patrick, mais… Impossible d'être sûr. *Dans quel monde vit-on s'il faut se méfier de tout le monde*, pensa-t-il tristement.

— Aucun problème, répondit-il.

Personne ne parla sur le trajet du retour. Dirk regardait en silence le paysage défiler par la fenêtre : monolithes de métal et de verre jouxtant de vieux édifices en béton presque délabrés ; hordes d'habitants marchant d'un pas décidé sur les trottoirs

— personne ne semblait jamais flâner, à Hong Kong — ou faisant la queue à l'arrêt de bus. Il les voyait à peine, en réalité, car il repensait au visage de Mei-li, illuminé du même espoir fou que lui quand elle avait appris que ses filles étaient vivantes.

Ce qui expliquait peut-être pourquoi il avait pris Mei-li dans ses bras, juste après, pour la serrer contre lui avec reconnaissance. Elle lui avait rendu son étreinte, comme si elle comprenait son besoin soudain de s'agripper à quelque chose. Puis, il avait franchi la ligne et s'était de nouveau laissé aller à l'embrasser. Infiniment.

Il se serait peut-être maîtrisé, comme le gentleman qu'il s'était toujours efforcé d'être… si elle avait résisté. Mais elle ne l'avait pas fait. Elle avait répondu à son baiser avec la même passion que la première fois. Il avait été à un cheveu de la prendre là, comme ça, sur le canapé du salon. Heureusement, il lui était resté une once de jugeote et de décence. Lorsqu'il avait enfin réussi à arracher ses lèvres à celles de Mei-li, il avait vu son regard embrasé et sa bouche rouge et gonflée.

Il l'avait désirée si fort. Même à présent, la simple idée de faire l'amour à Mei-li l'excitait douloureusement. Pourtant, la veille, lorsqu'il avait contemplé son visage, empli de la même impatience que le sien, il avait réussi à apaiser son ardeur. « Il m'est toujours difficile de maintenir une distance émotionnelle avec mes clients », lui avait-elle confié. Il savait que c'était vrai. C'était d'ailleurs exactement pour ça qu'il refusait de profiter de la situation. Il ne devait pas brouiller les pistes.

Il lui avait fallu faire appel à toute sa volonté pour ne pas effleurer sa joue de ses doigts, recoiffer une mèche de cheveux derrière son oreille, passer le pouce sur ses lèvres charnues… Il avait réussi avec peine et s'était comporté comme un vrai gentleman, allant jusqu'à lui présenter des excuses pour cet écart. Pourtant, il n'était pas désolé. Au contraire, elle l'avait ramené à la vie. Sa réaction, comme toujours, l'avait surpris :

— Ne vous excusez pas, avait-elle répondu avec un léger sourire.

Puis, elle s'était emparée de son sac à main et s'était dirigée vers la porte, avant d'ajouter, la main sur la poignée :

— Sauf de vous être arrêté, peut-être. Mais ça, je ne suis pas sûre d'être prête à vous le pardonner. Réfléchissez-y.

Sa voix était douce, musicale, avec une pointe d'humour qui avait réussi à détendre l'atmosphère.

— Bonne nuit, Dirk. J'apporterai le papier kraft et la ficelle, ainsi que les cabas pour les quatre paquets que vous aurez à préparer demain. J'en ai plein chez moi, ne vous inquiétez pas… Vous feriez mieux de dormir un peu.

Avec un léger sourire, elle avait ajouté à voix basse :

— Faites de beaux rêves, *tim sum*. À demain.

Puis elle était sortie.

Il avait pris cinq minutes pour appeler Hannah afin de la tenir au courant. Malgré les avertissements de Mei-li, il restait convaincu que Hannah était innocente. Enfin, il s'était jeté sur son lit en se demandant ce que *tim sum* voulait dire et quelle pouvait bien être la signification de ces baisers échangés.

Lui qui craignait de ne pas réussir à s'endormir avait rapidement sombré dans le sommeil. Il avait même fait de beaux rêves. Pas des rêves érotiques avec Mei-li, non. Il avait rêvé qu'il serrait ses filles dans ses bras, petits anges tout propres et sentant bon la crème. Mei-li était à ses côtés.

« Ce sont tes filles aussi, disait-il dans le rêve. Elles ne seraient pas là sans toi. »

Le téléphone portable de Terrell Blackwood sonna à 20 h 15.

— Oui ?

— Il y a de nouveau un problème avec vos colis, annonça une voix froide qu'il reconnut aussitôt.

— Quel genre de problème ?

— Nous contrôlons la situation. Mais vous devez être sur vos gardes.

*Parle !* eut-il envie de hurler, mais il parvint à dire avec calme :

— Expliquez-vous.

— Le propriétaire des colis est venu à l'aéroport hier pour poser des questions.

Terrell sentit son ventre se nouer, mais il se reprit rapidement.

— Vous avez dit que vous contrôliez la situation. Que comptez-vous faire ?

— Un tour de passe-passe.

*Ils vont le mettre sur une fausse piste*, interpréta Terrell. *Comme un magicien qui détourne l'attention du public.*

— Espérons que cela fonctionne, menaça-t-il. C'est vous qui m'avez assuré de la réussite de la transaction. C'est pour ça que je vous paie, n'oubliez pas.

— Ne me menacez pas, répondit la voix d'un ton doucereux. N'oubliez pas qu'il m'est encore possible de rendre les colis à leur propriétaire légitime… Contre une récompense.

— Ce serait faire preuve d'un regrettable manque de jugeote.

Terrell était trop proche du but pour se laisser intimider et sa voix se fit tranchante.

— Je serais forcé de vous rappeler que vous n'êtes pas invulnérable.

Il n'avait pas passé près de vingt ans en prison sans apprendre l'art délicat de la menace. La main de fer dans le gant de velours. *Je suis blindé*, rappelait-il à l'autre homme. *Qui de nous deux a le plus à perdre ?*

Patrick déposa Dirk, Mike et Rafe à l'hôtel Peninsula à 9 h 30, puis alla garer la Rolls. Les trois hommes prirent l'ascenseur en silence et retrouvèrent Mei-li qui les attendait devant la porte de la suite, son sac à la main, un autre gros sac à l'épaule. Devant l'air étonné de Dirk, elle expliqua :

— J'ai frappé et sonné, mais personne n'a répondu.

— Où sont Vanessa et Chet ? s'étonna Dirk.

Sans attendre de réponse, il déverrouilla la porte qu'il tint ouverte pour Mei-li, puis entra à son tour et déposa son sac sur le sol avant de se diriger vers les chambres en appelant Vanessa. Aucune réponse. La suite était vide. Vanessa et Chet n'avaient pourtant pas prévu de sortir. Dirk n'aimait pas ça. Pas du tout. Il revint dans le salon.

— Personne. Chet vous a-t-il dit quelque chose ? demanda-t-il à Mike et Rafe.

Rafe fit signe que non et Mike dit :

— Non, rien. Mais…

— Mais quoi ? Parlez.

— Et si c'étaient eux qui devaient récupérer l'argent de la rançon ? lâcha Mike en lançant un regard à Rafe qui semblait furieux. Quoi ? Je ne fais qu'exprimer à voix haute ce que tout le monde pense tout bas.

Dirk croisa le regard de Mei-li, qui secoua doucement la tête, l'avertissant ainsi de ne rien dire.

La sonnette de la porte les fit tous sursauter. Mei-li, qui était la plus proche, alla ouvrir.

— Oh ! dit-elle en voyant Patrick. Je pensais que c'était Vanessa et Chet.

— Ils ne sont pas là ? s'étonna Patrick.

— Non, répondit Dirk. Ils…

La sonnerie de son téléphone portable l'interrompit. Un simple regard à l'écran suffit pour confirmer ses craintes.

— Oui ?

— Vous avez l'argent ? demanda la voix froide.

— Oui.

— Bien. Les instructions pour la première livraison vous parviendront prochainement.

— Où est la deuxième photo ? Je vous ai dit que…

— Ne vous inquiétez pas, coupa le ravisseur. La photo vous parviendra dès que vous aurez déposé l'argent.

— Et je veux leur parler.

La voix se fit encore plus glaciale.

— Nous vous appellerons quand vous arriverez au premier lieu de rendez-vous.

— Comment saurez-vous… ?

— Faites-moi confiance. Nous saurons.

La communication fut coupée.

— Qu'a-t-il dit ? demanda aussitôt Mei-li.

— Des instructions vont nous parvenir prochainement… Et une autre photo de Linden et Laurel arrivera par mail quelques minutes après.

— Pas de temps à perdre, alors. Il faut préparer les paquets.

Ils divisèrent l'argent en quatre piles égales qu'ils enveloppèrent dans le papier kraft apporté par Mei-li. Ce fut Patrick qui noua la ficelle. Le paquet préparé par Dirk n'était pas tout à fait terminé quand la sonnette de l'entrée retentit.

— Donnez, je vais finir, proposa Rafe.

Dirk se précipita pour ouvrir, Mei-li sur ses talons.

— Livraison pour M. DeWinter, annonça un homme en uniforme bleu et gris, en tendant à Dirk un appareil électronique et un stylet. Une petite signature ici, s'il vous plaît.

Il lui tendit ensuite une large enveloppe.

— Merci, monsieur. Une bonne journée à vous !

Mei-li referma la porte, tandis que Dirk ouvrait l'enveloppe d'une main fébrile. Il en sortit une unique feuille qu'il parcourut rapidement du regard.

*Pic Victoria, 11 heures. Marchez jusqu'à l'arche portant l'inscription « Lions Club de Tai Ping Chan », près du lion de pierre. Gagnez le coin le plus éloigné, jusqu'à la rambarde de métal, et faites semblant de prendre des photos, comme un touriste. Lorsque vous recevrez un appel, vous aurez une minute pour parler à vos filles. Profitez-en bien. Après avoir raccroché, lâchez le sac par-dessus la rambarde. Partez sans vous retourner. Rentrez à l'hôtel et attendez nos instructions. Ne tentez rien de stupide.*

# 12

Dirk relut la lettre, les mâchoires serrées. *Ne tentez rien de stupide*. Comme s'il avait besoin qu'on le lui rappelle…

Une petite sonnerie retentit sur son smartphone, signalant l'arrivée d'un courriel. Le message était vide, mais il y avait une pièce jointe qu'il ouvrit aussitôt. Il dévora des yeux la photo, soulagé que ses filles soient encore en vie, mais également furieux de les voir blotties l'une contre l'autre, dans le coin d'une pièce sale et sombre. Leurs cheveux blonds emmêlés encadraient leur visage crasseux — elles avaient visiblement tenté d'essuyer leurs larmes de leurs petites mains sales. Cependant, elles ne pleuraient plus et leurs mains n'étaient pas ligotées comme sur la photo précédente.

Mei-li l'étudia sans un mot, puis ils échangèrent un regard entendu. Dirk devait télécharger la photo sur son ordinateur portable, afin qu'ils puissent vérifier les coordonnées GPS.

— Pic Victoria à 11 heures, annonça Dirk en jetant un rapide coup d'œil à sa montre. Je vais regarder la carte sur mon ordinateur.

Cela lui donnait une excuse pour s'éclipser.

— Pas besoin de carte, intervint Patrick. Je peux vous conduire. On est largement dans les temps si on part bientôt. Trente-cinq, peut-être quarante-cinq minutes, en fonction de la circulation… Mais c'est toujours assez encombré.

— Je veux quand même savoir exactement où je vais, insista Dirk. J'en ai pour une minute.

Mei-li ne tarda pas à le rejoindre.

— J'ai envoyé Patrick chercher la voiture. Rafe et Mike sont en train de mettre les paquets dans les cabas. Je voulais vous montrer ceci…

Il s'agissait des portraits réalisés à partir des indications du chauffeur de taxi. Ils n'étaient pas plus détaillés que les précédents, mais la ressemblance était visible.

— Qu'allez-vous faire, pour Rafe et Mike ? demanda-t-elle en s'adossant à la porte. Ils viennent avec vous ?

— Je n'ai pas besoin de gardes du corps, pas même pour un quart de million. Et si les ravisseurs m'observent, je ne veux pas qu'on soit trop nombreux. Je vais demander à Rafe et Mike de retrouver Vanessa et Chet.

— Vous croyez toujours Patrick coupable ?

— Pas vraiment, répondit-il avec une grimace. Mais... De toute façon, j'ai besoin de lui comme chauffeur. Il est hors de question que je conduise moi-même, surtout en roulant à gauche.

— À moins que... vous ne préfériez conduire vous-même ?

Mei-li fit signe que non. À cet instant, l'écran de l'ordinateur s'illumina. Dirk s'empressa d'ouvrir sa messagerie pour ne plus voir la jolie photo de ses filles et téléchargea rapidement la pièce jointe envoyée par les ravisseurs. Il se souvenait parfaitement de la manœuvre à effectuer sur cette deuxième photo — il n'oublierait jamais. Lorsqu'il put comparer les propriétés des deux photos, il sentit son cœur se serrer. Pas besoin de faire le calcul pour comprendre que les coordonnées GPS étaient différentes.

— Les photos n'ont pas été prises au même endroit, annonça-t-il en s'efforçant de cacher sa déception.

— Cela veut juste dire que les ravisseurs se sont déplacés depuis hier, répondit Mei-li, comme si elle s'attendait plus ou moins à cette information. Mais pas nécessairement qu'ils vont bouger encore. Peut-être... Mais peut-être pas. Impossible de prédire ce qu'ils vont faire.

Elle eut un sourire rassurant.

— De toute façon, il faut retrouver ce lieu sur la carte. On verra peut-être apparaître un lien. Ouvrez vite Google Maps. Voyons où ces deux photos ont été prises.

Quand ce fut fait, elle reprit :

— Entrez ces coordonnées dans la barre de recherche.

Elle récita un chiffre, suivi d'une virgule, puis d'un autre chiffre.

— Attendez..., hésita-t-il. Je croyais qu'il fallait... Vous avez déjà fait le calcul dans votre tête ?

En voyant son air admiratif, elle ne put retenir un sourire.

— J'ai fait des études d'ingénieur avant de changer de carrière, n'oubliez pas. Mais j'avais aussi envisagé les mathématiques. J'ai choisi l'ingénierie, parce que ce sont des maths appliquées. Bref. Voyons où ils se trouvent.

Une petite marque rouge apparut sur la carte.

— C'est bizarre, murmura-t-elle. Si le jet privé n'a pas pu décoller et qu'ils ont dû se cacher, pourquoi ne pas rester près de l'aéroport ? Pourquoi retourner vers Central ?

Central était un petit quartier de l'île de Hong Kong, situé juste en face de Tsim Sha Tsui, le principal quartier d'affaires.

— Je me demande pourquoi ils n'ont pas pris une chambre d'hôtel près de l'aéroport...

— Tout était plein ? suggéra Dirk. À cause des retards ?

— Oui, c'est possible. Et n'oublions pas que vous avez entendu la sirène du Star Ferry lorsqu'il vous a appelé la seconde fois. Le Quai n° 7, le terminal de Hong Kong, ne se trouve qu'à quelques rues de Central. Voyons maintenant où a été prise la photo de ce matin.

Elle récita de nouveau rapidement deux chiffres séparés par une virgule et, une fois encore, une petite marque rouge apparut sur la carte.

— Tai O ? demanda-t-elle, visiblement surprise.

C'était un village de pêcheurs situé à l'extrémité ouest de l'île Lantau, à plus d'une heure de voiture.

— C'est le bout du monde. Que font-ils là-bas ?

Son front se plissa sous l'effet de la concentration.

— Regardez la date et l'heure de la photo, s'il vous plaît... Merci. Elle a été prise très tôt ce matin. Je me demande pourquoi...

Elle se tut un instant.

— Transférez ce mail à mon adresse, demanda-t-elle d'un ton brusque. Je devrais être dans vos contacts, à présent.

Dirk s'exécuta.

— Y a-t-il autre chose que je devrais faire avant de me mettre en route ? demanda-t-il.

— De *nous* mettre en route, corrigea-t-elle.

— Vous pensez que c'est vraiment nécessaire ?

Incapable de se retenir, il posa sa main sur la joue de la jeune femme, s'efforçant d'ignorer la douceur incroyable de sa peau.

— Je ne veux pas vous faire courir de risque.

— Ne vous inquiétez pas.

Le téléphone de Mei-li sonna.

— *Wei* ?

Elle écouta en silence pendant une minute, puis annonça :

— Nous descendons.

Elle raccrocha.

— Patrick est en bas avec la voiture. Il faut se mettre en route. Mieux vaut être en avance.

Dans l'ascenseur, Mei-li prit des mains de Dirk le cabas en tissu contenant l'argent de la rançon.

— Ce sera plus discret si c'est moi qui le porte, expliqua-t-elle avec un bref sourire. La plupart du temps, ce sont les femmes qui font les courses, ici, et elles ont toujours un sac semblable sur elles. Les sacs en plastique sont payants, vous comprenez, et nous sommes des gens économes… Du moins pour ce genre de petits détails.

Dirk acquiesça et enfila ses lunettes de soleil d'un geste mécanique. Ils n'échangèrent pas une parole jusqu'à la Rolls-Royce garée devant l'hôtel. Dirk lui tint la portière ouverte. Juste avant qu'elle monte, il la retint par le bras.

— Merci, bafouilla-t-il. Vous n'avez pas idée de… Je… Enfin, je voulais que vous le sachiez.

Le cœur de Mei-li se serra. Les hommes tels que Dirk — comme son père ou son frère, par exemple — avaient besoin d'agir, de se sentir aux commandes de leur destinée. L'ego de Dirk avait déjà essuyé un sérieux revers à la mort de sa femme, événement qui avait totalement échappé à son contrôle. Il n'avait rien pu faire pour l'empêcher, malgré tous ses efforts. Avec le rapt de ses filles, il avait l'impression que le destin s'acharnait sur lui.

Il n'avait pourtant pas renoncé. C'était un battant et elle admirait ce trait. Cependant, ses sentiments à son égard allaient bien au-delà de l'admiration ; elle était bien obligée de l'admettre. *C'est un client*, tenta-t-elle de se raisonner, en vain. *Tu le connais à peine*. Ce dernier argument avait à peine plus de poids, car elle avait l'impression de le connaître depuis toujours.

Une fois dans la voiture, ils restèrent silencieux. Mei-li sortit son smartphone et transféra le dernier mail de Dirk à un autre contact — auquel elle avait également indiqué l'endroit où ils se rendaient. Dirk la regardait de temps en temps, comme s'il se demandait ce qu'elle faisait. Il ne posa cependant aucune question et elle ne lui fournit aucun éclaircissement. Elle savait qu'elle aurait dû lui dire. Même si elle ne mettait pas la vie de ses filles en danger, lui serait peut-être d'un avis différent. Il avait le droit de savoir… Et de donner son accord ou non. C'était d'ailleurs exactement pour ça qu'elle préférait ne rien lui dire. Elle poussa un soupir, qui n'échappa pas à la vigilance de Dirk.

— Ça va ? s'inquiéta-t-il.

Elle hocha la tête.

— Et vous ?

— J'ai connu de meilleurs jours.

Elle ne put retenir un sourire.

— Parlez-moi de Linden et Laurel.

Elle n'était pas du genre à éviter un sujet douloureux et croyait fermement aux vertus thérapeutiques de la parole. Dirk était soumis à un stress énorme. Parler de ses filles ne pouvait le blesser davantage.

— Comment ont-elles hérité de prénoms si originaux ?

Dirk eut un petit rire et remonta ses lunettes sur le sommet de son crâne.

— C'est Bree qui les a choisis. Elle adorait les arbres. Tous les arbres. Quand nous avons appris qu'elle attendait des jumelles, elle a voulu trouver des prénoms qui allaient bien ensemble sans pour autant faire trop… nunuche. Enfin, vous voyez ce que je veux dire. Elle voulait des prénoms à la fois féminins et porteurs d'une certaine force. C'est comme ça qu'elle a eu l'idée de leur donner des noms d'arbres. Linden, le tilleul, et Laurel, le laurier.

Mei-li sentit que c'étaient des souvenirs agréables pour lui.

— Quand Bree m'en a parlé… Comment dire ? C'était parfait. Elle m'a également fait promettre de ne jamais leur donner de surnom. Le vrai prénom de Bree était Sabrina et elle l'adorait. Mais tout le monde, moi y compris, l'appelait Bree. Elle ne voulait pas que cela arrive à ses filles, et que Linden et Laurel se transforment en Lindy et Laurie.

Il lui lança un regard en coin.

— Et vous ? D'où vient votre prénom, Mei-li ?

— En réalité, il s'agit de mon second prénom. Cela signifie la beauté et la grâce.

— Vos parents ont bien choisi, dit-il avec cette intonation particulière dans la voix.

Rien de flagrant ni d'ouvertement sexuel, juste une affirmation honnête de la façon dont il la voyait : belle et gracieuse. Mei-li en rougit.

— Mes parents ont dû trouver un compromis pour nommer leurs enfants. Mon père… Vous devez comprendre que la culture chinoise est patriarcale… Mon père a choisi nos prénoms, ce qui n'a posé aucun problème à ma mère. En revanche, c'est elle qui a choisi les seconds prénoms. Ainsi, mon frère s'appelle Jason Chi-Ming Moore, et moi, Victoria… Oui, en souvenir de la reine… Victoria Mei-li Moore. Cependant, mes parents m'ont toujours appelée Mei-li. Sans doute parce que j'ai plus l'air chinoise qu'anglaise.

— Et votre frère ?

— Jason ? On l'a toujours appelé Jason. Mais il ressemble à mon père, si bien que cela semble plus logique. Seul un œil averti saurait distinguer le sang chinois qui coule dans ses veines. Nous ne nous ressemblons pas du tout.

La Rolls suivait depuis un moment la route qui grimpait tranquillement vers le pic Victoria. Ils étaient presque arrivés. Mei-li consulta sa montre : ils étaient largement dans les temps. Elle se pencha vers Patrick pour lui parler en cantonais et celui-ci hocha la tête en réponse. Puis, elle se tourna vers Dirk :

— Patrick va nous déposer sur la galerie, puis il ira trouver une place de parking. C'est toujours un cauchemar de se garer, ici.

Elle indiqua le sommet de la montagne, où on apercevait plusieurs immeubles et quelques maisons.

— Nous n'allons pas jusqu'au sommet. Les touristes s'arrêtent au Victoria Gap… Nous y sommes. Nous continuerons à pied à partir d'ici. Ce n'est pas loin.

Patrick se gara le long du trottoir. Mei-li glissa la lanière de son sac à main sur son épaule, saisit fermement le cabas et se tourna vers Dirk qui avait déjà enfilé ses lunettes de soleil :

— Suivez-moi.

L'esplanade et les allées étaient bondées de touristes. Le pic, comme la plupart des autres attractions de Hong Kong, semblait ne garder aucune trace du passage du récent typhon. Mei-li se faufila avec aisance parmi la foule, regardant de temps en temps par-dessus son épaule pour s'assurer que Dirk suivait toujours. Ils passèrent devant le mur où des artistes locaux exposaient leurs dessins et peintures, hélant les passants dans l'espoir d'en vendre un. Ils atteignirent enfin l'arche érigée par le Lions Club de Tai Ping Shan, dont l'entrée circulaire était gardée par deux lions de pierre.

— Pardon, pardon, mumurait Mei-li aux gens qui se trouvaient sur son passage, en train de prendre des photos.

Elle consulta sa montre, puis saisit Dirk par la main.

— Cinq minutes, annonça-t-elle à mi-voix en se dirigeant presque au pas de course vers l'autre bout de l'esplanade.

Mei-li accrocha les lanières du cabas à l'un des poteaux de la rambarde, puis s'empara de son téléphone portable. Obéissant aux instructions reçues, elle fit mine de prendre des photos des gratte-ciel de Hong Kong, en contrebas, et de Tsim Sha Tsui, au loin.

Cette portion de l'esplanade était presque déserte, car le panorama était en partie bouché par des arbres et la plupart des gens ne s'aventuraient pas si loin. Dirk avait également sorti son smartphone.

— Vous croyez qu'ils nous observent ? demanda-t-il.

— Peut-être. J'espère.

Elle regarda discrètement autour d'eux, sans grand espoir. Les ravisseurs pouvaient se trouver tout au sommet de la Peak Tower et les observer avec des jumelles. De toute façon, cela n'avait pas d'importance. Ils étaient venus pour déposer la rançon en suivant les instructions à la lettre. Rien de plus. *Continue à croire ça…*, lança-t-elle intérieurement à l'adresse de leur observateur inconnu. Il était crucial qu'ils respectent les instructions… Du moins en apparence.

Mei-li se pencha par-dessus la rambarde de métal. La pente était raide, mais il n'aurait pas été impossible pour un homme ou une femme agile de récupérer la rançon. Si elle parvenait à lâcher le cabas de façon discrète…

Le téléphone de Dirk sonna. Il cessa rapidement de faire semblant de prendre des photos pour décrocher.

— Dirk DeWinter.

Par réflexe, Mei-li nota l'heure : 11 heures précises. Soit les ravisseurs pariaient sur le fait que Dirk respectait scrupuleusement leurs instructions, soit l'un d'eux les observait et transmettait les informations à son complice. Dirk lui tournait le dos, mais elle n'avait pas besoin de lui faire face pour comprendre la tension qui nouait ses épaules.

— Non, ma chérie, murmurait-il. Papa ne peut pas venir te chercher maintenant… Je sais… Je sais que cette chose qu'ils vous ont fait respirer sent très mauvais, Linden. Oui, Nana aussi sait que ça sent très mauvais… Oui, maman vous regarde depuis le ciel et elle veut que vous soyez très courageuses, d'accord ?

Il consulta rapidement sa montre.

— Passe-moi Laurel, maintenant, ma chérie. S'il te plaît… S'il te plaît.

L'angoisse dans sa voix était intolérable.

— Laurel ? Papa t'aime très fort. Je vais venir vous chercher… Non, ne pleure pas, ma chérie. Je vais venir vous chercher dès que possible. Vous allez être sages, hein ? Vous faites bien ce que…

Visiblement, l'appel avait été interrompu brusquement et Dirk l'avait ressenti comme un coup de poing à l'estomac. Sa main libre agrippa la rambarde de métal avec tant de force que ses articulations blanchirent. D'une voix éteinte, il lança :

— Lâchez le sac. Maintenant.

Mei-li s'essuya rapidement les yeux et regarda à la hâte autour d'elle pour s'assurer qu'il n'y avait pas de gêneurs. Puis, tournant le dos à l'esplanade, elle souleva rapidement le sac par-dessus la rambarde et le lâcha de l'autre côté. Elle entendit un frémissement dans les fourrés quand le cabas traversa la végétation, puis un bruit mat qui marqua sa chute.

Elle posa une main sur le bras de Dirk, qui tenait toujours son téléphone d'une main et serrait la rambarde de l'autre.

— C'est fait, annonça-t-elle. Il faut partir. Les instructions disaient de partir sans se retourner.

— Elles pleuraient toutes les deux, dit Dirk, de la même voix blanche.

Mei-li lui fit la seule réponse possible.

— Elles sont vivantes. Et tant que nous suivrons les instructions, elles le resteront.

Elle lui prit son téléphone des mains, le glissa dans son sac, puis desserra un à un les doigts qui tenaient la rambarde.

— Venez, *tim sum*, l'encouragea-t-elle d'une voix douce, comme si elle s'adressait à un enfant. Allons-y.

# 13

Dirk se laissa guider par Mei-li à travers la foule joyeuse. Il ne la vit pas appeler Patrick pour lui demander d'avancer la voiture. Les bruits alentour lui semblaient étrangement étouffés, comme distants. Il n'entendait plus que les sanglots de ses filles qui le suppliaient de venir les chercher, de les sauver des méchants. Et sa propre voix qui les encourageait à être courageuses et sages, et promettait de venir les chercher au plus vite.

Il avançait comme un somnambule, tenant ses émotions à distance. C'était ainsi qu'il avait réussi à survivre à la mort de Bree. *C'est trop dur à supporter ?* semblait crier son esprit. *Alors, enfouis tout. Ne ressens rien.*

La douleur était bien là, mais si lointaine qu'elle semblait appartenir à quelqu'un d'autre. C'était la seule façon de survivre à cet instant. *Tu es un acteur*, se rappela-t-il. *Tu n'es plus Dirk DeWinter. Tu n'es même plus Derek Summers. Tu es quelqu'un d'autre. Un homme dont les filles n'auraient pas été enlevées. Un homme dont le cœur n'aurait pas été arraché.*

Mei-li observa Dirk pendant tout le trajet du retour. Sa raideur l'inquiétait. Il n'avait pas prononcé un mot depuis l'appel des ravisseurs. Assis dans la voiture, les lunettes de soleil sur le nez, il semblait muré dans une forteresse de solitude, le regard dans le vide. Perdu dans ses pensées. Perdu dans sa douleur.

Soudain, elle sentit son téléphone vibrer dans son sac. Dirk ne réagit même pas. Elle prit rapidement connaissance du SMS.

Aucun résultat. Ensuite ?

Elle fut un peu déçue, même si elle savait que c'était sans doute un coup d'épée dans l'eau. Elle répondit :

Ne sais pas.

L'expéditeur du message voulait connaître le prochain lieu de dépôt de la rançon. Elle ajouta :

Hôtel. Attente instructions. 2e paquet. Te tiens au courant dès que possible.

Quelques secondes plus tard, elle envoya encore :

Téléphone portable ?

La réponse revint rapidement.

Impasse. Piratage.

Elle jura intérieurement, ce qui lui arrivait rarement. En découvrant la veille quel genre de téléphone utilisait le ravisseur pour ses photos, elle avait espéré qu'il se servait du même pour téléphoner. Cela leur aurait permis de retrouver son opérateur. Pour cela, elle avait installé un minuscule dispositif dans le téléphone de Dirk, à son insu. Totalement illégal… Mais très pratique pour retrouver le numéro d'un appel entrant, même lorsque l'identité était masquée.

Toutefois, la tactique n'avait rien donné. « Piratage » signifiait que le ravisseur passait ses appels en utilisant illégalement la ligne de quelqu'un d'autre. Il ne pouvait pas recevoir d'appels entrants, mais il appelait autant qu'il le souhaitait en laissant croire aux ordinateurs de l'opérateur que son téléphone était bien celui du propriétaire légitime de la ligne. Personne ne pouvait remonter jusqu'à lui. Un jour ou l'autre, le propriétaire du numéro finirait par se rendre compte de la fraude en découvrant des appels inconnus sur sa facture et il changerait de numéro. Mais les ravisseurs avaient des mois devant eux… Car qui prenait la peine de vérifier en détail sa facture ?

Elle n'en avait pas parlé à Dirk, craignant de lui donner de faux espoirs. Elle répondit au SMS.

Merci quand même. Ça valait la peine d'essayer. Tenez-moi au courant.

En rangeant son téléphone dans son sac, elle aperçut celui de Dirk et profita de l'occasion pour rompre le silence.

— Dirk ? appela-t-elle en le poussant du bras avec son smartphone. Dirk ?

— Mmm ?

— Votre téléphone. Il était dans mon sac, vous vous souvenez ? Mais vous devriez le récupérer, au cas où…

— … Les ravisseurs rappellent. Oui. Merci.

Il glissa le téléphone dans sa poche, puis se perdit de nouveau dans la contemplation du paysage.

Cela n'avait ni queue ni tête, mais ce fut à cet instant que tout bascula pour Mei-li. Elle hésitait depuis la veille, mais le tsunami d'émotions qui s'abattit sur elle à cet instant fit voler en éclats les derniers remparts de ses doutes. Elle aimait Dirk. C'était aussi simple que ça. Comment ne pas aimer un homme qui s'inquiétait autant pour ses enfants ?

Peu importait qu'elle le connaisse depuis peu. Ou qu'elle risque de ne plus jamais le revoir, une fois que Linden et Laurel seraient rentrées chez elles, saines et sauves. Aucune importance. Tout ce qui comptait, c'était de savoir que, si elle avait pu endosser ne serait-ce qu'une partie de la douleur qui le ravageait à cet instant, elle l'aurait fait. Sans hésiter.

« C'est ça, l'amour. » Voilà ce que lui avait dit sa mère, bien des années plus tôt. « Aimer, c'est se soucier de quelqu'un d'autre plus que de soi-même. »

La veille au soir, elle avait laissé échapper ce terme affectueux sans même s'en rendre compte. Un terme qu'elle n'avait utilisé qu'avec un seul homme auparavant.

Elle devait cependant se contenir. Pour le bien de Dirk, elle devait refréner ses émotions. Il avait assez de soucis pour l'instant et aurait sans doute été stupéfait d'apprendre que *tim sum* signifiait « mon doux cœur ».

*
* *

Patrick déposa Dirk et Mei-li devant l'entrée de l'hôtel. Avant d'aller se garer, il assura à Dirk qu'il se tenait prêt à bondir au moindre appel des ravisseurs, pour le conduire au deuxième lieu de rendez-vous.

Une fois dans la suite, Mei-li et Dirk eurent à peine le temps de sortir les reliefs du dîner de la veille pour les faire réchauffer au micro-ondes que la sonnette de la porte d'entrée retentit. Dirk alla ouvrir pendant que Mei-li portait les assiettes jusque dans le salon.

Dirk revint avec une nouvelle enveloppe, dont il sortit une simple feuille de papier qu'il lut aussitôt. Puis, il la tendit sans un mot à Mei-li et alla se camper devant la fenêtre pour observer Victoria Harbour. Mei-li parcourut rapidement la page. Il n'y était fait aucune référence au précédent rendez-vous. Cette fois encore, l'enveloppe avait été livrée par une petite entreprise de messagerie locale. Ces deux détails — le caractère indépendant de chaque message ainsi que le mode de livraison — confortèrent Mei-li dans l'idée que les instructions avaient été préparées de façon globale et que chaque livraison était programmée à l'avance. Elle se rappela mentalement de vérifier la société de coursiers. Elle relut encore une fois le texte :

*Musée d'histoire de Hong Kong, 13 heures. Visitez la salle sur la culture locale. Grimpez sur la réplique à taille réelle de la jonque de pêcheurs et faites semblant de prendre des photos comme les autres touristes. Lorsque vous recevrez un appel, vous aurez une minute pour parler à vos filles. Profitez-en bien. Après avoir raccroché, placez le sac à l'avant du bateau, sous l'offrande. Partez sans vous retourner. Rentrez à votre hôtel pour attendre les instructions suivantes. Ne tentez rien de stupide.*

Mei-li consulta sa montre.

— Nous avons le temps, annonça-t-elle à Dirk. Le musée se trouve sur Chatham Road, à cinq minutes d'ici. Mangeons avant que cela refroidisse.

*
* *

Le téléphone de Dirk signala l'arrivée d'un mail avant qu'ils aient fini leur repas.

— Ce fumier connaît tous mes faits et gestes, jura-t-il en s'essuyant la bouche. Comment fait-il ?

Cet éclat de colère rassura Mei-li. Mieux valait la colère que l'abattement.

— Il n'en sait rien, répondit-elle. Tout est minuté. Il a calculé la livraison de la seconde enveloppe en fonction du temps qu'il vous faudrait pour rentrer à l'hôtel.

Elle désigna le téléphone.

— Ce courriel contient une nouvelle photo de vos filles et il a demandé à son complice de vous l'envoyer.

Voyant son air interloqué, elle ajouta :

— C'est logique. Ils ne sont pas au même endroit. Le ravisseur qui récupère la rançon ne peut pas être celui qui vous a appelé au pic avec vos deux filles. Il ne peut pas être à deux endroits à la fois. Et il est peu probable qu'il se soit dépêché de rentrer à leur planque, car il doit tout préparer pour le second rendez-vous. Donc, la photo a été prise par l'autre ravisseur, celui qui surveille vos filles. Téléchargez-la sur votre ordinateur. Nous allons voir où et quand elle a été prise.

— Je crois que ça va être au-dessus de mes forces, dit-il dans un soupir. Je ne pourrai pas supporter de…

— Vous n'êtes pas obligé, reprit-elle rapidement. Nous n'avons pas besoin d'ouvrir le fichier pour consulter ses propriétés. Tout ce que je veux, ce sont les coordonnées GPS et l'heure à laquelle la photo a été prise.

Elle-même la regarderait, mais plus tard, car il pouvait y avoir des indices dans le cliché. Mieux valait ne rien laisser au hasard. Lorsque Dirk se dirigea vers le bureau pour prendre son ordinateur, elle se dépêcha d'envoyer un SMS qui se terminait par :

Mail imminent.

Dirk poussa de la main son assiette à moitié pleine et posa son ordinateur sur la table de la salle à manger. Il envoya ensuite directement le courriel à l'adresse de Mei-li, qui le transféra à son tour pendant que Dirk téléchargeait la pièce jointe. Malgré ses réticences, il prit une profonde inspiration et cliqua sur le document pour l'ouvrir, contempla la photo pendant quelques secondes, puis la referma sans un mot.

Ensuite, il ouvrit les propriétés du document et déroula le menu. Mei-li l'interrompit en posant une main sur la sienne.

— Même appareil, murmura-t-elle, plus pour elle-même. Tant mieux.

Elle le laissa dérouler le menu plus bas, jusqu'à la section GPS. Lorsqu'ils eurent entré les coordonnées dans Google Maps, elle annonça simplement :

— Mong Kok. C'est sur le continent, pas très loin. Ici, nous sommes dans le quartier de Tsmi Sha Tsui. Mong Kok est le quartier voisin, au nord. S'ils sont allés jusqu'à Tai O, pourquoi revenir à Mong Kok ? Au moins, Tai O se trouve sur la même île que l'aéroport. Pourquoi ne pas être restés là-bas ?

Elle réfléchit un moment, puis reprit :

— J'ai une idée. Ce n'est qu'une théorie, mais tout concorde.

— Je vous écoute.

— Bon… Les ravisseurs ont prévu de quitter Hong Kong avec vos filles, commença-t-elle. Mais ils n'ont pas pu le faire à cause du typhon, car les vols ont été annulés.

— Jusqu'ici, je vous suis.

— Les hôtels de l'aéroport sont tous pleins à cause des annulations. C'est un point crucial. Le typhon se renforce. L'observatoire de Hong Kong a déjà probablement émis son alerte maximale. Les ravisseurs sont coincés avec vos filles, sans aucun endroit pour les cacher. Ils doivent trouver une planque au plus vite. Où peuvent-ils aller ? Où trouver un refuge où l'on ne leur posera pas trop de questions ?

Le regard de Dirk s'illumina.

— L'un des ravisseurs vit dans Central ! C'est ça ? Pas le chef, pas l'Américain. L'autre. Celui qui est chinois, selon Vanessa.

Mei-li acquiesça.

— Ils prennent donc un taxi pour retourner dans Central. Les taxis circulent encore, souvenez-vous. Ils passent la nuit et la journée suivantes dans l'appartement du ravisseur. Mais celui-ci est inquiet. Une petite amie… ou bien sa mère… risque de passer sans prévenir. Ou alors, il y a un colocataire. Quelqu'un d'autre a une clé, sinon ils pourraient simplement ne pas ouvrir si on sonne. Il explique à l'Américain qu'ils ne peuvent pas rester plus longtemps. Et c'est ici que ma théorie devient pure conjecture. L'homme a un contact dans Tai O. De la famille. Un ami. Un complice. Peu importe. Quelqu'un qui peut les héberger une nuit. Juste une nuit. Ensuite, il faudra de nouveau déménager.

— Mouais… Mais si le projet initial était de quitter Hong Kong, que font-ils encore ici ? Hier, je comprends… Les jets privés étaient les derniers à recevoir une autorisation de décollage, mais aujourd'hui c'est différent. Sans la panne, ils auraient pu décoller.

Dirk venait de pointer du doigt la principale faille apparente du raisonnement de Mei-li. Mais elle ne lui avait pas encore tout dit…

— Vous vous souvenez de ce coup de fil que j'ai passé hier ? Ce service qu'on me devait ? Une petite enquête a été menée sur les cinq avions et leurs pilotes. Voici ce qui a été découvert…

Elle sortit de son sac une liasse de papiers.

— Les trois charters sont blancs comme neige. L'avion à destination de Taipei a décollé hier matin… Avec seulement les pilotes et les quatre passagers inscrits sur le manifeste. L'avion et les bagages ont été fouillés avant le décollage.

Elle précisa aussitôt :

— Les personnes qui ont effectué la fouille ne savaient pas ce qu'elles cherchaient, mais vos filles n'étaient pas à bord.

— Vous êtes sûre ?

— Absolument. Reste le cinquième avion, celui à destination de Manille.

Elle s'efforça de contenir son enthousiasme.

— Regardez, dit-elle en pointant du doigt un paragraphe. Les pilotes sont des contrebandiers connus. Des mercenaires prêts à travailler pour le plus offrant. Drogues. Armes. Trafic d'humains. Ils ont exfiltré un baron du crime philippin deux jours avant son arrestation prévue. Personne ne sait où il se trouve, à présent. Il n'y a aucune preuve, bien entendu, sinon les deux hommes seraient déjà en prison.

— Donc... Ils ont été payés pour emmener mes filles à Manille, murmura Dirk d'une voix dangereusement calme.

— Manille n'était sans doute qu'une escale. Or, leur avion a été endommagé par le typhon... N'est-ce pas ce que le mécanicien a dit ? Ils attendent les pièces de rechange. Ils ne peuvent pas partir. Donc, les ravisseurs non plus.

Dirk se leva si brusquement qu'il renversa sa chaise.

— Depuis combien de temps le savez-vous ? demanda-t-il d'un ton presque menaçant.

— Depuis ce matin, admit-elle, sans comprendre cet éclat. J'ai lu le rapport et je l'ai imprimé avant de venir ici.

— Et vous ne m'avez rien dit ?

— J'allais le faire, mais...

— Mais quoi ?

Il était livide.

— Il était plus important de livrer la rançon, expliqua-t-elle d'une voix calme. M'avez-vous, oui ou non, affirmé ici même que la seule chose qui comptait, c'était de retrouver vos filles saines et sauves ?

— Oui, mais...

— Convaincre les ravisseurs que vous étiez disposé à faire tout ce qu'ils demandaient était plus important que de vous montrer ce rapport. Entre mon arrivée et notre départ, je n'ai pas eu le temps d'aborder le sujet. Je n'ai pas délibérément cherché à vous dissimuler cette information, Dirk. Je vous l'ai montrée à la première occasion qui s'est présentée.

— Vous auriez pu m'en parler pendant le trajet.

— Avec Patrick dans la voiture ?

Dirk sembla pris de court.

— J'ai confiance en Patrick, ajouta-t-elle. Enfin, après ce que vous avez dit, disons que j'ai plus ou moins confiance en lui. Mais pas vous. Il était donc hors de question que j'aborde le sujet en sa présence.

L'expression de Dirk passa de la colère à la contrition.

— Je suis désolé. Je ne sais pas pourquoi...

Il fit mine de tendre une main vers elle, mais se ravisa.

— Je... Tout à coup, j'ai cru que vous me cachiez des choses...

Pour me protéger. C'était insupportable. Je dois savoir, Mei-li. C'est comme regarder les photos de mes filles. Ou leur parler au téléphone. Cela me déchire, mais je dois le faire. Je suis peut-être totalement impuissant, mais je dois savoir.

Mei-li ressentit un brusque sentiment de culpabilité. Non pas à cause du rapport, mais à cause de l'autre secret. Celui qu'elle redoutait d'évoquer avec lui, car elle n'était pas certaine de le convaincre que c'était la meilleure chance de survie pour ses filles.

Elle s'éclaircit la gorge :

— Je comprends. Mais vous devez me faire confiance.

Elle s'apprêtait à tout lui avouer, car la confiance ne fonctionnait pas à sens unique, quand Dirk reprit :

— Donc, si nous savons que cet avion et les pilotes sont impliqués, que pouvons-nous faire ?

— Ils sont sous surveillance. Nous serons informés à l'instant même où les pièces seront là.

Dirk se figea.

— Surveillés ? Vous avez alerté la police ?

— Non, Dirk. Je ne ferai jamais une chose pareille. Pas sans vous en informer et pas sans votre accord.

— Alors, comment… ?

— Faites-moi confiance, je vous en prie. Je ne peux pas vous en dire plus long maintenant, mais les moindres faits et gestes des pilotes sont observés. Ils ne quitteront pas Hong Kong avec vos filles, je vous le garantis.

Son expression annonçait qu'il allait insister, mais son téléphone sonna.

— Rafe ? Qu'avez-vous trouvé ? Non. Je sais. Autant chercher une aiguille dans une botte de foin. Mais il faut continuer. Vérifiez à l'aéroport. Les compagnies aériennes. Peut-être ont-ils décidé de tenter leur chance en achetant des billets… Oui… Attendez, je vais vérifier… Ne quittez pas…

Dirk se dirigea vers l'entrée. Mei-li s'apprêtait à le suivre quand elle entendit son téléphone vibrer dans son sac. Elle fouilla un instant et finit par le trouver tout au fond. Elle reconnut aussitôt l'identité de l'appelant.

— *Wei* ?

*
* *

Dirk revint dans le salon, toujours au téléphone avec Rafe :

— Non, son passeport n'est pas dans sa chambre. Je ne l'ai pas trouvé, en tout cas. Peut-être qu'elle l'a sur elle ? Je ne sais pas, mais au cas où… Une seconde…

Mei-li lui faisait signe avec insistance.

— Dites à Rafe de se rendre en taxi à cette adresse… Non, attendez, je vais le lui dire moi-même.

Elle s'empara du téléphone de Dirk. Lorsqu'elle eut donné l'adresse à Rafe, elle expliqua :

— Vanessa et Chet sont là-bas… Oui. Mon ami vient de m'appeler. Ils y sont depuis ce matin, mais ils ont terminé. Oui, ils vont vous attendre… Et Rafe ? Vous pouvez appeler Mike pour lui dire d'arrêter les recherches et de rentrer à l'hôtel ? Bien, merci. Ensuite, vous rentrerez avec Chet et Vanessa. Directement, c'est bien compris ?

Elle consulta sa montre et reprit :

— Nous partons dans un instant pour livrer la deuxième partie de la rançon, mais nous serons bientôt de retour.

Elle écouta de nouveau, leva les yeux vers Dirk en souriant et ajouta :

— Merci, Rafe. Je transmettrai.

Elle raccrocha. Dirk pouvait à peine se contenir.

— Que se passe-t-il ?

— Rafe vous souhaite bonne chance.

— Mais non, pas ça ! s'impatienta Dirk.

— Je sais où sont Vanessa et Chet.

# 14

— Où sont-ils ? demanda aussitôt Dirk.

— Ils sont chez l'hypnotiseur, répondit Mei-li, les yeux brillants d'excitation. Ils ont débarqué chez lui ce matin. Vanessa était pratiquement en larmes et n'arrêtait pas de s'excuser pour son comportement d'hier. Elle a avoué ne pas avoir été honnête avec lui et avoir fait tout son possible pour ne pas se laisser hypnotiser.

— Quoi ? Comment ça ? Pourquoi a-t-elle… ?

— Mon ami n'en sait rien. En revanche, il est parvenu à l'hypnotiser la seconde fois et elle s'est souvenue d'un détail important. Le Chinois avait un tatouage sur l'intérieur de son poignet gauche.

— C'est ce que le portier a dit aussi.

— Oui, mais cela confirme que les ravisseurs sont bien les hommes que le chauffeur de taxi a conduits à l'aéroport. Et ce n'est pas tout. D'après la description de Vanessa, le tatouage représente le symbole d'une organisation criminelle.

— Les triades ?

— Non, il s'agit plutôt d'un club social, dont certains membres sont impliqués dans des activités illégales, comme la contrebande et le trafic d'humains. Ce sont souvent d'anciens *boat people*.

Elle s'empara d'un des cabas contenant la rançon.

— Venez ! Il est midi et demi. Le rendez-vous est à quelques minutes en voiture, mais il pourrait y avoir des embouteillages. Patrick nous attend en bas.

Patrick les rapprocha le plus possible du lieu de rendez-vous, puis arrêta la voiture en double file.

— Impossible de se garer par ici, annonça-t-il. Je vais tourner en vous attendant. Faites signe quand vous êtes prêts.

Il ajouta quelque chose en cantonais à l'adresse de Mei-li, qui se raidit, mais répondit simplement :

— *M'goy.*

Si Dirk avait reconnu le mot prononcé par Mei-li — « merci » — il ne savait pas pourquoi elle l'avait prononcé. Il voyait bien qu'elle était profondément affectée. Elle semblait perdue dans ses pensées, à un million de kilomètres de lui.

— J'aurais dû faire l'effort d'apprendre quelques mots de cantonais, fit-il remarquer en se dirigeant vers le musée.

— Pardon ? Oh ! je vois…

Ajustant la lanière de son sac, elle leva vers lui des yeux empreints d'une telle tristesse qu'il en resta interloqué.

— Il suffit de demander, vous savez.

Il hésita, mais sa curiosité fut la plus forte.

— D'accord. Je veux savoir.

Mei-li poussa un long soupir.

— Patrick a dit : « *Moh ching, moh meng.* » Une expression locale qui peut se traduire par : « Pas d'argent, pas de vie. »

Après un moment de silence, elle ajouta :

— Ce n'est pas ce que vous pensez. C'était plus un rappel pour moi, c'est tout.

— Un rappel de quoi ?

— C'était la dernière phrase de la demande de rançon envoyée aux parents de Sean. Patrick voulait simplement me la rappeler, afin que ni vous ni moi ne prenions le risque de faire paniquer les ravisseurs.

Une idée traversa insidieusement l'esprit de Dirk : c'était exactement le genre de commentaire que ferait quelqu'un impliqué dans l'enlèvement.

— Il n'est pas mêlé à tout ça, dit Mei-li avec sérieux.

— Comment savez-vous que… ?

— Parce que vous avez un visage très expressif, expliqua-t-elle avec un bref sourire. Une bonne chose pour un acteur… Mais moins pratique quand on veut cacher ce qu'on pense.

***

Six minutes plus tard, ils entraient dans la salle mentionnée dans la demande de rançon. En temps normal, Dirk aurait été fasciné par les objets historiques exposés et aurait pris le temps de les examiner en détail. Il adorait l'histoire depuis toujours. Trois minutes avant l'heure du rendez-vous, Mei-li lui toucha doucement le bras.

— C'est l'heure, annonça-t-elle.

Elle avait déjà sorti son téléphone et faisait mine de prendre des photos, tout comme au pic Victoria. Dirk sortit le sien à son tour et ils marchèrent tranquillement jusqu'à la jonque. Mei-li continuait à faire semblant de prendre des photos, mais son regard furetait dans tous les coins. Il n'y avait personne autour d'eux, en dehors d'une gardienne, stationnée à l'autre bout de la salle. *Il faudra peut-être détourner son attention,* pensa Mei-li. *Il ne faut pas qu'elle nous voie en train de déposer le sac*. En revanche, aucun ravisseur en vue. Étaient-ils observés ?

Le smartphone de Dirk vibra. Il décrocha et, comme le matin, elle entendit chacune de ses paroles. Les yeux pleins de larmes, elle imaginait ce que ses filles étaient en train de lui dire. Puis, elle s'efforça de se reprendre, car elle ne devait pas se laisser distraire par ses émotions.

C'est en se détournant de Dirk qu'elle aperçut un homme dans l'encadrement d'une porte. Elle baissa aussitôt les yeux, afin d'éviter de croiser son regard et de se trahir. Du coin de l'œil, elle vit qu'il les observait. Au bout de quelques secondes, il recula discrètement et disparut. Dirk revint vers elle car, cette fois encore, la conversation téléphonique avait été brutalement coupée. Mei-li lui tendit rapidement le cabas, en chuchotant :

— La surveillante de salle nous observe. Quand je réussirai à détourner son attention, déposez le sac là-dessous. Poussez-le le plus loin possible avec votre pied pour qu'on ne puisse pas le voir, puis éloignez-vous. Je vous rejoins.

***

Malgré le tumulte émotionnel dans lequel l'avait plongé la conversation avec ses filles, Dirk ne put s'empêcher d'admirer le jeu de Mei-li. Élevant soudain la voix, elle annonça :

— Tu peux bien penser ce que tu veux, je reste persuadée que ces femmes ne devaient pas avoir la vie facile.

Tournant soudain les talons, elle se dirigea d'un pas décidé vers la surveillante, avec qui elle entama une conversation animée en cantonais. Elle faisait des gestes en direction de Dirk, qui regardait ailleurs afin qu'on ne le reconnaisse pas, tout en observant Mei-li du coin de l'œil. Il ne fallait pas être bien malin pour comprendre qu'il était l'objet de cette tirade virulente et que Mei-li tentait d'embarquer la surveillante dans la lamentation universelle des femmes contre les hommes.

Au bout d'une minute, le ton de Mei-li changea et elle se mit à poser des questions. La surveillante répondit, mais Mei-li secouait la tête comme si elle ne comprenait pas. Quand elle posa de nouveau une question, la surveillante se leva pour la conduire dans une autre pièce, en poursuivant ses explications. Mei-li la suivit sans se retourner.

Rapide comme l'éclair, Dirk glissa le sac sous le plateau des offrandes, puis le poussa du pied pour le faire disparaître. Son premier réflexe fut de regarder autour de lui pour voir si quelqu'un le surveillait, mais il se retint et s'éloigna. Aucune voix ne s'éleva pour l'avertir qu'il avait oublié quelque chose. Aucun surveillant ou gardien ne lui courut après. Le ravisseur, où qu'il soit, saurait que Dirk suivait les instructions à la lettre. Il regagna l'entrée du musée, où Mei-li le rejoignit quelques minutes plus tard.

— Il n'y a pas eu de problème ? demanda-t-elle aussitôt.

— Non, non, répondit Dirk, incroyablement soulagé que tout se soit aussi bien passé. Grâce à votre petit numéro digne des Oscars. Cela dit… Vous auriez quand même pu trouver autre chose que vous lamentez sur les hommes.

Avec un petit rire, elle lui prit le bras pour gagner la sortie.

— Était-ce aussi évident ? demanda-t-elle.

— Ça crevait les yeux.

Elle rit de nouveau, avec moins de retenue, et Dirk savoura le simple plaisir de l'entendre et de voir son visage soudain illuminé. *L'amour est fait de petits moments d'intimité comme celui-ci*, pensa-t-il.

Soudain, son sourire s'estompa. Était-ce de l'amour ? Ses sentiments à l'égard de Mei-li dépassaient largement la gratitude ou le désir, mais… Il avait aimé, autrefois. Et il avait perdu son amour. Jamais plus il ne prendrait ce risque.

D'ailleurs, même s'il s'autorisait à aimer Mei-li, quel avenir avaient-ils ? Elle ne connaissait pas les ténèbres qui peuplaient son âme. Jamais il ne pourrait expier ses crimes, que d'autres que lui continuaient à payer. Il refusait de mettre de nouveau en danger la vie d'une femme qu'il aimait.

Dirk sortit de l'ascenseur et se dirigea vers sa suite, Mei-li à ses côtés. Il y avait quelque chose de symbolique d'une certaine façon, même si ce genre de pensée était dangereuse. Il ne devait pas, il le savait. Le problème, c'était qu'il en avait envie. Qu'il avait envie d'elle. La vie pouvait de nouveau valoir la peine d'être vécue s'il la partageait avec Mei-li. Elle lui rendrait le sourire. L'envie.

Arrivé devant la porte, il chercha tant bien que mal la clé électronique et ouvrit. Quand il aperçut Vanessa et Chet assis côte à côte sur le canapé du salon, il oublia tout le reste. Rafe était installé dans un des fauteuils, en face du couple ; Mike, lui, se trouvait près du piano.

— Je suis désolée, monsieur DeWinter ! s'écria Vanessa en se levant d'un bond. Je sais que j'ai mal agi et ma conscience ne me laisse pas en paix depuis. C'est pour ça que j'ai voulu y retourner aujourd'hui, afin de me laisser hypnotiser.

Elle laissa échapper un sanglot étouffé.

— Je ne voulais pas résister, mais j'avais tellement peur que vous découvriez que…

Un nouveau sanglot lui déchira la gorge.

— Découvrir quoi ? demanda Dirk brusquement.

Mei-li s'approcha pour poser une main sur son bras.

— Cela n'a rien à voir avec le kidnapping, n'est-ce pas ? demanda-t-elle d'une voix assurée.

Vanessa en resta bouche bée.

— Vous pensez que je… ?

Elle regardait tour à tour Dirk et Mei-li d'un air sidéré.

— J'adore Linden et Laurel ! Jamais je ne… Comment avez-vous pu… ?

— Mais il s'est passé quelque chose, insista Mei-li. Quelque chose que vous aviez peur de révéler sous hypnose. De quoi s'agit-il ?

Vanessa regarda Dirk en rougissant.

— J'ai… J'ai donné une fessée à Linden, ce jour-là. Oh ! Je sais que c'était mal ! Je sais que, quand vous m'avez embauchée, j'ai promis de ne jamais donner de fessées ! Et je vous jure que ça n'était jamais arrivé avant. Mais Linden… D'abord, elle n'a pas voulu boire son biberon du matin. J'ai eu beau insister, rien à faire. Ensuite, quand je leur ai donné leur petite collation à 10 heures, sur la petite table… Vous savez comme elles aiment regarder le port par la baie vitrée… Laurel a mangé sa demi-banane sans histoires, mais Linden a continué à faire sa tête de mule. Elle disait qu'elle n'avait pas faim. Il ne faut jamais forcer les petits. Bref, je me suis dit que, puisqu'elle n'en voulait pas, j'allais la manger moi-même, afin de ne pas gâcher. Puis, une demi-heure avant le déjeuner, Linden s'est soudain installée à table en déclarant qu'elle avait faim et qu'elle voulait une banane. Je n'avais plus de bananes. Il n'en restait que deux et vous en aviez mangé une avec vos céréales, vous vous souvenez ? Lorsque j'ai proposé une poire à la place, Linden s'est mise à hurler comme si j'essayais de l'affamer. J'ai proposé une pomme, du raisin, une mangue, même. D'habitude, Linden adore les mangues. Je lui ai même proposé de faire un petit bonhomme avec les mini-marshmallows qu'elle adore. Rien à faire. Elle voulait une banane et semblait bien décidée à pleurer jusqu'à ce qu'elle obtienne ce qu'elle voulait.

Vanessa était presque en larmes.

— La goutte d'eau, ça a été lorsque je lui ai amené du jus de fruits dans sa petite tasse à bec. Elle adore ça ! Mais elle a renversé la tasse d'un coup. Malgré le couvercle, le jus s'est renversé sur le tapis et je…

Elle enfouit son visage dans ses mains.

— J'ai craqué ! sanglota-t-elle. J'ai simplement craqué !

Son récit avait les tristes accents de la vérité et Dirk se tourna vers Mei-li pour voir si elle était du même avis. Cependant, celle-ci ne quittait pas Vanessa des yeux.

— Qu'avez-vous fait, exactement ? demanda-t-elle d'une voix pleine de compréhension.

Vanessa releva les yeux, le visage tordu par le chagrin, mais comme soulagée de pouvoir enfin avouer la vérité.

— J'ai fait descendre Linden de sa chaise et je lui ai donné deux tapes sur les fesses. Je n'ai pas dû lui faire bien mal, monsieur DeWinter, s'empressa-t-elle d'ajouter en se tournant vers Dirk. Je vous le jure ! Je n'ai pas tapé fort et sa couche a amorti les coups. Linden a été si surprise qu'elle a d'abord arrêté de pleurer. Mais ça n'a pas duré longtemps. Elle a rapidement recommencé, à réclamer Nana, et puis Laurel s'est mise à pleurer à son tour. Je ne savais plus quoi faire, alors j'ai…

— Qu'avez-vous fait ? l'encouragea Mei-li.

— Je les ai mises au lit et j'ai fermé la porte pour ne plus les entendre, puis je suis revenue dans le salon pour nettoyer la tache. C'est alors que la sonnette a retenti. J'ai pensé que c'était le déjeuner, si bien que je suis allée reposer rapidement le torchon dans la cuisine. Quand je suis revenue, Chet était déjà dans l'entrée et… À partir de là, tout s'est déroulé exactement comme je vous l'ai raconté.

Chet se leva à son tour et passa son bras autour des épaules de Vanessa, qui enfouit son visage contre lui en sanglotant.

— Dis-leur, Chet…

— C'est la vérité, monsieur, affirma Chet. Quand Vanessa a donné une fessée, je n'en ai pas cru mes yeux. C'était la première fois que je la voyais faire ça. Parole d'honneur. Pour tout vous dire, j'ai demandé Vanessa en mariage, le mois dernier, mais elle a refusé sous prétexte qu'elle ne pouvait pas abandonner les jumelles. Vous comprenez donc ma surprise devant cette fessée. Elle ne lui a pas fait mal, je vous assure. Vanessa ne ferait jamais de mal à Linden ou Laurel.

Dirk ne savait quoi dire. Il se sentait à la fois soulagé et en colère. S'il ne cautionnait pas la réaction de Vanessa, il pouvait néanmoins la comprendre. Il devait bien avouer que, lui-même, à une ou deux occasions, avait eu la main qui le démangeait quand une des filles était particulièrement intenable. Leur visage d'ange pouvait parfois être trompeur. Toutefois, il n'avait jamais cédé à la tentation. Jamais. La punition la plus dure, c'était de les envoyer dans leur chambre.

Plusieurs coups frappés à la porte le tirèrent de ses pensées. Ce devait être la troisième lettre d'instructions pour la rançon.

*Bouddha de Tian Tan, 16 h 30. Montez les marches jusqu'au monument. Trouvez la divinité portant une offrande de fruits et faites semblant de prendre des photos comme un touriste. Quand vous recevrez un appel, vous aurez une minute pour parler à vos filles. Profitez-en bien. Après avoir raccroché, déposez le sac dans la cache sous la pierre située à gauche de la divinité. Partez sans vous retourner. Rentrez à votre hôtel et attendez nos prochaines instructions. Ne tentez rien de stupide.*

Debout sur le balcon où ils s'étaient retirés pour plus de discrétion, Mei-li rendit la lettre à Dirk, le front soucieux.

— Ils connaissent les lieux…

— Cela confirme qu'un des ravisseurs est d'ici.

— Oui, mais… Il y a beaucoup de touristes au Bouddha de Tian Tan. Surtout au niveau des autels. Même si vous parvenez à déposer la rançon à l'endroit convenu, il sera difficile de ne pas se faire repérer. Pareil pour la récupérer. Il doit y avoir deux cent soixante marches à monter et à descendre, si ma mémoire est bonne. Pas idéal pour s'échapper.

Elle avait un mauvais pressentiment, largement dû au SMS qu'elle avait reçu après l'arrivée de la dernière lettre.

Rançon non récupérée. Ni au pic. Ni au musée. Des théories ?

Oui, elle avait une idée. Seulement… Elle ne savait pas comment réagir. Si elle se trompait… Elle ne voulait même pas envisager les conséquences. Le smartphone de Dirk sonna pour annoncer l'arrivée d'un courriel.

— Ne la regardez pas, supplia-t-elle en tentant de lui prendre le téléphone des mains. Ne vous infligez pas ça. Téléchargez-la. Trouvez les coordonnées GPS. Mais ne regardez pas. Je le ferai pour vous.

Il leva le téléphone hors de sa portée.

— Je ne peux pas, expliqua-t-il d'une voix ferme.

Elle comprenait. S'il avait été question de ses filles, elle aussi aurait voulu regarder. Elle ne pouvait pas le protéger contre son gré. Soudain, le visage de Dirk se radoucit et il lui toucha doucement la joue.

— Cela dit, merci de cette attention.

Il se dirigea vers le bureau pour télécharger le fichier sur son ordinateur. Mei-li savait qu'il ne voulait aucun témoin, pas même elle. En attendant, elle envoya un SMS, puis appela Patrick pour lui annoncer leur destination et l'heure du rendez-vous.

— J'ai fait le plein, annonça son cousin. On est parés, mais il ne faudra pas tarder à se mettre en route.

Mei-li alla frapper à la porte du bureau.

— C'est ouvert !

Elle referma la porte derrière elle.

— Ça va ? demanda-t-elle, sans s'approcher.

— Oui. Je viens de vous faire suivre le message. Et avant que vous ne posiez la question : les coordonnées GPS sont différentes. J'ai fait le calcul, entré les chiffres dans Google Maps et… Ça tombe en plein milieu de Victoria Harbour.

Il avait du mal à cacher sa déception.

— C'est impossible. Vous avez vérifié votre calcul ?

— Trois fois. Donc, soit le ravisseur est au courant de cette histoire de géolocalisation et a réussi à modifier les coordonnées, soit il se trouvait à bord du ferry. Or, on voit bien sur la photo que ce n'est pas le cas.

— Il y a une troisième possibilité.

— Laquelle ?

— Le GPS des téléphones n'est pas sans faille. Quand on éteint l'appareil et qu'on le rallume plus tard, il faut quelques minutes pour retrouver un signal GPS. Si une photo est prise avant, alors les coordonnées inscrites sont celles du dernier emplacement enregistré.

Elle se dépêcha d'ajouter :

— C'est pour ça que nous avons besoin de deux photos avec les mêmes coordonnées pour connaître leur emplacement.

— Superbe, lâcha-t-il d'un ton acerbe.

— Je suis désolée. Je sais que vous êtes déçu.

Elle consulta sa montre.

— Si nous décidons d'y aller, il faut partir maintenant. Il y a plus d'une heure de route pour nous rendre au Bouddha de Tian Tan, sur l'île de Landau. C'est presque aussi loin que Tai O. Et il va falloir grimper les marches.

— Comment ça, « si nous décidons d'y aller » ? Je croyais que nous allions faire exactement ce que les ravisseurs demandaient ?

— Ma langue a fourché. Je voulais dire…

— Je n'y crois pas. Vous aviez une raison de dire ça.

Mei-li hésita, mais en voyant son expression butée, elle sut qu'il ne se laisserait pas convaincre. Il voulait une réponse. Malgré ses incertitudes, elle avoua :

— Je crois que la rançon est une ruse et que les rendez-vous sont destinés à nous occuper et détourner notre attention.

Dirk se figea.

— Qu'est-ce qui vous fait dire ça ? demanda-t-il avec calme.

— Parce que…

*Tu dois lui dire…*

— Parce que les deux paquets précédents n'ont pas été récupérés.

Tout d'abord, Dirk ne répondit pas, mais un muscle se mit à tressaillir dans sa mâchoire. Puis, il demanda d'une voix encore plus calme :

— Comment le savez-vous ?

# 15

Mei-li ne répondit pas. Dirk hocha la tête, comme si la réponse lui paraissait soudain évidente.

— Vous nous avez fait suivre, c'est ça ? Quelqu'un a surveillé les deux livraisons. Puis a guetté ceux qui sont venus récupérer les sacs. Ou plutôt, qui devaient venir.

Mei-li fut frappée, presque blessée, par l'absence totale d'émotion dans sa voix. Il pensait qu'elle l'avait trahi… Qu'il avait trahi ses filles. Et la seule façon dont il était capable de supporter cette nouvelle, c'était en enfouissant ses émotions.

— Ce n'est pas ce que vous pensez…, commença-t-elle.

Il éclata d'un rire sec.

— Vous ne savez pas ce que je pense !

— Si. Vous pensez que j'ai mis vos filles en danger. Mais c'est faux. C'était la seule façon, Dirk. Je vous ai expliqué dès le départ que je n'avais aucune expérience dans ce genre d'enlèvements, mais vous avez quand même voulu que je m'occupe de l'affaire.

Elle s'avança jusqu'à lui et continua d'une voix empreinte d'urgence, soucieuse de le convaincre.

— Vous m'avez fait confiance jusqu'ici. Ne vous arrêtez pas maintenant.

— Mais vous, vous ne me faites pas confiance.

— C'est vrai. Et je vous prie de m'en excuser. J'aurais dû vous dire dès le départ ce que je faisais, et pourquoi.

Ses excuses ne semblèrent pas l'apaiser.

— Je vais tout vous expliquer, mais pas maintenant. Nous devons vraiment y aller.

— À quoi bon ? demanda-t-il avec une amertume mordante. Si les ravisseurs ne viennent même pas récupérer la rançon…

— Parce qu'on nous surveille.

Il la contempla un moment sans rien dire.

— Et ça ? Comment le savez-vous ?

— J'ai vu un homme au musée. Il ne sait pas que je l'ai vu, ne vous inquiétez pas. Et au pic, j'ai eu la sensation qu'on nous observait. Je ne peux rien prouver, bien sûr, mais mon instinct me dit que ce sont eux.

Elle posa une main sur son bras.

— Ils sont malins. Vous vous souvenez quand je vous ai expliqué que la plupart des ravisseurs se faisaient prendre en essayant de récupérer la rançon ? Parce qu'ils doivent se trouver à un endroit précis, à un moment précis ? Je crois que c'est pour cela qu'ils ne viennent pas la récupérer, même si l'un d'eux est présent sur les lieux. Parce qu'un million de dollars, c'est une misère comparés à dix-neuf millions. Et nous savons déjà qu'ils vont sans doute vous demander un virement pour le reste de l'argent.

L'expression de Dirk s'était adoucie.

— Si la rançon en cash est une ruse, cela signifie que nous avons touché un point sensible hier et qu'ils cherchent à nous empêcher de creuser plus loin.

— Nous savons déjà lequel des cinq avions est impliqué, ajouta Mei-li. Mais eux ne savent pas que nous le savons. Pour eux, nous sommes venus poser des questions hier, c'est tout. Ils doivent donc nous empêcher de fouiner davantage. Et la meilleure façon d'y arriver…

— … C'est de m'occuper en me faisant courir dans tout Hong Kong pour déposer des sacs de rançon, termina Dirk.

— J'aurais dû comprendre dès qu'ils vous ont demandé de déposer le million en quatre paquets séparés.

— Donc, les ravisseurs ne peuvent pas quitter Hong Kong avec Linden et Laurel, parce que l'avion n'est pas prêt.

— L'enlèvement a été bien préparé. Longtemps à l'avance. Par contre, ils ont joué de malchance à cause du typhon : l'avion n'a pas pu décoller et il a été endommagé. Donc, ils improvisent et ne sont pas très doués pour ça. Ils commettent de petites erreurs. C'est grâce à ça que nous les aurons.

Cette fois, ce fut Dirk qui regarda sa montre.

— Bon. Je me fiche bien de savoir si les ravisseurs récupèrent l'argent ou non. Mais vous avez raison : il faut qu'ils continuent à penser que je suis leur pantin.

Il semblait déterminé.

— Deux paquets déposés. Encore deux à livrer. Allons-y. Mais… Mei-li ? À notre retour, je veux tout savoir.

Au pied du Bouddha de Tian Tan, Dirk contempla l'interminable escalier qui menait à l'impressionnante statue.

— Vous ne plaisantiez pas, pour les marches, marmonna-t-il.

Le site était aussi encombré qu'au pic : un flot constant de visiteurs montait et descendait autour d'eux.

— Ça a bien roulé, fit remarquer Mei-li. Nous avons de la marge, mais mieux vaut y aller tout de suite. Ça ne devrait pas poser trop de problèmes à un homme d'action comme vous, ajouta-t-elle avec un sourire.

Dirk ne put s'empêcher de rire.

— Si c'était du cinéma, ils me filmeraient en train de monter en courant les premières marches, puis en train de franchir les dernières, à peine essoufflé. Le public ébahi penserait que j'ai tout gravi d'une traite.

— Toutes mes illusions s'effondrent, plaisanta Mei-li.

— Venez, dit-il. Vous avez raison. Plus vite nous serons là-haut, mieux cela vaudra.

Ils grimpèrent en silence. Malgré sa bonne condition physique, Dirk ne fut pas fâché d'atteindre le sommet.

— Je ne sais plus si nous devons aller à droite ou à gauche, pour trouver la divinité, dit Mei-li. Par là, je crois…

Ils trouvèrent la statue en question et repérèrent sans peine l'endroit où Dirk était censé cacher la rançon. Mei-li avait raison : il ne serait pas facile d'agir sans se faire repérer. Mei-li regarda autour d'elle, affichant une expression de curiosité satisfaite, comme une parfaite touriste. Dirk savait pourtant qu'elle tentait de repérer si l'un des ravisseurs les surveillait.

— Où se trouve votre homme ? demanda-t-il en désignant la foule du menton.

— Pardon ?

— Laquelle de ces personnes surveille pour voir si quelqu'un vient récupérer la rançon ?

— Ah. À vrai dire… Je n'en ai pas la moindre idée. Ce n'est pas moi qui tire ces ficelles.

— Mais ce n'est pas la police non plus. Vous m'avez assuré qu'elle n'était pas mêlée à ça.

— Non, en effet. Ils sont meilleurs que la police. Meilleurs même que votre FBI.

— De qui s'agit-il ?

— Ils opèrent dans l'ombre, expliqua-t-elle avec une expression solennelle qu'il commençait à connaître. Je n'ai fait appel à eux qu'à deux reprises.

Elle resta silencieuse un moment, comme si elle hésitait encore à lui parler du reste.

— C'est un peu mon dernier atout, admit-elle enfin. Pour les cas qui semblent désespérés.

Dirk se figea.

— Désespérés ? Vous parlez de mes filles ?

— Non ! s'empressa-t-elle de répondre. J'ai bien dit : qui *semblent* désespérés. Mais ce groupe… le RMM… c'est un peu comme une équipe de *Mission impossible*. Sauf… qu'ils opèrent en marge de la loi.

Dirk lut la détermination dans son regard.

— Vous m'avez affirmé être prêt à tout pour vos filles.

— Je suis prêt à tuer, s'il le faut, avoua-t-il à voix basse.

— Dans ce cas, j'ai bien fait d'appeler RMM. Ces hommes ne se considèrent pas comme au-dessus des lois. Ils agissent pour le bien, même si cela implique parfois la mort ou une incarcération. S'ils acceptent le prix à payer, c'est parce que…

Le téléphone de Dirk sonna.

— Ce sont eux, affirma Mei-li d'une voix tendue. Il est 16 h 30.

Il était un peu plus de 18 heures quand Dirk et Mei-li revinrent à la suite. Vanessa n'était pas là, mais Rafe, Mike et Chet attendaient sur la terrasse.

— Comment ça s'est passé ? demanda aussitôt Rafe.

— Bien, répondit Dirk simplement.

La communication avec ses filles, comme les deux précédentes, avait été une véritable épreuve. Il avait eu envie de hurler de rage et de jeter l'argent vers la divinité, plutôt que de cacher Mei-li à la vue des badauds pendant que celle-ci glissait discrètement le sac au pied de la divinité de pierre. Mais tout ça, il ne pouvait pas le dire.

— Bien, répéta-t-il.

Il se tourna vers le dernier sac posé sur la table. Heureusement, la journée était bientôt finie. *Plus qu'un sac*, pensa-t-il. *Plus qu'une photo, plus qu'une rançon. Plus qu'un coup de téléphone.*

— Il faut dîner, annonça Mei-li. Vous devez manger quelque chose, Dirk. Nous tous, d'ailleurs. Comme nous attendons les instructions suivantes, vous feriez mieux d'appeler le room service.

— Que voulez-vous manger ? demanda Dirk aux gardes du corps. Et où est Vanessa ? Elle voudra sans doute choisir.

Il se tourna vers Mei-li :

— Et Patrick ? J'aurais dû lui demander de garer la Rolls et de monter, mais…

Il avait été trop perdu dans ses propres problèmes pour penser aux autres et en ressentit une certaine culpabilité. Patrick n'avait pas protesté une seule fois, alors qu'il ratait ses cours depuis deux jours et Dirk n'avait même pas eu la bienséance de s'en inquiéter. Cela lui avait semblé naturel que le jeune homme soit disponible pour le conduire où il voulait, quand il voulait. Malgré les soupçons qu'il avait exprimés à son encontre, Dirk ne croyait pas une seconde à sa culpabilité. Si Patrick était innocent, Dirk lui présenterait des excuses… Dès que ses filles seraient revenues.

— Il va nous rejoindre bientôt, assura Mei-li.

— Parfait. Et vous ? Que voulez-vous manger ?

La sonnette retentit avant même l'arrivée du garçon d'étage. Mei-li, qui était sur le qui-vive, bondit aussitôt pour ouvrir, Dirk sur ses talons.

— Une livraison pour M. DeWinter, annonça l'employé en uniforme bleu et gris.

Dirk griffonna sa signature et déchira le haut de l'enveloppe.

— Tour de l'Horloge de Tsim Sha Tsui, 21 heures, annonça Mei-li tandis que Dirk tenait la feuille afin qu'elle puisse la lire en même temps.

*Attendez au pied de la tour et faites semblant de prendre des photos, comme un touriste. Lorsque vous recevrez un appel, vous disposerez d'une minute pour parler à vos filles. Profitez-en bien. Après avoir raccroché, marchez jusqu'à la jetée de Kowloon. Prenez le premier escalier qui descend vers l'eau et déposez le sac en bas des marches. Partez sans vous retourner. Nous vous recontacterons demain. Ne tentez rien de stupide.*

— La tour de l'Horloge, murmura-t-elle. Nous pouvons y aller à pied. C'est à cinq minutes. Au bout de Salisbury Road, pas loin de la jetée du Star Ferry.

— Pas besoin de Patrick, donc ?

— Non, inutile.

Elle s'avança vers la table et s'empara du sac.

— Mieux vaut enlever ça, dit-elle en lançant un regard entendu à Dirk, avant de se diriger vers le bureau. Le garçon d'étage ne va pas tarder. Où voulez-vous que je le pose ?

— Je vais vous montrer, répondit-il en lui emboîtant le pas.

Dans le bureau, Dirk ferma la porte à clé et alluma aussitôt son ordinateur.

— Nous n'avons pas beaucoup de temps avant le dîner, fit remarquer Mei-li. Le mail des ravisseurs va arriver d'un instant à l'autre avec une photo, mais je voulais que nous terminions notre conversation à propos de…

— De ce groupe clandestin que vous avez appelé.

— Oui, dit-elle en se mordant la lèvre. Je ne sais pas grand-chose sur eux. Mon seul contact, c'est l'homme qui a fondé l'organisation. Ne me demandez pas son nom, je ne peux pas vous le donner.

— Mais vous lui faites confiance.

— Oui. Les deux fois où je lui ai demandé de l'aide, cela a fonctionné. Je ne peux cependant rien vous prom…

Un signal sonore indiqua l'arrivée du courriel. Moins d'une minute plus tard, Mei-li regardait l'écran de l'ordinateur par-dessus l'épaule de Dirk.

— Bon sang, maugréa celui-ci. Les coordonnées GPS sont différentes. Encore.

— Voyons où la photo a été prise.

Lorsque Dirk entra les coordonnées dans Google Maps, elle fronça les sourcils :

— Aberdeen ? C'est au sud-ouest de l'île de Hong Kong… C'est presque comme s'ils savaient que nous étions sur leur piste et qu'ils tentaient de nous semer.

— Vous pensez que… ?

— S'ils le savent, alors pourquoi ne pas simplement couper la géolocalisation ?

Elle posa une main sur l'épaule de Dirk et ajouta d'une voix navrée :

— Je suis désolée.

— Pourquoi ? demanda-t-il en se tournant vers elle.

— Je n'aurais jamais dû vous parler de la géolocalisation. Je n'aurais pas dû…

— Me donner un espoir ?

— Un faux espoir.

— Ce n'est pas un faux espoir, répondit Dirk en se levant brusquement. Certes, cela ne nous a pas beaucoup aidés, jusqu'ici, mais rien n'est encore joué.

Il posa une main sur sa joue et effleura son front d'un baiser. Puis il embrassa le coin de ses yeux, l'un après l'autre. Mei-li retint son souffle. Soudain, on frappa à la porte et Rafe cria :

— Le dîner est servi !

Mei-li fut brutalement ramenée à la réalité. Ni l'un ni l'autre n'avaient entendu la sonnette de la porte de service. Quand elle fit mine de s'écarter, Dirk la retint par le bras.

— Non, murmura-t-elle. Ne m'embrassez que si vous êtes sincère.

— Pourquoi diable vous embrasserais-je si je ne l'étais pas ? répondit-il en resserrant son étreinte.

— Je ne sais pas, mais…

Il étouffa sa protestation d'un baiser. Et il y mit tout son cœur. Toute son âme. Mei-li lui rendit son baiser, avec le même engouement et la même sincérité.

On frappa de nouveau à la porte.

— Monsieur DeWinter ? Le dîner ?

Ils se séparèrent.

— On arrive ! parvint à répondre Dirk, car Mei-li restait sans voix.

Le dîner était presque terminé lorsque Dirk prit la parole.

— Je vous remercie tous pour ce que vous avez fait aujourd'hui. Vous m'avez beaucoup aidé. Cela dit, il n'y a plus grand-chose que vous puissiez faire ce soir, donc vous feriez mieux d'aller vous reposer.

— Vous avez encore une livraison, non ? demanda Patrick. Vous êtes sûr que vous n'avez pas besoin de moi ?

— Vous en avez assez fait comme ça, Patrick, répondit Dirk avec un léger sourire. Rentrez chez vous. Reprenez vos révisions. Mei-li et moi irons à la tour de l'Horloge à pied.

— Avec tout cet argent ? demanda Rafe.

— Personne n'en saura rien, assura Mei-li. Le cabas est un subterfuge efficace. La plupart des femmes en portent un semblable, qui ne contient rien de plus précieux que les provisions du jour.

— Dans ce cas, annonça Rafe en s'étirant, je crois que je vais rentrer à l'hôtel. À pied. La marche me fera du bien. Quelqu'un m'accompagne ? Mike ? Chet ?

Mike acquiesça, mais Chet, après avoir jeté un rapide regard à Vanessa, fit signe que non. Les deux gardes du corps partirent. Patrick consulta sa montre.

— Je vais vous dire au revoir aussi. Si je pars maintenant, je peux attraper le prochain ferry. Je serai là demain, à la première heure, monsieur DeWinter.

— Vous avez déjà manqué deux jours de cours, fit remarquer Dirk. J'apprécie votre proposition, mais…

— Vous pensez que je me soucie de mes cours ? demanda soudain Patrick, les lèvres pincées. Vous pensez que je peux retourner en classe, alors que…

Mei-li posa une main sur son bras.

— Je serai là, conclut-il simplement. À demain.

Quand il fut sorti, Dirk se tourna vers Mei-li.

— Je ne voulais pas l'insulter.

— Vous ne l'avez pas insulté. Patrick comprendra que c'était de la prévenance avant même de monter sur le ferry.

Vanessa et Chet échangèrent un regard, puis Vanessa demanda d'une petite voix :

— Monsieur DeWinter ?

— Oui ?

— Je suis vraiment désolée d'avoir perdu patience avec Linden et de lui avoir donné une fessée. Je sais que ça n'excuse rien et je sais aussi que vous allez sans doute chercher une autre nurse pour vos filles, si vous… je veux dire… *quand* vous les aurez retrouvées. Je comprends.

Elle avait les larmes aux yeux.

— J'ai fait une erreur. Une grave erreur. Mais j'aime Linden et Laurel. Vous devez me croire.

Malgré la colère qu'il ressentait encore, il ne put nier la sincérité des larmes de Vanessa.

— Je vous crois, dit-il avec autant de gentillesse que possible. Linden et Laurel vous aiment aussi beaucoup. Et… Non, je ne vais pas chercher une autre nurse pour les filles. À moins que…

Il regarda tour à tour Vanessa et Chet.

— Je… Je ne sais pas si…, balbutia-t-elle en regardant Chet.

— Je n'ai pas changé d'avis. Je veux toujours que tu deviennes ma femme, Vanessa.

— Je n'aurais jamais dû refuser de t'épouser, répondit-elle. C'est peut-être parce que je regrettais ma décision que j'ai été aussi sèche avec Linden. Comme si je trouvais son comportement envers moi injuste, après le sacrifice que je venais de faire pour elle.

*
* *

Dix minutes plus tard, Dirk et Mei-li se retrouvèrent seuls. Il leur restait encore une heure avant le dernier rendez-vous. En attendant que le garçon d'étage vienne débarrasser, Mei-li s'assit au piano du salon. Ses doigts s'égarèrent sur le clavier, jouant des bribes de chansons qu'elle puisait dans sa mémoire. Puis, sans y penser, elle entama une version de « Where are you now » de George Winston, tiré de son album de soutien après les attentats du 11 Septembre. Elle s'interrompit brusquement en se rendant compte que ce n'était pas du tout approprié.

— Continuez, intervint Dirk d'une voix calme, en s'asseyant à ses côtés. Pourquoi vous êtes-vous arrêtée ? Cette chanson exprime exactement ce que je ressens en ce moment.

— Vous la connaissez ?

— Je suis un grand fan de George Winston. Sa musique s'adresse directement au cœur. J'ai beaucoup écouté son album *Remembrance* après la mort de Bree. Sa musique pleurait à ma place.

Mei-li ravala la boule de chagrin qui lui nouait la gorge.

— Pourquoi ne pouviez-vous pas pleurer ? demanda-t-elle doucement.

Dirk ne répondit pas, mais ses doigts glissèrent sur les touches et elle reconnut la chanson « Lament », issue du même album. Il la joua jusqu'au bout, puis resta là, à contempler ses mains.

— Bree a fait deux fausses couches, les premières années de notre mariage, commença-t-il sans préambule. Elle avait à peine eu le temps de découvrir qu'elle était enceinte… que déjà elle ne l'était plus.

Il se passa une main sur le visage.

— Je dois avouer que cela n'a pas eu le même impact sur elle que sur moi. Elle a pleuré après chaque fausse couche, mais moi… J'étais impuissant. J'ai tenté de la soutenir, mais elle savait que je ne ressentais pas la même chose qu'elle. Cela ne faisait qu'ajouter à son chagrin.

Son visage se contracta.

— Nous avons essayé pendant dix ans. Elle voulait tellement

un bébé ! C'était la seule chose que je ne pouvais pas lui donner. Nous avons tout essayé, même la fécondation in vitro. Enfin, un miracle s'est produit.

Il ferma les paupières et, quand il les releva, il avait les larmes aux yeux.

— Seulement… Juste après avoir appris qu'elle était enceinte, elle a aussi appris qu'elle avait un cancer des ovaires de stade trois.

— Ça a dû être horrible pour vous deux, dit Mei-li en posant une main sur son bras.

Dirk baissa les yeux vers cette main et marmonna :

— Ne gaspillez pas votre compassion pour moi. Parce que… je ne suis qu'un salaud. J'ai…

Il déglutit avec peine et sa voix se fit encore plus basse.

— Parce que j'ai voulu qu'elle avorte.

# 16

— Pour le titre de « père de l'année », c'était raté, continua Dirk avec un rictus moqueur. Je ne pensais qu'à moi.

Mei-li posa deux doigts sur ses lèvres.

— Je n'en crois pas un mot. Vous aimiez votre femme. Vous vouliez lui sauver la vie, à n'importe quel prix. N'essayez pas de me convaincre du contraire. Cancer des ovaires, stade trois ? Cela impose des traitements lourds. Chimio, radiothérapie, peut-être même chirurgie. Tous potentiellement dangereux pour la femme, et encore plus pour le bébé.

— Comment savez-vous tout ça ? demanda Dirk, surpris.

— J'ai une amie qui… J'avais une amie, plutôt. Elle est morte. Elle était enceinte et elle a fait tout ce que les médecins recommandaient. Cela ne l'a pas empêchée de mourir. Le cancer des ovaires…

Elle soupira.

— Il n'est presque jamais diagnostiqué au premier stade, quand les chances de guérison totale sont bonnes. Même au deuxième stade, c'est un cancer extrêmement difficile à repérer. Et quand le stade trois est atteint…

Elle secoua la tête.

— Même sans cette grossesse, rien ne dit que votre femme aurait survécu. Elle vous aimait. Elle voulait votre enfant, malgré le risque que cela représentait pour elle.

— C'est ce que m'ont dit mes proches.

— Ils avaient raison. Votre femme a choisi de prendre ce risque. Elle a choisi de vous faire ce don du cœur avant de mourir. Ce serait déshonorer sa mémoire de penser le contraire.

Un long silence s'étira entre eux.

— Vous avez raison, murmura enfin Dirk. Bree m'a donné Linden et Laurel pour que je les chérisse. La dernière chose qu'elle m'a dite avant de partir au bloc opératoire, c'est…

Il se tut, comme si le souvenir était encore trop douloureux, puis reprit d'une voix enrouée :

— Elle m'a dit : « Je ne regrette rien. J'ai aimé et j'ai été aimée. Nos bébés sont une preuve de cela. Je t'en supplie, aime-les comme tu m'aimes. » Comme si elle savait qu'elle ne s'en sortirait pas. Comme si elle craignait que j'en veuille à nos filles si les choses tournaient mal.

Il s'efforçait de contenir ses émotions.

— Je les aime, Mei-li. Plus que tout au monde. Suis-je prêt à sacrifier ma vie pour elles ? Sans hésiter. Mais c'est d'autant plus dur de savoir que ce sont elles qui paient pour mes fautes. Parce que Terrell Blackwood cherche à se venger de celui qui a tué son fils.

— Nous allons les retrouver, promit Mei-li, sachant que c'était ce qu'il avait besoin d'entendre.

*Ce n'est pas un mensonge*, pensa-t-elle avec fermeté. *Toute autre issue est impensable*.

Puis, elle l'embrassa. Doucement, d'abord, comme pour le réconforter. Puis le désir qu'elle ressentait pour cet homme explosa en elle — un besoin ardent de le rassurer et de lui prouver qu'il n'était pas seul. Qu'ils allaient survivre… Ensemble.

Elle le désirait tellement, physiquement et émotionnellement, que c'en était douloureux. Elle sentit ses bras puissants se refermer autour d'elle et ses mains glisser sur son corps avec une sorte de désespoir, comme s'il avait besoin de la toucher, de la serrer contre lui, pour s'assurer qu'elle était réelle.

Mei-li avait aimé Sean comme une jeune femme de vingt et un ans. Leurs sentiments avaient la fougue de la jeunesse et cela leur avait suffi à tous les deux. Cependant, jamais elle n'avait ressenti une passion aussi brûlante qu'avec Dirk, comme si son corps tout entier était en feu.

C'était pourtant cette soif émotionnelle qui la troublait le plus. Elle n'avait pas simplement envie de faire l'amour avec cet homme, elle voulait l'aimer. Elle voulait lui prouver que la vie ne s'arrêtait pas quand on perdait un être cher, contrairement à ce qu'on pouvait croire ou souhaiter alors. L'amour peut renaître des cendres. Pas un substitut de l'amour perdu, mais un amour nouveau, puissant, forgé dans le duel et le chagrin.

Dirk s'écarta enfin et appuya son front contre le sien.

— J'ai envie de toi. Si tu savais à quel point… Mais…

— Je sais…, chuchota-t-elle en l'embrassant doucement. Ce n'est pas fini, mais chaque chose en son temps.

Puis, elle se leva et s'éloigna du piano. *Ne le regarde pas*, s'ordonna-t-elle, de crainte de ressentir de nouveau ce désir douloureux.

Elle se dirigea vers le bureau de Dirk pour récupérer le cabas, mais quand elle revint dans le salon, il la prit de nouveau dans ses bras.

— Je t'ai blessée, dit-il, sa voix grave résonnant en elle comme un grondement de tonnerre. Ce n'était pas mon intention.

— Non, ce n'est pas ça.

Elle leva les yeux vers lui.

— Quand tout sera terminé, quand nous aurons sauvé tes filles… Ne pars pas. S'il te plaît.

Le remords réapparut dans le regard bleu de Dirk. S'ils avaient eu plus de temps devant eux, elle l'aurait forcé à parler, à expliquer cette culpabilité secrète qu'il portait comme un fardeau. C'était le seul moyen de forcer les remparts qu'il avait érigés autour de lui, autour de ses émotions. Alors seulement, il serait capable d'accepter librement son amour.

Ils arrivèrent à la tour de l'Horloge par le nord, depuis le Peninsula. La promenade était, comme toujours, très encombrée de touristes qui allaient et venaient entre la jetée du Star Ferry et l'avenue des Stars. La tour était illuminée, ses briques rouges et son granite blanc se mêlant en une nuance orangée sous le ciel de la nuit.

Mei-li avait sorti son smartphone et faisait semblant de prendre des photos de l'horloge, du port et de l'île de Hong Kong, en face. Elle ne put s'empêcher de voler deux clichés de Dirk, quand celui-ci regardait ailleurs. Elle jeta un œil à l'horloge, puis à sa montre, afin de vérifier l'heure.

— Parle-moi de tes parents, demanda-t-elle soudain.

L'expression de Dirk se figea.

— Ils sont morts quand j'avais neuf ans. Accident de voiture. Je suis parti vivre à Minnetonka avec mon oncle, ma tante, et leurs trois enfants, dont le plus âgé avait sept ans. Ils m'aimaient beaucoup et j'ai eu la chance de ne pas connaître l'orphelinat. Pourtant, mon oncle et ma tante n'étaient pas riches. Minnetonka est souvent considéré comme une banlieue chic de Minneapolis, mais c'est loin d'être le cas. Quand je voulais quelque chose, je devais me débrouiller. Ça m'a appris à travailler dur. À me fixer des buts… et à les atteindre. J'ai aussi appris la valeur de l'argent.

Il agita la main dans la direction de l'hôtel et ajouta :

— Je ne vis pas comme ça, de façon générale. C'est le studio qui paie la note et j'ai de bonnes raisons de le laisser faire. Chez moi, les choses sont différentes.

Il poussa un profond soupir.

— Je sais ce qui est important. Mes filles, par exemple. Si j'emploie une nurse et trois gardes du corps pour elles, c'est parce que c'est nécessaire, ce n'est pas pour affirmer mon statut. Quant à ma gouvernante, elle est à mon service depuis mes débuts à Hollywood. Bree et moi… On ne pouvait pas vraiment se le permettre, au début, mais Hannah venait de perdre son emploi, son mari et sa maison en très peu de temps, si bien que nous l'avons laissée prendre en charge des choses dans la maison, afin de payer son gîte et son couvert. Quand j'ai commencé à me faire connaître, Bree me suivait sur les tournages, si bien que Hannah a peu à peu endossé le rôle de gouvernante. Elle n'a jamais quitté son poste.

— Si j'avais su, dit Mei-li d'une voix tranquille, je ne l'aurais jamais soupçonnée.

Dirk enfonça davantage sa casquette sur ses yeux.

— Tu ne pouvais pas savoir. Depuis que Linden et Laurel sont sorties du service de néonatalogie, Hannah est un peu comme leur grand-mère. J'emmène les filles rendre visite aux parents de Bree, de temps en temps, mais ce n'est pas la même chose. En plus, Hannah vit avec elles.

Il fit à son tour mine de prendre des photos.

— À toi de répondre à mes questions, dit-il soudain, sans la regarder.

— Si je peux, répondit-elle en s'approchant.

— Que signifient les initiales RMM ?

— *Right makes might*. C'est tiré d'une citation d'Abraham…

— … Lincoln, oui. Je connais. Le droit fait la force. Tu as dit avoir fait appel à eux à deux occasions ?

Mei-li réfléchit soigneusement avant de répondre. Elle ne pouvait nommer personne, mais…

— L'une des victimes était un haut fonctionnaire enlevé par un groupe de terroristes qui exigeaient la libération de prisonniers politiques. Comme dans beaucoup de pays, le gouvernement d'ici refuse de céder à ce genre de chantage. Sinon, on n'en finirait plus. La femme de la victime le savait. Elle comprenait que c'était sans espoir. Mais elle est venue me voir, en espérant un miracle.

— Et la seconde fois ?

— C'était la femme enceinte d'un riche industriel, répondit-elle en pâlissant légèrement à ce souvenir. Les ravisseurs ont menacé d'envoyer des morceaux du bébé au mari s'il ne payait pas.

— Pourquoi ne le faisait-il pas ?

— Il n'était pas aussi riche que ce que les ravisseurs pensaient. Il était endetté jusqu'au cou. Il est parvenu tant bien que mal à réunir un tiers de la somme demandée, mais les ravisseurs ne voulaient rien entendre.

Elle déglutit et ajouta dans un murmure :

— Je ne pouvais pas les laisser tuer ce bébé, Dirk. Ni la mère. Je… Je connais l'homme qui a fondé RMM depuis longtemps et il est fabuleusement riche. Je suis allée le voir pour qu'il avance l'argent. J'étais prête à vendre mon âme, à ce moment. Il a accepté… À une condition.

— Laquelle ?

— Il voulait que RMM soit chargé de livrer la rançon et autorisé à traquer les ravisseurs pour tenter de secourir la victime.

L'industriel a refusé, terrifié à l'idée que sa femme et son bébé soient tués. Mais il n'avait pas vraiment le choix.

— Tu m'as dit que tu n'avais jamais perdu de victime d'enlèvement. J'imagine donc que ça a dû bien se terminer.

— Oui.

— Donc, quelque part dans cette foule se trouve un membre de cette organisation ?

— Un ou plus. Mais je ne sais pas qui.

— Et un des ravisseurs est également ici, en train de nous observer.

— Oui. C'est presque l'heure. Allons-y.

Elle glissa son téléphone dans son sac, remonta la bretelle du cabas sur son épaule. Le téléphone de Dirk sonna quand ils atteignirent le pied de la tour.

Ils franchissaient les portes de l'hôtel quand Dirk s'arrêta brusquement pour se tourner vers Mei-li.

— Je ne sais pas où j'ai la tête… Il est tard et tu dois rentrer chez toi.

Il se tourna vers le portier pour demander un taxi, mais Mei-li le retint.

— Pas besoin de taxi. Je peux prendre le métro. Ce n'est pas très loin d'ici.

— Non, pas à cette heure-ci, trancha-t-il avec son air buté.

Il tendit un billet au portier, qui héla un taxi. Quand la voiture s'avança, il tint la portière à Mei-li, puis monta à son tour.

— Que fais-tu ? s'étonna Mei-li.

— Je te raccompagne, c'est plus sûr. Donne ton adresse au chauffeur. Je me souviens de la rue, mais pas du numéro.

Le taxi s'élança vers Salisbury Road.

— Hier soir…, commença doucement Mei-li.

— Je me suis comporté comme un idiot, l'interrompit-il. Je n'ai pas réfléchi.

Il lui prit la main.

— C'est juste que… Tu m'as pris par surprise et je…

Une vague de tendresse se répandit en Mei-li. Sa décision

était prise. Elle ne laisserait pas Dirk rentrer seul à son hôtel ce soir. Elle ne le laisserait pas se tourner sans fin dans son lit vide. Elle devait s'assurer qu'il passe une bonne nuit. Demain était un autre jour.

*Ce soir, il a besoin de moi, même s'il ne le sait pas encore.*

Lorsque le taxi s'arrêta en bas de l'immeuble, Mei-li tendit un billet au chauffeur.

— Gardez la monnaie, dit-elle en cantonais.

— Attends, dit Dirk en la retenant par le bras.

— Tu veux monter ? proposa-t-elle d'une voix calme.

Malgré la pénombre, elle savait que ses intentions étaient lisibles dans son regard.

— Ce n'est pas une bonne idée, répondit Dirk d'une voix ferme.

Pourtant, Mei-li perçut dans sa voix une note qui trahissait qu'il désirait cela tout autant qu'elle, mais que quelque chose le retenait.

— S'il te plaît, dit-elle en mêlant ses doigts aux siens. Viens.

Mei-li n'avait jamais aimé rentrer dans un appartement obscur, c'est pourquoi elle laissait toujours une veilleuse allumée. Elle avait fini par installer dans chaque pièce un système high-tech de LED qui changeaient de couleur toutes les trente secondes, projetant un halo rouge, vert, bleu ou blanc. Lorsque Dirk et elle franchirent la porte d'entrée, main dans la main, elle ne prit donc pas la peine d'allumer. Elle se dirigea vers la chambre à coucher, mais Dirk la retint en répétant :

— Ce n'est pas une bonne idée.

— Pourquoi ? chuchota-t-elle.

Elle retira la casquette qui lui cachait les yeux et se rendit compte à quel point il était tendu.

— Parce que tu ne sais rien de moi.

En entendant le désespoir dans sa voix, elle s'efforça d'être rassurante.

— Je sais tout ce que j'ai besoin de savoir.

— Non.

Elle savait que le moment était venu. Elle avait manœuvré

pour en arriver là, persuadée que cet homme avait un secret à avouer et à dépasser.

— Alors, explique-moi, chuchota-t-elle en lui touchant la joue.

Il repoussa doucement sa main, puis se mit à faire les cent pas dans le petit salon. Il alluma une lampe posée sur une desserte, illuminant la pièce d'une lueur dorée.

— Il vaut mieux que tu ne saches rien, lâcha-t-il enfin en tournant vers elle un visage rongé par le désespoir.

— Non, je veux savoir. Tu m'as presque tout raconté, mais il y a quelque chose que tu retiens encore. Je le sais et tu sais que je le sais. Alors, dis-le-moi, c'est tout. Quoi que ce soit, cela ne changera pas ce que je ressens pour toi, Dirk. Cela n'affectera pas ma détermination à sauver tes filles.

— Nous ne les retrouverons pas. Je me suis laissé croire que…

— Quoi ?

— Je ne pourrai pas les sauver. Terrell Blackwood sera vengé, et moi, j'irai en enfer, car c'est ma place.

— Je ne peux pas accepter ça.

— Tu ne sais pas, répondit-il, tourmenté. Tu ne comprends pas. Cet enlèvement est un châtiment, tout comme la mort de Bree. Il y aura toujours un châtiment. Parce que j'ai tué Lyon.

— Pourquoi ?

Elle se tenait tout près de lui. Elle n'avait qu'à…

— Pourquoi penses-tu que tu mérites d'être puni ?

— Parce que j'ai menti, lâcha-t-il avec amertume. Oui, Lyon a tenté de violer Bree. Oui, il a tourné ce couteau contre moi, il a tout fait pour me tuer. Mais la vérité, c'est que son sort était déjà décidé quand j'ai entendu Bree crier et que je l'ai vu sur elle. J'ai vu le sang sur la gorge de Bree et… je suis devenu fou. Je refusais qu'il s'en tire comme ça. Je refusais que Bree soit obligée de l'affronter au tribunal.

Ses yeux trahissaient un tourment inimaginable.

— C'est pour ça, reprit-il doucement. C'est pour ça. Dieu sait lire dans mon cœur. Et à présent, toi aussi. Je n'en avais jamais parlé à personne auparavant, pas même à Bree. Elle avait peut-être des soupçons, mais je ne lui ai jamais rien dit.

Mei-li s'avança encore.

— Dieu ne fonctionne pas comme ça, affirma-t-elle en écartant une mèche de ses cheveux, avant de laisser ses doigts glisser sur sa joue. Pas du tout. Il n'a pas pris la vie de Bree pour te faire payer. C'est arrivé, c'est tout. Des choses terribles arrivent à des gens bien, Dirk. Tu le sais. J'en suis un parfait exemple. Et Dieu n'a pas permis que Blackwood organise l'enlèvement de tes filles pour te punir. C'est de la faute de Blackwood uniquement.

— Mais…

Elle posa une main sur sa bouche pour le faire taire.

— Non. Je refuse de te laisser t'accuser de la sorte.

Son esprit fonctionnait à toute allure, afin de trouver les arguments pour le convaincre.

— C'est la culpabilité du survivant, Dirk. C'est ça que tu ressens. Ta femme est morte, et toi, tu es en vie. Tu te sens coupable parce que tu n'as pas pu la sauver. Tu as donc construit toute cette histoire de punition divine pour expliquer une réaction parfaitement humaine, dans une situation dont tu n'étais pas responsable.

Plus rien ne pouvait l'arrêter.

— Est-ce de ta faute si Lyon a violé cette autre fille ? demanda-t-elle, en le saisissant par les bras. Non. L'as-tu forcé à violer Bree ? Non, encore. L'as-tu forcé à te menacer de cette arme ? Non, toujours pas. Tu as fait ce qu'il fallait pour vous protéger, Bree et toi. Tu ne peux pas savoir ce que tu aurais fait s'il avait lâché le couteau !

Brusquement, il la serra si fort contre lui qu'elle en eut le souffle coupé. Au bout d'une longue minute, il relâcha son étreinte et elle reprit d'une voix calme :

— Bree est morte.

Elle le sentit frissonner contre elle.

— Tout comme Sean est mort. Ce sont des choses qui arrivent et nous devons vivre avec. Cela ne signifie pas pour autant que nos vies sont terminées. Ni que nous ne pouvons pas connaître de nouveau le bonheur.

Dirk la regarda, les yeux brillants de larmes.

— Tu es un homme bon, Dirk, chuchota-t-elle. Vraiment. Es-tu parfait ? Bien sûr que non. Personne n'est parfait. Mais tu es un homme bon. Et tu as tellement d'amour à donner… Si seulement tu voulais bien te le permettre.

# 17

Mei-li ne sut pas trop comment ils se retrouvèrent dans sa chambre. Un baiser mena à un autre. Puis à un autre encore. De fil en aiguille, ils arrivèrent au pied de son lit.

— Laisse-moi faire, chuchota-t-elle en tirant sur le polo de Dirk.

Ses mains se mirent à explorer son torse, ses doigts se glissant dans la toison châtaine pour s'arrêter sur le bout de ses seins. Lorsqu'elle glissa sa main jusqu'à la boucle de sa ceinture, elle l'entendit retenir son souffle. Puis, elle détacha le bouton et ouvrit la fermeture Éclair et il chuchota son nom, à la fois comme une question et comme un abandon.

— Laisse-moi faire, répéta-t-elle en cherchant de nouveau ses lèvres pour une caresse intime qu'elle n'avait jamais partagée qu'avec un seul homme auparavant.

En même temps, une de ses mains se glissait dans l'échancrure de son jean. Dirk était déjà dur, son érection menaçant de s'échapper des frontières de ses vêtements. Mei-li le caressa, lui arrachant un gémissement de plaisir. Soudain, il s'écarta avec un juron.

— Je ne peux pas.

Son érection, en revanche, affirmait le contraire. La question était surtout de savoir s'il *voulait*.

— Je le veux, chuchota-t-il en prenant son visage à deux mains, comme s'il avait lu la question dans son regard. J'en ai envie, mais…

Il eut un rire sec.

— Je n'ai pas de préservatif. Je n'aurais jamais cru que…

Mei-li sentit un soulagement immense.

— Ce n'est pas grave. Je prends la pilule. Pour réguler mon cycle, s'empressa-t-elle d'ajouter.

Elle ne voulait pas qu'il se fasse de fausses idées : elle n'avait pas pour habitude de coucher avec le premier venu. D'ailleurs, Dirk n'était pas le premier venu. Elle avait passé des heures en sa compagnie, dans des conditions difficiles… Elle le connaissait. Un éclair de tendresse traversa le regard de Dirk, puis ses yeux trahirent un sentiment nouveau. De l'incertitude, mêlée à de la vulnérabilité.

— Je… Je ne suis pas un tombeur, avoua-t-il. Tu es la première depuis…

Elle comprit aussitôt.

— Et je n'ai jamais trompé ma femme pendant les douze ans qu'a duré notre mariage.

Il parlait si doucement qu'elle devait tendre l'oreille.

— Nous étions ensemble déjà avant, alors… Elle a toujours été la seule.

Mei-li en resta bouche bée. Aussi impensable que cela puisse paraître, elle le croyait. Dirk disait la vérité. Bree avait été sa seule et unique partenaire. L'« homme le plus sexy de la planète » était donc un monogame convaincu. Mei-li sentit son cœur chavirer. La seule chose qui lui venait à l'esprit, à cet instant, c'était de donner à cet homme tout l'amour dont il avait désespérément besoin. Lui offrir le réconfort de son corps, le refuge de ses bras, mais aussi l'amour qui l'aiderait à guérir de cette blessure dévastatrice à l'âme.

Dirk avait déjà désiré d'autres femmes que Bree, mais cela n'avait jamais eu d'importance. Les hommes étaient ainsi conçus et Bree ne s'était jamais inquiétée. Elle savait qu'il ne passerait jamais à l'acte, et que sa relation physique et émotionnelle avec sa femme lui apportait tout ce dont il avait besoin, tout ce que son cœur désirait. Dirk, lui, plaignait les hommes qui se sentaient obligés d'aller voir ailleurs.

Pourtant, l'intensité des sentiments qu'il ressentait pour Mei-li à cet instant l'ébranlait au plus profond de son être. Elle lui donnait des ailes. Elle l'accueillit en elle comme si elle l'attendait depuis toujours et profita un instant de sa simple présence, savourant la quiétude de cet instant. Mais le désir brûlant qui animait Dirk le poussa bientôt à entamer des va-et-vient dans le fourreau étroit du corps de Mei-li, à un rythme qu'elle suivit sans hésiter, comme si elle était faite pour lui. Juste pour lui.

Il accéléra la cadence, prêtant l'oreille aux gémissements de Mei-li pour s'assurer qu'il lui procurait autant de plaisir qu'il en prenait. Il la sentait se cambrer contre lui, goûtait la douceur de sa peau sous ses lèvres tandis qu'elle rejetait la tête en arrière, tout son corps tendu comme un arc. Serrant les dents, il se retint, encore et encore, malgré la flèche du désir qui l'aiguillonnait, car il voulait qu'elle atteigne le sommet avec lui. Chaque coup de reins menaçait de lui faire perdre pied. Lorsqu'elle cria son nom, enfin, il lâcha prise.

Ils restèrent longtemps enlacés. Dirk n'avait jamais été du genre à s'endormir aussitôt, quel que soit son état de fatigue. Il avait toujours eu besoin d'intimité, de cette tendresse qui à ses yeux prolongeait naturellement l'amour physique.

— Tu es incroyable, chuchota-t-il en la serrant davantage contre lui.

Elle poussa un petit soupir satisfait.

— Cela faisait un moment pour moi, murmura-t-elle en effleurant son épaule de ses lèvres. Ça se sentait ?

— Qu'est-ce que tu entends par « un moment » ?

— Onze ans, répondit-elle avec un vague sourire.

— Onze… Tu veux dire que… ?

— Oui. Sean a été le premier et le dernier, tout comme toi avec Bree. Après Sean, je ne pouvais pas… C'était impossible. J'aurais eu l'impression de le tromper. Ensuite, je… Je me suis jetée à corps perdu dans le travail. Les premières années, je refusais systématiquement quand on me proposait un rendez-vous. C'est devenu une sorte d'habitude. Ça ne me manquait pas de ne pas avoir d'homme dans ma vie. Je ne savais pas ce que je ratais, ajouta-t-elle avec un sourire moqueur.

Quelque chose tracassait Dirk, sans qu'il sache quoi. Soudain, il comprit. Ce n'était pas le fait qu'il soit le premier depuis onze ans, bien que cela ait son importance. Non, c'était cette dernière remarque presque anodine. Comme si n'importe quel homme aurait fait l'affaire. Comme si ce qu'ils venaient de partager n'avait pas été aussi unique pour elle que pour lui. Mei-li dut sentir cette distance car elle se dressa sur un coude.

— Je me suis peut-être mal exprimée, dit-elle doucement. Je crois que cela fait tellement longtemps que j'ai oublié le protocole sur l'oreiller.

Elle eut un rire grave et chaud.

— Je n'ai pas couché avec toi parce que cela faisait onze ans et que j'étais désespérée. Et je n'ai pas couché avec toi non plus parce que tu es l'homme le plus sexy de la planète. Même si c'est vrai.

Elle réussit à lui arracher un sourire fugace.

— Si je l'ai fait, c'est pour une seule raison très simple, reprit-elle, sans craindre de lui montrer sa vulnérabilité. Parce que tu avais besoin de moi. Évidemment, j'avais envie de toi. Et c'est toujours le cas.

Elle caressa de sa main son érection déjà renaissante.

— J'ai déjà éprouvé du désir pour d'autres hommes. Pas souvent, mais quelques fois. Mais je n'ai jamais eu la moindre difficulté à leur dire non.

Elle soupira.

— Tu es différent, Dirk. Je ne sais pas si je peux l'expliquer.

— Essaie, dit-il d'une voix rauque. S'il te plaît. C'est très important.

— La première fois que je t'ai vu, je… Tu m'as tout de suite déplu. Pas à cause de toi, mais à cause de moi. Parce que, quand tu m'as regardée, j'ai ressenti quelque chose que je n'avais pas ressenti depuis Sean. Ça m'a fait peur. Je ne savais pas quoi faire de ces émotions et de ce… désir. Je me suis donc convaincue que tu m'agaçais et ça s'est arrêté là.

Elle posa la joue sur son torse.

— Ensuite, quand je t'ai revu… si blessé, si vulnérable… Mes défenses sont tombées. Je savais que tu avais besoin de moi. Pas simplement pour t'aider à sauver tes enfants, mais aussi pour te sauver toi-même.

Il aurait voulu dire quelque chose, n'importe quoi, mais les mots ne venaient pas.

— Je n'espère rien, reprit-elle. Je n'attends rien d'autre que la chance de te sauver de ton enfer personnel.

Dirk sentit une vague d'émotion l'envahir. Il savait une fois encore que c'était la vérité. Une partie, en tout cas. Il la serra avec force contre lui et chercha ses lèvres. Comme pour remplacer par des baisers les paroles qu'il n'arrivait pas à prononcer.

À cet instant, il comprenait ce que son cœur essayait de lui dire depuis le début, ce que son inconscient savait depuis le départ. Il aimait Mei-li. Non pas parce qu'elle était une femme magnifique, sexy et incroyablement fougueuse au lit. Pas même parce qu'elle l'avait ramené à la vie. Il l'aimait parce qu'il n'avait jamais rencontré quelqu'un d'aussi généreux qu'elle. Parce qu'elle n'acceptait pas qu'on lui résiste. Parce qu'elle l'aimait sans rien attendre en retour. Malgré les risques que cela représentait.

Mei-li se réveilla au petit matin avec une incroyable sensation de bien-être... Et le contact de mains masculines sur son corps. Des caresses. Elle ferma de nouveau les yeux, savourant les exquises petites décharges de plaisir et d'excitation qui la faisaient frémir. Une sensation qu'elle n'avait pas éprouvée depuis des années.

— Mmm..., murmura-t-elle. C'est le meilleur moment du réveil. Encore mieux que le café. Quelle heure est-il ?

— Tôt.

Des lèvres se refermèrent sur le bout de son sein déjà dur et se mirent à le sucer, avant d'infliger le même traitement à l'autre sein. Elle poussa un soupir d'aise.

— As-tu dormi ? demanda-t-elle.

— Comme un bébé, répondit-il en roulant sur elle pour s'installer entre ses cuisses, en appui sur ses avant-bras. Je dois t'exprimer mon infinie reconnaissance.

Son rire se mua en un gémissement lorsqu'il la pénétra. Ce fut sa dernière pensée cohérente jusqu'à ce que Dirk ait fini d'exprimer sa gratitude.

*
* *

Terrell Blackwood venait de terminer son dîner lorsque son téléphone sonna. Il décrocha avant la seconde sonnerie.

— Oui ?

— Les pièces sont arrivées à Hong Kong et seront livrées ce matin. Ce qui signifie que vos colis devraient partir dans la journée ou demain.

Terrell Blackwood sentit son pouls s'accélérer. *Enfin.*

— Quand en serez-vous certain ?

— Les pilotes ne peuvent pas enregistrer un plan de vol et obtenir un horaire de départ tant que les réparations n'auront pas été réalisées et validées. Ils ont parlé d'une journée, sans se prononcer plus précisément. Cependant, ils estiment que l'avion devrait décoller au plus tard demain matin. Je vous tiens au courant dès que j'ai du nouveau.

Soudain, Terrell Blackwood s'inquiéta de l'impact de ce retard sur la santé des petites filles. S'il se fichait bien de la souffrance de Summers, il n'avait jamais eu l'intention de causer physiquement du tort aux fillettes.

— Les colis sont-ils toujours en bon état ?

— Autant que possible.

Terrell ne sut pas trop comment interpréter cette réponse, si bien qu'il précisa d'une voix dure :

— Notre contrat stipule que les colis ne doivent en aucun cas être endommagés.

— Ils n'ont subi aucun dommage de ce genre, répondit la voix froide.

Il refusa de s'attarder sur les implications de cette réponse. Les filles Summers étaient indemnes physiquement et c'était tout ce qui comptait. Quant à l'impact psychologique et émotionnel de l'enlèvement, il ne pouvait s'y attarder. Il savait depuis le début qu'arracher des fillettes de deux ans à leur père serait traumatisant, mais il s'était rassuré avec la certitude que les jumelles retrouveraient rapidement un foyer, avec des parents si désireux d'avoir des enfants qu'ils étaient prêts à passer par le marché noir.

— Et la facture ? demanda-t-il soudain.

Une légère hésitation à l'autre bout de la ligne l'inquiéta.

— La facture sera présentée aujourd'hui…, répondit enfin la voix. Dès que les réparations auront été faites et que nous serons certains que les colis auront été livrés.

Terrell attendit et l'autre homme finit par ajouter :

— Le tour de passe-passe mentionné hier impliquait une partie de la facture.

— Le paiement a été encaissé ? demanda Terrell Blackwood avec inquiétude.

Récupérer la rançon était le stade le plus risqué d'un enlèvement. Si Summers avait d'une façon ou d'une autre impliqué la police locale ou le FBI, si les ravisseurs avaient été suivis en revenant du lieu de rendez-vous…

— Négatif. Mais le propriétaire était trop occupé pour tenter d'autres actions.

Terrell Blackwood poussa un soupir de soulagement.

— Et le message final au propriétaire ?

— Il lui sera transmis dès que les colis seront en cours d'acheminement.

Il était encore tôt quand Dirk rentra seul à l'hôtel. Mei-li avait voulu l'accompagner, mais il avait insisté pour qu'elle dorme encore un peu avant de le rejoindre.

— En taxi…, avait-il dit. Pas question que tu prennes le métro seule.

Elle s'était contentée de sourire de bonne grâce, un sourire qui lui rappelait Bree. Bon, d'accord, il était un peu trop protecteur. Il sourit à son tour.

La veille, penser à Bree aurait suffi à le rendre triste. La veille, il n'aurait pas été capable de comparer Bree et Mei-li sans ressentir du chagrin. Mais à présent… Il se rendit soudain compte qu'aimer Mei-li ne diminuait en rien son amour pour Bree. L'amour de l'une n'anéantissait pas l'amour pour l'autre.

Bree, en revanche, était morte… Et lui était vivant, comme Mei-li le lui avait prouvé la nuit précédente. Sans la mort de Bree, il n'y aurait jamais eu Mei-li. Pas seulement parce qu'il n'aurait jamais pu tomber amoureux d'elle, mais aussi parce qu'elle-même ne serait jamais tombée amoureuse de lui. Jamais elle n'aurait osé avoir des sentiments pour un homme marié.

Bree était morte. Il n'était plus marié. Et Mei-li l'aimait comme Bree l'avait aimé et était prête à se sacrifier comme Bree l'avait fait. Elle connaissait les recoins les plus noirs de son âme, des secrets qu'il n'avait jamais confiés à Bree. Et elle l'aimait quand même.

*Est-ce vraiment aussi simple ?* se demanda-t-il en déposant du café moulu dans le filtre de la cafetière. *Vraiment ?*

Il se déshabilla et entra dans la douche, où il se lava vigoureusement. Il était en train de se sécher quand il entendit son smartphone sonner dans la chambre. Nouant rapidement une serviette autour de sa taille, il se précipita pour répondre, car la sonnerie annonçait un « numéro inconnu ». Ce devait être les ravisseurs.

— Dirk DeWinter.

— Beau travail hier, monsieur DeWinter, dit la voix froide. Quatre livraisons parfaites. Je vous mets vingt sur vingt. Félicitations.

— Au fait, je vous prie, trancha Dirk. Quand vais-je revoir mes filles ?

— Il reste à régler un petit détail : le reste de la rançon.

— Vous savez que je suis prêt à le livrer où vous voulez, quand vous voulez.

— Bien sûr… Nous voulons un virement bancaire.

*Mei-li avait vu juste.*

— Aucun problème. Je m'en occupe. Mais je veux une autre photo récente de mes filles avant.

— Compris.

Dirk entendit un bruit vaguement familier à l'autre bout de la ligne, en fond sonore, mais cela cessa.

— Où voulez-vous que j'envoie l'argent ?

— Ne quittez pas votre suite, répondit le ravisseur. Des instructions arrivent.

Dirk avait déjà enfilé un jean noir et un polo assorti quand Mei-li arriva. Lorsqu'il ouvrit la porte, sa première pensée fut de la prendre dans ses bras pour la porter jusqu'à la chambre et lui faire l'amour jusqu'à ce qu'elle avoue qu'elle l'aimait aussi. Cependant, il se contenta d'un long baiser, refusant de la presser.

Quand il s'écarta enfin d'elle, il ne put s'empêcher de ressentir un élan de possessivité masculine en voyant son regard légèrement perdu, ses lèvres rosies et son air de satisfaction. Puis, soudain, elle cligna des yeux et son expression changea, son regard s'éclaircit.

— Bonjour, chuchota-t-elle.

Comme s'ils ne s'étaient pas déjà dit bonjour plus tôt. De façon passionnée. Comme si elle n'avait pas gémi son nom. Elle passa devant lui pour gagner le salon, lâcha son sac à main et sa sacoche d'ordinateur sur le canapé, posa sur la table du salon un sac en papier qui annonçait le petit déjeuner, puis se tourna vers lui.

— Les pièces de rechange sont arrivées à Hong Kong et seront livrées aux pilotes ce matin, annonça-t-elle. Les mécaniciens sont prêts à faire les réparations.

Dirk se figea, oubliant soudain les souvenirs de la veille et du matin.

— Ce qui signifie… Aujourd'hui ? Les ravisseurs vont faire sortir mes filles de Hong Kong aujourd'hui ?

— Nous devons partir du principe que c'est leur intention. Mais comme je te l'ai déjà dit, RMM ne laissera pas cet avion décoller.

— Comment… ? commença-t-il, avant de comprendre soudain. En le sabotant… ?

— Je n'en sais rien. Tout ce que le chef de RMM a bien voulu me dire, c'est que l'avion ne quitterait pas Hong Kong avec tes filles à bord. Il m'a donné sa parole.

— Si nous n'avons pas à nous inquiéter de l'avion, alors il ne nous reste qu'à localiser Linden et Laurel. Je ne pense pas que payer la rançon nous mène quelque part, mais je vais payer. Je n'ai pas le choix.

— Je sais. Viens, il faut manger. Nous pourrons en discuter en même temps.

— Le café est prêt, annonça-t-il en se dirigeant vers la cuisine. Tu prends du sucre ? Du lait ?

— Noir.

Dirk revint avec deux tasses et ils s'installèrent pour déjeuner.

— L'un des ravisseurs m'a appelé tout à l'heure, annonça Dirk. L'Américain.

Il but une longue gorgée de café.

— Il m'a ordonné de ne pas quitter la suite, parce que les instructions pour le virement bancaire me seront livrées ici… Tu avais raison : ils veulent un transfert pour les dix-neuf millions restant.

— Je dois t'avertir qu'aucun des sacs n'a été récupéré depuis hier.

— Ce qui prouve qu'il ne s'agissait que d'un écran de fumée.

Elle acquiesça.

— Je dois également t'informer que RMM a l'intention de récupérer les sacs aujourd'hui… S'ils y sont toujours.

— Si ? Je croyais que…

— Le paquet du pic est toujours en place. Celui du musée était encore là à l'heure de la fermeture et quelqu'un de RMM ira le récupérer dès l'ouverture. Mais… il est possible qu'un gardien ou un agent d'entretien l'ait trouvé. Nous le saurons bientôt.

Mei-li roula en boule le sachet des viennoiseries.

— Quant au sac laissé au Bouddha de Tian Tan, le site ferme la nuit et la rançon n'avait pas été récupérée hier soir. Mais, une fois encore, un membre du personnel a pu le trouver. Des agents de RMM surveillent les lieux depuis hier.

— Je vois.

— Le dernier paquet, celui du port, était encore à sa place ce matin à 6 heures. Si les ravisseurs avaient l'intention de récupérer la rançon, ils auraient déjà agi. Je pense qu'ils n'ont jamais eu l'intention de venir. RMM se charge donc de récupérer les quatre paquets et de vous les ramener.

— Franchement, je me fiche complètement de l'argent. Tout ce que je veux, c'est retrouver mes filles. Dis à ton contact chez RMM de garder l'argent. Qu'ils s'en servent pour couvrir les frais qu'ils auront pour m'aider à sauver Linden et Laurel.

Le sourire de Mei-li lui réchauffa le cœur. Elle ne dit rien, car c'était inutile. Il savait qu'elle approuvait sa décision.

Lorsque Dirk eut terminé, ils nettoyèrent la table et portèrent les tasses dans la cuisine. Puis, Mei-li sortit son ordinateur portable de son sac.

— Puisque nous sommes coincés ici, nous avons le temps de faire quelque chose dont je t'ai parlé hier : cartographier tous les emplacements où les photos ont été prises. Ce sera peut-être inutile, mais nous pourrions aussi trouver une signification.

Elle entra son mot de passe.

— J'ai un logiciel de carte spécial. Voyons ce qu'on peut trouver.

# 18

— Intéressant…, murmura Mei-li.

La sonnette de la porte retentit au même instant. Dirk étouffa un juron.

— Ce doit être Patrick. Ou Rafe, ou…

— Tout va bien, le rassura-t-elle. Mieux vaut qu'ils soient tous là, pour qu'on puisse les garder à l'œil. Va ouvrir… Mais ne dis rien tant qu'ils ne seront pas tous arrivés. Je continue.

Elle resta un instant à contempler la porte que Dirk venait de refermer. Contrairement à ce qu'il persistait à croire, c'était un homme bon. Personne ne pouvait savoir comment il aurait réagi si Lyon n'avait pas tenté de s'en prendre à lui. Mei-li, elle, restait persuadée qu'il n'aurait pas tué Lyon si ce dernier avait lâché son couteau.

— Accorde-toi le bénéfice du doute, *tim sum*, chuchota-t-elle pour elle-même.

Elle chassa ces pensées avec un soupir, puis retourna à la tâche qu'elle avait commencée. Après avoir établi une carte de toutes les coordonnées GPS extraites des différentes photos, elle ajouta les emplacements où ils avaient déposé la rançon. Il s'agissait de lieux hautement touristiques, mais quelques détails trahissaient qu'ils avaient été choisis par quelqu'un qui connaissait la ville. Ce qui confirmait que l'un des ravisseurs était hongkongais. Elle créa ensuite une sorte d'emploi du temps des deux ravisseurs, puis ajouta quelques informations en sa possession, comme la sirène du Star Ferry entendue par Dirk lors du second appel. Elle nota également que les lettres d'instructions avaient toutes été rédigées à l'avance, dans le but de laisser à Dirk le temps de repasser chaque fois par l'hôtel.

— Il doit bien y avoir un lien logique entre tout ça…

Elle avait déjà confirmé avec la direction de la société de livraison que l'expéditeur avait payé un extra afin que les enveloppes soient déposées à des horaires précis. En dehors de ça, c'était l'impasse. L'homme qui s'en était chargé portait des gants, des lunettes noires et très certainement une perruque. Il avait payé en liquide. Mei-li avait demandé à un de ses amis de chercher des empreintes digitales sur les enveloppes, mais en vain.

Elle réfléchissait, s'efforçant de trouver le lien qui lui échappait. Les coordonnées GPS la travaillaient. Central. Tai O. Mong Kok. En plein milieu de Victoria Harbour — même s'il s'agissait sans doute d'un bug de l'appareil. Aberdeen.

— Pourquoi Aberdeen ? murmura-t-elle.

Cela n'avait aucun sens. Aucun de ces endroits ne se trouvait près de l'aéroport. Cela dit… les ravisseurs n'avaient pas prévu de s'attarder à Hong Kong pendant plusieurs jours. Ils avaient dû improviser.

Son téléphone signala l'arrivée d'un SMS.

Pièces livrées. Réparations en cours.

Elle répondit :

Merci.

Au bout d'une minute, un second SMS arriva :

DD n'a pas dormi à son hôtel hier soir.

Elle ne put retenir un sourire. Quelqu'un s'inquiétait pour elle. Quelqu'un qui savait qu'elle n'avait pas noué de relation sérieuse depuis Sean. Quelqu'un qui avait été le meilleur ami de Sean. Quelqu'un dont la vie avait été tout aussi chamboulée par sa mort. Elle répondit :

Je sais.

Je sais que tu sais. Mais en es-tu sûre ?

Oui.

Deux minutes s'écoulèrent, puis trois.

Il a tué un homme.

Elle répliqua aussitôt :

Et toi ?

J'avais une bonne raison !

Elle savait qu'elle venait de toucher un point sensible.

Pareil pour lui.

Après un long moment, son interlocuteur ajouta :

Si tu es sûre de ton coup…

Je le suis.

Elle pensait que la discussion était close, mais un dernier message arriva :

Pour info : TB sous surveillance.

Terrell Blackwood. Cela ne servait sans doute pas à grand-chose, mais…

Merci. Je savais que je pouvais compter sur toi.

Elle s'efforçait de se concentrer sur ce qu'elle avait à faire, mais ne cessait de repenser au dernier SMS. Blackwood avait déjà tenté de tuer Dirk. Elle avait vu la cicatrice la veille, et le chirurgien n'avait pas menti : un centimètre plus à droite et Terrell Blackwood aurait été accusé d'homicide volontaire, pas de simple tentative de meurtre. Si cet enlèvement échouait — et il devait échouer —, alors Terrell Blackwood risquait de s'en prendre directement à Dirk de nouveau.

— Pas question, chuchota-t-elle avec une résolution féroce. Je n'ai pas dit mon dernier mot.

Elle finit par renoncer, incapable d'établir un lien entre toutes les informations en leur possession. Pourtant, elle était persuadée qu'il en existait un, quelque part…

La journée passa avec une lenteur cruelle pour Dirk. Aucun appel des ravisseurs. Pire que tout : aucune photo de Linden et Laurel pour prouver que ses filles étaient encore en vie. Il s'efforçait de ne pas imaginer leurs corps sans vie, quelque part, mais l'image s'immisçait insidieusement dans son esprit sans qu'il puisse rien y faire.

Il avait appelé le banquier de Hong Kong le matin même pour l'avertir d'un transfert imminent, mais l'heure de la fermeture de la banque approchait dangereusement et Dirk n'avait toujours aucune nouvelle.

Il piaffait d'impatience. La présence de tous les autres dans la suite ne l'aidait pas. Rafe, Mike, Chet et Vanessa parlaient tous à voix basse et le regardaient à la dérobée, craignant d'exprimer à haute voix ce que tout le monde pensait tout bas : pourquoi n'avaient-ils aucune nouvelle ? En revanche, la personne dont il aurait eu le plus besoin était absente. Mei-li était sortie en milieu de matinée avec Patrick, sans préciser pourquoi, mais en promettant de rentrer dès qu'il y aurait du neuf.

Dirk aurait mieux supporté cette attente interminable si elle avait été à ses côtés, mais il refusait de lui demander de rentrer sans raison. D'ailleurs, qu'aurait-elle pu faire de plus ? Cependant, sa simple présence lui redonnait de l'espoir.

Il avait besoin d'elle.

Mei-li se trouvait dans Tai O, son GPS à la main, devant une petite maison sur pilotis, construite au bord de l'eau.

— C'est ici, murmura-t-elle.

Elle sortit son téléphone et prit rapidement quelques photos des lieux. La maison semblait à l'abandon, tout comme les habitations voisines. Cependant, du linge séchant sur une corde indiquait que le quartier était bel et bien habité. Prenant son courage à deux mains, elle s'avança vers la porte d'entrée et frappa. Aucune réponse. Elle frappa de nouveau, plus fort cette fois. Personne ne vint ouvrir.

Une femme sortit de la maison voisine, un panier de linge en équilibre sur la hanche. En voyant Mei-li, elle lança quelques paroles dans un dialecte que Mei-li ne comprit pas. Puis, la femme refit un essai dans un cantonais maladroit :

— Partis. Deux ans maintenant. Tu comprends ?

— Plus personne ne vit ici ? demanda Mei-li.

La voisine ne devait pas avoir plus de trente ans, mais ses dents noircies et sa peau tannée la vieillissaient de plusieurs années.

— Non. Personne vivre. Non.

— Mais quelqu'un est venu ? Il y a deux jours ?

Elle sortit un billet de banque rouge de son sac.

— Que pouvez-vous me dire de ceux qui sont venus ?

Les yeux de la femme s'illuminèrent à la vue du billet et elle posa sa panière.

— Deux hommes. Un *gwai lo*. Arrivés la nuit et partis tôt le matin.

— Mais vous les avez vus arriver.

La femme acquiesça.

— Les avez-vous vus partir ?

De nouveau, la voisine acquiesça.

— Y avait-il quelqu'un d'autre avec eux ?

La femme fit signe que non.

— Est-ce qu'ils portaient quelque chose en arrivant ou en partant ?

— *Hai*. Les deux. Grands sacs. Gris-vert.

Elle ouvrit les bras pour montrer la taille des sacs.

— Contrebande, j'ai pensé. Drogue, peut-être. Ils ne m'ont pas vue.

Mei-li lui demanda ensuite si elle avait appelé la police, même si c'était peu probable. Personne dans cette petite communauté n'aurait risqué des représailles, surtout s'il était question de drogue.

— Pouvez-vous me dire autre chose ?

En voyant la voisine hésiter, Mei-li sortit un second billet, le plia en deux, puis regarda la femme droit dans les yeux.

— Mon fils me réveille dans la nuit, bafouilla la femme. Mauvais rêve. Quand il se rendort, j'entends…

Elle sembla soudain perplexe.

— … comme un enfant qui pleure à côté. Mais ça s'arrête. Je pense c'est un chat, parce qu'un enfant ? Impossible. Rien que deux hommes dans la maison.

Mei-li sentit un frisson lui parcourir l'échine, mais elle tendit simplement les deux billets à la femme en disant :

— *M'goy*.

Elle jeta un dernier regard à la maison, puis rebroussa chemin pour rejoindre Patrick, qui l'attendait avec la Rolls de l'autre côté d'une passerelle. En marchant, elle envoya un SMS.

Équipe technique. Tai O. Photos dans prochain message.

Elle ajouta ensuite les coordonnées GPS, puis envoya par mail les photos qu'elle venait de prendre.

Patrick n'eut besoin que d'un regard.

— *Hai* ? demanda-t-il simplement en lui tenant la portière.

— *Hai*.

Mei-li consulta sa montre en se demandant pourquoi Dirk ne l'avait pas contactée. Elle décida de l'appeler. Il décrocha presque aussitôt.

— Dirk ?

— Mei-li.

— Je croyais que tu devais m'appeler dès que…

— Aucune nouvelle. Les instructions pour le transfert ne sont toujours pas arrivées.

— Quoi ?

— Rien, reprit-il, la tension presque palpable dans sa voix. On n'a rien reçu.

— Je vais vérifier avec mon contact chez RMM, répondit Mei-li, cherchant un moyen pour le rassurer. C'est peut-être le signe que les réparations ne sont pas terminées. Si j'étais les ravisseurs, j'attendrais la dernière minute, pour être sûre que plus rien ne part de travers. Je suis sûre que s'ils avaient su qu'ils resteraient coincés ici plusieurs jours, ils n'auraient jamais fait allusion à Terrell Blackwood dès leur premier appel.

— Pas faux, marmonna Dirk d'une voix plus calme.

— Je te tiens au courant. Et je devrais être de retour d'ici une heure, si ça circule bien.

Il y eut un long silence. Elle pensa d'abord qu'il avait raccroché sans dire au revoir, mais il reprit soudain :

— Je suis dans le bureau, maintenant. Je… Il y a trop de gens dans l'autre pièce pour ce que…

Il s'arrêta, comme s'il avait oublié ce qu'il voulait dire.

— Je sais, répondit-elle, sentant une vague de tendresse l'envahir. Je comprends. Je serai là au plus vite. Et j'ai de bonnes nouvelles pour toi. J'ai retrouvé la maison dans laquelle les ravisseurs ont logé à Tai O.

Après avoir raccroché, elle envoya un bref SMS et reçut une réponse dans la minute.

Réparations retardées. Pièces abîmées pendant le transport.

Elle ne put retenir un sourire de satisfaction. Elle ne savait pas comment, mais les hommes de RMM avaient réussi à saboter les pièces de rechange. Elle envoya un rapide SMS à Dirk pour l'en informer, puis elle se cala sur la banquette de la voiture pour réfléchir.

Elle avait retrouvé la maison, mais ne savait toujours pas pourquoi les ravisseurs avaient choisi de loger là. Ni pourquoi ils n'y étaient restés qu'une nuit. Son hypothèse se confirmait : les ravisseurs et les fillettes avaient passé la première nuit — celle du typhon — dans un appartement de Central qui devait appartenir à l'un d'eux, avant de déménager vers Tai O, la seconde nuit.

Les coordonnées GPS de la première photo l'avaient déjà conduite à un immeuble. L'altitude indiquée lui avait permis de déterminer l'étage. Malheureusement, comme chaque étage comportait une cinquantaine d'appartements, elle n'avait pu obtenir d'informations plus précises.

La photo de Tai O avait été prise très tôt le matin, ce qui correspondait au témoignage de la voisine. Cependant, la photo suivante avait été prise dans Mong Kok. Pourquoi ? D'autant plus que la dernière photo de la nuit avait été prise dans Aberdeen.

Avant de se rendre à Tai O, elle avait suivi la piste de Mong Kok, où elle avait découvert un salon de massage au rez-de-chaussée d'un immeuble, dans un quartier populaire. Patrick avait refusé de la laisser quitter la Rolls pour mener son enquête.

— Les triades, avait-il expliqué d'une voix ferme en s'éloignant du bâtiment.

La photo avec les coordonnées GPS erronées aurait pu être prise n'importe où. Mais si la destination finale des ravisseurs après Tai O était Aberdeen, avec un arrêt dans Mong Kok… D'ailleurs, Aberdeen n'était pas très loin de Mong Kok — une heure en bus, mais une demi-heure seulement en taxi.

— Tout ce qu'il nous manque, c'est une dernière photo, marmonna-t-elle pour elle-même. Pour être sûrs.

— Tu me parles ? demanda Patrick.

— Non, je réfléchissais tout haut…

Tant de pistes à suivre. Elle avait déjà transmis toutes les informations en sa possession à RMM, qui disposait des ressources nécessaires. Ils touchaient au but. Elle le sentait. Ne manquait plus qu'une information. Un indice. Une étincelle.

Dirk avait tort. Dieu n'avait pas décidé de le punir. Dieu était dans leur camp. Il avait déjà empêché l'avion de décoller et forcé les ravisseurs à improviser. À présent, c'était à eux d'en tirer le meilleur parti.

# 19

Dirk avait déjà renvoyé ses gardes du corps pour la soirée. Il était trop tard pour envisager le transfert ; autant qu'ils rentrent se reposer. Vanessa était partie avec Chet, comme la veille. *On dirait bien que je vais devoir chercher une nouvelle nurse pour Linden et Laurel, finalement. À condition que… Non ! Je ne dois pas envisager le pire.*

C'était pourtant difficile. D'autant plus qu'il n'avait pas eu la moindre nouvelle des ravisseurs depuis le matin. Le SMS envoyé par Mei-li à propos des pièces de rechange endommagées l'avait ragaillardi, mais il avait du mal à rester positif et à tenir la bride à son imagination.

Lorsque la sonnette de la porte retentit enfin, Dirk se précipita pour ouvrir et prendre Mei-li dans ses bras. Lorsqu'il la lâcha enfin, elle avait ce regard un peu rêveur qu'il aimait tant provoquer chez elle.

— J'ai plein de choses à te dire, annonça-t-elle.

— D'abord, as-tu dîné ? Et où est Patrick ?

— Non, je n'ai pas mangé, mais c'est sans importance. Patrick est en train de garer la voiture. Il veut savoir si tu as encore besoin de lui ce soir. Sinon, je vais lui envoyer un SMS pour lui dire qu'il peut rentrer chez ses parents.

— Qu'en penses-tu ? demanda Dirk en se dirigeant vers la cuisine. Il peut rentrer, non ? Je t'ai commandé quelque chose à manger. C'est dans le réfrigérateur.

Elle le suivit.

— Oui, il peut rentrer chez lui.

Dirk glissa une assiette dans le micro-ondes pendant qu'elle envoyait un SMS à Patrick.

— Quel est le menu, ce soir ? demanda-t-elle enfin.

— Je n'étais pas sûr de l'heure de ton retour, donc j'ai fait simple. Émincé de poulet et riz. J'ai pensé que ça supporterait d'être réchauffé, ajouta-t-il avec un pauvre sourire.

Sa prévenance lui fit chaud au cœur. Ils se regardèrent longuement comme deux adolescents enamourés, jusqu'à ce que la sonnerie du micro-ondes retentisse. Dirk sortit l'assiette du four avec un gant, prit des couverts et une serviette et se dirigea vers la salle à manger.

— Viens. On discutera pendant que tu manges.

Entre deux bouchées, Mei-li lui raconta alors tout ce qu'elle avait découvert cet après-midi-là.

— RMM va fouiller la maison de Tai O pour trouver des preuves. Empreintes digitales, traces d'ADN, etc. Tout sera conservé, en cas de procès. Mais je n'en ai pas besoin pour savoir que tes filles étaient là. Tu te souviens de la photo ? Cette pièce sale ? Ce devait être dans cette maison.

Dirk se crispa et elle regretta aussitôt ses paroles.

— Pardon, *tim sum,* s'empressa-t-elle d'ajouter en lui prenant la main. Je ne voulais pas te rappeler ce mauvais souvenir.

Il entrelaça ses doigts aux siens.

— Je sais, soupira-t-il. Mais dès que tu as parlé de Tai O, j'y ai pensé.

Il contempla un instant leurs mains jointes, puis leva les yeux vers elle.

— C'est la troisième fois, dit-il doucement.

— La troisième fois que quoi ?

— Que tu m'appelles *tim sum*. La première, c'était au pic ; la seconde, quand tu m'as souhaité bonne nuit. Et maintenant.

Ses yeux bleus semblaient soudain plus sombres. Une question dans son regard… Et autre chose aussi. Incapable de le quitter des yeux, Mei-li savait qu'elle lui devait une explication.

— *Tim sum* se traduit littéralement par « doux cœur ». *Tim*, c'est « doux », et *sum*, « le cœur ».

En voyant son regard étonné, elle ajouta :

— Ce n'est pas l'expression la plus usitée en cantonais, mais c'est ce que tu représentes pour moi.

Les doigts de Dirk serrèrent les siens.

— Mei-li, je…

La sonnerie de son téléphone fit voler cet instant en éclats. Elle savait qu'il aurait préféré l'ignorer… mais il s'agissait d'un numéro inconnu. Les ravisseurs.

— Dirk DeWinter, annonça-t-il en décrochant.

Il se leva de sa chaise, raide et déterminé, et écouta un instant, les yeux plissés. Mei-li se dressa à son tour pour écouter, mais Dirk s'éloigna nerveusement.

— Non, dit-il finalement. Je ne comprends pas. Vous avez mes filles. J'ai la rançon. J'ai attendu toute la journée et maintenant il est trop…

Il écouta avec impatience son interlocuteur.

— Non, répéta-t-il avec fermeté. Non. Vous allez m'envoyer une photo de mes filles maintenant. Tout de suite, sinon notre accord ne tient plus. Je refuse d'attendre jusqu'à demain… Elles sont peut-être déjà mortes, pour autant que je sache. Et si elles sont mortes, alors que Dieu ait pitié de vous, parce que je vais vous traquer comme du gibier.

Mei-li sut qu'il regretta aussitôt cette menace, pourtant sincère. S'il arrivait quelque chose à Linden et Laurel, elle aussi était déterminée à traquer les ravisseurs. Prête à employer tous les moyens pour punir ces assassins. Œil pour œil. Pas de tribunal. Pas de juge. Pas de procès.

— D'accord, reprit Dirk. Une maintenant et une autre demain, quand je recevrai les instructions pour le transfert.

Il raccrocha, haletant, ouvrant et refermant convulsivement son poing. Elle le prit par la taille pour le serrer avec force, lui offrant un peu de réconfort dans cet instant où des paroles n'auraient eu aucun sens. Il la prit dans ses bras et pressa sa tête contre son torse. Elle entendait son cœur battre la chamade.

— Qu'a-t-il dit ? demanda-t-elle enfin, lorsqu'elle le sentit plus calme.

— Rien qui vaille la peine d'être répété. À part qu'un « contretemps fortuit » s'est produit et que je recevrai les instructions demain.

— Mais tu as insisté pour recevoir une photo tout de suite.

— Il le fallait. Comment dormir sans savoir si…

Il laissa échapper un rire sec.

— Ça ne me fera certainement pas dormir pour autant. Mais je risquerais de devenir fou en imaginant le pire.

— Je sais.

Le smartphone de Dirk annonça l'arrivée d'un mail, mais Mei-li s'empara de l'appareil avant que Dirk ait le temps de l'en empêcher.

— Il ne t'enverrait pas une photo si tes filles n'étaient pas encore en vie, s'empressa-t-elle de dire. Allons voir ce qu'on peut apprendre.

— Aberdeen Harbour, annonça Mei-li en affichant les coordonnées GPS sur une carte, avant de vérifier sur le logiciel de son propre ordinateur. Mais…

— Mais c'est en plein dans l'eau.

Dirk jura à voix basse.

— Encore un bug de l'appareil photo, comme hier ? Comme pour la photo qui semblait avoir été prise en plein milieu de Victoria Harbour ?

— Non… À moins qu'il ait pris le ferry depuis la promenade d'Aberdeen pour rejoindre Ap Lei Chau, au sud d'Aberdeen Harbour, et qu'il ait éteint son téléphone à un moment ou un autre.

— Ce n'était peut-être pas intentionnel, suggéra Dirk. Cela m'arrive parfois, quand je garde le mien dans ma poche.

— À deux reprises ? demanda Mei-li, sceptique. Et dans les mêmes circonstances ? Je pense qu'il devait être à bord du Star Ferry, hier, quand son smartphone était éteint, et qu'il ne l'a rallumé que pour prendre la photo. C'est-à-dire, dans Aberdeen. Mais s'il a traversé jusqu'à Ap Lei Chau…

Quelque chose la tracassait, mais elle ne parvenait pas à mettre le doigt dessus. Au lieu de s'acharner, elle demanda à Dirk :

— Qu'est-ce que le ravisseur a dit exactement, ce soir ? Et ce matin, aussi. J'aurais dû te le demander tout de suite.

— Laisse-moi réfléchir… Ce matin, il a dit quelque chose comme « vingt sur vingt ». Comme pour noter les quatre livraisons. Ensuite, il a expliqué qu'il voulait que le reste de l'argent soit transféré, que des instructions allaient me parvenir et que je ne devais pas quitter la suite.

— Et ce soir ? Rien de surprenant ou d'étrange ?

En voyant Dirk hésiter, Mei-li sentit son instinct frémir.

— Quoi ? Tu viens de penser à quelque chose. De quoi s'agit-il ?

— J'ai entendu un bruit quand il a appelé, commença Dirk lentement. Un son familier… et étranger à la fois. Ça m'a fait penser à quelque chose, mais je ne sais plus quoi.

— Comment ça ?

— J'ai tout de suite repensé au musée, hier.

Mei-li écarquilla les yeux.

— Des bruits de bateaux, chuchota-t-elle. L'exposition sur la vie des pêcheurs locaux. Tu te souviens quand on est montés sur cette jonque, juste avant l'appel ?

— Oui, mais…

— Un enregistrement était diffusé, lui rappela-t-elle. Pas très fort. Plus pour l'ambiance, pour qu'on s'y croie vraiment. Le clapotis des vagues contre la coque d'un bateau, des mouettes, des cloches et des sifflets de bateaux.

Dirk claqua des doigts.

— C'est ça ! Je m'en souviens, à présent.

— Aberdeen Harbour. Il t'appelait depuis Aberdeen Harbour. Regarde…

Elle cliqua sur la dernière photo de ses filles.

— Tu vois ce mur incurvé ? On ne le distingue pas bien, mais je suis sûre qu'il est incurvé. Je n'y avais pas fait attention tout de suite, mais c'est exactement comme sur la jonque du musée.

Elle étouffa un petit cri.

— Quoi ? demanda Dirk.

— Ça colle. Tout colle !

— Quoi ?

— Tai O. Mong Kok. Aberdeen Harbour. Le gang auquel appartient le ravisseur. Tout concorde.

— Explique-moi.

— Tai O est aujourd'hui surnommée la Venise de Hong Kong, mais c'était au départ un simple village de pêcheurs. Un village tanka au sud-ouest de l'île de Lantau. Et même si Aberdeen Harbour se trouve à des kilomètres, au sud-ouest de l'île de Hong Kong, les habitants y sont majoritairement tanka aussi. Tu te souviens quand je t'ai expliqué que ce gang est composé d'anciens pêcheurs ?

— Des Tanka ?

— Oui. C'est pour ça qu'ils ont passé la nuit à Tai O. C'est pour ça qu'ils sont allés vers Aberdeen Harbour. Même leur escale dans Mong Kok fait sens, car tout le monde sait que certains quartiers de cette zone sont contrôlés par les triades. Ce ravisseur a des contacts dans la pègre de ces trois endroits, des gens prêts à le cacher avec tes filles. Et ce n'est pas tout.

Elle ouvrit son logiciel de cartographie avec les emplacements de toutes les photos.

— Ces deux photos prises à Aberdeen ont des coordonnées GPS différentes, mais pas très éloignées. Ils sont sur un bateau, Dirk. Tu vois ? Celle d'hier soir a été prise ici, sur la promenade. Le bateau était à quai quand la photo a été prise. La seconde, c'était en plein milieu du port. C'est là qu'ils sont. À bord d'un bateau dans Aberdeen Harbour.

— Comment y va-t-on ? demanda Dirk, l'air féroce.

Mei-li posa une main sur son bras, mais il se libéra d'un geste.

— Non. Ne me demande pas d'être patient. Ne me dis pas d'appeler la police, ou RMM ou n'importe qui. Mes filles sont dans Aberdeen Harbour et je vais les retrouver.

Il était déjà près de la porte du bureau quand Mei-li le rattrapa.

— Attends, le supplia-t-elle. Je viens avec toi. Mais inutile d'improviser. Nous avons besoin d'un plan. Ils sont armés, n'oublie pas. Au moins l'un d'eux. Tu te souviens de ces portraits de lui ? Ses yeux ? Ce type est un tueur. Il tuera tes filles sans hésiter si tu n'es pas prudent.

— Que proposes-tu, alors ?

L'air nocturne était chargé de senteurs marines, un mélange de sel, de poisson séché et d'une note moins plaisante qui fit froncer le nez à Dirk. Des gens vivaient là, toute l'année, dans cette odeur. Sans doute finissaient-ils par s'y habituer.

Les vagues venaient caresser des grappes de bateaux ancrés à quai ou plus loin, au milieu de la baie. Aberdeen Harbour était un port de contrastes : des jonques qui semblaient sorties tout droit d'un autre siècle étaient surplombées de vertigineux immeubles ultramodernes qui répandaient sur tout le quartier un halo de lumière suffisant pour y voir clair en pleine nuit.

Dirk et Mei-li s'avancèrent sur le quai pour rejoindre le bateau de RMM qui les attendait. Heureusement que Mei-li avait réussi à le convaincre de ne pas se précipiter comme un fou furieux pour jouer les héros. Cela aurait très certainement coûté la vie à ses filles. En quelques heures, RMM avait pris le relais et mis sur pied un plan d'attaque.

Il ne savait pas comment, mais l'organisation avait réussi à réduire le nombre de cibles potentielles à trois, parmi les nombreux bateaux du port. Des capteurs thermiques ? Des jumelles infrarouges ? Il savait que l'armée américaine possédait des équipements secrets utilisés pour neutraliser ce que le gouvernement appelait des « cibles cruciales ». Sans doute RMM possédait-il des équipements similaires. Légalement ou non…

— Mei-li ? DeWinter ? appela doucement une voix masculine.

Dirk se tourna vers un des bateaux. Tout d'abord, il ne vit rien, puis une ombre se dessina. L'homme était presque aussi grand que Dirk, et tout aussi athlétique. Il était vêtu de noir des pieds à la tête, et son visage et ses mains étaient enduits d'une sorte de peinture noire.

Mei-li monta rapidement à bord et se jeta dans les bras de l'homme. Dirk resta un instant interdit. Enfin, Mei-li se tourna vers lui et chuchota :

— Dirk, voici mon frère, Jason Moore. Jason, je te présente Dirk DeWinter.

Les deux hommes se saluèrent. Soudain, la lumière se fit dans l'esprit de Dirk. Il ne s'agissait pas simplement du frère de Mei-li ou du fils de Sir Joshua Moore. Cet homme était celui que Mei-li avait décrit comme le fondateur incroyablement riche de

RMM. L'homme qui les aidait dans l'ombre depuis le début. Évidemment. À qui d'autre Mei-li aurait-elle fait confiance ?

— Je ne sais comment vous remercier pour ce que votre organisation a fait…, commença-t-il.

Voyant que l'homme jetait un regard furieux en direction de Mei-li, il s'empressa d'ajouter :

— Rassurez-vous, elle ne m'a rien dit, mais je ne suis pas stupide. Elle m'a juste expliqué que RMM faisait ce qui était nécessaire. « Laissez-nous croire que le droit fait la force et, dans cette croyance, laissez-nous accomplir notre devoir jusqu'à la fin et comme nous l'entendons », rappela-t-il doucement.

Un mince sourire se dessina sur le visage de l'homme.

— Si vous êtes en mesure de citer Lincoln de mémoire, alors Mei-li avait raison à propos de vous.

Son sourire disparut soudain et son regard redevint dur.

— Nous sommes presque prêts. Trois de mes hommes ont plongé pour vérifier les trois bateaux identifiés. Dès que nous saurons quelle est notre cible, nous agirons.

— Pas sans moi, annonça Dirk d'un ton calme, mais qui ne souffrait aucune discussion.

Ce n'était pas par bravade ni par fierté masculine, mais il refusait de rester passif pendant que d'autres risquaient leur vie pour sauver celle de ses filles.

Jason Moore le regarda un instant, puis hocha la tête.

— Je comprends.

Il attrapa un tube posé non loin de là et le lui mit dans les mains.

— Dans ce cas, il vaudrait mieux vous tartiner le visage et les bras avec ça. Inutile de vous faire remarquer.

Quinze minutes plus tard, Dirk était assis à l'arrière du bateau, Mei-li à ses côtés. Mei-li, qui s'était changée chez elle pour se vêtir de noir, était en train de se grimer à son tour.

Dirk ne put retenir un sourire. Malgré les traces noires sur son visage, elle restait la plus belle femme qu'il ait jamais vue. Mais elle était bien plus que ça. Il lui prit la main. Elle était si menue, si délicate. Pourtant, il savait qu'elle était capable de déplacer des montagnes.

— Merci, murmura-t-il simplement en déposant un baiser au creux de sa paume. Quoi qu'il se passe ce soir, je veux te remercier.

Un léger bruit d'eau se fit entendre et, soudain, un plongeur se hissa discrètement par-dessus le bastingage. Un deuxième homme surgit de l'eau, suivi d'un troisième. Jason Moore s'avança à leur rencontre et échangea quelques mots en cantonais avec eux.

— Nous l'avons trouvé, annonça-t-il enfin en se tournant vers Dirk. Ils dorment tous.

Il s'empara d'un carnet et d'un crayon et se mit à esquisser un schéma de leur cible.

— Les ravisseurs sont ici et ici, expliqua-t-il en dessinant leurs corps allongés. Vos filles, elles, se trouvent à la poupe, contre la paroi du fond. Cependant, il est impossible de monter à bord par là sans se faire remarquer. La seule solution, c'est un assaut frontal. Il faut les neutraliser avant qu'ils réagissent.

Il jeta un regard à Dirk.

— Entendu ?

— Entendu.

— Nous savons que l'un d'entre eux, au moins, est armé. Mais nous ne pouvons pas faire irruption en tirant.

Dirk sembla surpris.

— Les armes sont illégales à Hong Kong, expliqua Jason avec un sourire. Mais nous en possédons quand même. Cependant, ce serait trop risqué dans un espace aussi confiné, avec vos filles juste à côté. OK ?

— OK, répondit Dirk.

Jason le regarda longuement.

— Le bateau est trop petit pour permettre un assaut à plus de trois hommes.

Il se désigna du doigt, puis pointa son doigt sur Dirk, mais, avant qu'il puisse désigner un des trois plongeurs, Mei-li annonça tranquillement :

— Je viens aussi.

Dirk et Jason s'exclamèrent d'une même voix :

— Non !

— Vous plaisantez ? demanda Mei-li en les regardant tour à tour, incrédule. C'est le chœur des machos ou quoi ?

Elle poursuivit avec un flot en cantonais à l'adresse de Jason, puis elle se tourna vers Dirk.

— Je suis la plus menue. Dans le cas d'un assaut frontal, si toi et Jason vous chargez des deux hommes, c'est moi qui ai le plus de chance de me glisser entre les deux ravisseurs pour atteindre tes filles. Eux…

Elle désigna les plongeurs…

— Ils peuvent retourner à l'eau et encercler le bateau. Comme ça, si l'une des filles tombe à la mer…

— Ça me va, approuva Jason.

Dirk était coincé. Il refusait de faire courir un risque à Mei-li. S'il lui arrivait quelque chose, il ne se le pardonnerait jamais.

— Ne pense pas à moi, chuchota Mei-li. Pense à ce qui est le mieux pour tes filles.

Ces paroles l'apaisèrent. La sécurité de ses filles était bel et bien sa priorité. À contrecœur, il finit par acquiescer.

— Dans ce cas, allons-y, annonça Jason.

# 20

Ils naviguèrent jusqu'au milieu du port, puis Jason coupa le moteur et ils poursuivirent à la rame. Les trois plongeurs se glissèrent dans l'eau presque sans un bruit et, à l'aide d'un cordage, les tractèrent jusqu'à leur cible et positionnèrent le bateau contre celui des ravisseurs. Dirk ne put s'empêcher d'admirer leur efficacité.

Lorsque l'ancre fut abaissée sans une éclaboussure, les plongeurs relièrent les deux bateaux par une série de filins. Enfin, Jason fit signe à Dirk et Mei-li de le rejoindre. Il indiqua également en silence qu'il se chargeait de l'homme de droite, tandis que Dirk s'occuperait de celui de gauche.

Dirk acquiesça et se concentra. Il ne pensait plus qu'à sa cible, son objectif. Il passa sur le second bateau sans un bruit, puis tendit sa main à Mei-li, qui le rejoignit rapidement.

Il n'y avait aucun bruit à l'intérieur du bateau des ravisseurs. Les deux hommes semblaient n'avoir rien remarqué d'anormal. Jason les rejoignit sans un bruit, les regarda tour à tour, puis tendit trois doigts pour lancer le compte à rebours. Quand son troisième doigt s'abaissa, il donna le signal.

Dirk et Jason firent irruption dans la cabine en même temps, l'un se positionnant à gauche, l'autre à droite. Ils se jetèrent sur les ravisseurs avant même que ceux-ci puissent comprendre ce qui leur arrivait. Quelques secondes plus tard, une ombre se glissa entre les quatre hommes qui luttaient au sol. Dirk, qui s'efforçait d'empêcher l'un des ravisseurs de se libérer pour atteindre son arme, posée près de son lit, sut que c'était Mei-li. Soudain, des cris étouffés retentirent à l'arrière du bateau. Elle avait trouvé ses filles. Vivantes ! Elles étaient vivantes !

Un coup violent l'atteignit à la mâchoire et le combat reprit de plus belle. Les deux hommes étaient de force égale, mais Dirk se battait pour ses filles. L'adrénaline lui conférait une force presque surhumaine et il parvint à retourner son adversaire sur le ventre et à lui tordre le bras dans le dos.

— Si tu bouges, je te brise les os, marmonna-t-il en appuyant sur le bras de l'homme.

Un cri de douleur lui répondit, mais la lutte cessa. Le ravisseur l'avait cru sur parole. Dirk fouilla l'obscurité à tâtons et finit par trouver le revolver. Il tourna alors la tête pour voir si Jason avait besoin d'aide, mais le second ravisseur était déjà immobilisé. Dirk leva alors les yeux vers l'arrière du bateau.

Mei-li était plaquée contre la paroi du fond, faisant un rempart de son corps aux deux fillettes. Lorsque Jason l'appela, elle se redressa. Malgré l'obscurité, Dirk vit que les petites étaient ligotées et bâillonnées avec de l'adhésif. Ce fut comme si une brume rouge s'abattait devant ses yeux. Une rage incandescente le traversa et il se pencha vers le ravisseur qu'il maintenait toujours. Comme un somnambule, il se vit pointer le canon du revolver contre la nuque de l'homme.

— Espèce de crevure ! lâcha-t-il.

Il ne reconnaissait pas sa propre voix.

— Je devrais te tuer, haleta-t-il. Ce sont mes petites, salaud ! Mes filles !

— DeWinter !

— Dirk !

Jason et Mei-li avaient crié en même temps. Dirk sentit son doigt se crisper sur la gâchette. Il avait envie de tirer. De tuer cette ordure qui avait terrorisé ses filles, pour s'assurer qu'aucun autre enfant n'endurerait le même calvaire.

Puis, la voix de Mei-li résonna en lui : « Tu ne peux pas savoir ce que tu aurais fait s'il avait lâché le couteau ! »

Il ferma les yeux.

*Tu es quelqu'un de bien, Dirk. Un homme bon. Es-tu parfait ? Bien sûr que non. Personne n'est parfait. Mais tu es un homme bon.*

Les yeux embués de larmes, il regarda Mei-li, puis le visage effaré de ses filles. Il sut alors qu'il n'en était pas capable.

Avec un soupir douloureux, il éloigna le canon, remit la sécurité et glissa l'arme dans la poche arrière de son pantalon. Puis, il défit sa ceinture pour ligoter sans ménagement les mains du ravisseur derrière son dos. Jason fit de même, puis se mit à parler en cantonais dans un émetteur radio.

Dirk se leva comme un somnambule pour se diriger vers ses filles et retirer le plus doucement possible l'adhésif qui les bâillonnait. Linden gémissait et Laurel sanglotait ; des larmes coulaient en silence sur les joues de Dirk. Des larmes qu'il n'avait pas pu libérer à l'enterrement de Bree. Des larmes qui n'étaient pas venues quand ses enfants lui avaient été enlevés.

Avec l'aide de Mei-li, il libéra les poignets de ses filles, retenant une grimace douloureuse en découvrant leur peau écorchée. Malgré le camouflage, elles l'avaient reconnu aussitôt et passèrent leurs petits bras autour de son cou tandis qu'il les serrait contre lui comme s'il ne devait plus jamais les lâcher.

— Papa ! Tu es venu nous sauver. Tu es venu ! Tu es venu !

Il croisa le regard de Mei-li et vit les larmes qui brillaient dans ses yeux. Il ne dit rien, car son cœur était trop plein d'émotions pour parler. Il avait pourtant tant de choses à dire. Mei-li essuya les larmes qui lui coulaient sur les joues.

— Je sais, *tim sum*, dit-elle, entre sourire et larmes. Je sais. Mais ce n'est pas le moment. Sortons d'abord tes filles d'ici.

Le bateau de RMM glissait tranquillement sur l'eau en direction du quai. À l'aide d'un tissu et de démaquillant, Mei-li parvint à retirer le plus gros de leur camouflage. Dirk se laissa faire, refusant de lâcher ses filles une seconde.

— Ne bouge pas, chuchota-t-elle. Voilà. Je ne peux pas faire mieux pour l'instant.

Les fillettes s'étaient déjà assoupies contre Dirk, une dans chaque bras. Un sourire vague aux lèvres, comme s'il se souvenait d'un rêve agréable, il pensa que ses filles ne sentaient ni le talc ni la lotion pour bébé. En réalité, elles sentaient plus mauvais que le port lui-même, mais il s'en fichait bien.

Jamais plus il ne les perdrait de vue. Une part de lui-même savait que ce n'était pas raisonnable. Tôt ou tard, il devrait les confier à quelqu'un. Mais pas tout de suite. En regardant leur petit visage endormi, il ne put s'empêcher de penser à leur mère.

— J'ai réussi, Bree, chuchota-t-il.

Les hommes de Jason étaient restés à bord de l'autre bateau pour surveiller les ravisseurs en attendant la police, que Jason devait contacter dès qu'ils auraient regagné la terre ferme. Dirk avait laissé l'arme sur le bateau, sur les conseils insistants de Jason.

— Nous allons être interrogés, expliqua Jason. C'est inévitable. Nous ferions donc bien d'être sur la même longueur d'onde.

— Comment ça ?

— Je préférerais que vous ne parliez pas de RMM. Mei-li est une détective privée que vous avez embauchée pour retrouver vos filles. Je suis son frère. Elle m'a demandé de l'aide. J'ai accepté. Fin de l'histoire.

Ce n'était pas si simple, bien sûr, mais quand ils accostèrent, ils avaient réglé presque tous les détails.

— Et vos hommes sur le bateau ? demanda Dirk. Comment suis-je censé expliquer leur présence ?

Jason sourit en sautant sur le quai pour enrouler une corde autour d'un poteau d'amarrage.

— Vous n'expliquez rien. Vous ne savez rien d'eux.

— Pas faux, répondit Dirk en riant.

— Tout ce que vous savez, c'est que ce sont des amis à moi. Le reste, je m'en charge.

Il tendit une main à sa sœur.

— Allez, viens. Plus vite nous appellerons la police, plus vite vous pourrez dormir.

Quand ils furent tous descendus, Jason reprit :

— Il y a une dernière chose que je dois vous demander avant d'appeler la police.

— Quoi ?

— J'ai besoin d'une photo de vous. Avec vos filles.

Dirk secoua la tête.

— Hors de question.

— C'est important.

— Pourquoi ?

— Il va falloir me faire confiance, sur ce coup-là.

Dirk commença par refuser de nouveau, mais Mei-li lui toucha doucement le bras et le supplia du regard.

— Tu es au courant, toi ? demanda-t-il.

— Non, mais je lui fais confiance. S'il dit que c'est important, je le crois.

Il fallait bien admettre que l'aide de Jason avait été cruciale, depuis le début. Sans lui, ils n'auraient jamais retrouvé les fillettes. Jason avait bien mérité sa confiance. S'il estimait que la photo était importante, alors…

*Le combat d'un père pour sauver ses filles !*

C'était la une du journal en ligne que Terrell Blackwood était en train de consulter. Sous le gros titre, une photo de la star internationale Dirk DeWinter, agenouillé sur le port de Hong Kong, tenant ses deux filles dans ses bras.

Terrell sut qu'il avait échoué.

Des bruits de voitures dans l'allée le tirèrent de sa contemplation hébétée. Il s'approcha rapidement de la fenêtre du bureau, situé au deuxième étage de l'ancienne demeure où il avait grandi. Deux voitures de police se garaient devant l'entrée. Les gyrophares étaient allumés et il vit quatre policiers descendre des véhicules. Deux d'entre eux firent le tour de la maison, tandis que deux autres s'avançaient vers la porte. Terrell savait pourquoi ils étaient là. La sonnette de la porte d'entrée retentit. Terrell secoua la tête.

— Non, marmonna-t-il. Je ne retournerai pas en prison.

Il revint lentement vers son bureau, ouvrit un tiroir et sortit un Smith & Wesson qui avait appartenu à son père et à son grand-père avant lui. Les anciens détenus n'avaient pas le droit de posséder une arme, mais celle-ci datait de l'époque où il n'était pas encore nécessaire de déclarer un revolver.

Il leva les yeux vers le portrait de son fils accroché au mur en face de son bureau. La dernière photo prise de lui avant qu'il soit assassiné.

— Je suis désolé, Lyon, murmura-t-il. Tellement désolé.

Il appuya le canon de son Smith & Wesson sur sa tempe.

*
* *

Quand Dirk se réveilla enfin, il était près de 17 heures. Rien de surprenant, étant donné qu'il n'avait quitté le commissariat d'Aberdeen Harbour que vers 6 heures ce matin-là.

Ses filles avaient été auscultées par un médecin, ami de Mei-li. Cette dernière semblait avoir des relations dans tous les corps de métiers. Le docteur avait décrété que les fillettes étaient en bonne santé, malgré un état de crasse déplorable. Il avait prescrit un bon bain et une pommade antiseptique à appliquer sur les petites plaies qu'elles avaient aux poignets.

— Pas besoin de les hospitaliser, avait-il assuré. Tout ce dont elles ont besoin, c'est de repos et d'affection.

Lorsque Dirk et Mei-li avaient franchi les portes de la suite en compagnie des jumelles, il était près de 7 heures. Dirk avait appelé Vanessa et Chet, qui avaient promis d'arriver dans la demi-heure, puis avait laissé les filles dormir en compagnie de Mei-li, le temps de prendre une douche rapide. Mei-li était partie dès l'arrivée de Vanessa et Chet.

— Repose-toi, *tim sum*, avait-elle murmuré avant de sortir. Tu dors debout.

— Tu ne vaux pas mieux.

— Je compte bien me mettre au lit dès que possible. J'ai d'abord besoin d'une douche et…

Elle examina ses mains encore pleines de peinture.

— … Et d'une bonne dose de démaquillant.

Dirk avait jeté un coup d'œil par-dessus son épaule pour s'assurer que ni Chet ni Vanessa n'étaient dans les parages.

— Prends un taxi…

Il était ensuite retourné dans la chambre des filles pour les regarder dormir pendant quelques minutes. Il serait bien resté là indéfiniment, mais le sommeil le gagnait à son tour. Il avait dormi d'un sommeil de plomb.

À présent, revigoré par ses huit heures de sommeil, il n'avait plus qu'une idée en tête. Après s'être habillé rapidement, il se précipita dans le salon.

— Papa ! s'écria Laurel, qui se tenait près de la baie vitrée.

Elle se précipita vers lui.

— Papa !

Linden lâcha le jouet qu'elle tenait à la main et s'élança à son tour vers lui de sa démarche encore chancelante. *Existe-t-il une vision plus douce au monde ?* se demanda Dirk en prenant ses filles dans ses bras.

*Elles sont saines et sauves.* Il s'installa sur le canapé, une fille dans chaque bras, en s'efforçant de ne pas les serrer trop fort contre lui. Le cœur serré, il les écouta raconter à leur façon tout ce qu'elles avaient enduré.

— Monsieur DeWinter, s'exclama Vanessa depuis la cuisine. Si vous saviez à quel point je suis heureuse et soulagée que les filles soient de nouveau parmi nous.

— Moi aussi, ajouta Chet, qui était assis dans un coin du salon.

Soudain, Dirk ne put s'empêcher de penser à Rafe et Mike, et la phrase de Mei-li lui revint en mémoire : comment les ravisseurs avaient-ils eu le numéro de téléphone de Dirk ? Ses filles étaient revenues. C'était fini. Mais pas tout à fait. Rafe ou Mike ? Ou Patrick ? Lequel des trois ?

— Rafe et Mike arrivent vers 18 heures, annonça Vanessa. On a pensé que ce serait bien de se retrouver tous pour fêter ça. J'espère que ça ne vous embête pas. J'ai appelé le room service. Ils nous livreront vers 18 h 30.

— Vous avez bien fait, répondit Dirk, songeur.

Comment répondre à cette question ? Aucun des deux ravisseurs n'avait parlé. Alors qui de Rafe, Mike ou Patrick avait vendu ses filles ?

À cet instant, son smartphone sonna. L'espace d'une seconde douloureuse, il se crispa, craignant encore un appel des ravisseurs, avant de se rendre compte que c'était la sonnerie attribuée à Mei-li.

— Excusez-moi, dit-il à Vanessa et à Chet, laissant ses filles à contrecœur pour aller répondre dans le bureau.

— Tu es déjà debout ? demanda-t-il sans préambule, après avoir refermé la porte derrière lui.

— Depuis plus d'une heure, répondit-elle. Jason m'a appelée.

Quelque chose dans sa voix ne laissait rien présager de bon.

*
* *

Mei-li, Jason et Patrick arrivèrent ensemble, juste avant 18 heures. Vanessa avait déjà fait dîner les fillettes et Dirk lui demanda à voix basse :

— Emmenez Linden et Laurel dans leur chambre, s'il vous plaît. Ne ressortez sous aucun prétexte.

Il ne voulait pas prendre de risque. Voyant le regard effrayé de Vanessa, il répéta :

— Faites ce que je vous demande. Chet va vous accompagner, et fermez la porte à clé.

Il s'approcha ensuite de Patrick.

— Je vous dois des excuses. Cela n'a peut-être pas beaucoup de sens, étant donné les circonstances, mais… Je suis désolé de vous avoir soupçonné.

Patrick haussa les épaules.

— Ne vous excusez pas. Mei-li m'a déjà expliqué. S'il s'était agi de mes filles, je n'aurais fait confiance à personne.

La sonnette de l'entrée retentit.

— En scène ! marmonna Dirk, en puisant dans toutes ses compétences d'acteur pour afficher un large sourire et accueillir l'homme qui l'avait trahi.

Il aurait voulu le réduire en miettes, mais c'était impossible. Il devait lui ouvrir la porte, l'accueillir et laisser Mei-li prendre le relais.

— Mike, Rafe, salua-t-il en leur serrant la main. Entrez.

Les deux hommes s'avancèrent dans le salon.

— Où sont Linden et Laurel ? s'étonna Rafe.

— Elles ont déjà mangé, expliqua Dirk. Vanessa est en train de leur donner leur bain.

— Et Chet ? ajouta Mike. Je croyais qu'il était de service.

— Il est avec les filles, répondit Dirk avec un sourire. Ne m'en veuillez pas si je me montre un peu trop protecteur…

— C'est normal, répondit Mike en riant.

Mei-li s'avança alors, suivie de Jason.

— Rafe, Mike, je crois que vous n'avez pas encore fait la

connaissance de mon frère, Jason Moore. Jason, voici Mike Beckett et Rafe Johnson. Tu en sais long sur eux, je crois…

Rafe la regarda, l'air perplexe.

— Qu'est-ce que ça veut dire ?

— Ça veut dire que l'un de vous travaillait pour Blackwood, répondit Mei-li avec calme. Le problème, c'est que le traître a eu les yeux plus gros que le ventre.

— Je ne vous suis pas, dit Mike.

— Vraiment ? demanda Mei-li d'une voix presque mielleuse.

— Non, vraiment pas.

Dirk entendit pourtant un petit trémolo dans sa voix et vit qu'il avait le regard fuyant.

— Rafe, tu sais de quoi elle parle ? demanda encore Mike, en se tournant vers son collègue.

— Vous nous avez suivis, avant-hier soir, Mike, reprit Mei-li, implacable. Vous saviez que nous nous dirigions vers la tour de l'Horloge, mais rien de plus. Donc, vous nous avez suivis pour savoir où nous devions laisser le sac avec la rançon.

— J'étais à l'hôtel, protesta Mike en se tournant vers son collègue. Nous sommes rentrés ensemble, Rafe et moi. Dis-leur, Rafe.

— C'est vrai, admit Rafe. On est rentrés ensemble. Mais après, je suis allé dans ma chambre, et toi, dans la tienne.

— Vous saviez que les ravisseurs n'avaient pas l'intention de récupérer le moindre billet, parce que vous étiez au courant que ce n'était qu'une ruse pour garder Dirk occupé. Cependant, l'idée d'abandonner un quart de million de dollars au premier venu vous était insupportable. Alors, tôt hier matin, vous êtes passé devant la tour et avez marché jusqu'au quai. Là, vous avez descendu l'escalier et vous avez récupéré le sac.

Mike transpirait et respirait avec peine.

— Vous n'avez aucune preuve.

Mei-li lui adressa un sourire froid qui fit frémir Dirk.

— Oh ! mais si, Mike. Ce sac, comme les trois autres, était sous haute surveillance. On vous a vu récupérer l'argent, puis on vous a suivi jusqu'à votre hôtel. Votre portrait a été clairement identifié. Vous voyez de quoi je veux parler, Mike ? Vous avez été policier pendant neuf ans, après tout…

— D'accord, j'ai récupéré l'argent, mais ça ne prouve rien. Qui dit que j'avais l'intention de le garder ? Ou que j'ai quoi que ce soit à voir avec le kidnapping ?

Mei-li se tourna alors vers son frère.

— Explique-lui, Jason.

Jason regarda Mike Beckett avec un mépris glacial.

— Avant même qu'on vous surprenne en train de récupérer l'argent, j'ai fait quelques recherches sur vous. Sur vous deux, d'ailleurs, corrigea-t-il avec un coup d'œil à Rafe. Rafe était blanc comme neige. Vous… un peu moins. Comment comptiez-vous payer ces dettes de jeu que vous accumulez depuis un an ? J'ai aussi mis la main sur vos relevés téléphoniques, qui m'ont appris plein de choses. Les jours précédents, vous avez appelé plusieurs fois un numéro anonyme correspondant à un téléphone jetable, ici, à Hong Kong. Qui connaissez-vous à Hong Kong, Mike ? Qui avez-vous bien pu appeler si souvent ?

En l'absence de réponse, Jason poursuivit :

— Et plusieurs mois avant votre arrivée à Hong Kong, il y a ces appels entrant et sortant entre votre portable et un autre numéro anonyme, un autre téléphone jetable acheté à Minnetonka, dans le Minnesota. Qui connaissez-vous à Minnetonka, Mike ? Terrell Blackwood ?

Dirk s'avança alors.

— C'est vous qui étiez de service quand Hannah est « tombée » dans l'escalier et s'est brisé la jambe, dit-il d'une voix menaçante. Est-ce que vous l'avez poussée ? Vous cherchiez à l'écarter pour être sûr que l'enlèvement se déroule sans accroc ?

— Je… je…, balbutia Mike en reculant d'un pas.

— Quelqu'un a donné le numéro de portable de Dirk aux ravisseurs, ajouta Mei-li. Seules quelques rares personnes auraient pu le faire. Dont vous faites partie.

Tout à coup, Mike sortit un petit revolver qu'il pointa sur Mei-li.

— Ça suffit, gronda-t-il.

Dirk fit un pas en avant, mais Mike tourna l'arme vers lui.

— Ne bougez pas ! Je n'hésiterai pas à tirer.

Il revint à Mei-li.

— J'aurais dû me douter dès le début que vous alliez m'attirer des ennuis. J'ai averti Croft, mais…

Il s'interrompit brusquement en se rendant compte qu'il venait de se trahir.

— Gabe Croft, expliqua Jason, d'un ton presque badin. Ils ont relevé ses empreintes après son arrestation et Interpol l'a identifié ce matin. Merci, Mike. C'était tout ce dont nous avions besoin pour achever de vous faire plonger.

Mike poussa un juron et tourna son arme vers Jason. Dirk en profita alors pour se jeter sur lui et le plaquer au sol. Un coup de feu claqua, mais la balle vint se loger dans le plâtre du plafond sans blesser personne. Dirk fit tomber l'arme à terre tandis que Rafe immobilisait Mike d'une prise. Déjà, Patrick s'approchait avec un morceau de câble pris sur l'une des lampes du salon. À eux trois, ils ligotèrent Mike sans peine, les mains dans le dos.

En se relevant, Dirk vit Jason remettre tranquillement un revolver dans son harnais, sous sa veste.

— La cascade chevaleresque était sans doute inutile, murmura tranquillement Jason, très pince-sans-rire. Mais… merci quand même, mon vieux.

Dirk éclata de rire.

— Finalement, ce qu'on dit sur les Anglais est vrai, lança-t-il avec bonne humeur. Vous êtes d'un flegme à toute épreuve !

# Épilogue

Dès le lendemain, Dirk demanda Mei-li en mariage… Mais elle refusa.

— Syndrome de Stockholm, répondit-elle gravement. Tu connais ?

— Je ne vois pas le rapport ! Je n'étais pas ton otage.

— Non, mais… La reconnaissance obscurcit ton jugement.

— Évidemment que j'ai de la reconnaissance ! Envers toi et Jason. Mais je ne demande pas pour autant Jason en mariage.

Elle ne put retenir un rire, mais reprit avec sérieux :

— Quatre jours, Dirk. Quatre longues journées très intenses.

Elle baissa les yeux.

— On ne tombe pas amoureux en quatre jours.

— C'est pourtant ce qui t'est arrivé.

— Oui, mais…

Dirk se sentit fou de joie qu'elle reconnaisse au moins son amour pour lui. Mais alors, pourquoi refusait-elle ?

— Mais quoi ?

— Comment sais-tu que tu m'aimes vraiment ? C'est différent pour moi. J'ai eu onze années pour me remettre de Sean. Bree, elle, est décédée il y a deux ans à peine. Et si c'était pour toi… une simple occasion de remonter en selle ?

Entendre le nom de Bree l'ébranla un peu, mais il répondit d'une voix calme :

— T'aimer ne signifie pas que je ne l'aime plus. Je l'aimerai toujours. Mais il y a de la place dans mon cœur pour vous deux. Est-ce mal ? Bree a été une part importante de ma vie. La plus grande, même, pendant de nombreuses années. Mais elle est morte. Je l'ai enfin accepté… En te rencontrant.

Mei-li avait les yeux brillants de larmes, qu'elle s'efforçait de contenir.

— Repose-moi la question quand tu auras fini de tourner ce film avec mon père. Si tu as toujours envie de m'épouser.

— Tu veux qu'on ne se voie pas pendant dix semaines ?

— Non. Oh non…

Elle joua avec ses doigts d'un air distrait. C'était bien la première fois que Dirk la voyait hésiter.

— Je veux faire partie de ta vie. Je veux connaître tes filles, mais… Je ne veux pas faire l'amour avec toi.

Dirk resta silencieux. Il avait été le premier surpris par l'intensité de leur désir et la nuit passée ensemble avait été… Alors, pourquoi ?

Soudain, il comprit. Elle l'aimait. De fait, elle craignait d'être rejetée et de ne pas le supporter. Une vague de tendresse l'envahit.

— C'est d'accord, répondit-il. Prends tout le temps dont tu as besoin. Mais dans dix semaines, prépare-toi à dire oui, parce que je ne vais pas disparaître aussi facilement.

Dix semaines plus tard, Dirk sortit des studios pour rejoindre la Rolls-Royce noire qui devait le ramener à l'hôtel. Les rues de Kowloon étaient noires de monde.

— Bonsoir, Patrick, lança-t-il au chauffeur.

Il se cala confortablement sur la banquette arrière, savourant la fraîcheur de la climatisation. Dehors, la chaleur et l'humidité étaient accablantes.

— Pas fâché d'avoir fini, déclara-t-il. Hong Kong au mois de juillet, c'est une torture. Comment font les gens d'ici ?

Patrick lui adressa un sourire dans le rétroviseur.

— Vous allez le découvrir par vous-même d'ici peu, non ?

Dirk sourit à son tour, sans répondre. La famille de Mei-li connaissait ses intentions. Il n'en avait pas fait un secret. Cependant, Mei-li devait encore accepter…

*
* *

Mei-li s'agitait autour de la table de son minuscule appartement. Elle décida à la dernière minute de remplacer les bougies blanches romantiques par des rouges. Elle n'était pas superstitieuse — enfin, pas trop —, mais le blanc était la couleur du deuil, en Chine, alors que le rouge était celle des réjouissances. Ce soir-là, elle avait prévu de mettre la robe qu'elle portait le soir où elle avait rencontré Dirk.

— J'espère que ce sera de bon augure…

Elle jeta un rapide coup d'œil à la pendule. Elle devait se dépêcher. Elle avait prévu de prendre un long bain avant le dîner, mais elle allait devoir se contenter d'une douche.

Dix semaines, se répétait-elle sous le jet d'eau chaude. Comment avaient-elles pu passer si vite ? Dirk était en tournage entre douze et quatorze heures par jour, sans parler du temps qu'il consacrait à ses filles. Elle-même avait dû travailler, bien sûr. Il y avait même eu une semaine où ils ne s'étaient pas vus du tout. Pourtant, il lui avait envoyé quelque chose chaque jour. Une chanson. Un poème. Parfois, une citation, célèbre ou obscure. Un petit cadeau pour lui rappeler qu'il pensait à elle.

Elle avait fait la même chose… en secret. Chaque soir, elle lui avait écrit dans un petit journal. Pas de longues lettres. Un petit paragraphe ici et là. Parfois, pour réagir à ce qu'il lui avait envoyé. Parfois, pour avouer l'impatience qui lui rongeait le corps. Ce soir-là, s'il la demandait de nouveau en mariage… Elle lui offrirait ce journal. Ainsi, il saurait qu'il avait toujours occupé son cœur.

Le dîner était terminé. La table était débarrassée et la vaisselle faite. Dirk avait insisté pour la laver pendant qu'elle l'essuyait, puis il l'avait prise par la main pour la ramener dans le salon.

— Pourquoi es-tu si nerveuse ? demanda-t-il. Ça ne te ressemble pas du tout.

— Parce que…, commença-t-elle.

— Ce n'est pas comme si tu ne t'y attendais pas.

— Non, mais…

— Je t'ai dit il y a dix semaines que tu ne te débarrasserais pas de moi comme ça. C'est ça qui t'inquiète ?

— Oh non, mais…

— Tu ne t'inquiètes pas pour ton travail, quand même ? Je peux vivre n'importe où. Hannah a même accepté de déménager à Hong Kong pour assurer la transition quand Vanessa et Chet se marieront. J'ai assez d'argent pour ramener les filles aux États-Unis voir leurs grands-parents.

— Ce n'est pas ça, mais je…

Elle soupira.

— Et si tu essayais de terminer au moins une phrase ? Juste pour voir.

Elle rit doucement. Il lui prit les mains.

— Tu sais… la nuit où nous avons sauvé mes filles, je me souviens avoir regardé tes mains en pensant que tu pouvais déplacer des montagnes. Je le pense toujours.

Elle se blottit contre lui.

— Tu disais que j'avais autant besoin d'aide que mes filles. C'est vrai. Ça m'a beaucoup touché que tu penses ça.

Elle posa une main sur sa joue.

— Je voulais juste que tu saches que tu n'étais pas seul.

— Avec toi, je ne serai jamais seul. Je t'aime, Mei-li. Je pensais ne plus jamais aimer après Bree, mais je t'aime. Et je t'aimerai toujours. Tu m'as demandé d'attendre. J'ai attendu. Tu voulais que je sois sûr. Je ne peux pas être plus sûr que maintenant. Tout me semble d'une simplicité enfantine. Je t'aime. Tu m'aimes. Je veux reconstruire ma vie avec toi. Ce qui signifie que je veux que tu sois ma femme.

Il eut un petit rire amusé.

— Je n'ai pas l'habitude d'écrire mes propres répliques. Je m'en sortirais sans doute mieux avec un bon script…

— Tu t'en sors très bien, répondit-elle, les yeux brillants.

— Alors, tu veux bien arrêter de me torturer et dire oui, s'il te plaît ?

— Oui.

Elle avait répondu dans un souffle, mais il perçut quand même la joie dans sa voix. En revanche, il ne s'était pas préparé à cette exultation féroce qui envahit soudain son corps. Il n'eut cependant pas le temps de réfléchir, car déjà Mei-li était dans ses bras et ses lèvres d'ange se posaient sur les siennes. Et ces dix semaines d'attente explosèrent en une apothéose brûlante.

Ils restèrent longtemps enlacés, comme pour combler ces semaines d'attente. Dirk savait qu'il ne se lasserait jamais de Mei-li. Dans dix ans… vingt ans… trente ans… il ressentirait encore ce désir douloureux qu'elle s'efforcerait d'apaiser. Parce que ce n'était pas un simple lien charnel qui les unissait, mais un lien de cœur.

— Tu m'as ramené à la vie, Mei-li, chuchota-t-il en déposant un baiser sur sa tempe. Tu es ma vie.

Elle posa une main sur son cœur. À cet instant, il vit clairement l'avenir qui s'ouvrait à eux. Riche en amour, en joie et en tout ce qui rend la vie digne d'être vécue. Car cette femme, aussi menue soit-elle, avait la force de déplacer des montagnes.

KAREN ANDERS

# Réunis par le danger

*Traduction française de*
HERVÉ PERNETTE

BLACK ROSE

HARLEQUIN

*Titre original :*
A SEAL TO SAVE HER

# 1

*Plaines du Nord, province de Parwân, Afghanistan*

Pour Dexter et sa petite unité de Navy Seals, une longue marche en milieu hostile était généralement une promenade de santé. Ils étaient entraînés et habitués à la chaleur intense et, pour le moment, tout se déroulait sans encombres. En tant que lieutenant, il vérifia que ses neuf hommes restaient bien ensemble. Ils étaient armés jusqu'aux dents et invisibles. Sans lunettes de vision nocturne, impossible de les voir approcher.

Un hélicoptère silencieux les avait déposés et, dès qu'il était reparti, Dexter avait donné l'ordre au groupe de se mettre en route.

Leur mission était de secourir trois marines enlevés vingt-quatre heures plus tôt. Ces trois hommes faisaient partie des unités d'entraînement de l'armée régulière afghane.

C'était une mission délicate, raison pour laquelle on avait fait appel aux Navy Seals. Les services de renseignement disposaient d'informations solides et vérifiées, et l'état-major avait décidé que dix hommes suffiraient pour la mener à bien.

— Il n'y a aucune lumière dans le village, annonça dans sa radio Damian Merrick, l'éclaireur et spécialiste en explosifs du groupe.

— Aucun ennemi armé en vue ? Dommage, répondit Jerry Sanders, le coordonnateur, avec un petit rire.

Dexter inspecta minutieusement les environs. Le village mentionné par Merrick était leur destination. Tout semblait calme, mais il ne fallait évidemment pas s'y fier.

Il donna l'ordre à ses hommes de s'arrêter. Ils disposaient de cinq minutes et pas une de plus pour se reposer et se préparer à l'assaut.

Il continua d'observer le secteur.

Son regard se posa sur un cimetière. Plusieurs tombes paraissaient récentes. Il y en avait au moins une dizaine.

Tyler Keighley, le tireur d'élite du groupe, qui était aussi son meilleur ami, se mettait déjà en position. Plusieurs membres de sa famille étaient dans la politique, raison pour laquelle les autres le surnommaient Kennedy. C'était un homme intelligent, plein de ressources et qui disait toujours ce qu'il pensait.

Tyler indiqua que tout allait bien et Dexter donna l'ordre de se remettre en mouvement. Tels des fantômes, ses hommes et lui avancèrent en direction du cimetière.

Alors que Tyler franchissait le mur, Dexter commença à s'interroger. Le village semblait vide, rien n'arrêtait leur progression.

— Lieutenant, je n'aime pas cela. C'est trop calme, intervint alors Merrick, comme s'il avait lu dans ses pensées.

— Qu'est-ce qui te fait dire cela ?

— Rien de concret, c'est seulement un mauvais pressentiment.

— Tant qu'aucun danger ne se présente, on continue. Mais reste vigilant.

— Entendu, lieutenant.

Habituellement, il s'en remettait à l'instinct de Merrick, mais cette mission était particulière. Un des marines enlevés n'était autre que le fils d'un général très influent qui ferait tout ce qui était en son pouvoir pour que celui-ci soit secouru. Dexter n'aimait pas se sentir à la botte d'un haut gradé, mais il n'avait pas le choix.

Ils pénétrèrent dans le village en file indienne puis il envoya Tyler et deux autres hommes se poster sur les toits à l'aide d'une échelle pour éliminer d'éventuels ennemis embusqués.

Dix minutes plus tard, il obtenait la confirmation : il n'y avait aucun danger apparent, ce qui ne fit qu'accentuer son inquiétude. Il n'y avait personne. Pas de femmes, pas d'enfants, pas de vieillards. Comme si le village avait été déserté.

Que faire ? Selon les informations qu'on leur avait données, le bâtiment où étaient certainement retenus les trois marines se situait au centre du village et, pour l'atteindre, ils devaient se découvrir.

La décision lui appartenait : certes, secourir les trois marines était leur mission, mais il devait également tenir compte du risque auquel il exposerait ses hommes.

Il les dévisagea encore une fois. Ils étaient prêts à suivre ses ordres, quels qu'ils soient.

— Merrick, lança-t-il finalement, prépare-toi à ouvrir la voie en direction du bâtiment principal.

— À vos ordres, lieutenant.

Dexter hésita un quart de seconde, puis lança :

— Maintenant !

Merrick partit en rasant les murs, pour pouvoir parer à toute éventualité. Mais il n'y eut aucun éclat de voix, aucun coup de feu.

— Attention, préparez-vous ! les avertit Merrick dans sa radio.

Cela signifiait qu'il avait posé une charge sur la porte et allait déclencher l'explosion. Quelques secondes plus tard, il y eut une déflagration et des résidus de bois s'envolèrent.

Dès que la fumée se dissipa, ils se précipitèrent en direction du bâtiment et y pénétrèrent. Dans un coin de la pièce, trois corps gisaient au sol.

Les trois marines, devina Dexter.

Le médecin de l'unité s'avançait déjà vers eux.

— Ce n'est pas bon, lieutenant, grommela Merrick.

Dexter acquiesça.

— Ils sont tous les trois décédés, confirma le médecin. On les a tués très récemment. On leur a tiré une balle dans la tête.

À ce moment-là, tout bascula.

— Lieutenant ! Repli, repli ! Il y en a partout ! s'exclama Tyler dans la radio.

Hélas, l'alerte venait trop tard. Des tirs éclatèrent. Dexter et ses hommes eurent tout juste le temps de plonger au sol. Des éclats de plâtre et de bois se mirent à voler dans tous les sens, il y eut des cris de douleur. Le piège se refermait sur eux. Un des hommes de l'équipe fut touché. Avec Merrick et le médecin, Dexter le mit à l'abri tandis que les autres ripostaient aux tirs.

Ils n'avaient plus besoin de se parler pour décider quoi faire. Ils n'abandonnaient jamais un des leurs.

Soudain, Tyler cria de nouveau dans sa radio :

— Des mortiers, ils sont armés de mortiers !

La cadence des rafales était infernale, ils avaient affaire à des adversaires surarmés. Ils ne tiendraient pas longtemps.

— On dégage ! ordonna-t-il.

Ils sortirent du bâtiment au moment où une explosion retentit et menaça de tout faire s'effondrer. Il y eut de nouveaux tirs d'arme automatique et, sans lâcher son compagnon blessé qu'il aidait à marcher, Dexter riposta puis partit en direction de l'endroit où les hélicoptères d'évacuation s'étaient posés. Mais ses hommes n'avaient pas pu tous quitter le village.

— Tyler, Slim, Minnesota ! cria-t-il dans sa radio.

Il n'obtint aucune réponse.

Sans hésiter, il repartit en sens inverse pour les trouver. Ils étaient recroquevillés derrière une maison. Ils faisaient face à des hommes beaucoup plus nombreux et plus armés. Mais Dexter n'allait pas les laisser tomber. Il contourna une autre maison sur la gauche pour prendre leurs ennemis à revers et ouvrit le feu. Pendant ce temps, Merrick l'avait imité en les contournant par la droite.

— Dégagez ! lança Dexter dans sa radio.

Minnesota et Slim profitèrent du moment de confusion pour battre en retraite, mais Tyler, lui, ne bougea pas et couvrit leur fuite.

— Tyler, ne reste pas là ! hurla Dexter, le cœur battant.

Enfin, son ami se retourna et rampa dans leur direction. Dexter et ses collègues firent feu pour le couvrir et, quand il fut à leur hauteur, tous partirent en courant vers l'hélicoptère le plus proche. Alors, il y eut un sifflement dans l'air puis un flash lumineux et une explosion qui les fit littéralement s'envoler.

Quand il retomba au sol, Dexter eut le souffle coupé, ses côtes le faisaient souffrir. Ses compagnons étaient tous allongés au sol, immobiles. Dans un immense effort et malgré le vertige, il tenta de se relever. Il ne tint pas debout, tomba à genoux et, à quatre pattes, se dirigea vers ses compagnons. Un second hélicoptère furtif se posa, la porte s'ouvrit et des marines sortirent de l'appareil et accoururent vers eux. Deux hommes l'aidèrent à se relever et l'emmenèrent dans l'hélicoptère.

— Ne laissez pas un seul de mes hommes ici, eut-il la force de lancer aux marines autour de lui.

— N'ayez crainte, lieutenant, vous êtes en sécurité, répondit un des hommes.

Quelques secondes plus tard, deux marines déposèrent Tyler à côté de lui. Son ami était inconscient et son uniforme maculé de sang. Malgré la douleur, Dexter tendit la main vers lui.

— Ne meurs pas, Tyler, je t'en conjure.

Dexter serra les dents, tant la douleur et la peur de perdre son ami étaient intenses. Sa vision commençait à se brouiller, des larmes coulèrent sur son visage. L'hélicoptère se mit à décoller.

Lui sombra dans les ténèbres.

# 2

*Sénat, Washington, D.C.*

Piper adressa un regard irrité à son collègue.

— Je ne nie pas que cette loi rencontre des résistances, sénateur Mullins, mais mon défunt mari y tenait énormément et, en dépit de votre opposition, je ferai tout pour qu'elle soit adoptée.

— Sénatrice Jones, n'oubliez pas que vous siégez dans cette assemblée seulement parce que le gouverneur de Californie vous y a nommée en tant que veuve d'un sénateur décédé avant la fin de son mandat, comme une vieille loi l'y autorisait. Mais vous ne représentez rien. Tout le monde sait que vous ne disposez ni des moyens ni du réseau nécessaire pour faire passer une loi. Vous ne pouvez pas vous reposer uniquement sur le souvenir de votre mari.

Une vague de colère envahit Piper. Elle ne supportait pas le mépris de cet homme.

— Admettez votre défaite, continua-t-il, et nous redéfinirons les contours de cette loi pour la rendre viable et la faire adopter… plus tard.

Plus tard, autant dire jamais. Piper passa la main sur le médaillon que Brad, son mari, lui avait offert peu de temps avant sa mort. Chaque fois qu'elle avait besoin de reprendre courage, elle faisait ce geste. Si elle se laissait faire, Mullins et ses acolytes enterreraient cette loi.

— Sénateur Mullins, cette résolution ne remet absolument pas en cause le droit des affaires. Brad souhaitait éviter les dérives. Je vous rappelle qu'il était avocat et que maintes fois il s'est opposé à des entreprises qui abusaient des règles des marchés publics et se faisaient de l'argent sur le dos des contribuables. C'est une question de responsabilité sociale. Comment pouvez-vous vous opposer à une loi qui a pour objectif de préserver le bien commun ?

— Elle va à l'encontre des principes du capitalisme et de la libre concurrence. En d'autres termes, contre les fondements mêmes de ce pays.

— Brad, lui, croyait au capitalisme responsable. Cette loi, c'est une première pierre pour réformer notre système et ainsi sauver notre pays. Encore une fois, il y tenait énormément et moi, je considère qu'elle a de bonnes chances d'être adoptée.

Elle se renfonça dans son fauteuil et s'évertua à maintenir sa colère sous contrôle, comme Brad et d'autres membres de sa famille, très investis dans la politique, le lui avaient appris.

Elle prit une grande inspiration et ajouta :

— Je marcherai dans les pas de Brad. Quand j'ai accepté de reprendre son siège, c'est la mission que je me suis fixée. J'irai jusqu'au terme de mon mandat. Je suis fière de servir du mieux possible l'État de Californie au Sénat.

Elle soutint le regard de Mullins sans ciller.

Il ne parut pas apprécier qu'elle lui tienne tête et un éclat mauvais traversa ses yeux.

Mais elle ne se laissa pas impressionner.

— Si vous voulez vraiment enterrer cette loi, c'est plutôt à vous de trouver les moyens d'y parvenir. Jamais Brad ne l'aurait présentée sans avoir pris soin de la ficeler au mieux et de s'assurer de solides soutiens. Je suis résolue à mener le processus à son terme.

Inutile, donc, que Mullins insiste.

Cette fois, il pointa un doigt franchement menaçant sur elle.

— J'ai déjà averti votre mari d'éviter de se faire de moi un ennemi, sénatrice Jones. Je ne peux que vous adresser la même mise en garde.

— J'en prends bonne note. Mais je suis issue d'une longue lignée de politiciens. Je ne renoncerai jamais au débat.

— Bien, maugréa Mullins, qui se leva en tirant sur ses manches et les pans de sa veste.

Alors qu'il sortait, le téléphone de Piper se mit à vibrer. Elle attendit que Mullins ait quitté son bureau pour répondre.

— Il est parti ?

— Presque, répondit-elle.

— Est-ce qu'il s'est montré agacé et menaçant ?

Les propos du mentor et meilleur ami de son défunt mari lui arrachèrent un petit rire. Stephen Montgomery était le P-DG du groupe Montgomery, un puissant conglomérat qui passait régulièrement des contrats avec le gouvernement et l'armée. Comme Brad, il était né et avait grandi en Californie mais vivait désormais à Washington. Avec Brad, ils avaient passé de nombreux week-ends dans sa splendide résidence secondaire de San Diego. Stephen avait toujours été un fervent supporter de Brad, qui ne rédigeait jamais un projet de loi sans prendre conseil auprès de son ami.

À ce souvenir, Piper eut un pincement au cœur.

Au même instant, Brock, son assistant parlementaire, pénétra dans son bureau. À son air grave, elle fut immédiatement inquiète. Elle lui indiqua qu'elle était au téléphone, mais Brock s'adressa néanmoins à elle :

— Sénatrice Jones…

Elle leva la main.

— Stephen, je dois te laisser, mon assistant doit me parler sans attendre.

— Ah, d'accord. C'est un type bien, ne lui mène pas trop la vie dure. À plus tard.

— Merci, à bientôt, répondit-elle sur un ton affectueux avant de raccrocher. Brock, qu'est-ce que…

— Edward, votre frère, attend de vous parler sur l'autre ligne. C'est urgent.

Sans attendre, elle décrocha le téléphone.

— Edward, que…

— Piper, c'est Tyler.

— Oh ! mon Dieu ! Que lui est-il arrivé ?

Edward mit quelques secondes à répondre.

— Il vient d'être blessé en Afghanistan. Il est à l'hôpital militaire de Bagram. C'est grave, Piper, très grave.

Elle se mit à respirer bouche ouverte. Brock contourna le bureau et lui prit le bras.

— Edward, par pitié, ne me dis pas…

— Les médecins ne peuvent pas se prononcer pour le moment.

— J'y vais ! Arrange-toi pour que ce soit possible.

Edward poussa un soupir incrédule.

— Piper, non ! Tu ne peux pas te rendre en Afghanistan. C'est trop dangereux.

Elle se crispa. Elle refusait qu'on lui dise ce qu'elle pouvait faire ou pas, surtout quand la vie de son petit frère était menacée.

— La base de Bagram est sous contrôle américain. Je ne risquerai rien.

— Le pays n'est toujours pas stabilisé ! Je n'ai pas envie de perdre également ma sœur.

— Nous n'allons pas perdre Tyler !

Edward haussa le ton :

— Écoute, je suis au courant de ce qui est arrivé à Tyler uniquement grâce à l'oncle Bill.

Elle répliqua avec la même véhémence. Leur oncle était secrétaire d'État à la Sécurité extérieure.

— Raison de plus pour me laisser aller à Bagram. Nous avons des relations pour arranger cela.

— Tu ne peux pas y aller ! s'exclama son frère.

— Je vais me gêner !

Edward soupira, puis parut recouvrer son calme.

— Écoute, tu crois que c'est raisonnable de…

— Appelle Bill. Tu es membre des services secrets, non ? Il faut bien que le népotisme serve de temps en temps à quelque chose ! Tyler a besoin d'avoir l'un de nous auprès de lui.

Edward mit encore plus longtemps à répondre. Il semblait sur le point de céder.

— Entendu. Sois prête à partir dès que je te rappellerai.

Elle leva la tête vers Brock. Celui-ci acquiesça : il ferait le nécessaire pour qu'elle soit prête à temps, elle le savait.

— Je le serai ! conclut-elle à l'adresse d'Edward.

## *Aéroport militaire de Bagram, province de Parwân, Afghanistan*

Quatorze heures plus tard, fourbue, affamée et accablée par la forte chaleur, Piper posait le pied sur le tarmac de l'aéroport militaire de Bagram. Elle était toujours vêtue d'un tailleur et portait des talons hauts.

Son frère était à l'hôpital de la base. Sans attendre, flanquée des deux agents chargés de sa protection par les services secrets, elle se dirigea vers l'entrée. Elle avait été prévenue que ces deux hommes viendraient la chercher pour l'escorter à l'aéroport et resteraient en permanence auprès d'elle. On l'avait assurée que les agents Hatch et Markam avaient l'expérience du terrain.

À peine fut-elle entrée qu'une infirmière l'accueillit pour la conduire auprès de Tyler. Il était en soins intensifs.

— Comment va-t-il ? demanda-t-elle à l'infirmière.

— Il tient le choc. Il souffrait d'une hémorragie interne, il avait une jambe et un bras fracturés et de nombreuses autres contusions. Le voir dans cet état ne sera pas facile, madame, je vous préviens. Il doit être évacué dans deux heures vers une base en Allemagne. Le médecin vous en dira davantage.

Dès qu'elles pénétrèrent dans la chambre, Piper se précipita au chevet de son frère. Celui-ci était relié à de nombreuses machines, il avait les yeux clos et sa respiration semblait régulière. Les nombreuses entailles à son visage et les bandages autour de son bras et de sa jambe étaient impressionnants. Mais Piper avait eu tellement peur de le découvrir… L'émotion lui serra la gorge et elle dut faire un gros effort pour ne pas éclater en sanglots. Après avoir perdu dans un accident de la route Brad et le bébé qu'elle portait, elle n'était pas prête à affronter de nouveau la même douleur.

L'infirmière lui posa une main sur le bras pour la réconforter.

— Compte tenu du traumatisme, il résiste très bien. Votre frère a une constitution solide.

Piper déglutit.

— Merci.

— Je m'appelle Christina Davis. N'hésitez pas à me solliciter si vous avez besoin de moi.

L'infirmière adressa un petit signe de tête à un homme aux cheveux poivre et sel qui venait d'entrer dans la chambre. Piper tendit la main pour toucher le bras de son frère. Il était chaud, et cette sensation lui fit du bien.

— Sénatrice Jones, je suis le docteur Abraham, se présenta l'homme.

— Bonjour docteur. Comment va mon frère ?

— Il a survécu à l'intervention, c'est un véritable combattant et les auxiliaires médicaux qui l'ont amené ici ont fait du bon boulot. Sans le professionnalisme du lieutenant Dexter Kaczewski, il n'aurait sans doute pas été pris en charge à temps.

— Le lieutenant et lui sont très proches, murmura-t-elle tandis qu'elle tirait une chaise pour s'asseoir.

— Le lieutenant Kaczewski est ici également, même s'il n'est pas aussi gravement blessé.

— J'en suis heureuse pour lui.

— C'est un moment difficile à passer. L'unité a perdu trois éléments dans cette mission.

Tyler poussa un gémissement qui retint l'attention de Piper. Son frère ouvrit lentement les yeux, sans les fixer sur un point précis.

— Nous lui avons donné beaucoup d'analgésiques, expliqua le médecin.

— Tyler…, fit doucement Piper en se penchant sur lui.

Il la regarda et sembla incrédule, comme s'il se demandait si c'était un rêve ou la réalité.

— Je suis là, Tyler, c'est bien moi et tu vas te remettre, assura-t-elle en lui passant affectueusement la main sur la joue.

Il referma les yeux et poussa un nouveau gémissement.

— Le lieutenant… Où est le lieutenant ? demanda-t-il avec difficulté.

Il commença à s'agiter et, immédiatement, Piper le rassura :

— Il va bien.

— Tu l'as vu ?

Tyler voulut se redresser mais n'y parvint pas. Un cri de douleur lui échappa.

— Non, pas encore, répondit Piper. Mais le médecin m'a affirmé qu'il était hors de danger.

— S'il te plaît, va le voir, Piper. S'il te plaît.

Visiblement, Tyler s'inquiétait davantage pour son ami que pour lui-même.

— Je vais y aller, promit-elle en lui passant doucement la main sur le bras. Calme-toi et repose-toi.

Elle n'avait jamais rencontré Dexter Kaczewski mais son frère lui avait souvent parlé de lui.

Elle se pencha et lui déposa un baiser sur le front.

Puis elle se leva, sortit de la chambre et chercha l'infirmière qui l'avait accueillie.

— Mademoiselle, je cherche le lieutenant Kaczewski.

— Il est dans la chambre 12, dans l'autre aile. Mais pourquoi…

Piper posa la main sur le bras de l'infirmière.

— C'est le meilleur ami de mon frère et celui-ci souhaite que je passe le voir. Je vous promets de ne rester que quelques minutes.

Les traits de l'infirmière se détendirent.

— Entendu. Seulement quelques minutes.

Piper acquiesça d'un signe de tête et remonta le couloir. Ses gardes du corps lui emboîtèrent le pas mais, arrivés à la porte de la chambre, elle leur demanda de rester dans le couloir. Elle souhaitait rassurer son frère, sans pour autant déranger plus que nécessaire le lieutenant.

Elle pénétra silencieusement dans la pièce et, après avoir fait quelques pas, s'arrêta net. Un rideau était tiré devant le lit et lui dissimulait la vue du lieutenant. Elle prêta l'oreille. Pas de doute, il sanglotait. Elle en eut le cœur serré. C'était un militaire, un homme habitué au combat, au danger, et pourtant, il exprimait sa douleur. On avait dû lui dire que trois de ses hommes étaient décédés. C'était terrible. Elle ne savait que trop bien ce qu'était la souffrance de perdre des êtres chers. Lui, c'était le chef de son unité, il se sentait responsable de la vie de ses hommes, c'était un poids énorme. Une immense compassion pour lui la gagna. Sa douleur résonnait en elle.

Un instant, elle voulut le laisser seul et fit même un pas en arrière. Mais elle changea d'avis et, finalement, contourna le petit paravent. Il était allongé sur le dos, les yeux fermés. Sa poitrine se soulevait sous l'effet des sanglots et des larmes coulaient sur ses joues.

Il dut sentir une présence car, soudain, il ouvrit les yeux. L'évidente douleur dans son regard bleu cobalt bouleversa Piper.

— Dexter…, dit-elle doucement, comme si elle le connaissait, je suis la sœur de Tyler.

Quelque part, c'était comme si elle le connaissait vraiment car son frère lui avait maintes fois parlé de lui. Tyler disait toujours que c'était un homme qui imposait le respect : il ne cherchait pas à rester en retrait et à éviter le danger. Au contraire, il montrait toujours l'exemple. Il était exigeant, il leur rappelait sans cesse qu'en tant que Navy Seals ils avaient le devoir d'être exemplaires, tout en faisant preuve d'une grande humanité.

Apprendre qui elle était parut le bouleverser davantage. Il se couvrit le visage et fut secoué d'une nouvelle crise de larmes.

Sans réfléchir, elle se pencha vers lui et le serra contre elle. Il enfouit son visage dans son cou et lui rendit son étreinte. Elle eut du mal à ne pas pleurer également.

— Je suis désolée, dit-elle, ne trouvant d'autres mots.

Elle le tint longuement contre elle. Non seulement parce qu'elle comprenait sa souffrance, mais aussi parce qu'il avait sauvé la vie de Tyler. Pour cela, elle lui serait éternellement reconnaissante.

Dexter se laissa aller, complètement chaviré par l'apparition de cet ange blond venu de nulle part. Tout cela était-il bien réel ? se demanda-t-il un instant. Oui, elle se tenait devant lui, avec sa voix douce et apaisante.

Il se fichait de montrer sa peine. Trois hommes avec lesquels il avait partagé tant d'épreuves n'étaient plus de ce monde et il en était terriblement affecté. Quand ils avaient été envoyés en Afghanistan, ils savaient qu'ils affronteraient de nombreux périls et risquaient même de ne jamais revoir leurs proches. Cela créait des liens particuliers entre ses hommes et lui.

Depuis qu'il était devenu un Navy Seal, il avait risqué maintes fois sa vie. Mais il n'avait jamais songé à renoncer à sa carrière. Son seul regret était que le danger et les contraintes inhérentes à son travail l'avaient empêché d'avoir une vie personnelle épanouie. Pire, son métier lui avait fait perdre les deux femmes qu'il avait aimées.

D'abord Melissa. Ils avaient décidé de se marier mais, quand il avait abandonné les marines pour devenir Navy Seal, ils avaient commencé à s'opposer. Pour elle, il n'était plus assez souvent à la maison, elle l'avait accusé de changer, de ne plus être le même homme qu'avant. Et, finalement, elle l'avait quitté.

Ensuite, il y avait eu Susan. Ils s'étaient mariés et, cette fois, il avait eu la conviction d'avoir trouvé une femme suffisamment solide pour affronter sa peur de le perdre. Mais, suite à une mission qui avait failli lui coûter la vie et pendant laquelle il n'avait pas pu lui donner la moindre nouvelle pendant trois semaines, elle lui avait annoncé, en larmes, qu'elle ne pouvait pas continuer à vivre ainsi, que c'était trop dur.

Il lui aurait fallu une femme comme sa mère, qui s'était indéfectiblement tenue aux côtés de son mari. Sa mère était forte, elle ne connaissait pas la peur et elle leur avait appris, à son frère et lui, la signification du mot courage.

Son père, dont il était très fier, avait fait toute sa carrière dans l'armée. Il avait été décoré à de nombreuses reprises et il avait réussi le tour de force d'être dévoué à sa mission sans négliger sa famille. Dexter était très attaché à son frère et à ses parents, et savoir qu'il pouvait compter sur eux l'aidait à absorber le choc d'avoir perdu trois hommes.

Être un Navy Seal faisait partie de lui. Même si ce métier l'obligeait sans cesse à frôler la mort.

Il avait beau le savoir, la douleur n'en était pas moins intense. Et, si Tyler avait lui aussi péri, il aurait sombré corps et biens. Tyler était comme son frère, il était prêt à tout pour lui.

La présence de la sœur de Tyler faisait rejaillir sa culpabilité. Il ne l'avait jamais rencontrée mais n'avait entendu que du bien d'elle. Elle aussi, avait-il appris, avait connu son lot de souffrances.

Il acceptait le réconfort qu'elle lui procurait car il en avait besoin. L'émotion était trop forte, il ne pouvait pas tout garder en lui.

Enfin, après de longues minutes, il parvint à contrôler ses larmes. Il desserra son étreinte et reposa la tête sur son oreiller.

Ce mouvement lui fit mal, comme si l'ensemble de son corps protestait. Il s'essuya les yeux puis croisa le regard de Piper.

— Voilà une drôle de façon de faire votre connaissance, dit-il d'une voix rauque.

— Oui, c'est vrai. J'aurais préféré que nous soyons présentés lors d'un bon dîner et dans des circonstances paisibles, pas dans un hôpital au beau milieu d'un pays en guerre.

Il parvint à esquisser un sourire et acquiesça légèrement.

— C'est néanmoins un honneur de vous rencontrer, Piper.

Il tendit la main pour allumer sa lampe de chevet. La lumière lui permit de mieux détailler la jeune femme : elle ressemblait beaucoup à Tyler, même s'il avait les cheveux plus foncés. Elle, elle avait de longs cheveux dorés, de superbes yeux d'ambre surmontés de longs cils, les traits plus doux que son frère, les lèvres pleines. Elle était vraiment séduisante.

Au moins, réalisa-t-il avec un léger amusement, ce tir de roquette n'avait pas endommagé son sens de l'observation. Et il raisonnait toujours comme un homme.

Mais c'était la sœur de Tyler qu'il avait devant lui, tout de même !

— Je vous promets qu'une fois que nous serons tous rentrés à la maison, nous organiserons une soirée plus sympathique.

Elle sourit et se passa les mains sur le visage. Elle aussi avait vécu de sales moments.

— Tyler était très agité. Il est sous analgésiques et j'ignore s'il est en pleine possession de ses moyens intellectuels mais il redoutait qu'on ne lui ait pas dit la vérité à votre sujet.

Dexter eut de nouveau la gorge serrée.

— Eh bien, allons le rassurer de ce pas.

Piper afficha un air inquiet et parut se demander s'il plaisantait.

— Pardon ? Non, ne bougez pas, vous êtes blessé, et j'ai promis à l'infirmière que je resterais seulement quelques minutes.

— Le plus important est de calmer Tyler pour qu'il se remette au plus vite. Ce n'est pas une petite blessure et quelques points de suture qui vont m'empêcher d'aller le voir.

Il serra les dents et repoussa les couvertures. Piper semblait horrifiée de le voir essayer de se mettre debout.

— Dexter… Je doute que ce soit une bonne idée…

Lui, il estimait que si.

— Je veux voir Tyler avant qu'il soit transféré en Allemagne. Moi aussi, j'ai besoin d'être rassuré. Vous voulez bien m'aider ?

Elle lui retourna un regard sévère mais, après quelques secondes, soupira et partit d'un petit rire. Elle parut se dire qu'après tout ce n'était qu'un homme têtu qu'il était inutile de chercher à raisonner.

Il lui sourit à son tour mais, quand il posa les pieds au sol, une vive douleur à son côté le traversa.

Piper se posta à côté de lui et l'aida à se lever. L'odeur de son parfum le cerna. Un parfum floral, léger, très féminin, comme il n'en avait plus senti depuis longtemps. Et cela lui avait manqué.

Il portait une blouse d'hôpital fendue dans le dos et, quand elle passa une main autour de sa taille pour l'aider à marcher, elle effleura accidentellement sa peau.

Ce petit contact lui procura un frisson qui le parcourut de la tête aux pieds. Pas de doutes, ses sens étaient toujours aussi aiguisés.

— Oups, pardon, s'excusa-t-elle. Ah, la joie des blouses d'hôpital !

Sa remarque lui arracha un petit rire.

— J'ai un peignoir posé sur la chaise, indiqua-t-il.

Il tendit le bras pour l'attraper. Elle s'en saisit avant lui, l'aida à le passer et prit soin de ne pas serrer la ceinture.

Lentement, ils se dirigèrent vers la porte en tirant avec eux le porte-perfusion à roulettes.

— Ça ne vous plaît pas que je sois debout mais vous vous êtes fait une raison, commenta-t-il.

— Oh ! si je me base sur ce que mon frère m'a raconté de vous, c'est inutile de vous dissuader !

Sa réponse le fit sourire à nouveau.

— Vous semblez en savoir long sur moi, observa-t-il alors qu'ils arrivaient dans le couloir.

Deux hommes, qui se tenaient à la porte, les suivirent à distance respectable.

— Vous êtes le sujet de conversation favori de Tyler, reconnut-elle.

Il dut s'arrêter. Cette dernière phrase lui rappela toute l'affection que lui aussi portait à Tyler et une nouvelle vague d'émotion le submergea.

— Nous pouvons faire une pause si vous le souhaitez, proposa Piper. Je ne voulais pas vous rendre les choses encore plus difficiles, je vous assure. Mais c'est vrai que Tyler vous aime beaucoup. Pour lui, vous êtes un membre de la famille, au même titre que notre frère Edward et moi.

Dexter détourna la tête et se frotta les yeux. Mais, de toute façon, Piper avait déjà vu qu'il était bouleversé. Il fallait qu'il se reprenne avant de se retrouver devant son ami. Sinon, il ne ferait que le perturber. En outre, il ne pouvait se permettre de pleurer ainsi devant Piper, qui avait perdu son mari et l'enfant qu'elle portait à l'époque. Il devait se montrer à la hauteur et être aussi fort.

— Je suis touché, dit-il enfin. Mais je me demande quand même si j'ai confié à Tyler mes pires secrets.

— N'ayez crainte, j'ai tout consigné dans un journal secret que j'ai placé dans un coffre-fort.

Sa remarque le fit rire. Mais aussitôt, il eut mal et ne put retenir un gémissement de douleur.

— Merci… Même si ça me fait souffrir, c'est bon de rire un peu.

Elle acquiesça et leurs regards se croisèrent. Ils restèrent un long moment ainsi. Elle avait vraiment des yeux magnifiques.

Soudain, quelqu'un se racla la gorge pour attirer leur attention. Dexter tourna la tête : l'infirmière l'observait sévèrement, les mains sur les hanches.

— Oups…, fit-il.

— Lieutenant, j'imagine que vous avez une bonne raison de vous promener dans les couloirs alors que vous vous remettez à peine de vos blessures. Si par malheur vos points de suture lâchent…

— Oh oui, j'ai plus qu'une bonne raison d'être debout, la coupa-t-il. Un de mes hommes a besoin d'obtenir la preuve qu'à l'heure qu'il est je ne suis pas à la morgue. Il faut qu'il se rende compte par lui-même que je suis bien en vie avant d'être évacué vers l'Allemagne. Est-ce suffisant ?

Le visage de l'infirmière se détendit. Elle soupira.

— Oui, je m'en contenterai. Mais laissez-moi le temps d'aller chercher un fauteuil roulant.

— Non, rétorqua Dexter. L'impact sera plus fort s'il me voit debout. Et, à dire vrai, ça me fait du bien de constater que je suis capable de tenir sur mes jambes.

— Madame, vous arriverez à l'escorter jusqu'à la chambre de votre frère ? demanda l'infirmière à Piper.

— Oui, ça ira, répondit-elle avec conviction.

Tandis qu'ils s'éloignaient, Piper lui glissa :

— Je vais faire de mon mieux pour que vos points de suture tiennent.

— J'espère. Sinon, nous aurons des ennuis, chuchota-t-il.

Ils échangèrent un nouveau regard et, cette fois, elle parut troublée. Avait-elle également senti ce qui était passé entre eux quelques instants auparavant ? Peu importait. Il devait à tout prix garder en tête que c'était la sœur de Tyler.

Ils parvinrent devant la chambre de ce dernier. Dès qu'ils furent à l'intérieur, il s'écarta d'elle et fit quelques pas tout seul.

Tyler avait le visage très marqué, une jambe et un bras bandés. Touché par ce spectacle tragique, Dexter déglutit.

Mais un instant plus tard, Tyler le reconnut et parvint à esquisser un sourire. Un éclat nouveau anima même son regard.

— Salut, vieux ! lui lança Dexter en lui retournant son sourire.

— Dexter… c'est bon de te voir.

Tyler leva de quelques centimètres son bras valide et Dexter lui serra la main.

— Tu vas bien ?

— Moi ? répondit Dexter, qui s'assit maladroitement au bord du lit. C'est à toi qu'il faut poser la question.

— On m'a dit que tu m'avais sauvé la vie.

— Eh bien, disons que j'ai fait de mon mieux.

Tyler sourit. Mais, très vite, son expression redevint grave.

— Et les autres… Quel malheur !

— Je sais.

— Tu ne te dis pas que c'est ta faute au moins ? Car les infos étaient bonnes.

— Ouais, les infos étaient bonnes, et pourtant, rien ne s'est passé comme prévu. Je ne peux pas fuir mes responsabilités.

— Ce n'était pas ta faute, insista Tyler.

— Reste calme. De toute façon, l'état-major ne tardera pas à me faire savoir ce qu'il en est.

Tyler acquiesça.

— Ils m'envoient en Allemagne.

— Je sais. On se reverra au pays, Tyler. Maintenant, ta mission, c'est de te rétablir.

— C'est un ordre ?

— Oh que oui ! Et tu as intérêt à le suivre.

Dexter se pencha légèrement et serra très brièvement son ami contre lui.

Ils restèrent les yeux dans les yeux plusieurs secondes, sans rien ajouter. Toute parole était superflue. Ils s'étaient parfaitement compris.

Aussi, Dexter se leva pour quitter la pièce. Mais un vertige le saisit et il dut s'appuyer contre le mur.

— Dexter ? fit Piper.

— Je crois que, cette fois, je vais accepter le fauteuil roulant.

Piper acquiesça et lui passa un bras autour de la taille.

Puis elle s'adressa à l'un des deux hommes qui la suivaient partout :

— Allez chercher une infirmière !

Tandis que le type obéissait et s'éloignait, Dexter posa les yeux sur elle.

— Merci de m'avoir réconforté tout à l'heure.

— Je vous en prie. Moi aussi, j'ai perdu des êtres chers. Dans des circonstances bien différentes, mais tout de même, je sais ce que c'est.

— Et merci de m'avoir aidé à venir jusqu'ici, ajouta-t-il. C'était important. Pour Tyler et pour moi.

L'infirmière arriva avec le fauteuil et Dexter dut lâcher Piper pour s'asseoir. Il n'était pas certain de revoir la sœur de Tyler avant un certain temps. Aussi, il la contempla à la dérobée.

De retour dans sa chambre, il s'allongea sur son lit, épuisé.

— Avez-vous besoin d'un analgésique ? lui demanda l'infirmière.

Elle lui parlait doucement, presque avec tendresse.

— Avouez-le, lança-t-il avec un sourire, vous commencez à avoir un faible pour moi.

L'infirmière tira la couverture sur lui.

— Dans la catégorie des têtus, oui, j'avoue que vous êtes un de mes patients favoris.

— Un parmi d'autres ? J'ai encore du boulot, alors.

L'infirmière répondit par un sourire.

Il ferma les yeux. Il avait mal sur tout le côté. Mais son supérieur ne tarderait pas à passer le voir et il souhaitait avoir l'esprit clair à son arrivée.

— Je veux bien un analgésique, mais pas trop fort. J'ai besoin de rester lucide.

— Franchement, lieutenant…

— Je vous promets d'accepter quelque chose de plus fort après.

Elle le dévisagea puis secoua la tête.

— Je reviens.

À peine fut-elle sortie qu'elle échangea quelques mots avec quelqu'un dans le couloir. Dexter ne comprit pas vraiment la teneur de la conversation, mais juste après le capitaine Jeff Davis entra dans sa chambre.

Dexter avait plutôt intérêt à faire attention à ce qu'il allait dire. Il ne s'attendait pas à voir débarquer l'officier en charge de la coordination de l'ensemble des unités de combat du secteur.

— Monsieur, l'accueillit-il.

— Je suis là pour des raisons officielles, pas pour rendre visite à ma ravissante épouse. Alors j'espère que vous vous tenez bien avec elle.

— Votre… épouse.

— C'est moi, intervint l'infirmière qui revenait avec un analgésique.

Elle échangea un regard complice avec son mari puis ressortit.

Le capitaine tira une chaise. Au même moment, le commandant Todd Hodges, son supérieur direct, entra à son tour. Il ferma le rideau pour que tous trois soient tranquilles, s'installa, puis adressa au capitaine un signe de tête.

— Monsieur ?

— Pouvez-vous nous faire part de votre ressenti suite à cette mission ? demanda le capitaine Davis.

— Je pense que les trois marines n'étaient qu'un écran de

fumée et qu'ils ont été exécutés peu avant notre arrivée. Je crois qu'on nous attendait. Pas parce qu'on savait que nous venions secourir ces hommes mais parce qu'on savait *quand* nous arriverions. C'était une embuscade.

Les deux gradés échangèrent un regard préoccupé. Jeff Davis reprit à voix basse à l'adresse de Dexter :

— Lieutenant, nous avons un problème. Après votre retraite, nous avons inspecté les lieux et nous avons découvert le corps d'un mercenaire. Un Américain qui répond au nom de Martin Carter. Il était vêtu comme les insurgés afghans. Nous nous sommes renseignés sur lui et avons appris qu'il acceptait n'importe quelle mission, quel que soit le commanditaire.

Dexter étouffa un juron. Depuis qu'il était en Afghanistan, il avait eu affaire plusieurs fois à des types de ce genre, prêts à tout pour l'argent.

— Nous avons pensé que vous deviez en être averti. Repensez-y et revenez vers nous si jamais un détail utile vous revient. Par ailleurs, dès que possible, vous serez renvoyé aux États-Unis.

— Capitaine…

— Non. Dexter, vous retournez au pays pour votre convalescence. C'est un ordre. Je refuse de perdre un homme supplémentaire. Et nous vous décernons la médaille de…

Dexter retint un grognement de dépit. Il n'avait rien à faire des décorations. Il voulait que justice soit rendue aux hommes qui étaient morts en accomplissant leur devoir et qui lui faisaient confiance. Une terrible culpabilité l'assaillit.

— Nous vous décernons la croix de la Marine, il faut vous y faire.

— Bien, monsieur.

Le capitaine se pencha en avant pour se rapprocher de lui.

— Tous les témoignages concordent : lors de cette mission, vous avez sauvé plusieurs vies et risqué la vôtre.

Il chercha dans sa poche.

— Il est temps que vous soyez promu au grade de lieutenant de plein exercice. Garde-à-vous !

Le capitaine et le commandant se levèrent. Puis Jeff Davis sortit de sa poche une boîte. Il y prit les insignes de lieutenant et les fixa à la robe de chambre de Dexter. Après quoi, les deux officiers le saluèrent.

Il fit de même en retour et refoula les émotions qui l'agitaient : la colère, la frustration et la peine. Et dire qu'il venait d'être promu lieutenant…

Le capitaine lui tendit la main.

— Lieutenant Dexter Kaczewski, merci de votre dévouement.

Il serra la main du capitaine puis celle du commandant.

— Dès que vous serez rétabli, vous aurez droit à une véritable cérémonie officielle en uniforme.

— Oui, monsieur. À propos de l'opé…

— Ce n'est plus de votre ressort, Dexter. Il est possible qu'il y ait eu des fuites. Nous n'en avons pas encore la preuve formelle. J'ai sollicité l'aide du secrétaire de la Marine qui va lui-même diligenter une enquête des services secrets. Je vous promets que toute la lumière sera faite. Moi non plus, je n'ai pas digéré la perte de ces trois hommes, conclut le commandant, la voix pleine d'émotion.

— Bien, monsieur, répondit docilement Dexter.

En réalité, il serrait les poings pour conjurer un terrible sentiment d'impuissance. Un Navy Seal était taillé pour l'action. Se voir notifié du repos équivalait à une mise sur la touche. Il n'avait rien contre les services secrets, mais il voulait suivre les progrès de l'enquête en personne.

Il s'arrangerait pour découvrir l'identité des enquêteurs puis prendrait contact avec eux. Il voulait savoir qui les avait trahis. Tant qu'il l'ignorerait, il ne connaîtrait pas de repos.

Il rendrait justice à ses hommes, il en faisait le serment.

Émue aux larmes, Piper dit au revoir à son frère Tyler. Le personnel médical était en train de l'installer dans l'avion en vue de son transfert pour l'Allemagne.

Elle-même était épuisée, bouleversée, et elle sortit de l'appareil en frissonnant.

Au même instant, son téléphone se mit à vibrer. C'était son autre frère, Edward. Il l'appelait des États-Unis.

— Il y a une place pour toi dans le prochain vol militaire, lui annonça-t-il. Dans deux heures, tu t'envoles pour Washington. D'ici là, tu peux te reposer un peu.

Elle en avait bien besoin, d'autant qu'un lit avait été mis à sa disposition.

Elle fit promettre aux infirmières de ne pas hésiter à la réveiller si son aide était requise. Puis elle entra dans la chambre et se coucha.

Mais malgré sa fatigue, le sommeil lui échappa. Le parfum de Dexter semblait la poursuivre. C'était un parfum entêtant.

Son attirance pour lui, immédiate, la troublait. À la mort de Brad, l'homme dont elle avait été éperdument amoureuse, elle avait sincèrement cru que plus jamais un homme ne l'attirerait.

À cette réflexion, elle se mordit la lèvre inférieure. Elle tendit le bras pour ramasser son sac à main et en sortir son portefeuille. Quand elle avait de telles pensées, la panique menaçait de l'envahir et, chaque fois, elle regardait une photo de Brad.

Posant les yeux sur le cliché, elle poussa un soupir de soulagement. Il était toujours aussi séduisant.

Mais Dexter Kaczewski était également très beau. Et il débordait de virilité, même diminué.

Physiquement, Brad était l'inverse de Dexter : mince, délicat, alors que le lieutenant paraissait musclé et dégageait une grande force.

Un léger malaise la gagna. C'était la première fois qu'elle comparait Brad avec un autre homme. Cela revenait-il à le trahir ? Que lui arrivait-il exactement ? Était-elle prête à repartir de l'avant, à redonner une chance à ses sentiments ? Jamais elle n'aurait pensé être attirée par un homme viril et musclé. Jusque-là, elle croyait préférer les intellectuels. Mais le lieutenant avait indéniablement du charisme.

Elle ne devait toutefois pas oublier qu'il avait été blessé parce qu'il exerçait un métier extrêmement dangereux. C'était un Navy Seal. S'engager dans une relation avec lui, après avoir perdu Brad, ce n'était en rien une bonne idée. Et puis, ne se faisait-elle pas des illusions ? Avait-elle seulement la force d'aimer de nouveau ? Son attirance pour Dexter n'était certainement qu'une question de circonstances. Elle allait retourner chez elle et, après quelques semaines, elle ne penserait plus à lui. Alors inutile de se retourner l'esprit. Elle ne le reverrait peut-être jamais.

Pourtant, il lui suffisait de convoquer son image pour que tout son être se mette à vibrer. Elle qui croyait être devenue insensible à la présence d'un homme… Ses frères s'en étaient même inquiétés, ils considéraient qu'elle ne devait pas se refermer sur elle-même, que le souvenir de Brad ne devait pas devenir morbide. Mais c'était tellement difficile ! Et voilà que Dexter avait envahi sa tête. Il fallait qu'elle se reprenne !

Brad était mort dix-huit mois plus tôt. Son mandat de sénateur, qu'elle terminait à sa place, prendrait fin d'ici trois mois. Elle avait agi selon ses volontés. L'ultime promesse qu'il lui restait à tenir était de faire passer cette loi que le sénateur Mullins cherchait à tuer dans l'œuf.

Mais elle ne se laisserait pas intimider. De toute façon, elle n'avait pas envie de faire carrière dans la politique.

Mullins était quelqu'un de très influent et de très ambitieux. Il se murmurait même que, tôt ou tard, il pourrait se porter candidat à l'investiture dans la course à la Maison-Blanche.

Elle se pinça les lèvres. Elle ne doutait pas que le combat serait rude. Mais, pour lui, la défaite n'en serait que plus amère.

Cette loi serait adoptée et l'image de Mullins en prendrait un coup. Piper en était certaine.

Le visage de Dexter revint alors flotter devant elle. Décidément, elle ne parvenait pas à l'oublier longtemps.

Elle ferma les yeux, roula de côté et, finalement, la fatigue eut le dessus et elle s'endormit.

Quand elle se réveilla, elle n'aurait su dire combien de temps était passé. Ni ce qui l'avait sortie de son sommeil. Elle était toujours dans l'obscurité et tout était calme.

Mais oui, justement, c'était cela. Il n'y avait plus aucun bruit dans l'hôpital militaire, ce qui était anormal.

Elle se leva, enfila ses chaussures et prit son sac.

Doucement, elle approcha de la porte. Elle n'osait pas faire de bruit, sans trop savoir pourquoi. Elle entrouvrit la porte et jeta un regard dans le couloir. Immédiatement, elle fut en alerte. Les deux agents chargés de sa protection n'étaient plus à leur poste.

Elle sortit et se rendit au bureau des infirmières. Personne. Un son étouffé la fit alors sursauter. Elle se tourna vers la porte d'entrée. D'autres sons, tout aussi sourds, provenaient de l'extérieur.

Elle s'efforça de garder son calme. Qu'avait-elle entendu ? Ce n'était tout de même pas des coups de feu ?

Soudain, une explosion retentit, tellement forte que tout, autour d'elle, se mit à trembler.

Des hommes armés apparurent.

Elle se précipita dans le bureau des infirmières avant qu'ils n'aient le temps de la repérer et, à quatre pattes, se cacha sous une table. Elle ne bougea plus et retint son souffle.

Au bout de quelques minutes, ils parurent s'éloigner, le bruit de leurs pas résonnant bien plus faiblement. Aussi, elle sortit lentement de sa cachette et risqua un regard dans le couloir. Ils ouvraient méthodiquement toutes les portes des chambres. Mais, se souvint Piper, les Navy Seals blessés avaient déjà été évacués. Tous, à une exception… Dexter.

# 3

Dexter fut réveillé par des coups de feu et crut un instant être encore en train de rêver. Il resta immobile, prêtant l'oreille. Enfin, il sortit de sa torpeur et s'éclaircit l'esprit. La base n'était plus sous le contrôle exclusif des forces américaines et, par conséquent, la sécurité n'était pas optimale.

De nouveaux coups de feu retentirent, comme pour confirmer son inquiétude. Il pensa immédiatement à Tyler et Piper. Les tirs étaient proches et tout indiquait que des hommes pénétraient dans l'hôpital.

Dexter serra les dents et se leva.

Lentement, il souleva le pansement sur sa main et ôta la perfusion. Il ne pouvait pas se déplacer avec. En outre, les analgésiques l'engourdissaient. Certes, la douleur reviendrait, mais il avait appris à s'en accommoder. La surmonter faisait partie intégrante de l'entraînement d'un Navy Seal.

À part lui, réalisa-t-il, il n'y avait plus de blessés dans l'hôpital. Il réfléchit à la façon de procéder. Il était seulement vêtu d'une blouse d'hôpital, il n'avait ni vêtements ni arme. D'une manière ou d'une autre, il fallait qu'il s'en procure une. Ensuite seulement, il s'assurerait que Tyler et Piper n'avaient rien. Avec un peu de chance, ils étaient déjà partis.

Des bruits de pas résonnèrent dans le couloir. Puis deux hommes parlèrent à voix basse :

— Il n'y a personne.

— Nous devons quand même nous en assurer.

Dexter se recroquevilla derrière le lit.

Une seconde plus tard, les deux hommes pénétraient dans la chambre. Ils firent le tour de la pièce.

Quand ils lui tournèrent à demi le dos, Dexter se redressa, s'approcha d'eux et, lorsque le premier se retourna, il lui asséna un crochet à la mâchoire qui le mit K-O. Son acolyte réagit trop tard. Dexter lui passa un bras autour de la gorge et serra jusqu'à ce que l'homme perde connaissance. Sa blessure au côté droit l'élançait mais il fit de son mieux pour ignorer la douleur. Sans attendre, il ramassa l'arme du premier homme et vérifia le chargeur. Celui-ci était plein.

Il enleva sa blouse d'hôpital et revêtit la tunique de l'homme qu'il avait assommé. Ces deux types étaient apparemment des insurgés afghans. Mais que faisaient-ils là ?

Il se passa un fusil d'assaut sur l'épaule et garda le revolver en main.

Puis il sortit dans le couloir et le remonta sans bruit jusqu'au bureau des infirmières. Il n'y avait aucun corps étendu au sol. Heureusement ! La femme du capitaine et l'ensemble du personnel médical avaient manifestement pu fuir à temps.

Il se dirigea ensuite vers la chambre de Tyler. Elle était vide. Là non plus, pas de corps.

Il ressortit et continua. Pas longtemps… À quelques mètres de lui, un insurgé s'emparait de Piper et cherchait à la tenir en respect. Celle-ci se débattait dans tous les sens. Dexter ne pouvait prendre le risque de tirer sur son agresseur et de la blesser.

Il glissa le revolver à sa ceinture, baissa la tête et fonça droit sur le type qui s'en prenait à Piper. Il le percuta et lui fit lâcher son arme. Mais l'homme ne se laissa pas faire et lui retourna un coup de poing. Dexter réussit à le parer, mais sa blessure lui fit un mal de chien. Son adversaire était rompu au combat à mains nues, ce qui le rendait encore plus dangereux.

L'homme porta la main à sa ceinture pour tenter de saisir une arme. Dexter l'attrapa au poignet, l'empêchant de viser. Le coup partit et une balle alla se ficher dans le plafond. Dexter ne lâcha pas prise et frappa la main de son adversaire contre le mur. Mais une nouvelle douleur fulgurante à son côté l'obligea à desserrer son étreinte.

Il poussa un cri de rage et, avec l'énergie du désespoir, cogna son adversaire au visage. Sa blessure s'était rouverte, du sang lui coulait le long de la hanche. L'homme riposta à son coup de poing et, avec la crosse de son revolver, l'atteignit à la tempe.

Il dut lutter pour ne pas perdre connaissance. L'homme se jeta sur lui et ils se retrouvèrent à rouler au sol.

Son adversaire en profita pour lever son arme et viser. Dexter eut tout juste le temps de lui frapper le bras pour dévier à nouveau le tir. La balle fusa à quelques centimètres de sa tête.

Il mobilisa toutes les forces qui lui restaient et se redressa pour repousser l'individu. Celui-ci bascula en arrière. Dexter se releva aussitôt, mais il reçut un coup de pied dans les côtes, tout près de sa blessure, qui le fit rechuter. La douleur était trop forte, il n'arrivait plus à récupérer. L'insurgé se releva, saisit son fusil d'assaut et le mit en joue.

Alors, avant même que Dexter ait le temps de réagir, il y eut un nouveau bruit sourd. Son adversaire tressaillit puis s'effondra. Une mare de sang se répandit sous lui.

Dexter écarquilla les yeux. Piper se tenait debout, un revolver en main. Elle respirait bouche ouverte, le regard agrandi d'effroi. Elle semblait tétanisée.

Cependant, elle se reprit et se précipita vers Dexter.

— Vous pouvez vous lever ?

— Oui.

Elle l'aida à se remettre debout. Il porta la main à son côté et en eut les doigts poisseux de sang. Il était rudement blessé ! Mais son attention fut presque immédiatement attirée par tout autre chose : l'homme que Piper avait abattu portait un pantalon noir.

Troublé, Dexter se baissa lentement pour dérouler le keffieh de son agresseur et découvrir son visage. Derrière lui, Piper poussa un gémissement de surprise. Ce type savait précisément où Dexter était blessé et comment lui faire mal. Pas étonnant…

— Oh ! mon Dieu ! C'est l'agent Hatch !

Il se retourna vers elle. Elle était clairement horrifiée.

— Attendez, fit-il, un des hommes chargés de votre protection rapprochée a tenté de vous éliminer ? Comment est-ce possible ? Ces agents sont triés sur le volet, non ?

Piper se mit à vaciller, ses yeux se perdaient dans le vague.

Elle était sous le choc et près de s'évanouir. Dexter se redressa, puis lui passa un bras autour des épaules.

— Respirez à fond, Piper, doucement.

Elle l'écouta et finit par recouvrer son calme.

— Je lui ai tiré dessus, dit-elle une fois qu'elle fut en mesure de parler. Il allait vous tuer !

— Je sais. Vous n'aviez pas le choix, vous avez fait ce qu'il fallait.

— Tyler m'a appris à tirer. Il m'a dit que ça pourrait m'être utile.

— Il a bien fait. Vous n'aviez pas d'alternative, Piper : c'était lui ou nous.

— Mais pourquoi s'en est-il pris à nous ? Il était censé me protéger. C'était son boulot.

— Il a été choisi par la Sécurité diplomatique ?

— Oui. Il était exclusivement chargé de ma protection rapprochée. Je savais seulement que c'était un ancien militaire, ce qui le rendait tout à fait qualifié pour assurer cette mission en Afghanistan. Mais je ne le connaissais pas avant.

— Et où est le second…

— Markam. Je l'ignore. À mon réveil, Hatch et lui avaient tous les deux disparu.

Dexter se baissa de nouveau sur l'agent décédé, le palpa et trouva son insigne, son portefeuille et son passeport. Il fourra le tout dans ses poches et se releva.

— Nous devons filer ! Il est évident que c'est après vous qu'ils en avaient.

Il se dirigea vers le bureau des infirmières, y pénétra et ouvrit un placard au fond de la pièce. Il en sortit une tunique féminine.

— Mettez cela et couvrez vos cheveux.

Elle obtempéra sans un mot.

Mais soudain, elle tendit la main et afficha un air grave.

— Dexter, vous saignez.

— Tant pis, nous devons partir sans attendre. Je serrerai les dents.

Il lui prit la main et lui tendit l'arme de l'agent Hatch.

— Puisque vous savez vous en servir, gardez le revolver. Et restez bien derrière moi.

— Oui, monsieur. Dois-je également vous appeler par votre grade ?

Malgré la situation, il eut un petit rire.

— Non, ce ne sera pas nécessaire.

— Tant mieux, répondit Piper. Déjà que je n'aime pas suivre les ordres… Mais bon, pour cette fois, je ferai une exception.

— Bien. Tout s'est passé normalement pour Tyler ?

— Oui, son avion a décollé tout à l'heure. Vous croyez qu'il est lui aussi en danger ?

— Je n'en sais rien. Vous avez un téléphone ?

Tout en parlant, il réfléchissait à la succession des événements : la présence de mercenaires américains lors de l'embuscade qui avait coûté la vie à trois de ses hommes, l'attaque de l'hôpital… Il ne devait rien laisser au hasard.

Piper s'éloigna et revint quelques secondes plus tard avec son sac à main. Elle en sortit son téléphone et le lui tendit.

— Tenez. Il est sécurisé.

— Quel est le nom de votre frère, déjà ? Pas Tyler… l'autre, qui travaille à la Sécurité diplomatique.

— Edward Keighley.

— Merci.

Il composa un numéro.

Il y eut quatre sonneries, puis le répondeur se déclencha.

— Ah, mince…

Il attendit le bip pour laisser un message :

— Rock, c'est Dexter. J'ai besoin que tu te mettes en relation sans te faire connaître avec Edward Keighley pour l'avertir que son frère Tyler est peut-être en danger. Piper, sa sœur, a été victime d'une agression mais elle va bien et elle est en sécurité avec moi. Je vais bien également. Ne dis à personne que je t'ai appelé, je te redonnerai des nouvelles.

Puis ils traversèrent le couloir pour se rendre dans les cuisines. Dexter y dénicha un sac à dos et y mit tout ce qu'il y avait de comestible et buvable dans le réfrigérateur.

Puis il posa le téléphone au sol et l'écrasa du talon. Piper lui lança un regard interloqué.

— Mais je vous ai dit qu'il était sécurisé !

— Il y a quand même un GPS dessus et je ne veux pas courir le moindre risque.

Il découvrit un stock d'analgésiques. Il en avala deux sans attendre et mit le reste dans le sac à dos.

Ils avaient tout ce qu'il fallait pour partir. Excepté, réalisa-t-il en se tournant vers Piper, qu'elle était en talons hauts. Certes, cela mettait en valeur ses jambes fines et sexy mais ce n'était pas franchement adapté pour ce qui les attendait.

Il ressortit des cuisines, gagna un vestiaire et, dans un casier, mit la main sur une paire de baskets. Elles semblaient un peu trop grandes mais c'était mieux que rien. Avec ses talons, Piper était bonne pour se faire une entorse et, de toute façon, elle ne tiendrait pas longtemps.

Quand il revint dans les cuisines, elle considéra les baskets d'un air dubitatif.

— Vous voulez que je les enfile et que nous partions à pied ? Vous êtes sérieux ?

— Écoutez… Sans moi, vous risquez votre peau, alors mettez ces chaussures avant que je perde patience et oublie mes manières de gentleman.

Elle lui adressa un regard irrité mais obéit.

Ils retournèrent dans le couloir et se dirigèrent vers la porte. Dehors, il faisait nuit. Au loin résonnaient des échanges d'armes automatiques. Ils devaient quitter la base sans attendre.

Il lui prit la main. Monter dans un avion pour repartir aux États-Unis n'était plus d'actualité. Du moins pour le moment. Ils devaient fuir. Ensuite, ils aviseraient.

— Je vous préviens, il n'y a qu'un seul moyen de quitter la base et je doute que les types qui l'ont attaquée nous laissent partir sans rien faire. Alors ce ne sera pas une partie de plaisir. Mais nous ne pouvons pas rester là. Je ne comprends pas ce qui s'est passé avec votre garde rapprochée et je ne suis pas certain que les forces afghanes parviennent à défendre la base. Venir ici, ce n'était vraiment pas une bonne idée de votre part !

— J'étais consciente des risques mais c'était censé être une visite éclair. Je tiens énormément à mon frère et je souhaitais le… voir en personne au cas où…

Elle n'eut pas la force de terminer sa phrase.

— Je comprends, mais ce pays est un baril de poudre et il suffit d'une étincelle pour qu'il s'embrase.

Elle avait le teint très pâle mais nulle panique ne se lisait dans son regard.

Dexter soupira et secoua la tête.

— Je ferai le maximum pour vous protéger et vous permettre de regagner Washington. Nous devons marcher à une cadence soutenue. Arrêtez-vous seulement si je vous en donne l'ordre. Et, je vous préviens, nous allons inéluctablement essuyer des tirs. Alors restez derrière moi et n'hésitez pas à utiliser votre arme. Mais ne me tirez pas dessus, d'accord ?

— Vous vous croyez drôle ?

— J'aurais au moins essayé…

Piper prit une grande inspiration. La seconde d'après, deux déflagrations retentirent.

— Ils s'en prennent aux avions pour les empêcher de décoller, expliqua Dexter.

Sur ce, il réfléchit. Il fallait qu'ils quittent la base. Cela, il en était persuadé. Mais après ?

Il soupira intérieurement. Chaque chose en son temps !

Il tira Piper à sa suite et se dirigea vers une sortie latérale moins exposée. Il aurait donné cher pour avoir ses lunettes de vision nocturne.

Il sortit prudemment, jeta un regard à droite et à gauche. Puis il fit signe à Piper de le suivre.

L'Afghanistan n'était qu'une succession de montagnes escarpées et de vallées profondes, de routes en mauvais état et de petits villages. En été, dans les plaines, la chaleur était accablante. Il en savait quelque chose. Là, même si c'était la nuit, il transpirait déjà.

Ils longèrent le bâtiment. Un accès à la base était surveillé par une dizaine d'insurgés, remarqua-t-il. Deux corps, sans doute ceux des gardes, gisaient au sol.

Ils n'arriveraient pas à forcer le passage. Il n'y avait plus qu'à tenter de sortir par une autre issue. Mais, alors, quelqu'un poussa un cri et les hommes près de la grille partirent tous dans cette direction. Deux seulement restèrent en faction. C'était jouable, estima Dexter.

— Donnez-moi le revolver, intima-t-il tout bas à Piper. Ne bougez pas.

Il s'accroupit et s'approcha sans bruit des deux hommes, qui lui tournaient le dos. Cependant, il ne pourrait pas les neutraliser. Il n'avait d'autre choix que les éliminer. Comme le revolver était équipé d'un silencieux, les tirs n'attireraient pas d'autres insurgés.

Il prit une grande inspiration, leva le bras, visa et fit feu. Le premier homme s'effondra. Son acolyte fit volte-face mais n'eut pas le temps de réagir. Dexter tira de nouveau.

La seconde d'après, il fit signe à Piper de le rejoindre et, sans attendre, ils franchirent la grille au pas de course.

Ils ne s'arrêtèrent que lorsqu'ils furent trop loin pour être repérés depuis la base. Dexter n'aurait, de toute façon, pas réussi à courir plus longtemps.

Une violente douleur à son côté le fit grimacer et il serra les dents pour ne pas crier. Au moins, ils étaient désormais à l'abri de la végétation et pouvaient s'octroyer un moment de repos.

Il en avait plus que besoin.

Après quelques minutes, il prit la main de Piper et ils se mirent à longer la route. À chaque battement de cœur, sa blessure le faisait souffrir.

Il avait beau se convaincre qu'ils n'avaient d'autre choix qu'avancer, tôt ou tard, il ne pourrait plus faire un pas.

Il saignait toujours, mais il n'avait pas l'intention de le révéler à Piper.

Au bout de dix minutes, il dut néanmoins faire une nouvelle pause. Il dégoulinait de sueur et la tête lui tournait. Les vertiges menaçaient Il respira à fond, bouche ouverte. Il refusait de perdre connaissance.

— Dexter ?

Il inspira et expira plusieurs fois avant de répondre.

— Nous allons essayer d'atteindre Charikar. C'est à environ douze kilomètres.

— Douze kilomètres ? Vous croyez y arriver ?

— Une fois que nous y serons, nous trouverons une voiture

pour nous emmener à Kaboul. Je maîtrise la langue locale alors laissez-moi parler.

— Vous avez besoin d'être soigné, objecta-t-elle d'une voix inquiète.

— Impossible. Nous ne pouvons ni nous arrêter ni retourner en arrière.

— Pourquoi ne pas essayer d'entrer en contact avec vos supérieurs ? Ils ne vont pas vous rechercher ?

— Je n'en sais rien et c'est le cadet de mes soucis. Vous êtes en danger, j'ignore l'origine de la menace et, tant que je ne l'aurai pas découverte et que je n'aurai pas fait le nécessaire pour que vous ne risquiez plus rien, je ne vous laisserai pas. Je ne sais même pas si Markam, le second homme de votre escorte, est lui aussi corrompu ou s'il est mort. En clair, je ne fais confiance à personne à part vous et les membres de ma famille.

— Quoi ? Il doit y avoir une erreur. Pourquoi voudrait-on m'éliminer ?

— Je n'en sais rien. Mais le commanditaire a certainement des appuis haut placés. Et il doit beaucoup vous en vouloir.

Elle retira son voile pour essuyer la sueur sur son front.

— Je ne suis qu'une sénatrice par défaut. Je suis bientôt au terme de mon mandat… Enfin, du mandat de mon défunt mari, devrais-je dire. C'est vrai que j'ai défendu mes positions sans me soucier de froisser les susceptibilités, car je ne redoutais pas les conséquences.

— Vous ne souhaitez pas poursuivre votre carrière politique ?

— Non, je… La politique, ce n'est pas pour moi. J'ai accepté de devenir sénatrice seulement pour Brad.

Piper ferma les yeux et repensa à ce que Dexter venait de dire. Elle en eut des frissons. Elle se prit le visage entre les mains.

— Oh ! mon Dieu ! À cause de moi, vous avez failli mourir. Et tous ces gens à la base…

L'horreur des événements la frappait de plein fouet. Qu'elle ait, même involontairement, déclenché cela la révulsait. De plus, Tyler était peut-être lui aussi en danger. Elle avait confiance dans le jugement de Dexter. Une confiance totale car il venait de lui prouver qu'il était prêt à risquer sa vie pour elle, même s'il était blessé.

Malgré la chaleur, la crainte de ce qui pourrait arriver lui donnait froid. Si par malheur Tyler mourait, si Dexter succombait à ses blessures… Elle ne le supporterait pas. Tout ce qu'elle avait accompli ces derniers mois, elle l'avait fait justement pour surmonter la perte de Brad, le vide qu'il avait laissé dans sa vie. Alors si tout cela se retournait contre elle et provoquait un autre drame…

Elle ne put retenir un sanglot. Puis elle fondit en larmes.

— Bon sang, Piper ! Non, par pitié, ne pleurez pas.

Dexter se rapprocha d'elle puis lui prit une main. Il tira doucement pour qu'elle ne se cache plus le visage.

— Vous n'y êtes pour rien, Piper. Le seul responsable, c'est celui qui en a après votre vie. Mais n'ayez crainte, tant qu'il ne sera pas hors d'état de nuire, je resterai près de vous.

Elle releva la tête et il soutint longuement son regard. Puis il ferma les yeux, l'incita à poser la tête sur son épaule et la serra contre lui.

— Ça va aller…, murmura-t-il.

Elle se laissa aller contre lui. Il la serra plus fort et lui caressa le dos de son bras valide. Elle pleurait encore, mais c'étaient des larmes libératrices, qu'elle avait trop longuement gardées en elle.

— Dexter…

Elle continua à se laisser aller, et tout lui revint. Le soir où Brad et elle rentraient d'une soirée chez un donateur… Elle était enceinte et Brad ne cessait de lui dire combien il était impatient de tenir leur bébé dans ses bras. Hélas, une voiture avait fait irruption en face d'eux à la sortie d'un virage, obligeant Brad à donner un brusque coup de volant. Ils avaient quitté la route et percuté un arbre. Quand elle avait repris connaissance, elle avait découvert Brad inanimé à côté d'elle, affalé sur le volant. Elle avait mal au ventre et avait immédiatement compris que le choc avait été fatal à son bébé.

Dexter écarta doucement ses cheveux de son visage et l'incita à redresser la tête.

— Tyler m'a parlé des épreuves que vous avez dû traverser, et je suis désolé pour vous. Mais je suis obligé de vous demander de ne pas craquer, car nous devons tout faire pour rester en vie et découvrir qui a organisé cette attaque contre vous. Vous vous en sentez capable ?

Un instant, elle fut tentée de lui répondre que non, que c'était trop dur. Mais l'empathie dans sa voix, les vertus apaisantes de ses caresses, tout cela lui redonna un peu le moral.

Elle sortit doucement de son étreinte et poussa un long soupir. Il n'ajouta rien et se contenta de continuer à lui caresser le dos.

Elle essuya ses larmes.

— Excusez-moi.

— Ce n'est rien. Vous vous sentez mieux ?

Son attirance pour cet homme qui dégageait autant de tendresse et de douceur que de force et de virilité grandissait à chaque instant.

— Oui, merci.

Elle se pencha en avant et déposa un baiser sur sa joue. Un peu plus appuyé que nécessaire.

— Et maintenant ? lui demanda-t-elle.

— Bonne question, répondit-il avec un sourire.

Il pointa le doigt devant lui.

— Je suis contraint de revoir mes plans de départ. Je connais une famille dans un village pas trop loin d'ici. Nous allons nous reposer chez eux. J'ai besoin que ma blessure soit pansée et, en plus, le jour ne va pas tarder à se lever. Nous resterons chez eux jusqu'à la tombée de la nuit.

Il se posa deux doigts sur la tempe et la massa légèrement. Il avait du mal à ne pas plisser les yeux, remarqua Piper. Il souffrait, c'était évident, même s'il n'en disait rien.

— Écoutez, Dexter, peut-être que…

— Je vais tenir le coup, n'ayez crainte.

Elle acquiesça à contrecœur. Elle remit son voile tandis qu'il se levait. Il faillit perdre l'équilibre et retomber. Elle l'aida à se stabiliser puis chercha une bouteille d'eau dans le sac à dos. Elle la lui tendit. Il la saisit et en vida plus de la moitié. Puis il rangea la bouteille dans le sac et voulut le remettre sur ses épaules. Mais elle s'en empara et le mit sur son dos.

Il voulut insister, elle soutint son regard pour lui faire comprendre qu'elle ne céderait pas : il était hors de question qu'il continue à porter le sac. Il lui adressa un regard noir puis se remit en marche. Elle fut fière de lui avoir tenu tête.

Après une demi-heure, il vacilla de nouveau mais se reprit très vite. Hélas, après quelques pas supplémentaires, il chancela encore une fois et tomba à genoux. Piper eut tout juste le temps de le prendre par les épaules pour lui éviter de rouler de côté. Elle le tint contre lui et, comme il pesait de tout son poids sur elle, dut se raidir pour ne pas tomber à son tour.

— Dexter…

Il ne répondit pas.

— Dexter ! répéta-t-elle, plus fort.

Mon Dieu, le flanc de sa chemise était maculé de sang ! Elle se mordit la lèvre inférieure et s'ordonna de ne pas paniquer.

Mais que faire ? Elle se trouvait dans un pays dangereux dont elle ne maîtrisait pas la langue et elle ignorait où aller.

Dexter battit des paupières et entrouvrit les yeux.

— Allez chercher Afsana…, marmonna-t-il.

Il ne put rien dire de plus ; sa tête roula de côté. Piper lui posa une main sur le front. Non seulement il perdait du sang, mais il était brûlant de fièvre.

# 4

— Dexter !

Il ouvrit les yeux. Le ciel semblait gris et brumeux. Une femme était penchée sur lui. Elle avait un visage superbe. Il fronça les sourcils. Il la connaissait, mais d'où ? Il chercha. En vain.

Elle avait l'air grave, le regard inquiet. D'instinct, il se prépara à un danger imminent.

Il avait tellement chaud. Tellement soif !

Où diable était-il ?

Il essaya de se redresser mais, immédiatement, une violente douleur à son côté l'en dissuada. Il gémit et fit la grimace. Il saignait, il le sentait.

D'un coup, tout lui revint. Piper, les insurgés… Elle était en danger ! Son garde du corps avait essayé de la tuer.

Ils marchaient dans le désert, ils avaient besoin de retrouver Afsana.

— Aidez-moi à me lever, dit-il.

Elle s'appuya contre lui, son corps à la fois tendre et ferme. Elle sentait bon. Cela faisait longtemps qu'il n'avait pas partagé l'intimité d'une femme…

Elle lui passa un bras dans le dos pour l'aider à se redresser. Il respirait bouche ouverte et était encore sujet aux vertiges.

Il devait à tout prix rester conscient. Il ne se voyait pas se déplacer, il avait de la fièvre et sa blessure s'était peut-être infectée. Mais tout n'était pas perdu : il fallait qu'ils atteignent le village.

Ils allaient y parvenir, car il entendait bien survivre et assurer la sécurité de Piper. Non seulement parce que protéger les innocents faisait partie de ses principes, mais également parce qu'elle l'attirait énormément. Il ne devait néanmoins pas oublier que c'était la sœur de Tyler.

Elle l'aida à se lever, elle décuplait toute son énergie pour qu'il tienne debout et il aimait le contact de ses mains sur lui.

— Vous êtes sûr de pouvoir marcher, Dexter ? Le village me paraît si loin…

— Je peux et je le ferai. Je n'ai pas le droit d'échouer, de vous laisser tomber.

— Votre assurance me fait chaud au cœur.

— N'ayez pas peur, je sais qu'on y arrivera.

Il déroula l'écharpe qu'il avait autour du cou et, avec des mouvements lents, se l'enroula autour de la tête.

— Ça prendra le temps qu'il faudra, mais nous atteindrons le village.

Elle leva le regard vers lui et l'éclat nouveau dans ses yeux le toucha.

— Je vous sens déterminée, c'est parfait. Vous êtes prête à escalader la colline devant nous au pas de course ?

— Au pas de course, j'en doute, mais tant que nous arrivons au sommet, ça m'ira.

Il eut un petit rire.

— Notre priorité, c'est de nous mettre à l'abri avant que le soleil soit trop haut. Ensuite, attendre la nuit pour repartir, ce serait du grand luxe, mais avec ces types qui nous pourchassent, je ne sais pas si c'est réaliste. Heureusement que nous ne manquons pas d'eau.

Elle l'aida à s'appuyer contre un rocher puis ouvrit le sac à dos et en sortit deux bouteilles. Elle lui en tendit une.

— Buvez.

— Oui, madame.

Elle ouvrit l'autre bouteille, pencha la tête en arrière et but longuement. C'était un spectacle tellement fascinant qu'il resta à la contempler.

— Buvez, Dexter !

Il en avait oublié de se réhydrater, réalisa-t-il à ces mots. Elle ouvrit elle-même sa bouteille et la lui tendit. Jamais il n'avait autant apprécié de boire de l'eau. Il vida presque entièrement la bouteille.

Elle remit le sac sur son dos puis se tourna vers lui.

— Je vous promets de ne pas faillir. Je veux survivre et, plus que tout, je veux que vous vous en sortiez aussi. Comptez sur moi.

— Eh bien, faites-moi confiance pour vous rappeler cette promesse de campagne, madame la sénatrice. Et si jamais je tombe, faites votre possible pour m'aider à me relever. Moi non plus, je n'ai pas envie d'être le maillon faible.

— Tant mieux, Dexter, car j'ai vraiment besoin de vous. De retour à Washington, je vous inviterai à dîner.

Elle passa un bras autour de ses épaules et repartit. Au premier pas, il eut du mal à tenir sur ses jambes. Mais Piper était là pour l'empêcher de chuter.

Il aimait qu'elle se projette dans l'avenir. Elle avait un mental d'acier, elle ne cédait pas à la panique. Cette femme était un diamant.

— Avec plaisir, reprit-il. Je connais un très bon restaurant !

— D'accord. Maintenant, économisez votre souffle.

Il eut un nouveau petit rire. Elle avait peur, c'était évident. Mais le courage l'aidait à surmonter cette peur, elle ne semblait pas du tout tétanisée.

— Continuez à me parler, lui intima-t-il. Ça m'aidera à rester conscient.

— Depuis combien de temps êtes-vous un Navy Seal ?

— Oh ! J'ai parfois l'impression d'être né en tenue de combat.

Soudain, il perdit le fil de la conversation. Le sol autour d'eux semblait couvert de cadavres.

Il secoua la tête pour s'éclaircir l'esprit. Piper leva les yeux vers lui.

— Qu'est-ce qui ne va pas ?

— Est-ce qu'il y a des cadavres autour de nous ? marmonna-t-il.

— Quoi ?

Elle tourna la tête de tous côtés.

— Non, seulement des cailloux, de la poussière et quelques arbres.

— Bon sang, je commence à avoir des hallucinations ! Ne me laissez pas délirer complètement.

— Par pitié, ne perdez pas la tête, Dexter ! Je veux bien essayer de lancer des plaisanteries pour conjurer ma peur mais il y a des limites.

Il ferma les yeux pour s'exhorter à rester lucide.

— Continuez de parler.

— Pourquoi dites-vous que vous avez l'impression d'être né en tenue de combat ?

— Parce que je suis issu d'une longue lignée de militaires. Mon père est amiral, il était lui aussi un Navy Seal, tout comme deux de mes oncles aujourd'hui à la retraite.

Elle était tout près de lui, il lui suffisait de tourner la tête pour que son souffle le caresse. Malgré la fatigue, la chaleur, le danger, il avait envie de l'embrasser.

Et cette fois, il ne délirait pas.

— Je vois…, continua-t-elle. Sinon, Tyler m'a déjà parlé de Russell, votre frère. C'est un peu le mouton noir de la famille, non ?

— Oui, il a choisi d'intégrer les marines plutôt que les Navy Seals. Il est borné, caractériel, mais c'est mon frère et je n'en changerais pour rien au monde.

Il faisait son possible pour ne pas prêter attention au paysage d'horreur qui continuait de se déployer autour de lui.

Il finit par fermer les yeux. Immédiatement, le visage de Piper flotta devant lui.

*Embrassez-moi !*

Il rouvrit brusquement les yeux. Avait-il osé dire cela à voix haute ?

Il observa Piper. Non, tout s'était passé dans sa tête. Heureusement.

— Et vous ? lui demanda-t-il. Tyler ne m'a jamais beaucoup parlé de votre famille.

— Eh bien si, vous, vous descendez d'une longue lignée de militaires, moi, je baigne depuis l'enfance dans la politique.

— Je sais, c'est pour cette raison que, dans l'unité, Tyler est surnommé Kennedy. À juste titre ?

— Oui. Mon père, mon oncle et mon mari étaient tous sénateurs. Aujourd'hui, mon oncle travaille pour le secrétariat de la

Sécurité extérieure. Et vous savez déjà que mon frère Edward est un agent de la Sécurité diplomatique.

— Oui, d'ailleurs je suis surpris qu'il ne soit pas venu à votre place en Afghanistan. À ce que j'ai entendu dire, c'est un dur à cuire qui s'est déjà fait rappeler à l'ordre quelques fois.

— Il ne peut pas se déplacer aussi facilement que moi, il a davantage d'obligations. Et, pour le reste, tout est vrai.

Dexter plissa les yeux. Qu'est-ce que… Était-ce de la neige qui tombait au loin ? En juillet, en plein désert afghan ? Un nouveau mirage certainement…

— Edward est… atypique et surprotecteur, poursuivit Piper. Il contourne souvent le protocole. Voilà pourquoi il se fait taper sur les doigts. Mais ses supérieurs ne peuvent pas se passer de lui car ses méthodes lui permettent d'obtenir des résultats.

Dexter continuait d'avoir des hallucinations et chaque pas le faisait souffrir. Heureusement, quelques habitations se dessinaient au loin. Cette fois, sa vision ne le trompait pas. C'était bien le village de Safid Darreh, où vivait Afsana.

Comment pouvait-il avoir aussi froid par une telle chaleur ? Il claquait des dents.

— Avec l'appui de mon oncle, c'est Edward qui s'est arrangé pour que je puisse venir ici.

Il trébucha mais Piper le retint.

— Vous auriez dû rester à Washington, grommela-t-il.

— Vous n'auriez pas pu me sauver la vie, à Washington, répliqua-t-elle.

Mais alors, il s'effondra. Ses jambes ne le portaient plus.

— Dexter !

Il tomba à genoux. Jamais il n'avait vécu un tel calvaire. Il avait perdu trop de sang, il n'avait pas osé prendre le temps de confectionner un pansement de fortune plus efficace.

Il tenta de se relever mais, cette fois, n'y parvint pas.

— Debout ! lui ordonna Piper. Si, plus tard, vous êtes obligé d'avouer à vos hommes que vous vous êtes fait traîner sur les fesses par une femme, ça va vraiment vous coûter.

Il se mit à quatre pattes. Malgré la douleur, le froid et l'épuisement, il avait envie de rire.

Il respira à fond plusieurs fois puis se tourna légèrement vers Piper. Elle affichait une expression plus déterminée que jamais.

— Vous avez un sacré tempérament, vous savez.

— Possible… Mais pour le moment ce n'est pas le plus important. Donc, debout, soldat ! Sinon, je vais vraiment me mettre en colère. Je ne suis peut-être qu'une sénatrice mais, moi non plus, je n'abandonne personne.

— Laissez-moi seulement quelques instants, quémanda-t-il d'une voix faible.

Il allait devoir puiser très loin au fond de lui. Lors de sa préparation, quand il avait intégré les Navy Seals, il avait été poussé dans ses retranchements. Mais, finalement, en comparaison, ce n'était pas grand-chose. Ses ressources physiques étant épuisées, seul le mental allait lui permettre de tenir.

— Laissez-moi refaire votre bandage, proposa Piper.

— Non, nous n'avons pas le temps.

À tout moment, il pouvait perdre connaissance, il le sentait. Et Piper avait besoin de lui. Seule, elle ne survivrait peut-être pas.

Il parvint à se remettre debout.

— Si je m'évanouis, le nom de la personne que nous recherchons est Afsana Jamal. Sa maison est au fond de la cour, à l'opposé de l'entrée vers laquelle nous nous dirigeons.

— Nous pouvons lui faire confiance ? s'enquit Piper.

— Totalement.

Piper soutint son regard pendant plusieurs secondes, puis ils se remirent en route. Dexter s'encourageait mentalement : à chaque pas, le village, ceint d'un mur de pierres, approchait forcément.

Mais lorsqu'ils arrivèrent à l'entrée, son champ de vision se rétrécit brutalement. Puis tout se brouilla et devint noir.

Quand Dexter s'effondra, il entraîna Piper dans sa chute et elle heurta brutalement le sol.

— Dexter ? appela-t-elle.

Aucune réaction.

Elle le secoua doucement par l'épaule.

Toujours rien.

— Oh ! mon Dieu !

Avec appréhension, elle posa deux doigts contre sa gorge. Pendant une seconde ou deux, il n'y eut rien, puis son pouls repartit.

Elle poussa un long soupir de soulagement. Elle avait eu tellement peur qu'une larme coula sur sa joue. Elle l'essuya du revers de la main et s'exhorta à ne pas se laisser aller. Elle se leva et observa les environs. Personne. Elle devait partir seule à la recherche de cette femme : Afsana Jamal.

À part son nom, elle ne savait rien d'elle. Sa maison était censée se trouver au fond de la cour face à elle quand elle aurait poussé la porte d'entrée du village.

Elle prit une grande inspiration et tourna la poignée.

Elle jeta un regard par l'entrebâillement. Hormis quelques chèvres, il n'y avait personne.

Elle se retourna vers Dexter. Il avait toujours les yeux fermés.

Comment avait-elle réussi à l'aider à marcher ? Il était grand, large d'épaules, musclé. Même affaibli et inconscient, il dégageait toujours autant de force. Et il était terriblement sexy, songea Piper. Son pouls s'emballa. Un lien extrêmement fort s'était tissé entre eux en très peu de temps, en quelques heures. C'en était presque effrayant.

Elle n'avait pas le droit de le laisser mourir.

Mais la sueur lui dégoulinait le long de la colonne vertébrale, sur le front et les joues. Elle était tendue comme un arc.

Une fois encore, elle prit le temps d'inspirer à fond plusieurs fois. Puis, lentement, elle s'approcha de la maison. Avec de la chance, elle ne s'était pas trompée.

Elle frappa doucement. De l'autre côté de la porte, il y eut des bruits de pas. Puis quelqu'un ouvrit. Un homme !

## *Aéroport de Bagram, province de Parwân, Afghanistan*

Un hélicoptère noir se posa sur la piste. Markam se dirigea vers l'appareil. Un homme mince, aux traits durs, entièrement vêtu de noir et au regard bleu acier, en descendit : Carl Kruger, le P-DG d'Outcast, une société de sécurité privée sud-africaine et britannique, enregistrée dans les îles Vierges.

— Qu'est-ce que ça signifie ? demanda-t-il tout de go à Markam. Tout ce désordre pour éliminer une femme non armée et un Navy Seal convalescent ?

Quand il était en colère, Kruger s'exprimait avec un fort accent britannique. Markam l'avait déjà remarqué.

— *Deux* Navy Seals, rectifia-t-il.

— Quoi ?

— Cette femme non armée, comme vous l'appelez, a été sauvée par un autre Navy Seal blessé.

Markam tendit un dossier médical à Kruger.

— Le lieutenant Dexter Kaczewski. Je vais avoir besoin d'hommes supplémentaires. Nous avons déjà nettoyé la zone et nous nous sommes occupés des insurgés. Mais Piper Jones et ce Navy Seal ont disparu.

— Incroyable ! Et vous qui me disiez que ce serait du gâteau !

L'homme mystérieux qui, depuis les États-Unis, avait fait appel à eux ne devait pas être ravi non plus, songea Markam. Quant à Kruger, il détestait l'échec et les complications, et des éléments non prévus, comme Kaczewski, qui venaient bousculer ses plans le hérissaient. Après avoir quitté l'armée, il était reparti de zéro pour monter sa société privée. Dès le départ, son ambition avait été d'accumuler le maximum d'argent et de pouvoir. Et voilà que tout cela était remis en cause par ce Kaczewski.

— Ç'aurait dû être du gâteau, reprit Markam. Seulement, Tyler Keighley a été évacué une heure avant l'horaire prévu au départ. Et j'ai entendu dire qu'après l'embuscade les Navy Seals ont découvert un cadavre et l'ont identifié. Ce n'est pas bon !

— Ça, j'en fais mon affaire ! Je raconterai que Martin Carter a quitté mon service et qu'il est devenu incontrôlable. Je suppose que, d'ici vingt-quatre heures au plus, des enquêteurs arriveront sur place. Vous devez retrouver cette femme et le type qui est avec elle, et les réduire au silence au plus vite. Compris ?

— Compris, monsieur.

— Ah, et Markam… Si par malheur vous échouez encore, je vous jure de vous tuer moi-même.

## *Quartier général du NCIS, San Diego, Californie*

Austin prit le ballon de basket, avisa le cercle fixé au mur et shoota. Il poussa un juron puis, quand le ballon rebondit sur la tête de Derrick Gunn, son collègue, il éclata de rire.

Derrick, lui, émit un grognement et se tourna vers Amber Dalton, qui partageait leur bureau.

— Un rien amuse mon coéquipier !

Amber eut un petit rire et observa les deux hommes.

— Vous ne m'êtes vraiment d'aucune aide.

— Désolé… Mais le mariage, les couleurs qu'il faut pour décorer la salle, je crois que ce n'est définitivement pas notre truc.

— Je le crains, en effet, persifla Amber.

À ce moment-là, Kai Talbot, la supérieure d'Austin et Derrick, pénétra dans le bureau et les fit reprendre leur sérieux.

— Agents spéciaux Gunn et Beck, le directeur de la Navy vous attend à l'étage !

Austin fut immédiatement intrigué. Le directeur les convoquait en personne seulement pour des affaires importantes. Derrick et lui considérèrent leur patronne avec un air interrogateur.

— Allez, on y va, leur dit-elle simplement.

— Vous pouvez nous expliquer ce qui se passe ? insista Austin.

Kai Talbot ramassa un dossier sur le bureau et se contenta de lui retourner un regard appuyé. Bien, pas de doute, c'était une affaire importante. Derrick et lui se levèrent et suivirent leur patronne dans l'escalier.

Ils pénétrèrent dans le bureau du directeur, assis à sa table de travail. Celui-ci en vint directement au fait.

— Un incident s'est produit sur la base de Bagram, en Afghanistan. La sénatrice Piper Jones est portée disparue. Elle s'était rendue au chevet de son frère, Tyler Keighley, un Navy Seal blessé dix-huit heures auparavant lors d'une mission. Keighley est maintenant en sécurité à Landstuhl, en Allemagne. Un autre Navy Seal, le lieutenant Dexter Kaczewski, est lui aussi porté disparu.

Austin reconnut ce nom et pensa aussitôt à Amber. Tristan, son futur mari, était en affaires avec un dénommé Russell Kaczewski. Avait-il un lien de famille avec ce lieutenant des Navy Seals ?

La voix du directeur le ramena au présent.

— Le lieutenant Kaczewski était à la tête de l'équipe qui a perdu trois hommes durant cette mission. Quand le site de l'accrochage a été inspecté, le cadavre d'un des assaillants a été identifié : c'était un mercenaire qui travaillait pour Outcast, une société de sécurité privée dirigée par un ressortissant sud-africain, Carl Kruger. Ce mercenaire s'appelait Martin Carter et, jusque-là, c'est notre meilleur indice pour prouver que la mission des Seals était compromise. Ce sera le point de départ de votre enquête.

— En clair, vous pensez que les Seals ont été victimes d'une embuscade, monsieur ?

— Leur mission consistait à libérer trois marines enlevés la veille. À leur arrivée, tous trois avaient été exécutés. Ensuite, un des gardes du corps de la sénatrice Jones a disparu. Quant aux Seals survivants, ils ont unanimement déclaré avoir eu l'impression que les insurgés qui les ont attaqués les attendaient. Étant donné que la mission était évidemment secrète, les officiers veulent des réponses. Et vite ! C'est pour cette raison que je vous envoie tous les deux sur place. Agent Derrick Gunn, votre expertise sur le terrain n'est plus à démontrer. Agent Austin Beck, je sais que, quand il faut dénicher des informations, vous êtes d'une pugnacité hors norme. Retrouvez la sénatrice et le lieutenant, et voyez ce que vous pouvez apprendre sur cette embuscade. S'il y a eu une fuite, je veux le savoir.

— Monsieur, pourquoi nous ne travaillons pas en liaison avec la Sécurité diplomatique ?

— Parce que les gardes du corps de la sénatrice, justement assignés par la Sécurité diplomatique, étaient peut-être corrompus.

*Mince alors !*

— Tant que la base de Bagram ne sera pas de nouveau sécurisée, vous resterez à Kaboul. Recherchez Carl Kruger et interrogez-le. Je vous ferai parvenir un topo complet sur lui. Pour le reste, ramenez le lieutenant Kaczewski et la sénatrice Jones à la maison.

# 5

## *Safid Darreh, province de Parwân, Afghanistan*

Piper resta interdite. Elle cherchait une femme et se retrouvait devant un homme. Que faire ? Si elle commettait la moindre erreur, Dexter et elle pourraient y laisser la vie.

L'homme attendit quelques secondes. De son côté, elle ne prononça pas un mot. Il dit alors quelques paroles qu'elle ne comprit pas. Elle commença à reculer, mais l'homme fixa son regard. Immédiatement, il s'agita, parla plus fort et la saisit par le bras.

Elle se débattit, mais n'avait plus suffisamment de forces pour se libérer.

— Vous êtes en sécurité, déclara alors une voix douce. Assez, Raffi ! Elle est terrifiée.

L'homme la lâcha et elle se remit à reculer.

— Nous ne vous voulons aucun mal, déclara alors le dénommé Raffi, en américain lui aussi.

— Dexter, parvint-elle à articuler. Aidez-le, s'il vous plaît.

La femme qui était apparue à côté de Raffi prit un visage inquiet.

— Dexter ? Où est-il ?

— À l'extérieur du village. Il est blessé. S'il vous plaît.

— Raffi, viens avec moi. Vous, attendez-nous ici.

Tous deux partirent en vitesse. Piper était tellement épuisée qu'elle s'assit sur le pas de la porte. Petit à petit, elle recouvrait une respiration normale.

Quelques instants plus tard, l'homme et la femme revinrent. Le dénommé Raffi portait Dexter sur son épaule. Il pénétra dans la maison. La femme invita Piper à en faire de même. Elle s'empressa de claquer la porte derrière elles puis ferma également les volets.

Raffi déposa doucement Dexter sur le lit au fond de la petite pièce. Il était inerte, ses vêtements trempés de sang. Piper voulut se précipiter à son chevet mais la femme l'arrêta.

— Que s'est-il passé ? Qui êtes-vous ?

Piper hésita à répondre mais, après tout, c'était Dexter qui avait voulu qu'elle se rende dans cette maison. Elle devait elle aussi faire confiance à ces gens.

— Je m'appelle Piper Jones. J'étais venue à Bagram pour me rendre auprès de mon frère, un Navy Seal blessé en mission. Un de mes gardes du corps a essayé de me tuer. Et Dexter m'a sauvé la vie.

— Jones… Votre frère, est-ce Tyler Keighley ?

— Oui, absolument.

— Nous le connaissons. Il nous a déjà parlé de vous. C'est un grand honneur de vous accueillir dans notre maison. Je m'appelle Afsana Jamal. Raffi est mon mari.

Afsana avait de splendides cheveux noirs tressés en une longue natte qui lui tombait dans le dos, des yeux d'un bleu limpide, les joues hautes et les lèvres pleines. Elle était vraiment très belle.

— Dexter…

— Ne vous inquiétez pas, mon mari va le soigner.

Afsana l'invita à passer dans une seconde pièce et, peu après, revint avec une bassine d'eau.

— Rafraîchissez-vous et, si vous souhaitez vous changer, n'hésitez pas à prendre des vêtements dans mon armoire.

Elle s'approcha et lui posa la main sur l'épaule.

— Nous sommes heureux de vous aider, n'ayez crainte.

— Merci infiniment.

Afsana quitta la pièce et, sans attendre, Piper se dévêtit et mit ses vêtements en tas dans un coin. Elle se lava rapidement avec l'eau et le morceau de savon.

Elle inspecta ensuite le contenu de l'armoire et passa une robe en coton bleue toute simple puis se sécha les cheveux avec une serviette.

Quand elle fut prête, elle retourna dans l'autre pièce. Elle poussa un gémissement. Afsana et son mari avaient retiré la chemise de Dexter. Sa blessure était ouverte et enflée. Raffi se chargeait de la nettoyer avec précaution.

Afsana se tourna vers Piper, le regard préoccupé.

— Il est très faible. Ses points de suture ont cédé et doivent être refaits. Il a de la fièvre et il faut lui administrer des antibiotiques le plus tôt possible.

— Vous en avez ?

Afsana se tourna vers son mari, qui afficha une moue désolée.

— Que pouvons-nous faire ? enchaîna Piper.

— Nous sommes dans une situation embarrassante. Mon cousin doit arriver d'un moment à l'autre, et il ne porte pas les Américains dans son cœur. Mais nous devons être là à son arrivée. Sinon, ce serait un affront. Mon mari emmènera mon cousin au marché et moi, je me chargerai de cacher Dexter.

— Que cherchez-vous à me dire ?

— Que vous devez aller chercher les antibiotiques.

— Oh ! mon Dieu ! Mais comment ?

— Il y a une ville à moins de deux kilomètres d'ici.

— Charikar ?

— Oui, c'est ça. Une femme, le docteur Blessing Contee, y dirige une clinique humanitaire. Elle connaît Dexter, elle acceptera de l'aider. Vous devez aller la chercher.

Piper eut soudain besoin de s'asseoir, pour digérer l'information. Puis elle observa Dexter. Il tournait la tête de droite à gauche, en proie à la fièvre et au délire. Il avait le visage émacié, il semblait souffrir. S'il ne recevait pas les soins dont il avait besoin…

— Entendu, j'irai.

Afsana sourit.

— Merci. Mais vous ne pouvez pas y aller comme ça. Ici, les femmes sortent habituellement en groupe. Seule, vous attireriez trop l'attention.

— Alors que…

— Un moment.

Afsana disparut et revint quelques minutes après avec des vêtements d'homme.

— Vous voulez que je m'habille en homme ?

— Oui, mais prenez soin de garder une écharpe nouée autour de la tête et de dissimuler votre visage. C'est risqué, mais un homme seul risque moins d'attirer les regards. Ces vêtements sont à mon fils. J'ai également trouvé cela dans la poche de chemise de Dexter.

Afsana lui posa dans la main deux insignes en métal. Ses insignes de lieutenant.

Piper déglutit, troublée, puis elle retourna dans l'autre pièce pour se changer. Elle enfila un pantalon large en coton, une tunique, une veste sombre et une paire de sandales en cuir. Elle rangea les insignes dans une poche. Les avoir sur elle lui donnerait du courage.

Quand elle revint dans l'autre pièce, Afsana lui tendit une bouteille d'eau et un morceau de pain.

— Sortez du village et ne parlez à personne. Si quelqu'un vous interpelle, posez-vous une main sur la gorge puis sur la bouche et secouez la tête pour indiquer que vous êtes muet. La plupart des gens n'insisteront pas. Soyez prudente quand vous longerez la route, des convois de rebelles y passent de temps en temps. Mais ils ne devraient pas vous importuner. Je vais vous dessiner un plan pour que vous sachiez où aller à Charikar. Il y a beaucoup de monde en ville, vous vous fondrez dans la foule. Ne regardez personne droit dans les yeux. Je suis sûre que tout va bien se passer.

— Puis-je rester un instant seule avec Dexter ?

— Bien sûr. Viens, Raffi.

Tous deux sortirent.

Piper s'agenouilla à côté de Dexter. Il émit un gémissement et entrouvrit les yeux. Son regard se fixa sur elle.

— Mon bel ange…, murmura-t-il.

— Je souhaiterais de tout cœur être un ange et provoquer un miracle, vous savez.

— Vous ne risquez rien avec moi. Je suis un Navy Seal. Nous, nous ne provoquons pas de miracles, nous les réalisons.

Dans son délire, il sourit.

— Je n'ai pas cessé d'avoir envie de vous embrasser. Je pensais aussi à survivre et à veiller sur vous, mais avant tout j'avais envie de vous embrasser.

Elle aurait dû être gênée, mais il n'en fut rien. Son univers avait basculé, elle avait perdu ses repères. Ils s'étaient appuyés l'un sur l'autre pour survivre. Washington, Brad, tout cela paraissait à des années-lumière.

— C'est vrai, vous vouliez m'embrasser ?

Cédant à son élan, elle caressa son visage. La sensation de sa barbe de trois jours sous ses doigts était délicieuse. Elle croisa son regard et fut bouleversée. Elle n'était pas certaine de revenir de Charikar. Bien sûr, elle était déterminée à réussir, mais ce serait tellement périlleux ! Partir sans avoir embrassé Dexter au moins une fois devenait insupportable. Elle se pencha en avant et, quand ses lèvres effleurèrent les siennes, une onde dévastatrice la traversa.

Elle s'abandonna à ce baiser, à la douceur de ses lèvres brûlantes.

Enfin, elle se redressa et déclara :

— Je reviendrai.

Il fronça les sourcils.

— Comment ça ? Où allez-vous ? Ne faites pas n'importe quoi, Piper.

Il y avait de la colère dans sa voix mais cela ne semblait pas dirigé contre elle.

— Tout va bien, assura-t-elle d'un ton apaisant. Afsana ? appela-t-elle.

La seconde d'après, Afsana et Raffi revenaient dans la pièce.

Se relever et s'éloigner de Dexter fut une épreuve. C'était comme si tout son corps protestait. Elle fit de son mieux pour refouler ses sentiments.

— Piper…, reprit Dexter d'une voix faible. Vous avez intérêt à…

Il laissa sa phrase en suspens et roula de côté pour s'appuyer sur un coude. La douleur le faisait grimacer.

— Je peux me lever, prétendit-il.

— Non, ne dites pas n'importe quoi. Cessez de jouer au macho, je m'occupe de tout.

Il voulut protester mais n'émit qu'un grognement et finalement retomba.

Avant que Piper ne parte, Afsana noua avec dextérité un foulard autour de sa tête.

— Bonne chance ! Je regrette de ne pas pouvoir vous accompagner.

— Je comprends et il n'y a pas de temps à perdre. J'espère que tout se passera bien, mais si je ne reviens pas…

— Vous reviendrez. D'ici là, nous prendrons soin de Dexter. Je vous le promets.

Piper sortit et la porte se ferma derrière elle.

Dans la rue, quelques enfants jouaient ; un vieil homme était occupé à nettoyer un four extérieur. Quelques commerçants vendaient des fruits et des épices dont les effluves lui piquèrent le nez.

Elle se mit en marche et regarda droit devant elle. Elle avançait d'un bon pas, malgré la chaleur qui pesait déjà sur elle. Dès qu'elle eut quitté le village, elle sortit la bouteille d'eau que lui avait donnée Afsana et but plusieurs gorgées. Elle la rangea et continua.

Au bout d'un quart d'heure de marche, un bruit de moteur s'éleva derrière elle. L'instant d'après, un véhicule passa à sa hauteur. Elle baissa la tête. Mais le véhicule ralentit et une voix s'adressa à elle.

Elle ne comprit pas un mot.

Elle releva tout de même la tête et eut un coup au cœur. Un camion plein d'hommes armés à l'arrière s'était arrêté le long de la route et c'était l'homme assis côté passager qui avait parlé. Elle tira discrètement sur ses manches pour dissimuler ses mains prises de tremblements et s'ordonna de garder son sang-froid.

Elle désigna sa gorge puis sa bouche. L'homme dit de nouveau quelque chose et désigna l'arrière du camion. Un frisson la parcourut. Soudain, la vie de Dexter ne semblait plus tenir qu'à un fil. Il fallait à tout prix qu'elle se sorte de ce mauvais pas et revienne avec un médecin.

Elle inspira et expira pour maîtriser les battements de son cœur.

Apparemment, l'homme lui proposait de monter à l'arrière du camion pour lui éviter d'avoir à continuer à pied. Sa démarche n'était pas forcément hostile. Pour autant, elle fit non de la tête, remercia d'un signe du bras. L'homme prononça quelques mots et le camion repartit.

Elle reprit sa marche. Elle avait le souffle court, la gorge serrée.

Malgré cela, elle osa relever la tête pour observer la route : le camion n'était plus qu'un petit point au loin. Ouf ! Elle ne put retenir un soupir de soulagement.

Pour se détendre un peu plus, elle contempla le ciel, le paysage.

Mais, très vite, elle se remit à penser à Dexter. Le baiser qu'elle avait échangé avec lui avait été extrêmement fort. Son attirance lui faisait presque oublier son chagrin d'avoir perdu Brad. Jamais elle n'avait éprouvé cela, et elle en concevait une certaine culpabilité. Brad avait été l'amour de sa vie, mais avec Dexter cela semblait… différent. Plus intense, presque dévorant. Brad était décédé dix-huit mois auparavant, ce qui était à la fois peu et beaucoup. Dans l'accident, elle avait également perdu le bébé qu'elle portait et, ensuite, elle avait appris que jamais plus elle ne pourrait avoir d'enfant. Tout cela faisait beaucoup de traumatismes à surmonter.

Mais, même si elle y parvenait, Dexter était un Navy Seal. En d'autres termes, un homme qui vivait constamment avec le danger et qui était en mission à l'étranger la majeure partie de l'année. Partager ce genre de vie ne l'attirait pas vraiment. Quand elle s'engageait, c'était à cent pour cent. Elle était du genre fusionnel, même si tous les aspects de la vie de l'homme qu'elle aimait ne lui plaisaient pas. La politique, par exemple, c'était souvent éprouvant. Mais, avant l'accident, elle ne connaissait pas la peur, elle était prête à affronter tous les tracas de l'existence. Perdre Brad avait tout remis en question. Revivre une telle expérience était au-delà de ses forces.

Elle chassa toutes ces pensées de son esprit et termina la bouteille d'eau.

Deux hommes qui tiraient un âne et deux chameaux apparurent alors face à elle. Le paysage n'était pas si différent de celui de l'Utah, mais la présence des chameaux lui rappelait qu'elle était dans un pays étranger.

Penser à Brad ne faisait que raviver son désir d'avoir une

famille. Brad était comme Dexter : un homme courageux, animé de principes forts. Un homme bien.

La sensation des lèvres de Dexter était encore présente dans son esprit. Elle ferma les yeux. Non, elle n'avait pas envie de vivre des moments encore plus intenses avec Dexter, la peur et l'adrénaline étaient à l'origine de son attirance pour lui. Voilà tout !

Vraiment ?

N'était-elle pas en train de se mentir ? Il semblait que si. Peut-être était-elle sur le point de faire définitivement le deuil de Brad.

À cette idée, elle eut soudain envie de pleurer.

Mais Brad n'aurait jamais voulu qu'elle vive le reste de sa vie dans la prostration ! Elle en était convaincue.

Soudain, Charikar se matérialisa devant ses yeux, la ramenant à l'urgence de la situation. Au lieu de se torturer l'esprit, elle devait d'abord songer à sauver Dexter.

Elle observa l'entrée de la ville. Celle-ci était gardée par deux hommes en armes, appartenant manifestement aux forces de sécurité de la province de Parwân. Une barrière arrêtait les véhicules, qui étaient fouillés avant d'être autorisés à repartir, tandis que les piétons passaient sur le côté.

Piper tenta d'adopter une démarche moins raide, plus naturelle. Les deux gardes étaient occupés à inspecter une voiture. Piper passa le long et franchit la barrière sans être inquiétée. Une fois dans la ville, elle déplia le petit plan sur lequel Afsana avait noté l'itinéraire.

Pour atteindre la clinique, elle avait encore une bonne marche à effectuer. Charikar semblait assez étendue et l'animation y était aussi importante que dans une ville des États-Unis, à la différence que les voitures paraissaient plus anciennes. Les gens marchaient vite et ne prêtaient pas attention à elle. Elle se fondit dans le flot et avança à bonne allure elle aussi.

Elle suivait strictement l'itinéraire d'Afsana. À un moment, elle prit à gauche et se retrouva dans un quartier résidentiel et plus calme.

Plus loin, elle tourna à droite et se retrouva à un carrefour important. Elle avait atteint le centre-ville. Les commerces étaient très nombreux.

Elle traversa le bazar, qui bruissait d'éclats de voix, et zigzagua pour se frayer un chemin dans la foule. Quand elle ressortit, elle poussa un soupir de soulagement.

Elle était presque arrivée. Rapidement, la clinique apparut devant elle. Elle hâta encore le pas et poussa la porte. Elle se retrouva dans un vestibule avec un bureau d'accueil.

Une jeune femme leva les yeux sur elle et lui dit quelques mots qu'elle ne comprit pas. En outre, sa marche rapide, la chaleur intense et le stress l'avaient essoufflée.

— Aidez-moi, parvint-elle enfin à articuler.

La jeune femme fronça les sourcils puis se leva et contourna le bureau. Elle passa un bras autour de ses épaules et la fit asseoir sur une chaise. Après quoi, elle écarta le foulard et, découvrant ses cheveux blonds, poussa un petit gémissement de surprise.

— Vous êtes américaine ? s'enquit-elle en anglais.

Piper acquiesça.

— De l'eau, s'il vous plaît, demanda-t-elle d'une voix faible.

À cet instant, deux soldats afghans pénétrèrent dans le hall. Piper se raidit. S'ils remarquaient qu'elle était américaine, ils lui demanderaient fatalement ce qu'elle faisait là.

— Aidez-moi, s'il vous plaît, répéta-t-elle à la jeune femme à côté d'elle.

Celle-ci n'hésita pas un instant :

— Bien sûr. Dites-moi ce qui ne va pas.

Apparemment, les deux soldats ne faisaient pas attention à elle. Piper se détendit.

La jeune femme appela alors quelqu'un et, la seconde suivante, un homme apparut. Il parut demander aux soldats ce qu'ils désiraient. Après un bref échange, l'homme acquiesça, s'absenta quelques secondes et revint avec une boîte qu'il leur donna. Les soldats remercièrent et s'en allèrent.

— Que faites-vous ici ? lança alors la jeune femme à Piper. Charikar n'est pas sûre pour une Américaine seule.

— Je suis venue pour le lieutenant Dexter Kaczewski. Vous ou la personne qui dirige cette clinique le connaissez. Il est blessé et a besoin de soins d'urgence.

La jeune femme prit une expression préoccupée.

— Pierre ! appela-t-elle.

L'homme qui s'était adressé aux soldats réapparut et échangea quelques paroles en français avec la jeune femme. Il revint quelques instants plus tard avec une bouteille d'eau. Piper s'en empara et but goulûment.

— Êtes-vous le docteur Contee ? demanda-t-elle ensuite à la jeune femme.

— Oui, mais vous pouvez m'appeler Blessing. Les amis du lieutenant Kaczewski sont mes amis. Pierre est mon mari. Venez, vous allez vous rafraîchir.

— Non, il n'y a pas de temps à perdre. Dexter a besoin d'aide.

— Entendu.

Elle se tourna vers son mari.

— Aide-la à boire doucement.

Puis elle se leva et se dirigea vers une armoire fixée au mur qu'elle ouvrit.

— Qu'est-il arrivé au lieutenant ?

Entre deux gorgées, Piper lui expliqua tout, de sa blessure en mission à leur fuite qui s'était terminée chez Afsana.

— Il saignait ?

— Oui, beaucoup.

— Et il saignait toujours quand vous êtes partie ?

— Oui. Ses points de suture ont lâché quand il s'est battu avec l'homme qui s'en est pris à moi. Je le connais depuis à peine vingt-quatre heures, vous savez, mais…

L'émotion l'étrangla.

Pierre, le mari de Blessing, lui posa la main sur l'épaule pour la réconforter et lui sourit.

— Vous avez été très courageuse de venir jusqu'ici. Et vous avez bien fait.

— Oui, c'est vrai, renchérit Blessing.

— Malgré sa blessure, il m'a sauvé la vie, reprit Piper. C'est un homme formidable.

— Je sais, acquiesça Blessing. C'est un combattant, mais avant tout un protecteur. N'ayez crainte, il est entre de bonnes mains. Afsana et son mari sont des gens très ouverts. Avec eux, Dexter ne risque rien.

Blessing avait rassemblé plusieurs ampoules, seringues, bandes de gaze et autres antiseptiques. Elle mit le tout dans un sac.

— Je dois aller m'occuper de Dexter, annonça-t-elle à son mari. Je te confie la clinique. Je reviens dès que possible.

Elle s'approcha de lui et lui donna un petit baiser.

— Sois prudent, mon amour, lui dit-il en français.

Piper maîtrisait un peu cette langue. L'évidente complicité entre Blessing et son mari la toucha. Elle pensa à Dexter et au baiser qu'ils avaient échangé.

Une minute plus tard, elles sortirent de la clinique par l'arrière et débouchèrent sur une allée où était garée une jeep. Piper était soulagée de ne pas avoir à retourner chez Afsana à pied. De plus, elle revenait avec un médecin. Elle reprenait espoir.

Blessing s'installa au volant et démarra. Les rues encombrées ne semblaient pas la déranger, elle était apparemment accoutumée à la conduite à Charikar. Quand elles arrivèrent au point de contrôle à l'entrée de la ville, elle s'adressa sans hésiter au garde en faction. Celui-ci fit un tour rapide de la jeep et donna l'ordre de lever la barrière.

Blessing redémarra et roula plus vite.

— Que faites-vous en Afghanistan ? lui demanda-t-elle.

Piper lui donna toutes les explications. Blessing haussa les sourcils.

— Une sénatrice américaine victime d'une agression perpétrée par ses gardes du corps, voilà qui n'est pas banal. C'est pour cette raison que vous n'avez pas alerté les autorités ?

— Oui. Dexter considérait que c'était trop risqué.

— Dans ce cas, je m'en remets à son jugement. Il est le plus à même de savoir comment procéder.

Elles ne mirent pas longtemps à atteindre le village. Quelques curieux les observèrent, mais sans se montrer spécialement intéressés. Elles descendirent de voiture et Piper frappa à la porte.

Afsana ouvrit presque aussitôt et les accueillit avec un grand sourire.

— Entrez vite, je suis heureuse de vous voir.

Une fois la porte refermée, Afsana les étreignit tour à tour.

— Merci d'être venue, dit-elle à Blessing. Je savais que Piper réussirait.

— Comment va-t-il ? s'enquit Blessing.

Deux jeunes garçons apparurent alors, d'environ six et huit ans, estima Piper. Ils la regardèrent avec timidité, le plus jeune lui sourit.

— Ce sont Israr et Emad, deux de mes fils, précisa Afsana. Raffi va les emmener chez un cousin.

Quelques instants après, Raffi entra justement dans la pièce, les salua puis s'adressa aux deux enfants. Ceux-ci se préparèrent et leur père sortit avec eux.

Toutes trois se rendirent dans la chambre où Dexter se reposait. Il était torse nu, son flanc blessé bandé. Blessing s'agenouilla à côté de lui.

— Afsana, pouvez-vous m'apporter de l'eau chaude ?

Piper était soulagée. Elle avait eu tellement peur de ne pas revenir ou de ne pas arriver à temps ! Afsana lui prit brièvement la main.

— Il va s'en sortir !

Piper acquiesça puis s'approcha du lit tandis qu'Afsana allait chercher de l'eau. Elle s'agenouilla à son tour et écarta les cheveux trempés de sueur de Dexter. Il entrouvrit les yeux.

— Oh ! L'ange est revenu.

— Oui, Dexter, et avec un médecin.

Il soupira, puis tourna la tête.

— Bonjour, Blessing.

— Je constate que vous avez envie d'avoir une nouvelle cicatrice, lieutenant.

— Oui, juste une petite.

Blessing releva ses manches et enfila des gants en latex.

— Les Navy Seals ont le chic pour tout minimiser, commenta-t-elle.

Quand elle souleva le bandage, Dexter poussa un gémissement de douleur. Blessing prit un air sérieux et leva les yeux.

— Piper, je vais avoir besoin de votre aide.

# 6

Piper n'arrivait pas à détacher son regard de Dexter. Elle avait besoin de le toucher. Pas seulement parce qu'il était blessé. Même dans son état, sa présence la rassurait.

Blessing lui tendit deux comprimés puis une bouteille d'eau.

— Faites-lui prendre ces médicaments.

Blessing sortit ensuite une seringue et une ampoule.

Dexter détourna le regard.

— Je suis allergique à…

— La morphine, oui, je m'en souviens. Ces comprimés sont de simples analgésiques et ils vont contribuer à faire tomber la fièvre.

Dexter ouvrit la bouche et avala les deux comprimés avec une gorgée d'eau.

Après avoir fait une anesthésie locale à Dexter, Blessing sortit une aiguille et du fil médical.

— J'aimerais vraiment ne plus avoir à vous recoudre, Dexter, vous savez, lui dit-elle tandis qu'elle se mettait au travail.

— Je vous comprends, mais j'aime bien passer entre vos mains.

Blessing secoua la tête et sourit. Elle prit un petit ciseau et termina de recoudre sa blessure avec dextérité.

— Ne prenez pas de mauvaises habitudes, rétorqua-t-elle.

Elle vérifia que les points étaient bien faits, inspecta de nouveau la plaie et la nettoya.

— Je n'ai jamais vu des points de suture arrachés aussi sauvagement, dit-elle.

Piper, malgré sa réticence, observa la blessure de Dexter. La peau était enflée et meurtrie.

— L'homme qui a tenté de me tuer savait que Dexter était

blessé et il ne s'est pas gêné pour le frapper à cet endroit-là. Mais cela n'a fait que ralentir Dexter.

— J'espère que ce type a eu son compte.

— Je m'en suis assuré, assena Dexter. Et Piper a fini le travail, ajouta-t-il.

Au ton de sa voix, il semblait fier d'elle. Ce qui la mettait un peu mal à l'aise et lui fit baisser les yeux.

Dexter lui tendit la main. Elle la prit et il serra fort ses doigts.

— Vous avez encore mal, n'est-ce pas ? lui demanda Blessing.

Il répondit d'un simple grognement.

Blessing prit de nouveau une seringue et lui administra un nouvel analgésique.

Piper n'arrivait toujours pas à détacher son regard de lui. Elle détaillait le contour de ses pectoraux, de ses biceps. Elle était subjuguée.

Blessing, elle, semblait au contraire indifférente, entièrement concentrée sur sa tâche. Comment faisait-elle ? se demanda Piper. Pour sa part, elle n'avait pas vu un homme aussi beau… depuis Brad.

Bon, d'accord, Dexter avait un physique encore plus avantageux que Brad. Cette réflexion lui serra la gorge. Chaque fois, le même sentiment de culpabilité l'assaillait.

— C'est vraiment un miracle qu'il soit arrivé jusqu'ici, commenta Blessing. Sa blessure est profonde et il a perdu beaucoup de sang.

— À ce que j'ai compris, ses hommes et lui sont tombés dans une embuscade. Tyler, mon frère, fait partie de son unité et il a été gravement blessé. Mais il a été évacué à Landstuhl.

— Les installations médicales de cette base sont excellentes, je suis certaine qu'il est entre de bonnes mains, la rassura Blessing.

Piper ne répondit pas. Le seul bruit dans la pièce était la respiration de Dexter. Il avait les yeux fermés. Ses traits n'étaient pas détendus mais il paraissait moins souffrir.

Blessing se redressa et fit des étirements pour détendre son dos.

Piper caressa le visage de Dexter. Il n'était plus brûlant.

— Vous vous sentez capable de veiller sur lui quelques jours ? lui demanda Blessing.

— Oui, je suis certaine qu'il ne va pas tarder à se remettre.

— Oh ! ça oui ! Il a une santé de fer, il est courageux, et plutôt têtu, aussi.

Elle eut un petit rire.

— Et c'est un très bel homme, souligna-t-elle dans un soupir. Si je n'avais pas Pierre…

La remarque éveilla instantanément la jalousie de Piper. Blessing était vraiment quelqu'un de bien et Dexter avait de la sympathie pour elle, ce qui était parfaitement normal. Toutefois, que Blessing soit mariée rassurait Piper.

C'était étrange. Quel droit avait-elle de se sentir jalouse ? Elle connaissait Dexter depuis tellement peu de temps ! Mais, en quelques heures, ils avaient vécu des événements très forts. Elle avait été victime d'une tentative de meurtre dont elle ignorait les motifs. Dexter l'avait sauvée et, désormais, leur destin était lié. Ensemble, ils découvriraient qui lui en voulait et pourquoi.

Elle trempa un linge propre dans la bassine d'eau et essuya le visage et le cou de Dexter.

— Je ne vois pas d'alliance à votre doigt, remarqua Blessing qui la regardait faire. Vous n'êtes pas mariée ?

— Je l'étais. Mon mari est décédé dans un accident il y a dix-huit mois.

— Oh ! Je suis désolée, Piper. Je ne peux qu'imaginer à quel point ça a dû être difficile pour vous.

— Oui. Brad, mon mari, était un homme bien. Je suis sénatrice parce que j'occupe son siège jusqu'à la fin de son mandat en cours. Je tenais à mener à bien les promesses qu'il avait faites à ses électeurs.

— Ah, la politique… Je n'en suis pas très friande.

Piper sourit.

— Disons que c'est un mal nécessaire.

— Et vous n'avez pas d'enfants ?

— Non. J'ai perdu le bébé que je portais dans l'accident qui a coûté la vie à Brad.

Blessing baissa les yeux, visiblement émue.

— Vous avez vraiment beaucoup souffert. Vous aussi, vous êtes très courageuse.

— Et vous ? Vous avez des enfants ?

— Non, pas encore. Je crois que Pierre et moi, nous y songerons quand nous ne travaillerons plus dans un pays en guerre.

— Et comment avez-vous rencontré Dexter ?

— Eh bien, quand le conflit battait son plein, il était très compliqué d'être approvisionné régulièrement en médicaments et matériel médical. Mon petit dispensaire accueillait de nombreux blessés, c'était difficile de faire face. Un jour, nous nous sommes fait dérober une importante livraison. Dexter et son unité ont été envoyés à la poursuite des hommes qui nous avaient volés. Ils ont tout récupéré. Grâce à eux, de nombreuses vies ont été sauvées. Dexter est venu en personne nous remettre le matériel médical. J'ai compris que, pour lui, ce n'était pas seulement une mission de plus. Il l'avait prise à cœur. Même s'il est militaire, c'est avant tout un humaniste. Je lui serai éternellement redevable. Alors n'ayez crainte, je ne dirai à personne que j'ai croisé la route d'une sénatrice américaine qui se cache dans un petit village d'Afghanistan ou que je l'ai soigné, lui, sans qu'il se soit présenté à mon dispensaire.

Piper lui sourit.

— Merci beaucoup.

— Que comptez-vous faire quand il sera rétabli ?

— Nous tenterons de retourner aux États-Unis.

— Je peux vous aider. Dexter doit observer un repos total pendant trois jours. Ensuite, je reviendrai le voir. S'il est en état, je vous conduirai à Kaboul. Depuis là-bas, vous devriez réussir à prendre un avion pour les États-Unis.

— Oui, il y a une compagnie qui effectue fréquemment la liaison. Encore une fois, merci, votre aide nous sera très précieuse.

Blessing commençait à ranger son matériel. Elle contempla encore une fois son travail, observa le visage de Dexter puis se leva.

— J'insiste, il doit se reposer trois jours pleins. Ce devrait être suffisant pour que la fièvre tombe complètement et qu'il recouvre quelques forces, sachant qu'il a des capacités physiques bien au-dessus de la moyenne. Je vous laisse des antibiotiques et des analgésiques.

Elle détailla les doses et fréquences à respecter.

— Veillez à ce qu'il s'hydrate régulièrement. Et faites-le manger. Afsana prépare un excellent bouillon.

Afsana, justement, apparut dans la pièce avec un bol et une assiette.

Piper suivrait les instructions de Blessing à la lettre. Elle voulait que Dexter soit sur pied et en mesure de voyager le plus rapidement possible. D'autant qu'ils affrontaient une menace inconnue.

— Si jamais la fièvre ne tombe pas ou que son état empire, venez me chercher à Charikar et je reviendrai, poursuivit Blessing. Mais je serais étonnée que ce soit le cas. Évidemment, il serait mieux à l'hôpital. Mais les Navy Seals sont habitués à affronter des situations anormales. Et vous, vous devez également vous ménager. Mangez bien, reposez-vous. Ne vous épuisez pas à veiller sur lui, ce serait contre-productif. D'accord ?

Piper acquiesça et Blessing la serra dans ses bras.

— Vous êtes très courageuse, très forte.

— Merci, dit Piper avec un sourire ému.

Elle prit l'assiette qu'Afsana avait apportée ainsi que le bol de bouillon pour Dexter et déposa le tout à côté de son lit.

Afsana raccompagna Blessing à la porte.

Quelques instants plus tard, le moteur de la jeep démarra bruyamment.

Piper repoussa ses cheveux en arrière, se pencha vers Dexter et lui posa la main sur l'épaule. Il ouvrit légèrement les yeux.

— Il est temps de vous soigner et de manger.

— J'ai dormi pendant que Blessing était là ? Mince.

Piper lui sourit.

— Vous lui avez parlé. Elle vous a donné un analgésique, c'est pour cela que vous ne vous en souvenez pas. Elle vient de partir mais elle sera de retour dans trois jours.

— Nous ne devons pas rester là !

— Nous sommes en sécurité et vous avez besoin de récupérer, Dexter. Nous ne bougerons pas pendant trois jours.

— Quoi ?

— Ce sont les ordres du médecin.

Il soupira.

— J'ai l'impression que vous vous êtes liguées contre moi.

— Comment vous sentez-vous ?

— Pas très bien.

— Vous avez faim ?

— Un peu.

Elle prit le bol et la cuillère mais Dexter ne pourrait pas manger seul, réalisa-t-elle. Elle reposa le tout et contourna le lit.

— Je vais m'installer de l'autre côté pour vous faire manger.

— Vous ne me croyez pas capable de manger tout seul ?

Sa voix trahissait sa fatigue mais également son orgueil piqué au vif.

Elle haussa les sourcils.

— Vous voulez essayer ?

— Non.

— Alors tenez-vous tranquille.

Elle s'installa sur le bord du lit et passa doucement les mains sous ses épaules pour l'aider à se redresser légèrement, le tirer vers elle et poser sa tête sur ses propres genoux.

Qu'il se retrouve ainsi contre elle lui procura des frissons. Ses cheveux étaient doux, et la chaleur qu'il dégageait lui faisait un bien fou. Un sentiment de bien-être qu'elle avait rarement connu la gagna.

Certes, la culpabilité continuait de la tenailler, mais ce n'était pas suffisant pour qu'elle parvienne à bloquer ses sensations. Depuis la mort de Brad, aucun homme n'était parvenu à franchir les barrières qu'elle avait érigées autour de son cœur. Et voilà que, en l'espace de vingt-quatre heures, Dexter avait réussi ce tour de force.

C'était comme si son corps sortait d'un engourdissement prolongé et lui rappelait ce qu'être en vie signifiait.

Comment aurait-elle pu résister ?

Elle tendit le bras pour prendre le bol et la cuillère et commença à lui donner à manger. Il semblait contrarié mais ne dit rien.

— Ne m'obligez pas à vous gronder pour que vous acceptiez de manger.

— Je n'ai pas cinq ans, répliqua-t-il, clairement vexé.

Elle lui retourna un regard appuyé.

— Alors prouvez-le.

De mauvaise grâce, il finit par ouvrir la bouche. Il avait l'habitude de tout contrôler, et ne pas pouvoir manger tout seul était certainement une blessure pour son ego, comprit Piper.

Cependant, après quelques cuillerées, il émit un gémissement de contentement.

— Vous voyez, c'est bon.

Il leva la tête pour la regarder.

— Très bon, oui.

Il continua à l'observer.

— Comment vous sentez-vous, Piper ?

Après tout ce qui était arrivé en l'espace de vingt-quatre heures, elle ne s'était même pas posé la question. Elle se retrouvait en cavale dans un pays étranger, en compagnie d'un Navy Seal très séduisant qui ne la laissait pas indifférente, avec la peur et le danger omniprésents. Elle n'avait plus ses repères.

— J'ai connu des jours meilleurs. Je me demande vraiment comment vous faites pour vivre de tels événements au quotidien.

Il accepta une nouvelle cuillerée.

— Disons que le terrain, c'est mon bureau. S'il fallait que je passe mes journées à donner des directives sans en voir l'aboutissement, je deviendrais fou.

— En gros, vous aimez donner des ordres et les voir suivis à la lettre.

— D'une certaine façon, être au cœur des combats dans un pays en guerre, c'est facile. L'ennemi est identifié et l'objectif est de les neutraliser et de garder la vie sauve. Que les hommes que j'ai sous mes ordres soient des crétins ou des types intelligents n'y change rien. En politique, c'est différent car vous ne savez jamais qui va vous poignarder dans le dos.

Cette façon de présenter les choses la fit rire.

— On ne peut tout de même pas tout régler par le conflit. Si la diplomatie, la négociation et le compromis n'existaient pas, il y aurait des morts chaque fois que l'on tente de faire passer une nouvelle loi.

Il sourit à son tour et ils se regardèrent longuement en silence.

— Vous avez une véritable foi.

— Une véritable foi ? releva-t-elle.

— Oui. Il n'y a rien de plus dangereux que les gens qui se lancent en politique uniquement par ambition personnelle. Vous, vous avez vécu un drame, mais au lieu de tout faire pour l'oublier vous avez décidé de poursuivre l'œuvre de votre mari, même si vous saviez que ça ne ferait que vous rappeler chaque jour le drame de sa disparition. Vous le faites par conviction, parce que vous avez foi en ce qu'il faisait. C'est admirable.

Ce compliment la toucha si fort qu'elle fut au bord des larmes.

— Je n'avais pas le choix.

— Vous vous battez pour ce en quoi vous croyez. Vous jugez cela d'autant plus important que votre mari n'est plus là pour porter ce combat. C'est ce que j'appelle la véritable foi. Dans mon cas, c'est pareil. Ce qui me permet d'affronter les dangers du quotidien, c'est ma conviction d'être en phase avec ce en quoi je crois. Avoir un bon physique, c'est important, mais si le mental ne suit pas, c'est peine perdue. Bien sûr, je regrette que mes choix de vie aient affecté et éloigné de moi des gens qui m'aimaient et que j'aimais en retour. Mais pas suffisamment pour que cela me pousse à renoncer à ma carrière. Deux femmes ont compté dans ma vie et je les ai toutes les deux perdues. Mais être un Navy Seal, c'est ma passion, je n'arrive pas à m'en passer. C'est ce que je me répète chaque matin et c'est cela qui me fait aller de l'avant.

Ses propos touchèrent un point sensible en elle. C'était la première fois qu'elle éprouvait cela. Certes, elle poursuivait le combat de Brad mais, une fois son mandat terminé, que ferait-elle ? Elle l'ignorait totalement. Depuis de nombreuses années, elle s'était avant tout attachée à soutenir son mari, à rester à ses côtés. Au point qu'elle en avait oublié de vivre pour elle-même. Les propos de Dexter lui donnaient matière à réflexion.

Elle insista pour qu'il finisse le bol de bouillon, malgré ses protestations. Il semblait de nouveau fatigué et souffrant. Elle lui donna un analgésique. Elle devait également lui faire une injection d'antibiotiques. À cette pensée, elle rougit. Car Blessing lui avait expliqué qu'elle devait lui administrer cette injection dans les fesses…

— Pourquoi prenez-vous cet air ? intervint-il. Vous semblez embarrassée.

— Je dois vous faire une injection d'antibiotiques.

— D'accord.

— Dans une… partie intime de votre anatomie.

— Ah… Et ça vous pose un problème, madame la sénatrice ?

— Arrêtez, ce n'est pas drôle.

Pourtant, il semblait prendre un malin plaisir à la voir aussi gênée. Malgré la fatigue et la douleur, il n'arrivait pas à dissimuler un petit sourire.

— Dans mon état, je ne suis ni en mesure de me montrer difficile ni de ressentir quoi que ce soit. Allez-y, je suis à vous.

— Je vous préviens, je ne me suis jamais servie d'une seringue auparavant, alors vous risquez de ne pas rire longtemps.

Il ne répondit pas et s'efforça de se tourner de côté.

Lentement, elle tira sur le pantalon de coton pour découvrir le haut de ses fesses. Être autant attirée par lui ne l'aidait pas vraiment. Sa musculature et le galbe parfait qu'elle devinait la mettaient en émoi. Il était si séduisant !

Et justement, il tourna la tête pour la regarder par-dessus son épaule.

Aussitôt, elle eut plus chaud encore et son pouls s'accéléra. Dexter avait une expression particulièrement malicieuse.

— Vous comptez me piquer ou rester à contempler mon derrière ?

Oh ! mon Dieu ! Elle s'était attardée sur ses fesses, elle ne pouvait le nier.

Confuse, elle mit la seringue en position, piqua sèchement et pressa le piston.

— Ouille ! s'exclama-t-il.

— Ça vous apprendra à me taquiner, dit-elle avant de rabattre rapidement la couverture sur lui.

Mais elle s'en voulut de sa brutalité et se mordit la lèvre inférieure.

— Je vous ai vraiment fait mal ?

Il eut un petit rire.

— Non. J'ai connu pire. Mais un baiser de réconfort serait bienvenu.

Il la fixa de nouveau et, cette fois, tout amusement avait quitté son regard. Elle ne savait plus que dire.

— Vous êtes fatiguée, reprit-il finalement. Vous devriez dormir un peu.

Il ferma brièvement les yeux, prit une grande inspiration puis les rouvrit.

— À côté de moi, madame la sénatrice. C'est un ordre. Je veux que vous restiez près de moi.

Il tendit le bras et lui caressa la joue du revers de la main.

— Tout près de moi, Piper, susurra-t-il d'une voix grave. Vraiment tout près.

Elle était tellement troublée qu'elle ne pouvait bouger. Il en aurait fallu très peu pour qu'elle se jette dans ses bras. Tous les sentiments qui ne cessaient de l'assaillir et qu'elle s'efforçait tant bien que mal de tenir à distance revenaient à la charge.

Elle soutint son regard, incapable de détourner les yeux. En avait-elle seulement envie ?

Les médicaments commençaient cependant à faire effet et Dexter luttait pour garder les yeux ouverts. Petit à petit, ses paupières se fermèrent et sa respiration devint forte et régulière.

Le souffle court, le cœur battant, Piper le contempla tandis qu'il dormait. Ce qu'elle éprouvait la bouleversait.

— Vous n'avez pas touché à votre assiette, intervint alors Afsana qui revenait dans la pièce. Mangez, Piper, reprit-elle tout en ramassant le bol de Dexter. Sinon, vous allez manquer de forces.

— Oui, je vais manger, je vous le promets, répondit-elle. Comment avez-vous rencontré Dexter ? voulut-elle savoir.

Afsana eut un sourire affectueux, comme si repenser à sa rencontre avec Dexter ravivait de bons souvenirs. Elle lui jeta un regard puis déclara :

— Mon mari ne voulait pas vivre sous le joug des talibans. Il n'acceptait pas leur manière de traiter les femmes. Il a décidé de travailler avec les forces américaines dès leur arrivée en Afghanistan. Au cours d'une bataille tout près d'ici, Dexter a été blessé. C'était avant que Bagram soit reconquise et qu'une base y soit installée. Dexter et votre frère ont trouvé refuge au village et, à l'époque, nous les avons hébergés et soignés. Plus tard, mon mari a injustement été accusé d'être allié aux talibans. Je craignais pour sa vie. Alors je me suis arrangée pour contacter Dexter et solliciter son aide. Grâce à lui, Raffi a été libéré. Nous ne le remercierons jamais assez de ce qu'il a fait pour nous.

Elle prit l'assiette et la tendit à Piper pour l'inciter à manger.

— Personne n'a envie de connaître la guerre et la violence. Mais, parfois, même dans de tristes circonstances, il arrive que des personnes d'horizons opposés fraternisent et tissent des liens très forts. C'est ce qui s'est passé entre Dexter et nous. C'est un homme de parole, courageux et qui a le sens de la justice. Voilà comment je l'ai rencontré. Mangez, maintenant, ça vous fera du bien.

Piper saisit la fourchette tandis qu'Afsana se levait pour quitter la pièce.

Quand elle avait vu Dexter pour la première fois, Piper avait décelé en lui une immense humanité qui l'avait immédiatement attirée. Ce que venait de lui apprendre Afsana ne faisait que confirmer cette impression.

Elle s'installa à côté de lui et commença à manger.

Elle ne pouvait plus dissimuler ses sentiments pour Dexter : elle avait envie de ses mains sur elle, de se blottir au creux de ses bras et tout oublier.

De nouveau, elle s'en voulut d'avoir de telles pensées. Elle s'obligea à terminer son assiette, puis s'écarta de quelques centimètres et s'allongea. Mais elle avait beau fermer les yeux, tenter de se blinder, rien ne lui faisait oublier leur proximité. Dexter possédait toutes les qualités qu'elle recherchait chez un homme. Il était fort, honnête, sincère, dévoué. Mais c'était aussi quelqu'un qui mettait sa vie en danger au quotidien. Et ça, c'était… trop. Jamais elle ne surmonterait sa crainte de perdre encore une fois un proche. Imaginer un futur avec lui était un non-sens. D'autant qu'ils n'étaient même pas certains de sortir de cette histoire vivants.

Cependant, il dégageait une telle chaleur, une telle force, même affaibli et endormi, que sa présence la berçait.

Oui, elle allait prendre soin de lui.

Elle détailla son visage, sa barbe de trois jours qui ajoutait à sa virilité.

Des larmes coulèrent sur ses joues. Parce qu'elle était épuisée et avait traversé de nombreuses épreuves en peu de temps, mais également parce qu'elle craignait de ne jamais parvenir à lâcher prise, à trouver l'énergie d'aller de l'avant.

Dexter pourrait la rendre heureuse, à condition qu'elle ait le courage d'assumer ses sentiments. Mais la peur était une barrière redoutable qu'elle n'arriverait peut être pas à surmonter.

Quand Dexter lui avait dit qu'elle était courageuse, il s'était trompé. Peut-être faisait-elle illusion mais, intérieurement, elle était en lambeaux. Elle avait besoin de se reconstruire.

Malheureusement, il lui manquait encore certaines pièces.

# 7

Dexter était à peine conscient. Il avait mal, mais ce n'était pas cela qui l'avait réveillé, plutôt l'impression de ne pas être seul. D'instinct, il tendit le bras pour chercher son arme. Il ne la trouva pas mais effleura quelqu'un à côté de lui. Quelqu'un à la peau douce et chaude. Petit à petit, il se réveilla complètement. Il était allongé dans un lit et la lumière du jour filtrait à travers les volets de la pièce.

Il remua et ce petit mouvement lui fit mal. Son flanc droit était douloureux. Des bandages le serraient. Soudain, il se rappela. Sa blessure s'était rouverte pendant la bagarre avec ce type.

En outre, son pantalon n'était pas complètement remonté à la taille. Que s'était-il passé ? Il chercha quelques secondes puis de nouvelles bribes de souvenirs lui revinrent. La sensation de lèvres chaudes et douces sur les siennes. L'avait-il embrassée ? Ou bien avait-il rêvé ?

Un autre souvenir remonta à la surface. Piper, une seringue à la main. Oui, c'était ça, elle lui avait fait une injection dans la fesse et il n'avait pas trouvé mieux que s'amuser de sa gêne.

Blessing était venue, aussi. Mais comment était-elle arrivée là ? Il avait beau chercher, il n'en savait rien.

Son souvenir le plus ancien était le moment où Blessing lui avait fait une piqûre pour l'anesthésier avant de refaire ses points de suture.

Il avait également entendu Piper demander avec angoisse à Blessing s'il allait se remettre. Qu'elle s'inquiète pour lui n'était pas pour lui déplaire. Mais, dans une telle situation, qui ne se serait pas fait de souci ? D'autant qu'il lui avait sauvé la vie. Et puis, de toute façon, c'était la sœur de Tyler, il fallait qu'il se le mette dans le crâne. Sa préoccupation première devait être de se rétablir complètement.

Il ouvrit les yeux et sortit de ses pensées. Piper était là, à côté de lui, et son nez touchait presque le sien. Elle était blottie contre lui, une main posée sur ses pectoraux.

Il y avait bien longtemps qu'il ne s'était pas réveillé à côté d'une femme. Entre son boulot qui le faisait sans cesse naviguer entre les États-Unis et un pays étranger et sa réticence à nouer une relation, les femmes qu'il côtoyait étaient principalement sa mère et des connaissances souvent liées à son travail.

Mais son corps ne pouvait le tromper. Même blessé, se réveiller à côté d'une femme lui provoquait toujours la même réaction.

Il dut fermer les yeux pour résister à son envie d'elle. Des images érotiques se mirent à flotter devant lui.

Il s'obligea à les repousser. Son devoir était de protéger Piper et rien ne le distrairait de cet objectif.

Comme en écho, la voix de son frère Russell résonna dans sa tête :

« On ne touche pas à la copine ou à la sœur d'un homme qu'on considère comme son frère. »

Tyler était son meilleur ami et voilà qu'il se mettait à fantasmer sur sa sœur ! Il fallait qu'il se reprenne.

Cependant, elle était complètement relâchée, à moitié couchée sur lui comme un chaton, les lèvres légèrement entrouvertes. Elle était tellement ravissante que rester ainsi à la contempler en était douloureux.

C'était elle qui prenait soin de lui, alors que cela aurait dû être le contraire. Et le pire, c'était que cela lui plaisait.

Beaucoup, même.

Et le courage de cette femme le rendait humble.

Elle ne s'était pas seulement chargée de prendre soin de lui. Si Blessing était venue le soigner, cela signifiait que Piper était allée la chercher.

Mince alors !

Elle était allée à Charikar. Déguisée en homme, à en juger par sa tenue.

Bon sang !

Songer aux risques qu'elle avait pris lui donnait des frissons. C'était sa faute à lui si elle avait dû se mettre en danger. Hélas, sa blessure s'était infectée. En ce début de journée, il se sentait mieux, mais la fièvre l'avait mis K-O.

Tout de même ! Ce n'était pas une raison. Qu'elle se soit exposée ainsi à cause de lui le mettait très mal à l'aise.

Elle marmonna quelques mots incompréhensibles et se blottit davantage contre lui. Non seulement c'était un réveil agréable, mais en plus il pourrait facilement y prendre goût.

*Arrête tes sornettes, idiot, elle n'est pas pour toi !*

Il vivait pour l'adrénaline, le danger. La peur était toujours présente. Dans ce tableau, il n'y avait pas de place pour les sentiments, les projets d'avenir romantiques. Il ne devait songer qu'à se remettre pour qu'ils puissent partir au plus vite. Hors de question d'attendre trois jours.

Il remua et poussa un nouveau grognement. Qui lui avait fait la dernière piqûre ? Blessing ou Piper ? Cette dernière, à ce qu'il se rappelait. Et il lui avait même dit ensuite qu'un petit baiser pour le réconforter ne serait pas de trop. N'importe quoi !

Soudain, elle se mit à bouger et s'étira.

Il resta immobile et attendit. Sans surprise, quand elle se rendit compte qu'elle était tout contre lui, elle se raidit. Mais elle ne s'écarta pas. Il en fut satisfait. Appréciait-elle, elle aussi, cette proximité ?

Elle ouvrit les yeux et le regarda.

— Bonjour, joli rayon de soleil.

Elle soutint son regard un instant puis battit des paupières et parut se réveiller complètement. Elle lui posa une main sur le front et déclara :

— Vous êtes encore chaud, mais je crois que la fièvre a quand même baissé.

Sa main sur son front suffisait à faire monter son excitation et il dut se faire violence pour ne pas bouger.

Elle se trompait. Il n'était pas chaud, il était brûlant. Mais ce n'était pas dû à la fièvre.

— Je dois vous en remercier.

Il l'avait déjà embrassée. Il était alors dans un état second, mais cette envie de l'embrasser n'avait pas été une conséquence de sa fièvre. Au contraire, cela avait été un éclair de lucidité.

— Vous êtes allée jusqu'à Charikar, c'est bien ça ?

Son visage était à seulement quelques centimètres du sien, et cela lui faisait battre le cœur plus fort.

— Vous semblez contrarié.

— Toute seule ! Vous êtes allée là-bas toute seule.

— Je me doutais que ça vous mettrait en colère.

— Oh non, je vous assure que vous ne m'avez encore jamais vu en colère.

— Écoutez, depuis que nous nous sommes rencontrés, je n'ai fait que vous causer des ennuis. Prendre le risque d'aller seule à Charikar était le moindre que je pouvais faire pour vous.

Il refusait qu'elle se mette en tête qu'il s'était sacrifié pour elle, qu'il l'avait fait à contrecœur. Si c'était à refaire, il n'hésiterait pas une seule seconde.

Il s'apprêtait à le lui dire mais, à son regard, elle avait compris. Ses yeux d'une magnifique couleur ambre l'envoûtaient. Il était plus que sous le charme. Et cela ne faisait que le mettre encore plus en colère. Car l'idée qu'elle se soit exposée au danger pour lui le terrifiait rétrospectivement. Il était officier, il venait d'être promu au grade de lieutenant. Il menait des hommes au combat, et voilà que cette femme lui faisait perdre ses moyens et se ronger les sangs d'inquiétude.

— Vous êtes un sacré numéro, lui dit-il en pressant son front contre le sien pour tenter de juguler ses émotions.

Elle s'écarta de quelques centimètres et le fixa droit dans les yeux.

— J'ai eu tellement peur.

Elle avait dit cela d'une voix douce et extrêmement attirante. Elle avait eu peur pour lui, pas pour elle ! Elle avait pris d'énormes risques pour lui. Il en était bouleversé.

Il dut fermer les yeux pour se calmer. Lui avoir demandé de dormir à côté de lui était manifestement une erreur…

La gorge serrée, les yeux humides, il soupira, puis articula :

— S'il vous était arrivé malheur, je…

De ses lèvres, il effleura les siennes. Elle poussa un petit gémissement de surprise.

— C'était hors de question que je vous laisse souffrir, au risque que le pire survienne.

Alors il céda à son attirance et l'embrassa réellement, avec passion, sans retenue. Il n'arrivait plus à se maîtriser et à raisonner clairement. Elle poussa un nouveau gémissement. Après de longues secondes, il s'efforça de s'arracher à elle.

— Ce n'est pas une bonne idée. J'ai encore de la fièvre et, avec les analgésiques, je n'ai pas les idées claires. Je suis contrarié que vous ayez pris de tels risques, mais je dois reconnaître que vous avez un sacré courage.

Il se fit violence pour s'écarter d'elle. Ils étaient loin d'être tirés d'affaire et, s'il ne gardait pas ses distances, il ne réfléchirait pas efficacement. Il commettrait des erreurs potentiellement fatales.

Elle se passa les mains sur les joues et ce geste suffit à l'exciter. Mais il était encore fatigué et la douleur à son côté se réveillait.

Elle s'en rendit compte et, quelques instants plus tard, lui tendit deux comprimés. Il les avala sans discuter.

Ensuite, Afsana revint avec un autre bol de bouillon et, une fois encore, il ravala sa fierté et fit de son mieux pour se laisser nourrir sans protester.

La culpabilité le dévorait. C'était lui le Navy Seal, c'était lui qui était censé protéger Piper, pas l'inverse.

Afsana ne cessait de les observer tour à tour puis finit par les laisser seuls. Elle avait dû percevoir sa tension.

Aussi, il ferma les yeux, glissa dans une douce torpeur et finit par s'endormir.

Quand il se réveilla, il ne savait pas combien de temps s'était écoulé, mais Afsana était de nouveau là avec son bouillon et de l'eau. Elle haussa les sourcils.

— Comment vous sentez-vous ?

Il changea de position et émit un grognement.

— Où est Piper ? Occupée à sauver le monde ?

— Non, ça, c'est votre boulot, répondit Afsana avec un sourire ironique. Elle est allée aider mon mari à traire les chèvres et jardiner.

Il imagina Piper en train de traire les chèvres. Cette pensée eut presque raison de sa mauvaise humeur.

— Vous vous montrez injuste. C'est contre vous que vous êtes en colère, mais elle n'a pas à en pâtir.

— J'ai faim, rétorqua-t-il pour couper court à toute discussion.

En fait, il était également en colère parce qu'il n'avait pas le droit de toucher à Piper. C'était la sœur de Tyler, et il l'oubliait de plus en plus fréquemment.

En outre, il s'était engagé déjà deux fois dans des relations et, dans les deux cas, cela s'était mal terminé. Pourquoi serait-ce différent avec Piper ? Ne finirait-elle pas par en avoir assez d'être sans cesse sur le qui-vive, de ne pas le voir les deux tiers de l'année ?

Il ne parviendrait pas à gérer une nouvelle déception sentimentale. Alors autant prendre les devants.

Mais à cette idée, il eut une boule au ventre.

Il leva les yeux au plafond. Il n'en pouvait plus de se débattre avec ses sentiments alors qu'il avait besoin de toutes ses capacités intellectuelles pour qu'ils parviennent à regagner les États-Unis en un seul morceau.

Il ne se sentit pas retomber dans le sommeil et, quand il ouvrit de nouveau les yeux, il faisait nuit. Il remua, trop vite, et eut immédiatement mal.

Quelques instants plus tard, une faible lueur baignait la pièce, Piper lui encerclait le poignet et lui déposait deux comprimés dans la main. Ensuite, elle lui donna une bouteille d'eau. Il serra les comprimés dans son poing. Piper lui retourna une moue désapprobatrice.

— Je vais aller chercher Afsana et…

— Non, la coupa-t-il en la retenant par l'avant-bras. Je dois vous parler et j'ai besoin d'avoir l'esprit clair.

Il ôta sa main. Elle l'observa avec de l'incompréhension dans les yeux. Elle semblait redouter ce qu'il souhaitait lui annoncer.

Il avait beau s'en vouloir de son comportement, il refusait qu'elle pense qu'il aurait adopté la même attitude avec n'importe qui, que ce n'était dû qu'à son état.

— Je suis désolé de vous avoir reproché de vous être mise en danger. Vous l'avez fait pour moi et c'était extrêmement maladroit de ma part. En fait, je n'étais pas en colère contre vous, je m'en voulais de ne pas être en mesure de contrôler les choses. Réaction typique de militaire qui ne sait pas prendre de recul.

— Bien dit, commenta-t-elle.

Elle parut se détendre.

— J'imagine que, chez les Navy Seals, on ne vous apprend pas que, parfois, une situation peut vous échapper.

— Absolument. Mais ce n'est pas tout.

— Non ? Quoi d'autre ?

— Tyler est mon meilleur ami et je n'ai pas envie de mettre cette amitié en péril en séduisant sa sœur, d'autant que nous sommes dans une situation extrêmement précaire.

Elle émit un petit rire nerveux.

— Évidemment, on aurait pu rêver mieux.

Dexter poussa un long soupir et reprit :

— Je ne veux pas que vous pensiez que je suis un dragueur machiste. Je vous trouve très belle et vous m'attirez beaucoup, je ne peux pas le nier. Mais nous ne pouvons pas nous permettre de penser à autre chose que trouver le moyen de rentrer à Washington et ensuite de découvrir qui en a après vous. C'est notre priorité.

Elle semblait prendre très au sérieux chacune de ses paroles, et son expression à la fois ouverte et vulnérable le toucha.

— Vous savez, moi aussi j'ai des réticences, Dexter. Mon mari est décédé mais, j'ai beau me dire que trouver du charme à un autre homme n'est pas une trahison envers lui, je ne me sens pas encore prête à m'engager dans une nouvelle relation. Je ne me sens pas capable de gérer mes émotions.

Son honnêteté le bouleversa plus encore. Non seulement il n'avait pas prévu d'être aussi attiré par elle, mais en plus tout ce qu'elle exprimait ne faisait que renforcer cet élan. Il ne pouvait faire moins que se montrer d'une sincérité égale.

— Moi, je crois que vous êtes capable de gérer n'importe quelle situation. Mais nous en reparlerons plus tard. D'accord ?

Elle acquiesça. Ses yeux étaient pleins de gratitude.

— Je préfère collaborer avec vous que vous voir en colère. Ça ne vous va pas du tout.

— Je n'étais pas réellement en colère, je vous l'ai dit.

— J'ai compris, mais c'est ainsi que je l'ai ressenti.

— Oublions cela et passons à autre chose. Vous êtes d'accord ?

— Oui, bien sûr.

— Tant mieux. Alors maintenant réfléchissons un peu. À votre avis, qui pourrait vouloir attenter à votre vie ?

— Bonne question. Je n'arrive pas à concevoir qu'on puisse mettre en œuvre des moyens aussi importants pour m'éliminer.

— Vous n'en avez vraiment aucune idée ? Il n'y a même pas eu un événement qui, au départ, ne vous semblait pas très important ?

— Depuis mon accident, je me suis surtout employée à tenter de faire adopter une loi qui pourrait restreindre la marge de manœuvre des grandes entreprises… Sinon… Ah, oui, après la mort de Brad, il y a eu une effraction à mon domicile. Une fenêtre avait été brisée.

— Et on vous a dérobé des objets ?

— Non, je n'ai rien remarqué.

— Et cette fameuse loi, des gens y sont hostiles ?

— Oui, notamment Robert Mullins, le sénateur de New York. Il a tenté de me convaincre de renoncer à ce projet de loi et, devant mon refus, il est allé jusqu'à me menacer. Mais pas physiquement. Il n'est jamais sorti de la rhétorique politique. De toute façon, je ne renoncerai pas. Faire adopter cette loi était très important pour Brad et je suis déterminée à tout faire pour que sa volonté soit respectée. Mon mandat se termine dans trois mois. Faire adopter une loi au Sénat puis au Congrès est un travail de longue haleine, mais je suis près du but.

— Le sénateur de New York…, répéta Dexter, songeur. Qui dit New York dit Wall Street. Ce sénateur défend les intérêts de ses administrés ou bien a-t-il des buts cachés ?

— Je n'en ai aucune idée. Je ne le connais pas très bien, ni lui ni les gens qui l'entourent et, éventuellement, l'influencent. Mais, encore une fois, comme je vous l'ai déjà expliqué, je suis sénatrice seulement en tant que veuve de Brad et pour très peu de temps encore. Je n'ai aucun poids personnel. Je crois que les gens bienveillants envers moi le sont avant tout par compassion.

— Toujours est-il que, pour le moment, ce sénateur est

votre suspect numéro un. Dès notre arrivée à Washington, nous devrons en apprendre plus sur lui. Mais il faut d'abord que nous parvenions à rentrer.

— Pour cela, j'ai une idée.

— Allez-y, je vous écoute.

Il commençait à avoir mal, mais il ne voulait pas prendre les médicaments avant la fin de leur conversation, car c'était important.

— J'ai avec moi mon sac à main qui contient mon passeport et mes cartes de crédit. Blessing m'a proposé de nous conduire à Kaboul. Là-bas, je serai en mesure de nous faire monter dans un vol charter pour les États-Unis ; vous, vous avez les papiers de l'agent Hatch, mais je ne suis pas sûre que vous en ayez besoin. Normalement, de par mon statut, on ne pose pas de questions sur les gens qui m'accompagnent. Une fois que nous aurons trouvé un avion, tout devrait être réglé.

— Ça marchera.

— Vous ne pensez pas que vous devriez tout de même prendre contact avec votre état-major ? Histoire de leur faire savoir que vous êtes en vie et que vous me venez en aide…

À ce moment-là, Afsana entra avec un plateau et deux assiettes.

— Cette fois, je vous ai fait un plat plus consistant, annonça-t-elle. Vous vous sentez la force de manger, Dexter ?

Il n'eut pas à y réfléchir longtemps. Afsana avait préparé des beignets à l'oignon et à l'agneau accompagnés d'une sauce au yaourt, à l'ail et aux pois cassés. Cela sentait divinement bon et Dexter en eut l'eau à la bouche. Il prit une fourchette, piqua dans l'assiette et se mit à manger. Il ferma les yeux et émit un grognement de contentement.

— C'est délicieux, Afsana. Vous êtes une excellente cuisinière.

— Oui, je suis d'accord, renchérit Piper. Vous voudrez bien me donner la recette ?

— Bien sûr. Maintenant, je vous laisse manger et reprendre votre discussion. Je reviendrai chercher les assiettes. Je suis vraiment heureuse de vous voir reprendre des forces, Dexter. Quand vous êtes arrivés, j'étais très inquiète, je dois vous l'avouer.

— Merci pour votre hospitalité, Afsana. Raffi et vous, vous êtes nos sauveurs.

— Nous sommes contents de vous venir en aide. Raffi sait que, sans vous, il ne serait pas là, Dexter. Ce soir, nous devons nous rendre chez notre cousin. Il donne une fête pour la naissance de son second enfant. Nous vous dirons au revoir avant notre départ. Si, d'une façon ou d'une autre, vous avez un moyen de nous faire savoir que vous êtes rentrés sains et saufs aux États-Unis, n'hésitez pas. À plus tard.

Dès qu'Afsana fut sortie, Dexter reprit leur conversation où ils l'avaient laissée.

— Non, je ne souhaite pas appeler mon état-major.

— Il n'y a personne en qui vous ayez confiance ?

— Ce n'est pas la question mais je préfère ne mettre personne au courant tant que vous n'êtes pas en sécurité. Ce qui veut dire que nous devons d'abord découvrir qui vous en veut. Que savez-vous sur l'agent Hatch ?

— Quasiment rien. Je ne connais même pas son prénom. Hatch et Markam ont été assignés à ma protection par la Sécurité diplomatique. Ils m'attendaient quand je suis partie pour l'aéroport. Je sais seulement qu'ils ont une formation militaire et que, par conséquent, ils étaient à même d'assurer ma protection dans un pays comme l'Afghanistan. Je ne me suis pas posé de questions. J'ai fait confiance à la Sécurité diplomatique.

— Vous n'aviez aucune raison de vous méfier. Ils étaient censés être prêts à prendre une balle à votre place, pas à chercher à vous éliminer.

— C'est tellement effrayant. Edward doit être fou d'inquiétude.

— À ce propos, vous avez confiance en lui ? Car il savait que vous vous rendiez en Afghanistan.

— Edward ? Mais enfin, comment pouvez-vous imaginer que mon frère puisse vouloir ma mort ?

— Je n'en sais rien. Il n'y a pas de questions d'héritages, de dissensions au sein de votre famille ?

— Non, rien de tout cela. À la mort de nos parents, leurs biens ont été partagés à parts égales entre nous trois. Edward a hérité de la maison, mais ni Tyler ni moi n'en avons pris ombrage. À cette époque, Tyler pensait surtout à intégrer les Navy Seals, et moi, j'avais déjà acheté une maison avec Brad. Tout était donc pour le mieux. Il n'y a jamais eu de tensions entre nous trois, ni avant ni après la disparition de nos parents.

— Bien. Donc, nous écartons Edward de la liste des suspects. Il nous reste le sénateur Mullins et votre loi qui pourrait contrarier les intérêts de certains. On tue pour moins que cela, vous savez.

— J'ai tout de même du mal à croire que Mullins mettrait en péril sa réputation et ses ambitions. Certains le jugent bien placé pour se lancer dans la course à la Maison-Blanche. Il est d'ailleurs allé jusqu'à me solliciter pour que je le présente à l'un des plus gros soutiens financiers de Brad quand il s'est lancé en politique : Stephen Montgomery.

— Montgomery ? Vous parlez du milliardaire qui a fait fortune dans les nouvelles technologies ?

— Précisément. Il est célèbre, mais moi je le connais depuis l'enfance. C'était un ami de mes parents.

— Je vois que vous évoluez dans des cercles très restreints.

— Mais je suis riche, Dexter, je ne m'en cache pas. Brad m'a légué une fortune considérable et je ne suis pas non plus issue d'un milieu modeste. Dès que je ne serai plus sénatrice, je réfléchirai à la meilleure façon d'utiliser cet argent pour des causes qui en valent la peine.

Dexter l'observa. Elle ne disait pas cela pour se donner bonne conscience. Elle n'avait rien de superficiel ni de cupide. Mais elle ne cherchait pas non plus à travestir la réalité.

— Bien…, reprit-il. Blessing a déclaré qu'elle reviendrait demain. D'ici là, nous devrions dormir et nous préparer pour le départ.

— Comment vous sentez-vous ? Vous avez encore mal, vous avez toujours de la fièvre ?

Sans attendre sa réponse, elle lui posa une main sur le front puis sur les joues.

— Oh ! c'est beaucoup mieux, commenta-t-elle.

Il faisait son possible pour se retenir de la toucher et voilà que c'était elle qui lui passait délicatement la main sur le visage. Il resta immobile et serra les dents pour ne pas s'abandonner aux sensations provoquées par ce contact pourtant innocent.

De toute évidence, il repenserait maintes et maintes fois à

tous les moments passés avec elle. Ils étaient déjà gravés dans son esprit.

Soudain, elle retira sa main. Manifestement, elle avait remarqué son trouble.

Elle voulut se lever mais il la retint.

— Je sais que nous nous sommes mis d'accord pour ne pas nous laisser aller, mais vous devez quand même rester dormir près de moi.

Il s'infligeait une épreuve, il en avait conscience. Mais il devait se montrer fort.

# 8

*Kaboul, Afghanistan*

Austin se réveilla au moment où l'avion militaire touchait le tarmac de l'aéroport de Kaboul. Derrick était déjà réveillé. Lui arrivait-il seulement de s'assoupir ? se demanda Austin. D'habitude, son coéquipier avait une allure d'agent secret élégant, version américaine de James Bond. En tenue de combat, il avait un aspect différent… Presque dangereux. Austin aurait bien aimé savoir ce que faisait Derrick avant d'intégrer les services secrets.

Il remit ses cheveux ébouriffés en place avec ses doigts et s'étira. Derrick paraissait perdu dans ses pensées.

— Tout va bien, vieux ?

— J'ai une idée. Selon Russell, le frère de Kaczewski…

— Attends. Quand est-ce que tu lui as parlé ?

— Pendant que tu dormais.

— OK. Vas-y, je t'écoute.

— Selon Russell, Dexter Kaczewski est très proche de Tyler, le frère de la sénatrice Jones.

— Et donc ?

— Donc je pense que la sénatrice et lui se sont rencontrés à l'hôpital. D'accord ?

— Oui, c'est probable.

— D'après les renseignements qu'on nous a transmis, Kaczewski a le devoir chevillé au corps. J'imagine mal qu'il ait profité de l'attaque contre la base pour s'emparer de la sénatrice. Hatch, le garde du corps de la sénatrice retrouvé mort, était vêtu comme un insurgé afghan. Tu crois qu'il était habillé comme cela pour tromper l'ennemi afin de protéger plus efficacement la sénatrice ?

— Quelle serait l'autre hypothèse ?

— Je n'en sais rien. Mais, pour le moment, il n'y a eu aucune demande de rançon. Pourtant, Kaczewski et Piper Jones ont disparu.

— Tu crois qu'ils sont encore en vie ? Qu'ils sont en cavale ?

— Si c'est le cas, la question est : qui ou que fuient-ils ? Et pourquoi n'ont-ils pas donné signe de vie ?

— Bonne question, en effet.

— Si tu étais un Navy Seal blessé et que la sœur de ton meilleur ami était en danger, que ferais-tu ?

— J'essaierais de retrouver celui ou ceux qui lui en veulent tout en faisant profil bas.

— Exactement. Et Markam, le second garde du corps de la sénatrice, a lui aussi disparu dans la nature.

— Oui, puisque son corps n'a pas été retrouvé. Mais il pourrait être avec la sénatrice et Kaczewski. Allume ton ordinateur et fais quelques recherches. Si on retrouve Markam, on obtiendra des réponses.

Quelques heures plus tard, Austin était installé sur un lit de leur chambre d'hôtel, Derrick sur le second et tous deux s'activaient sur leurs ordinateurs.

— Je ne trouve rien d'intrigant sur Markam et Hatch. Qui les a assignés à la protection de Piper Jones ? voulut savoir Austin.

— Selon la Sécurité diplomatique, c'est Edward, le frère de la sénatrice, qui a suggéré de les désigner.

— Et moi, de mon côté, j'ai parlé à Edward. Il m'a expliqué avoir demandé à son oncle de s'arranger pour que sa sœur puisse se rendre en Afghanistan auprès de Tyler, leur frère blessé. En revanche, il affirme ne pas avoir effectué de requête particulière au sujet des hommes chargés de sa protection.

— Ceci dit, ça n'a rien d'étrange qu'on ait souhaité confier la sécurité de la sénatrice à des agents qui ont un passé militaire. Dans quel corps d'armée ont-ils servi ?

Austin ouvrit une pochette à documents.

— Markam est un ancien marine. Il a notamment été en poste au quartier général des troupes d'assistance de la coalition internationale à Kaboul. Il était agent de liaison auprès… des forces de sécurité.

— Je m'en doute. Mais quelles forces de sécurité ?

— Ce n'est pas précisé.

— Et qu'as-tu trouvé sur Outcast, la société de sécurité privée ?

Austin sortit une liste de sociétés sous contrat avec le gouvernement à l'époque où Markam était marine.

— Elle figure sur la liste officielle.

— Un membre d'Outcast a été retrouvé mort suite à l'embuscade tendue aux Navy Seals, rappela Derrick. C'est une raison suffisante pour creuser cette piste et aller poser quelques questions aux dirigeants de la société.

— Bonne idée.

Dès qu'ils eurent quitté l'hôtel, ils prirent un taxi et se firent conduire aux bureaux d'Outcast. Ils pénétrèrent dans le vestibule et marchèrent jusqu'à l'accueil.

— Que puis-je pour vous ? leur demanda une jeune femme brune.

— Nous sommes les agents Beck et Gunn, du NCIS. Nous aimerions parler à M. Carl Kruger au sujet d'un marine qui a travaillé pour vous il y a environ six ans. Raoul Markam.

— Un instant, je vous prie.

Elle décrocha le téléphone devant elle. Une dizaine de minutes plus tard, un homme se présenta.

— Bonjour, je suis Ted White, le cogérant d'Outcast. Suivez-moi, je vous prie.

Austin et Derrick lui emboîtèrent le pas. Ils prirent l'ascenseur, traversèrent un long couloir de bureaux remplis de gens au travail. Arrivés à la dernière porte, Ted ouvrit, leur fit signe d'entrer puis referma derrière eux.

Un homme aux cheveux poivre et sel et aux yeux d'un bleu glacial était assis derrière un bureau et les observait. Il se leva.

— Messieurs, bienvenue chez Outcast. Je me présente : Carl Kruger. Veuillez vous asseoir.

Austin et Derrick obtempérèrent.

— Que puis-je pour vous ? leur demanda Kruger.

— Nous travaillons sur une affaire dans laquelle est impliqué un certain Raoul Markam.

Derrick s'activa sur son téléphone pour faire apparaître la photo de Markam et tendit l'appareil à Kruger.

— Connaissez-vous cet homme ?

Carl Kruger fit non de la tête.

— Désolé… De quoi s'agit-il ?

— Nous n'avons pas le droit de divulguer les détails, monsieur, mais nous avons des raisons de croire qu'il pourrait être impliqué dans une affaire d'enlèvement et de meurtre.

Kruger prit une expression outragée.

— Mais quels sont ses liens avec Outcast ?

— Il y a six ans, il était marine et agent de liaison avec une société de sécurité.

— Je vois… Au plus fort de la guerre, nous avons travaillé avec beaucoup de monde, souvent de manière très brève. Mais je ne me souviens pas de lui.

— Et Timothy Hatch ?

Derrick lui montra également sa photo.

— Non, je ne le connais pas non plus.

— Et Martin Carter ? insista Derrick qui présenta la photo de l'homme retrouvé mort après la mission des Navy Seals.

Kruger pinça les lèvres et battit plusieurs fois des paupières.

— Oui, lui, je le connais.

— Il travaillait pour vous ?

Kruger garda une expression et une voix égales mais, à son regard, il mentait, devina Austin.

— Non, son contrat a été rompu il y a environ trois semaines. J'ai entendu dire qu'il avait été tué par les Navy Seals au cours d'une attaque.

— Exact. La mission des Navy Seals était d'ailleurs top secret. Nous aimerions que vous nous remettiez tous les documents sur Carter en votre possession.

C'était un ordre, davantage qu'une requête.

Kruger acquiesça.

— Entendu, je vais faire le nécessaire.

Austin et Derrick quittèrent les bureaux d'Outcast avec une

clé USB qui contenait le dossier complet de Carter. Une fois encore, ils hélèrent un taxi.

— Alors, tes impressions ? demanda Austin à Derrick.

— Les mêmes que toi.

— Donc tu penses aussi que Kruger ment. Il connaît Markam, c'est ma conviction.

Derrick acquiesça.

— Ouais. Et s'il n'a rien à voir avec les agissements de Markam, pourquoi mentirait-il ?

— Bonne remarque. Par ailleurs, Carter était impliqué dans l'embuscade dont ont été victimes les Navy Seals. Selon moi, la cible initiale, c'était Tyler Keighley, le frère de la sénatrice Jones.

— Tu pourrais bien avoir raison.

Le téléphone d'Austin sonna. C'était Kai Talbot, leur supérieure.

— Austin, la base de Bagram est de nouveau sous contrôle. Vous pouvez vous y rendre dès que possible.

— Bien, madame.

Austin lui fit un résumé de leur entrevue avec Kruger et lui livra leurs présomptions.

— Continuez à chercher et tenez-moi au courant.

Sur ce, elle raccrocha.

Austin resta un instant songeur. Ils ne tarderaient pas à tomber sur des éléments solides, il le sentait. Ils avaient déjà découvert quelques pièces du puzzle, il leur restait encore à les assembler.

Et, pour cela, il était plutôt doué.

## *Bureaux d'Outcast, Kaboul, Afghanistan*

Carl Kruger décrocha le téléphone avec mauvaise humeur.

— Allô ! C'est toi, Ted ?

Ted White avait quitté les bureaux juste après le départ des agents du NCIS. Il avait une mission.

— Ouais, c'est moi, grommela ce dernier.

— Markam est avec toi ?

— Oui.

— Bien. Quand tu auras retrouvé la sénatrice et son chevalier servant, tue-les et fais disparaître leurs corps. Et débarrasse-toi également de tous ceux qui leur auront prêté main-forte. Ah, et Ted ?

— Oui ?

— Arrange-toi pour qu'on ne retrouve pas non plus le corps de Markam.

— Et pour le fric ?

— Nous avons touché la moitié, mais c'est périlleux. Le NCIS a déjà établi un lien entre Carter et nous, ainsi qu'avec Markam. S'ils lui parlent, il se mettra à table pour sauver sa peau.

Kruger appréciait beaucoup trop sa vie confortable pour prendre le risque de voir s'effondrer ce qu'il avait construit de ses mains.

— Markam avait l'intention de prétendre avoir été enlevé par un groupe d'insurgés et avoir réussi à s'évader. Mais maintenant que le NCIS a établi le lien entre lui et nous, je doute que ces deux agents gobent la version selon laquelle la sénatrice et ce Navy Seal auraient été tués par les insurgés. Alors autant prendre les devants.

— Compris, Carl.

## *Aéroport de Bagram, province de Parwân, Afghanistan*

Austin et Derrick descendirent de l'hélicoptère dès qu'il fut posé sur la piste de la base de Bagram. Le colonel Aazar Aziz, qui dirigeait les forces afghanes, les accueillit puis les laissa entre les mains d'un de ses hommes qui leur fit faire le tour de la base. Dans l'hôpital, de nombreux corps avaient été posés sur des brancards et recouverts d'un drap. Il y avait encore des traces de combats un peu partout. Le corps de Hatch avait été autopsié puis évacué deux jours plus tôt. Lara Comstock, la technicienne du NCIS, s'occupait d'analyser les balles qui l'avaient tué.

— Agent Beck ?

Austin se retourna pour faire face à la voix féminine qui s'était adressée à lui. Une jeune femme brune s'avança vers lui et lui tendit la main.

— Bonjour, je suis Christina Davis. J'étais là lors de l'attaque et j'ai été avertie que vous souhaitiez me parler.

— Oui, merci. Y a-t-il un endroit où nous pourrions nous installer ?

— Oui, allons dans la salle de repos des infirmières. Suivez-moi.

Dès qu'ils furent au calme, Austin reprit la parole :

— Pouvez-vous me raconter la nuit de l'attaque contre la base ?

— Je revenais de la piste de décollage. Nous venions de faire embarquer l'officier aspirant Tyler Keighley pour qu'il soit évacué à Landstuhl. Le vol avait été avancé et il fallait faire vite. Quand je suis entrée dans l'hôpital, j'ai vu des insurgés forcer les barrières de sécurité.

— Et qu'avez-vous fait ?

— J'ai d'abord voulu ressortir, mais c'était trop tard. Des hommes se précipitaient vers l'entrée. J'ai couru, j'ai alerté les autres infirmières et nous nous sommes enfermées dans la réserve.

— Avez-vous vu les agents Markam et Hatch ?

— Non, je ne les ai pas vus.

— Et la sénatrice Jones et le lieutenant Kaczewski ?

— Non plus. La sénatrice dormait dans une chambre près de l'entrée. Elle se reposait en attendant l'avion militaire qui devait la remmener aux États-Unis. Le lieutenant Kaczewski était dans l'autre aile, à l'opposé. C'était l'un de nos derniers patients encore sur place. Il devait lui aussi être rapatrié aux États-Unis le lendemain pour effectuer sa convalescence.

— La sénatrice Jones et le lieutenant Kaczewski s'étaient-ils parlé auparavant ?

— Oui, plusieurs fois. D'ailleurs, le lieutenant Kaczewski s'est levé et est allé rendre visite à l'officier Keighley avant son évacuation avec l'aide de la sénatrice.

— Ils ont donc été en contact ?

— Oui, monsieur.

Austin sourit.

— Je vous remercie de votre coopération. Et nous sommes heureux que vous en ayez réchappé sans heurt.

— Je n'ai pas eu l'impression que les insurgés voulaient éliminer tous ceux qui se trouvaient dans l'hôpital. Par exemple, personne n'a cherché à forcer la porte de la réserve, où nous nous cachions.

Alors qu'Austin remerciait de nouveau et que Christina Davis se levait pour prendre congé, le téléphone de celui-ci sonna.

— Beck ? C'est Lara.

— Oh ! la magicienne de l'analyse de preuves ! Tu as du neuf ?

Lara eut un petit rire.

— Le sang retrouvé sur le sol de l'hôpital de Bagram appartient à deux hommes différents : le lieutenant Kaczewski et l'agent Hatch.

Après une pause, elle ajouta :

— J'ai également analysé les balles qui ont tué Hatch ainsi que l'arme retrouvée près de son corps.

— Et ?

— Hatch a été tué avec sa propre arme.

— C'est tout ce que tu as ?

— C'est déjà pas mal, non ?

— Je sens à ta voix que tu gardes une surprise en réserve. Je me trompe ?

— On ne peut rien te cacher. J'ai également relevé des empreintes sur la crosse et le canon du revolver.

— Et à qui appartiennent-elles ?

— Là encore, à deux personnes distinctes.

— Vraiment ?

— Oui. La sénatrice Jones et le lieutenant Kaczewski.

— Tu plaisantes ?

— Pas du tout. Mais les empreintes du lieutenant figurent seulement sur le canon. Ce qui semble indiquer que c'est la sénatrice qui a pressé la détente.

Austin fit le récit à Derrick de ce qu'il venait d'apprendre, puis tous deux effectuèrent de nouvelles recherches sur leurs ordinateurs.

Quand le jour se leva, ils purent faire le tour de la base. Leur attention fut attirée par des empreintes sur la route près des barrières d'entrée. Certaines d'entre elles pouvaient appartenir à une femme. Ils suivirent la piste aussi loin que possible et découvrirent du sang séché.

— La sénatrice et Kaczewski sont probablement partis dans cette direction, estima Derrick.

— Où mène la route ?

— Charikar est à environ quinze kilomètres et, le long, il y a plusieurs petits villages.

— Très bien, fit Austin. Donne-moi un peu de temps pour chercher d'autres renseignements sur Kaczewski pendant que tu dresses l'inventaire des villages. On peut également chercher un interprète.

— Inutile, je parle couramment la langue.

— C'est vrai ?

Derrick ne répondit pas et fixa l'horizon.

Austin le savait : ils étaient lancés dans une course contre la montre. Tout indiquait que les hommes chargés de la protection de la sénatrice Jones étaient corrompus et que, pour se défendre, elle avait abattu l'un d'eux. Mais, en plus, elle était en compagnie d'un homme blessé. Tous deux s'étaient enfuis parce qu'on avait tenté de les éliminer. Ce qui soulevait une question : qui était suffisamment déterminé à tuer Piper Jones pour aller jusqu'à faire croire que la base de Bagram avait été la cible d'une attaque des insurgés afghans ? Et pourquoi ?

En outre, l'embuscade contre les Navy Seals avait apparemment eu pour but premier d'éliminer Tyler Keighley et d'inciter Piper Jones à se rendre au chevet de son frère. Les récents événements n'étaient pas des faits de guerre, c'était un complot fomenté contre une sénatrice américaine. Outcast, la société de sécurité privée, était certainement impliquée, mais qui s'était adressé à ses dirigeants ? Qui tirait les ficelles ?

## *Safid Darreh, province de Parwân, Afghanistan*

Dexter se réveilla le cœur battant, avec un poids énorme sur la poitrine. Heureusement que Blessing allait venir les chercher dans la journée pour les emmener à Kaboul ! Ensuite, ils pourraient rentrer aux États-Unis et, enfin, se mettre sérieusement en quête de l'ennemi juré de Piper. Que n'aurait-il pas donné pour connaître son identité au plus vite et régler son compte à celui qui en voulait à la sœur de son meilleur ami !

Il faisait encore nuit et il referma les yeux. Mais il n'arriva pas à se rendormir. Il n'avait plus de fièvre. En revanche, Piper occupait toujours ses pensées, et c'était également pour cette raison que son cœur battait si fort. Son attirance pour elle était toujours aussi intense ! Il avait même rêvé qu'il faisait l'amour avec elle.

S'il ne cessait de penser à elle quand il était éveillé et qu'elle envahissait ses rêves pendant son sommeil, cela allait devenir compliqué. D'autant que c'étaient des rêves érotiques qu'il n'avait pas envie d'oublier.

Il fallait néanmoins qu'il mette le holà.

Facile à dire alors que Piper était là, blottie contre lui…

Elle murmura quelques mots qu'il ne comprit pas. Il se tourna vers elle.

— Piper ?

Elle émit un gémissement puis s'agita. Elle ne se réveilla pas mais se mit à parler plus fort dans son sommeil, jusqu'à crier :

— Brad, non ! S'il te plaît, non !

Ce n'était pas un rêve mais un cauchemar, comprit Dexter. Elle semblait revivre l'accident dramatique qui lui avait arraché son mari.

Il ne pouvait la laisser replonger dans ce moment douloureux. Il la secoua, doucement d'abord, puis plus fort.

— Piper, réveillez-vous !

Elle sursauta et se mit à respirer bouche ouverte. Elle sanglotait. Il se redressa. Sa blessure lui faisait mal, mais moins qu'avant. Il s'appuya dos contre le mur et prit la jeune femme dans ses bras.

— Tout va bien, Piper, ce n'était qu'un cauchemar.

Elle semblait très crispée mais, après quelques secondes, commença à se détendre. Elle inspira et expira profondément.

— Ça semblait tellement réel.

— Je sais.

Il l'incita à poser la tête contre son épaule et lui caressa les cheveux.

Il ferma les yeux. L'avoir ainsi contre lui était tellement fort que son pouls s'emballa. L'envie d'aller plus loin et de l'embrasser ne cessait de lui passer en tête.

Il se répétait en boucle de ne pas bouger. Elle n'était certainement pas consciente de ce qu'elle provoquait en lui.

Après de longues minutes, il parvint à se calmer et recouvra une respiration normale. Il changea légèrement de position pour qu'elle puisse s'appuyer plus confortablement contre lui et referma les bras autour d'elle.

Qu'une femme aussi forte que Piper montre autant de vulnérabilité le touchait au plus profond de lui. Il comprenait parfaitement qu'elle redoutait de revivre les épreuves qu'elle avait traversées. Il avait d'autant moins le droit de jouer avec ses sentiments.

L'espace d'un instant, la mélancolie s'empara de lui tant leur situation était inextricable. Il aurait donné cher pour que tout soit plus simple. Mais remâcher de telles pensées n'arrangerait rien et il se reprit. Pour le moment, Piper avait besoin de réconfort.

Toutefois, elle dégageait une telle chaleur, elle sentait tellement bon que c'était une véritable torture de rester sans rien faire. Il pressa son front tout contre ses cheveux.

Elle ne parut pas insensible à ce contact. Elle poussa un gémissement, tourna la tête et ses lèvres effleurèrent les siennes. Ce fut comme si une décharge d'électricité les avait traversés. Il fut extrêmement tenté de l'embrasser et se retint à la dernière seconde. Il se redressa.

Elle était bouleversée, en état de faiblesse, et, s'il l'embrassait, elle se laisserait faire avant tout parce qu'elle avait besoin de tendresse. Il n'avait pas le droit d'en profiter.

Il lui caressa la joue pour l'apaiser.

— Tout va bien, Piper, tout va bien.

Elle laissa échapper un sanglot et se serra contre lui, comme pour le supplier de ne pas l'abandonner. Elle exprimait tellement de tristesse et de désarroi qu'il ne parvenait pas à la repousser.

Il se mit à caresser son dos, ses hanches, passa les bras autour de sa taille. Il était impossible qu'elle ne sente pas son excitation, mais cela ne suffisait pas à la persuader de reprendre ses distances, au contraire.

— Dexter, je vous en supplie, j'ai besoin de me sentir réellement en vie, de ne pas avoir l'impression de survivre avec le souvenir de ce que j'ai perdu.

Ses propos le firent basculer. Il était là, dans un lit, en compagnie d'une femme qui l'attirait énormément, pressée contre lui et qui l'implorait d'aller plus loin. Comment résister ?

Il inspira puis soupira longuement, prit son visage entre ses mains et sécha les larmes qui avaient coulé sur ses joues.

— J'ai eu tellement peur, murmura-t-elle.

— Je sais, mais vous avez un immense courage, Piper. Je vous dois la vie.

Elle ferma les yeux et enfouit son visage contre son cou. Ses lèvres douces lui effleurèrent la peau. Délicatement, il lui fit relever la tête et l'embrassa tendrement.

Elle s'offrit à son baiser et l'excitation alla crescendo. Il caressa de nouveau son dos, descendit sur ses fesses. Ses mouvements étaient retenus à cause de sa blessure, mais il avait de plus en plus de mal à se contrôler. S'il ne la pénétrait pas très vite, il était bon pour devenir fou, craignait-il.

— Piper… Je… J'ai besoin de me libérer.

Était-ce assez explicite pour qu'elle comprenne ? Probablement, mais elle n'en posa pas moins les mains sur le pantalon de coton qu'il portait. Un nouveau frisson d'excitation le parcourut. Et quand elle effleura l'expression de sa virilité, il laissa échapper un grognement de plaisir intense.

Avec des gestes maladroits, il passa les mains sous sa tunique, parvint à lui ôter sa petite culotte, puis elle se débarrassa elle-même de ses vêtements. Elle voulut le caresser de nouveau mais il ne pouvait attendre plus longtemps et l'incita à se mettre à califourchon sur lui. Immédiatement, il vint en elle. Il avait tellement anticipé ce moment qu'il poussa le plus long soupir de sa vie et se retrouva incapable de bouger.

Mais alors, Piper se mit à remuer les hanches et, petit à petit, il accompagna ses mouvements. C'était tellement fort qu'il redouta ne pas pouvoir tenir très longtemps.

Toutefois, lorsqu'une vague irrépressible monta en lui, il continua à aller et venir pour ne pas jouir seul. Piper ne semblait pas loin de l'orgasme non plus. Elle se mit à crier, renversa la tête en arrière et fut prise de convulsions, comme si son corps ne lui obéissait plus. Enfin, elle se laissa retomber sur lui.

Il avait le cœur battant, la tête lui tournait.

— Vous m'avez vaincu par K-O, ma belle, dit-il dans un souffle.

Il lui caressa la joue. De nouveau, elle pleurait. Aussi, il la garda contre lui, comme pour la protéger.

Il attendit un long moment avant de lui parler de nouveau.

— Ça va ?

Elle acquiesça.

— Vous êtes un homme merveilleux. Il y a des années que je n'avais pas vécu un moment aussi fort. C'était tellement bon.

Ses seins étaient gonflés de désir contre son torse et cela suffit à réveiller son excitation. Elle le perçut également et, d'instinct, se redressa légèrement pour l'accueillir en elle. C'était délicieux.

Il était en proie à un désir intense mêlé de culpabilité. Mais c'était trop fort, il avait trop besoin d'elle. Elle fermait les yeux. Elle aussi se débattait certainement avec des émotions contradictoires. Cela ne fit qu'accentuer sa volonté de lui montrer que ce qui se jouait entre eux n'était pas qu'une attirance sexuelle. Il en était persuadé : avec elle, faire l'amour serait toujours l'expression de sentiments et d'émotions intenses, cela aurait toujours un sens.

— C'est tellement bon d'être avec vous, en vous, de vous embrasser.

Il laissa courir ses lèvres sur sa joue, son cou, ses seins.

— Oh oui, Dexter ! Continuez, je vous en supplie.

Il poursuivit ses baisers, captura sa bouche tandis qu'il allait et venait en elle, de plus en plus vite. Toutes ses réticences et ses pensées parasites disparurent, il n'y avait plus qu'elle dans son esprit. Plus rien d'autre n'existait.

# 9

## *Bureaux d'Outcast, Kaboul, Afghanistan*

Carl Kruger se balançait nerveusement dans son fauteuil quand son téléphone sonna.

— Oui ! lança-t-il sèchement après avoir décroché.

— J'ai une piste, répliqua Ted White, son interlocuteur.

— Laquelle ?

— J'ai lu dans les archives du *Navy Times* que Kaczewski avait sauvé la vie à un villageois il y a quelques années. Un certain Raffi Jamal.

— De quel village est-il ?

— Safid Darreh. C'est tout près de Bagram.

— Il est encore tôt. Alors dépêchez-vous d'aller là-bas cueillir ce type. Si la sénatrice et ce Navy Seal sont sur place, vous savez quoi faire.

— Oui, considérez que c'est fait. Je vous rappelle dès que c'est terminé.

## *Safid Darreh, province de Parwân, Afghanistan*

Piper se réveilla dans une douce torpeur. Il y avait fort longtemps qu'elle ne s'était pas sentie aussi détendue, dans un tel bien-être.

Elle se voyait tout à fait se lever et aller chercher un double chocolat ou un moka latte. Ensuite, elle ferait de la gym pour éliminer les calories…

Elle ouvrit grand les yeux. Elle fut soudain complètement réveillée et de retour à la réalité. Le choc fut violent.

Si elle se sentait bien, c'était parce qu'elle avait passé un moment d'extase avec un Navy Seal blessé qui avait risqué sa vie pour elle. Elle était en cavale avec lui au beau milieu d'un pays en guerre et ils avaient aux trousses des hommes dont ils ignoraient l'identité mais qui voulaient à coup sûr leur mort.

Malgré la précarité de leur situation, elle avait fait l'amour avec lui. Sans la moindre protection. Tout cela à cause d'un mauvais rêve et parce qu'elle avait éprouvé un immense besoin de réconfort.

Mon Dieu, où avait-elle la tête ?

Fort heureusement, elle ne risquait pas de se retrouver enceinte.

Lentement, elle se tourna vers Dexter.

Il lui suffisait de l'observer, de contempler son physique incroyablement sexy pour mieux comprendre ce qui s'était passé. Comment aurait-elle pu résister, dans un tel moment de vulnérabilité, à la force et à la virilité qu'il dégageait ?

Jamais elle n'avait connu un homme aussi beau. Les traits de son visage étaient harmonieux, ses cheveux soyeux, sa barbe de trois jours lui donnait un air ténébreux.

Le drap était roulé à leurs pieds, il s'offrait à sa vue dans une complète nudité, à l'exception du bandage sur son côté. Elle aussi était nue comme un ver mais n'en éprouvait aucune gêne.

Depuis qu'elle l'avait rencontré, tout s'était passé tellement vite ! Quand elle l'avait découvert affligé par la mort de ses hommes et qu'elle l'avait réconforté, elle avait instantanément ressenti une immense empathie pour lui.

À part Brad, aucun homme n'avait suscité de telles émotions en elle.

En outre, elle aimait son honnêteté, son courage et sa loyauté sans failles.

Cependant, ils ne s'étaient pas rencontrés dans une situation normale, n'avaient rien vécu de normal ensemble. Ils étaient sur des charbons ardents, tentaient de rester en vie. Et Dexter n'était pas quelqu'un de banal. C'était un militaire d'élite, entraîné pour survivre dans les pires conditions possibles. Et elle, jusqu'à peu, tout ce qu'elle connaissait de cet univers, elle l'avait vu à la télé.

Certes, son frère était lui aussi un Navy Seal, elle savait que son quotidien n'était pas de tout repos mais, entre le savoir et en faire l'expérience, il y avait un gouffre.

Et, à vrai dire, elle s'imaginait mal s'accommoder de ce genre de vie sur le long terme.

Dexter la poussait néanmoins à se remettre en question, à s'interroger sur ses aspirations profondes.

Peut-être était-il temps pour elle de dresser le bilan de son existence pour se demander ce qu'elle souhaitait à l'avenir et, par la même occasion, laisser définitivement derrière elle sa vie avec Brad. Car, si elle ne parvenait pas à en faire totalement le deuil, elle s'étiolerait à petit feu.

C'était elle qui avait supplié Dexter de lui faire l'amour. Parce qu'elle avait besoin de se raccrocher à la vie.

Dexter l'avait comblée. Bien au-delà de ses espérances.

— Vous semblez perdue dans vos pensées.

Le son de sa voix rauque lui fit baisser les yeux. Son regard était tel une caresse. Ses yeux bleus la faisaient fondre.

— Je suis désolé, déclara-t-il, son regard se voilant.

Elle comprenait parfaitement ce qu'il éprouvait.

— Non, dit-elle en lui posant les doigts sur la bouche pour l'interrompre. Par pitié, n'ayez aucun regret. Moi, je n'en ai pas. J'avais envie de vous et, encore une fois, vous avez été là pour moi.

Il déglutit puis écarta une mèche de cheveux de son visage.

— Comment aurais-je pu agir autrement ? Si cela peut vous consoler, j'avoue que vous m'avez totalement envoûté et que j'ai eu envie de vous quasiment dès le premier regard.

Il avait un air tellement contrit qu'elle en sourit.

— Je n'ai pas à être consolée, Dexter. Surtout pas par vous.

Il soupira.

— Nous avions besoin de nous raccrocher l'un à l'autre, c'est ça ? L'adrénaline, le danger, tout cela nous a fait perdre le contrôle, non ?

Il lui offrait manifestement une porte de sortie, une opportunité de lui rétorquer que, même s'ils avaient passé un très bon moment, c'était un accident. Elle décida de la saisir car, même si depuis dix-huit mois elle ne vivait pas pleinement, elle n'avait pas encore la force nécessaire pour tourner la page. D'autant que sa peur de revivre un drame était très puissante.

— Oui, c'est ça. Mais je ne le regrette pas.

— Sachez que je n'ai fréquenté personne depuis plus d'un an et que j'effectue régulièrement des bilans de santé. Mais je n'ai pas utilisé de protection et…

— N'ayez crainte, Dexter, depuis le décès de mon mari, je n'ai fréquenté personne non plus et je ne peux plus tomber enceinte. Vous êtes *clean*, moi aussi, donc tout va bien. Que nous n'ayons pas utilisé de préservatif n'est pas grave.

Il acquiesça.

— Nous devrions nous préparer. Ce serait fâcheux que Blessing nous découvre ainsi.

— Laissez-moi d'abord m'occuper de votre bandage, proposa Piper. Afsana a laissé des habits de Raffi pour vous et de son fils pour moi.

— Vous êtes sûre que vous avez envie de vous rhabiller ? Moi, je vous aime bien telle que vous êtes à l'instant.

Elle lui posa un doigt sous le menton pour l'obliger à détourner le regard de ses jambes nues. Il sourit et, une fois encore, elle en fut troublée.

— Ça fait plaisir de constater que vous vous sentez mieux.

Elle souleva le bandage pour observer sa blessure.

— La cicatrisation se fait bien. La plaie n'est plus enflée et beaucoup moins rouge.

Elle lui appliqua délicatement une pommade donnée par Blessing et fit de son mieux pour se concentrer sur sa tâche sans se laisser distraire.

— Voilà, vous pouvez vous habiller, lieutenant.

— Oui, madame, répondit-il d'une voix sexy.

Elle quitta la pièce pour passer dans la seconde. Ils devaient une fière chandelle à Raffi et Afsana, songea-t-elle. Comment leur exprimer sa gratitude ?

Tandis qu'elle arrangeait l'écharpe autour de sa tête, une main se plaqua sur sa bouche et un objet dur pointa au milieu de son dos.

— Bonjour, madame la sénatrice, chuchota une voix. Vous êtes décidément pleine de ressources.

C'était Markam.

Mon Dieu ! Cette fois, il n'y avait plus d'espoir.

## *Aéroport de Bagram, province de Parwân, Afghanistan*

Austin était une fois de plus sur son ordinateur, à compléter ses informations sur le lieutenant Kaczewski.

Il jeta un regard en coin à Derrick. Ainsi, ce dernier parlait couramment la langue du pays… Cela ne faisait que renforcer les soupçons d'Austin à son sujet : avant d'intégrer le NCIS, Derrick avait certainement travaillé pour une autre agence fédérale.

La CIA.

Derrick avait des affinités très fortes avec l'Afghanistan, Austin le sentait, même si celui-ci n'en disait rien. Lui était-il arrivé un événement important dans ce pays, un événement qui l'avait poussé à quitter son ancien boulot pour le NCIS ? Austin l'ignorait, mais il était en revanche certain d'une chose : Derrick était déjà venu en Afghanistan. Son instinct ne le trompait jamais.

— Tu n'arrêtes pas de me regarder à la sauvette, déclara soudain son collègue sans lever les yeux de son écran. Tu as une idée en tête ?

— Tu parles la langue locale.

Derrick soupira.

— Et alors ? Ça ne fait pas de moi un cas particulier. Où veux-tu en venir ?

— Ce n'est pas la seule langue que tu maîtrises. Tu sais parfaitement ce que je sous-entends. Des rumeurs courent sur toi.

— Quoi, on raconte que je possède une voiture de sport avec des mitraillettes dissimulées dans le pot d'échappement ?

— Ha, ha, très drôle ! Mais tu as tout à fait le profil d'un agent secret.

— Tu sais, pour quelqu'un prétendument doué pour s'infiltrer dans n'importe quelle base de données informatique, je trouve que, pour le moment, tu n'as pas encore déniché grand-chose.

— C'est ça, vas-y, change de sujet et essaie de me vexer !

Derrick lui adressa un regard appuyé, ce qui le fit sourire. Il commençait à bien connaître son équipier et ses tentatives d'esquive. Et il se plaisait à lui faire savoir qu'il n'était pas dupe.

— Pourquoi tu ne me parles pas du temps où toi, Austin, tu faisais partie des marines, notamment du jour de l'attaque contre l'ambassade ? N'as-tu pas été le héros ? N'est-ce pas toi qui as sauvé la vie de la femme de l'ambassadeur après trois jours de siège ? N'as-tu pas été décoré pour cet acte de bravoure ?

— La ferme, Derrick ! rétorqua Austin avec mauvaise humeur.

Cette fois, son collègue avait mis dans le mille. Il était allé fouiller dans son passé. Peut-être n'était-il pas le meilleur hacker du bureau, finalement.

— Où as-tu appris cela ?

— Tu parles dans ton sommeil, Beck.

À ce moment-là, le téléphone d'Austin sonna.

— Beck.

— Salut, c'est Amber. J'ai passé en revue le dossier du lieutenant Kaczewski et j'ai découvert qu'il avait reçu une citation pour avoir sauvé la vie à un Afghan victime d'une erreur d'identité.

— D'accord, et en quoi est-ce important ?

— Cet homme vit dans un village tout près de Bagram. Safid Darreh.

— Comment s'appelle cet homme ?

— Raffi Jamal.

À ces mots, Derrick tiqua de façon presque imperceptible, mais Austin l'avait à l'œil.

— Il faut qu'on aille vérifier ! lança-t-il.

Derrick semblait soudain plein d'appréhension. Or, habituellement, rien ne l'ébranlait.

De plus en plus étrange, conclut Austin.

## *Safid Darreh, province de Parwân, Afghanistan*

Dexter s'aplatit contre le mur, le regard fixé sur le canon de l'arme que le type dans la pièce d'à côté tenait devant lui. Dès que celui-ci voulut franchir la porte, il l'attrapa au niveau du poignet et le tira brutalement dans la pièce. Son objectif était de désarmer ce gars. Ensuite, il s'occuperait de Piper.

Le type résista et se débattit. Dexter le plaqua contre le mur et lui saisit le bras. Un coup partit et la balle alla se ficher dans le plafond.

Il lui tordit le bras pour le faire lâcher son arme puis le lui passa dans le dos. Il y eut un craquement et le type hurla de douleur. Dexter lui ôta le couteau qu'il avait à la ceinture, lui fit baisser la tête et lui appliqua la lame contre la gorge.

À ce moment-là, un second type entra dans la pièce. Celui-ci tenait Piper en respect avec une arme. Dexter l'identifia immédiatement : Raoul Markam.

— Kaczewski ! lança Markam. Lâchez ce couteau ! Sinon, je tue la sénatrice.

— Et vous voulez me faire croire que, si j'obéis, vous lui laisserez la vie sauve ? Je vous assure que si vous la tuez vous aurez affaire à moi, et c'est vous qui y passerez. Mais très lentement.

Markam eut la réaction escomptée. Il assura sa prise sur son arme, le visa et pressa la détente. Ces mouvements lui prirent quelques secondes, mais Dexter avait anticipé. Il se jeta de côté et lança le couteau.

La balle tirée par Markam atteignit le type que Dexter avait neutralisé en pleine tête. Markam, lui, partit en arrière et heurta le mur. Le couteau lui avait transpercé l'œil. Il entraîna Piper dans sa chute. Celle-ci s'agenouilla et se débattit pour s'écarter de lui. Dexter se précipita vers elle.

— Il vous a blessée ?

— Non.

Elle s'empara de l'arme qu'il tenait, la brandit et fit feu deux fois. Dexter fut interloqué. Il se retourna : un troisième homme s'effondrait.

Piper resta immobile pendant quelques secondes, le bras levé, le regard agrandi d'effroi. Puis elle poussa un long soupir et ferma les yeux.

— Je n'en peux plus de cette violence.

Dexter ne put retenir un sourire.

— Je vous comprends mais, encore une fois, je vous dois une

fière chandelle. Vous avez réagi avec une rapidité et un sang-froid incroyables.

Elle lui retourna une grimace.

— Ne bougez pas, je reviens, lui dit-il. Gardez l'arme. Si jamais d'autres hommes surgissent, vous savez quoi faire.

Elle acquiesça.

Dexter fit le tour de la maison avec prudence. Mais il n'y avait plus personne.

Il retournait vers Piper quand la porte arrière s'entrouvrit dans un grincement. Il s'intima au silence et se prépara à accueillir le nouvel arrivant.

— Mon Dieu ! s'exclama alors Blessing.

C'était elle qui faisait son entrée, réalisa Dexter.

Elle porta les mains à son visage, clairement horrifiée par le spectacle. Elle ne mit cependant pas longtemps à se reprendre. Elle se tourna vers Dexter.

— J'ai comme l'impression qu'il ne faut pas traîner ici. Ma jeep est garée à l'entrée du village.

— Piper, venez vite ! lança Dexter.

Tous trois s'empressèrent de sortir par l'arrière et se dirigèrent vers la voiture.

— Montez à l'avant, ordonna Dexter à Piper tandis qu'il s'installait à l'arrière.

Blessing prit le volant et démarra sans attendre. Piper se retourna et se glissa entre les sièges.

— Je ne veux pas rester assise à l'avant. Je veux être près de vous, confia-t-elle, d'un ton presque implorant.

Elle s'assit à côté de lui sur la banquette, passa les mains autour de son cou et se blottit contre lui.

Blessing ayant pris un chemin détourné pour rejoindre la route principale, la jeep était secouée dans tous les sens.

— À mon arrivée, j'ai remarqué une voiture garée près de l'entrée, c'est pour ça que j'ai préféré prendre un chemin secondaire, expliqua-t-elle. Je ne crois pas qu'on m'ait vue.

— Sans doute un autre complice de Markam, avança Dexter.

Il se retourna pour s'assurer qu'ils n'étaient pas suivis.

— Vous êtes arrivée au bon moment, reprit-il. Timing parfait.

— Mais nous avons laissé trois corps derrière nous, rappela Piper en levant des yeux inquiets vers lui. Que vont-ils devenir ?

— N'ayez crainte, Raffi et Afsana s'en chargeront.

— Et l'homme qui faisait le guet dans la voiture ? Que se passera-t-il s'il est encore là à leur retour ? insista-t-elle d'une voix inquiète.

— Nous n'avons aucun moyen de les prévenir, Piper. Nous ne pouvons que croiser les doigts pour eux.

Ses propos ne firent que l'accabler davantage, elle avait les larmes aux yeux.

— Je n'aime pas ça.

— Nous ne pouvons pas retourner là-bas, Piper. Je suis sûr qu'ils s'en sortiront.

Elle acquiesça d'un air résigné. De toute évidence, elle comprenait qu'ils n'avaient d'autre choix que continuer, mais cela ne lui plaisait pas. Dexter le concevait aisément. Il était touché qu'elle se préoccupe autant du sort d'Afsana et de Raffi.

— Nous allons rentrer à la maison, lui dit-il. Bientôt, vous retrouverez votre jardin et votre piscine.

— La belle affaire ! rétorqua-t-elle.

Elle secoua la tête puis la reposa sur son épaule. Comme d'habitude, de multiples sensations s'emparèrent de lui et il ne put se retenir d'imaginer un futur avec elle. Pourtant, c'était complètement impossible. Tant qu'il resterait dans l'armée, il devrait se faire à l'idée de vivre seul. Il avait déjà cherché une femme capable de s'accommoder de son mode de vie, mais ce n'était pas possible et il fallait qu'il en prenne son parti. Même si Piper était une femme forte, lui imposer de vivre en permanence avec le danger pour qu'au final cela ne marche pas le mettait au supplice.

Agacé de laisser ainsi dériver ses pensées alors qu'il avait besoin de toute sa concentration, il ferma les yeux et serra la mâchoire.

Une heure plus tard, Blessing se garait devant le Star Hotel de Kaboul.

— Je vous ai réservé une chambre. Voici les cartes d'accès. J'ai également pris la liberté de vous acheter des vêtements et des affaires de toilette. Tout est dans le sac derrière vous. Vous pourrez réserver un vol depuis l'ordinateur de l'hôtel. Ne perdez pas de temps, partez le plus tôt possible.

Piper lui tendit un chèque.

— Tenez, c'est une compensation pour ce que vous avez fait pour nous. Heureusement que vous étiez là !

Blessing la remercia et prit le chèque.

— Oh… C'est beaucoup trop !

Elle voulut le rendre mais Piper repoussa doucement sa main.

— Je suis certaine que vous saurez en faire bon usage.

Elle embrassa Blessing sur les deux joues.

Dexter lui donna également l'accolade.

— Prenez soin de vous, Blessing. Je vous reverrai dès mon retour.

Ils descendirent de voiture. Blessing repartit et ils se dirigèrent vers l'entrée de l'hôtel. À l'intérieur, ils avisèrent le coin où se trouvait l'ordinateur à disposition des clients. Piper s'installa devant.

— Ce serait peut-être plus prudent de se rendre à l'aéroport et de réserver les billets sur place pour éviter que notre achat soit tracé, suggéra Dexter.

— Je n'ai pas besoin de payer, répliqua Piper. Une compagnie américaine privée est à disposition du personnel diplomatique. Grâce à mon frère, j'y ai moi aussi accès.

— Parfait. Vous avez vraiment des relations précieuses, commenta-t-il avec un sourire.

Piper effectua la réservation. Ils étaient censés partir une heure et demie plus tard. Ils se dirigèrent vers l'ascenseur pour se rendre dans leur chambre.

— Bien. On fait un brin de toilette et ensuite on repart, déclara Dexter.

Il traversa la chambre pour se rendre dans la salle de bains. Une bonne douche lui permettrait peut-être de calmer le feu qui couvait en lui depuis qu'il avait enlacé Piper dans la voiture.

— Dexter ? l'appela-t-elle.

— Oui ?

Elle ne répondit pas. Ils restèrent de longues secondes à se dévisager. Manifestement, elle était encore sous le choc de ce qui s'était passé. Lui non plus n'avait pas oublié. Il n'oublierait sans doute jamais ce qu'il avait ressenti quand Markam avait menacé Piper. Et cela ne faisait que renforcer sa volonté de tout faire pour qu'elle ne se retrouve plus jamais dans une telle situation, pour ne plus jamais lire de la terreur sur son si beau visage.

Piper était secouée. Le revolver de Markam semblait encore appuyé contre sa colonne vertébrale, et l'image de Dexter qui s'était de nouveau retrouvé en danger de mort la hantait. Elle avait peur et elle ne voulait pas rester seule, même s'il ne faisait qu'aller prendre sa douche dans la pièce à côté.

Elle ne trouvait pas les mots mais son expression suffit à le lui faire comprendre.

Il fit quelques pas pour s'approcher d'elle, la prit par la main et la tira vers la salle de bains.

— Venez. J'ai besoin d'aide pour me laver les cheveux, dit-il. Avec ma blessure, je ne peux pas rester les bras en l'air.

Elle battit des paupières pour retenir les larmes qui lui piquaient les yeux. Elle était toujours aussi étonnée des différentes facettes que Dexter montrait. Il avait éliminé l'homme qui la menaçait avec une rapidité redoutable, tel un serpent qui se serait jeté sur sa proie, et voilà qu'il était d'une infinie douceur et comprenait instinctivement ce qu'elle ressentait.

Il se pencha vers elle et lui déposa un petit baiser sur la joue. Rien que cela suffit à la subjuguer.

Il laissa ensuite glisser ses lèvres jusqu'à atteindre les siennes. Alors, ce fut comme s'il ne se contrôlait plus. Il l'embrassa fiévreusement, avec avidité.

Elle croisa les bras autour de son cou tandis qu'il laissait courir ses mains sur son dos, puis il emprisonna ses hanches et la serra contre lui.

Elle l'incita à ôter sa veste et sa tunique puis, avec des doigts tremblants, défit le bouton de son pantalon. Il l'aida ensuite à se dévêtir, lentement, comme pour détailler chaque centimètre de son corps qu'il dévoilait.

Quand il posa les doigts sur l'élastique de sa petite culotte, elle eut la chair de poule.

— J'ai envie de vous, susurra-t-il. J'ai beau lutter, mon corps ne m'obéit plus.

Son regard brillait de désir.

En réponse, elle déposa de petits baisers sur son torse, caressa ses pectoraux parfaits.

Encore une fois, elle voulut s'en convaincre : son élan n'était dicté que par son besoin de réconfort. Ce ne pouvait être davantage que cela.

# 10

## *Safid Darreh, province de Parwân, Afghanistan*

Austin se gara à distance respectable du village qui s'étendait devant eux. Non loin, un homme se tenait debout à côté d'une voiture. Austin ne mit pas longtemps à l'identifier. C'était Ted White, l'associé de Carl Kruger.

Derrick et lui discutèrent de la manière d'agir puis s'approchèrent discrètement de White pour qu'il ne les voie pas. À deux, ils n'eurent aucune difficulté à le maîtriser et à le menotter.

— Que faites-vous là ? demanda Austin à White quand celui-ci cessa de se débattre.

— Ça ne vous regarde pas, c'est une affaire qui concerne Outcast.

— Une affaire qui consiste à éliminer une sénatrice américaine et un Navy Seal, par exemple ?

— Je ne sais pas de quoi vous parlez.

— Mais oui, bien sûr.

Ils tirèrent White jusqu'à leur voiture et le firent monter à l'arrière. Ils lui ligotèrent les chevilles, puis verrouillèrent les portières.

— Allons vérifier que Raffi Jamal et sa femme vont bien.

Ils s'enroulèrent chacun une écharpe autour de la tête, puis entrèrent dans le village. Ils y croisèrent un vieil homme auquel Derrick s'adressa sans hésiter.

— Les Jamal habitent la maison au fond de la cour, là-bas, selon lui, expliqua ensuite Derrick à Austin.

Quand ils arrivèrent à proximité de la maison, ils se séparèrent. Austin contourna la maison pour entrer par l'arrière tandis que Derrick s'apprêtait à pénétrer par l'avant. Austin passa devant une fenêtre et jeta un regard à l'intérieur. Un couple avec un jeune garçon étaient debout dans la pièce. Derrière eux, un homme gisait contre le mur, un couteau planté dans l'œil. La femme tenait l'enfant contre elle tandis que, face à eux trois, un individu les menaçait d'une arme.

— Où sont-ils ? demanda celui-ci d'une voix agressive.

Austin n'avait plus de temps à perdre. Il rejoignit la porte arrière. Par chance, elle n'était pas verrouillée. Il l'entrebâilla et se glissa sans bruit à l'intérieur.

Au même moment, Derrick frappa à la porte avant. L'individu armé regarda par-dessus son épaule.

— Allez ouvrir ! ordonna-t-il à l'homme. Mais attention, si vous tentez quoi que ce soit, votre épouse et votre fils sont morts.

L'homme qui devait être Raffi Jamal se dirigea vers la porte et l'ouvrit. Derrick le salua et engagea la conversation. Austin choisit ce moment pour faire irruption dans la pièce. La femme tourna vivement la tête vers lui, les yeux agrandis d'effroi.

— Hé, mec ! lança-t-il au type armé.

Celui-ci eut à peine le temps de se retourner. Austin lui décocha un crochet à la mâchoire qui le mit K-O.

En fait, réalisa-t-il, il y avait deux autres hommes morts. L'un étendu face contre terre, l'autre affalé dans l'entrée.

Derrick le rejoignit. Austin n'en revenait toujours pas.

— Tu as vu ça ? Ils ont envoyé cinq types pour s'occuper de Kaczewski, mais ça n'a pas suffi.

Derrick ne répondit pas et s'adressa à la femme qui serrait toujours son enfant contre elle. Au regard qu'ils échangèrent, ils s'étaient déjà vus. Austin l'aurait parié. Mais il garda ses pensées pour lui et s'agenouilla pour passer les menottes au type qu'il avait mis K-O.

## *Star Hotel, Kaboul, Afghanistan*

Piper s'accrochait à Dexter, perdue dans de délicieuses sensations qui la laissaient sans voix et lui faisaient tout oublier. Il la tenait dans ses bras, sous la douche, et la dévorait de baisers. Elle était totalement sous son emprise et ne demandait qu'à ce qu'il la possède totalement. C'était la première fois qu'elle rencontrait un homme comme lui, viril, désinhibé. En comparaison, Brad était beaucoup plus réservé. Il ne manquait pas de confiance en lui, mais faisait preuve de davantage de retenue. Et jamais ils n'avaient fait l'amour sous la douche.

— Vous me rendez fou, Piper ! murmura Dexter, le souffle court, complètement affolé.

Il faisait voler en éclats tous ses préjugés, tout ce qu'elle pensait connaître des rapports intimes entre un homme et une femme.

Il caressa ses seins tout en l'embrassant dans le cou.

Puis il releva la tête pour reprendre son souffle et la dévisagea. Son regard bleu cobalt brillait de désir mais également de tendresse. Découvrir autant d'émotions a priori contradictoires dans ses yeux la bouleversait d'autant plus que c'était elle qui les suscitait.

Il se plaqua contre elle, peau contre peau. Elle ne pouvait plus bouger, mais n'avait nullement envie d'être ailleurs.

— Vous me tenez comme ça pour que je ne puisse pas vous toucher ?

— Exactement. Sinon, je crois que je ne tiendrai pas deux minutes. Or j'ai envie que ça dure… plus longtemps.

Elle eut un petit rire puis s'offrit de nouveau à ses baisers. Elle passa les mains sur son dos, descendit sur ses fesses musclées et fermes. Mon Dieu, qu'il était beau !

— J'ai envie de vous dévorer ! susurra-t-il.

Il passa les mains sous ses cuisses pour la soulever du sol et la pénétrer. Elle passa les mains autour de son cou, parcourue de délicieux frissons. Déjà, elle anticipait le plaisir à venir.

Il la pénétra lentement et la sensation fut si forte qu'elle renversa la tête en arrière, laissant échapper un long soupir d'extase. Sans attendre, il se mit à aller et venir, et elle bougea les hanches à l'unisson. C'était exactement ce qu'elle voulait, tellement fort, tellement bon ! Les muscles à l'intérieur de ses cuisses se contractèrent ; un orgasme dévastateur était sur le point de l'emporter.

— Dexter, oui !

Elle serra fort ses épaules et s'offrit sans retenue à lui. Ses mouvements étaient de plus en plus saccadés, de plus en plus frénétiques. Enfin, il alla et vint une dernière fois puis poussa un long soupir. Ils restèrent longuement immobiles, serrés l'un contre l'autre, à reprendre leur souffle.

— Piper…, articula-t-il d'une voix pantelante.

Faire l'amour avec lui était réellement une expérience extraordinaire, elle n'avait jamais atteint une telle félicité. Ses baisers la transportaient, son désir évident la touchait au plus profond d'elle-même. Comment aurait-elle pu lui résister ? Et comment ferait-elle pour laisser tout cela derrière elle, comme le lui intimait la voix de la raison ?

Elle prit son visage entre ses mains et l'embrassa.

Quand il redressa la tête, elle le fixa droit dans les yeux et fut émue. Il avait une expression tellement solennelle, tellement humble, comme si, par ce regard, il admettait sans ambages que, pour lui aussi, tout était nouveau. Il était très loin de la suffisance ou de l'orgueil qu'affichaient beaucoup d'hommes soucieux d'apparaître virils.

Il la serra encore une fois contre lui avec tendresse et affection. Dès qu'ils auraient quitté cette chambre d'hôtel, la réalité reprendrait ses droits et ils devraient de nouveau affronter le danger. Mais elle se sentait prête à faire face car, grâce à Dexter, elle avait changé. Il lui avait ouvert de nouvelles portes. Avec lui, elle faisait l'expérience d'une forme inédite de passion et d'intimité.

Elle se mordit la lèvre inférieure pour repousser la culpabilité qui menaçait de revenir. Même si elle ne connaissait Dexter que depuis très peu de temps, il avait fait d'elle une personne différente. Tout était allé tellement vite qu'elle n'était pas encore en mesure d'analyser l'importance et l'ampleur de ces transformations. Mais Dexter avait assurément pris une place immense dans sa vie. Dès lors se posait une question effrayante : comment serait-elle capable de gérer la peur de perdre un être cher ? Aurait-elle la force de vivre avec ?

Tout cela faisait beaucoup de questions auxquelles elle devrait répondre, mais plus tard.

Après de longues minutes, il la reposa délicatement au sol, et ils terminèrent de se doucher.

Quand il eut fermé l'eau, elle sortit de la douche, prit une serviette de toilette et essuya doucement les points de suture de Dexter jusqu'à ce qu'ils soient complètement secs. Ensuite, tendrement, elle déposa une série de petits baisers tout le long de sa plaie, en regrettant de ne pas disposer de pouvoirs magiques pour que celle-ci se referme plus vite. En retour, il lui caressa affectueusement les cheveux.

— Comment va votre blessure ? s'enquit-elle.

Il lui adressa un grand sourire.

— Beaucoup mieux maintenant.

— Dexter, soyez sérieux.

— Je n'ai quasiment rien senti, je vous assure. Et vous, comment vous sentez-vous ?

— Extraordinairement bien, lieutenant.

— Oh ! C'est vrai ?

— Oui, je me sens prête à renverser des montagnes.

— Tant mieux ! Qu'il en soit toujours ainsi.

Piper se redressa et sécha ses cheveux. Être enfin toute propre lui faisait également un bien fou.

Quand elle sortit de la salle de bains, Dexter était devant un miroir et avait déjà passé un jean. Il s'apprêtait à enfiler la chemise blanche et la cravate noire que Blessing avait achetées pour lui. Bien habillé, il aurait une classe folle, songea Piper.

Le sac à vêtements était posé sur le lit. Elle détailla les affaires choisies pour elle : de jolis dessous bleus, un T-shirt blanc à rayures marine, un pantalon de coton léger. Il y avait également une paire de sandales rouges.

— Blessing a bon goût, commenta-t-elle.

Dexter s'assit au bord du lit, lui passa un bras autour des épaules et l'attira à lui pour lui donner un petit baiser.

— Habillez-vous vite. Sinon, je ne réponds de rien.

Elle sortit la petite culotte du sac et l'enfila.

— Espèce de démon ! Ne me distrayez pas.

— Entendu, je me contenterai de regarder.

Mais alors qu'elle passait le soutien-gorge, il se mit à lui caresser le dos.

— Je croyais que vous deviez seulement regarder.

— Désolé, je n'ai pas pu me retenir, confessa-t-il en retirant sa main.

Elle se leva et termina de s'habiller. Puis elle revint s'asseoir à côté de lui et enfila les sandales.

— Vous voulez bien attacher mes lacets ? lui demanda-t-il alors. Ça me fait encore mal quand je me penche en avant.

— Pourtant, sous la douche, vous ne paraissiez pas gêné, lui fit-elle remarquer avec malice.

— Eh bien, disons que ce n'étaient pas… les mêmes mouvements, répliqua-t-il. Et cessez de me provoquer, ajouta-t-il sur un ton de faux reproche.

Elle sourit puis s'agenouilla pour lacer ses chaussures.

Dès qu'elle eut fini, il la prit sous les bras pour l'attirer de nouveau à lui et l'embrasser.

— J'ai également besoin d'aide pour cela, dit-il ensuite en désignant l'étui d'aisselle où était rangée une arme.

Elle le lui prit des mains, passa la lanière par-dessus son cou puis le contourna pour le boucler dans le dos.

— Merci, dit-il tandis qu'elle tirait sur les plis de sa chemise pour bien la remettre en place.

Elle alla dépendre la veste qu'il avait posée sur le portemanteau, l'aida à passer les bras puis lissa le col.

Il chercha ensuite dans le sac son portefeuille et l'insigne de Hatch, mit le tout dans ses poches puis ajusta devant ses yeux une paire de lunettes de soleil.

Piper, quant à elle, put délaisser son sac à main qui était dans un état pitoyable, car Blessing lui avait acheté une petite pochette assortie à sa tenue.

Elle s'occupa ensuite de ramasser les vêtements avec lesquels ils étaient arrivés et les mit en boule. Parmi ceux-ci, il y avait l'écharpe qu'Afsana lui avait donnée pour dissimuler son visage. Elle était très belle. Piper passa la main dessus et la plia soigneusement.

— Ce sont mes insignes d'officier ? intervint Dexter.

Il pointait du doigt les petites barrettes métalliques posées à côté du sac.

— Oui, j'en ai pris soin. Vous voulez les récupérer ?

— Non. Pour le moment, mieux vaut que vous les gardiez.

Elle rangea l'écharpe. Grâce à elle, elle avait pu atteindre Charikar sans heurt et alerter Blessing. Elle voulait la garder en souvenir. Dans le sac, il restait des dessous de rechange pour elle et un second pantalon pour Dexter.

— Blessing a vraiment pensé à tout.

Il acquiesça.

— Oui, c'est une perle.

Il ramassa les vêtements qu'ils n'emportaient pas et les jeta dans la panière à linge de la salle de bains.

Puis il revint dans la pièce, prit le sac posé sur le lit et, sans un mot, ils quittèrent la chambre.

Dans la rue, ils hélèrent un taxi et Dexter donna des indications au chauffeur dans la langue locale. L'homme acquiesça et, dès qu'ils furent montés, démarra. Mais il les observa discrètement dans le rétroviseur intérieur, remarqua Piper. Aussi, elle s'employa à prendre une expression neutre et professionnelle. Elle avait les paumes humides de stress, mais n'en laissa rien paraître.

Ils s'engagèrent dans les rues encombrées de Kaboul. Au point de contrôle, Dexter présenta son insigne et on les laissa passer sans autre forme de procès. À leur arrivée à l'aéroport, Dexter régla la course avec l'argent une fois de plus laissé pour eux par Blessing.

Au bureau d'enregistrement, une employée expliqua à Dexter qu'il avait des documents supplémentaires à remplir du fait qu'il portait une arme mais, quand il présenta son insigne et que Piper montra sa carte de sénatrice, tout alla très vite.

Ils montèrent à bord de l'avion et s'installèrent dans les confortables fauteuils de la première classe.

Quand le décollage fut annoncé, Piper se sentit paradoxalement encore plus nerveuse. Au moins, dans ce pays, elle connaissait ses ennemis, et Markam et Hatch étaient morts.

À Washington, elle ne saurait pas qui affronter. La capitale américaine semblait soudain plus dangereuse que le pays qu'elle laissait derrière elle.

# 11

*Prison municipale, Kaboul, Afghanistan*

Le téléphone d'Austin sonna alors qu'il était en plein interrogatoire. Il sortit dans le couloir de la prison pour décrocher.

— Kai Talbot, s'annonça sa chef.

— Bonjour, madame.

Décidément, sa patronne dégageait une autorité naturelle, même au téléphone. Il lui suffisait de se présenter pour faire comprendre qu'elle n'avait pas de temps à perdre, qu'il fallait en venir rapidement au fait. Il avait énormément de respect pour elle.

— Quelles sont les infos, Beck ?

— Deux suspects et des nouvelles du lieutenant Kaczewski et de la sénatrice Jones, répondit-il.

Leur petit voyage à Safid Darreh avait été riche d'enseignements.

— Très bien, je vous écoute.

Ces propos furent ponctués d'un bruit sourd de portière qui s'ouvre et se referme. Apparemment, Kai montait en voiture.

— Il semblerait que la sénatrice et le lieutenant soient en vie, reprit Austin. Nous avons retrouvé leur trace dans un village près de Bagram où ils se sont cachés pendant trois jours. Kaczewski a été soigné et a récupéré de sa blessure. La sénatrice s'est rendue seule à Charikar pour ramener un médecin.

Kai poussa un sifflement d'admiration.

— Eh bien, elle a du cran, notre sénatrice !

Austin n'en pensait pas moins.

— À Safid Darreh, le village en question, nous avons interpellé deux hommes. L'un d'eux n'est autre que Ted White, l'associé de Kruger, le patron d'Outcast. Autant dire que la société est dans de sacrés ennuis. Le second type est un dénommé Aaron Patrick. Il travaille pour Outcast, mais de manière non officielle, si vous voyez ce que je veux dire… Tout comme Martin Carter.

Kai ne répondit pas.

— Martin Carter, c'est le mercenaire retrouvé mort après l'embuscade contre les Navy Seals. Les trois marines que les Navy Seals tentaient de secourir ont servi d'appât. Ça va gronder en haut lieu.

— Et qui était la cible de cette embuscade ? Kaczewski ?

— Non, Tyler Keighley.

— Le mystère s'épaissit.

— Je dirais que ça devient intéressant. Cela explique pourquoi Kaczewski n'a pas pris contact avec son état-major. Il ne sait pas à qui se fier. Je me pose d'ailleurs la même question, je dois vous l'avouer. Car il est clair que quelqu'un de très haut placé est mouillé.

Kai poussa un soupir.

— Vous avez des noms à me soumettre ?

— Non, hélas. White et Kruger affirment ignorer l'identité de leur commanditaire. Ils prétendent que Markam en savait davantage mais Kaczewski l'a éliminé. Apparemment, c'est Markam qui avait débauché Hatch à la Sécurité diplomatique. Markam connaissait Kruger car il l'avait rencontré quand il était encore marine en poste à Kaboul. Kruger affirme que c'est Markam qui est venu le trouver et lui a promis cinq millions de dollars s'il acceptait de mettre ses mercenaires à sa disposition pour monter l'embuscade dans laquelle Tyler Keighley devait trouver la mort. Et, tenez-vous bien, le commanditaire a demandé que la sénatrice Jones soit elle aussi éliminée après avoir appris que Keighley avait survécu. Il a proposé cinq millions supplémentaires pour sa tête. En gros, ce fameux commanditaire cherchait à faire coup double.

Ceci expliqué, Austin se frotta les yeux. Il manquait de sommeil.

Discrètement, il jeta un regard dans la salle d'interrogatoire, où Derrick était encore avec Kruger. Ils l'avaient arrêté au moment où il quittait son bureau pour l'aéroport. Il s'en était fallu de peu. Mais Kruger n'avait quasiment pas desserré les dents. C'était l'autre type, Aaron Patrick, qui avait fini par craquer. En revanche, il ne connaissait pas le commanditaire.

— Autre chose ? demanda Kai d'une voix impatiente.

— Je m'apprête à partir pour Charikar. Je veux rencontrer le Dr Blessing Countee. C'est elle qui a soigné le lieutenant Kaczewski puis les a conduits, la sénatrice et lui, à Kaboul. Avec un peu de chance, nous pourrons les localiser là-bas.

— Quand vous les retrouverez, n'en avertissez personne, intima Kai à voix basse.

— Oui, madame.

— En attendant, je vais m'occuper des procédures en vue de l'extradition de Kruger, White et Patrick. Quelles sont leurs nationalités ?

— Kruger est sud-africain, White est australien, Patrick américain. J'enverrai une équipe aux bureaux d'Outcast pour procéder à la saisie de leurs dossiers et de leurs ordinateurs. L'ensemble sera examiné et les résultats envoyés au plus vite à San Diego.

— Parfait. C'est du bon boulot, Austin. Merci et faites attention à vous.

— Entendu. Merci, madame.

Quelques heures plus tard, après avoir parlé au Dr Blessing Countee, qui lui en avait appris le minimum, il rappela Kai Talbot.

— Elle affirme ne pas savoir quelles étaient leurs intentions après les avoir déposés à Kaboul. Mais je me suis dit que la sénatrice, grâce à son statut, pouvait facilement emprunter les vols diplomatiques. Je me suis donc rendu à l'aéroport pour me renseigner et mon intuition s'est avérée bonne. Kaczewski et elle ont pris un vol qui a quitté Kaboul il y a vingt-trois heures. Tout indique qu'ils sont déterminés à découvrir qui a cherché à éliminer la sénatrice.

— Piper Jones ne manque pas de ressources. À l'heure qu'il est, ils ont déjà atterri.

— Oui, absolument. J'ai appelé le supérieur du lieutenant

Kaczewski mais il n'a pas la moindre nouvelle de lui. Comme nous en étions convenus, je ne lui ai pas parlé de ce que nous avions découvert puisque nous ignorons à qui nous pouvons nous fier. Mais, si le commanditaire de Markam apprend que la sénatrice est de retour aux États-Unis, elle sera en danger.

— C'est certain. Les accords d'extradition pour Kruger et White sont arrivés. Gunn et vous, vous montez dans le prochain transport militaire qui décolle pour Washington.

Austin poussa un soupir intérieur. Il avait intérêt à profiter du vol pour dormir car, une fois rentré, il n'était pas près de se reposer.

*Washington, D.C.*

Dès que Piper et Dexter eurent franchi les portiques de sécurité à l'aéroport de Washington, Dexter se changea et passa un jean et un T-shirt. Piper, elle, enfila un pantalon noir, un chemisier multicolore, une casquette de base-ball et des lunettes de soleil. Elle refusait de se débarrasser de ce qu'elle portait avant et rangea soigneusement le tout dans le sac. Elle avait noué ses cheveux en queue-de-cheval. Ainsi, elle ressemblait à une touriste.

Pendant qu'elle se changeait, Dexter leur avait acheté deux téléphones à carte prépayée.

Piper appela le service de voituriers du Sénat. Elle était soulagée d'être rentrée. Mais la sensation d'avoir une cible imprimée dans le dos ne la quittait pas.

Ils attendirent dans le hall de l'aéroport jusqu'à ce que la voiture arrive. Ils montèrent rapidement et Piper ordonna au chauffeur de la conduire chez elle. Mais, dès qu'ils se retrouvèrent dans les embouteillages du centre-ville, ils profitèrent d'un arrêt pour quitter la voiture, rejoignirent le métro et se rendirent à la bibliothèque de Cleveland Park.

À l'accueil, Dexter demanda à utiliser un box privatif. Une jeune femme lui indiqua un box libre et, avec Piper, il s'y rendit sans attendre.

Il ferma la porte, sortit son téléphone et appela son père.

— Amiral Kaczewski.

— Papa, c'est moi.

— Dexter ! Bon sang, c'est bon d'entendre ta voix. Où es-tu ?

— À Washington.

— Quoi ? s'exclama son père. Où ça ?

— Je ne peux pas te le dire. C'est plus sûr que je reste avec la sénatrice mais que personne ne connaisse notre position précise.

Son père poussa un soupir fataliste.

— Le NCIS m'a tenu au courant des avancées de leur enquête. Laisse-les s'occuper de ça.

En temps normal, cela aurait été en effet raisonnable, mais le NCIS avait pu être infiltré par les ennemis de Piper. Il était donc hors de question de prendre le risque de la remettre entre leurs mains, estimait Dexter.

— Non, je ne peux pas, dit-il fermement.

Il avait besoin que son père comprenne que Piper comptait beaucoup pour lui, sans le dire directement, car elle était juste à côté de lui et suivait la conversation.

— S'il arrivait malheur à Piper parce que j'ai laissé d'autres s'occuper d'elle, je m'en voudrais pour le restant de mes jours. Nous ignorons qui veut l'éliminer et si le NCIS n'est pas compromis.

À côté de lui, Piper pâlit nettement. Peut-être ses propos lui faisaient-ils prendre conscience qu'elle était dans une situation encore plus périlleuse qu'elle ne l'imaginait. Mais il ne la laisserait pas tomber.

— Je te comprends, répondit son père après plusieurs secondes.

— Tu n'aimes pas me savoir en danger, tu es un papa gâteau, déclara Dexter pour alléger l'atmosphère.

À sa grande surprise, son père eut un petit rire.

— Écoute, fils, je respecte ton sens des responsabilités.

Dexter ferma un instant les yeux. Ce qu'il ressentait pour Piper allait bien au-delà de son sens des responsabilités. Rouvrant les yeux, il croisa son regard et lui sourit pour la rassurer. Elle était dévorée par l'inquiétude, il le savait sans qu'elle ait besoin de le lui avouer. Le niveau de compréhension mutuelle qu'ils avaient établi était bien plus élevé qu'avec Melissa ou Suzy, les deux femmes qui avaient partagé sa vie. Bien sûr, quand tout serait terminé, le plus sage pour lui serait de reprendre le cours de son existence sans Piper. Mais y parviendrait-il ?

— Pour le moment, je suis le seul à qui elle peut se fier sans crainte, reprit-il. Je dois rester à ses côtés jusqu'au bout. D'autant qu'elle m'a sauvé la vie, ajouta-t-il en lui passant le revers de la main sur la joue.

Son père répliqua d'une voix adoucie :

— Entendu. Dans ce cas, je te suis dans ta démarche. Que comptes-tu faire ?

— Étudier toutes les pistes possibles.

— D'accord. Et pour ta blessure ?

— Je vais bien, papa, assura-t-il.

— Si tu le dis… Et que puis-je faire pour t'aider ?

— J'ai besoin d'un endroit sûr où nous pourrons rester quelque temps.

— Je crois avoir ce qu'il te faut. La maison d'un couple d'amis… Ils n'y sont pas pour le moment et ta mère s'en occupe pendant ce temps. Je peux te faire parvenir les clés. Autre chose ?

— Oui, j'ai besoin de liquide et d'une arme. Ah oui, peux-tu aussi louer une voiture pour moi et la laisser sur le parking de l'agence de location ?

— Compris. Je m'arrangerai pour te fournir tout cela en même temps que les clés de la maison. Et comment va la sénatrice, elle tient le coup ?

— Elle…

Il ne sut que répondre.

— C'est bien la première fois qu'une femme te laisse sans voix. Elle a à peu près ton âge, non ?

— Oui, papa. Elle est formidable.

— On dirait que tu parles de ta mère, commenta son père sur un ton amusé.

— Ce n'est pas faux, elles ont de nombreuses qualités en commun.

— Je comprends que tu tiennes à elle, alors. Bien, donne-moi ton numéro, je te rappelle dès que tout est prêt.

Après une courte pause, son père ajouta :

— Tu sais, dissimuler à tout le monde qu'une sénatrice est à Washington, ça ne va pas être simple.

— Je sais, oui, mais j'en fais mon affaire.

De nouveau, il tenta de rassurer Piper du regard et dit au revoir à son père. Il rangea le téléphone.

— Et maintenant ? fit Piper.

— On va chercher un endroit discret et y rester jusqu'à ce que mon père me rappelle.

Elle soupira.

— Et si on le surveille ?

Dexter eut un petit rire.

— Mon père aussi a fait carrière chez les Navy Seals. Le jour où il ne sera plus capable de semer d'éventuels poursuivants n'est pas arrivé.

— Vous avez foi en lui.

— Et vous, vous n'avez pas foi en moi ?

Elle le fixa sans un mot. Il retint son souffle ; il avait besoin qu'elle le lui confirme.

— Si, vous avez raison.

— Bien ! À votre tour, maintenant. Appelez Edward, mais ne lui donnez aucun détail.

— N'ayez crainte, j'ai toujours réussi à avoir le dernier mot avec mon frère.

Il acquiesça.

Elle composa le numéro et activa le haut-parleur. Son frère décrocha à la première sonnerie.

— Edward, c'est moi.

— Oh ! mon Dieu ! Piper…

Le soulagement dans la voix d'Edward était évident, nota Dexter.

— Je n'aurais jamais dû te laisser partir en Afghanistan.

— Tout va bien, Edward, le rassura Piper. Je n'ai jamais été seule.

— Eh bien, celui qui t'a aidée aura mon éternelle reconnaissance. Où es-tu ?

— En sécurité, disons. Comment va Tyler ?

— Son état est stable, il se remet doucement. Sa convalescence sera longue et nous ne savons pas encore s'il sera en mesure de réintégrer l'armée un jour. Cela ne manque pas de l'inquiéter. J'ai pris toutes les précautions nécessaires. Le lieu exact où il se trouve est tenu secret. Je suppose que c'est le lieutenant Kaczewski qui s'est arrangé pour me faire savoir que Tyler courait un danger.

Dexter était soulagé pour son ami mais cela lui faisait néanmoins mal d'apprendre que Tyler allait devoir se battre de longues semaines pour recouvrer l'ensemble de ses moyens physiques. Pour autant, connaissant Tyler, il y arriverait et en reviendrait plus fort qu'avant.

— Qu'as-tu appris exactement, Edward ?

— J'ai été contacté par le NCIS. Deux agents, Derrick Gunn et Austin Beck, ont été envoyés en Afghanistan. Ils seront d'ailleurs de retour demain. Ils te recherchaient. Ils ont acquis la certitude que l'équipe de Tyler a été victime d'une embuscade et que c'était lui la cible.

— Quoi ?

Piper adressa à Dexter un regard interloqué. En lui monta aussitôt une immense colère. Il serra les poings pour se contenir.

— Pourquoi ? demanda Piper à son frère.

— J'y ai réfléchi et je ne vois qu'une explication possible.

— Laquelle ? le pressa Piper.

— Tyler n'a jamais été convaincu par le rapport de police sur les circonstances de l'accident qui a coûté la vie à Brad. Et il avait engagé un détective privé pour mener une contre-enquête. Un certain Doug Utley. Et il semblerait que ce Utley a récemment fait des avancées. Comme par hasard, juste après, l'unité de Tyler est victime d'une embuscade à laquelle il réchappe de peu. Selon le NCIS, cette embuscade n'a pas été menée par les insurgés, on voulait seulement nous le faire croire. Ce qui confirme que le but était d'éliminer Tyler, ainsi que toi quand tu t'es rendue en Afghanistan.

— Alors quelqu'un veut l'empêcher de connaître les véritables circonstances de l'accident, c'est ça ?

— Comme je te l'ai dit, je ne vois pas d'autre explication.

Piper se passa nerveusement la main sur le front.

— Nous devons éclaircir tout cela. Tant que ce ne sera pas le cas, je serai toujours en danger.

— Avec qui es-tu ? L'ami et supérieur de Tyler ?

— Dexter, oui.

— Eh bien, Dexter, comme je suppose que vous écoutez cette conversation, laissez-moi vous remercier de ce que vous avez fait pour ma sœur. Maintenant, le mieux que vous ayez à faire est de venir chez moi. J'y suis en ce moment même.

Dexter s'empara du téléphone.

— Bonjour, monsieur. C'est très généreux de votre part mais trop risqué.

— Lieutenant, vous êtes conscient que je fais partie d'une agence gouvernementale spécialisée dans la sécurité. Je suis parfaitement en mesure de protéger ma sœur et également de faire en sorte qu'on veille sur vous.

— Je n'en doute pas, mais Piper est plus en sécurité avec moi. Précisément à cause de vos liens avec la Sécurité diplomatique.

Piper reprit le téléphone.

— Dexter a raison, Edward. C'est plus sûr pour moi que le moins de monde possible sache que je suis de retour à Washington. Je ne peux me fier à personne.

— Pas même à moi ? lui demanda Edward d'un ton blessé.

— Non, répliqua Dexter.

Aussitôt, Piper lui posa la main sur la bouche pour le faire taire.

— Bien sûr que j'ai confiance en toi, Edward ! Mais le problème, c'est que ceux qui me traquent vont certainement surveiller mes proches pour me localiser. Tu comprends ? Je vais quand même te donner mon numéro.

— Compris. Tu as sans doute raison, petite sœur. Mais quand j'ai appris ta disparition, j'étais fou d'inquiétude. Alors excuse-moi de me montrer surprotecteur.

À son ton, il semblait sincère, estima Dexter. Manifestement, Edward aimait énormément sa sœur.

— Je te pardonne, annonça Piper.

— Tiens-moi au courant régulièrement de vos faits et gestes. J'aimerais être certain que tu vas bien. Et si tu as besoin de moi, n'hésite pas à me solliciter.

— Je n'y manquerai pas. À bientôt, Edward. Je t'aime.

Sur ce, elle raccrocha.

— Alors l'origine de tous ces événements, ce serait l'accident de voiture, reprit Dexter.

Même si tout indiquait que cet accident n'en était pas un et que quelqu'un était prêt à tout pour qu'on ne le découvre pas… Le mari de Piper avait peut-être trempé dans une affaire louche, songea Dexter. Dans les milieux politiques à Washington, les luttes d'influence et de pouvoir étaient à l'origine de nombreuses malversations.

— Que vous rappelez-vous de cet accident ?

— Pas grand-chose, en fait. Je crois que j'ai tenté de refouler au fond de ma mémoire tous mes souvenirs liés à ce drame.

Ils sortirent du box et quittèrent la bibliothèque. Dexter prit Piper par la main, puis ils traversèrent la rue.

— Je fais régulièrement des cauchemars liés à l'accident mais je ne sais plus ce qui relève du rêve ou de la réalité.

À ce moment-là, le portable de Dexter sonna. Il le tira de la poche de son jean.

— Dexter, c'est moi, déclara son père dès qu'il eut décroché. Tout est en ordre. Tu trouveras tout ce que tu as demandé dans la boîte aux lettres de la maison, y compris le code pour ouvrir la grille. Je t'envoie l'adresse par SMS dès que tu auras raccroché.

— Merci, papa, à plus tard.

Il raccrocha. Quelques secondes après, il recevait le message.

— Allons à la maison mise à notre disposition, histoire de manger un morceau et de nous reposer. Ensuite, nous contacterons le privé engagé par Tyler pour rassembler les pièces du puzzle.

Piper acquiesça.

Celui ou ceux qui s'en prenaient à elle allaient amèrement le regretter, se promit Dexter. Que quelqu'un ait eu accès à des infos classées secret-défense, soit allé jusqu'à faire capturer des marines, ait ordonné leur exécution et soit à l'origine de la mort de plusieurs de ses hommes et de l'état dans lequel se trouvait Tyler le mettait dans une colère noire. Tant qu'il n'aurait pas rendu justice et que plus aucune menace ne pèserait sur les épaules de Piper, il ne s'arrêterait pas.

### *Bureau de Stephen Montgomery, New Jersey Avenue, Washington, D.C.*

Stephen était assis dans son fauteuil, le regard tourné vers la baie vitrée qui donnait sur New Jersey Avenue. Au loin, la coupole du Capitole dominait la végétation. Il venait d'avoir Edward Keighley au téléphone.

Celui-ci lui avait appris que Piper était en vie et de retour à Washington.

Stephen se cala un peu plus dans son fauteuil. Il était l'un des plus proches amis du père d'Edward, Piper et Tyler, son confident et partenaire de golf. De par les nombreux contrats passés avec le gouvernement grâce à ses « contacts » dans la sphère politique, il pouvait se targuer d'en connaître long sur ce milieu, et ce depuis de nombreuses années. Il avait vu grandir Piper, Tyler et Edward, devenir des adolescents, puis se lancer dans de brillantes études. Il avait assisté au mariage de Piper et Brad, il avait été là quand la femme d'Edward avait succombé à un cancer, ainsi que lorsque Tyler avait fait part de sa volonté de ne pas se lancer en politique pour s'engager dans l'armée. Il avait également été à leurs côtés quand leurs parents étaient décédés.

Un nombre incalculable de fois, Randolph, le père de Piper, lui avait fait part d'informations ultra-confidentielles. Et franchement, parfois, les intrigues politiques étaient vraiment nauséabondes. Mais il était passé outre pour faire de son groupe l'un des plus profitables du pays. Et il entendait bien s'arranger pour qu'il le reste.

Le téléphone sur son bureau sonna. Il décrocha :

— Oui ?

— Le sénateur Robert Mullins est ici et demande à vous voir. Dois-je le laisser entrer ?

— Oui, s'il vous plaît.

Il était curieux de découvrir pourquoi cet homme qui visait la Maison-Blanche venait lui rendre visite.

Trente secondes plus tard, sa secrétaire ouvrait la porte et faisait signe à Robert Mullins de passer.

— Aurez-vous encore besoin de moi, monsieur ? demanda-t-elle.

— Non, je vous remercie, mademoiselle Collins, vous pouvez partir, répondit-il avec un sourire.

Elle acquiesça et referma la porte derrière elle.

Robert Mullins s'avança vers son bureau et lui serra brièvement la main.

— Je vous en prie, sénateur, asseyez-vous.

Robert Mullins était grand, large d'épaules. Il avait un physique imposant et ses cheveux poivre et sel lui donnaient une allure sérieuse d'homme dans la force de l'âge. Exactement ce qu'il fallait pour plaire aux Américains. Il déboutonna sa veste et s'installa dans un des fauteuils en cuir devant le bureau en acajou.

— Que puis-je pour vous ? lança Stephen.

— Je crois que ce serait plutôt à moi de poser cette question.

Stephen fut immédiatement méfiant. Ce type ferait un opposant coriace mais surtout un allié de poids. Son instinct le lui disait.

— Ah oui ? Expliquez-moi pour quelle raison.

— J'ai des informateurs partout, Stephen. Je sais que vous êtes impliqué dans la mort de Brad Jones.

— J'ignore où vous allez pêcher vos…

— Est-ce important ? Pas pour moi. Je me fiche des raisons qui vous ont poussé à commanditer son meurtre mais, à vrai dire, je suis plutôt heureux que vous l'ayez fait. Brad devenait pénible. Ceci étant, j'avoue être impressionné. Vous connaissez sa famille depuis très longtemps, vous étiez leur mentor, leur confident. Qu'un homme aille aussi loin pour conserver son pouvoir, c'est rare.

Stephen eut un sourire crispé.

— Que voulez-vous ?

Mullins lui retourna un sourire carnassier.

— De l'argent. Je veux me lancer dans la course au bureau ovale et vous, vous voulez que cette satanée loi que Brad Jones tenait à tout prix à faire adopter tombe aux oubliettes. Le fiasco d'Outcast, c'est un mauvais coup pour vous.

Stephen ne trouva rien à répondre. Il était sous le choc.

Il pensait agir en toute discrétion. À tort, manifestement. Et Mullins n'était pas du genre modeste, il se délectait clairement de lui révéler être au courant de tout.

— Si la presse venait à apprendre que vous avez eu recours à des mercenaires pour tuer des Navy Seals et une sénatrice américaine, ce serait la fin pour vous et votre société.

— Dites-moi ce que vous voulez, je suis tout ouïe.

— Je suis un ancien de la CIA. Je dispose de contacts qui s'arrangeront pour effectuer le boulot. À condition que vous régliez mon problème d'argent.

Stephen se leva. Le sénateur en fit de même et lui tendit la main.

— Marché conclu, déclara Stephen.

— Vous n'avez plus à vous inquiéter de rien. Je m'occupe de tout.

Sur ce, Mullins tourna les talons et quitta le bureau.

Dès qu'il fut sorti, Stephen s'approcha de la baie vitrée, pour réfléchir. Cette fameuse loi était préjudiciable à plusieurs points de vue. Personne dans le milieu des affaires ne souhaitait perdre la possibilité d'effectuer des OPA agressives. Le coût d'une réorganisation des services et d'un changement de stratégie serait extrêmement élevé. Chaque fois qu'il l'avait pu, Stephen avait tenté de raisonner Brad. Il en avait fait de même avec Piper. Mais Brad avait toujours refusé de l'écouter et Piper était déterminée à honorer sa mémoire en faisant adopter cette loi.

Ordonner l'élimination de Brad lui avait été extrêmement pénible. Mais cela avait été compter sans la perspicacité et la ténacité de Tyler et, quand il avait appris que celui-ci avait engagé un privé pour mener une contre-enquête sur l'accident de Brad, il avait compris ne pas avoir d'autre choix que l'éliminer à son tour, ainsi que Piper. Tyler était censé mourir en héros sur le champ de bataille et, quand Piper avait décidé de se rendre à son chevet en Afghanistan, Stephen avait vu l'opportunité de faire coup double.

Rien ne s'était passé comme prévu, mais il restait déterminé à garder la main sur son empire, sans que personne ne puisse lui dire ce qu'il avait le droit de faire ou pas.

Les affaires, c'étaient les affaires. Tous les coups étaient permis, même les plus vils. Même les coups mortels.

# 12

## *Groupe Montgomery, New Jersey Avenue, Washington, D.C.*

Mullins monta dans sa Lincoln. Son assistant était installé derrière lui, tapi dans l'ombre.

— Ça a marché ?

— Sans coup férir.

— En revanche, nous avons perdu la trace de Kaczewski et Jones en centre-ville.

— Je suis entouré d'incompétents ! pesta Mullins en se passant la main sur la nuque.

Pour la première fois de sa vie, tout ne se déroulait pas selon ses prévisions. Il avait prévu un plan B, mais Hatch avait tout fait rater. Bon sang ! Qui diable était ce Navy Seal ? Un sacré empêcheur de tourner en rond. Mais personne ne se mettrait en travers du chemin qui devait le conduire à la Maison-Blanche. Personne !

Brad Jones s'était révélé un joueur plus habile et tenace que prévu. Faire pression sur Stephen Montgomery était un risque calculé qu'il devait prendre. Après tout, la loi de Jones ne le préoccupait pas tant que cela, mais Montgomery, lui, n'avait aucune envie de la voir adoptée. C'était un homme orgueilleux, qui refusait d'être dépossédé de son pouvoir. Mullins avait compté sur cet aspect et il avait eu raison. Montgomery serait obligé de financer sa campagne, il n'avait plus de souci à se faire de ce côté-là.

En outre, une grande partie de ses soutiens étaient hostiles à la loi de Jones. S'arranger pour qu'elle soit enterrée serait décisif.

Il n'avait pas anticipé le fait que la femme de Jones mettrait un point d'honneur à faire adopter cette loi pour honorer la mémoire de son mari défunt. Désormais, il devait récupérer les preuves que Brad Jones avait rassemblées contre lui. Cela faisait dix-huit mois qu'il s'y échinait, en vain. Mais peut-être qu'en lui mettant la pression Piper le conduirait à ces preuves ? C'était une hypothèse à retenir.

— Passez-moi votre téléphone.

Il s'activa quelques secondes sur le portable de son assistant.

Deux minutes plus tard, le téléphone sonnait. Mullins décrocha :

— Qu'avez-vous pour moi ? lui demanda la voix feutrée de son interlocuteur.

— Vous allez recevoir quatre photos. Les deux premières sont celles d'un dénommé Dexter Kaczewski et de la sénatrice Piper Jones. Je veux que vous les retrouviez et que vous leur mettiez la pression. Mais ne les tuez pas avant que je vous en donne l'ordre.

— Entendu.

— Et je veux que tout soit fait dans la plus grande discrétion. Ce serait encore mieux si vous vous arrangiez pour qu'on ne retrouve jamais leurs cadavres. La troisième photo sera celle de Tyler Keighley. Faites en sorte que sa mort soit due à une overdose de médicaments. L'endroit où il se trouve actuellement sera indiqué au bas de la photo. Mais occupez-vous d'abord des deux premières personnes mentionnées.

— Et la quatrième photo ?

— Un privé. Washington est une ville violente. Pauvre M. Utley. Une victime de plus de la délinquance de rue.

— Ce sera fait, répliqua son interlocuteur sans sourciller.

## *Banlieue de Washington, D.C.*

La climatisation se mit en marche et le battement des volets réveilla Piper. Elle émergea de son rêve, ouvrit lentement les yeux. Elle était dans un lit.

Un lit ? Un instant, elle fut désorientée. Où se trouvait-elle ?

Elle n'était pas à l'hôpital ; elle porta la main à son abdomen.

Un soupir lui échappa. Elle avait le cœur battant et dut prendre quelques secondes pour recouvrer une respiration normale. Elle était essoufflée, comme si elle avait couru.

Elle referma les yeux, les rouvrit et battit des paupières. Elle se trouvait dans une chambre qui ne lui était pas familière, mais meublée avec goût. Le lit était confortable, les tables de nuit et les abat-jour assortis à la couleur du papier peint.

Tout lui revint : elle était dans la maison mise à disposition par le père de Dexter.

Elle tourna la tête mais il n'y avait personne à côté d'elle.

Elle repoussa les couvertures. Mon Dieu, elle était entièrement nue !

Dexter… Mince alors ! Impossible de se glisser dans le même lit que lui sans que cela ne se termine par des ébats torrides. Et le pire, c'était qu'elle en redemandait.

Elle marcha jusqu'à la fenêtre et jeta un regard au-dehors à travers les lattes des volets. La chambre donnait directement sur une piscine. Les premiers rayons du soleil se reflétaient à la surface de l'eau. Dexter se baignait.

Elle appuya son front contre le carreau. D'habitude, quand elle se réveillait d'un cauchemar, elle s'échinait à en chasser le souvenir. Désormais, au contraire, elle voulait se rappeler le fil des événements.

Brad avait-il été victime d'un assassinat ? Les avait-on volontairement fait sortir de la route ?

Elle ferma les yeux, une boule au ventre. Après l'accident, quand elle avait repris connaissance, il faisait nuit noire. Seul un réverbère au bord de la route éclairait l'habitacle de la voiture. Elle se rappelait le regard fixe et sans vie de Brad, le sang sur son visage.

Un frisson d'effroi la parcourut.

Elle avait hurlé.

Elle fouilla sa mémoire pour tenter de se rappeler comment la voiture avait quitté la route. Que s'était-il passé ?

Impossible de savoir. Ses souvenirs étaient confus, partiels. Elle était restée plusieurs heures prisonnière de la voiture, puis des pompiers étaient parvenus à l'en extraire. À ce moment-là, elle était à peine consciente, son souvenir le plus précis était son mal de ventre. Dans l'ambulance, elle avait posé des questions sur Brad auxquelles on ne lui avait pas répondu. Plus tard, à l'hôpital, on lui avait appris qu'elle avait perdu son bébé et son mari.

En cet instant encore, elle en avait la gorge serrée, les larmes aux yeux. Elle prit une grande inspiration et s'essuya les yeux. Elle se redressa, traversa la chambre pour ouvrir l'armoire et y trouva une robe de chambre turquoise. Elle l'enfila et sortit. La chaleur estivale l'accueillit.

Elle resta un moment immobile pour s'en imprégner.

Dans la piscine, Dexter acheva sa longueur, s'appuya contre le rebord et, quand il la vit, lui lança un sourire.

— Que diriez-vous d'apprendre à nager ?

Elle s'approcha de lui et fit non de la tête.

— Allez, venez ! L'eau est fraîche, ça fait un bien fou.

— Une tasse de café aussi, ça fait du bien, rétorqua-t-elle.

Il partit d'un petit rire.

— Je vais vous apprendre à vous débattre comme un petit chien, reprit-il tandis qu'il lui saisissait la cheville.

— Attention, ne faites pas ça, n'oubliez pas que je sais me servir d'une arme, dit-elle d'un ton faussement menaçant.

— Oups, oui, c'est vrai, répliqua-t-il en faisant mine d'avoir peur.

Sa grimace la fit craquer. Quoi qu'il exprime, il était toujours terriblement sexy.

Elle s'agenouilla, lui posa une main sur le front et le poussa en arrière.

— Oh ! la vilaine ! fit-il tandis qu'il s'ébrouait.

— C'est vous, le vilain ! contra-t-elle en l'éclaboussant de nouveau.

Il plongea sous l'eau et ressortit plusieurs mètres plus loin. Pas de doute, c'était un nageur hors pair.

Elle le laissa profiter de l'eau et se dirigea vers la cuisine pour préparer le café. Même si cela lui pesait, elle devrait parler du passé, l'affronter. Elle ne pouvait plus continuer à le repousser.

L'accident de voiture était la clé de ce qui lui arrivait depuis quelques jours.

Elle prit une nouvelle inspiration pour se calmer et ouvrit le frigidaire pour en inspecter le contenu. À sa grande satisfaction, Dexter avait fait des courses. Elle sortit un pamplemousse et le coupa en deux.

La porte s'ouvrit, Dexter fit son entrée. Elle posa les yeux sur ses points de suture : la plaie cicatrisait bien. Il s'était séché, avait passé un short gris et frictionnait ses cheveux encore mouillés avec une serviette.

Il l'observa et prit un air préoccupé. Cependant, il ne lui fit pas part de ce qu'elle lui inspirait.

Elle lui sourit. Se réveiller chaque matin auprès de lui serait une habitude à laquelle elle se ferait très facilement. Mais elle se berçait d'illusions. S'ils se lançaient dans une véritable relation, la plupart du temps il ne serait pas à la maison, ce qu'elle ne supporterait pas.

— Vous vous êtes levée tôt.

— Je n'arrivais plus à dormir.

— Vous avez encore fait un cauchemar ?

Il s'approcha d'elle pour la serrer dans ses bras. Il sentait bon, lui offrait sa force et sa chaleur ; exactement ce dont elle avait besoin.

Après de longues secondes, elle s'écarta de lui et s'installa à table pour manger son demi-pamplemousse.

Dexter se servit du café et s'appuya contre le plan de travail, sa tasse à la main.

— Vous voulez en parler ?

— Oui et non, admit-elle.

Il vint se poster à côté de sa chaise et lui caressa affectueusement la joue.

Jamais elle n'avait été aussi sensible au toucher d'un homme. La moindre caresse éveillait l'ensemble de son corps.

— Je ne me souviens pas de grand-chose, dit-elle pour s'efforcer de revenir au sujet qui les occupait.

— Pourquoi ne pas commencer par ce dont vous vous souvenez ?

Il avait la main sur son avant-bras. Encore une fois, cela lui fit du bien. Il avait vraiment des vertus apaisantes sur elle. En outre, il dégageait une force et un aplomb qui n'avaient rien à voir avec de l'arrogance. Pour l'inciter à se confier, c'était ce qu'il lui fallait.

Elle lui fit part de ses bribes de souvenirs de l'accident.

— La police a mené une enquête sur les circonstances du drame, n'est-ce pas ?

— Oui, et leur conclusion a été que Brad avait perdu le contrôle du véhicule. Elle n'a jamais été remise en question.

— Je sais que, jusque-là, vous ne vouliez pas y repenser... Mais maintenant que vous savez pourquoi on a attenté à la vie de Tyler, qu'est-ce que ça vous inspire ? D'après vous, votre mari avait des ennemis qui auraient pu aller jusqu'à vouloir sa mort ?

Elle leva les yeux vers lui.

— Je... Je n'en sais rien. Je n'arrive pas à croire qu'il aurait pu représenter une menace assez puissante pour qu'on souhaite l'éliminer. Il était sénateur, pas agent secret !

— Vous savez, les motivations qui poussent quelqu'un au meurtre sont extrêmement diverses.

Elle en eut la chair de poule. Ce drame hantait ses pensées et ses cauchemars, mais il ne lui était pas venu à l'idée qu'on avait voulu les tuer.

— Honnêtement, je n'ai jamais imaginé que la mort de Brad était due à autre chose qu'à la fatalité. Si j'avais eu le moindre soupçon, je me serais battue pour en savoir plus. Mais, maintenant, je ne peux plus me voiler la face. Ce ne peut être une coïncidence si on s'en est pris à Tyler et moi alors que mon frère venait d'engager un détective. Et je suis sûre que ce n'est pas fini. S'ils nous retrouvent, ils nous tueront.

Il lui posa la main sur le bras.

— Pas tant que je serai là, je vous en fais le serment.

Elle soutint son regard.

— J'ai beaucoup de chance que vous soyez là.

— Oh ! Ça, je ne sais pas. J'avoue que vous vous êtes bien débrouillée toute seule.

Elle roula des yeux.

— Je préférerais ne pas avoir à le refaire, vous savez. Alors selon vous, comment devons-nous procéder ?

C'était nouveau pour elle de s'en remettre à quelqu'un. Quand elle était avec Brad, c'était elle qui dirigeait tout. Sa campagne, son emploi du temps…

— Venez là, dit-il en la tirant par le bras.

— Quoi ?

— Vous êtes trop loin. Et je sais que vous vivez des moments difficiles.

Il la prit encore une fois dans ses bras.

— Voilà, comme ça, c'est beaucoup mieux. Ce que nous traversons est effrayant, d'autant que nous ignorons qui veut votre mort. Mais nous allons nous en sortir.

Piper déglutit avec peine. Brad était un bon mari et, ensemble, ils avaient été heureux. Mais il n'était pas aussi perspicace pour deviner ce dont elle avait besoin. C'était comme si, pour Dexter, elle était transparente, comme s'il lisait en elle et savait toujours en temps réel ce qu'il lui fallait.

C'était délicieux car elle-même souhaitait justement vivre sans avoir à dissimuler ses émotions et à afficher une façade. Être la femme d'un sénateur rendait cela impossible. Il fallait donner le change en toutes circonstances, quoi qu'elle éprouve.

— Je ne me lasse pas d'être dans vos bras, avoua-t-elle.

— Et moi, je ne me lasse pas de vous serrer ainsi. Finissons le petit déjeuner. Ensuite, nous nous habillerons et nous tenterons de contacter ce détective privé. D'accord ?

— Oui, d'accord.

— En revanche, un demi-pamplemousse, ce n'est pas ce que j'appelle un petit déjeuner. Laissez-moi y remédier.

Il sortit du réfrigérateur des œufs, du bacon et du beurre.

— Vous voulez me faire grossir ? lui demanda-t-elle d'un ton amusé.

— N'ayez crainte, je sais comment brûler des calories, rétorqua-t-il avec un sourire malicieux.

— Nager ? enchaîna-t-elle sur le même ton.

— Ça, c'est seulement la seconde activité que je choisirais.

— Lieutenant, vous êtes incorrigible ! le tança-t-elle dans un éclat de rire.

## *Hôtel Marriott, Arlington, Virginie*

— Je déteste Washington ! maugréa Austin en claquant la portière de la voiture sur le parking de l'hôtel. Impossible d'obtenir quoi que ce soit de quiconque ! L'amiral Kaczewski s'est montré aussi bavard qu'un mur. Je suis sûr qu'il sait où est son fils. Et c'est pareil pour le frère de Piper Jones.

— Mec, tu as besoin de repos ! grommela Derrick. Je ne t'ai jamais vu aussi à cran.

— J'ai surtout besoin d'exercice, rétorqua Austin. D'habitude, je vais surfer tous les jours.

— Ouais, en gros il te faut des trucs zen pour te calmer.

— Écoute, Derrick, toi, tu as peut-être de l'eau glacée qui coule dans les veines, mais pas moi.

— Qu'est-ce que tu entends par là ? voulut savoir Derrick, manifestement piqué au vif.

Ni l'un ni l'autre n'avaient beaucoup dormi…

— Oh ! Tu le sais très bien. Tu ne dis rien, tu ne montres jamais aucune émotion…

À ces mots, Derrick fit volte-face, attrapa Austin par le col et le plaqua contre la voiture.

— Bon, écoute, tu veux quoi, que je te déroule mon CV ? J'ai effectué une préparation militaire, j'ai obtenu une bourse pour aller à l'université en m'engageant à intégrer l'armée à la fin de mes études, j'ai travaillé au Pentagone au service de l'Intelligence militaire. Ça te va ?

— C'est un début.

— Bien, on continuera plus tard. Maintenant, on va aller dormir. Ensuite, quand on aura les idées plus claires, nous chercherons une piste à creuser.

Derrick le lâcha et s'éloigna. Austin se redressa, puis lui emboîta le pas. Son collègue avait raison. Après tout, s'il n'avait pas envie de parler de lui, c'était son droit.

Leur boulot consistait à découvrir qui voulait la mort de Piper Jones et Dexter Kaczewski, et pourquoi. Ils devaient également les retrouver avant qu'il ne soit trop tard. De toute évidence, le lieutenant et la sénatrice en savaient beaucoup plus qu'eux. Mieux valait qu'ils se concentrent sur leur tâche.

## *Banlieue de Washington, D.C.*

— Ces affaires ne me correspondent pas, pesta Piper en déposant les sacs sur le lit. J'ai l'habitude de porter un tailleur ou une robe et des talons aiguilles, pas des petits hauts colorés, des leggings et des jeans.

— Moi, je trouve que vous êtes superbe quoi que vous portiez. Ou si vous ne portez rien du tout, d'ailleurs, ajouta Dexter d'un ton entendu. De toute façon, ce ne sont pas vos vêtements qui vous définissent, Piper. N'est-ce pas vous qui vous êtes habillée en homme pour aller à Charikar ? Pour le moment, nous devons éviter d'attirer l'attention. Il est donc important que vous ne portiez pas une tenue vestimentaire habituelle.

— D'accord… Mais pour vous, c'est facile, vous êtes à l'aise dans n'importe quelle tenue.

Il lui sourit :

— Et vous, vous pouvez sans problème passer pour une étudiante.

Ils avaient essayé plusieurs fois de joindre Doug Utley, le détective privé. En vain. La nuit tombait et Piper était contrariée qu'ils n'aient pas fait de progrès. Certes, tant qu'elle était à la maison avec Dexter, qui avait pris toutes les précautions nécessaires, elle ne risquait rien. Néanmoins, elle n'arrivait pas à se débarrasser de la sensation d'avoir une épée de Damoclès au-dessus de la tête.

— Nous devrions essayer de rappeler Utley encore une fois, suggéra-t-elle.

Dexter prit le téléphone et composa le numéro. Cette fois, quelqu'un décrocha :

— Monsieur Utley ? Bonjour, je vous appelle car nous aurions besoin de vous rencontrer au sujet de l'enquête que vous menez pour le compte de Tyler Keighley.

Il écouta la réponse du détective.

— Je travaille pour sa sœur, répliqua-t-il après quelques

secondes. Nous aimerions connaître les résultats de votre enquête. Tyler est…

Il hésita.

— Comment ? D'accord, oui, nous pouvons y être d'ici trente minutes. À tout à l'heure.

Il raccrocha.

— Il a entendu parler de vous et souhaitait justement vous rencontrer. Il a tenté de joindre Tyler mais, évidemment, il ignorait ce qui lui était arrivé car l'information de l'embuscade n'a pas été divulguée aux médias. Il affirme avoir fait une découverte intéressante. Il nous a fixé rendez-vous dans un café près du Pentagone.

Ils partirent sans attendre et prirent le métro.

Ils sortirent à Pentagon City. Si jamais ils devaient se séparer, ils se retrouveraient au pied du mémorial de Lincoln.

— J'imagine que vous connaissez bien la ville ?

— Oui, répondit Piper. J'y suis née et j'y ai toujours vécu. Ma famille a toujours adoré Washington. Je connais la ville comme ma poche.

Dexter l'écoutait mais il restait clairement à l'affût de ce qui se passait autour d'eux.

— Nous devrions inspecter à l'avance la rue et le café où nous avons rendez-vous pour nous assurer que ce n'est pas un piège.

— Oui, vous avez raison.

Piper ajusta sa casquette de base-ball. Elle portait un jean, un T-shirt gris, des baskets. La panoplie de la parfaite touriste.

Il faisait très doux, la rue était bondée et une foule compacte entrait et sortait du centre commercial à proximité.

— Moi, je dois concéder ne pas aussi bien connaître la ville que vous. À l'exception des quartiers autour du Pentagone et du cimetière d'Arlington. Je suis également allé une ou deux fois à la Maison-Blanche.

— Vous dites cela comme si rencontrer le président était banal. Vous y êtes allé pour des remises de décorations ?

Il lui jeta un bref regard.

— Pour recevoir des breloques, ouais.

Il semblait ne pas vouloir s'étendre sur le sujet.

— Si je faisais de la politique, je ne suis pas certain que je serais enchanté de vivre à Washington.

— N'ayez crainte, ça n'arrivera jamais. Déformer la vérité pour sauver votre peau, vous en êtes incapable.

Il eut un petit rire.

— Nous sommes arrivés. Utley a parlé du Coffee Now, indiqua-t-il en désignant l'établissement.

Il lui prit la main et lui sourit. Puis ils se fondirent dans la foule, comme un couple qui se promènerait tranquillement et profiterait de la soirée avant de rentrer à l'hôtel.

Mais au moment où ils allaient pousser la porte du café, un coup de feu retentit.

À la vitesse de l'éclair, Dexter prit Piper par les épaules pour la tirer derrière lui. Un homme vêtu de noir, avec une capuche, sortit d'une voiture. Quand il les vit, il leva le bras. Il tenait une arme, et tous deux étaient dans sa ligne de mire.

# 13

Dexter entraîna Piper à travers la foule des passants. Aussitôt, le type à la capuche tenta de les suivre. Mais Dexter sortit son arme, glissée dans son dos, et la brandit. Les gens autour étaient paniqués et couraient dans tous les sens. L'homme se retrouva au milieu du flux. Il ne pouvait leur tirer dessus, mais Dexter ne pouvait non plus risquer de blesser un innocent. Il intima à Piper d'aller plus vite. Ils se retrouvèrent sur un parking et le traversèrent. Le Pentagone se dressait devant eux.

— Par ici, lança Piper.

Ils obliquèrent sur la droite et longèrent le cimetière d'Arlington, en direction de Memorial Bridge. Dexter jeta un regard en arrière. Une balle fusa tout près. Il accéléra. Piper avait du mal à suivre, mais elle serrait les dents. Enfin, ils atteignirent l'autre côté du pont et les deux immenses statues en bronze de chevaliers sur leurs montures. Elles se dressaient de chaque côté, comme pour leur offrir une protection. De fait, tous deux se réfugièrent derrière l'une d'elles. Mais l'homme à leur poursuite n'avait pas abandonné et approchait. Dexter se recroquevilla contre la rambarde, leva le bras et fit feu. Piper poussa un cri.

— Il faut qu'on rejoigne une station de métro, déclara Dexter. Si nous l'atteignons, nous serons à l'abri.

Piper acquiesça.

Au même instant, quelqu'un appela. Dexter se tourna légèrement. Sur le trottoir opposé à celui où se trouvait l'homme qui les pourchassait, deux autres arrivaient vers eux. Il fit feu, avant tout pour les ralentir, puis reprit Piper par la main et partit en direction de la station.

Alors qu'ils approchaient du mémorial de Lincoln, il jeta

un nouveau regard derrière lui. Il n'y avait plus personne. Ils contournèrent le monument et s'apprêtaient à tourner sur la gauche vers le métro quand leur poursuivant réapparut, leur bloquant le passage. Ils durent changer de direction pour ne pas se retrouver dans sa ligne de mire et se dirigèrent vers l'obélisque du Washington Monument.

Dexter tira deux fois, sans chercher à faire mouche. Ils traversèrent Constitution Avenue, malgré la circulation. Ils s'immiscèrent entre les voitures, de nombreux klaxons retentirent, mais leur poursuivant suivait la cadence.

Des sirènes résonnaient dans l'air. Dexter tenta d'accélérer encore. Son objectif était d'atteindre la station de Farragut West. Par précaution, il se retourna rapidement. Il n'y avait plus personne. De nouveau, ils obliquèrent vers la gauche, mais deux hommes surgirent au loin.

Dexter s'arrêta et prit Piper par les épaules.

— Prenez la direction de McPherson Square, lui intima-t-il, le souffle court.

— Non, Dexter, je ne veux pas que nous nous séparions.

— Allez-y, Piper, ne discutez pas !

Elle afficha une expression inquiète mais ne protesta pas et s'éloigna. Il s'engagea dans la 18e Rue et la remonta en vérifiant à chaque intersection que personne n'était embusqué.

Enfin, la station de Farragut West apparut. Il s'y précipita. Un homme cria derrière lui et lui ordonna de s'arrêter mais il n'obéit pas et s'engagea dans l'escalator. Quand il fut dans le tunnel, il rangea son arme pour ne pas attirer l'attention, sortit sa carte pour franchir les portiques et atteindre les quais. Les deux hommes arrivèrent eux aussi au portique. Mais, au lieu d'insérer un ticket, ils sautèrent par-dessus, ce qui fit sortir le surveillant de quai de sa cabine.

Un métro arriva au moment où le surveillant interceptait les deux types. Une vive discussion s'engagea. Dexter monta dans la rame et sortit son téléphone pour appeler Piper. À son grand soulagement, elle répondit à la première sonnerie.

— Ça va ? lui demanda-t-elle.

— Oui, je suis dans le métro, j'ai semé ces types. Où êtes-vous ?

— Une rame arrive, je dois monter aussi.

— D'accord, on se retrouve à Metro Center.

La ligne fut coupée et un horrible doute le saisit : Piper avait-elle eu le temps de comprendre sa dernière phrase ?

Le trajet jusqu'à Metro Center lui parut interminable. Dès que les portes s'ouvrirent enfin, il descendit le premier de la rame et scruta les quais. Piper était tapie dans l'ombre, près de l'escalator. Quand elle le vit, elle se précipita vers lui. Sans attendre, ils prirent l'escalator et sortirent de la station.

Ils remontèrent deux blocs à pied puis hélèrent un taxi. Ils se firent déposer à environ cinq cents mètres de la maison.

Dès qu'ils furent à l'intérieur, Dexter verrouilla les issues et enclencha le système d'alarme. Puis il prit Piper dans ses bras et la serra fort. Il tremblait. Pas sous l'effet de l'adrénaline, mais parce qu'il avait eu peur, tout simplement. Ils restèrent blottis l'un contre l'autre de longues minutes. Dexter ne pouvait plus se mentir : ce qu'il ressentait pour Piper allait bien au-delà de l'affection.

Quand elle leva la tête pour le regarder, il prit son visage entre ses mains et l'embrassa.

Il lui ôta sa casquette, libéra ses cheveux.

— Dexter…

— Ne dites rien.

Il caressa son visage, déposa de petits baisers sur ses joues, dans son cou. Elle soupira et renversa la tête. Il était à la fois bouleversé et excité.

Il caressa sa nuque délicate, ses cheveux soyeux, l'embrassa de nouveau.

Enfin, il parvint à se calmer. Il prit sa main, la porta à ses lèvres puis s'éloigna pour allumer la télévision sur une chaîne d'infos en continu.

À l'écran, une vue aérienne du quartier du Pentagone montrait une multitude de voitures de police.

Une présentatrice apparut et annonça :

— La police a quadrillé le quartier du Pentagone et recherche un homme vêtu d'un sweat à capuche sombre qui a ouvert le feu. C'est apparemment lui qui est responsable de la mort d'un individu qui vient d'être identifié. Il s'agit d'un certain Doug Utley, sur lequel a été retrouvée une carte de détective privé. Pour le moment, la police privilégie la piste d'un braquage de voiture qui a mal tourné. Dans l'actualité également…

Dexter éteignit la télévision. Il savait ce qu'il lui restait à faire.

— Cette fois-ci, c'est clair : les attaques contre vous sont liées à l'accident de voiture qui a coûté la vie à votre mari. Celui qui veut votre mort a des informateurs partout. Je dois fouiller le bureau de ce privé avant la police.

— D'accord, allons-y.

— Non, Piper, j'y vais seul. Vous restez ici. Pour le moment, nous ignorons si le type qui nous a pourchassés suivait Utley ou s'il savait que nous serions nous aussi sur place. Vous devez rester ici, vous êtes en sécurité.

— Non, je refuse ! N'oubliez pas que j'étais moi aussi dans la voiture quand mon mari a perdu la vie dans cet accident. Et si Brad a été assassiné, son meurtrier est également le meurtrier de mon bébé. Le responsable m'a volé une partie de ma vie. Je veux obtenir justice, je veux qu'il soit puni !

Il la prit encore une fois dans ses bras pour la réconforter.

— Je sais, je sais… Mais le type qui nous a suivis pourrait nous attendre au bureau d'Utley.

— C'est un risque à courir. Si nous ne découvrons pas de nouveaux éléments pour avancer… Dexter…

— Entendu, vous pouvez m'accompagner. Mais promettez-moi de suivre mes instructions à la lettre. Si je vous ordonne de vous enfuir, vous ne devrez pas hésiter.

Elle ne semblait pas disposée à se montrer docile.

— Piper…

— Je veux une arme.

Il se dirigea vers la chambre et revint avec un revolver. Elle avait le visage grave mais déterminé.

Il lui prit le poignet et lui déposa le revolver dans la main.

— Vous vous sentez mieux comme ça ?

Elle baissa brièvement les yeux sur l'arme puis les releva.

— Allons-y !

Le bureau de Doug Utley se situait dans un quartier calme et résidentiel. Ils en approchèrent avec prudence. Il n'y avait aucune voiture de police dans la rue.

Arrivés à l'adresse précise, ils contournèrent le bâtiment, à la recherche d'une porte arrière. Ils la trouvèrent assez facilement, mais elle était entrouverte.

— Attention, restez bien derrière moi, chuchota Dexter avant de s'introduire à l'intérieur.

La porte produisit un grincement. S'il y avait quelqu'un, le bruit avait peut-être attiré son attention. Mais ils ne pouvaient faire marche arrière. Utley était mort et, s'ils ne mettaient pas la main sur les informations qu'il prétendait détenir, ils risquaient de ne jamais libérer Piper de la menace qui pesait sur elle.

Dexter avança pas à pas, tous les sens en éveil. Sur la droite, il y avait un petit coin cuisine, devant eux, plusieurs portes closes. Il ouvrit prudemment la première. Elle donnait sur un placard. La seconde, sur un petit salon. Dexter le traversa, suivi comme son ombre de Piper. Il poussa une nouvelle porte.

Tous deux restèrent interdits. Le bureau d'Utley était en complet désordre. Il n'y avait personne, mais de toute évidence quelqu'un avait été plus rapide qu'eux et eu le temps de faire le nécessaire.

Un ordinateur portable traînait par terre. Il était détruit, le disque dur arraché.

Soudain, il y eut des bruits de pas à l'extérieur, puis un coup sec. Dexter marcha jusqu'à la fenêtre et écarta le rideau pour jeter un regard dehors. C'étaient les deux hommes qui l'avaient poursuivi dans le métro.

— Qui est-ce ? lui demanda Piper tout bas.

Il le lui chuchota à l'oreille et lui ordonna de rester silencieuse.

Pour qui travaillaient ces types ?

L'un d'eux sortit une arme et la brandit devant lui. À ses gestes, songea Dexter, il faisait certainement partie des forces de l'ordre ou de l'armée.

— Je pense que ce sont des flics, murmura-t-il. Nous devons filer.

Ils sortirent du bureau et se dirigèrent le plus vite possible vers la porte arrière.

Si c'étaient effectivement des policiers, supposa Dexter, l'un d'eux avait contourné l'immeuble pour y pénétrer par l'arrière. Il ordonna à Piper de se plaquer contre le mur et se posta devant elle.

Comme prévu, quelques secondes plus tard, un homme entra, son arme devant lui. Sans un mot, Dexter donna la sienne à Piper. Il était hors de question qu'il tire sur un flic, il se contenterait de le neutraliser à mains nues. Il se glissa derrière le type et le saisit au niveau de la gorge. Mais celui-ci réagit au quart de tour et lui asséna un coup de coude, en plein dans sa blessure. Dexter poussa un cri de douleur mais ne lâcha pas prise. Le type qu'il tenait réussit tout de même à se libérer, à se retourner et à le frapper à la mâchoire. Dexter bascula en arrière et entraîna dans sa chute des objets posés sur un meuble. Le second type appela alors son collègue et tenta d'enfoncer la porte de devant.

Dexter se redressa, para un nouveau coup, attrapa son adversaire par le col. La lutte dura quelques secondes. Soudain, il y eut un bruit sourd métallique.

Le type avec qui il se battait s'effondra. Piper se tenait derrière lui, une poêle à la main. Sans attendre, Dexter se releva, la prit par le bras et tous deux sortirent au pas de course. Arrivés dans la rue, ils coururent sans se retourner jusqu'à la station de métro la plus proche.

## *Bureau de Doug Utley, Washington, D.C.*

— Ça va ? demanda Austin à Derrick tandis qu'il lui tendait la main pour l'aider à se relever.

Derrick vacilla et Austin l'aida à tenir debout.

— Bon sang ! grommela Derrick en portant la main à l'arrière de son crâne. Kaczewski n'est pas un amateur, je te le confirme.

— Tu t'es fait assommer avec une poêle à frire ? lui demanda Austin sur le ton le plus sérieux possible.

C'était quelque peu comique et Derrick l'avait certainement senti au ton de sa voix. Il lui adressa un regard noir.

— Ouais. La sénatrice n'y est pas allée de main morte non plus.

— Tu es sûr que c'était bien eux ?

— Certain. Il faisait sombre mais j'ai reconnu Kaczewski et j'ai eu le temps de voir qu'il y avait une blonde avec lui.

— Tu as eu une bonne intuition en pensant qu'ils pourraient venir ici.

— Mais que vient faire ce détective assassiné dans cette histoire ?

— Je n'en sais rien mais j'avoue que c'est une des affaires les plus étranges et les plus stimulantes sur lesquelles j'ai pu travailler. Dès demain matin, il va falloir se renseigner sur ce privé. D'ici là, nous devrions aller dormir un peu. Comment te sens-tu ? Tu préfères voir un médecin ?

— Non, j'ai la tête dure.

— Mains en l'air, ne bougez plus !

À cette injonction, Derrick et Austin obéirent et se retournèrent.

— Nous sommes du NCIS, dirent-ils au policier qui les avait interpellés.

Sans les écouter, celui-ci, suivi de ses collègues, s'approcha d'eux et sortit une paire de menottes.

— Nous allons vérifier tout cela au poste, messieurs.

Kai allait être ravie, songea Austin.

Comme ils s'y attendaient, leur patronne leur passa un savon mémorable. Elle fit néanmoins le nécessaire pour qu'ils soient libérés au plus vite et que la police leur communique toutes leurs informations sur les circonstances de la mort de Doug Utley.

Quand ils arrivèrent à l'hôtel, Austin n'avait plus sommeil. Il était évident que Kaczewski et Piper Jones étaient quelque part à Washington et s'efforçaient de découvrir qui voulait la mort de la sénatrice. À leur place, il aurait fait pareil.

Il alluma son ordinateur et parcourut les réseaux sociaux. La mère de Dexter Kaczewski disposait d'un profil sur l'un d'eux. Il décida de le pirater.

*Banlieue de Washington, D.C.*

— Je n'arrive pas à y croire ! déclara Piper alors qu'ils rentraient dans leur maison.

Elle était on ne peut plus dépitée. Rien ne s'était passé comme prévu. Non seulement ils avaient failli être tués, mais ils n'avaient obtenu aucune information sérieuse.

Dexter la prit par les épaules.

— Nous finirons par découvrir la vérité.

— Comment ? Nous avons perdu notre meilleure piste.

Il la serra contre lui.

— Nous en trouverons une autre, je vous le promets !

Elle acquiesça en silence, mais elle était au bord des larmes. Dexter la tenait contre lui. Elle lui encercla le buste et le serra fort. Il poussa un gémissement de douleur.

— Oh ! pardon ! J'oubliais votre blessure.

— Ce n'est rien.

Elle n'en était pas convaincue. Il avait reçu des coups au niveau de sa plaie à peine refermée. Elle souleva sa chemise. À son grand soulagement, il ne saignait pas et les points de suture étaient intacts.

— Vous avez échappé au pire. À votre avis, qui étaient les types chez Utley ? lui demanda-t-elle tandis qu'elle allait chercher une poche de glace dans le réfrigérateur pour lui éviter d'avoir un hématome.

Il haussa les épaules.

— Des flics, je pense.

— Mais je croyais que c'étaient eux qui vous avaient suivis dans le métro.

— Je sais, mais ça ne veut rien dire. Il ne serait pas anormal que des flics aient été envoyés chez Utley. Et maintenant, ils savent que son meurtre n'est pas la conséquence d'un braquage de voiture qui a mal tourné.

— Vous avez peut-être raison. Mais ça épaissit un peu plus le mystère, si c'est possible encore. Asseyez-vous.

Elle s'installa à côté de lui et appliqua doucement la poche de glace contre son flanc.

— Nous devrions manger quelque chose, suggéra-t-il.

— Je vais m'en charger. Ça m'évitera de ruminer.

— Piper, je n'ai aucune envie de vous inquiéter davantage mais vous devez vous préparer à affronter tous les scénarios possibles.

— Que voulez-vous dire ?

— Eh bien, Washington est un endroit où se nouent des intrigues et des entourloupes en tout genre.

Elle fronça les sourcils.

— Où voulez-vous en venir ?

Il hésita un long moment à répondre.

— On ne peut pas écarter la possibilité que Brad ait été corrompu.

Ce fut d'abord comme si ses paroles n'étaient pas arrivées jusqu'à elle. Puis, alors qu'elle se les répétait, une immense vague de chagrin l'envahit. Jamais elle n'avait envisagé une telle hypothèse. Et si Brad avait agi illégalement et que sa mort était la conséquence de ses actes ?

Elle en eut la nausée.

Dexter se leva mais elle lui indiqua d'un geste qu'elle allait se reprendre. Il s'immobilisa et parut impuissant. Pour la première fois, il ne semblait pas savoir quoi faire.

— Excusez-moi, Piper, je n'aurais pas dû lancer cela, c'était très maladroit.

Elle ne trouva rien à répliquer.

Après quelques instants, il l'invita à s'asseoir sur le canapé. Elle se laissa faire. Elle lui prit le bras et le serra fort, comme s'il était son ultime recours, le dernier à qui elle pouvait encore se raccrocher.

Il la regarda en silence avec un air à la fois inquiet et désolé.

— Je vous en supplie, parlez-moi, dit-il.

Elle n'y arrivait pas. Envisager un seul instant l'hypothèse qu'il avait soulevée était impossible.

— Je peux parfaitement me tromper. Oh ! Et puis, je suis un imbécile, je vais me taire, c'est ce que j'ai de mieux à faire.

— Vous ne le connaissiez même pas, reprit-elle après un long moment. Si je dois envisager que ce soit possible, à qui puis-je me fier ?

— Vous pouvez me faire confiance, Piper, je vous le jure. J'ai dit cela parce que, dans cette histoire, il y a tellement de zones d'ombre que je ne sais plus à quel saint me vouer. La seule chose qui paraît claire, c'est que, pour une raison que nous ignorons, votre mari avait des ennemis. Tout tourne autour de son accident. C'est de là que viennent vos ennuis.

Elle se prit le visage entre les mains.

— Vous avez raison. Que vous me fassiez part de toutes vos pensées, même si elles peuvent me blesser, est la preuve que je peux vous faire une entière confiance. Et mieux vaut se préparer au pire que ne pas l'envisager.

Il lui caressa le visage, manifestement touché par ses paroles.

— Je suis tout de même désolé. Ça me rend triste de vous faire du mal.

— Non, c'est moi qui me conduis mal. Tout est ma faute. Je devrais aller voir mon frère Edward et faire en sorte que vous soyez protégé.

— Non, Piper, il est hors de question que je vous laisse vous débattre seule avec cette histoire !

— Dexter…

— N'insistez pas.

— Mais…

— Piper, arrêtez ! Le destin nous a réunis dans cette épreuve, nous en sortirons ensemble. Quoi qu'il en coûte, je ne vous laisserai pas tomber.

— Mais s'il vous arrivait malheur, je ne pourrais pas vivre avec.

— Oubliez cela. Vous savez qu'affronter le danger fait partie de mon quotidien et que j'y suis préparé.

— Dexter…

Il l'interrompit :

— Quel genre de Navy Seal, ou plutôt, quel genre d'homme serais-je pour vous laisser seule dans cette épreuve ? De toute façon, je n'y arriverais pas. Vous comptez trop pour moi.

Il la fixait droit dans les yeux et elle était complètement sous son emprise, incapable de détourner le regard ou même de battre des paupières.

— Moi aussi, je tiens à vous, lui avoua-t-elle.

Il l'embrassa passionnément, et tout mot supplémentaire devint inutile.

Quand, après de longues minutes, il s'écarta, elle le dévisagea à son tour et déclara avec solennité :

— Promettez-moi qu'il ne vous arrivera jamais rien.

Il sourit.

— Ce n'est pas une petite promesse mais je ferai de mon mieux. Et j'y mettrai toute mon énergie. Maintenant, nous allons manger un morceau puis nous reposer. Et demain, nous nous remettrons au boulot.

Elle se sentait mieux, mais elle n'arrivait pas encore à interrompre le flot de ses pensées.

— Dexter…

— Demain, Piper. Ne pensez plus à ce que je vous ai dit. De toute façon, il est fort possible que l'hypothèse que j'ai exprimée se révèle erronée.

Elle acquiesça. Mais, dans sa tête, sa voix intérieure ne cessait de lui poser la même question :

*Et si je m'étais trompée sur Brad ?*

*Et si l'image que j'avais de lui était fausse ?*

# 14

*Banlieue de Washington, D.C.*

Souvent, quand elle se réveillait, Piper sortait d'un cauchemar. Cette fois, c'était différent. Elle était tout contre Dexter, détendue, et elle ne se lassait pas d'être près de lui.

Elle se sentait différente. Dexter avait fait voler en éclats la paroi de verre qu'elle avait érigée entre Brad tel qu'elle l'avait idéalisé après sa mort et Brad tel qu'il était réellement. Cela l'avait non seulement amenée à revoir ses certitudes sur l'homme dont elle avait partagé la vie mais également à se remettre en cause elle-même.

Elle avait laissé de côté sa véritable personnalité pour devenir en quelque sorte une extension de son mari. Elle avait jeté un voile sur ses aspirations profondes pour s'appliquer à être la meilleure épouse possible et ainsi assurer la popularité de Brad en tant que sénateur. Car, la politique, c'était avant tout cela : une question d'image. Et, même après sa mort, elle n'avait pas changé. Elle avait continué de marcher dans ses pas.

Elle n'avait même pas songé à ce qu'elle ferait au terme de son mandat. Prendre conscience que, rapidement, elle se retrouverait sans perspectives l'effrayait.

Dexter remua dans son sommeil. Il faisait encore noir, ce devait être le milieu de la nuit ; c'était tellement bon d'être contre lui, d'absorber sa chaleur !

Jamais un homme ne lui avait procuré un tel sentiment de bien-être. Pas même Brad. Avec Dexter, elle n'avait pas besoin de se demander si son comportement était adapté à telle ou telle situation. Elle pouvait être elle-même en permanence. Elle n'était plus la femme qui avait épousé un homme politique, elle était Piper. Cependant, si toutes ces années elle n'avait pas totalement été elle-même, Brad n'en était pas responsable. Même s'il avait apprécié qu'elle se consacre à l'épauler dans sa carrière, il ne l'avait pas exigé d'elle.

Elle tendit le bras et passa doucement la main sur la blessure de Dexter. Il s'était battu pour elle, il était indissociable de sa profession, il le lui avait d'ailleurs avoué. Cela l'attirait mais, dans le même temps, l'angoissait. Prendre un nouveau départ, retomber amoureuse, c'était très attirant, mais cela lui provoquait inquiétude et culpabilité. Tôt ou tard, il faudrait qu'elle arrive à faire le tri entre ses émotions.

Elle se rapprocha encore de Dexter, passa la main dans ses cheveux, déposa de petits baisers sur sa joue puis glissa sur ses lèvres.

Il se réveilla et poussa un petit gémissement.

— Piper ?

— Vous espériez que ce serait quelqu'un d'autre ? lui demanda-t-elle avec malice.

Il partit d'un petit rire. Elle se pressa contre lui, découvrant son excitation.

— Vous vous sentez prêt pour un assaut au petit matin, lieutenant ?

— Ma chérie, je suis toujours prêt, vous savez. Plus encore quand l'offensive promet d'être un succès.

En un seul mouvement, il la souleva et la fit monter à califourchon sur lui.

Il embrassa ses seins, son cou, tandis qu'elle le guidait en elle. Il se mit à aller et venir doucement. De délicieux frissons la parcoururent, elle répéta son nom en boucle, complètement sous son emprise. Très vite, le plaisir fut tellement fort qu'elle se mit à bouger les hanches pour l'inciter à accélérer son rythme. Mais lui semblait déterminé à prendre son temps, à savourer autant que possible ses sensations. Enfin, il eut le souffle plus court et, imperceptiblement, se mit à aller et venir plus vite, plus fort, plus loin. Il ne fallut pas longtemps pour que leur étreinte se transforme en une course folle et irrépressible vers la félicité. Ils bougeaient à l'unisson, en totale symbiose, jusqu'à atteindre l'orgasme ensemble. Quand elle se laissa retomber sur lui, à bout de souffle, elle se sentit heureuse. Oui, décidément, elle avait changé.

En revanche, ce qui n'avait pas changé, c'était sa peur. Une peur qui lui enserrait le cœur comme des barbelés.

## *Hôtel Marriott, Arlington, Virginie*

Pour la énième fois, Austin pesta contre la terre entière. Parvenir à pirater le profil de Thelma Kaczewski était crucial. Il avait franchi toutes les barrières de sécurité, il lui restait à venir à bout de la dernière mais, jusque-là, sans succès.

Derrick dormait mais lui n'arrivait pas à s'arrêter.

Dépité, il se laissa retomber contre l'appuie-tête de son fauteuil. Il avait mal aux yeux, le dos en compote. Soudain, son téléphone vibra. Il décrocha, s'empara de sa carte d'accès à la chambre et sortit discrètement dans le couloir.

— Allô ! Vous êtes bien Austin Beck ?

— Oui, c'est moi. Que puis-je pour vous ?

— Je suis Russell Kaczewski, le frère de Dexter. Mon père m'a appris que vous cherchiez à le localiser. Que se passe-t-il avec mon frère ?

— Nous suivons une piste…

— Épargnez-moi le discours sur les pistes que vous explorez, j'ai fait partie des services de renseignements, alors allez droit au but.

Austin sourit.

— Bien. Pour le moment, tout indique qu'il est ici, à Washington, et qu'il va bien.

À l'autre bout de la ligne, le frère de Dexter poussa un soupir de soulagement.

— Pour être honnête, je pensais que vous refuseriez de me répondre.

— Comme votre père l'a fait avec nous, par exemple ?

— Quoi, vous prétendez que mon père sait que Dexter est à Washington ?

— C'est quelqu'un de très rusé, non ?

— Disons que c'est un homme prudent qui ne se livre pas facilement et souvent pour de bonnes raisons.

Derrière Russell Kaczewski résonna une annonce via haut-parleur, comme dans un aéroport.

— Monsieur Kaczewski, ne venez pas à Washington, c'est inutile. Laissez-nous mener notre enquête sans vous en mêler.

— Écoutez, c'est mon frère, je sais qu'il est blessé et potentiellement en danger. À ma place, que feriez-vous ? Je vous assure que je resterai avec mes parents, sans faire de vagues. Pouvez-vous au moins me promettre de me tenir au courant de vos progrès ?

— Écoutez, je ne peux pas vous assurer que…

— Oh ! Allez, s'il vous plaît !

— Je verrai ce que je peux faire.

Austin mit fin à la communication et retourna à la chambre. Il fallait absolument qu'il parvienne à pirater ce profil. Derrick dormait toujours. Il se réinstalla devant son ordinateur et s'activa. Chaque fois, le message « Accès refusé » apparaissait à l'écran. De rage, sans réfléchir, il entra un nouveau code. Et là, bingo ! Il avait réussi.

— Oui ! siffla-t-il entre ses dents.

Les informations sur Thelma Kaczewski apparurent à l'écran. Il les parcourut puis éplucha ses publications. À la fin de la première page, il tomba sur une info intéressante. Thelma avait envoyé à une amie un message pour lui proposer de s'occuper de sa maison en son absence. Trouver le nom et l'adresse de l'amie en question fut un jeu d'enfant. Si la maison était vide en ce moment et que la mère de Dexter Kaczewski avait les clés, c'était la cachette idéale pour la sénatrice et lui. Dès que Derrick serait réveillé, ils se rendraient sur place.

Son instinct ne le trompait jamais.

*
* *

## *Banlieue de Washington, D.C.*

Dexter se réveilla. Il se sentait bien, les draps de soie étaient presque aussi doux que la peau de celle qu'il tenait dans ses bras. Il lui suffisait d'ailleurs de repenser à leurs ébats pour que revienne son excitation.

Il était de plus en plus attaché à Piper, il se sentait prêt à n'importe quoi. C'était quelque peu effrayant.

Il ressentait également beaucoup de culpabilité et il ne voulait pas risquer de perdre l'amitié de Tyler si ce dernier découvrait qu'il avait séduit sa sœur. En même temps, mettre fin à leur brève histoire ferait mal à Piper. Quant à lui, il n'était pas certain de s'en remettre.

Et dire qu'il pensait avoir déjà été amoureux…

Il regrettait également de l'avoir blessée en insinuant que Brad, son mari défunt, était peut-être corrompu. Il n'avait pas le droit de lancer de telles accusations sans preuves.

Il la serra plus fort et déposa un baiser sur ses cheveux. Elle gémit, se retourna et lui sourit.

— Dexter ?

— Oui ?

— J'ai réfléchi et je crois que nous devrions solliciter de l'aide.

Il se figea.

— Piper, si vous dites cela à cause de ce que j'ai insinué hier soir, ne…

— Non, ce n'est pas ça, le coupa-t-elle.

— À quoi pensez-vous alors ?

— J'aimerais contacter Stephen Montgomery. Il a un immense réseau de relations haut placées, il est discret et il a beaucoup d'affection pour moi.

— Je ne sais pas si c'est une bonne idée, Piper.

Il se fichait de savoir de quels pouvoirs disposait cet homme. Quelqu'un voulait la mort de Piper et apprendre à d'autres qu'ils étaient à Washington ne lui plaisait pas.

— Nous pouvons au moins lui parler. Peut-être se souviendra-t-il d'un détail précieux. Ce qui ne nous oblige pas à lui révéler où nous sommes.

Il soupira.

— Vous avez confiance en lui ?

— Oui. Pas autant que je vous fais confiance à vous, mais oui.

Il fut touché par cette précision.

— D'accord, mais nous lui en dirons le moins possible et il devra jurer de ne révéler à quiconque qu'il nous a parlé.

Ils se levèrent, se douchèrent puis s'installèrent dans la cuisine pour le petit déjeuner.

— Vous êtes vraiment sûre que vous voulez appeler Montgomery ?

— Oui, j'en suis sûre, répondit-elle avec un regard rassurant.

Il l'observa en silence. Elle était tellement belle qu'il aurait pu passer des heures à la contempler sans rien faire.

— Appelez-le, dit-il. Mais restez vague sur l'endroit où nous nous trouvons. Vous n'êtes même pas obligée de lui révéler que vous êtes à Washington.

Cela ne semblait pas forcément une bonne idée de recourir à Montgomery, mais ils étaient dans une impasse. Et Piper avait raison sur un point : Montgomery avait beaucoup de relations. Dexter aurait seulement aimé être sûr de ne pas jouer un coup de poker.

— Oui, monsieur, répondit-elle en lui adressant un salut militaire.

Il eut un petit rire.

— On salue seulement les officiers qui portent une casquette.

— Ah, oui ? Vous ne pouvez pas faire une exception pour moi, lieutenant ? lui demanda-t-elle avec une moue irrésistible.

Il se sentit encore une fois fondre.

— Eh bien, peut-être. Allez, trêve de plaisanteries, passez ce coup de fil. Et enclenchez le haut-parleur.

Elle se saisit de son téléphone, composa un numéro et attendit.

— Allô !

— Monty ?

— Oh ! Mon Dieu, Piper ! Ma chérie, que c'est bon d'entendre ta voix. Edward ne voulait rien lâcher, je me faisais un sang d'encre. Où es-tu ?

Dexter l'avertit d'un geste de ne pas commettre d'impair.

— Écoute, je suis en sécurité, mais j'aurais besoin de ton aide.

— Tu peux me demander n'importe quoi.

— Je ne sais pas si tu étais au courant, mais Tyler doutait que l'accident qui a causé la mort de Brad en soit réellement un.

— Vraiment ? C'est extrêmement troublant. Continue.

— Je n'ai jamais obtenu l'ensemble des conclusions de l'enquête de police mais on m'a toujours certifié que c'était un accident. Ce soir-là, Brad avait bien bu quelques verres. Pour autant, il n'était pas ivre. Selon les autorités, il avait perdu le contrôle du véhicule. Mais, sur ce point, je ne sais que penser car, dans mon esprit, tout est confus.

— Attends, laisse-moi m'assurer que je comprends bien : tu insinues que Brad aurait été victime d'un assassinat et que la police a étouffé l'affaire ?

— Je l'ignore, mais quelqu'un a tenté de faire éliminer Tyler en tendant une embuscade à son unité en Afghanistan et, quand je suis allée le voir, j'ai constaté que mes gardes du corps avaient en fait pour mission de me tuer moi aussi, pas de me protéger. Et, le seul motif plausible pour expliquer cette volonté de nous éliminer, Tyler et moi, c'est que mon frère cherchait à savoir ce qui s'était réellement passé le soir de l'accident.

— C'est très perturbant, commenta Montgomery. Je considérais Brad comme un fils. Qu'attends-tu de moi ?

— Je me suis dit que, si Brad a vraiment été assassiné et que c'est la même personne qui a tenté de nous faire éliminer, Tyler et moi, alors il s'agit de quelqu'un de suffisamment puissant pour faire pression sur la police. Et je me suis demandé si toi, de par tes relations, tu ne pourrais pas obtenir des informations des services de police, justement. Tu connais certainement quelqu'un qui a accès au dossier d'enquête sur l'accident. Si tu pouvais mettre la main dessus, ça m'aiderait énormément.

— Je passerai des coups de fil pour essayer d'y parvenir. Où puis-je te joindre ?

Dexter lui fit signe pour attirer son attention.

— Dites-lui que c'est vous qui le rappellerez, lui chuchota-t-il.

Elle suivit la consigne et Montgomery parut contrarié qu'elle ne lui en dise pas plus. Mais, avant qu'il ait le temps d'insister, au risque de faire changer d'avis Piper, Dexter lui prit le téléphone des mains et mit fin à l'appel.

— C'est un peu rude, Dexter, je n'ai même pas eu le temps de lui dire au revoir.

— Quand tout sera terminé, je m'excuserai personnellement auprès de lui.

Elle allait répondre quand, soudain, il la saisit par le bras pour la plaquer contre le mur de la cuisine. Elle fut tellement interloquée qu'elle ne prononça pas un mot mais lui adressa un regard ébahi. Il porta un doigt à ses lèvres, lui intimant le silence, et sortit son arme.

Puis il désigna le couloir pour lui faire comprendre de se rendre dans la chambre.

— Prenez votre arme, murmura-t-il. Ensuite, sortez et faites le tour de la maison.

Elle acquiesça.

Il repoussa le chien de son revolver et appliqua son doigt sur la détente.

La porte s'ouvrit.

Il ignorait de qui il s'agissait, mais l'intrus n'allait pas tarder à avoir de ses nouvelles.

# 15

Austin entra dans la cuisine baignée de soleil. Son attention fut immédiatement attirée par les tasses et les reliefs du petit déjeuner sur la table. Il avança sans un bruit et posa la main contre un des mugs. Il était encore chaud.

Il allait annoncer sa présence quand une voix lui ordonna :

— Ne bougez plus !

Il n'eut d'autre choix qu'obtempérer.

Il savait à qui il avait affaire et, s'il opposait la moindre résistance, il était bon pour y passer. Mais alors, la voix de Derrick s'éleva :

— Mains en l'air, Kaczewski ! Où est la sénatrice Jones ?

— Derrière vous, annonça celle-ci de manière inattendue. Et comme en ce moment on a une fâcheuse tendance à vouloir nous tuer, j'avoue que je suis un peu sur les dents, alors je vous conseille de cesser de menacer le lieutenant Kaczewski et de poser votre arme.

Mais elle avait à peine fini sa phrase que Derrick fit volte-face et la désarma. Cependant, dans le même temps, Dexter réussit à lui reprendre son arme et la pointa sur Derrick.

— Lâchez-la ! lui ordonna-t-il.

Austin se décida à intervenir à son tour.

— Attendez ! Je vais vous montrer mon insigne.

— Pas de geste brusque ! avertit Dexter. Sinon, je fais feu.

Austin écarta un pan de sa veste et en sortit lentement son insigne. Il le brandit pour que Kaczewski puisse le voir.

— Je suis l'agent Austin Beck et mon collègue est l'agent Derrick Gunn.

— Vous êtes du NCIS ?

— Nous vous cherchons depuis quelque temps déjà. Nous vous avons ratés de peu en Afghanistan.

— Vraiment ? Et comment avez-vous réussi à nous retrouver ?

— Écoutez, nous sommes là pour vous aider, intervint Derrick qui s'écarta de Piper et leva les mains. Mon collègue a réussi à pirater le profil de votre mère sur les réseaux sociaux. Dans un message, elle faisait allusion à cette maison et nous avons pensé que ce serait un bon endroit où vous cacher. Voilà pourquoi nous sommes là.

Dexter ne changea pas d'expression pour autant.

— Le problème, c'est que les gardes du corps de Piper ont tenté de la tuer, alors je ne suis pas certain de pouvoir vous faire confiance, quand bien même vous feriez partie d'une agence officielle.

— Je vous comprends, lieutenant… Mais, voyez-vous, moi, on ne peut pas m'acheter car tout ce qui m'intéresse, c'est d'aller surfer. Je suis accro, je n'y peux rien. Quant à Derrick, mon collègue, eh bien, il est déjà plein aux as. Je m'échine d'ailleurs à essayer de lui faire comprendre que, dans la vie, il faut avoir des passions, que le confort matériel n'est pas le plus important. Et je ne désespère pas de réussir.

Dexter tourna la tête vers Derrick, qui haussa les épaules, comme pour exprimer qu'il n'était pas responsable des divagations d'Austin.

Piper posa la main sur l'avant-bras de Dexter.

— Faisons-leur confiance…

Il abaissa son arme.

Austin poussa un soupir de soulagement. Oui, décidément, il croyait en son karma.

Piper prépara du café mais Dexter n'était toujours pas détendu. Il avait laissé son arme à portée de main et observait les deux agents.

— Merci, madame, déclara celui qui s'était défini comme un surfeur californien spirituel.

Le second n'était définitivement pas issu du même moule. Il avait le regard froid, déterminé, et il avait désarmé Piper en un tournemain.

Néanmoins, d'instinct, Dexter avait envie de se fier à eux. Et c'était une bonne chose qu'ils soient là et se soient déclarés prêts à les aider. Ils allaient lui être très utiles.

Piper s'approcha de lui.

— Arrêtez de les observer de cette façon, Dexter.

À plusieurs reprises, elle avait jeté des regards dans la direction du dénommé Derrick, et cela avait suffi à le rendre jaloux.

Il se leva pour aller remplir sa tasse. Puis il s'appuya contre le plan de travail et croisa le regard de Piper.

— Vous leur faites confiance ? Réfléchissez bien car nos vies sont en jeu.

— Oui, je leur fais confiance.

Les deux agents leur avaient déjà fait un topo sur le détective privé retrouvé mort et appris que, pour le moment, la police n'avait aucune piste ni indice pour les aiguiller dans une direction particulière. Ce qui signifiait que le meurtrier était de toute évidence un professionnel chevronné qui avait certainement fait ses classes au sein de la CIA ou une unité d'élite.

— Je vais prendre une douche, annonça Piper.

Dexter décida que c'était le bon moment pour expliquer aux deux agents ce qu'il attendait d'eux.

— J'ai une mission pour vous, messieurs, déclara-t-il en exhibant un trousseau de clés.

— Nous vous écoutons.

— Ces clés sont celles de la maison de Piper ; je veux que vous vous y rendiez et que vous passiez au peigne fin le bureau de son mari. Rapportez également son ordinateur.

— Qu'espérez-vous trouver ?

— Je n'en sais rien. Officiellement, sa mort est due à un accident, ses affaires n'ont pas été dérangées. Toutefois, Piper m'a appris que, peu de temps après la mort de son mari, elle avait été victime d'une effraction. Je pense que ce n'est pas anodin. L'intrus cherchait quelque chose.

Le surfeur acquiesça.

— Je serai ravi de passer son ordinateur au crible.

— Il est allé à Cornell, précisa son collègue.

— Et vous, vous avez étudié quelque part où on apprend à se battre, on dirait, rétorqua Dexter.

Derrick ne répondit pas.

Dix minutes plus tard, Piper sortit de la salle de bains, fit le tour de la maison, puis se posta devant lui, mains sur les hanches.

— Où sont passés ces deux charmants agents, Dexter ?

— Je les ai envoyés faire une course.

Il s'avança vers elle et écarta une mèche de cheveux de son front.

— Vous devriez rappeler Montgomery pour lui demander s'il a des infos pour vous.

— Qu'avez-vous en tête ? Et où avez-vous envoyé les deux agents ?

— Patience. À leur retour, nous serons peut-être en mesure d'y voir plus clair.

Piper ne serait pas ravie d'apprendre qu'il les avait envoyés chez elle sans même lui en demander la permission. Elle lui avait avoué ne plus être entrée dans le bureau de son mari depuis sa mort. Ce qui signifiait que tout était tel qu'il l'avait laissé. Et si des documents apportaient la preuve que Brad était impliqué dans des affaires louches qui avaient précipité sa perte ? se demanda Dexter. Cela risquait de lui aliéner Piper, mais tant pis, il n'avait pas le choix. Une autre possibilité était que Brad ait découvert qu'une personne de son entourage était corrompue. Le sénateur Mullins ? D'après Piper, il avait fait pression sur elle pour l'inciter à renoncer à cette loi qu'elle entendait faire adopter. Compte tenu du peu d'éléments dont ils disposaient, Mullins était le principal suspect, celui qui avait les meilleures raisons de souhaiter la mort de Piper.

Celle-ci le fixa intensément en silence. Il soutint son regard sans ciller et ne dit rien. Elle découvrirait bien assez tôt ce qu'il avait entrepris.

Elle alla prendre son téléphone, posé sur la table de la cuisine, composa un numéro et enclencha le haut-parleur.

— Allô ! C'est toi, Piper ?

— Salut, Monty. As-tu découvert quelque chose ?

— Oui, répondit-il d'une voix grave. Après avoir fait jouer mes relations dans la police, j'ai appris que le flic chargé de l'enquête sur l'accident avait été brièvement suspendu pour avoir reçu des pots-de-vin. L'affaire a été gérée en interne pour éviter un scandale.

— Je veux lui parler. Comment s'appelle-t-il ?

— Laisse tomber, il est mort en service.

— Mort en service ? répéta-t-elle en se tournant vers Dexter. Quand ?

— Quelques mois après l'accident. Je peux essayer de me renseigner pour savoir si on connaît l'origine des pots-de-vin qu'il avait reçus.

— Oui, je t'en serais très reconnaissante. Merci, Monty.

Elle venait de raccrocher quand Austin et Derrick entrèrent dans la maison par la porte du garage, des boîtes dans les mains. Ils posèrent le tout et retournèrent en chercher d'autres. Finalement, il y en eut une dizaine empilées dans le vestibule. Austin rendit le trousseau de clés à Dexter.

Piper fixa les boîtes avec un air contrarié.

— Qu'est-ce que c'est ?

Dexter ne répondit pas, Austin et Derrick échangèrent un regard gêné. Elle ouvrit le couvercle de la première boîte et resta bouche bée. Dexter en eut mal au ventre.

— Ce sont… les affaires de mon mari. Vous êtes allés chez moi, vous avez fouillé son bureau ! Vous pensez qu'il était malhonnête.

— Piper…, intervint Dexter en la prenant par les épaules. Nous n'en savons rien. Je sais que, pour vous, c'est extrêmement pénible mais, si nous ne passons pas en revue les affaires de Brad, nous n'arriverons pas à obtenir des infos sur les motifs de son meurtre. Prenez cela comme une façon de franchir un cap, d'aller de l'avant. Et une opportunité d'obtenir des réponses.

— Risquer de découvrir que mon mari n'était pas celui que je croyais, je ne vois pas cela comme une façon positive d'aller de l'avant ! La nuit dernière, j'ai beaucoup réfléchi et je ne peux me résoudre à envisager qu'il était corrompu. Je le dis en toute objectivité, Dexter, je vous le jure.

— Écoutez, ne le prenez pas mal… Mais, imaginez que son but, c'était de concourir pour la Maison-Blanche ? Vous avez dit vous-même qu'il avait beaucoup d'ambition. Et s'il avait été prêt à tout pour atteindre cet objectif ?

— Dans ce cas, il m'aurait fait part de son ambition.

— Vous en êtes sûre ?

— Vous ne l'avez même pas connu.

— Non, mais vous, si. Et vous m'avez avoué avoir tout fait pour lui. À partir de là, peut-être considérait-il que, s'il décidait de se lancer dans la course à la présidence, vous le soutiendriez sans états d'âme. Vous êtes issue d'une famille de politiciens, vous êtes devenue la femme d'un sénateur populaire. De là au statut de première dame, il n'y avait qu'un pas. Je ne dis pas qu'il était forcément mêlé à des affaires troubles, mais nous ne pouvons pas écarter cette possibilité.

Elle le regarda longuement en silence puis, enfin, déclara :

— Je sais. Je comprends. Mais vous, vous croyez à l'instinct. C'est pour cette raison que je vous ai parlé de Brad et que je n'ai aucun secret pour vous. Parce que, instinctivement, j'ai senti que je pouvais avoir confiance en vous. Et je me refuserai à croire que Brad était malhonnête tant que vous ne m'en aurez pas apporté la preuve.

Elle posa les yeux sur les boîtes au sol puis releva la tête. Elle semblait blessée.

— Je n'arrive pas à croire que vous ayez osé faire cela sans m'en parler avant.

Sur ce, elle quitta la pièce.

Austin et Derrick se tournèrent vers Dexter, comme s'ils attendaient ses consignes.

— Emportons tout cela dans la salle à manger, dit-il.

Il souhaitait laisser à Piper le temps de réfléchir. Il comprenait ce qu'elle éprouvait, mais il était déterminé à aller coûte que coûte au bout de cette histoire.

— Vous pouvez tout poser sur la table.

Derrick et Austin obtempérèrent puis, très vite, tous trois se mirent à passer en revue le contenu des boîtes.

À un moment, Derrick parut agité.

— Que se passe-t-il ? lui demanda Dexter.

— Je ne sais pas, ce n'est peut-être pas important mais il

y a de nombreux articles imprimés par Brad Jones via le Net concernant certaines entreprises.

— Pour y investir ?

— Peut-être. Mais ce serait mieux de creuser la piste.

Il sortit son téléphone et lança un appel.

— Salut Amber, j'aimerais que tu effectues des recherches pour moi. Rassemble tout ce que tu peux comme infos sur Omni Corp, Sundown, Leeson-Group et JackTrades. Et dresse-moi également un profil du sénateur Robert Mullins, s'il te plaît.

— Vous parliez à Amber Dalton ? C'est bien cette Amber-là ? voulut savoir Dexter.

— Oui, c'est bien elle. Nous savons que l'homme qu'elle doit épouser est le meilleur ami de votre frère. Mais, rassurez-vous, nous n'avons jamais fait allusion devant elle à ces liens entre vous.

Dexter acquiesça.

— C'est une fille bien.

Il se détendit. Si ces gars du NCIS travaillaient avec Amber Dalton, alors normalement il pouvait se fier à eux.

Il les laissa continuer leurs recherches et alla voir Piper qui s'était réfugiée dans la chambre. Mais, quand il arriva devant la porte, il s'arrêta net. Des sanglots parvenaient de l'intérieur. Il en eut l'estomac noué et s'appuya contre le mur.

Tout ce qui lui ferait du mal le ferait également souffrir. Il était définitivement lié à elle.

Les heures passèrent, minuit arriva sans qu'ils soient tombés sur un indice probant. Le disque dur de l'ordinateur avait été effacé, et Austin leur avait déclaré qu'il lui était impossible de récupérer la moindre donnée. Ils ignoraient qui avait procédé à l'effacement du disque dur mais ce ne pouvait être Brad lui-même. Dexter en était quasiment certain : cela s'était produit la nuit de l'intrusion dans la maison.

Le portable de Derrick sonna. Il décrocha et enclencha le haut-parleur.

— Salut ! fit Amber. Voilà ce que j'ai : les sociétés dont tu m'as transmis les noms sont toutes cotées en Bourse. Et toutes ont contribué au financement des campagnes électorales de Robert Mullins. Mais il n'y a absolument rien d'illégal là-dedans. Sinon, j'ai aussi découvert que Mullins était lié au P-DG d'une autre société, Markset Limited, qui a été retrouvé mort chez lui à New York peu de temps avant que Brad Jones ne meure lui aussi. Mais a priori, rien ne relie les deux affaires.

— Comment est mort cet homme ?

— Il s'est étouffé après avoir trop bu. L'enquête a conclu à un accident.

— C'était un gros buveur ?

— Je n'ai rien trouvé qui indiquerait qu'il avait des tendances alcooliques mais, pour un homme de son standing, ce n'est pas un aspect qu'on met en avant. La même semaine, un détective privé a été retrouvé mort à New York également. Un certain Sam George. C'est intéressant car il avait travaillé pour le bureau de Brad Jones.

— On dirait que beaucoup de gens qui ont gravité de près ou de loin autour de Mullins ont trouvé la mort.

— En effet.

— Et quelles sont tes infos sur lui ?

— Il a cinquante-sept ans, il a été gouverneur de New York, procureur de New York et, avant de se lancer en politique, il travaillait pour la CIA. Il a étudié à Harvard et Princeton. Il est marié à une héritière d'une grosse compagnie pétrolière du Texas, il a deux filles. Il est réputé pugnace, rancunier. Quand il était procureur, il était connu pour être très sévère. Il passe pour égocentrique mais tout indique également qu'il a le profil pour devenir candidat à la Maison-Blanche. C'est Monsieur Propre.

— Merci, Amber.

— De rien. Salut, Derrick.

Une heure plus tard, Austin se frotta les yeux et poussa un soupir de lassitude. Dexter était lui aussi épuisé.

— Je crois que nous allons en rester là pour ce soir. Il y a d'autres chambres dans la maison. Installez-vous où vous voulez. À demain matin.

Austin s'étira. Dexter se leva. Son pied buta contre une boîte posée au sol et la renversa. Il se baissa pour ramasser le contenu et fut intrigué par une enveloppe kraft cachetée. Il la ramassa.

— Qu'est-ce que c'est ? demanda Austin.

L'enveloppe portait le cachet d'un hôpital de Washington. Dexter l'ouvrit. Il en sortit un portefeuille, des clés, de la monnaie, un téléphone portable.

— Ce sont les effets personnels de Brad Jones rassemblés après sa mort, commenta Austin tout en observant le téléphone. Je vais charger la batterie pour vérifier demain ce qu'il contient.

Dexter acquiesça puis se rendit dans la chambre. Il se déshabilla et se glissa sous les couvertures. Piper dormait. Elle était blottie dans un coin, comme pour lui faire comprendre qu'elle lui en voulait et refusait de se retrouver près de lui.

Il ferma les yeux et lutta contre son envie de la prendre dans ses bras. C'était une torture, il se sentait privé d'une partie de lui-même. Mais peut-être était-ce mieux ainsi. Pour elle. Pas pour lui, bien sûr.

Une question s'imposa alors à son esprit : quand tout serait fini, de quoi serait fait l'avenir ? Elle vivait à Washington et lui à Coronado, en Californie. Il était militaire, elle était sénatrice.

Il serra les dents. Il avait le cœur blessé.

Oui, il était amoureux d'elle.

Mais elle, elle n'avait pas encore oublié son mari.

Et il était jaloux d'un homme mort.

— Brad !

Piper se redressa brusquement. Dexter était là. Il lui offrit ses bras et elle s'y pelotonna, à la recherche de sa chaleur. Jamais un cauchemar ne lui avait paru aussi réel, au point qu'elle avait encore du mal à être certaine que c'en était un, et non la réalité. Jusque-là, seules les minutes qui avaient précédé l'accident étaient claires dans son esprit. Tout ce qui concernait l'accident lui-même était partiel et confus. À l'hôpital, on lui avait expliqué que le fil des événements ne lui reviendrait peut-être jamais. Alors que s'était-il passé ? Son esprit s'activait-il pour tenter de combler les blancs ? Les émotions de ces derniers jours avaient-elles fait remonter à la surface ce qui était enfoui dans sa tête ? En tout cas, elle venait de revivre les événements de manière extrêmement précise.

— Je me souviens. Je me souviens de tout ! déclara-t-elle à voix haute, le souffle court, les yeux humides. Brad a été assassiné, et ils ont tué mon bébé. Oh ! mon Dieu ! Ils m'ont tout pris.

Toute la souffrance remontait brusquement. Dexter la serra contre lui, la berçant doucement. Mais elle était dévorée par le chagrin.

Il lui caressa la joue.

— Ça va aller, ma belle…

Sa voix et sa chaleur la rassérénèrent. La boule dans sa gorge s'estompa, sa respiration redevint plus régulière. Il murmura son nom et la serra plus fort contre lui.

Ils restèrent très longtemps silencieux.

— Si vous avez raison au sujet de Brad, dit-elle enfin, alors ses actions pourraient avoir causé la mort de notre enfant.

Elle redressa la tête pour croiser son regard. Il le soutint avec gravité.

— Je sais, mais vous êtes suffisamment forte pour affronter la vérité, Piper, aussi terrible soit-elle.

Vraiment ? Elle ne savait plus trop. Elle avait traversé tellement d'épreuves !

— De toute façon, je n'ai pas le choix, je ne peux pas fuir la vérité. Sinon, ce serait encore pire.

— Nous finirons par la découvrir, Piper. Pour vous, d'une manière ou d'une autre, nous obtiendrons des réponses.

— Maintenant que mes souvenirs sont revenus, je dois me rendre à la police pour demander la réouverture de l'enquête sur l'accident. Une voiture nous a forcés à quitter la route. Il y a forcément une manière de le prouver.

— Il est encore trop tôt pour aller à la police.

— Pourquoi ?

— Parce que vous êtes toujours en danger, Piper. Nous ne savons toujours pas à qui accorder notre confiance. Nous n'avons pas terminé d'examiner les affaires de Brad. Nous finirons demain et, avec un peu de chance, nous avancerons.

Elle acquiesça. Elle comprenait, mais c'était extrêmement frustrant de ne pas pouvoir aller plus vite.

Elle ne put s'empêcher de repenser au revirement de Robert Mullins à propos du projet de loi que Brad préparait. Au départ, il le soutenait mais, après la mort de Brad, il avait tourné casaque.

Pour se justifier, il avait expliqué que, selon lui, le projet de loi tel qu'il était ficelé risquait de ne pas être adopté. Qu'il aurait mieux valu le réécrire en écartant les points les plus sensibles. Mais elle avait refusé de modifier une seule ligne. Il s'était alors montré irrité, puis avait commencé à proférer des menaces.

— Dexter, je crois que nous devrions éplucher la boîte mail de Brad au Sénat. Il est possible que Mullins lui ait envoyé des messages par ce biais.

— Oui, c'est une bonne idée, d'autant qu'il n'y a plus rien sur son ordinateur. Vous avez le mot de passe et l'identifiant pour accéder à ses mails ?

— Oui, je les connais. Je n'ai jamais cherché à me connecter parce que j'ai volontairement laissé de côté tout ce qui me rappelait l'accident. Mais Brad me faisait confiance pour me charger de sa correspondance quand il n'avait pas le temps de répondre lui-même et il m'avait donné tous ses codes. Par contre, concernant sa boîte du Sénat, c'est lui qui la gérait, je n'y accédais que très occasionnellement.

— Entendu, nous regarderons cela. Et vous connaissez également le code PIN de son téléphone ?

— Oui, répondit-elle.

Dexter soupira.

— Il est possible que Mullins ait commandité le meurtre de votre mari pour l'empêcher de faire adopter cette loi. Et c'est peut-être le même homme qui nous a tiré dessus près du Pentagone.

— C'est plausible, en effet.

Il lui déposa un baiser sur les cheveux.

— Maintenant que tout vous est revenu, vous ne ferez plus de cauchemars.

— Je l'espère. Je n'en peux plus de revivre cette terrible nuit.

— Je vous comprends. Essayez de vous détendre et rendormez-vous. Je suis là, Piper.

— Je suis désolée d'avoir mal réagi, tout à l'heure. Je sais que vous faites tout cela pour moi, pour m'aider.

— Je ne vous en veux pas du tout, au contraire. C'est votre vie dont il est question, c'est dur de tout appréhender. Mais vous tenez remarquablement le coup, vous ne subissez pas les événements et, pour cela, je vous admire.

Elle se recroquevilla contre lui et déposa un baiser sur son torse.

— Plus que tout, j'ai besoin de connaître la vérité, c'est vital, confessa-t-elle. Je vous fais entièrement confiance, je vous aiderai autant que je le peux.

Il lui donna un nouveau baiser.

Ils restèrent un moment enlacés et, petit à petit, le sommeil la gagna de nouveau. Elle ne résista pas. Elle ne craignait pas de se rendormir. Elle était en sécurité.

# 16

Quand Dexter sortit de la chambre, Austin était déjà réveillé et s'activait sur son téléphone. Du bout du couloir provenait un bruit de douche qui coule. Derrick devait être en train de faire sa toilette.

Piper, elle, dormait encore mais elle lui avait donné le mot de passe de la boîte mail de Brad. Il prépara du café et nota le code PIN du téléphone de ce dernier sur un bout de papier. Puis il sortit et se dirigea vers la piscine. Il n'était pas habitué à passer ses journées cloîtré, contraint à l'inaction.

Il plongea et effectua quelques longueurs de crawl. Non seulement nager lui faisait du bien physiquement, mais cela lui permettait de laisser de côté ses sentiments pour Piper.

S'attacher aussi étroitement à une femme, c'était exactement ce qu'il voulait éviter.

Pourtant, il ne s'était jamais aussi bien entendu avec quelqu'un et passer du temps avec elle faisait remonter son aspiration à partager son quotidien. Oui, il désirait qu'elle fasse durablement partie de sa vie. D'autant qu'elle aurait assurément la force de caractère nécessaire pour surmonter la difficulté de vivre avec un homme qui côtoyait en permanence le danger.

En outre, il était clair qu'elle tenait à lui. Mais son comportement n'était-il pas en partie, même inconsciemment, guidé par son besoin d'être soutenue et protégée ?

Cela, il le saurait une fois qu'il aurait résolu le mystère de la menace qui pesait sur elle. Pour le moment, ce devait être sa seule priorité.

Soudain, alors qu'il entamait une nouvelle longueur, une voix l'appela :

— Hé, Flipper le dauphin, j'ai trouvé un truc qui pourrait vous intéresser.

Il rejoignit le bord de la piscine et se hissa hors de l'eau. Austin lui tendit une serviette.

— Le téléphone est chargé au maximum. J'ai commencé à l'explorer et je suis tombé sur une vidéo. Brad Jones l'a tournée le jour de sa mort.

Dexter se sécha rapidement et suivit Austin dans la maison.

— Je l'ai transférée sur mon ordinateur, précisa Austin.

— Je vais chercher Piper.

Il se dirigea vers la chambre et ouvrit doucement la porte. Elle tourna la tête vers lui et s'étira. Il se pencha sur le lit, puis lui donna un petit baiser.

— Piper ?

Elle ouvrit les yeux et lui sourit :

— Bonjour.

— Bonjour, ma belle. La nuit dernière, nous avons mis le portable de votre mari en charge. On y a trouvé une vidéo tournée le jour de sa mort.

Elle poussa un petit gémissement de surprise et, sans attendre, se leva et passa une robe de chambre.

Il lui prit le visage entre les mains.

— Je serai à côté de vous pendant le visionnage, lui précisa-t-il pour l'assurer de son soutien.

— Merci. Allons voir de quoi il s'agit.

Dans le salon, Derrick était assis sur le canapé, Austin sur l'accoudoir, son ordinateur devant lui sur la table basse.

— Bonjour, messieurs.

— Bonjour, madame.

— Je vous en prie, appelez-moi Piper, répliqua-t-elle avec un petit sourire.

Dexter et elle s'installèrent.

— Vous êtes prête, mad… Piper ?

— Oui.

Elle était tendue et joua nerveusement avec le médaillon qu'elle portait autour du cou.

Austin lança la vidéo.

Le visage de Brad apparut à l'écran. Il semblait se trouver dans sa voiture, qui était à l'arrêt.

— Piper, je tiens à te dire que tu es l'amour de ma vie, que ton soutien, ton énergie, ton dévouement et ton enthousiasme ont été fantastiques. Je tiens aussi à m'excuser de ne pas t'avoir parlé plus tôt de ce que je m'apprête à te révéler. Je m'en veux énormément, j'ai fait preuve d'égoïsme. Mais je l'ai également fait pour te protéger. Depuis quelque temps, j'enquête sur Robert Mullins.

Le ton de Brad se faisait grave et la peur était perceptible dans sa voix.

— Il a tenté de me convaincre de renoncer à ma loi sur les affaires, mais je n'imaginais pas jusqu'où il était prêt à aller pour écarter les obstacles qui se dresseraient sur sa route vers la Maison-Blanche. Grâce à Sam George, un détective privé de New York qui est mort la semaine dernière, j'ai rassemblé de nombreuses preuves contre lui. Robert Mullins a du sang sur les mains et Sam n'était pas sa première victime. Mullins a des intérêts dans des sociétés qui financent ses campagnes, d'autres lui donnent de l'argent parce qu'il les a menacées de rendre publiques leurs pratiques douteuses. Aujourd'hui, je suis persuadé que Mullins a appris que je suis en possession de ces preuves. Je vais me rendre sans tarder chez Edward pour lui remettre l'ensemble de ces éléments. Je suis vraiment désolé de ne pas t'en avoir parlé et je sais que, si tu regardes cette vidéo, cela signifiera probablement que je ne suis plus de ce monde. Je ne peux néanmoins plus reculer. Des hommes comme Mullins ne méritent en aucun cas d'occuper la fonction suprême, et je suis prêt à me sacrifier pour l'éviter. Si j'échoue, ce sera à toi de prendre le relais. Tu auras les moyens d'arrêter Mullins, *tout près de ton cœur*.

Il prit une longue inspiration et reprit :

— Si je ne survis pas, dis à notre fille que je l'aime, même si je ne l'ai pas connue, et dis-lui aussi que tout ce que j'ai entrepris, je l'ai fait en pensant à elle et pour rendre le monde meilleur. Prends soin de toi, Piper, et ne passe pas trop de temps à me pleurer. La vie est courte, alors ne laisse pas passer le bonheur. Adieu, mon amour.

L'image disparut.

Piper se prit le visage entre les mains et pleura à chaudes larmes.

Austin se leva et marcha jusqu'à la fenêtre. Derrick, lui, ne bougea pas, mais son regard était empli de compassion.

Dexter, n'y tenant plus, prit Piper dans ses bras. Austin fit signe à Derrick et, discrètement, tous deux quittèrent la pièce. Dexter berça doucement Piper. Elle s'accrochait à lui de toutes ses forces.

— Je suis là, ma belle, je suis là, dit-il d'une voix étranglée par l'émotion.

Ils restèrent longuement enlacés en silence.

Enfin, Piper recouvra une respiration normale et releva la tête.

— À votre avis, que voulait-il dire en prétendant que j'aurais la possibilité d'arrêter Mullins *tout près de mon cœur* ?

— Eh bien, il semblerait que ses propos étaient volontairement cryptés. Il souhaitait éviter que quelqu'un d'autre que vous ne comprenne si, par malheur, son téléphone tombait entre de mauvaises mains.

Sur ce, Dexter se leva, marcha jusqu'à la porte et fit signe à Austin et Derrick de revenir. Ils devaient percer l'énigme.

— C'est ça, la clé de l'attaque contre vous. Ce n'était pas pour vous empêcher de faire passer la loi portée par Brad mais pour vous empêcher de mettre la main sur les preuves qui pourraient clouer Mullins au mur.

Piper joua nerveusement avec son médaillon. Elle était sous le choc de la vidéo et se sentait accablée.

Soudain, Dexter s'arrêta net de marcher de long en large et la fixa. Plus exactement, réalisa-t-elle, il fixait son médaillon.

— Piper, c'est Brad qui vous a offert ce médaillon, non ? Quand exactement ?

— Environ deux semaines avant sa mort. C'était un cadeau spontané, qui ne marquait aucune occasion particulière. Dans la journée, je ne le quitte jamais.

Dexter s'approcha, l'air intrigué.

— Il peut s'ouvrir ?

— Non, il est ancien. Brad m'a dit qu'il était pour ainsi dire scellé.

Brusquement, elle comprit.

— Attendez, vous croyez qu'il y a quelque chose à l'intérieur ?

— Eh bien, je repense aux mots de Brad comme quoi vous aviez les preuves pour arrêter Mullins tout près de votre cœur. Et s'il faisait allusion à ce médaillon ? Vous voulez bien que je l'examine ? Je vous promets d'en prendre soin.

Elle défit le collier et déposa le médaillon dans la paume de Dexter qui s'assit à la table et le posa devant lui. Austin et Derrick s'approchèrent. Il sortit un petit couteau à la lame très fine, le glissa entre les deux parties du médaillon et tenta de l'ouvrir. Après plusieurs tentatives, il réussit.

Il le retourna et un tout petit objet en tomba. Piper n'en crut pas ses yeux.

— C'est une mini-clé USB ! s'exclama Austin. Bon sang, tout ce temps, Piper l'avait autour du cou. C'était bien joué.

Piper se sentit coupable.

— Si je n'avais pas cherché à oublier cet accident et que j'avais passé en revue les affaires de Brad, rien ne serait arrivé, des innocents ne seraient pas morts.

Elle était tellement dépitée qu'elle quitta la pièce et se rendit dans la salle de bains pour se passer de l'eau sur le visage.

Dexter l'avait suivie. Il lui posa les mains sur les épaules.

— Je sais ce que vous pensez.

— Tout est ma faute. J'ai refusé d'affronter la réalité. Je…

— Piper, écoutez-moi, et écoutez-moi bien ! Vous n'y êtes pour rien. C'est Mullins le responsable, c'est lui qui a du sang sur les mains, pas vous.

La conviction dans sa voix lui fit du bien. Elle passa les bras autour de son cou et se serra contre lui.

Quand ils revinrent dans le salon, Derrick et Austin étaient très agités.

— Il faut contacter…

— Non.

Derrick vint se poster à quelques centimètres de Dexter.

— Écoutez, Kaczewski, nous sommes du NCIS, nous devons suivre les procédures. On nous a demandé de découvrir qui avait fomenté une embuscade contre une unité de Navy Seals en Afghanistan. *Votre* unité !

— Ce sont vos hommes qu'on a tués, lieutenant, renchérit Austin.

— Je n'ai aucun besoin qu'on me le rappelle, croyez-moi. Pour autant, il est trop tôt pour tout révéler au NCIS ou à qui que ce soit d'autre. Je me fiche de vos procédures ! Le mari de Piper s'est sacrifié pour que la vérité éclate. Il souhaitait transmettre ces informations à Edward, le frère de Piper. Nous devons respecter sa volonté.

— Mais le secrétaire d'État…

— Le secrétaire d'État n'a qu'à s'arranger pour me renvoyer de l'armée, je m'en moque. Je ne fais confiance à personne. Alors, nous allons donner ces preuves à Edward Keighley et nous n'en parlerons à personne d'autre tant que Mullins et ses éventuels complices n'auront pas été arrêtés.

Piper posa la main sur le bras de Derrick.

— S'il vous plaît, faites confiance à Dexter. C'est grâce à lui si je suis encore en vie.

Derrick le regarda et, malgré une contrariété évidente, céda.

— Entendu. Jusque-là, vous avez fait du bon boulot, alors on vous suit. Austin ?

Celui-ci acquiesça.

— Kai Talbot va nous scalper, mais tant pis. Nous allons remettre ces preuves à Edward Keighley.

Sans attendre, Piper appela son frère, le mit au courant des derniers événements et convint d'un rendez-vous chez lui pour le soir même : ce qu'elle allait lui remettre était explosif.

— Il faut que j'appelle Monty, annonça-t-elle ensuite, tandis que Dexter et les deux agents du NCIS arrêtaient leur plan.

Elle se rendit dans la cuisine et composa le numéro de Stephen.

— Monty, c'est moi.

— Piper, tu tombes bien. J'ai des éléments pour toi, il faut que je te voie.

— D'accord. Nous avons nous aussi des preuves et nous allons les remettre à mon frère dès ce soir. Nous serons chez lui à 19 heures.

Elle en avait tellement assez de cette histoire qu'elle voulait en finir au plus vite.

— Tu peux nous retrouver sur place ?

— Oui, j'y serai.

Tandis qu'ils roulaient vers la maison d'Edward, Piper demanda pour la seconde fois :

— Où sont Derrick et Austin ?

— Ils ont décidé de rentrer à San Diego, répondit Dexter. Ils ne pouvaient rien faire de plus ici. Le mystère est résolu et, avec moi, vous êtes entre de bonnes mains.

C'était fini. Une fois qu'elle aurait remis les preuves à Edward, elle serait de nouveau en sécurité et pourrait reprendre le cours de son existence.

Ce qui signifierait que Dexter sortirait de sa vie. À cette perspective, une sensation de vide s'empara d'elle.

Ils approchaient de Bethesda, dans la banlieue de Washington, où vivait Edward. Elle donna à Dexter les indications nécessaires et, quelques instants plus tard, ils franchissaient la grille de la propriété qui, auparavant, appartenait à ses parents.

— Garez-vous ici.

Dexter obtempéra. Quand ils descendirent de voiture, il haussa les sourcils et contempla la façade de la maison.

— Vous avez grandi ici ? Je saisis mieux à quel point vous appartenez à une famille riche.

À la porte, au lieu de sonner, Piper sortit sa clé personnelle et ouvrit. Ils se retrouvèrent dans un vaste vestibule.

— Il semblerait qu'Edward soit au téléphone, dit-elle tandis qu'une voix leur parvenait. Profitons-en, je vais vous faire visiter la maison.

Dexter la suivit. Ils traversèrent un petit salon, une salle à manger puis arrivèrent dans une vaste cuisine.

— Ma mère adorait cuisiner, commenta-t-elle.

— Votre propre maison est-elle aussi grande ?

— Non, mais je dispose tout de même de six chambres.

— Ah, oui, quand même, ce n'est pas rien !

Piper se mordit la lèvre inférieure.

— J'espérais que la maison serait remplie d'enfants.

Dexter lui posa la main sur l'épaule.

— Excusez-moi, Piper.

— Ce n'est rien.

La sonnette de l'entrée retentit.

Piper repartit dans l'autre sens et lança à voix haute :

— Je vais ouvrir, Edward.

Celui-ci sortit du salon du fond, une main sur son téléphone.

— J'en ai encore pour quelques minutes.

Elle ouvrit la porte. Comme elle s'y attendait, c'était Montgomery, accompagné d'un autre homme.

— Piper, déclara Monty en la prenant dans ses bras. Je suis tellement heureux de te revoir. Quelle affreuse histoire.

— Entrez vite. Monty, je te présente le lieutenant Kaczewski, dit-elle.

L'homme qui accompagnait Monty leva le bras et, avant qu'elle puisse esquisser le moindre geste, tira sur Dexter, qui s'effondra.

Piper hurla. L'homme qui venait d'exécuter froidement Dexter lui passa un bras autour du cou et la poussa devant lui. Edward surgit du salon et, sans hésiter, l'homme lui tira dessus également. Piper était tellement sous le choc qu'aucun son ne sortit de sa bouche. Des larmes coulèrent sur ses joues, brouillèrent sa vision.

L'homme qui la retenait l'installa de force dans un fauteuil.

C'était le type qui les avait poursuivis près du Pentagone, elle l'aurait parié. Et il était avec Monty !

— Je… Je te faisais confiance, articula-t-elle en s'adressant à ce dernier.

— Ce n'est pas un problème personnel, Piper, ce sont les affaires. Maintenant donne-moi ces preuves et nous en finirons sans douleur.

— Non, répliqua-t-elle.

— Piper, sois raisonnable, insista Monty. Notre ami ici n'est pas du genre patient.

— Non, en effet, intervint alors une autre voix.

Robert Mullins fit son entrée.

— Sénatrice Jones, je vous avais pourtant avertie de ne pas vous opposer à moi.

— Vous êtes complices !

— Non, se défendit Monty. Ce type me fait chanter.

— À cause de cette fichue loi, Monty a fait tuer votre mari, grommela Mullins. Alors je me suis contenté de faire remarquer à notre ami que ce serait fort ennuyeux pour ses affaires si cela venait à se savoir. D'autant que, quand votre frère a commencé à s'intéresser aux circonstances de l'accident, Monty est devenu nerveux. C'est par le biais de mes contacts qu'il s'est renseigné sur l'unité de Tyler. Ensuite, quand vous vous êtes rendue au chevet de votre frère, je me suis dit que c'était le scénario parfait. Je me suis arrangé pour qu'un homme à moi participe à l'opération afin que le boulot soit fait correctement. Mais il a fallu que votre maudit lieutenant fasse tout capoter. Vous pouvez vous vanter de m'avoir donné du mal, mais désormais, c'est terminé. Nyx ! dit-il à l'homme qui tenait une arme.

Celui-ci la pointa sur elle. Elle ferma les yeux. Un coup de feu retentit. Elle sursauta, mais ce n'était pas elle qui était touchée. L'homme de main de Mullins avait tiré sur Monty, qui porta la main à sa poitrine, un rictus de douleur sur le visage.

— Espèce de…

Il s'effondra.

— Pauvre Monty ! commenta Mullins avec mépris. Je parie qu'il pensait qu'une fois les preuves en sa possession, il retournerait la situation et me ferait tomber. Allez, maintenant sénatrice, dépêchez-vous, donnez-moi tout.

— Vous ne vous en sortirez pas ! lui lança-t-elle.

— Quoi, vous pensez à ces deux agents du NCIS ? Voyez-vous, l'inconvénient dans ce genre de métier, c'est que l'on n'est jamais à l'abri de mourir en service.

— Vous êtes un monstre !

Il s'approcha d'elle et la prit par le col.

— Écoutez, bientôt, je serai à la Maison-Blanche, et vous, vous ne serez même plus de ce monde. Je m'arrangerai pour qu'on ne retrouve jamais votre corps. Et je vous fais le serment que Nyx s'occupera aussi de votre autre frère.

Il la repoussa d'un geste brusque.

— Tue-la, fouille-la puis débarrasse-toi de son corps et de celui du lieutenant. Laisse les cadavres de son frère et de Montgomery ici et prends tous les objets de valeur. La police en tirera les conclusions qui s'imposent.

Mullins lui adressa un sourire sadique.

— Adieu, sénatrice.

Mullins s'éloigna alors que son homme de main levait le bras.

Un coup de feu retentit.

# 17

Le sbire de Mullins s'écroula et Dexter se tourna vers le sénateur. Il s'efforça de garder son calme car, s'il avait laissé libre cours à sa colère, il aurait réduit Mullins en charpie.

— Dexter ! s'exclama Piper.

Il s'en voulait d'avoir usé d'un subterfuge et de lui avoir laissé croire qu'il était mort, mais il voulait la protéger et c'était pour cette seule raison qu'il en était passé par là. Edward et lui portaient un gilet pare-balles car il avait anticipé la possibilité que Montgomery soit celui qui avait trahi Tyler et Piper. Derrick et Austin, contrairement à ce qu'il avait affirmé, n'étaient pas retournés à San Diego. Ils étaient sur place, prêts à intervenir et à procéder à une arrestation.

— Un seul geste et je tire ! lança-t-il à Mullins. Et je vous jure que vous me feriez plaisir si vous m'en donniez l'opportunité.

Mullins leva les mains.

— Je n'ai rien fait, ce n'est pas moi qui suis à l'origine de l'embuscade contre votre unité.

— Possible, mais ça ne change rien. Vous êtes aussi coupable que Montgomery.

Austin et Derrick pénétrèrent dans la pièce et, sans attendre, Austin passa les menottes à Mullins tandis que Derrick aidait Edward à se relever.

Piper secoua la tête. Elle semblait toujours sous le choc.

— Oh ! mon Dieu ! Vous portez un gilet pare-balles, c'est ça ?

Elle se leva et se précipita vers son frère pour le prendre dans ses bras.

— Ça fait du bien de te voir, petite sœur ! confia Edward avec émotion.

Il leva la tête vers Dexter.

— Vous êtes le lieutenant Kaczewski, je présume ?

Dexter acquiesça et serra la main qu'Edward lui tendait.

— Je ne vous remercierai jamais assez d'avoir protégé ma sœur et découvert toute la vérité sur la mort de Brad.

Dexter acquiesça de nouveau.

— Vous avez tout enregistré ?

Edward récupéra la caméra cachée dans un meuble et s'activa dessus.

— Oui, tout est dans la boîte. Mullins ne pourra pas brouiller les pistes pour s'en sortir. Ses aveux sont là. Je regrette seulement que Montgomery ne soit plus en état de répondre de ses crimes.

Les forces de police, ainsi qu'une équipe médicale, arrivèrent sur place. Plusieurs hommes firent leur entrée et deux d'entre eux se penchèrent sur Montgomery et le complice de Mullins pour s'assurer qu'ils étaient morts.

Piper se tourna vers Derrick et Austin.

— Alors vous n'étiez pas à San Diego, vous êtes restés ici et vous avez participé à cette mise en scène ! Pourquoi ne m'en avez-vous rien dit ?

Derrick désigna Dexter.

— Je lui laisse le privilège des explications.

Après quoi lui-même, Austin et Edward quittèrent la pièce.

— Pourquoi ? demanda Piper à Dexter.

— Vous avez déjà dû encaisser de nombreux coups durs et je n'avais pas envie d'en rajouter, d'autant que je n'avais aucune preuve que Montgomery jouait double jeu. Si ça n'avait pas été le cas, les gilets pare-balles et la caméra auraient été des précautions inutiles. Et, sincèrement, j'aurais préféré obtenir la confirmation que Montgomery n'avait rien à se reprocher. Je sais que la trahison d'un ami, c'est toujours très compliqué à admettre.

Elle acquiesça et se réfugia dans ses bras.

— Piper, maintenant, il va falloir que j'avertisse ma hiérarchie et on va certainement me demander de venir m'expliquer. Mais, avant, je tiens à ce que nous parlions de nous deux.

Elle ferma les yeux, sortit de ses bras et s'appuya contre le mur à côté d'elle.

— Je ne peux pas…, dit-elle d'une voix brisée. De tout cœur, je souhaiterais être suffisamment forte, mais je n'arriverai pas à vivre avec la peur de…

— Me perdre, finit-il pour elle.

— Je sais de quoi est fait votre quotidien en mission. Ça me terrorise mais, en même temps, je n'ai pas le droit de vous demander d'y renoncer. Vous avez le sens du devoir chevillé au corps, je le sais.

Il déglutit. Au fond de lui, il en était persuadé : Piper était la femme qu'il lui fallait. Le problème, c'était qu'elle ne savait pas elle-même combien elle était forte. Mais il ne lui forcerait pas la main. Si elle changeait d'avis, elle le ferait de son plein gré.

Il n'y avait rien à ajouter. Il s'éloigna et, quand il sortit de la pièce et croisa Edward, il se contenta de lui dire :

— Votre sœur a besoin de vous.

Puis il quitta la maison, monta dans la voiture de location et resta un long moment sans rien faire, le moral très bas. Après quoi, il appela son père pour l'avertir que tout était terminé.

Quand il contacta sa base et eut son commandant en ligne, il expliqua ce qu'il avait fait pendant six jours et essuya des remontrances durant plus d'un quart d'heure. Il devait se rendre à Walter Reed sans délai pour effectuer un rapport officiel.

Austin et Derrick, eux, étaient repartis à San Diego. Le procès de Mullins était déjà sur les rails ; le sénateur allait répondre de tant de chefs d'accusation que, finalement, c'était peut-être mieux pour Montgomery de ne pas avoir survécu.

Piper ne risquait plus rien. Il pouvait enfin penser à autre chose. Mais il n'y arrivait pas. Ou alors, quand il ne pensait pas à elle, il revivait les moments partagés avec les hommes de son unité qui avaient perdu la vie et la mélancolie s'emparait de lui. Son frère vint le voir et, quand il le découvrit dans un tel état d'accablement et de fatigue, exigea qu'il se rende à l'hôpital.

On lui diagnostiqua un syndrome d'épuisement total, physique et mental. Il dormit dix-huit heures de suite et, quand il se réveilla, un médecin lui apprit qu'il resterait encore en observation pendant une semaine.

Le troisième jour, il y eut un petit coup frappé à la porte de sa chambre. Piper apparut dans l'encadrement.

— Est-ce le bon moment ? demanda-t-elle d'une voix peu assurée. Sinon, je peux revenir plus tard si…

— Non, la coupa-t-il, entrez.

Elle approcha et, avant de reprendre la parole, inspira à fond.

— Je souhaitais vous remercier. Lors de notre dernière conversation, j'étais… secouée et… Vous êtes parti avant que… Enfin, je voulais vous dire que je suis désolée de vous avoir entraîné dans une telle histoire.

— Arrêtez, Piper. Je suis heureux d'avoir été là pour vous et de savoir que, maintenant, vous êtes en sécurité. Il est inutile de me remercier.

Elle sourit et se pencha sur lui pour lui donner un petit baiser.

— Au revoir, Dexter, dit-elle avant de s'en aller.

Le cœur serré, il la suivit du regard tandis qu'elle partait.

Piper tenta de reprendre le cours de sa vie mais, chaque matin, sa première réflexion était la même : le jour où Dexter repartirait en mission approchait à grands pas. Et, régulièrement, elle était en proie à d'incontrôlables crises de larmes.

Évidemment, le scandale Mullins faisait la une de la presse et, chaque fois qu'elle sortait de chez elle, elle jouait au chat et à la souris avec les journalistes.

Au Sénat, la loi de Brad était sur le point d'être adoptée, ce n'était plus qu'une question de temps. Elle avait rempli sa dernière obligation envers lui. Désormais, elle ne devait plus penser qu'à elle.

Mais elle n'avait envie de rien.

Edward venait souvent la voir, tentait de l'inciter à parler, mais c'était trop dur.

Les jours suivants, elle se réveilla avec des nausées et elle fut plus fatiguée qu'à l'accoutumée. Elle mit cela sur le compte de son moral au plus bas et d'un effet retard de tous les pénibles moments endurés.

Son frère Tyler se remettait bien et elle lui parlait souvent au téléphone. Mais, un jour, il l'appela en colère.

— Dexter va passer en cour martiale et perdre son grade, lui apprit-il. Tout ça pour ne pas avoir respecté les règles, ne pas avoir averti ses supérieurs de ses faits et gestes.

— Quoi ! Non, ça n'arrivera pas ! s'exclama-t-elle.

Elle s'empressa de raccrocher et appela son assistant.

— Réservez-moi un billet sur le prochain vol pour San Diego.

Puis elle rassembla quelques affaires et se prépara à partir pour l'aéroport. Elle était tellement révoltée qu'elle ne savait même pas ce qu'elle ferait une fois sur place. Mais l'homme qu'elle aimait était sur le point d'être victime d'une injustice et elle n'avait pas le droit de l'abandonner.

## *Base navale de Coronado, Californie*

Dexter claqua la portière de sa voiture et se dirigea vers le bureau de son commandant.

Il avait récupéré et se sentait prêt à reprendre le service.

En revanche, Piper lui manquait toujours autant et il rêvait d'elle quasiment chaque nuit.

Il entra dans les locaux, annonça son arrivée à l'assistant du commandant qui, après un bref appel, lui fit signe d'entrer.

Il obtempéra, marcha jusqu'au bureau et salua.

— Repos, dit le commandant Hodges.

Dexter s'exécuta.

— Ce que vous avez fait en Afghanistan va au-delà du devoir, commença le commandant. Non seulement vous avez protégé une sénatrice américaine mais, en plus, vous avez contribué à l'élucidation de crimes d'une extrême gravité. Je vous remercie pour votre exemplarité.

— Monsieur, comptez-vous me…

— Décorer encore une fois ? Oui, j'en ai bien peur.

— Est-ce vraiment nécessaire ?

— Oui, je le crains.

Soudain, des éclats de voix à l'extérieur captèrent leur attention. Une voix féminine dominait l'autre. La seconde d'après, la porte s'ouvrait en grand et Piper faisait irruption dans le bureau. L'assistant du commandant était derrière elle, l'air confus.

— Vous n'avez pas le droit de le traduire devant une cour martiale ! C'est une honte. Je vais engager le meilleur avocat du pays pour le défendre.

Sa colère lui avait fait monter le rouge aux joues, ses yeux lançaient des éclairs. Elle était magnifique, songea Dexter.

— Mais…, commença le commandant Hodges.

Piper le dévisagea et reprit :

— Sans lui, je serais morte. Il m'a sauvé la vie plusieurs fois. Il a permis de démasquer les hommes qui complotaient contre moi, contre les intérêts de notre nation et il les a envoyés derrière les barreaux. Et cela ne compterait pas ?

Elle s'appuya mains à plat sur le bureau et fixa le commandant droit dans les yeux. Celui-ci eut un mouvement de recul, esquissa un sourire et répliqua :

— En vérité, si, ça compte. Et nous n'allons pas le faire passer devant une cour martiale mais le décorer.

Elle en resta bouche bée.

— Madame Jones, vous me voyez enchanté de faire votre connaissance, reprit le commandant. Maintenant, je pense que vous aimeriez parler au lieutenant Kaczewski. Alors je vais vous laisser quelques minutes.

Avec un air amusé, le commandant se leva, adressa un clin d'œil à Dexter, sortit du bureau et ferma derrière lui.

— Mais que faites-vous ici ? demanda Dexter à Piper.

Elle se tourna vers lui.

— Eh bien, vous voyez, je suis venue me ridiculiser ! Tyler m'a raconté que vous alliez passer devant une cour martiale. Alors je suis venue.

— Mais pourquoi ?

Elle avait les yeux humides.

— Parce que je vous aime, lieutenant Kaczewski. Parce que vous avez fait davantage que me sauver la vie, vous m'avez permis de revivre, de redevenir une femme à part entière. Alors je m'en fiche que vous soyez un Navy Seal ou quoi que ce soit d'autre. Je ne peux pas continuer à vivre sans vous.

— Mais, à part être avec moi, que voulez-vous faire ?

— Est-ce important ?

— Oh ! ça oui ! Car, plus que tout, c'est en vous sachant épanouie que je serai heureux.

— Pour le moment, je n'y ai pas réfléchi, mais je vous remercie.

— Moi aussi, je désire plus que tout être avec vous, Piper. Mais vous savez que je ne serai pas à la maison deux cents jours par an et que j'ai un métier dangereux. Si, malgré cela, vous voulez partager ma vie, vous ferez de moi le plus heureux des hommes.

Elle passa les bras autour de son cou et posa la tête contre son torse.

— Désormais, je n'ai plus peur.

— Vous êtes courageuse, ma belle. Tellement courageuse ! Vous êtes indestructible.

Elle releva la tête et lui sourit.

— Nous sommes indestructibles quand nous sommes ensemble.

# Épilogue

## *Safid Darreh, province de Parwân, Afghanistan*

Il traversa le village, suivi des six chèvres qu'il dirigeait avec son bâton de berger. Arrivé à la porte, il frappa. Afsana Jamal ouvrit et fronça les sourcils.

— Ces chèvres sont pour vous, déclara-t-il.

— Elles sont très belles, mais…

L'homme repoussa son keffieh pour dévoiler son visage. Afsana sourit largement.

— Dexter !

Il lui retourna son sourire.

— Piper tenait à ce que je vienne vous les offrir en personne. Elles donnent un très bon lait. Et, en retour, j'ai pour mission de récupérer les recettes de cuisine que vous lui aviez promises.

Il était en Afghanistan pour deux semaines, après quoi il rentrerait en Californie, où Piper venait de s'installer pour le rejoindre. Il était extrêmement impatient de la revoir.

— Vous êtes venu jusqu'ici pour m'apporter ces chèvres ? lui demanda Afsana.

— Eh bien, oui, FedEx n'assure pas ce genre de livraison.

Afsana éclata de rire et ouvrit grand la porte pour le laisser entrer.

***

## *Ocean Beach, Californie*

Piper avait presque terminé d'aménager la maison qui donnait sur l'océan et qu'elle partagerait avec Dexter.

Il n'allait pas tarder à arriver. Elle ignorait où il se trouvait exactement mais c'était comme si elle sentait sa présence.

Un mois plus tôt, elle avait terminé son mandat de sénatrice et en était soulagée.

En revanche, elle continuait d'avoir des nausées matinales, mais elle n'avait pas le temps de s'en inquiéter plus avant. Prochainement, elle devait commencer son nouveau travail au sein d'une fondation humanitaire qui avait pour but de lever des fonds pour financer des programmes d'éducation dans des pays d'Afrique et d'Asie. Dexter lui avait suggéré de se lancer dans un projet de ce type et elle avait suivi son conseil. Elle était impatiente de commencer.

Une nouvelle nausée la saisit et elle poussa un soupir. Elle se posait de plus en plus de questions.

Décidée à en avoir le cœur net, elle partit pour la pharmacie et revint avec deux tests de grossesse. Après l'accident, les médecins lui avaient annoncé que non seulement elle avait perdu son bébé, mais que les complications l'empêcheraient de retomber enceinte. Pourtant, les symptômes étaient là.

Elle passa dans la salle de bains et suivit les instructions sur la notice. Quelques heures plus tard, il n'y avait plus de doute. La couleur avait viré au rose, les tests étaient positifs.

Dans la soirée, Dexter arriva. Ils se jetèrent dans les bras l'un de l'autre. Quand il s'écarta pour la contempler, elle avait les larmes aux yeux.

— J'espère que ce sont des larmes de joie ?

— Oh que oui ! Et je suis doublement heureuse. C'est un miracle, Dexter, mais nous allons avoir un bébé ! Je suis enceinte.

Dexter resta un moment interdit. Puis il partit d'un rire libérateur, prit Piper dans ses bras et la fit tournoyer.

— Oh ! mon Dieu ! Je t'aime, Piper, je t'aime !

Ils pleuraient et riaient en même temps. Leur bonheur était complet.

KYLIE BRANT

# Attirance sous tension

*Traduction française de*
HERVÉ PERNETTE

BLACK ROSE

HARLEQUIN

*Titre original :*
TERMS OF ATTRACTION

*Ce roman a déjà été publié en 2011.*

# 1

Immobile sur le toit plat en goudron, Ava Carter avait l'œil rivé à la lunette de visée de sa carabine Remington 700. Voilà près de quatre heures qu'elle était en position, et deux heures qu'elle avait reçu l'ordre de se tenir prête. Si tout se passait bien, dans un quart d'heure, le sujet sortirait et repartirait indemne.

En cette journée de fin février, le soleil avait du mal à percer à travers les nuages, ce qui n'était pas plus mal. Il faisait plutôt chaud pour la saison, et elle sentait une rigole de sueur couler le long de son dos sous son gilet pare-balles.

Le vent lui caressa la joue, un peu plus fort que précédemment.

— Vérifie de nouveau la force du vent.

Steve Banes, son équipier, sortit un petit instrument de sa poche.

— Douze kilomètres à l'heure.

Ava redressa légèrement le canon de sa carabine. Steve balaya le secteur avec ses jumelles puis prit sa radio.

— Ici sentinelle trois. Pour l'instant, rien à signaler.

Ava prit également ses jumelles. Elle les orienta sur le camion du SWAT — l'unité spéciale d'intervention dont elle faisait partie — qui était aussi le centre de commandement de l'opération. Le véhicule stationnait à environ trois cents mètres de la salle de meeting. À travers les vitres, elle distinguait un homme penché sur un ordinateur.

Elle regarda au-delà du camion. Steve et elle se trouvaient sur le toit d'un immeuble offrant une vue sur la salle de meeting, un bâtiment cylindrique avec de petites fenêtres et un toit bizarrement pointu destiné à améliorer l'acoustique.

Le périmètre de sécurité autour de la salle était respecté. Les gens venus assister au meeting étaient toujours à l'intérieur, à écouter Antonio de las Reyes. Ceux qui risquaient de causer des remous étaient les opposants de ce chef d'État, massés à l'extérieur.

De son poste, essentiellement orienté sur l'arrière du bâtiment, Ava n'en voyait qu'une partie, juste derrière les barrières, où se tenaient également les journalistes venus couvrir l'événement. Quelques personnes brandissaient des pancartes, mais la plupart étaient calmes et attendaient la sortie de De las Reyes pour se manifester.

Avec un peu de chance, lorsqu'ils auraient compris que l'homme politique n'emprunterait pas la porte principale, il serait déjà en route pour l'aéroport où il prendrait un avion qui le ramènerait à San Baltes, son petit pays d'Amérique du Sud.

Bon vent !

Ava n'avait aucune animosité envers lui ou ses opinions, même si elle n'était pas d'accord avec tous ses propos. Mais il constituait une cible, et elle faisait partie du dispositif mis en place pour assurer sa protection. Depuis son arrivée aux États-Unis, moins d'une semaine plus tôt, il avait reçu une dizaine de menaces de mort. Dans son propre pays, il y avait un groupe de rebelles qui refusaient de reconnaître sa légitimité et étaient prêts à tout pour l'éliminer.

Voilà pourquoi elle était impatiente qu'il ait quitté Metro City et la Californie.

— Pourquoi de las Reyes est-il venu ici, d'abord ? demanda Banes.

Banes était un type large d'épaules, à la musculature impressionnante. Son crâne chauve luisait de sueur.

— Je crois qu'il a de la famille dans le secteur. Sa mère a vécu à Metro City jusqu'à la fin des années 1970, il me semble.

Banes eut un petit sourire.

— C'est vrai que, vu ton grand âge, tu dois avoir énormément de souvenirs des années 1970.

— J'en ai suffisamment pour me rappeler que 1977 était une année exceptionnelle.

Tout en parlant, Ava continua à observer le secteur. Ils avaient déjà eu ce genre de conversation. Agé d'une bonne quinzaine d'années de plus qu'elle, Banes s'amusait souvent à la taquiner sur son manque d'expérience. Il faisait déjà partie du SWAT depuis dix ans lorsqu'elle avait rejoint l'unité, et c'était un bon tireur d'élite. Le deuxième meilleur de la section, le quatrième de l'État.

Dans les deux cas, le numéro un, c'était elle.

— Es-tu déjà allée dans cette salle ?

Elle acquiesça.

— Oui, j'y ai accompagné mon fils une fois, à l'occasion d'un concert. C'est une belle salle et on voit très bien la scène, où que l'on soit assis.

C'était trois ans plus tôt. Alex avait alors douze ans. Maintenant, il en avait quinze, était en pleine crise d'adolescence et supportait à peine d'être vu en sa compagnie au supermarché.

La radio grésilla.

— Attention. De las Reyes vient de quitter la scène. Il va sortir par la porte latérale numéro trois dans deux minutes.

Ava ajusta ses jumelles. La limousine présidentielle avança doucement et s'arrêta le long du trottoir. Elle avait été inspectée avant d'être autorisée à pénétrer dans le périmètre de sécurité. À l'intérieur de la salle, les agents devaient s'assurer que tout le monde repartait par la porte principale et, à l'extérieur, tous les accès arrière du bâtiment étaient bouclés. Tout se passait pour le mieux.

Elle allait abaisser ses jumelles lorsqu'un scintillement à l'une des fenêtres de la salle de meeting retint son attention. Elle braqua les jumelles sur cette fenêtre mais ne vit rien de suspect.

— Vois-tu quelque chose là-haut ?

Banes pointa ses jumelles dans la direction qu'elle indiquait.

— Non, rien.

— Ça devait être le soleil, murmura-t-elle.

Pourtant, aujourd'hui, le soleil était rare. Elle avait donc sans doute aperçu un reflet. Mais un reflet de quoi ?

— Attends !

Banes et elle avaient parlé en même temps.

— Tu le vois aussi, n'est-ce pas ? reprit-elle. Qu'est-ce que c'est ?

Tous deux fixèrent longuement ce point. Soudain, Ava comprit ce qu'ils voyaient et fut en alerte.

— C'est une lunette de visée.

Banes prit la radio.

— Ici sentinelle trois. Nous avons aperçu un reflet à la septième fenêtre. C'est sûrement un fusil à lunette.

— Etes-vous en position de tir ? demanda l'agent à l'autre bout de la radio.

— Affirmatif.

— Tenez-vous prêts. Nous envoyons quelqu'un à l'intérieur pour vérifier.

Ava posa ses jumelles et ajusta son œil à la lunette de sa carabine. Elle procéda aux réglages et se concentra sur la fenêtre.

— Je vois le fusil, dit-elle calmement.

Elle était complètement relâchée, comme toujours dans ce genre de situation.

— Peux-tu essayer de trouver un autre angle de vision et vérifier que je ne me trompe pas ?

Steve rampa sur plusieurs mètres et prit ses jumelles. En réponse à sa question, il porta la radio à sa bouche.

— Je confirme. Nous avons un tireur posté à la septième fenêtre, je viens de vérifier.

Il y eut un grésillement.

— Restez en position. Nous l'avons repéré.

Ava entendait tous ces échanges comme s'ils lui parvenaient de loin. Elle était totalement concentrée sur ce point de l'autre côté de la rue. Elle aurait eu plus de chances de réussir son tir si elle s'était trouvée face à la fenêtre, mais elle n'avait pas le temps de bouger. Il lui faudrait faire feu deux fois. D'abord pour faire éclater la fenêtre, ensuite pour atteindre sa cible.

— Que se passe-t-il ? marmonna Banes alors que la porte arrière de la salle s'ouvrait.

Ava reconnut de las Reyes, entouré de son service de sécurité personnel, et vit trois agents de son unité se précipiter vers eux.

— Feu vert, faites feu, faites feu !

Ava vit furtivement le groupe en bas de l'immeuble rentrer précipitamment dans la salle.

Elle pressa la détente, deux fois. Simultanément, un autre tir retentit. En bas, un homme s'effondra.

*
* *

Ava jeta un regard à sa montre et soupira intérieurement. Si la réunion s'éternisait, elle allait devoir envoyer un texto à Alex pour s'excuser. Son entraînement de basket se terminait bientôt, et si elle ne partait pas très vite, il faudrait qu'il se débrouille pour se faire ramener à la maison.

La séance de débriefing durait plus longtemps que d'habitude. Mais, à vrai dire, rien ne s'était passé comme prévu.

La porte de la salle de conférences s'ouvrit, et Carl Sanders, le chef de la police, ainsi que Robert Grey, son adjoint, entrèrent. Ils furent suivis par Antonio de las Reyes et trois hommes de son service de sécurité personnel.

Il y eut un bruit de chaises déplacées, le temps que tout le monde s'installe autour de la table. Tous les regards convergèrent dans sa direction, mais Ava resta impassible.

— C'est elle, messieurs, notre agent providentiel.

Ava était la seule femme présente dans la pièce, il n'était donc pas difficile de comprendre de qui Sanders parlait. Sans la quitter du regard, de las Reyes fit le tour de la table et vint se poster face à elle.

— Mademoiselle Carter, dit-il dans un anglais parfait, je vous suis reconnaissant.

Il lui serra longuement la main, avec chaleur. Un peu gênée, Ava se leva.

— Je suis heureuse que tout se soit bien terminé.

Antonio de las Reyes ressemblait davantage à une star de cinéma qu'à un homme politique. Il n'était guère plus grand qu'elle, il avait des cheveux noirs et brillants gominés et des yeux marron. Il portait un costume sur mesure et des chaussures de marque. Son pays était pauvre, mais pas lui.

— Tout s'est bien terminé, comme vous le dites, sauf pour votre collègue, répondit de las Reyes qui finit par lâcher sa main. Mais on m'a affirmé qu'il allait s'en sortir.

Sanders acquiesça.

— Le sergent Talbot a été sauvé par son gilet pare-balles. Il aura mal un peu partout pendant plusieurs jours, mais il va bien.

À cette nouvelle, chacun exprima son soulagement.

De las Reyes alla s'asseoir et Ava se laissa retomber sur son siège en baissant les yeux. Elle n'avait jamais aimé être au centre de toutes les attentions.

Sanders tira à son tour une chaise.

— L'homme qui a tenté d'assassiner M. de las Reyes a été identifié.

— Il s'appelait Pedro Cabrerra.

L'homme qui venait de parler était le chef de la société de sécurité chargée de la protection de De las Reyes pendant la durée de son séjour aux États-Unis. C'était un type qui ne passait pas inaperçu.

Large d'épaules, très grand, il parlait d'une voix claire, et même dans une salle remplie de flics, il n'avait aucun mal à imposer sa présence et à se faire écouter. Il avait des cheveux blonds coupés court et des yeux d'un vert limpide. Il était bronzé, et son costume peinait à dissimuler sa musculature. Tout indiquait que c'était un homme d'action.

— Pardon, dit de las Reyes qui avait levé la main. Je ne vous ai pas présenté Cael McCabe. Je l'ai engagé pour que ses hommes et lui assurent ma sécurité pendant mon séjour sur le sol américain.

McCabe était resté debout et arpentait la pièce de long en large.

— Cabrerra, reprit-il, était un proche du président de las Reyes et était venu avec lui de San Baltes.

— C'est… ou plutôt c'était, corrigea de las Reyes, mon cousin. Nos pères sont frères.

Ava lut de la douleur dans son regard et éprouva de l'empathie pour lui. C'était déjà assez difficile de savoir que des étrangers voulaient votre mort, mais quand il s'agissait de membres de votre propre famille… Ce n'était plus de la politique, c'était beaucoup plus personnel.

— Cabrerra faisait partie des hommes qui ont passé la salle de meeting en revue avant l'arrivée du président de las Reyes.

— Mais comment diable s'y est-il pris pour faire entrer une arme ? demanda Sanders. Il disposait d'un fusil à lunette, tout de même. Il n'a pas pu l'apporter lors de cette visite d'inspection.

— Selon toute probabilité, il a dû venir dans la nuit, répondit

McCabe. Les fenêtres ne sont pas reliées au système d'alarme car elles sont très étroites et il est quasiment impossible pour un homme d'y passer les épaules. Il a donc sans doute escaladé la façade, forcé une fenêtre, et laissé tomber son matériel à l'intérieur avant de repartir. Nous avons découvert une fenêtre forcée qui semble confirmer cette hypothèse. Au cours de la visite d'inspection, il ne lui restait plus qu'à décider quelle zone du bâtiment il souhaitait passer en revue et à cacher son matériel jusqu'au moment où il en aurait besoin.

— Les fenêtres donnent toutes sur des pièces desservies par des couloirs qui surplombent les fauteuils et la scène et permettent de faire le tour de la salle. N'importe qui aurait pu y entrer, observa le commandant Harvey Mendel.

McCabe acquiesça.

— Il a probablement verrouillé toutes les portes qui donnaient sur la salle. S'il avait tenté de tirer sur le président pendant son discours, il aurait ensuite eu du mal à se mêler à la foule. C'était beaucoup plus simple de le faire au moment où tout le monde sortait. Il serait arrivé quelques instants après les tirs, et personne ne l'aurait soupçonné. En outre, on aurait pensé que le responsable était un opposant américain du président de las Reyes, pas un de ses compatriotes.

L'espace de quelques secondes, le silence régna dans la pièce.

— Ne voyez aucune offense dans mes propos, monsieur de las Reyes, reprit le chef de la police, mais vous êtes aux États-Unis depuis cinq jours. À votre avis, pourquoi a-t-il attendu aussi longtemps avant de tenter son coup ?

— J'avoue que je n'en sais rien.

— Si vous permettez, j'ai ma petite idée, intervint McCabe. À mon avis, il devait considérer que c'était au cours de cette étape qu'il aurait la meilleure opportunité de réussir sans se faire prendre. Il devait miser sur le fait que les forces de sécurité seraient moins importantes ici que dans les grandes villes, et moins expérimentées. En quoi il se trompait, ajouta-t-il en adressant un petit sourire à Ava.

Ce petit sourire lui donna des frissons d'excitation. Elle se redressa sur sa chaise et dévisagea McCabe en s'efforçant de rester impassible. Jusqu'à présent, jamais un homme ne l'avait troublée d'un seul regard et, à vrai dire, peu lui faisaient de l'effet. Elle avait donc tout intérêt à se méfier de Cael McCabe.

— Mademoiselle Carter !

Elle jeta un coup d'œil par-dessus son épaule. Cael allongea le pas pour remonter à sa hauteur et se demanda, pour la seconde fois, ce qui l'attirait tant chez cette femme. Elle était jolie, avec de beaux cheveux et des yeux noirs, et, si elle n'avait pas eu le teint pâle, elle aurait pu passer pour une compatriote de De las Reyes. Cependant, il ne se sentait pas réagir physiquement chaque fois qu'il voyait une jolie femme, et encore moins dans le cadre professionnel.

— Qu'y a-t-il, McCabe ?

Elle s'exprimait d'une voix grave, légèrement rauque, et il trouva cela terriblement sexy.

— Si vous avez un peu de temps, j'aimerais vous offrir un verre.

Il était à côté d'elle maintenant et remarqua, intrigué, qu'elle s'efforçait de prendre un air blasé. Peut-être était-elle habituée à se faire draguer et avait-elle appris à afficher cette moue dédaigneuse pour se défendre. Son invitation n'était pourtant en rien une tentative de séduction, même s'il aurait bien aimé que ça le soit.

— Désolée, mais il faut que je rentre chez moi sans tarder.

Il n'y avait pas une once de regret dans sa voix. Elle poussa la porte du bureau de police de Metro City et descendit rapidement les marches.

— Bien. Je vous raccompagne à votre voiture, alors.

Il surprit le petit regard en coin qu'elle lui lança, mi-agacé mi-étonné, et fut satisfait d'être parvenu à altérer son expression. En revanche, elle ne chercha pas à faire la conversation ; c'était à lui de s'en charger.

Il fourra les mains dans ses poches en se disant qu'il serait heureux lorsqu'il pourrait enlever ce costume dans lequel il se sentait à l'étroit.

— C'était vraiment un beau tir. Avez-vous eu de la chance ou êtes-vous toujours aussi adroite ?

— Je suis toujours aussi adroite, répondit-elle sans fausse modestie et sans rien ajouter de plus.

— Un tir instinctif, quasiment sans préparation. Et d'après ce qu'on m'a dit, d'une précision redoutable. Qui a repéré le tireur en premier ? demanda-t-il au moment où ils atteignaient le parking.

— Je travaille avec un équipier. Il était dans la salle de conférences, d'ailleurs. Steve Banes.

Ça, songea-t-il, ce n'était pas une réponse.

— Banes a déclaré à votre chef que c'est vous qui l'avez repéré la première.

Elle ne répondit rien et il en conclut que ça s'était effectivement passé ainsi. Elle n'était donc pas du genre à s'attribuer tous les mérites, et elle aimait le travail d'équipe. Ces deux déductions le confortèrent dans la décision qu'il avait prise un peu plus tôt.

— J'aimerais vous proposer du travail.

Un instant, elle ralentit le pas, seul signe qui trahit sa surprise.

— Non. Merci, ajouta-t-elle après quelques secondes, indiquant que c'était par pure politesse.

— Vous ne savez même pas ce que je comptais vous proposer.

Elle s'arrêta devant sa voiture, une Pontiac qui devait avoir au moins sept ou huit ans.

— Global Security, ma société, propose tous types de services de sécurité, des plus simples aux plus complexes. C'est pourquoi je suis toujours à la recherche de profils et de compétences spécifiques. Et je dois dire que votre prestation d'aujourd'hui m'a impressionné.

Il avait été plus impressionné encore par le compte rendu de sa carrière que lui avait fait Sanders. Il avait encore du mal à croire que c'était de ce petit bout de femme que lui avait parlé le chef de la police.

Elle actionna le déverrouillage des portières, posa la main sur la poignée, puis lui adressa un petit sourire poli.

— Je ne suis pas intéressée, je vous l'ai déjà dit. J'ai un fils, et je n'ai pas l'intention de l'obliger à déménager pour changer de boulot.

Il ne put refouler sa déception. Pourtant, on lui avait dit qu'elle avait un fils ; il n'était donc pas étonnant qu'elle refuse son offre.

— J'ai des employés qui travaillent pour moi en free-lance, reprit-il spontanément. Ils effectuent des missions spéciales quand ils ne sont pas en service. Réfléchissez et, si vous changez d'avis, appelez-moi.

Il lui tendit une carte et pointa du doigt le salaire qu'offrait sa société.

Son regard s'agrandit. C'était sa première véritable réaction depuis qu'ils avaient entamé cette discussion.

— C'est le salaire mensuel ?

— Non, hebdomadaire. Et encore, tout dépend de la mission.

Ébahie, elle prit la carte et la glissa dans sa poche de veste.

— Le secteur des gardes du corps doit être très lucratif.

— Je préfère parler de spécialistes de la protection rapprochée. Et, oui, ça rapporte pas mal.

Il haussa les épaules avant d'ajouter :

— Mais nous vivons dans un monde dangereux.

— Vous m'en direz tant. Au revoir, McCabe, dit-elle avant de monter en voiture et de refermer sa portière.

Il recula d'un pas et la regarda sortir de sa place de stationnement, puis s'éloigner. Et il se demanda pourquoi il était aussi déçu de voir une femme qu'il connaissait à peine s'éloigner de lui et de sa vie.

Elle aurait eu le temps d'aller chercher Alex, songea Ava, agacée, en se garant de nouveau sur le parking du poste de police, une demi-heure après l'avoir quitté. Elle serait sans doute arrivée à temps, d'autant qu'il était en général le dernier à sortir des vestiaires. Mais le coup de fil qu'elle avait reçu alors qu'elle était en chemin avait ruiné ses projets.

D'humeur maussade, elle grimpa rapidement les marches du poste, présenta sans s'arrêter son insigne à l'agent d'accueil et monta dans les bureaux. Au téléphone, Sanders ne s'était pas montré très bavard, se contentant de lui faire comprendre qu'elle devait revenir le plus vite possible.

Elle se demandait pourquoi. Y avait-il un problème avec la mort de ce Cabrerra ? Elle avait fait feu deux fois, proprement, mais il était déjà arrivé qu'un tireur d'élite du service se retrouve obligé de se justifier suite à des protestations publiques.

Elle atteignit le deuxième étage. Non, c'était trop tôt pour que Sanders ait eu à rendre des comptes. La nouvelle de ce qui s'était passé n'avait pas eu le temps d'être relayée par les médias. Quant au maire de la ville, il ne réagirait pas avant d'avoir pris connaissance des résultats quotidiens de sa cote de popularité.

Bien. Puisqu'il était impossible de deviner pourquoi on lui avait demandé de revenir, Ava décida de laisser ses interrogations de côté. Mais elle était toujours aussi nerveuse.

Elle frappa à la porte du bureau de Sanders et attendit qu'il l'invite à entrer. Deux inconnus étaient assis face à lui. À leur costume sombre et à leur expression arrogante, elle devina que c'étaient des fédéraux. Il y a des signes qui ne trompent pas.

— Asseyez-vous, agent Carter, dit Sanders, bras tendu pour désigner une chaise.

Ava s'installa et sentit le regard des deux hommes sur elle, un regard hautain et appréciateur. Elle leur retourna le même regard, sans ciller. À quelques exceptions près, elle n'aimait guère les fédéraux.

— Je vous présente les agents Paulus et Samuelson, de la Sécurité intérieure, reprit Sanders.

Tous deux lui adressèrent un petit salut de la tête, et elle dut contenir sa surprise. Que pouvait bien lui vouloir la Sécurité intérieure ? Si Sanders l'avait fait revenir, c'était de toute évidence à leur demande.

— Je suis sûr que vous aimeriez être chez vous le plus tôt possible, commença le dénommé Samuelson.

C'était un homme grand, sec, aux cheveux coiffés en arrière, au visage marqué.

— J'irai donc droit au but. Selon le chef Sanders, vous avez rencontré Cael McCabe, le directeur de Global Security.

— Oui.

L'agent attendit qu'elle poursuive. Comme elle n'en fit rien, il insista :

— Vous avez été vus ensemble sur le parking.

— Oui.

Vus par qui ? Et qui était surveillé ? McCabe ou elle ?

— Avez-vous eu une conversation ? continua Samuelson qui semblait commencer à perdre patience.

— Oui.

Du coin de l'œil, elle vit Sanders porter la main à sa bouche pour masquer le sourire que faisaient naître ses réponses pour le moins laconiques. Si ces fédéraux espéraient apprendre quelque chose d'elle, il allait falloir qu'ils commencent par en dire un peu plus.

— Nous aimerions savoir de quoi vous avez parlé, intervint l'agent Paulus, qui n'avait encore rien dit.

Ava porta son attention sur lui. C'était un homme petit, râblé, avec une étrange implantation capillaire et d'épais sourcils.

— Pourquoi ?

— Parce que nous vous le demandons, mademoiselle Carter.

Cette fois, Samuelson s'était exprimé sur un ton proche de l'agressivité. Ava ne se laissa pas impressionner. Elle savait que les fédéraux usaient facilement de l'intimidation pour obtenir des réponses. Elle jeta un regard à Sanders, qui lui fit un petit signe de tête.

Feignant une attitude désinvolte, elle se laissa retomber contre le dossier de sa chaise.

— Il m'a proposé un boulot.

Les deux agents échangèrent un coup d'œil. Ils ne s'attendaient apparemment pas à ça mais, étrangement, cela sembla les exciter.

— Au sein de Global Security ?

Avant même qu'elle ait répondu, Samuelson ajouta :

— Et que lui avez-vous répondu ?

— Que je n'étais pas intéressée.

Néanmoins, maintenant, son intérêt était piqué.

— Eh bien, nous aimerions que vous reconsidériez l'offre de McCabe, dit Samuelson.

Malgré la formulation, ses paroles sonnaient plus comme une injonction que comme une suggestion.

— Si vous le faisiez, vous pourriez nous aider à résoudre un problème de sécurité nationale, ajouta-t-il.

— Et pourquoi ferais-je cela ?

Pourquoi Sanders restait-il silencieux ? Tout ça sentait le coup monté, et elle commençait à perdre patience.

— Par patriotisme ? suggéra Paulus. Par sens du devoir envers votre pays ? Par attachement à la liberté nationale ?

Ava sentit la colère l'envahir. Bien que consciente qu'on cherchait à la manipuler, elle ne put s'empêcher de rétorquer :

— Il y a peu de temps, j'ai été blessée par balle en faisant mon travail, et j'ai repris le boulot il y a tout juste deux semaines. Alors allez-y doucement, messieurs, parce que je ne suis pas certaine que vous aimeriez savoir jusqu'où va mon sens du devoir.

— Elle a raison, intervint enfin Sanders qui se pencha en avant et lança un regard noir aux deux agents. L'agent Carter est un élément de grande valeur. Alors, si vous souhaitez que nous coopérions avec vous, jouez cartes sur table, messieurs, et expliquez-lui ce que vous attendez d'elle.

— Bien sûr, bien sûr, répondit Samuelson en lissant sa cravate. Nous y venons. Nos services souhaitent en savoir plus sur le nouveau gouvernement d'Antonio de las Reyes et le climat politique à San Baltes. McCabe a en charge la sécurité de De las Reyes, et tout membre de son équipe pourrait avoir accès à… certaines informations… qui nous permettraient de faire une meilleure analyse de la situation. Étant donné la qualité de votre intervention aujourd'hui, nous avons pensé que vous étiez la personne idéale pour faire une forte impression sur McCabe.

Il lui sourit puis reprit :

— Il semblerait d'ailleurs que vous ayez effectivement réussi à l'impressionner, puisqu'il vous a proposé de travailler pour lui. Il ne vous reste donc plus qu'à accepter.

C'était incroyable ! songea Ava. Était-ce ce que ces types appelaient jouer cartes sur table ? Ou la croyaient-ils plus bête qu'elle ne l'était ?

— Pourquoi avez-vous besoin de moi ? Pourquoi n'allez-vous pas directement trouver McCabe ?

L'expression embarrassée des deux agents était déjà une réponse.

— M. McCabe ne souhaite pas coopérer avec nous.

Ava ne put réprimer un petit sourire ironique. Elle imaginait sans peine que McCabe n'avait pas dû se montrer aussi poli pour exprimer son refus. Cela le fit remonter dans son estime.

— Eh bien, vous m'en voyez désolée, répliqua-t-elle avec un haussement d'épaules. Mais votre affaire semble davantage concerner la CIA que vous. Si vos services ont besoin d'avoir accès à certaines informations, c'est qu'il y a un lien avec le terrorisme. Or, je ne me souviens pas que vous en ayez fait mention.

— C'est une affaire extrêmement sensible, répondit Paulus, qui jeta un regard à son équipier. Quelle que soit votre réponse, nous comptons sur votre discrétion.

Il marqua une pause. Comme Ava ne pipait mot, il poursuivit :

— Alberto Martinez, l'ex-président de San Baltes, était un dictateur corrompu. Nous avons des raisons de croire qu'il a financé des attaques terroristes en Amérique latine. Évidemment, nous aimerions savoir si ce réseau existe toujours. Votre présence au sein de l'équipe de McCabe nous offrirait la possibilité d'en apprendre davantage.

— Je regrette, dit-elle sans une once de sincérité. Comme je l'ai expliqué à M. McCabe, j'ai un boulot ici et un fils dont je dois m'occuper. Même si je le désirais, je ne pourrais pas me libérer pour cette mission.

— Le capitaine Sanders nous a assuré qu'il vous libérerait le temps nécessaire et que vous pourriez ensuite retrouver votre poste sans problème. Par ailleurs, votre ex-mari pourra s'occuper de votre fils pendant quelque temps, n'est-ce pas ?

Ava resta interdite. Son regard passa de Sanders à Samuelson. Avaient-ils obtenu ces détails sur sa vie privée par l'intermédiaire de son capitaine ou par leurs propres moyens ? Elle penchait pour la seconde hypothèse. La Sécurité intérieure n'était pas réputée pour son respect très strict de la vie privée des gens.

Elle se demanda jusqu'où ils avaient fouillé.

— Ma réponse est toujours non.

Tremblant intérieurement, elle se concentra de toutes ses forces pour n'en rien laisser paraître. Si elle avait rejoint la police, c'était effectivement par sens du devoir. Mais ça… Ils lui demandaient de tromper McCabe, si du moins elle parvenait à le convaincre de lui faire intégrer la garde rapprochée de De las Reyes. De jouer les espionnes à San Baltes…

Elle avait déjà effectué des missions d'infiltration, mais la requête de ces agents était trop floue. Ils avaient beau parler d'enjeu de sécurité nationale, elle n'était pas convaincue de l'urgence ni du bien-fondé de cette mission. Et elle était étonnée de constater à quel point ce qu'ils lui avaient demandé de faire la révulsait.

— Bien, je crois qu'il n'y a rien à ajouter, messieurs.

Sanders se leva pour indiquer la fin de l'entrevue. Ava ignorait s'il approuvait ou non sa décision.

— Je vous avais dit que je tiendrais l'agent Carter à votre disposition si elle était d'accord. Elle vous a donné sa réponse. Maintenant, veuillez m'excuser mais j'ai une autre réunion dans quelques minutes.

Ils se levèrent tous, et Samuelson sortit une carte de sa poche. Il la tendit à Ava.

— Au cas où vous changeriez d'avis.

Ava prit la carte, mais Samuelson ne la lâcha pas tout de suite. Elle leva les yeux et croisa son regard.

— Réfléchissez bien, mademoiselle Carter, dit-il, tout bas mais néanmoins assez fort pour qu'elle l'entende. Je suis du genre à considérer qu'un seul acte de patriotisme peut effacer bien des années d'infidélité envers les valeurs de notre pays. Des années qui pourraient devenir très embarrassantes si elles venaient à être connues du grand public.

Le cœur d'Ava se mit à battre à tout rompre. Il lâcha enfin la carte, qu'elle glissa dans sa poche de veste. Sans un mot, elle tourna les talons et s'en alla.

Elle aurait vraiment aimé savoir à quel point ils avaient approfondi leur enquête sur elle, car elle avait clairement perçu la menace derrière les dernières paroles de Samuelson.

# 2

De retour à sa voiture, Ava découvrit sur son portable un message d'Alex l'assurant qu'il trouverait quelqu'un pour le raccompagner. Elle mit la clé dans le contact et resta quelques instants immobile, les mains serrées sur le volant.

Il ne fallait pas qu'elle se laisse déstabiliser par les insinuations de Samuelson. Elle avait sans doute exagéré ses menaces. C'était une méthode courante des fédéraux pour arriver à leurs fins. Elle faisait honnêtement son travail, était loyale envers sa patrie et n'avait pas besoin de s'envoler pour un pays étranger pour le prouver. Tout comme elle n'avait pas à se justifier de l'éducation malsaine qu'elle avait reçue. Elle l'avait subie et n'y pouvait rien. Combien de fois son ex-mari le lui avait-il répété ?

Pas assez souvent, apparemment.

Peut-être avait-elle mal compris Samuelson. Elle voulait y croire de toutes ses forces. Pourtant, cette mission ne lui avait pas paru aussi vitale pour la sécurité intérieure qu'il le prétendait. Si elle l'était vraiment, cela signifiait qu'il ne lui avait pas tout dit, ce qui, là encore, n'était pas surprenant de la part des fédéraux.

Elle était donc incapable de déterminer s'il bluffait ou non en laissant entendre qu'il pourrait lui causer du tort.

Elle démarra, sortit du parking et remonta Belleview Boulevard. Ils habitaient dans la proche banlieue, ce que son fils supportait de plus en plus mal, car ses amis, devenus le centre de ses préoccupations, vivaient pour la plupart en ville. À l'époque où Danny et elle avaient acheté la maison, il était moins onéreux pour un jeune couple de s'installer en banlieue qu'en centre-ville. C'était avant que les résidences de standing ne se mettent à pousser partout dans ce qui était au départ un quartier tranquille et plein d'espace.

Les choses évoluaient, et le quartier n'en était pas le seul exemple. Cinq ans après l'achat de cette maison, Danny et elle s'étaient séparés. Ils étaient divorcés depuis trois ans.

Elle tourna dans sa rue et la vue de la Toyota garée le long du trottoir lui arracha une grimace de contrariété. La journée avait été longue et stressante. Son ex-mari et elle étaient restés en bons termes, mais elle ne se sentait pas d'humeur à bavarder avec lui ce soir. Tout ce dont elle avait envie, c'était d'un repas chaud et d'une bière. Et éventuellement de regarder le match des Lakers à la télé avec Alex.

Elle se gara, descendit de voiture et laissa sa carabine dans le coffre. D'habitude, elle la mettait en sûreté dans son coffre-fort, mais comme Danny était là, elle ne voulait pas entrer dans la maison avec. Il lui avait toujours reproché d'avoir intégré l'unité d'élite du SWAT ; c'était une des raisons qui avaient mené à leur séparation.

Assis sur le canapé, Alex et son ex-mari étaient en grande conversation. À son entrée, ils se turent brusquement et prirent un air coupable. Elle se demanda ce qu'ils manigançaient et les observa en haussant les sourcils.

— Alors, qu'est-ce que vous complotez, vous deux ?

— Rien.

Son fils était un piètre menteur. Son regard pétillait d'excitation ; il avait même du mal à tenir en place.

— Papa m'a appelé juste après que j'ai reçu ton texto, et comme je lui ai dit que je devais me débrouiller pour rentrer, il a proposé de venir me chercher.

— Je vois, je vois.

Par jeu, elle l'attrapa par le col et lui déposa un baiser sur le front avant qu'il n'ait le temps de s'écarter.

— Lui as-tu aussi dit que, demain, nous allons faire des courses et que tu dois avoir terminé tes devoirs ce soir ?

— Nan !

Alex se laissa retomber au fond du canapé.

— Tu peux pas y aller toute seule et me ramener deux trois trucs, que je puisse choisir ?

Ava inclina la tête et fit mine de réfléchir à cette possibilité.

— Tu veux que je t'apporte un choix de vêtements pour que tu les essaies, et qu'ensuite je rapporte ce qui ne te plaît pas, c'est ça ? En gros, je serais un peu ton acheteuse personnelle.

— Ouais.

— Même pas dans tes rêves !

Ava s'assit dans un fauteuil et braqua sur son fils un regard sévère.

— File faire ton devoir d'anglais pendant que je discute avec ton père. Je commanderai à dîner.

Quelque peu vexé, Alex se leva et quitta la pièce en marmonnant.

— Ouais, d'accord. Mais je te préviens, le premier gamin que je croise au centre commercial qui te traite de MSB, je lui colle une baffe.

— La violence ne résout rien, Alex, intervint Danny sur un ton de reproche.

Ava ne prêta pas attention aux paroles de son ex-mari mais retint celles de son fils.

— Qu'est-ce que c'est, une MSB ? Ce n'est pas la première fois qu'il se plaint qu'on m'appelle comme ça.

De toute évidence, Danny n'en savait pas plus qu'elle. Il faudrait qu'elle pose la question à un de ses collègues. Son ex-mari n'était pas très au fait du langage des ados.

— Merci d'être allé le chercher.

Danny ôta ses lunettes et les essuya sur sa chemise.

— Je t'en prie. De toute façon, je voulais passer te voir pour te parler, alors ça tombait bien.

— Ça doit être important. Je n'avais pas vu Alex aussi excité depuis bien longtemps.

Il lui sourit avec un air enfantin qui, quelques années plus tôt, l'aurait attendrie.

— Oui, c'est important. Mais ça dépend aussi de toi.

Ava avait de plus en plus envie d'une bière.

— J'ai eu une longue journée, Danny, alors viens-en au fait.

Il prit son col de chemise entre deux doigts, un de ses tics nerveux.

— Eh bien… je lui ai parlé de mon prochain voyage humanitaire. J'ai acheté des billets d'avion pour la Tanzanie, pour moi et quelques autres membres de l'association. Nous allons là-bas pour aider à la construction d'une école et former les professeurs. J'y resterai tout l'été.

— C'est plus long que d'habitude.

Elle se renfonça dans son fauteuil pour se détendre.

— Ton association doit avoir collecté des fonds importants, pour financer un voyage aussi long.

Danny évita son regard.

— Euh… oui, nous avons quelques fonds. Mais, étant donné le coût des rénovations que nous comptons entreprendre, nous sommes… un peu justes financièrement. J'ai donc dû avancer de l'argent moi-même.

— Tu…, commença Ava, surprise. Tu n'as jamais eu d'argent de côté !

La pension qu'il lui versait était symbolique. Son salaire de dirigeant d'une modeste ONG était moins important que le sien, et pourtant elle ne roulait pas sur l'or.

— Où as-tu…

Elle sentit son estomac se nouer.

— Oh ! Danny ! Pitié, tu n'as pas fait ça !

Il posa les mains sur ses genoux et baissa un instant la tête.

— Ces gens sont parmi les plus pauvres au monde, Ava. Beaucoup n'ont même pas de maison en dur. Certains enfants font dix kilomètres à pied tous les jours pour aller à l'école. Essaie de remettre les choses en perspective. Si un sacrifice personnel peut contribuer à l'amélioration de la vie de centaines de personnes, alors…

Elle n'était pas d'humeur à recevoir une nouvelle leçon sur la notion de sacrifice. Elle se leva et se campa devant lui, les mains sur les hanches.

— Ce n'est pas un sacrifice personnel car c'est ton fils qui va en pâtir. As-tu prévenu Alex que tu avais payé ton voyage en vidant le compte destiné à financer ses futures études ?

Il serra les dents. Ava ne l'avait jamais vu hausser le ton, mais elle ne connaissait que trop bien cette expression qui signifiait qu'il serait impossible de le raisonner.

— Toi, tu as toujours des économies pour lui, n'est-ce pas ? Et puis, il n'est pas obligé d'aller au MIT. Ici même, à Metro City, l'université est très correcte.

Ava ferma les yeux pour ne pas exploser de colère.

— Depuis trois ans, il ne pense qu'à ça ! Il a une moyenne exceptionnelle, et il travaille dur. Il est hors de question qu'il aille à l'université locale, Danny !

Dès son plus jeune âge, tous les professeurs d'Alex avaient relevé ses aptitudes intellectuelles, notamment en sciences. Depuis cette époque, elle avait commencé à mettre le maximum d'argent de côté pour lui. Ils l'avaient fait tous deux. Du moins jusqu'à aujourd'hui.

— De toute façon, s'il est admis au MIT, il aura droit à une bourse. Et, s'il doit emprunter de l'argent, il n'en appréciera que davantage l'importance des études.

Elle le dévisagea, consternée. Lequel des deux avait le plus changé depuis leur rencontre, alors qu'ils avaient dix-sept et vingt ans ? La question n'avait même pas besoin d'être posée. Danny était resté un idéaliste rêveur au grand cœur, tellement généreux et altruiste que, parfois, il en oubliait les besoins de sa propre famille. Elle, au contraire… au cours des onze années passées dans les forces de l'ordre, elle avait appris qu'on ne pouvait pas toujours s'en remettre à la bonté des autres et que, si on ne pourvoyait pas soi-même à ses besoins, personne ne le ferait à votre place.

Elle lui tourna le dos et fit de son mieux pour garder un ton posé.

— Tu devrais t'en aller.

— Ava…

— Tout de suite.

La colère et le chagrin l'oppressaient, mais il était inutile qu'Alex entende ses parents se quereller. Il en avait déjà suffisamment entendu avant qu'ils se séparent.

En outre, il n'y avait rien à ajouter. Le compte avait été vidé, et rien de ce qu'elle pourrait dire ne ferait comprendre à Danny qu'il avait trahi sa confiance.

Soudain, une pensée la traversa et elle fit brusquement volte-face. Danny était déjà presque à la porte.

— Attends !

Il s'arrêta.

— Ce n'est pas à cause de ça qu'Alex était aussi excité. Que lui as-tu dit ?

Il lui retourna un regard de chien battu.

— En fait, je voulais en parler d'abord avec toi, je te le jure. Et puis… nous avons commencé à bavarder, et il semblait tellement intéressé que je n'ai pas pu m'empêcher de tout lui dire. Mais je l'ai averti que c'est toi qui aurais le dernier mot, Ava, je t'assure.

— C'est non.

— Ce serait une formidable expérience, pour lui. Il apprendrait ce qu'est le dévouement pour les autres, et…

— Mon fils n'a pas besoin de parcourir dix mille kilomètres pour apprendre ce qu'est le dévouement.

Elle avait de plus en plus de mal à garder une voix assurée. Finalement, lorsqu'elle se retrouvait face à un bandit armé, c'était plus facile. Là, ça touchait à l'intime, aux sentiments.

— Si tu espères que je vais autoriser un adolescent de quinze ans à t'accompagner en Afrique pendant un mois, c'est que tu me connais mal.

— La pizza vient d'être livrée.

Ava se tenait à la porte de la chambre de son fils, une boîte en carton surmontée d'assiettes et de serviettes dans les mains. Alex fit pivoter son fauteuil de bureau et sourit largement.

— Avec poulet, champignons et olives vertes ?

— Oui.

Comme elle s'avançait vers lui, son fils écarquilla les yeux de surprise.

— J'ai le droit de manger dans ma chambre ?

Ava le lui avait interdit après avoir découvert pourquoi la maison était infestée de fourmis. Alex avait tendance à oublier des restes de nourriture sous son lit. Les fourmis, elles, ne les oubliaient pas.

— C'est à titre exceptionnel et ça ne t'exonère pas des règles en vigueur au cours des repas. Passe une chemise pour manger.

Il avait pris une douche. Ses cheveux étaient encore humides, et il était torse nu. Il se leva, prit un T-shirt et l'enfila. Elle fut étonnée par la largeur de son dos et de ses épaules. D'ici à ses seize ans, il serait sans doute plus grand qu'elle. Le temps filait à toute vitesse. Le moment où il allait entrer à l'université arriverait très vite, et alors, pour la première fois de sa vie, elle se retrouverait seule.

Elle chassa la mélancolie que lui inspirait cette pensée, et s'assit sur le lit, le carton de pizza sur les genoux. Lorsque Alex s'approcha pour prendre une part, elle lui tendit une assiette.

— Elle a l'air délicieuse. Et toi, que vas-tu manger ?

— Très drôle !

Ava prit néanmoins soin de mettre les deux parts qu'elle se réservait sur une assiette, au cas où il aurait été sérieux. Il était en effet capable d'engloutir une pizza entière en quelques bouchées.

Ils commencèrent à manger en silence. Après avoir avalé trois parts en un temps record, Alex lui jeta un coup d'œil.

— Je suppose que la proposition de papa de m'emmener en Afrique t'a mise en rogne.

Elle posa sa part de pizza et prit une serviette.

— C'est une décision qui ne se prend pas à la légère, Alex, et nous aurions dû en discuter lui et moi avant qu'il ne t'en parle. Alors, oui, l'idée ne m'emballe pas.

— Mais tu vas y réfléchir, hein ? Tu te rends compte que ce serait quand même génial. En plus, je n'ai jamais quitté le pays.

— Tu es allé au Mexique.

Il eut un geste vague de la main.

— D'accord. Disons que je n'ai jamais quitté le continent. À ton avis, quand aurai-je de nouveau une opportunité comme celle-là ?

Ava s'essuya longuement les doigts pour dissimuler son trouble.

— Ce ne serait pas un voyage d'agrément, tu sais. Il faudrait que tu travailles et que, pendant un mois, tu te passes du confort dont tu bénéficies ici. Pas de télé, pas de console…

— Ça, je le sais. Mais ce serait pour une bonne cause, continua-t-il en prenant une nouvelle part de pizza. En plus, ça ferait bien dans mon dossier de candidature à l'université. Tu as toujours dit que je devrais m'investir auprès des autres.

— Je pensais plus à du soutien scolaire pour des élèves de primaire. Et que fais-tu du basket ?

— Papa a dit que je pourrais le rejoindre à la fin de la saison. De toute façon, étant donné le niveau de l'équipe cette année, on ne risque pas d'aller loin.

Alex fit une moue qui arracha un sourire à Ava.

— Je pourrais donc passer un bon mois là-bas avant de reprendre l'école.

— Et quand irons-nous camper ensemble, alors ? demanda-t-elle, le cœur gros.

Tous les ans, elle gardait la majorité de ses congés pour qu'ils puissent aller camper tous les deux en montagne, dans le désert ou sur la côte Ouest. Ils passaient plusieurs semaines à peaufiner leur itinéraire ensemble, à décider où ils pourraient faire du kayak ou de l'escalade. Cette année, ils avaient envisagé de faire du rafting.

Alex haussa les épaules.

— Nous faisons du camping tous les ans, alors ce n'est pas très grave.

Il tourna la tête et vit son expression peinée.

— Je veux dire… nous pourrons y aller l'année prochaine, non ?

Alex était aussi généreux que son père. Si elle ne le rassurait pas, il s'en voudrait longtemps de l'avoir blessée.

— Oui, bien sûr. Mais il faut quand même que j'y réfléchisse.

— D'accord.

Il prit une autre part. Pour le moment, il semblait se contenter de sa réponse. Quand il changea de sujet de conversation et se plaignit d'un de ses professeurs, Ava ne l'écoutait qu'à moitié.

Les pensées se bousculaient dans sa tête. Il y avait d'abord eu cet entretien déstabilisant avec les fédéraux, ensuite ce double coup asséné par Danny et par son fils.

Elle commençait à se dire que la solution à ces trois problèmes était peut-être la même.

— Alors, oui ou non ?

La question d'Alex, qui la regardait avec une expression impatiente, la tira de ses pensées.

— Quoi, oui ou non ?

— As-tu des informations sur ma généalogie que je pourrais utiliser dans ce fichu devoir d'anglais ?

Ava essaya vainement de se souvenir de quoi Alex parlait lorsqu'elle s'était laissé distraire.

— Pourquoi as-tu besoin de ça ?

Il leva les yeux au plafond.

— Maman ! Je viens de t'expliquer que Fulton, notre prof d'anglais, nous a demandé de travailler sur notre arbre généalogique. J'ai donc besoin de quelques éléments pour rédiger mon devoir. Cinq pages. Cinq pages entières…

En temps normal, elle aurait compati au désarroi de son fils, car elle-même avait toujours eu du mal à rédiger de longs devoirs. Mais, pour la seconde fois de la journée, on faisait allusion à son passé, et, pour elle, y repenser était toujours une épreuve.

— Désolée, mais, dans ma famille, personne ne s'est jamais soucié de cela.

Ça, au moins, c'était la vérité. Elle connaissait le nom de famille de ses grands-parents, et c'était à peu près tout.

— Et tu n'as pas de parents encore vivants que tu pourrais appeler ?

Elle pensa à son père et sentit son cœur se serrer.

— Non.

Ce mensonge ne lui coûtait guère. Après la naissance d'Alex, elle avait passé deux ans à tenter sans succès de convaincre son père de le reconnaître comme son petit-fils. Depuis, elle avait tout fait pour l'oublier.

— Génial…

Alex se débarrassa de sa serviette et se laissa retomber au fond de son fauteuil.

— Fulton va me demander de partir des informations dont tu disposes et m'obliger à faire des recherches sur internet. Le semestre dernier, Jonnie Winters a dû le faire, et ça lui a pris plusieurs jours. Moi, j'espérais pouvoir rédiger mon devoir avec ce que tu pourrais m'apprendre.

Ava sentit son sang se glacer. Sur internet, il était possible de dénicher toutes sortes d'informations. Il y en avait cependant au moins une qui n'y figurerait pas : celle de la mort de son père, puisqu'il était bel et bien vivant.

Un instant, elle envisagea d'expliquer à son fils pourquoi elle lui avait menti sur sa famille pendant toutes ces années. Mais comment lui expliquer *qui* et *ce* qu'était son grand-père ?

La gorge sèche, elle leva les yeux vers Alex, qui la contemplait avec un regard presque implorant.

— Pourquoi n'utiliserais-tu pas la généalogie de papa pour ce devoir ? Grand-père a des cahiers entiers remplis d'anecdotes sur sa famille.

Le visage d'Alex s'éclaira.

— Tu crois que je pourrais ? Ce n'est pas vraiment ma famille, puisque papa m'a adopté.

— Oui, mais tu portes son nom. Donc, M. Fulton n'en saura rien.

— Super ! répliqua-t-il, satisfait. En fait, j'y avais pensé, mais je m'étais dit que… enfin… je craignais que tu juges ça malhonnête.

Ava regarda son fils et faillit fondre en larmes. Elle n'était pas fière de ses mensonges, elle qui avait toujours exhorté Alex à se montrer honnête et sincère.

Elle lui sourit, malgré son sentiment de culpabilité. Pour protéger son fils, elle était prête à tout. Pourtant, parfois, elle se demandait qui elle protégeait réellement. En cet instant, elle avait une conscience aiguë de tout ce qu'elle était prête à faire pour que son passé ne rejaillisse pas et ne vienne pas les éclabousser tous deux.

Cael sortit de la douche et se passa rapidement une serviette autour de la taille avant de saisir son portable qui sonnait. Il était plus de 23 heures, du moins sur la côte Ouest des États-Unis, mais il avait des collaborateurs aux quatre coins du pays, et même à l'étranger, et tout le monde n'était pas sur le même fuseau horaire. Qui plus est, loi des séries oblige, il n'avait cessé de recevoir des coups de fil toute la soirée.

Il consulta l'écran mais ne reconnut pas le numéro affiché.

— Global Security, se présenta-t-il en vérifiant que sa serviette tenait.

— McCabe ?

Il reconnut immédiatement cette voix chaude au timbre si particulier et ressentit des picotements dans le bas-ventre.

— Ava Carter, je présume ?

Après une hésitation, cette dernière répondit :

— Je suis désolée, je viens juste de voir l'heure… Je n'avais pas conscience qu'il était si tard.

— Ce n'est pas grave. Ce soir, j'ai eu fort à faire et je n'étais pas couché.

Intrigué et méfiant, il passa dans la partie salon de sa suite et s'installa sur l'accoudoir du canapé. Cet après-midi, quand ils s'étaient séparés, il était persuadé qu'il n'entendrait plus jamais parler d'elle. Et il ne comprenait toujours pas pourquoi cette pensée lui avait donné autant de regrets.

Plus tard, lorsque Benton, un de ses hommes de confiance, était passé le voir pour lui apprendre que Samuelson, qu'il avait suivi, s'était rendu au poste de police et que, peu après, Ava Carter y était revenue, son intérêt pour elle avait changé de nature.

— J'ai repensé à votre offre de cet après-midi. Étiez-vous sérieux quand vous parliez de contrat à court terme ?

Cael se crispa. Il eut du mal à répondre avec naturel.

— Tout à fait sérieux. De combien de temps disposeriez-vous ?

— Il me reste plusieurs semaines de congé.

— Et vous pourriez les prendre maintenant ?

— Oui, je pense que je devrais pouvoir obtenir un congé sans tarder.

— Si vous êtes vraiment intéressée, j'aimerais que nous nous rencontrions dès que possible.

Ce qu'il voulait découvrir, c'était la raison de son revirement. À vrai dire, il pensait la connaître déjà.

— D'accord. Demain, je termine mon service à…

— Demain, je pars pour Los Angeles. Il faut donc que nous nous voyions ce soir, la coupa-t-il en se levant pour aller chercher sur le bureau un stylo et de quoi noter. Expliquez-moi comment venir chez vous. Je serai là dans une demi-heure.

Il perçut sa réticence, mais elle lui donna les indications sans discuter. Après avoir coupé la communication, il serra l'appareil dans sa main pour éviter de le jeter contre le mur dans un mouvement de colère. Il n'avait pas envie de croire que la Sécurité intérieure ait pu la pousser à accepter son offre. Même de la part de Samuelson, ce serait une manœuvre inédite.

Cette possibilité ne devait toutefois pas être exclue. Il s'habilla rapidement. S'il cherchait tant à repousser les soupçons qu'il nourrissait à l'égard d'Ava Carter, cela signifiait qu'il commençait à s'intéresser un peu trop à elle.

Et cela la rendait encore plus dangereuse.

Ava ouvrit la porte avec une expression méfiante avant même qu'il n'ait frappé.

— Vous n'avez pas perdu de temps, remarqua-t-elle en s'effaçant pour le laisser passer.

— Je n'ai pas le choix.

Il entra et jeta un coup d'œil aux lieux pendant qu'elle refermait derrière lui.

— J'ai un emploi du temps très serré, et nous sommes un peu justes en effectif, ajouta-t-il.

Il la suivit dans le salon et s'installa sur le canapé de cuir qu'elle lui désigna pendant qu'elle s'asseyait dans le fauteuil face à lui. En venant, il avait tenté de se convaincre que l'attirance spontanée qu'il avait éprouvée pour elle était due à un mélange d'adrénaline et d'admiration pour ce qu'elle avait accompli.

Son tir avait démontré qu'elle était vraiment très douée.

Maintenant qu'il était en face d'elle, il comprenait qu'il s'était raconté des histoires. Il avait eu tout le temps de recouvrer son calme, mais il avait bien du mal à détacher son regard de ses longues jambes effilées et des courbes qu'il devinait sous son T-shirt.

— Donc, c'est parce que vous êtes juste en personnel que vous souhaiteriez que je pose des vacances sans attendre ?

Sa question le ramena à la raison de sa présence chez elle. Il avait tout intérêt à se concentrer. Si elle était liée à Samuelson, il devait se montrer très prudent.

— En partie. Mais c'est également parce que j'ai accepté de

prolonger le contrat qui me lie à de las Reyes. Vos compétences seraient donc plus que bienvenues.

Il s'adossa confortablement avant de poursuivre :

— De las Reyes a plus que jamais besoin de protection. Dans son pays, il doit faire face à une faction rebelle à la solde d'un homme qui veut le renverser. Après la trahison de Cabrerra, il ne peut plus faire confiance à personne. Sa garde rapprochée a été infiltrée, alors il pourrait très bien en être de même avec son gouvernement. Il a donc besoin du concours de gens désintéressés pour stabiliser son régime et arrêter ceux qui sont corrompus.

— Et ensuite, qu'arrivera-t-il à ces traîtres ?

Il comprit sa préoccupation.

— Ne vous inquiétez pas. Quoi que vous pensiez des idées de De las Reyes, il est arrivé au pouvoir par une élection démocratique. Il tente actuellement de faire pression sur notre gouvernement pour obtenir son soutien et une aide financière. Il ne va donc pas tout compromettre en violant les droits de l'homme. Ceux qui ont conspiré contre lui seront expulsés du pays ou jugés, mais il n'y aura pas d'exécutions sommaires. Il m'a affirmé que l'une de ses priorités était de voir son pays intégrer l'ONU après avoir subi des années de dictature. Je le crois.

Ava était plus dubitative.

— Et que devez-vous faire dans les prochains jours ?

— Je dois l'accompagner à Los Angeles, qui est la dernière étape de sa tournée aux États-Unis. Dans deux jours, nous retournerons à San Baltes. Pour assurer sa protection de manière efficace, j'aurai besoin de dix personnes au minimum. Mais je ne pourrai pas disposer d'autant d'agents sur place avant au moins une semaine.

— Donc, mon rôle serait d'assurer sa protection jusqu'à ce que votre équipe soit au complet.

— *Nous* assurerons sa protection, corrigea Cael. Etes-vous aussi à l'aise avec une arme de poing qu'avec un fusil ?

Elle le regarda droit dans les yeux.

— Oui.

— Parfait. De toute façon, vous disposerez des deux. Si vous n'avez pas de passeport, je peux me charger de vous en faire faire un rapidement.

— J'en ai un.

— Dans ce cas, il ne vous reste plus qu'à obtenir vos congés.

Elle haussa les sourcils.

— Il faut d'abord que j'accepte vos conditions.

Il ne sourit pas mais, intérieurement, il se sentit bien. Il avait beau être épuisé, il trouvait extrêmement stimulant de se chamailler avec elle. Toutefois, il ne devait pas oublier qu'elle ne lui disait peut-être pas tout.

— Ava, si vous n'étiez pas intéressée, vous ne m'auriez pas rappelé. Entre le moment où nous avons discuté cet après-midi et ce soir, vous avez changé d'avis. Pour une raison inconnue, quelque chose, ou quelqu'un, vous a fait réviser votre position initiale.

Elle resta silencieuse mais ne laissa paraître aucun trouble.

— Je ne suis pas flic, mais j'ai néanmoins quelques facultés de déduction. C'est grâce à ça que je réussis à garder mes clients en vie.

Il attendit sa réponse. Plus que tout, il avait envie qu'elle chasse les doutes qu'il avait en tête.

Un instant, il crut qu'elle n'allait rien dire. Puis, soudain, elle baissa les yeux.

— Cet après-midi, j'ai reçu la visite de mon ex-mari. Et, pour des raisons personnelles, j'ai besoin d'argent.

Elle releva la tête et ajouta :

— Si j'accepte votre proposition, je mènerai cette mission avec tout le sérieux requis. Si je pensais ne pas être à la hauteur, je vous le dirais.

Troublé par l'intensité de son regard, il en oublia presque ce qu'il devait faire. Il acquiesça, se leva et se dirigea vers la porte.

— Occupez-vous d'obtenir votre congé demain matin à la première heure. J'ai besoin d'une réponse définitive dans vingt-quatre heures maximum.

Il s'en alla et rejoignit sa voiture à grands pas. Si elle acceptait, il ne pourrait pas refuser de l'engager. Son aide serait précieuse ; il ne lui avait pas menti au sujet du besoin de protection de De las Reyes.

Et elle, lui avait-elle menti ?

Il ouvrit sa portière et se mit au volant. Son histoire comme quoi elle avait brusquement besoin d'argent était plausible, mais impossible à vérifier.

En démarrant, il décida qu'il était inutile de se demander plus longtemps si c'était Samuelson qui lui avait suggéré de donner cette raison, et tout aussi inutile de chercher à savoir pourquoi elle aurait accepté de s'entendre avec lui.

Il voulait, il avait besoin de se convaincre qu'elle était sincère, sans oublier pour autant qu'il fallait toujours rester vigilant. Et il avait également envie de prendre sa revanche.

S'il s'avérait qu'Ava Carter était en cheville avec Samuelson, il n'hésiterait pas à se servir d'elle pour anéantir son ennemi. Et si elle y laissait des plumes, eh bien… tant pis pour elle.

Elle l'aurait cherché.

# 3

Deux jours plus tard, Ava traversait à petites foulées le tarmac de l'aéroport de Los Angeles pour rejoindre le jet qui l'attendait. Un homme qu'elle se rappelait avoir vu en compagnie de Cael se tenait au pied de la passerelle. Elle chercha son nom : Bailey ? Balsem ? Benton ! Oui, c'était ça. Il était à côté de De las Reyes quand Cabrerra avait fait feu, touchant un policier. Il avait à peu près le même âge qu'elle, les cheveux bruns ondulés et un visage jovial, chose plutôt rare dans le milieu de la sécurité rapprochée.

Au moment où elle arrivait à sa hauteur, il tendit la main pour prendre son sac de voyage.

— Ça va, merci, je peux le porter moi-même.

Il insista.

— Désolé, ce sont les ordres du patron.

Ava s'efforça de ne pas paraître mal à l'aise. Elle avait refusé de prendre la plupart des gadgets high-tech que Samuelson lui proposait d'emporter mais avait fini par accepter une mini-caméra stylo.

Elle monta dans l'avion et se rassura en se disant qu'il y avait peu de risques qu'on se rende compte que ce n'était pas qu'un banal stylo. En tant que flic, elle-même n'y aurait vu que du feu.

Jamais elle n'était montée dans un avion aussi luxueux : une douzaine de passagers pouvaient y prendre place dans de confortables fauteuils en cuir.

McCabe était assis dans l'un d'eux, à côté de De las Reyes. À son arrivée, ils interrompirent leur conversation.

— Bonjour, agent Carter, lui dit de las Reyes avec un sourire. Ravi de vous revoir. Excusez-moi de ne pas me lever, mais j'ai déjà attaché ma ceinture.

McCabe, lui, haussa les sourcils.

— Vous avez failli être en retard.

Cette remarque irrita Ava. En moins de quarante-huit heures, elle avait dû complètement revoir l'organisation de sa vie personnelle et professionnelle. C'était donc un miracle qu'elle ait été dans les temps.

En outre, étant donné l'ambiguïté de sa situation, elle aurait presque été soulagée si le jet avait décollé avant son arrivée.

Les deux hommes reprirent leur conversation et elle alla s'installer au fond, juste derrière un autre des employés de Cael. Un dénommé Sibbits, si ses souvenirs étaient bons. Un type très maigre aux cheveux coupés ras. Les autres passagers étaient tous des proches du président.

Benton monta à son tour, sans son sac, et s'installa à l'avant. Elle était certaine que ses affaires avaient été fouillées. Rien n'était laissé au hasard. Tant que de las Reyes n'aurait pas identifié ceux qui avaient infiltré son entourage, tout le monde serait suspect.

Si elle ne prenait pas garde, c'est une autre forme de soupçon qui s'abattrait sur elle.

Les moteurs se mirent en marche et l'appareil commença à rouler sur la piste. Jamais elle n'avait eu peur en avion, mais ce qu'elle devait faire la mettait mal à l'aise et elle ne parvenait pas à se détendre. C'est donc l'épuisement qui eut raison d'elle lorsqu'elle s'endormit, moins d'une demi-heure après le décollage.

Encore à moitié assoupie, Ava sentit qu'elle devait sortir de sa torpeur. Ouvrir les yeux lui était pénible ; elle avait la sensation de flotter dans un océan aux eaux vert clair. Une sensation agréable, contre laquelle elle dut lutter pour se réveiller.

Elle ouvrit les yeux et fut surprise de découvrir Cael penché au-dessus d'elle, son visage tout près du sien. Son regard intense était de la couleur des flots dans lesquels, quelques instants plus tôt, elle avait eu l'impression de baigner. Troublée, elle se redressa et chercha à reprendre contenance.

— Nous atterrissons dans un quart d'heure.

— Vous auriez dû me réveiller plus tôt, répondit-elle en fuyant son regard.

— J'ai pensé que vous aviez besoin de récupérer. Réussir à vous organiser dans un délai aussi court n'a pas dû être facile.

C'était une remarque toute simple, qui la fit pourtant se sentir coupable. Avant de recontacter la Sécurité intérieure, elle l'avait appelé. S'il lui avait annoncé que, finalement, il n'aurait pas besoin d'elle pour cette mission-là, tout aurait été terminé.

Hélas ! ça ne s'était pas passé ainsi. Quand elle avait recontacté Samuelson, il s'était montré encore plus condescendant que lors de leur première entrevue, comme s'il était acquis d'avance qu'elle se plierait à sa requête. Elle n'aurait su dire ce qui la gênait le plus : le fait de jouer double jeu avec l'homme qui l'avait engagée ou le fait d'avoir accepté cette mission en partie pour des raisons financières.

Au prix d'un effort, elle reporta les yeux sur lui.

— Quel est le dispositif, pour le moment ?

Elle devait laisser de côté les préoccupations de Samuelson et ne pas oublier qu'elle était aussi là pour assurer la protection de De las Reyes. Tant qu'elle serait à San Baltes, ce serait sa priorité.

— J'ai déjà deux hommes au sol à qui j'ai demandé de faire une reconnaissance avant que nous nous posions. Officiellement, le président est censé arriver demain. Ses hommes, y compris le pilote de l'appareil, n'ont appris que ce matin le changement d'emploi du temps. Et j'ai veillé à ce qu'ils ne puissent entrer en contact avec personne.

— Et à qui la nouvelle de ce retour anticipé a-t-elle été « annoncée » ? demanda-t-elle avec sagacité.

McCabe lui retourna un regard appréciateur.

— À Rafael Gonzalez, le chef de la garde présidentielle, l'équivalent de nos services secrets. Pedro Cabrerra était son second.

Comprenant ce que cela sous-entendait, Ava grimaça.

— Si Gonzalez était le complice de Cabrerra, ce serait de la folie de sa part de tenter quoi que ce soit dès le retour du président. Il doit se douter que son service est suspect.

— Oui, mais ça signifie aussi que s'il est bel et bien en cheville avec les rebelles, il lui reste très peu de temps pour agir. Il sait que dès le retour du président, son service fera l'objet d'une enquête très poussée et qu'il sera, au moins provisoirement, écarté de l'entourage direct de De las Reyes.

Ava acquiesça.

— Et comment savez-vous que le reste de la garde rapprochée du président n'est pas corrompu ?

— Nous n'avons encore aucune certitude. Mes agents enquêtent sur toutes les relations de Cabrerra. Discrètement, bien sûr. Ils nous attendent à l'aéroport pour renforcer la sécurité au cours du trajet jusqu'au palais présidentiel.

— De quelles armes disposons-nous ?

— Nous avons de quoi faire face à un petit contingent de rebelles, répondit-il avec un léger sourire. Espérons que nous n'en aurons pas besoin. C'est nous qui prendrons le commandement du dispositif de sécurité. Dans un premier temps, les gardes nationaux seront à nos ordres. Mes agents et vous, vous effectuerez des rotations pour qu'il y ait en permanence quelqu'un auprès du président. J'ai un gilet pare-balles pour vous. Vous devrez toujours le porter lorsque vous serez en service et, en dehors de quelques heures de repos, vous serez toujours en service.

Il marqua une pause puis ajouta, d'un ton calme :

— Des regrets d'être venue ?

— Les regrets ne servent à rien.

Elle le pensait réellement, du moins la plupart du temps. Puisqu'elle ne pouvait pas changer son passé, elle n'avait aucune raison de le regretter. Cependant, Samuelson avait mis le doigt sur le point sensible et fait remonter à la surface la culpabilité qu'elle éprouvait.

— C'est bon à savoir.

L'expression de son regard et le ton de sa voix l'intriguèrent. Il l'observait, comme quand elle s'était réveillée. Ava eut une bouffée de chaleur, mais rien ne trahit son tumulte intérieur. Depuis longtemps, elle était passée maître dans l'art de dissimuler ses émotions.

— Quand vous dormez, vous êtes complètement sereine, dit-il doucement. Vous êtes comme une statue de porcelaine. J'imagine que c'est pareil quand vous êtes concentrée, en position de tir.

Elle était troublée à la pensée qu'il l'ait regardée dormir. Hormis son ex-mari, personne d'autre n'en avait eu l'occasion, car elle n'avait jamais vraiment dormi avec le père biologique d'Alex.

Elle se sentit rougir. Cael McCabe avait le chic pour la prendre de court, et elle n'aimait pas du tout ça. Elle avait le sentiment qu'il faisait partie de ces hommes qui, s'ils découvraient un point faible, en profitaient pour l'utiliser à leur avantage.

Elle était déjà dans une position précaire, car le double jeu dans lequel elle était engagée était potentiellement explosif.

Pendant que le jet s'immobilisait sur la piste, Ava mit son gilet pare-balles puis vérifia les armes qu'on lui avait données. Une carabine Remington et un pistolet semi-automatique. Elle passa son holster puis fixa les munitions supplémentaires à sa ceinture. Autour d'elle, tout le monde s'équipait, à l'exception du président, occupé à téléphoner. Avant de sortir du jet, il devait lui aussi enfiler un gilet pare-balles.

Elle attendit calmement tandis que McCabe discutait avec deux hommes qui venaient de monter à bord. Trois véhicules étaient garés à proximité de l'appareil. Elle chercha à deviner le plan de McCabe. Le plus sûr serait d'amener les véhicules blindés le plus près possible de l'avion, d'y transférer les bagages puis de partir sans passer par les locaux de l'aéroport, ce qui ne devrait pas être trop difficile.

McCabe et les deux étrangers se dirigèrent vers la porte. Cael se retourna vers elle.

— Soyez prête à bouger dans cinq minutes.

Elle acquiesça et s'approcha de De las Reyes. Il était toujours au téléphone et s'exprimait en espagnol. Ayant de bonnes notions de cette langue, elle comprenait la plupart de ses propos. Il annonçait à son correspondant qu'il serait à la maison le lendemain. Donc, du moins pour le moment, il suivait bien les consignes de sécurité. Au ton de sa voix, elle présuma qu'il parlait à une femme. McCabe n'avait pas fait mention d'une épouse, mais peut-être s'agissait-il d'une compagne.

Par le hublot, elle vit McCabe vérifier qu'il n'y avait pas

d'explosifs dissimulés sous les SUV. De toute évidence, il ne négligeait aucun détail. Il procédait à l'aide d'une perche à l'extrémité de laquelle il y avait un miroir lui permettant de voir le dessous des voitures.

Elle sentit un frisson lui parcourir l'échine. La rigueur de McCabe lui rappelait que, même de retour dans son pays, de las Reyes était loin d'être en sécurité. Bien au contraire.

Le président conclut sa conversation et mit son téléphone dans sa poche.

Ava s'installa à côté de lui.

— Vous devez passer ceci avant de descendre de l'avion, dit-elle en lui tendant le gilet. Simple précaution.

De las Reyes contempla le gilet avant de s'en saisir.

— M. McCabe est très méticuleux…

Ava l'aida à passer le vêtement de protection et le boucla.

— C'est une qualité que vous devez apprécier, étant donné votre situation.

Il eut une expression contrite.

— Je suis un homme d'action, vous savez. Mais pour agir, je suppose qu'il vaut mieux que je reste en vie.

— Exactement.

De las Reyes jeta un regard à l'extérieur.

— Dans combien de temps partons-nous ? Maintenant que je suis de retour, j'ai fort à faire.

— Soyez patient, monsieur. Ce sont des vérifications de routine, mais McCabe y tient beaucoup.

— Je vois cela, murmura-t-il. Comme on dit ici, c'est *un guerrero.* Un guerrier, n'est-ce pas ?

Ava retint un petit sourire. Lorsqu'elle avait vu McCabe pour la première fois, elle s'était fait la même réflexion. Un guerrier. Prêt à se battre à tout moment.

Pour la première fois, elle se demanda qui était exactement McCabe. Ella savait déjà qu'il était depuis quelques années dans le secteur de la protection rapprochée, mais elle ignorait ce qu'il avait fait avant. Sans doute était-il dans l'armée. Étant donné sa carrure, il avait même sûrement fait partie des forces spéciales.

Un des trois SUV vint se garer au bas de la passerelle de

l'appareil. Ava avança vers la porte avec de las Reyes. Benton et elle l'entourèrent pour le faire descendre rapidement de l'avion puis monter en voiture.

McCabe était au volant, Sibbits sur le siège passager. Ava fit s'asseoir le président à l'arrière, entre Benton et elle. Les hommes du président montèrent dans la première voiture, les deux autres hommes de McCabe dans la dernière, et le petit convoi se mit en route.

Cael se retourna. Il portait des lunettes de soleil.

— Les armes sont dans le sac à vos pieds.

Ava se pencha et ouvrit la fermeture Éclair. Elle écarquilla les yeux.

Il y avait là de quoi tenir tête à un régiment.

Des grenades, des armes de poing, ce qui ressemblait à un lance-roquettes portatif, ainsi que des jumelles et des lunettes infrarouges. Elle releva la tête et s'aperçut que McCabe l'observait dans le rétroviseur. Il était effectivement prêt à faire face à toute éventualité.

Elle sortit une paire de jumelles et les ajusta pour les tester. Cordoba, où ils avaient atterri, était la capitale de San Baltes, une ville entourée de montagnes. La beauté du paysage était à couper le souffle.

— Je suis un grand fan d'une de vos chanteuses, Mirabel Estaban. L'avez-vous déjà rencontrée, monsieur ? demanda Benton à de las Reyes.

— Ah ! la *señorita* Estaban ! Elle a beaucoup de talent, n'est-ce pas ? Elle m'a fait l'honneur de chanter lors de ma cérémonie d'investiture. Elle est très populaire, ici.

— J'ai vu une vidéo d'elle sur YouTube. Elle portait une robe avec un…

Sibbits se retourna et adressa un regard entendu à Benton, qui leva les mains comme un innocent.

— Quoi ? Elle mettait ses charmes en valeur, c'est tout. Et elle chante très bien.

De las Reyes éclata de rire.

— Vous savez reconnaître une belle femme. Et je vous assure que dans mon pays, il y a beaucoup de beautés comme elle. Si vous restez quelque temps, vous aurez peut-être l'occasion d'en rencontrer.

Ava cessa de suivre la conversation et se concentra sur leur trajet. Ils roulaient sur une route à trois voies en mauvais état.

Soudain, quelque chose attira son attention. Elle reprit ses jumelles et observa une vieille jeep qui les rattrapait. Elle avait l'impression de l'avoir déjà vue.

— Alertez la voiture trois. Une jeep rouge que nous avons aperçue en quittant l'aéroport remonte sur eux. Trois occupants à bord. Non, quatre.

Il y eut un grésillement de radio puis elle entendit Sibbits déclarer :

— Voiture trois, attention. Jeep rouge avec plusieurs occupants à grande vitesse sur la voie de gauche.

La jeep continuait à se rapprocher, et Ava sentit l'adrénaline courir dans ses veines.

— Ils sont armés. Au moins deux fusils.

Sibbits transmit l'information pendant que McCabe ordonnait au véhicule qui les précédait de les laisser passer. Benton invita de las Reyes à se baisser et sortit son arme.

Ava posa ses jumelles, sortit son fusil, baissa sa vitre et attendit les ordres. Le véhicule de queue changea de file pour obliger la jeep à ralentir. Celle-ci ne ralentit pas. Elle percuta le SUV avec un bruit sourd. Des coups de feu éclatèrent.

— Etes-vous en position ?

Ava se pencha à la vitre pour tirer.

— Oui.

— Alors feu !

Après avoir de nouveau percuté le SUV qui alla heurter la glissière de sécurité, la jeep remontait maintenant sur eux. Ava vit l'homme sur le siège passager pointer son fusil dans leur direction. L'ignorant, elle se concentra sur le conducteur et pressa la détente. Deux fois.

Le pare-brise de la jeep vola en éclats et elle fit une embardée à droite quand le conducteur s'effondra sur le volant. Le passager lâcha son arme et se jeta sur le volant pour tenter de redresser.

McCabe accéléra et s'éloigna de la jeep qui zigzagua, rebondit contre la glissière, et termina sa course sur le toit.

Ava entendait Cael donner des ordres dans sa radio, et Sibbits tenter de rétablir le contact avec les occupants de la voiture trois. De las Reyes, lui, était au téléphone et demandait qu'un hélicoptère de police soit envoyé sur les lieux.

Derrière eux, la jeep explosa dans une gerbe de flammes. Quand la police arriverait, il ne resterait pas grand-chose à ramasser.

— Encore une fois, je vous suis redevable, *señorita* Carter.

Gênée, Ava jeta un regard à McCabe.

— C'était un travail d'équipe, monsieur.

Ils étaient dans le salon des quartiers personnels de De las Reyes, au troisième étage du palais présidentiel. Le président était devant un petit bar et versait du vin dans des verres. Pour la première fois depuis qu'elle l'avait rencontré, Ava songea qu'il paraissait fatigué.

— Oui, c'est vrai, répondit-il avec un petit sourire.

Il lui tendit le verre qu'il venait de remplir et elle l'accepta par pure politesse.

— J'ai déjà remercié le *señor* McCabe, ajouta-t-il.

— Avez-vous dressé la liste que je vous avais demandée ? intervint McCabe en prenant le verre que de las Reyes lui tendait.

— Oui, elle est là, sur le bureau.

Il leva son verre et but une longue gorgée avant d'ajouter :

— Tous les membres de mon gouvernement y figurent, avec tous les détails sur leur champ d'action. J'avoue que nourrir des soupçons à leur égard me dérange. Parmi eux, un seul a pu apprendre la véritable date de mon arrivée par mon entremise.

Cael alla jusqu'au bureau, prit la liste et la passa rapidement en revue.

— En fait, j'avais fait confisquer les portables de tous ceux qui étaient avec vous aux États-Unis avant qu'ils montent dans l'avion. Il leur était impossible de communiquer à qui que ce soit nos projets avant le décollage.

— Ce qui signifie que Rafael Gonzalez m'a trahi ? demanda

de las Reyes en se laissant tomber sur une chaise avec un soupir las. Il était avec moi avant même que je gagne l'élection présidentielle. J'avais une confiance aveugle en lui ; plusieurs fois, je m'en suis remis à son jugement.

— Nous devons rester prudents, dit Cael, mais, bien sûr, j'aimerais l'interroger. Nous l'avons d'ailleurs déjà assigné à résidence. Il restera sous surveillance jusqu'à ce que nous sachions à quoi nous en tenir.

De las Reyes parut reprendre espoir.

— Vous croyez qu'il pourrait être innocent ?

— Eh bien… le pilote a dû transmettre son plan de vol, donc, la fuite aurait pu venir d'un employé de l'aéroport. Un des responsables de la tour de contrôle a pu être soudoyé pour le divulguer dès qu'il serait connu.

— En résumé, nous n'avons toujours aucune certitude. Nous ne sommes pas plus avancés qu'après la tentative de Metro City.

Cael eut un sourire carnassier.

— Laissez-moi faire. L'enquête est déjà en cours. À ce propos, il me faut toutes les coordonnées bancaires des personnes qui figurent sur cette liste. Et ce dès que possible.

De las Reyes acquiesça.

— Vous les aurez. Je m'en occupe dès demain matin.

— Dans ce cas, d'ici à quelques jours, je disposerai d'informations intéressantes.

Le président leva son verre.

— Je vous souhaite bonne chance, monsieur McCabe. De votre succès dépend ma survie.

Ce soir-là, alors que Sibbits était de garde à la porte des quartiers du président, le reste de l'équipe se réunit dans une salle de conférences au premier étage du palais. Tandis que Benton et McCabe passaient la pièce au peigne fin pour vérifier qu'il n'y avait pas de micros cachés, Ava chercha à se rappeler à quand remontait sa dernière nuit de sommeil complète. Mais mieux valait ne pas le savoir, d'autant qu'il était peu probable qu'elle en connaisse une avant un moment.

Lorsque l'inspection des lieux fut terminée, tous s'installèrent autour de la table.

Cael prit la parole :

— Mike Reynolds et Luis Perez, ici présents, sont ici depuis deux jours et ont mené une enquête discrète. Je vais donc les laisser vous faire part de ce qu'ils ont appris.

Ava observa les deux hommes qui les avaient attendus à l'aéroport, deux balèzes au teint mat. McCabe les avait probablement choisis parce qu'ils pourraient se mêler facilement à la population locale, surtout s'ils parlaient espagnol.

Reynolds commença son rapport.

— De las Reyes est très impopulaire chez une minorité de la population, dit-il en se levant pour leur faire passer des documents, notamment chez les partisans d'Alberto Martinez, le dictateur destitué. Mais nous ne pensons pas que Martinez constitue une menace. Il est en exil depuis trois ans, et ses partisans ne semblent pas prêts à se mobiliser dans le cas où de las Reyes viendrait à disparaître.

Perez prit le relais.

— Nous pensons plutôt que le commanditaire de la tentative d'assassinat contre le président est cet homme.

Il brandit une photo.

— Enrico Ramirez. Il est à la tête d'un puissant cartel de la drogue qui sévit à San Baltes depuis près de vingt ans. Martinez était au courant mais le laissait faire. Comme la plupart des barons de la drogue en Amérique du Sud, il utilise la voie fluviale pour acheminer sa marchandise et a installé son camp de base dans la jungle. Depuis sa prise de fonctions, de las Reyes mène une lutte active contre la criminalité. S'il n'est pas encore parvenu à faire tomber Ramirez, ses efforts ont fait fortement baisser ses activités et ses profits. Il a d'ailleurs demandé à des experts financiers de surveiller de très près les transactions bancaires pour tenter de bloquer les fonds de Ramirez.

Ava examina le portrait de l'homme en question. Tout en rondeurs, il ressemblait davantage à un bon père de famille qu'à un trafiquant sans merci.

— Depuis deux ans, Ramirez se cache, mais nous pensons qu'il finance la guérilla qui agite le pays depuis dix-huit mois.

— Il utiliserait donc les rebelles pour pouvoir reprendre ses affaires comme avant ? intervint Cael qui pensait tout haut. Souhaite-t-il le retour au pouvoir de Martinez ?

— Non, nous n'en croyons rien, répondit Reynolds. Apparemment, Martinez a été trop gourmand. Nous pensons plutôt que Ramirez espère mettre en place un président à sa botte qui le laissera mener tranquillement ses affaires.

— Si l'attentat de Metro City n'avait pas de motivations politiques, cela signifie que Cabrerra a été acheté par Ramirez, intervint Ava. Ça ne rendra pas la protection de De las Reyes plus facile, mais il pourrait être plus aisé de déterminer si un autre membre de son gouvernement est prêt à le trahir.

Cael acquiesça.

— Nous surveillons de très près les flux d'argent. Avez-vous découvert autre chose sur les hommes qui accompagnaient le président aux États-Unis ?

— Non, dit Perez. Mais ça ne veut pas dire pour autant qu'ils sont définitivement blanchis.

— Dans ce cas, continuez à enquêter sur eux et sur le pilote du jet présidentiel. Et renseignez-vous pour savoir qui supervisait la tour de contrôle aujourd'hui. Tous deux connaissaient le plan de vol et pourraient avoir alerté un tiers.

— As-tu obtenu des informations sur les occupants de la jeep ? demanda à son tour Benton.

La mine sombre, Cael fit signe que non.

— Ava a eu le conducteur, et la voiture est partie en fumée avec ses occupants. Il sera difficile de les identifier.

Ava se remémora la scène et frissonna. Ces hommes avaient eu une fin horrible mais, étant donné leurs intentions, elle ne pouvait pas regretter son geste.

— De las Reyes va obtenir la coopération de toutes les banques du pays, reprit Cael. Si l'enquête révèle des mouvements suspects sur le compte d'un ou plusieurs membres du gouvernement, nous saurons à quoi nous en tenir. Sibbits, Benton et Carter, vous êtes affectés à la protection de De las Reyes et vous vous relaierez toutes les huit heures. Vous serez assistés par la garde personnelle du président, mais, tant que nous ne serons pas certains de la loyauté de ces hommes, méfiez-vous d'eux. Quand vous ne serez pas en service, vous m'assisterez pour enquêter. Jusqu'à nouvel ordre, de las Reyes va suspendre ses apparitions publiques et travailler depuis le palais présidentiel. Comme dit, Reynolds et Perez, vous enquêtez sur le pilote et le personnel de la tour de contrôle. Et prenez soin de collaborer avec la police locale. Nous avons besoin de savoir qui étaient les types dans la jeep.

— Il y a encore une dernière chose…

Tous les regards se tournèrent vers Reynolds.

— Perez et moi, nous avons entendu des rumeurs au sujet du camp des rebelles dans la jungle. Je pense qu'en y mettant le prix, nous pourrions obtenir sa localisation précise.

Cael resta quelques instants songeur.

— La source d'information est-elle fiable ?

Reynolds et Perez échangèrent un regard.

— Nous avons entendu les mêmes propos, reprit Reynolds. Un type prétend qu'il était avec eux… Bien sûr, avant de lui donner de l'argent, je lui demanderai de me donner une preuve de ce qu'il avance.

— Combien ?

Il indiqua une somme qui parut ridiculement basse à Ava. Toutefois, elle ne devait pas oublier qu'ils se trouvaient dans un pays au niveau de vie bien inférieur à celui des États-Unis.

— Si vous pensez que le tuyau est solide, allez-y. Mais ne perdez pas de vue que ces types ne restent généralement pas très longtemps au même endroit. Tâchez de découvrir s'ils ont plusieurs camps entre lesquels ils naviguent.

Cael les regarda les uns après les autres.

— Je n'ai pas besoin de vous recommander la prudence. Notre mission consiste à garder de las Reyes en vie et à découvrir en qui nous pouvons avoir confiance ou pas. Ensuite, ce sera plus facile pour lui d'assurer sa propre sécurité. Mais si, avant de partir, nous pouvions lui apprendre où se trouve Ramirez et ainsi l'aider à redresser son pays, ce serait une bonne chose.

*
* *

Cael avait insisté pour raccompagner Ava à sa chambre. Elle avait vite compris qu'il était inutile de protester. De plus, le palais était immense et elle n'y avait pas encore pris ses repères.

— Nos quartiers sont au deuxième étage, lui apprit-il.

Elle sentit au ton de sa voix qu'il était fatigué, même s'il n'en montrait rien. Il se tenait droit et son regard restait vigilant.

— Où sommes-nous par rapport aux appartements du président ?

— Il occupe tout l'étage au-dessus de nous. Ce n'est pas l'idéal, mais au moins n'avons-nous pas à redouter d'effraction par les fenêtres. Si quelqu'un voulait l'approcher à la nuit tombée, il devrait franchir plusieurs contrôles de sécurité.

— Mais pour le moment nous ne sommes pas certains que tous ces contrôles soient fiables, lui rappela-t-elle.

Ils étaient dans une situation délicate. Si Cabrerra n'avait pas agi seul, de las Reyes n'était pas plus en sécurité dans son palais qu'ailleurs. Et si son supérieur faisait lui aussi partie de la conspiration…

— S'il s'avère que Gonzalez est corrompu, alors l'ensemble de la garde présidentielle sera suspect.

Et si Ramirez avait réussi à gagner à sa cause deux hommes aussi haut placés, c'était un miracle que le président soit encore en vie.

Elle songea qu'à son retour, elle devrait transmettre le nom de ce trafiquant à Samuelson. Si Ramirez était déterminé à faire en sorte que la région reste instable, il pouvait contribuer à causer des remous un peu partout. Une fois encore, elle se demanda ce que l'agent de la Sécurité intérieure savait exactement. Cela ne faisait aucun doute, il ne lui avait pas tout dit.

— C'est vrai, nous ne pouvons être sûrs de rien, répondit Cael.

Il s'arrêta devant une porte et l'ouvrit pour elle.

— Mais je trouve que la tentative des hommes à la jeep est plutôt encourageante.

Ava le regarda d'un air grave.

— Encourageante ? Et un tremblement de terre, ça peut être encourageant ? Un accident ferroviaire ?

Il ne sourit pas mais parut prendre plaisir à sa repartie. Il s'appuya contre le montant de la porte et croisa les bras.

— Peut-être ai-je mal choisi mes mots. Mais le fait qu'ils aient fait une tentative avant que de las Reyes ait rejoint le palais présidentiel me laisse penser qu'ils ne doivent pas considérer cet endroit comme facile à infiltrer. Soit Ramirez n'a plus d'hommes à sa solde dans l'entourage du président, soit il estime qu'il sera difficile de l'atteindre ici. Dans les deux cas, c'est une bonne nouvelle pour nous. Même si Gonzalez est corrompu, Cabrerra était peut-être son seul complice.

Elle ne le contredit pas, même si elle ne partageait pas son optimisme.

— Je suppose que vous êtes très attentif aux gardes en faction vu que, pour le moment, nous ne savons pas si nous pouvons nous fier à eux.

Cael dissimula un bâillement, un geste qui le rendit un peu plus humain.

— Gonzalez est confiné dans ses quartiers et j'ai posté un homme à sa porte. Il en sera ainsi jusqu'à ce qu'il soit confondu ou innocenté. Il y a des gardes nationaux à toutes les entrées du palais. Même si quelqu'un arrivait à pénétrer dans l'enceinte, il lui resterait encore plusieurs rangs d'hommes armés à franchir. Je doute que l'ensemble des gardes soit corrompu. À court terme, je ne suis pas inquiet.

Elle eut pour lui un regard plein de respect.

— Vous avez l'expérience de ce type de situation.

— Cinq ans, dit-il.

— Et avant cela, continua-t-elle sans chercher à analyser les raisons de sa curiosité, vous avez fait partie des Navy Seals ou des marines ? Certes, vous pourriez aussi avoir appartenu aux rangers, mais je trouve que vous n'avez pas le profil de l'armée de terre.

— Vous m'en voyez flatté, répondit-il, touché. J'ai effectivement fait partie des Navy Seals pendant douze ans.

Elle hocha la tête, ridiculement satisfaite d'avoir vu juste. Son physique était révélateur de l'entraînement intensif qu'il avait suivi et il paraissait bien plus à l'aise en pantalon kaki et T-shirt que dans le costume qu'il portait à Metro City.

Elle vit son regard s'attarder sur elle et se sentit intimidée.

— Donc, on peut deviner ce que j'ai fait d'un simple regard. En ce qui vous concerne, j'avoue que c'est beaucoup plus difficile. Je ne pense pas que vous ayez appris à tirer à l'armée.

Ava redevint méfiante, comme chaque fois qu'on parlait d'elle.

— Non.

Les secondes s'égrenèrent. Comme il ne paraissait pas prêt à se contenter de cette réponse, elle décida de lui dire partiellement la vérité.

— C'est mon père qui m'a appris à tirer. Il a commencé quand j'avais six ans, et m'a fait faire de la compétition quand j'en ai eu dix.

Son adresse au tir était la seule chose qu'il ait jamais appréciée chez elle. Quelques années plus tard, il l'avait complètement reniée. Pour toujours.

— Laissez-moi deviner..., reprit Cael. Il voulait avoir un fils.

Il avait mis en plein dans le mille, et elle eut l'impression de recevoir un coup dans la poitrine. C'était étrange comme la vérité pouvait encore faire mal après tant d'années. Elle n'avait plus revu son père depuis qu'elle attendait Alex. C'était lui qui avait insisté pour ne plus la voir, et il lui avait fallu du temps pour comprendre que c'était mieux ainsi.

— Disons qu'il voulait quelqu'un d'autre que moi.

Elle s'était exprimée un peu sèchement, avec la volonté de clore le sujet. Elle venait de lui en dire beaucoup plus qu'elle n'en disait d'ordinaire. Le passé ne pouvait que lui faire mal et lui causer du tort. Elle vivait dans le présent, pour ses amis, pour Alex et, la plupart du temps, elle était très bien ainsi.

— Ouais, lâcha Cael d'un ton indéfinissable. Moi aussi j'ai un père comme ça.

Maintenant, c'était lui qui paraissait vouloir changer de sujet. Il se redressa et jeta un coup d'œil à la chambre.

Ava suivit son regard et détailla l'intérieur.

C'était un espace aménagé pour une femme. Le sol était en marbre rose, les murs peints dans la même teinte. Le lit trônait au milieu de la pièce et sa vue déconcerta Ava.

Il était immense, avec des draps de soie chatoyants et de

gros oreillers. Le plafond, au-dessus, était en miroir. Son sac de voyage posé au pied du lit s'y reflétait et semblait incongru dans cet espace précieux.

C'était une pièce aménagée pour une femme, certes, mais c'était surtout une chambre aménagée pour l'amour. Ava se demanda de quand datait le palais présidentiel et qui y avait résidé. Elle aurait bien imaginé le dictateur à qui de las Reyes avait succédé logeant ici ses maîtresses. Elle se tourna et voulut partager cette pensée avec Cael. En découvrant son regard brillant fixé sur elle, elle en oublia ce qu'elle voulait dire.

Elle lui avait déjà vu toutes sortes d'expressions, mais pas celle-ci. Son visage exprimait le désir. Il paraissait plus sensuel, et l'éclat dans ses yeux verts était celui d'un fauve.

Un long silence s'étira entre eux. Des images érotiques flottèrent dans l'esprit d'Ava. Elle s'imagina serrée contre Cael sur ces draps de soie, voyant le reflet de leurs ébats sur le miroir au plafond.

Son regard se posa sur le lit puis revint sur elle. Elle savait ce qu'il pensait. Lentement, il inclina la tête, à la rencontre de ses lèvres. Elle aurait pu reculer, le repousser et briser le charme. Au lieu de cela, elle releva la tête pour l'accueillir.

Il posa une main sur sa nuque pour l'attirer contre lui et l'embrassa avec passion. Ce n'était pas un baiser timide, loin de là. Il ne faisait rien pour dissimuler son désir. Très vite, sa langue chercha la sienne, et elle s'abandonna à l'attirance qu'elle aussi ressentait.

Son métier l'obligeait souvent à tromper les autres. Dissimuler son passé aussi. C'est pourquoi, dans tous les autres domaines, elle se faisait un devoir d'être d'une sincérité absolue. Elle ne chercha donc pas à cacher son excitation, plus forte à chaque seconde, et répondit sans retenue à son avidité.

Ils n'auraient que quelques pas à faire jusqu'au lit pour aller plus loin, assouvir leur envie réciproque.

Pourtant, compte tenu des circonstances, cette perspective l'effrayait. En temps normal, jamais elle ne se laissait guider par ses pulsions, et le moment était particulièrement mal choisi pour changer de ligne de conduite.

Mais cet homme avait réveillé quelque chose enfoui très loin, dont elle avait presque oublié l'existence.

Perturbée par la direction que prenaient ses pensées, elle recula d'un pas pour se dégager de son étreinte et mettre fin à leur baiser.

— Cette chambre est un peu clinquante pour moi, remarqua-t-elle après avoir pris une longue inspiration, mais je ne suis pas en état de me montrer pointilleuse sur l'endroit où je vais dormir. Je suis si épuisée que même un matelas par terre ferait l'affaire.

Il y eut un long silence, comme si Cael se demandait s'il devait calquer son attitude sur la sienne et faire comme s'il ne s'était rien passé ou, au contraire, revenir à la charge et la convaincre de laisser la passion les guider.

— Vous prenez votre service à 7 heures, dit-il enfin. Appelez Sibbits pour savoir où vous devez les rejoindre. J'ignore à quelle heure de las Reyes va se lever. Par ailleurs, je compte tenir deux réunions par jour pour que chacun sache où en est l'enquête. N'oubliez pas de mettre votre gilet pare-balles. On vous l'apportera, ainsi que votre radio, juste avant votre prise de service.

Il dut voir que cette perspective ne l'enchantait pas, car il ajouta :

— Je sais… Par cette chaleur, un gilet pare-balles est tout sauf confortable, mais je tiens absolument à ce que vous le portiez. Je veux que vous rentriez à Metro City en un seul morceau.

Le fait qu'il se préoccupe de sa sécurité raviva la pointe de culpabilité qu'Ava éprouvait en permanence. Quoi qu'il en soit, elle était bien décidée à se comporter en professionnelle et à mériter le généreux salaire qu'il lui offrait. Glaner des informations pour Samuelson ne l'empêcherait pas de lui donner satisfaction. Elle mènerait ses deux missions de front, sans privilégier l'une par rapport à l'autre.

Comme chaque fois, la pensée qu'elle allait jouer double jeu la mit mal à l'aise et elle la refoula.

— Je le porterai, n'ayez crainte. Mais je rentrerai saine et sauve à Metro City avant tout parce que je suis une pro. Je connais mon métier.

— Si j'en doutais, vous ne seriez pas là.

Il recula dans le couloir, et Ava sentit qu'il s'en allait à regret.

— Fermez bien votre porte, Ava.

Lorsqu'il fut parti, elle resta un instant immobile, le regard fixé sur le battant. Elle avait du mal à croire qu'elle ait eu autant envie de lui. Ce n'était pas parce qu'elle savait repérer l'intérêt d'un homme pour elle qu'elle y répondait. Cela faisait même bien longtemps que ça ne lui était plus arrivé…

Elle verrouilla et mit la chaînette de sécurité d'une main tremblante. La recommandation de Cael de bien fermer était somme toute banale. Ils étaient en pays étranger et ne savaient pas à qui ils pouvaient se fier. Alors pourquoi y voyait-elle un autre sens ? Comme s'il lui avait demandé de verrouiller pour le dissuader de venir la rejoindre en pleine nuit…

Elle défit rapidement son sac, rangea ses vêtements dans l'armoire, puis porta ses affaires de toilette dans la salle de bains où elle s'arrêta face à un grand miroir au cadre ouvragé et doré. Jamais elle ne s'était trouvée dans des lieux à ce point destinés à lui rappeler sa féminité. Heureusement qu'elle n'était pas censée y séjourner indéfiniment !

Elle se brossa les dents et passa une nuisette. Ce n'était pas le moment de s'appesantir sur ce qu'elle avait éprouvé un peu plus tôt dans les bras de Cael. Elle s'était de nouveau sentie femme. Elle avait été bouleversée par le désir qu'elle avait lu sur son visage, par le courant qui passait entre eux. Depuis son divorce, elle avait fréquenté très peu d'hommes, n'était jamais allée très loin avec aucun et ne s'en était pas plus mal portée. Mais McCabe avait fait remonter à la surface toutes sortes d'émotions enfouies depuis longtemps.

De retour dans la chambre, elle tira le couvre-lit. Son regard tomba sur son sac de voyage ouvert et elle pensa à la mini-caméra stylo qu'elle y avait laissée. Ce gadget était aussi bien là qu'ailleurs, mais il serait encore mieux caché, et surtout plus utile, si elle le gardait sur elle.

Elle s'assit sur le lit en se disant qu'elle aurait mieux fait de le refuser, comme tous les autres gadgets d'espionnage que Samuelson avait voulu lui faire emporter. Comme si, par ses refus, elle avait tenté d'atténuer quelque peu le sentiment d'être déloyale envers McCabe…

Elle ouvrit la poche latérale et y plongea la main. Ne trouvant pas le stylo, elle tira le sac sur ses genoux et ouvrit grand la poche.

La caméra n'y était plus.

Il ne lui fallut pas longtemps pour comprendre ce qui avait dû se passer.

Certes, rien n'était sûr, mais selon toute probabilité, le gadget avait fini entre les mains de McCabe.

# 4

En conversation sur son portable avec Reynolds, Cael était appuyé à la rambarde du balcon de sa chambre.

— Dans ce cas, fais-le. Mais je préférerais que tu n'y ailles pas seul.

— Ce type est gourmand, mais pas stupide. Il est prêt à me montrer où se trouve le camp rebelle, mais il a peur de Ramirez. Comme la plupart des gens du coin, d'ailleurs. Je voudrais éviter de l'inquiéter davantage en ne venant pas seul.

— Lui as-tu proposé de survoler la zone en question ?

— Oui et il est d'accord sur le principe. Seulement, compte tenu de la densité de la végétation, ça m'étonnerait qu'on voie grand-chose depuis les airs.

Cael s'attendait à cette remarque. Si les rebelles avaient installé leur camp dans la jungle, c'était évidemment parce que la végétation offrait un camouflage naturel.

— Tu as mon feu vert, fais au mieux. Je transmettrai cette information à de las Reyes dès demain matin, et je pense qu'il sera d'accord pour payer si ça peut contribuer à localiser les rebelles. Fais attention à toi, c'est tout ce qui m'importe.

Reynolds n'était pas un bleu et tenter de le doubler serait plus qu'audacieux. Ce que redoutait Cael, c'était que son indic le mène droit dans la gueule du loup. Toutefois, il devait se fier au jugement de son collaborateur, d'autant que le jeu en valait la chandelle.

Il mit fin à la communication, fourra son portable dans la poche de son pantalon et enleva son T-shirt. Trop agité pour aller dormir, il resta sur le balcon.

Les avant-bras posés sur la rambarde, il observa le sol en contrebas. Il restait encore pas mal de détails à régler pour transformer le palais présidentiel en citadelle imprenable, mais ce n'était pas ce qui le préoccupait. Ce qui lui occupait l'esprit, c'était la femme dans la chambre au bout du couloir.

Il prit une grande inspiration et inhala le parfum des fleurs du jardin, ce qui ne l'aida en rien à chasser Ava de son esprit.

Il n'aurait pas dû la toucher, même s'il y avait pris plaisir ; plaisir et affaires ne devaient jamais être mélangés. Encore moins avec une femme qui travaillait pour lui et à qui il n'était pas certain de pouvoir faire vraiment confiance…

Jamais auparavant il n'avait eu la moindre difficulté à séparer intimité et travail. Le fait que dans son secteur d'activité les femmes soient peu nombreuses facilitait certes les choses. En outre, Amelia Driscoll, la seule qui travaillait pour lui à temps plein, avait un physique de déménageur et une voix de sergent instructeur. Ce n'était donc pas à proprement parler difficile de n'entretenir avec elle que des relations strictement professionnelles.

Avec Ava, c'était différent ; il était impossible de ne pas la trouver séduisante. Cependant, c'était pour ses qualités de tireur qu'il lui avait proposé ce job, qu'il avait fait taire ses soupçons à son égard. Si elle n'avait aucun rapport avec Samuelson, il détenait une collaboratrice de grande valeur. Si, au contraire, elle était liée à lui, alors elle constituerait le moyen idéal pour piéger une bonne fois pour toutes l'agent de la Sécurité intérieure.

Jamais il n'aurait le moindre état d'âme s'il devait se servir de quelqu'un qui jouerait double jeu avec lui. Il avait donc des difficultés à analyser ce qu'il éprouvait exactement.

De la culpabilité ? Il bougea un peu pour se détendre. Non. Il n'avait aucune raison de se sentir coupable.

Si Ava n'avait rien à se reprocher, il n'aurait jamais à lui avouer avoir eu des doutes sur elle, alors même qu'il l'avait embrassée.

Dans le cas contraire… Une boule se forma dans sa gorge. Dans ce cas, que Dieu ait pitié d'elle, car lui n'en aurait aucune.

Une légère brise se leva qui le rafraîchit un peu. Il était temps qu'il arrête de se mentir. Ce qu'il éprouvait pour Ava Carter n'avait rien à voir avec le boulot. Elle l'attirait autant par sa beauté et sa personnalité que par ses compétences, ce qui en faisait une femme d'autant plus dangereuse. Il fallait ajouter à cela qu'il l'aimait bien, qu'il appréciait son attitude, qu'il était touché et intrigué par la vulnérabilité et la méfiance qu'elle montrait par instants, et le tableau était complet.

Dans son domaine, la prise de risques devait toujours être calculée, car des vies humaines étaient en jeu. Or, se lancer dans une relation trop intime était périlleux, et dans ce cas particulier, il ignorait même encore à quel point.

Il s'appuya davantage sur la rampe et ferma les yeux.

L'image d'une femme aux longs cheveux noirs se mit à flotter devant lui. Il se sentit réagir physiquement.

Il se raisonna en se disant qu'il ne devait pas se laisser guider par ses pulsions.

Pourtant, il regrettait tout à coup d'avoir demandé à Ava Carter de bien verrouiller sa porte.

Ava perçut un léger bruit et sut qu'elle devait se réveiller. Elle avait mis des heures avant de s'endormir et, maintenant, elle avait du mal à ouvrir les yeux.

Une main se posa soudain sur son épaule. D'instinct, elle lança le poing en avant en un geste défensif et un homme poussa un cri de douleur étouffé. Lorsqu'elle ouvrit les yeux et voulut se redresser, il lui saisit les poignets et la cloua de tout son poids sur le lit.

Éblouie par la lumière vive qui entrait dans la chambre, elle cilla et découvrit Cael McCabe à califourchon sur elle, la mine sombre, le nez enflé.

— Que faites-vous là ? s'exclama-t-elle, embarrassée et incrédule, en se tortillant en vain pour essayer de se dégager.

— Cherchez bien, vous allez trouver.

Il était déjà habillé. Enfin, pas complètement. Il n'avait pas boutonné sa chemise, laissant voir son torse et ses abdominaux. Ava ne put s'empêcher de remarquer à quel point il avait un physique à la fois puissant et harmonieux. Ses joues pas rasées et ses cheveux ébouriffés semblaient indiquer qu'il avait tout laissé en plan en urgence.

— Est-ce de las Reyes ? Il y a un problème ?

— D'une certaine façon.

Elle reprit son calme et le contempla en tentant de comprendre son sous-entendu. De si près, la couleur de ses yeux était encore plus saisissante, d'un vert à la fois limpide et intense.

Le fait qu'il soit là, juste au-dessus d'elle, la troublait et l'empêchait de réfléchir normalement. Elle se sentait vulnérable, les bras immobilisés, le drap descendu jusqu'à la taille. Certes, sa nuisette la couvrait, mais face à cet homme et à ce qu'elle ressentait pour lui, elle avait l'impression d'être nue.

Elle se débattit pour libérer ses poignets, sans succès.

— Vous pouvez me lâcher, dit-elle d'un ton sec.

Ce qui pouvait motiver sa présence l'inquiétait, mais elle ne voulait rien en laisser paraître.

— Je suis désolée de vous avoir frappé, mais il aurait été plus prudent de vous annoncer avant d'entrer.

Tout en parlant, elle jeta un coup d'œil vers la porte. La chaînette était toujours en place. Il n'était donc pas passé par là, et il refusait de la lâcher.

— Ça vous dérangerait de m'expliquer comment vous êtes entré ?

— Il se trouve que les balcons de votre chambre et de la mienne sont mitoyens.

Ava plissa les yeux.

— C'est faux. Il y a au moins trois mètres entre les deux.

Elle avait pris soin de le vérifier avant de laisser sa fenêtre entrouverte pour profiter d'un peu d'air frais.

Une étincelle de malice passa dans ses yeux mais son expression resta sévère et dure.

— C'est vrai. Mais j'ai la chance d'avoir une agilité et des réflexes de félin, répliqua-t-il à voix basse en approchant son visage du sien. Certains hommes pourraient interpréter le fait que vous laissiez votre fenêtre ouverte comme une invitation, Ava. Était-ce le cas ?

Un frisson d'excitation lui parcourut l'échine, et elle eut la certitude que ça ne lui avait pas échappé.

— Non. Un homme comme vous devrait savoir qu'il ne faut jamais tirer de conclusions trop hâtives.

Il se redressa avec un éclat nouveau dans le regard.

— Oh ! mais je le sais ! Je le sais très bien, même.

Il lui libéra un poignet pour tirer de la poche de son pantalon un objet qu'il lui brandit sous le nez.

— Je suis donc très curieux de savoir ce que vous pourriez me dire à propos de ça.

Ava sentit le trac la gagner. Il tenait le petit stylo-caméra dont elle avait découvert la disparition la veille. Il lui fallut rassembler toutes ses forces pour garder un ton assuré.

— Vous êtes là à cause d'un stylo ?

Il inclina la tête.

— Tout est dans les détails, n'est-ce pas ? Je suis là parce que *ce stylo* a été découvert dans *votre* sac. Et je suis là parce que ce n'est pas un simple stylo, et vous le savez très bien !

D'un mouvement du pouce, il fit sauter le capuchon puis mit en marche la caméra qui produisit une petite lumière.

De nouveau, il la dévisagea d'un air menaçant.

— Je suis ici parce que je suis curieux de savoir comment vous vous êtes retrouvée en possession de ce petit gadget impossible à dénicher dans le commerce. Alors, je vous écoute, Ava. Parce que je ne vous cache pas que mon interprétation est plutôt déplaisante.

Comme elle restait silencieuse, il ajouta :

— Certes, il est peut-être possible de se procurer ce genre de bricole au marché noir, encore que j'en doute fort. Le problème, c'est que je vous imagine mal en train de faire vos courses ainsi. Vous êtes un peu trop du bon côté de la loi. Je me trompe ?

Elle déglutit et se demanda ce qu'il penserait d'elle s'il apprenait qu'elle avait basculé du bon côté de la loi assez récemment.

Agacé par son silence, il la secoua et reprit :

— Cessons de tourner autour du pot. Vous avez été approchée par Samuelson, n'est-ce pas ?

De nouveau Ava se débattit pour tenter de se libérer, sans y parvenir. Elle était étonnée qu'il ait deviné aussi précisément ce qui s'était passé et estima inutile de lui mentir.

— Paulus et Samuelson, dit-elle.

Cael se figea. Sa réaction fit tout de suite comprendre à Ava que Samuelson lui avait décidément caché bien des aspects de cette mission.

McCabe était furieux. La colère irradiait de lui, une colère froide et intérieure. De longues secondes passèrent avant qu'il reprenne la parole.

— Et que vous ont-ils offert ?

Déconcertée par cette question, elle secoua la tête.

— Rien du tout.

— De quoi vous ont-ils menacée, alors ? Avec Samuelson, c'est l'un ou l'autre. De quoi dispose-t-il contre vous ?

Ava hésita. Malgré sa volonté d'être honnête, elle ne pouvait lui révéler le secret de son passé. D'ailleurs, même si elle le faisait, elle doutait que cela suffise à l'apaiser.

— Il m'a simplement demandé de servir mon pays, répondit-elle. Il souhaitait obtenir des informations sur la stabilité du gouvernement de De las Reyes et j'ai accepté de coopérer en me disant que lui fournir ces informations ne compromettrait en rien ma mission. Ce que je crois toujours.

— Ce que vous croyez toujours, répéta-t-il avec un sourire ironique. Et vous savez ce que je crois, moi ? Je crois que c'est facile de prétendre être honnête en mettant en avant ses actes tant qu'on pense que ce que l'on fait en sous-main ne sera pas découvert.

Cette insinuation la transperça comme une lame.

— Ce que je crois, continua-t-il d'un ton plus sévère, c'est qu'une personne qui me trahit une fois n'a aucune raison de ne pas recommencer — j'ai déjà eu l'occasion d'en faire l'expérience. Ce que je crois aussi, enfin, c'est qu'en acceptant de jouer le jeu de Samuelson, vous avez fait la plus grosse erreur de votre carrière, Ava Carter. Et elle va vous coûter cher.

Ava soutint son regard sans flancher, malgré la peur qui s'insinuait en elle. Elle ne savait pas de quoi McCabe était capable, mais il était trop tard pour s'en inquiéter.

De toute façon, à en juger par son expression dénuée de pitié, elle n'allait pas tarder à le découvrir.

— Ne faites-vous pas un peu dans le mélodrame ? lui asséna-t-elle en faisant de nouveaux efforts pour tenter de se libérer.

Elle aussi était en colère, maintenant. Si elle avait pu mener la mission comme elle l'entendait, Samuelson aurait eu ses informations, elle aurait tout fait pour que de las Reyes ait la vie sauve et tout le monde, y compris McCabe, aurait été content. Elle aurait été seule à se débattre avec sa conscience.

— Votre totale implication envers votre client est louable, poursuivit-elle, et je comprends parfaitement que vous m'en vouliez.

Étant donné la fureur dans le regard de McCabe, lui envoyer de tels propos au visage était risqué, mais elle ne pouvait retenir plus longtemps ce qu'elle avait sur le cœur.

— Quoi qu'il en soit, le fait que je transmette des informations à Samuelson sur le climat politique qui règne ici ne va pas mettre de las Reyes en danger ni bouleverser le dispositif de protection mis en place.

McCabe eut un sourire railleur.

— C'est ce qu'il vous a fait croire ? Qu'il voulait en savoir plus sur le climat politique à San Baltes ? Soit vous êtes extrêmement naïve, soit vous me prenez pour un imbécile. Les États-Unis ne se sont jamais préoccupés de San Baltes. Et voilà que, du jour au lendemain, une agence gouvernementale s'en soucierait et déciderait d'en savoir plus par le seul biais d'une policière de Californie infiltrée dans une société de sécurité ?

Ses paroles troublèrent Ava qui avait eu exactement les mêmes doutes lorsque Samuelson l'avait approchée. Elle refusa néanmoins de lui donner raison.

— Ce sont les agents de la Sécurité intérieure qui m'ont sollicitée. Il est donc plausible qu'ils cherchent à obtenir des informations sans mettre sur pied une opération d'envergure et ainsi éviter qu'on remonte jusqu'à eux.

— Ce n'est pas la Sécurité intérieure, c'est Samuelson qui est venu vous voir, corrigea-t-il. Et c'est là qu'est toute la différence. Il se fiche bien du climat politique à San Baltes et de De las Reyes. Ce qu'il veut, c'est en savoir plus sur *moi !*

Ébahie, elle le regarda, l'esprit en ébullition. Elle n'y comprenait plus rien.

— Vous êtes parano, finit-elle par marmonner.

— Vous savez ce qu'on dit. Voir le mal partout ne signifie

pas qu'il n'y a pas effectivement des gens qui cherchent à vous nuire, répondit-il d'une voix plus douce.

Dans quoi s'était-elle embarquée ? se demanda Ava. Dans une vendetta entre Samuelson et McCabe ? Ou alors McCabe était-il réellement dérangé ?

Elle l'observa attentivement. Il avait le visage crispé, déterminé. Il croyait sincèrement à ce qu'il disait, ça ne faisait aucun doute, même s'il n'avait pas expliqué les raisons de ses soupçons.

Le silence entre eux s'étira. Il l'observait lui aussi. Elle le sentait là, sur elle, et repensa aux rêves qu'elle avait faits dans son sommeil. Dans ces rêves, il était à peu près dans la même position, mais leur lutte était d'une tout autre nature. À ce souvenir, elle se sentit rougir.

— Ne restez pas sur moi, dit-elle, ne supportant plus de se sentir aussi vulnérable. Je refuse de continuer à vous parler si vous m'écrasez.

Il lui prit le menton entre deux doigts.

— Ava, pensez-vous vraiment être en position de donner des ordres ?

— Peut-être pas, rétorqua-t-elle, le regard noir, mais si j'étais vous, je commencerais à m'inquiéter de ce que je pourrais entreprendre lorsque je ne serai plus dans cette position.

— Des menaces ? demanda-t-il avec une pointe d'admiration dans la voix. Au moins, je ne me suis pas trompé sur votre tempérament.

Ava resta muette. En ce qui la concernait, elle était loin d'avoir vu juste à son sujet.

Il se redressa légèrement, lui offrant un peu d'espace. Elle voyait son buste puissant se soulever sous l'effet de sa respiration. À présent, il ne semblait plus animé par la colère, mais par une pulsion plus primitive à laquelle elle n'était pas indifférente.

Leurs regards se croisèrent et, pendant quelques secondes, ils ne pensèrent plus à rien.

Puis il se redressa brusquement et s'écarta du lit, comme s'il fuyait.

— Habillez-vous, lança-t-il en se dirigeant vers la porte. Nous terminerons cet entretien dans mon bureau, dans dix minutes.

*
* *

Près d'une demi-heure s'écoula avant qu'Ava ne pénètre dans la salle de commandement. Cael sentit sa présence derrière lui dès qu'elle arriva. Il fut troublé d'y être aussi sensible.

— Est-ce l'emploi du temps définitif du président pour la journée ? demanda-t-il à Benton en faisant son possible pour ne pas détourner son attention de ce dernier.

C'est lui qui lui avait apporté la caméra-espion découverte dans le sac d'Ava.

Cette pensée le contraria. Bien qu'elle l'ait trahi, elle l'attirait toujours autant, et son apparition ne le laissait pas de marbre. Il s'en voulait énormément d'avoir fait fi de ses doutes initiaux pour l'engager, de s'être laissé guider par ses émotions.

À l'avenir, il ne commettrait plus cette erreur avec elle.

— Merci de m'avoir apporté l'emploi du temps, dit-il à Benton. Sibbits a pris son tour de garde, donc tu peux aller dormir.

Benton jeta un rapide coup d'œil à Ava.

— Si tu veux, je peux faire un double tour de garde, Cael. Peut-être que Sibbits et moi, nous…

— Ce ne sera pas nécessaire, le coupa-t-il avant d'adresser un sourire glacé à Ava qui se tenait toujours à l'entrée de la pièce. Ava est tout à fait capable d'assurer ses tours de garde. Elle me l'a d'ailleurs affirmé tout à l'heure.

Il éprouva une certaine satisfaction en la voyant s'empourprer. Elle se reprit cependant très vite et, d'un ton tranquille, presque nonchalant, demanda :

— Qu'est-il arrivé à votre nez ? On dirait bien que, pour une fois, quelqu'un a réussi à vous prendre en défaut et à vous en flanquer une bonne.

Cael toucha son nez qui, même s'il n'en montrait rien, lui faisait un mal de chien. Elle ne l'avait pas raté, à double titre, d'ailleurs, mais son impertinence le stimulait. Et ce n'était pas la seule chose chez elle qui le stimulait…

Il avait de nouveau commis une erreur en allant la surprendre dans son sommeil pour lui demander des comptes. Maintenant, il connaissait la sensation de ses courbes contre lui et il avait encore son parfum dans les narines. Heureusement, il saurait tempérer ses ardeurs. Il le devait.

— Vous apprendrez vite que l'on peut me surprendre une fois, mais pas deux.

Derrière lui, il entendit Benton s'éclipser discrètement.

Ava avança jusqu'à la table près de laquelle il se tenait et se posta face à lui en posant les mains sur le dossier d'une chaise.

— Je suis heureuse de vous avoir entendu dire à Benton que je continuerai à assurer mon service. Nous savons tous deux que, pour le moment, vous ne pouvez pas vous passer d'un de vos agents. Vous avez besoin de moi et de mes compétences. De plus, je ne représente pas une menace, ni pour de las Reyes ni pour vous. Les relations que vous entretenez avec Samuelson ne me regardent pas.

La seule mention de cet homme suffisait à hérisser Cael.

— Malheureusement pour vous, vous êtes maintenant au beau milieu de l'antagonisme entre Samuelson et moi.

Il haussa les épaules et ajouta :

— Étant donné les circonstances, vous comprendrez qu'il m'est difficile de vous tenir en très haute estime. Vous êtes venue dans le but de récolter des informations pour le compte de cet imbécile, et vous le ferez. Mais c'est moi qui déterminerai ce que vous lui transmettrez ou pas.

Elle eut un petit mouvement de tête agacé.

— Quel est au juste votre problème ? Je veux bien croire qu'il ne m'a pas tout dit sur ses réelles motivations pour m'envoyer ici, mais c'est tout de même un agent fédéral. Donc, si comme vous le prétendez c'est à cause de vous qu'il m'a poussée à accepter cette mission, cela signifie que le contentieux entre vous doit être important et ne date pas d'hier. J'estime avoir le droit de savoir sur quoi il repose.

Cael posa négligemment sur la table la feuille qu'il avait en main.

— Etes-vous sûre de vouloir savoir ce à quoi vous avez droit, Ava ?

Refusant de se laisser déstabiliser par sa menace, elle ne répondit pas. Il reprit donc :

— Il y a en effet un contentieux entre nous. Ce type me déteste et je le lui rends bien. Je crois qu'il aimerait même me voir mort. En ce qui me concerne, je serais ravi de pouvoir le réduire à néant.

Il posa les mains à plat sur la table, se pencha en avant et savoura d'avance l'effet qu'il allait produire avant d'ajouter :

— Et vous, Ava, vous allez être l'instrument qui me permettra d'y parvenir.

# 5

Ils se fixèrent droit dans les yeux. À aucun moment Ava ne perdit son calme, ce qui impressionna Cael, même s'il ne lui plaisait pas de l'admettre. Autant de maîtrise de soi et d'adresse chez la même personne, c'était rare. Quel dommage qu'elle ait eu la regrettable idée d'accepter les conditions de Samuelson !

— Je ne suis « l'instrument » de personne ! dit-elle avec emphase. Je ne sais pas ce qui se passe entre lui et vous, mais moi, je ne joue pas.

Le ton de sa voix contenait une note de défi. Un défi que Cael était très tenté de relever.

— Oh que si ! vous allez jouer, répliqua-t-il tout bas. De toute façon, vous vous êtes placée toute seule au centre du jeu.

Elle était belle quand elle était en colère, songea-t-il. Un éclat menaçant brillait dans ses yeux sombres.

— Je ne suis pas une marionnette qu'on utilise pour régler ses problèmes d'ego. Alors faites ce que vous voulez avec Samuelson, mais sans moi.

Elle tourna les talons et quitta la pièce.

Il la laissa partir ; il n'y avait rien à ajouter pour le moment. Ava Carter n'était pas femme à se plier facilement à la volonté d'un homme. Si elle n'avait pas menti, elle n'avait accepté de collaborer avec Samuelson que par sens du devoir. Mais ça, ça restait à prouver…

Le regard fixé sur la porte qu'Ava avait claquée derrière elle, il réfléchit. Il ne pensait pas que Samuelson lui ait proposé de l'argent. Vis-à-vis de ses supérieurs, jamais il n'oserait laisser de traces visibles de ses agissements. Non, il avait utilisé un autre angle d'approche. Manipulateur comme il l'était, il avait dû faire jouer la corde du patriotisme et du devoir. Ou alors, il l'avait fait chanter. C'était ainsi qu'il avait procédé avec lui.

Il pesa les deux hypothèses, mais la vérité était évidente.

Jamais il n'avait rencontré de femme aussi difficile à manipuler qu'Ava Carter. Donc, elle avait cédé au chantage ou à quelque chose qui s'en rapprochait. Excepté son fils, évidemment, il n'avait décelé aucune faiblesse chez elle.

Il prit son portable et composa le numéro du détective privé auquel il faisait régulièrement appel. Il devait en apprendre davantage sur Ava pour déterminer de quel moyen de pression disposait Samuelson.

Quel qu'il soit, il le découvrirait.

Ensuite, il pourrait se l'approprier pour pousser Ava à coopérer avec lui contre l'agent de la Sécurité intérieure.

Au cours de la journée qu'Ava passa auprès du président, deux choses lui apparurent : de las Reyes était un homme très occupé qui, entre les multiples réunions auxquelles il assistait et les innombrables appels téléphoniques qu'il recevait, ne s'accordait jamais un moment de répit.

Ensuite, sa présence, ainsi que celle du reste de l'équipe de McCabe, était très mal vue par la garde présidentielle. Sans doute vivaient-ils mal l'assignation à résidence de Rafael Gonzalez, leur chef. En outre, certains d'entre eux s'étaient vu interdire de porter une arme.

Seuls dix hommes restaient auprès du président et, pour la première fois de sa vie, Ava en vint à regretter de comprendre l'espagnol. Ils tenaient des propos de plus en plus hostiles à son égard, notamment après qu'elle fut autorisée à rester auprès de De las Reyes au cours d'une réunion privée avec un membre de son cabinet alors qu'eux durent rester à la porte.

Elle se demanda pourquoi ils s'étaient mis en tête qu'elle ne pouvait pas comprendre leurs remarques. À moins que le fait qu'elle sache ce qu'ils pensaient d'elle leur soit indifférent…

Quoi qu'il en soit, il aurait été maladroit de sa part de faire un éclat. Elle resta donc stoïque, ignorant les persiflages qu'elle surprenait.

Le seul point positif, c'était que cette nécessité de rester hermétique aux propos des gardes lui évitait de trop ruminer sa conversation avec McCabe.

Il aurait été rassurant pour elle de pouvoir le considérer comme un excité à la limite de la paranoïa, mais elle non plus n'avait guère d'estime pour Samuelson. Elle avait très vite senti qu'elle ne pouvait pas lui faire confiance. En outre, elle devait bien admettre qu'il l'avait manipulée. Il en avait appris assez sur elle pour en jouer.

Ce constat la rendait aussi amère que l'opinion que McCabe avait maintenant d'elle.

Avoir un secret rendait vulnérable… Le pire, c'est qu'elle avait réellement besoin d'argent et que, même sans les menaces de Samuelson, elle aurait peut-être fini par accepter la proposition de McCabe. Mais c'était le désir de garder son passé enfoui qui l'avait poussée à revoir sa position, et elle comprenait trop tard qu'elle avait commis une erreur.

Cependant, il était hors de question qu'elle laisse McCabe la manipuler en retour pour piéger Samuelson. Ils devraient régler leurs comptes tout seuls. Ce matin, elle avait quitté le bureau de McCabe sans être parvenue à l'en convaincre, mais elle comptait bien y arriver.

Elle mit ses pensées parasites de côté et se concentra sur les trois membres du cabinet qui étaient en compagnie du président. Bien sûr, ils avaient été fouillés, mais il lui revenait d'évaluer s'ils représentaient éventuellement une menace. Tous trois avaient exprimé à de las Reyes leur soulagement de le retrouver en bonne forme après qu'il eut échappé à une tentative d'assassinat aux États-Unis. La nouvelle de la seconde tentative, à l'aéroport, n'avait apparemment pas été divulguée. Sans doute McCabe y avait-il veillé. En tout cas, aucun des visiteurs de la journée n'y avait fait allusion.

La conversation tournait autour des mesures à prendre pour rétablir la sécurité dans le pays et enrayer la criminalité. Un nom familier revenait souvent.

— Nous avons intercepté et mis en état d'arrestation une dizaine d'acolytes présumés de Ramirez, annonça Emmanuel Ortega, le ministre de la Justice, qui s'exprimait en espagnol. Nous continuons à tout faire pour l'empêcher de mener normalement ses affaires.

— Et en ce qui concerne ses capitaux, où en sommes-nous ? demanda Antonio de las Reyes qui se tourna vers son ministre des Finances. Je veux le rendre impuissant. Pour ce faire, nous devons le frapper là où ça fait mal.

Ramon Jorge inclina la tête. C'était un petit homme au visage ridé.

— Nous avons identifié les sociétés d'investissement auxquelles il a recours et bloqué l'approvisionnement de ses comptes offshore. Ses capitaux sont donc gelés.

De la Reyes tapa de la main sur la table.

— Parfait ! s'exclama-t-il sur un ton de victoire. Je suis sûr que ça, ça va l'obliger à se découvrir. Sans argent frais disponible, il sera vite aux abois.

Les trois hommes échangèrent un regard, et Ava devina leurs pensées. Un homme aux abois était un homme dangereux. Si Ramirez était bien derrière les attentats contre le président, il n'allait pas tarder à recommencer.

Il allait falloir redoubler de vigilance.

Plus tard dans l'après-midi, tandis que de las Reyes recevait un ecclésiastique, les gardes en service avec Ava devinrent plus audacieux.

La première fois que l'un d'eux l'effleura, elle se contenta de changer de position. La seconde fois, en revanche, elle ne put ignorer la manœuvre. D'autant que, quand elle se retourna pour jeter un coup d'œil au garde qui se tenait derrière elle, elle surprit son expression moqueuse. Dents serrées, elle attendit qu'il ose de nouveau promener la main sur ses fesses. Sans se retourner, elle saisit la main baladeuse et exerça une brusque torsion. L'homme ne put retenir un cri de douleur étouffé. Dans la salle, tout le monde se tut et les regards convergèrent vers lui. De las Reyes lui adressa un regard noir. Tout en s'écartant d'Ava, l'homme dut s'excuser de l'interruption. L'entretien reprit et les gardes firent attention à ne pas être trop près d'Ava.

Les réunions s'enchaînèrent jusqu'en début de soirée. Après le départ du dernier visiteur de la journée, de las Reyes regagna ses appartements pour se changer avant le dîner. Sibbits, qui attendait à la porte de la salle de conférences pour prendre la relève, adressa un petit signe de tête sec à Ava et emboîta le pas au président.

Les gardes nationaux, qui terminaient leur service en même temps qu'elle, s'éloignaient déjà lorsque Ava les arrêta :

— *Un momento ! Quiero decirle algo.*

Dans d'autres circonstances, la réaction des hommes à son intervention en espagnol aurait été comique, mais Ava n'était pas d'humeur à rire.

Elle leur fit face et continua en espagnol :

— Si vous faites tous les jours votre travail comme aujourd'hui, je peux vous garantir que vous ne le garderez pas longtemps. Des gamins de dix ans se seraient comportés avec plus de professionnalisme que vous.

Les hommes échangèrent des regards, mais restèrent silencieux. Ava reprit d'un ton encore plus cassant :

— Vous vous êtes comportés comme des idiots alors même que votre concentration aurait dû être maximale. Demain, vous avez intérêt à me montrer un autre visage. Sinon, vous pouvez commencer à chercher un nouveau boulot. C'est compris ?

Sur le visage des gardes, le mépris avait succédé à la surprise, mais aucun d'eux n'osa répondre. Certains marmonnèrent même : « *Entendido* » avant de s'éloigner.

Quand elle fut enfin seule, Ava poussa un long soupir pour évacuer la tension de la journée. Une tension qui ne tarda pas à revenir lorsqu'elle vit Cael se diriger vers elle…

De longues heures s'étaient écoulées depuis leur querelle du matin. Elle était à la fois nerveuse et impatiente de savoir ce qu'il lui voulait. S'il désirait reprendre la discussion là où ils l'avaient laissée, il allait vite s'apercevoir qu'elle était plus déterminée que jamais.

Ce n'était pas ce qui l'amenait.

— Perez et Reynolds sont sur le terrain, lui dit-il. Il faut donc que vous preniez un tour de garde à la porte des quartiers de Gonzalez, en attendant que Perez revienne.

Ava oublia immédiatement la fatigue qu'elle ressentait.

— D'accord. Où est-il retenu ?

— Je vais vous montrer, répondit Cael en l'invitant à le suivre. Perez devrait rentrer tard cette nuit. Évidemment, je vous ferai apporter à manger et je vous relèverai dans quelques heures.

— Le ministre de la Justice a annoncé à de las Reyes que les avoirs de Ramirez ont été gelés.

Cael acquiesça. Il marchait d'un bon pas, mais Ava n'avait aucun mal à rester à sa hauteur.

— Je lui ai parlé après son entrevue avec le président. Ses experts ont également signalé que d'importants versements d'origine inconnue ont été effectués en fin de semaine dernière sur les comptes de Cabrerra et de Gonzalez.

Ava tourna vivement la tête vers lui.

— Pendant le séjour de De las Reyes aux États-Unis ?

— Absolument, répondit Cael, la mine sombre. Jusqu'à maintenant, Gonzalez ne s'est pas montré très coopératif, mais je suis impatient de voir sa réaction quand nous lui présenterons ce nouvel élément. Mais comme je n'ai pas confiance en ses hommes pour assurer la traduction de l'entretien, il faudra attendre le retour de Perez et Reynolds.

— Je peux me charger de la traduction, proposa-t-elle spontanément, sans réfléchir.

Elle était tout aussi impatiente que Cael que l'enquête progresse et qu'ils puissent déterminer si Gonzalez était corrompu ou pas.

— Vous êtes bilingue ?

— Eh bien, même si aujourd'hui j'en serais presque arrivée à le regretter, je maîtrise suffisamment l'espagnol pour vous servir d'interprète et vous aider à mener cet interrogatoire.

Il s'arrêta net et l'observa d'un air intrigué.

— Décidément, vous avez beaucoup de talents cachés, Ava.

Il n'y avait aucun sarcasme dans sa voix. Gênée, elle haussa les épaules.

— Si vous préférez attendre le retour de Perez, ça m'est égal. À vous de décider.

— Non, je préfère ne pas attendre.

Il ne s'était pas remis en marche et semblait réfléchir.

— Je ne suis pas assez doué en espagnol pour me faire comprendre tout seul, notamment pour obtenir les explications dont nous avons besoin.

Il se tut et resta à la contempler un long moment. Par-dessus le T-shirt qu'il portait le matin, il avait passé une chemise verte assortie à la couleur de ses yeux, ce qui rendait son regard encore plus intimidant. Cette constatation troubla Ava.

Elle était là pour faire son boulot. Rêvasser sur McCabe et ses attraits physiques ne pouvait que la distraire. Elle venait de faire la leçon aux gardes nationaux et avait tout intérêt à se l'appliquer à elle-même. La distraction pouvait mettre des vies en danger.

Soudain, comme si McCabe avait pris sa décision, il se remit en marche.

— Allons-y.

Ava le suivit en silence. Ils franchirent plusieurs contrôles de sécurité et sortirent du palais.

Le domaine qui l'entourait semblait extrêmement vaste. Cael se dirigea vers une jeep et, une fois qu'Ava fut montée, démarra et traversa les jardins.

— Le personnel du palais vit ici, déclara-t-il tandis qu'ils passaient devant un bâtiment. La plupart de ces gens viennent de très loin, et ils ne rentrent voir leur famille qu'une à deux fois par mois. En revanche, compte tenu du salaire moyen, ils sont plutôt bien payés.

Ils approchèrent d'un second bâtiment de plain-pied, aux murs blanchis à la chaux.

— Ici, ce sont les quartiers de la garde présidentielle. C'est là que se trouve Gonzalez.

Ava vit Benton debout devant le bâtiment, son fusil d'assaut entre les bras.

— J'ai l'impression que les gardes nationaux ne vivent pas très bien l'assignation à résidence de leur chef, dit-elle.

Elle avait pu juger de l'antipathie des gardes à son égard.

— Qu'est-ce qui pourrait les empêcher de libérer leur supérieur s'ils le décidaient ? ajouta-t-elle comme pour elle-même.

— S'ils sont loyaux envers de las Reyes, cela prendra le pas sur leur fidélité à Gonzalez.

— Et dans le cas contraire ?

— Il ne nous restera plus qu'à espérer que les explosifs que nous avons placés tout autour des quartiers de Gonzalez, à la vue des gardes présidentiels, les dissuaderont de tenter une opération commando, répondit Cael avec un sourire carnassier.

Ava repensa à tout le matériel qu'elle avait vu décharger du jet à l'aéroport. Elle ne doutait pas que McCabe s'y connaissait en explosifs et que, si un groupe d'hommes tentait de libérer Gonzalez, ils le paieraient tous de leur vie.

Cael s'arrêta devant le bâtiment et sauta de la jeep. Ava descendit plus lentement. Cael discutait déjà avec Benton lorsqu'elle s'approcha d'eux. Elle vit Benton lui jeter un bref regard avant de demander à Cael :

— Es-tu certain que c'est bien prudent ?

Elle s'efforça de garder son calme. C'est lui qui avait fouillé ses bagages et découvert la caméra-espion. Apparemment, il ne jugeait pas opportun qu'elle continue de travailler avec eux.

— Oui, ne t'inquiète pas. Prends la jeep et va manger un morceau avant d'aller dormir. Ensuite, c'est toi qui prendras le tour de garde auprès du président.

Ava sentit à l'expression de Benton qu'il aurait aimé convaincre Cael de changer ses projets, mais il le connaissait sans doute suffisamment pour savoir que discuter serait inutile. Sans rien ajouter, il se dirigea vers la jeep et démarra.

Ils entrèrent dans le bâtiment et McCabe longea un couloir jusqu'à une porte devant laquelle il s'arrêta. Après avoir pianoté sur le digicode fixé au mur, il tira de sa poche un trousseau de clés pour ouvrir trois verrous différents.

— Sortez votre arme.

Ava avait déjà la main posée sur son Luger. Elle l'extirpa de son holster et se posta de l'autre côté de la porte.

Ils entrèrent dans une pièce sommairement meublée, et elle

vit un homme assis dans un fauteuil de cuir. On aurait pu croire qu'il était tranquillement en train de se détendre.

Mais, évidemment, Rafael Gonzalez était tout sauf détendu.

— *Hijo de Satan!* s'exclama-t-il, le regard plein de haine.

— *Señor* Gonzalez, répondit Cael calmement avant de tirer deux chaises face au fauteuil et de faire signe à Ava de s'asseoir.

Il s'assit lui aussi puis reprit :

— Selon mes instructions, on vous a donné à manger et on vous a laissé des moments de répit. Suivez-vous un traitement médical dont nous devrions avoir connaissance ?

Ava répéta les propos de Cael en espagnol. L'homme parut un instant surpris, apparemment plus par sa maîtrise de la langue que par le souci de McCabe pour son bien-être.

— *Vete a la mierda!*

Ava ne se donna pas la peine de traduire.

Gonzalez était un type à la musculature puissante et, malgré sa situation, rien chez lui ne trahissait la faiblesse. Il semblait en colère, prêt à se battre, et certainement pas effrayé. Il posa une question d'un ton rageur.

— Il veut savoir ce que vous avez fait du président de las Reyes. Il ne croit pas que c'est lui qui a ordonné son emprisonnement.

— Peut-être ceci contribuera-t-il à le convaincre, dit Cael en brandissant un document portant un cachet officiel.

Gonzalez ne jeta même pas un regard au papier.

— Dites-lui que l'ordre d'assignation a été rédigé par le président en personne et que le cachet qui y figure est justement celui qu'il a suggéré au président d'utiliser pour prouver qu'il n'a pas agi sous la contrainte.

Lorsque Ava eut traduit, l'homme posa enfin les yeux sur le document. Il se concentra sur le cachet et resta interdit. Enfin, il leva les yeux vers elle et parla avec un débit rapide.

— Il pense que quelqu'un, sans doute vous, a réussi à convaincre le président de sa culpabilité.

Cael haussa les sourcils.

— Je n'ai pas tout compris mais je sais qu'il n'a pas dit que cela.

Ava prit une mine contrite.

— Eh bien… il a également mis en doute la vertu de votre mère, votre virilité et vos préférences sexuelles.

— Peut-être souhaitez-vous le rassurer vous-même sur ces deux derniers points ?

Il voulait sciemment la mettre dans l'embarras, mais elle refusa de lui donner satisfaction.

— N'ayant aucune preuve concrète, je m'abstiendrai.

— Nous pourrons toujours y remédier, suggéra-t-il, le regard plein de malice. Après tout, ça vous donnera des infos de première main à partager avec Samuelson.

— Je me demande qui, de lui ou moi, se soucierait le moins de ce genre d'infos.

Cael esquissa un petit sourire, mais il savait qu'il avait perdu et décida de revenir à ce qui les occupait.

— Dites-lui que nous détenons des preuves qu'il travaille avec Ramirez, qu'il a trahi son pays et son président.

Ava s'exécuta. Gonzalez réagit avec fureur, les mots se bousculant dans sa bouche. Lorsqu'il s'interrompit, Ava traduisit :

— Vous portez de graves accusations. Il a risqué sa vie pour protéger son président. Il souhaite savoir quelles preuves vous pourriez bien détenir. Et il a ajouté que vous passiez sans doute vos soirées à vous adonner à des pratiques condamnables avec des animaux de ferme, termina-t-elle avec un sourire ironique.

N'étant plus d'humeur à rire, Cael lui jeta un regard agacé.

— Contentez-vous de traduire les propos qui nous intéressent.

— Désolée. Je pensais que vous vouliez tout savoir, répliqua-t-elle d'un air innocent.

— En effet, mais vous vous amusez un peu trop.

Il sortit un second papier de sa poche et le tendit à Gonzalez.

— Dites-lui que nous avons la preuve qu'une grosse somme d'argent a été versée sur son compte récemment. Et demandez-lui si c'est bien sa signature qui figure sur le reçu.

Ava traduisit et Gonzalez contempla le papier avec perplexité. Puis il secoua vigoureusement la tête avant de répondre à Ava.

— Il prétend que la signature est effectivement ressemblante, mais que ce n'est pas la sienne. Il nie avoir connaissance de ce versement et pense qu'on cherche à le piéger. À la date qui figure sur le reçu, il était en manœuvres. Plusieurs centaines d'hommes peuvent en témoigner.

— Oui mais il doit bien être conscient que nous savons qu'il n'était pas obligé d'aller lui-même à la banque ; il aurait pu signer le reçu et envoyer un tiers. Dites-lui de ne pas me prendre pour un idiot.

Cael était de plus en plus impatient et irrité.

— S'il n'a rien d'autre à me raconter, il me fait perdre mon temps. Je veux en savoir plus sur ce que Ramirez lui a demandé de faire, sur Cabrerra, et sur les intentions de Ramirez maintenant que de las Reyes est de retour au pays.

Quand Ava eut traduit, les protestations de Gonzalez se firent encore plus véhémentes.

— Il dit que, peu de temps après les élections, un homme de Ramirez l'a approché et a tenté de le soudoyer pour connaître les habitudes du président et l'importance du dispositif de sécurité. Mais il a refusé. Il pense qu'il est possible que Cabrerra ait été approché de la même façon.

— C'est là que le bât blesse. Alors qu'il est le chef de la garde présidentielle, il n'aurait parlé à personne de cette tentative de corruption ?

Ava relaya la question et vit en partie la réponse dans le regard que lui adressa Gonzalez. Il mit un long moment à parler.

— Il a eu peur que de las Reyes perde foi en lui s'il lui avouait avoir été approché et le considère comme un maillon faible. Mais il a fait tout ce qu'il pouvait pour obtenir de ses hommes qu'ils viennent le voir si on tentait de les contacter.

— Mais bien sûr ! s'exclama Cael, qui se leva, furieux. Et c'est ce que Cabrerra a fait, peut-être ? Il est venu le voir pour lui annoncer qu'on lui avait offert cinq mille dollars pour assassiner le président au cours de son voyage aux États-Unis ? Car c'est la somme qui a été versée sur le compte de Cabrerra. Moitié moins que sur le sien !

Ava répéta calmement les paroles de Cael. Gonzalez se contenta de secouer la tête, mais il semblait moins arrogant qu'à leur arrivée, comme si toutes ces révélations l'écrasaient.

— Je ne savais pas que Cabrerra était corrompu, dit Ava qui

répétait les mots de Gonzalez. J'étais persuadé de sa loyauté. Je me suis trompé.

Cael observa longuement l'homme face à lui. Ava se demanda si, tout comme elle, il était proche de le croire. Certes, les preuves contre lui étaient accablantes, mais falsifier une signature était toujours possible, d'autant que Cabrerra le côtoyait quotidiennement. Et ce versement d'argent était le piège parfait.

— Nous visionnerons les bandes des caméras de sécurité de la banque correspondant au jour de ce dépôt, dit finalement Cael. D'ici là, il reste sous surveillance.

Il laissa Ava traduire et se dirigea vers la porte.

Elle le rejoignit. Lorsqu'ils furent sortis, Cael referma les verrous.

— N'importe qui aurait pu faire ce dépôt pour piéger Gonzalez, dit-elle en remettant son arme dans son holster.

— Possible, répondit-il, songeur. Mais nous n'avons toujours aucune certitude. En outre, si Cabrerra avait réussi à tuer le président sans se faire prendre, l'enquête de police se serait concentrée sur les opposants de De las Reyes aux États-Unis, lesquels l'avaient menacé de mort. Il n'y avait donc *a priori* aucune raison de chercher à orienter les soupçons sur Gonzalez. Là, au contraire, les versements sur leurs comptes les désignent comme tous deux coupables. Gonzalez pourrait donc tout aussi bien être un menteur patenté qui, confronté aux preuves, essaie de nous faire croire que Cabrerra était le seul impliqué. Vous, quel est votre sentiment ?

Ava fut étonnée qu'il lui demande son avis.

— Je l'ai trouvé convaincant, admit-elle tout en observant les allées et venues des gardes qui n'étaient pas en service et entraient et sortaient de la caserne. Mais moi non plus je ne comprends pas pourquoi on aurait voulu piéger Gonzalez. Le virement a été fait avant que le projet d'assassinat contre de las Reyes échoue. Comment Ramirez aurait-il pu savoir que quelqu'un allait éplucher les comptes bancaires et pourquoi se serait-il donné autant de mal alors que, si tout s'était déroulé comme prévu, tout le monde aurait pensé que c'était un citoyen américain qui avait assassiné le président ?

— Peut-être était-ce une manière de couvrir ses arrières. Si l'assassinat avait réussi, Ramirez aurait perdu dix mille dollars, mais pour lui, ce n'est pas énorme. En revanche, si le plan échouait, il avait une seconde carte dans sa manche en faisant paraître Gonzalez suspect. Peut-être même avons-nous, sans le savoir, contribué à la réussite de ce second plan, car, en épluchant les comptes bancaires, nous avons poussé de las Reyes à démettre Gonzalez et à changer de chef de la sécurité.

— Possible, en effet.

Pour le moment, ils ne pouvaient que formuler des hypothèses. Et Gonzalez pouvait aussi être coupable, même s'il leur avait paru sincère.

— Quoi qu'il en soit, tant que nous n'en saurons pas plus, nous ne pouvons pas faire confiance à Gonzalez, ajouta-t-elle.

— Je suis d'accord. De toute façon, dans cette affaire, il vaut mieux éviter de tout fonder sur la seule confiance.

Plus que ses paroles, c'est le regard amer de Cael qui fit comprendre le sous-entendu à Ava.

— J'ai comme l'impression que, selon les circonstances, vous-même n'êtes pas toujours digne de confiance non plus, remarqua-t-elle.

Après tout, il ne lui avait toujours pas expliqué sur quoi reposait son antagonisme avec Samuelson.

— En fait, vous avez plus de points communs avec Samuelson que vous le croyez. Vous avez tous deux des manières brutales, vous êtes tous deux prêts à recourir à tous les stratagèmes pour obtenir des autres ce que vous voulez. Et vous méritez tous deux une bonne leçon, conclut-elle.

— C'est un point de vue intéressant, répliqua Cael soudain livide. Mais tous ces points communs ne sont que le fait du hasard.

Sous le coup des paroles d'Ava, il tourna les talons. Voilà des années que l'agent de la Sécurité intérieure et lui se faisaient la guerre. Et si Samuelson le connaissait mieux qu'il ne le pensait ? Ava était peut-être plus qu'un simple pion dans l'esprit de Samuelson. Avait-il senti que c'était une femme qui ne le laisserait pas indifférent ?

# 6

Cael prit connaissance du rapport sur la situation du camp rebelle que Reynolds avait rédigé et le compara à la carte topographique du pays dont il disposait.

— Et tu l'as vu toi-même ? Combien d'hommes y a-t-il sur place ?

— Difficile à dire, répondit Reynolds. J'en ai dénombré plus de cent, mais j'ignore combien d'autres il pouvait y en avoir sous les tentes.

Il se pencha en avant pour désigner le plan du camp qu'il avait dessiné.

— Le camp est bien gardé et bien équipé. Ces types ne sont pas livrés à eux-mêmes, c'est certain. Ils disposent d'un matériel important et flambant neuf.

— Si c'est bien Ramirez qui les finance, ça signifie que c'est lui le chef de la rébellion, désormais, remarqua Cael. Il se sert d'eux pour déstabiliser le pays et mettre à mal le gouvernement de De las Reyes.

Il se redressa et reprit :

— Quoi qu'il en soit, ce n'est pas là-bas que nous trouverons Ramirez. Il est trop malin pour risquer de se faire surprendre avec les rebelles.

Il ne savait pas encore que faire de ces nouvelles informations, mais il allait les garder sous le coude. Elles pourraient intéresser la Sécurité intérieure ou la CIA. Il s'assurerait donc qu'Ava n'en ait pas connaissance.

Penser à elle lui comprima la poitrine. Plus tôt dans la soirée, perturbé par la pensée qui lui avait traversé l'esprit, il l'avait laissée en plan devant les quartiers de Gonzalez. Chaque fois qu'il était seul avec elle, quelle que soit la situation, il était en danger, car il avait tendance à s'attendrir. Et ça, c'était une faiblesse qu'il ne pouvait se permettre.

Au cours de sa carrière, il avait appris qu'on ne pouvait pas affronter le danger aux côtés de quelqu'un en qui on n'avait pas une totale confiance.

Et que jamais on ne se lançait dans une relation intime avec un collaborateur.

Certes, il n'était pas allé très loin avec Ava, mais il avait envie d'elle. Terriblement. À vrai dire, cette idée ne le quittait plus. Il n'arrivait pas à se débarrasser du souvenir du baiser échangé, du contact des courbes de son corps contre le sien…

Un soldat ne devait jamais baisser sa garde. Dans la guerre personnelle qu'il menait contre Samuelson, il s'était toujours appliqué à rester en alerte. Or, Ava n'était qu'une des armes de Samuelson. Il devait garder cette idée en tête et considérer qu'elle représentait sans doute sa meilleure occasion d'anéantir définitivement son ennemi.

Il parviendrait à surmonter les accès de mauvaise conscience qui l'assaillaient lorsqu'il songeait à se servir d'elle, se promit-il. Après tout, elle n'avait pas eu autant d'états d'âme.

Il corrigea cette dernière réflexion. Même si elle avait accepté d'espionner pour le compte de Samuelson, elle s'était certainement elle aussi fait duper par ce dernier. Il savait à quel point l'agent de la Sécurité intérieure pouvait se montrer convaincant.

D'expérience, Cael savait que, percé à jour, Samuelson réagissait promptement. Quand il comprendrait qu'Ava avait été retournée contre lui, sa vengeance serait terrible. Mais Ava l'aurait mérité. Elle paierait pour s'être alliée à ce type.

C'est ce qu'il se dit. Il essaya de s'en convaincre.

— Pour le moment, nous ne pouvons rien faire, expliqua Reynolds, et il fallut quelques instants à Cael pour retrouver le fil de leur conversation sur le camp rebelle. Nous ne disposons pas d'assez d'hommes. Ils sont peut-être deux cents dans ce camp ; il nous faudrait au moins six gars.

L'excès de confiance de Reynolds fit sourire Cael, mais il connaissait la valeur de son agent. Avec très peu d'hommes, il pouvait faire des miracles face à des adversaires bien plus nombreux.

— De toute façon, ce n'est pas notre mission. Du moins pas pour le moment. Une fois que nous aurons bouclé l'enquête, qui sait ? Peut-être de las Reyes décidera-t-il de lancer une opération militaire.

Reynolds haussa les épaules avec une mimique déçue.

— D'ici là, les rebelles auront sans doute déplacé leur camp. Tu sais aussi bien que moi qu'ils sont très mobiles.

— C'est un risque à courir. Notre priorité, c'est la sécurité du président. Si nous parvenons à trouver qui travaille pour Ramirez, à remonter jusqu'à lui et à le neutraliser, les rebelles ne seront plus une menace. Ils se battent pour ceux qui les payent. Et à ce sujet, nous avons peut-être une piste intéressante. Perez est passé faire son rapport un peu plus tôt dans la soirée. La jeep des hommes qui nous ont tiré dessus à la sortie de l'aéroport a été volée il y a une semaine. Deux des types ont été identifiés. L'un d'eux est le frère d'un contrôleur aérien qui travaillait le jour de notre arrivée.

— Nous n'étions donc pas loin d'avoir vu juste dès le départ.

— Perez est en ce moment avec les policiers qui mènent l'interrogatoire.

Il n'aurait pas aimé être à la place du contrôleur, songea Cael.

— Va te reposer un peu, dit-il à Reynolds. Je pourrais avoir besoin de toi pour prendre un tour de garde auprès du président ou de Gonzalez.

— Ça ne me dérangerait pas d'aller cuisiner un peu Gonzalez…

— Attendons d'avoir pu visionner ce qu'ont enregistré les caméras de la banque. Nous aurons peut-être alors de nouveaux éléments à lui soumettre.

Le portable de Cael sonna. Il le sortit de sa poche et consulta l'écran. C'était le détective privé qu'il avait contacté pour enquêter sur le passé d'Ava.

— Désolé, il faut que je réponde. Demande à Sibbits de te montrer ta chambre.

Reynolds s'en alla et Cael prit l'appel. L'idée d'en apprendre plus sur Ava l'excitait d'autant plus que, au cours de leurs échanges, dès que la conversation avait pris un tour personnel, elle s'était montrée très peu diserte.

Lorsqu'il raccrocha un quart d'heure plus tard, ce qu'il éprouvait avait totalement changé de nature.

Maintenant, il comprenait Ava bien plus qu'il ne l'aurait imaginé. Il comprenait pourquoi elle faisait tout pour cacher son passé et l'impact que la divulgation de ses secrets pourrait avoir sur sa carrière.

La seule question encore en suspens était de savoir s'il serait capable de se servir de ce qu'il venait d'apprendre pour la pousser à coopérer avec lui contre Samuelson.

Et si, ensuite, il serait encore capable de se regarder dans un miroir.

Comme elle prenait son service très tôt le lendemain, Ava alla se coucher tout de suite après avoir dîné et s'être douchée. Elle fut réveillée en sursaut avant même le lever du jour.

Il lui fallut un instant pour comprendre ce qui l'avait réveillée. Tous les agents de McCabe s'étaient vu remettre un bracelet électronique qui vibrait et clignotait en cas d'intrusion dans le périmètre de sécurité du palais présidentiel.

Justement, le sien vibrait et clignotait.

Elle bondit hors de son lit, enfila son gilet pare-balles et attrapa son arme. Quelques secondes plus tard, elle prenait l'ascenseur pour descendre au rez-de-chaussée en se demandant si quelqu'un avait forcé le périmètre de sécurité à l'extérieur ou à l'intérieur du palais.

Lorsqu'elle sortit de l'ascenseur, elle trouva Reynolds, la mine sombre, l'arme en main. Au loin, elle entendait des exclamations et les pas des gardes présidentiels.

— Ça vient de dehors ou d'ici ?

— De dehors. Quelqu'un a franchi la grille d'entrée, dit-il avant de se diriger vers la porte.

Près de cinq cents mètres séparaient la grille d'entrée de la porte principale. Elle laissa Reynolds couvrir l'avant du bâtiment et se dirigea au pas de course vers la porte latérale. Si elle agissait vite, elle pourrait arrêter le conducteur du véhicule qui avait franchi la grille avant même qu'il n'atteigne le palais. Les gardes tenaient leur position, comme le leur avait demandé Cael.

Arrivée à la porte, elle s'adressa en espagnol au garde le plus proche.

— Que savez-vous du véhicule ?

— C'est une limousine noire. Les occupants n'ont pas été identifiés.

— Ouvrez la porte !

Le garde obtempéra. Ava sortit et traversa la pelouse. Elle aperçut des phares puis vit le véhicule qui remontait lentement l'allée sur sa droite.

Elle s'arrêta et leva son fusil. Après avoir inspiré profondément et expiré, elle tira deux fois, dans les pneus avant et arrière.

La limousine s'immobilisa avec une secousse.

Ava entendit des gardes qui couraient vers elle, mais elle chercha Reynolds du regard et lui lança :

— Donnez l'ordre de vérifier que la voiture n'est pas piégée.

Reynolds s'exécuta et plusieurs hommes partirent chercher le matériel nécessaire.

Elle s'approcha de la voiture et ordonna :

— *Salga del coche con los las manos arriba !*

Chauffeur et passager — elle distinguait au moins une personne à l'arrière — restèrent dans la voiture.

— *Tenéis treinta segundos antes de que comencemos a tirar.*

Dix secondes passèrent. L'adrénaline montait. Vingt secondes. Ava lança aux gardes un ordre en espagnol :

— Levez vos armes.

Les gardes pointèrent leurs fusils sur la voiture.

Alors, lentement, la portière côté conducteur s'ouvrit et un homme en costume de chauffeur apparut.

— Sortez les mains en l'air ! lui ordonna Ava en espagnol.

Il obéit et Ava demanda à deux gardes de le fouiller. D'autres gardes, sous le commandement de Reynolds, commencèrent à inspecter le dessous du véhicule.

Ava s'approcha de la portière ouverte en pointant son arme sur le passager à l'arrière. Soudain, la portière côté passager s'ouvrit et une petite brune jaillit comme une furie de la limousine.

— Comment osez-vous ? s'exclama-t-elle en espagnol. Qui êtes-vous et qu'avez-vous fait d'Antonio ? J'exige qu'on me conduise auprès de lui immédiatement !

Elle s'avança vers Ava d'un pas menaçant.

— Si vous avez fait du mal à mon Antonio, je vous promets que vous allez me le payer !

Ava resta calme et garda son arme pointée, malgré les exclamations des gardes derrière elle.

— *Es la señorita Marissa Mejido y Fuente. La novia del presidente.*

La fiancée du président ? Ava tourna la tête vers Reynolds qui paraissait aussi abasourdi qu'elle. À aucun moment McCabe n'avait fait mention d'une fiancée. Pas plus que de las Reyes, d'ailleurs.

Cependant, tous les gardes paraissaient la connaître.

Ava baissa son arme.

— Fouillez la voiture, ordonna-t-elle.

Elle se tourna vers la nouvelle venue et expliqua :

— Nous sommes ici pour protéger le président. Il ne nous a pas prévenus de votre arrivée. Nous allons l'informer que vous êtes là, mais avant, je dois vous fouiller.

La réaction de Marissa fut immédiate et brutale.

— Il est hors de question que vous me touchiez ! J'exige que vous me meniez à Antonio tout de suite !

Ava rangea son arme et approcha de Marissa. Celle-ci se rua sur elle, toutes griffes dehors. Ava rejeta la tête en arrière mais sentit ses ongles s'enfoncer dans son cou. Irritée, elle la saisit par les poignets, la fit basculer en arrière en lui fauchant les jambes, et la maintint au sol du genou.

Marissa hurla mais Ava n'en eut cure et la palpa consciencieusement, à la recherche d'une arme éventuelle. Elle était vêtue d'une robe de soirée à décolleté plongeant, et disposait donc de peu de tissu pour dissimuler une arme. Sa fouille terminée, Ava se releva et la saisit par le bras pour l'aider à se remettre sur ses pieds.

— Tenez-vous tranquille et nous vous ferons entrer. Mais si

vous essayez encore de me toucher, je vous envoie vous rafraîchir dans la fontaine. Compris ?

— Vous allez le regretter ! Antonio vous fera payer votre brutalité envers moi.

Ava sentit du sang couler le long de son cou. Sans relâcher son étreinte sur le bras de Marissa, elle la fit avancer vers le palais.

— *Ma* brutalité ? Jusqu'à preuve du contraire, c'est moi qui saigne…

— C'est un outrage, Antonio ! s'exclama Marissa qui arpentait le salon personnel du président. Cette… cette démone m'a attaquée ! fulmina-t-elle en pointant Ava du doigt. Elle m'a menacée et bousculée. Elle a pointé une arme sur moi. J'exige qu'on la jette en prison !

— Parle en anglais s'il te plaît, Marissa, lui dit de las Reyes en s'approchant d'elle pour lui tendre un verre de vin. Tous nos invités ne comprennent pas l'espagnol.

— Des « invités » ?

Même Cael avait perçu la haine qu'elle vouait à Ava dans le regard qu'elle lui avait adressé, mais elle s'exprimait désormais en anglais, comme le lui avait demandé de las Reyes. Elle but une gorgée de vin et reprit :

— Que fait ici cette sorcière qui porte une arme et terrorise tes visiteurs ? Que font-ils tous ici ? Pourquoi as-tu un service de sécurité aussi important ? Tu m'as assuré que tu ne courais plus aucun danger. Pourquoi ces étrangers sont-ils là ?

De las Reyes ne lui répondit pas immédiatement. Il avait lui aussi des questions à poser.

— Je n'attendais pas ton retour avant deux semaines. Et ce défilé à Buenos Aires ?

Marissa lui lança un regard noir. Au lieu de répondre, elle se dirigea vers Cael.

— Dites-moi ce qui se passe. Antonio essaie toujours de me cacher des choses pour ne pas m'inquiéter. Vous, je pense que vous pouvez répondre à mes questions.

Cael jeta un coup d'œil vers ses agents. Perez n'était pas encore revenu, mais en plus d'Ava, Sibbits, Reynolds et Benton étaient là. Il posa ensuite les yeux sur le président qui répondit par un léger haussement d'épaules.

— L'homme qui a attenté à la vie du président aux États-Unis est mort. La personne qui a sauvé la vie au président, si cela vous intéresse, n'est autre qu'Ava Carter, déclara-t-il en désignant Ava de la tête. C'est Pedro Cabrerra qui a tenté de tuer M. de las Reyes, qui en a donc conclu que sa garde présidentielle avait été infiltrée et a demandé que ma société continue d'assurer sa protection après son départ des États-Unis. D'ailleurs, une seconde tentative a eu lieu peu après notre arrivée à San Baltes.

Marissa sursauta et alla se jeter en pleurant dans les bras de De las Reyes. Il parvint à lui enlever son verre des mains avant qu'ils soient tous deux éclaboussés.

Cael détourna le regard tandis que le président serrait Marissa contre lui et lui parlait doucement à l'oreille. Il aperçut alors les griffures sur le cou d'Ava. C'étaient des blessures bénignes. Il n'aurait pas dû y attacher d'importance, et pourtant…

Certes, Marissa était une jolie femme et son apparition avait été pour le moins spectaculaire, mais c'était Ava qui attirait tous les regards. Il avait d'abord cru qu'elle ne portait rien sous son gilet pare-balles avant de reconnaître la fine nuisette qu'elle avait lorsqu'il était venu la surprendre dans son lit.

Il chassa ce souvenir avant d'être incapable de se concentrer. Il ne put néanmoins s'empêcher d'imaginer la scène décrite par Marissa. L'image d'Ava, dans une tenue pour le moins… curieuse, traitant sans ménagement l'hyper-féminine Marissa flotta dans son esprit. Et cette image-là, il ne pouvait rien faire pour la chasser.

Doucement, de las Reyes repoussa Marissa et lui tendit un mouchoir. Lorsque l'alerte avait été donnée, il s'était retiré avec Benton dans son quartier de sécurité, et Cael avait assuré la communication avec l'extérieur.

— Tu n'as toujours pas répondu à ma question, Marissa, reprit de las Reyes. Pourquoi es-tu de retour si tôt ? Et pourquoi n'as-tu pas appelé pour prévenir de ton arrivée ?

Marissa s'essuya les yeux.

— Mon agent est en colère contre moi, mais j'ai insisté pour qu'il annule tout. J'étais tellement inquiète que je ne supportais plus d'être loin de toi. Je voulais revenir le plus vite possible.

— Moi, ce que j'aimerais savoir, c'est comment elle a franchi la grille d'entrée malgré le système d'alarme, intervint Cael en s'adressant à de las Reyes. Vous nous aviez dit être le seul à avoir gardé une télécommande permettant de l'ouvrir.

L'expression de De las Reyes s'assombrit.

— En effet. Marissa n'en a jamais eu.

— C'est vrai ! s'exclama Marissa, qui avait brusquement relevé la tête. Antonio ne m'a jamais donné de télécommande. C'est le capitaine Gonzalez qui m'en a donné une avant mon dernier voyage. Lui, au moins, il considérait qu'une femme amoureuse ne devait pas attendre à la grille comme une domestique.

Un silence de plomb s'abattit sur la pièce. Tous les regards avaient convergé vers Cael qui se perdait en conjectures. Pourquoi diable Gonzalez aurait-il souhaité que Marissa puisse pénétrer dans l'enceinte du palais ? À quoi cela aurait-il pu lui servir ? Même s'il jouait double jeu, il était lui-même déjà dans la place.

Le président était censé conserver la faculté de bloquer tous les accès au palais, et personne n'aurait dû pouvoir entrer ni sortir sans son consentement.

C'est du moins ce qu'ils pensaient avant que Marissa ne révèle détenir une commande.

Le regard de Marissa passa des uns aux autres. Elle était visiblement ennuyée.

— Antonio, es-tu en colère contre moi ? Je sais que j'aurais dû t'en parler, mais je voulais te faire une surprise. Je ne pensais pas provoquer toutes ces complications.

— Je comprends, dit de las Reyes d'un ton conciliant mais ferme. Mais ta surprise de ce soir a causé beaucoup de soucis à de nombreuses personnes. Bien sûr, je suis content de te voir, mais je dois te demander de me donner cette télécommande.

— C'est mon chauffeur qui l'a, répondit Marissa d'une voix timide. C'est à lui qu'il faut la demander.

D'un regard, Cael envoya Sibbits s'en charger. Ce dernier quitta la pièce sans attendre.

— Mes hommes vont aller chercher vos affaires. Je vous prie de ne pas sortir du palais.

Marissa acquiesça d'un air docile, mais Cael eut l'intuition que son tempérament impétueux ne tarderait pas à reprendre le dessus. Elle l'étonna cependant quand elle se dirigea vers Ava et lui déclara :

— Je vous présente mes excuses.

Ava parut aussi surprise que lui.

— Je n'ai pensé qu'à moi. Mais vous avez sauvé la vie à Antonio et, pour cela, je vous serai éternellement reconnaissante.

Cael regarda Ava accepter la main que Marissa lui tendait.

— Cependant, reprit Marissa avec un regard sévère, en tant que compagne du président, je suggère que vous vous habilliez autrement pour faire votre travail, d'accord ? Peut-être un uniforme serait-il plus convenable. Une femme jalouse peut se révéler très dangereuse.

Ava porta la main à son cou.

— Je m'en souviendrai.

Après un dernier regard attendri en direction de De las Reyes, Marissa sortit. Une fois la porte refermée, le président poussa un long soupir. Il but une gorgée de vin et se tourna vers Cael.

— Je sais ce que vous pensez…

— Vous ne nous avez pas tout dit sur votre vie privée quand nous avons mis en place le dispositif de sécurité. En tout cas, vous n'avez jamais fait mention de Mlle Fuente.

— Je ne l'ai pas fait parce qu'elle n'était pas censée être là avant un bon moment, répliqua de las Reyes, sur la défensive. Je ne pouvais pas prévoir qu'elle reviendrait aussi vite, sans quoi je lui aurais demandé de rester loin d'ici. Et je vous jure que j'ignorais qu'elle avait une télécommande d'ouverture de la grille.

Ça, c'était un autre point sur lequel Gonzalez devrait s'expliquer. Cael adressa un regard entendu à Reynolds qui acquiesça. Ils devraient de nouveau fouiller les quartiers de Gonzalez. Les télécommandes avaient toutes été recensées. Quelqu'un en avait donc fait refaire au moins une qui avait fini entre les mains de Marissa.

— Avez-vous encore besoin de moi ce soir ? demanda le président.

À son expression, Cael comprit qu'il était épuisé. Il avait un emploi du temps surchargé et ces événements étaient venus troubler la première nuit de repos complet qu'il s'accordait depuis son retour.

— Je m'occuperai de donner des instructions aux gardes, répondit Cael. Que voulez-vous que nous fassions du chauffeur de Mlle Fuente ?

De las Reyes se dirigeait déjà vers la porte.

— Il a été soumis à une enquête avant d'être engagé pour conduire Marissa. Il peut rester ici jusqu'à ce qu'elle reparte.

Cael eut du mal à dissimuler son irritation. L'arrivée de cette femme était une source de problèmes supplémentaires. Le président s'était plié à leur exigence de ne pas quitter le palais tant que l'enquête n'aurait pas abouti. Il sentait qu'il serait beaucoup plus difficile de convaincre Marissa de rester confinée dans cette enceinte.

Il faudrait qu'il parvienne à convaincre de las Reyes que la présence de Marissa était un risque de plus qu'ils ne pouvaient se permettre. Mais d'ici là, il devait réorganiser son dispositif.

— Benton, c'est toi qui reprends la surveillance à la porte du président. Les autres, suivez-moi. Nous devons nous réunir avec les gardes nationaux.

La nuit s'annonçait longue.

# 7

Ava longeait le couloir à grands pas et Cael devait se presser pour rester à sa hauteur.

— Je ne comprends pas pourquoi vous êtes gênée. Les caméras de sécurité ont démontré que Reynolds et vous avez parfaitement géré la situation de ce soir.

Elle se retourna brusquement et lui posa un doigt sur la poitrine.

— Vous y allez un peu fort en disant que je n'ai pas à être gênée ! C'est pire que ça, je suis furieuse ! J'ai fait mon travail avec professionnalisme et je n'ai pas apprécié qu'on exhibe la vidéo comme si on était à un enterrement de vie de garçon !

— Quoi ?

Abasourdi par sa colère, il resta interdit, à la fixer. Pourtant, il ressentait une pointe de culpabilité. En effet, l'apparition à l'écran d'Ava traversant la pelouse jambes nues, le gilet pare-balles dissimulant sa nuisette, était… inoubliable. Et le souvenir, sous l'éclat de la lune, de ses longues jambes, de ses cheveux noirs en désordre tandis que, fusil en avant, elle allait accomplir sa mission avec détermination n'allait pas manquer de hanter ses rêves et ses fantasmes.

Quoi qu'il en soit, il était hors de question pour lui de l'admettre.

— Tous ceux qui étaient dans cette pièce sont des professionnels. Je vous certifie que le seul but du visionnage de cette vidéo était de reconsidérer notre procédure d'intervention au cas où quelqu'un réussirait de nouveau à franchir la grille d'entrée.

Elle le foudroya du regard.

— Si vous n'avez pas remarqué la réaction des gardes nationaux qui étaient là, c'est que vous manquez cruellement de sens de l'observation. J'ai déjà passé la journée à supporter leur comportement de machos puérils. Et, alors que finalement j'étais parvenue à obtenir un peu de respect de leur part, voilà que…

Elle poussa un soupir rageur.

— Demain, il va falloir que je recommence tout. Mais je vous préviens dès à présent : s'il y en a encore un qui ose me toucher, je lui casse le bras !

— Comment ça ? L'un d'eux vous a touchée ? Pourquoi ne m'en avez-vous rien dit ? Je ferai en sorte que…

— Je n'ai pas besoin de votre aide, le coupa-t-elle en prenant soin de détacher chaque mot tout en continuant à pointer le doigt sur son buste. J'ai besoin de respect. Je veux que cette cassette soit confisquée avant qu'ils en fassent circuler une copie.

— J'y veillerai.

Lui-même n'appréciait guère de savoir que cette vidéo pourrait circuler, mais il évita de s'attarder sur les raisons de sa réaction.

Ava resta plusieurs secondes à le dévisager d'un air soupçonneux. Son expression dut finir par la convaincre de sa sincérité, car elle se détendit un peu.

— Les hommes sont des imbéciles ! marmonna-t-elle en se remettant en marche en direction de sa chambre.

Cael remonta à sa hauteur.

— Euh… eh bien… oui.

Il ne pouvait s'empêcher de sourire.

— Je vous compte dans le lot, évidemment.

Étant donné sa propre réaction à la vidéo, il ne pouvait guère protester.

— C'est noté.

— Ne soyez pas si conciliant, McCabe. Ça me donne la chair de poule.

Il sourit de plus belle. Le manque de sommeil mêlé à l'exaltation de cette conversation avec Ava lui procurait une étrange sensation de bien-être.

— Que puis-je dire ? Nous sommes des primitifs conditionnés à réagir à certains… stimuli ?

— Primitifs, je suis d'accord.

Alors qu'elle atteignait sa porte, elle se souvint de quelque chose.

— Au fait, je vous rends ça, dit-elle en lui tendant son bracelet électronique d'alerte. Il a vibré et clignoté, mais la radio ne fonctionnait pas.

Perplexe, il lui prit l'appareil.

— Vous ne pouviez pas entendre les ordres ?

— Non. J'ignorais pourquoi on avait laissé entrer la voiture. J'ai rencontré Reynolds et c'est lui qui m'a expliqué la situation.

— Les gardes à l'entrée ont commis une erreur en supposant, sans même vérifier, que Marissa était dans la limousine. Elle aurait dû être stoppée beaucoup plus tôt. Les responsables seront démis de leurs fonctions. Cependant, l'un dans l'autre, la plupart ont fait correctement leur travail. Au moins, maintenant, nous savons où est le point faible du dispositif. Ça vous dérange si j'entre vérifier que le boîtier de réception de la radio fonctionne ? ajouta-t-il en désignant la porte de la chambre.

Il entra sans attendre de réponse et alla jusqu'à la table de nuit où se trouvait le boîtier. Il s'agenouilla et se mit à jouer avec les boutons de réglage.

— Bon sang, ça ne marche pas du tout !

— Il me semble que c'est ce que je vous ai dit.

Elle s'était exprimée d'un ton sec. Il leva la tête et s'aperçut qu'elle était juste à côté de lui. Elle avait ôté son gilet pare-balles.

— C'est bizarre… Normalement, le matériel a été vérifié avant d'être remis à chacun. Je vais emporter cette radio et je vous en apporterai une autre, dit-il après avoir débranché l'appareil.

Il se redressa et se retrouva tout près d'elle. Trop près. Elle était coincée entre lui et ce lit aux draps de soie turquoise. Immédiatement, son pouls s'accéléra et des pensées contradictoires se bousculèrent dans sa tête.

Après ce qui s'était passé la dernière fois qu'il était venu dans cette chambre, c'était bien trop tentant de s'imaginer allongé sur ce lit auprès d'elle. Sur elle. Il avait toujours à l'esprit la sensation de son corps contre le sien et du goût de ses lèvres.

Comme si elle avait deviné ses pensées, Ava recula d'un pas et se retrouva contre le lit.

— Non.

Elle s'était exprimée d'une voix ferme, mais il lisait dans son regard qu'elle nourrissait les mêmes pensées que lui.

— Nous n'allons pas commettre deux fois la même erreur.

— C'est bon à savoir.

Cael se sentit partagé entre la raison et la tentation. Or, le démon de la tentation se montrait très insistant. Il tendit la main et lui caressa la joue, comme s'il n'était plus maître de ses mouvements.

Elle leva le bras pour le repousser, mais suspendit son geste.

— Vous ne me faites pas confiance, remarqua-t-il.

Elle avait la peau douce et ses doigts en frissonnaient de plaisir.

— Je ne peux pas.

— Alors pourquoi devrais-je avoir confiance en vous ?

Lentement, il avança les lèvres et les laissa courir le long de son cou.

— Vous ne devriez pas avoir confiance en moi, ajouta-t-il.

Ava n'eut pas le temps de répondre car il couvrit sa bouche de ses lèvres et sentit une onde d'excitation le traverser.

Il l'embrassa fiévreusement, souhaitant étancher son désir avant que l'un d'eux ne recouvre ses esprits. Bien sûr, c'était stupide. Lui, habitué à prévoir tous les risques, à calculer sans cesse, agissait en totale contradiction avec sa ligne de conduite.

Il passa un bras autour de sa taille pour la serrer contre lui. Il n'était pas certain de savoir jusqu'où il était prêt à aller avec elle, mais il ne pouvait pas résister.

Ava noua soudain les bras autour de son cou et répondit à son baiser avec une ferveur à laquelle il ne s'attendait pas.

Il glissa un doigt sous la bretelle de sa nuisette et la fit descendre pour libérer ses seins. Sous ses paumes, il sentit ses tétons durcis par le désir. Presque malgré lui, il les prit dans sa bouche.

Il lui suffirait de quelques gestes pour la déshabiller complètement, la caresser librement. Cette femme lui faisait oublier tous ses principes, toutes ses convictions.

Ce qui ne la rendait que plus attirante.

Tout à coup, il prit conscience qu'elle avait passé les mains entre eux pour essayer de lui ôter le gilet pare-balles qu'il portait toujours. Plutôt que de se redresser pour lui faciliter la tâche, il continua à la presser contre lui, à la dévorer de baisers, conscient d'avoir déjà atteint le point de non-retour.

Une sonnerie retentit alors et il la sentit se raidir. Frustré par cette interruption, il releva la tête. C'était le portable d'Ava qui sonnait.

Il jeta un regard vers l'appareil posé sur la table de nuit. L'écran était allumé ; le téléphone sonna encore une fois avant de s'arrêter.

Il eut le temps de voir le numéro affiché, un numéro qu'il connaissait.

Le charme fut instantanément rompu, même si son corps vibrait encore de désir, et une pensée le traversa : il se comportait vraiment comme le dernier des imbéciles !

Ava avait l'air hagard. Quand elle tendit la main vers lui, il dut rassembler toutes ses forces pour s'écarter.

— Vous feriez mieux de rappeler, dit-il sèchement.

Elle prit le téléphone d'une main mal assurée. À son regard, il devina ce qu'elle allait dire et se sentit encore plus frustré.

— Je ne reconnais pas…

— Moi si. C'est le numéro de Samuelson, rétorqua-t-il, mâchoires serrées.

Elle laissa retomber l'appareil avec un air coupable.

— Alors, vous demande-t-il des rapports réguliers ? Si vous avez raté un tour, je m'en voudrais de le faire attendre. Il n'est pas connu pour être très patient.

Ava rajusta sa nuisette et s'écarta de lui.

— À mon arrivée ici, je lui ai laissé un message avec mon numéro. Depuis, je ne lui ai pas reparlé.

Cael ne s'embarrassa pas de chercher à savoir si c'était vrai ou non. Il s'en voulait de s'être montré stupide et d'avoir failli commettre une erreur impardonnable.

Le pire, c'est qu'elle l'avait averti avant qu'il la touche.

Il ne décolérait pas. Il savait ce que c'était de convoiter quelque chose ou quelqu'un avec trop d'ardeur. Il s'était laissé emporter par ses pulsions et, dans ces cas-là, on perdait le sens des réalités.

— Peut-être vaut-il mieux que vous attendiez un peu pour le rappeler, déclara-t-il. Je n'ai pas encore eu le temps de faire le tri entre ce que je souhaite que vous lui appreniez ou pas.

Il la vit prendre une longue inspiration, comme si elle s'efforçait de garder son calme.

— Je vous ai déjà dit que je refusais de participer à votre petit jeu.

— Je crains que vous n'ayez pas le choix, répondit-il avec une moue ironique. Car j'ai un détective privé qui travaille pour moi et qui est particulièrement doué pour trouver les informations que je lui demande.

Ava resta interdite.

— Déterminer jusqu'où quelqu'un est prêt à aller pour dissimuler son passé n'est pas évident, mais j'ai comme l'impression que vous êtes prête à beaucoup de sacrifices pour que personne n'apprenne que Calvin Julson est votre père.

S'il n'avait pas été aussi furieux contre lui-même, Cael se serait immédiatement radouci à la vue de son visage qui se décomposa. Il se serait avancé et l'aurait serrée contre lui pour la réconforter.

Mais il devait se blinder et ne pas négliger le danger qu'elle représentait.

Elle fit quelques pas et se cramponna au bois de lit, comme si elle craignait de s'effondrer. Elle était si crispée que ses phalanges blanchirent.

— Je suppose que Samuelson l'a également appris et que c'est ainsi qu'il vous a convaincue de travailler pour lui.

Il ne doutait pas qu'il avait fallu user de moyens de pression extrêmement puissants pour la faire céder. Même si elle avait besoin d'argent, une simple incitation financière n'y aurait pas suffi.

Elle resta immobile.

— Il l'a insinué. Je pense qu'il le sait, mais il ne l'a pas clairement dit.

Évidemment. Avancer masqué, c'était bien son style. Cael s'efforça de tempérer sa colère. Samuelson était maître dans l'art d'en révéler juste assez pour susciter l'inquiétude et obtenir ce qu'il désirait.

Pour avoir été victime de ses méthodes, Cael savait à quoi s'en tenir.

Il ne put refouler un élan d'empathie.

— Je ne vous en veux pas de tout faire pour tenir secret votre lien de parenté avec Julson, dit-il en observant sa réaction.

Elle déglutit et sembla chercher ses mots.

— Je n'ai plus parlé à mon père depuis quinze ans. Il ne fait plus partie de ma vie. En revanche, je ne peux rien contre les hasards de la nature. Je n'ai pas choisi mes parents.

Cette dernière affirmation toucha en lui une corde sensible, mais il refusa de le laisser paraître.

— Bien répondu. Toutefois, je me demande ce que le commandant de votre unité du SWAT, ou encore votre capitaine, en penseraient. Nous savons tous deux ce qui se passerait si des journalistes venaient à avoir vent de cette information. Imaginez les titres : « Un des plus brillants agents et tireurs d'élite du SWAT n'est autre que la fille du plus infâme activiste raciste du pays. » Toutes les arrestations que vous avez effectuées seraient passées au crible, des proches des gens que vous avez dû éliminer porteraient plainte pour discrimination, tout le service serait éclaboussé.

Elle eut un regard de biche apeurée qui le fit s'interrompre. Il s'attendait presque à ce qu'elle lui renvoie ses menaces à peine déguisées au visage, qu'elle lui dise de faire ce que bon lui semblait. Il le redoutait même, car il n'était pas certain d'être capable d'aller jusque-là.

Au lieu de cela, elle resta un long moment à le contempler en silence. Et quand, enfin, elle prit la parole, ses mots furent tel un couteau retourné dans une plaie.

— J'aimerais que vous m'expliquiez encore une fois comment je suis censée faire la différence entre Samuelson et vous. Vous utilisez tous deux les mêmes méthodes. Vous me menacez de m'anéantir en révélant mon passé pour parvenir à vos fins. Au départ, je pensais que vous étiez issus du même moule. Mais je commence à me demander si vous n'êtes pas pire que lui.

Cael l'écoutait, la gorge serrée. Jamais il n'avait eu l'impression de se faire transpercer de la sorte.

Il fallait qu'il bouge, qu'il trouve la force de s'en aller.

— À vous de choisir, parvint-il à dire. Vous coopérez avec moi et je ne révèle rien. Sinon…

Arrivé à la porte, la main sur la poignée, il jeta un regard par-dessus son épaule.

— … je divulgue tout, et c'en est fini de vous.

*
* *

Les petits coups frappés à sa porte contrarièrent Cael. Il était sur son balcon, un verre de whisky à la main, en train de se débattre avec ses scrupules. Il envisagea d'abord de ne pas répondre, mais cela aurait été manquer de professionnalisme. En soupirant, il finit par rentrer dans sa chambre.

Il posa son verre, prit son arme et alla ouvrir. C'était Reynolds. Ce dernier ne cilla pas à la vue de l'arme que tenait Cael.

— J'ai vu de la lumière, et je me suis dit que tu ne devais pas dormir.

Il repéra le verre de whisky posé sur la table de nuit.

— Tu m'offres un verre ?

Cael s'effaça pour le laisser entrer. Il alla chercher un verre, y versa deux doigts de whisky et le tendit à Reynolds.

— Désolé, je n'ai plus de glace.

— Ai-je pour habitude de faire le difficile ? demanda Reynolds qui prit le verre avant de sortir sur le balcon et de s'adosser à la rambarde.

Cael lui emboîta le pas.

— Je n'arrivais pas à trouver le sommeil, reprit Reynolds.

Cael hocha la tête. Après une forte décharge d'adrénaline, il fallait du temps pour revenir à un état normal.

Pendant quelques instants, ils restèrent silencieux et sirotèrent leur whisky, le regard perdu dans le vide. Ils se connaissaient depuis suffisamment longtemps pour apprécier d'être ensemble sans avoir besoin de beaucoup se parler.

— Ça aurait pu plus mal se passer, ce soir, dit enfin Reynolds. Qu'as-tu décidé pour les gardes chargés de la surveillance de la grille d'entrée ?

— Ils ont été remplacés.

Reynolds approuva d'un signe de tête. Il n'y avait pas d'autre solution ; ils avaient pris une mauvaise décision en laissant passer la limousine.

— Carter a été efficace.

Cael sentit son estomac se nouer.

— Il semblerait, oui.

— Elle est restée calme, et n'a pas hésité. Elle a crevé deux pneus en deux tirs, dans l'obscurité et sans lunette de visée. Pas mal, non ?

— J'ai vu la vidéo, marmonna Cael.

Maintenant, son estomac le brûlait. Ça l'arrangeait de mettre cette sensation désagréable sur le compte du whisky.

— Moi, j'aimerais bien la revoir, répondit Reynolds avec un large sourire. Ça ne me déplairait pas de l'avoir dans ma vidéothèque. Les femmes dangereuses m'ont toujours plu, je n'y peux rien. Et cette altercation avec Marissa Fuente, c'était…

— Elle travaille pour Samuelson.

Il n'avait pas besoin d'en dire plus. Le sourire de Reynolds se figea instantanément.

— Depuis quand le sais-tu ?

— Suffisamment longtemps.

Tandis qu'il buvait une nouvelle gorgée de whisky, Cael sentit sur lui le regard de Reynolds.

— Devons-nous la surveiller de près au cas où elle chercherait à nuire à notre mission ?

Cael se tourna vers l'homme en qui il avait une entière confiance.

— Non. Elle est déterminée à faire son boulot du mieux possible. Samuelson lui a raconté des bobards comme quoi il avait besoin d'informations sur le gouvernement de De las Reyes. Je suppose qu'il révélera ses véritables intentions seulement quand elle sera de retour aux États-Unis.

— Il la poussera à tout lui apprendre sur la façon dont tu as mené cette mission, et si le moindre aspect apparaît ambigu, il l'exploitera. Quelle ordure !

— Mener une mission dans un pays au climat politique instable est toujours délicat…

Si les événements prenaient une mauvaise tournure, Samuelson n'aurait plus qu'à s'engouffrer dans la brèche et à clamer que la société de Cael avait sa part de responsabilité. Et alors, ce serait la fin de sa carrière.

— Remarque, si Samuelson souhaite ruiner ta carrière et non plus t'éliminer physiquement, c'est déjà un progrès. Es-tu sûr de bien connaître les réelles raisons de la présence d'Ava Carter ?

— C’est un tireur d’élite, pas une meurtrière.

Reynolds but une gorgée de whisky.

— Ça peut toujours changer. D’autant que, connaissant Samuelson, il a dû utiliser des arguments convaincants pour la pousser à collaborer avec lui.

— En effet, on peut dire ça, répliqua Cael qui regardait droit devant lui. Je suppose qu’il a fait la même découverte que moi… À savoir qu’Ava Carter n’est autre que la fille de Calvin Julson.

Reynolds fut si surpris qu’il faillit en lâcher son verre.

— Sans blague ? Et le secret était vraiment bien gardé ?

— En tout cas elle n’en a pas fait mention sur son CV, précisa sèchement Cael.

Il avait déjà vu quelques interventions de Calvin Julson à la télé. C’était un type à l’air dur et implacable qui, dans ses discours, incitait les gens à la haine contre les minorités. Mais c’était aussi un homme intelligent qui était toujours parvenu à échapper à une condamnation majeure.

Il était encore abasourdi de savoir que le même sang que celui de cet homme coulait dans les veines d’Ava. En revanche, le fait qu’elle l’ait renié était moins surprenant.

— Nous pourrions nous servir de cette information, remarqua Reynolds d’un ton assuré. Samuelson n’en sait rien, mais il nous a fourni une arme contre lui. Tu songes bien à te servir d’elle, n’est-ce pas ?

Sans attendre la réponse qui devait lui sembler évidente, il continua :

— Carter ne veut pas que ce secret soit révélé et n’aura donc pas d’autre choix que de nous aider. Nous pourrions la charger de transmettre à Samuelson des informations erronées sur cette mission qui te montreraient sous un jour défavorable. Je parie qu’il mordrait à l’hameçon et ne tarderait pas à lancer une enquête et à proférer des accusations. Nous n’aurions alors plus qu’à contre-attaquer et, le temps qu’il comprenne qu’il s’est fait piéger, sa réputation serait déjà taillée en pièces. Est-ce ce que tu avais en tête ?

— Dans les grandes lignes, oui, admit Cael.

— Cela dit, démontrer que Carter travaille avec lui et ensuite révéler qui elle est vraiment pourrait suffire à lui ôter toute crédibilité et lui porter un coup fatal.

— Mais ça signifierait porter également un coup fatal à Ava.

Le trouble qu'il éprouvait devait être perceptible, car Reynolds lui adressa un regard perplexe.

— Oui, certes, mais on ne fait pas d'omelette sans casser des œufs. Tu ne peux pas te permettre de t'inquiéter pour elle alors qu'une occasion comme celle-ci s'offre à toi. Saisis-la et fais ce que tu dois faire.

— D'accord.

— Ce sera un plaisir de t'aider à en finir avec ce type.

Reynolds posa son verre vide sur la rambarde et donna à Cael une tape sur l'épaule avant de lui souhaiter bonne nuit et de s'en aller.

Cael resta sur place, désappointé. Reynolds adorait élaborer des stratégies et les mettre en œuvre.

« On ne fait pas d'omelette sans casser des œufs. »

Il n'arrivait pas à se sortir cette phrase de la tête. Elle n'aurait pas dû à ce point le tourmenter. Ava avait accepté de son plein gré de venir ici pour l'espionner et fournir à Samuelson des détails que ce dernier n'hésiterait pas à utiliser contre lui.

Certes, elle ne pouvait pas savoir à qui elle avait affaire, mais elle était flic, ce qui signifiait qu'elle savait pertinemment qu'une mission se déroulait rarement comme prévu. Elle connaissait donc les risques.

Il fit tourner son verre entre ses doigts et pensa à Samuelson. Il était prêt à aller très loin pour se débarrasser de la nuisance qu'il représentait. Ce type avait tout fait pour le détruire.

Pourtant, sa conscience le tiraillait toujours. Il allait devoir trouver un moyen de mettre ses états d'âme de côté. Comme l'avait dit Reynolds, il ne pouvait pas laisser passer cette occasion.

Ava était assise sur son lit, calée contre les oreillers. Dormir était impossible.

Bientôt, la vérité sur son passé serait connue de tous. Quelques semaines plus tôt, cette idée lui aurait été insupportable. À présent, elle commençait à l'accepter. De toute façon, elle n'avait jamais fait d'efforts démesurés pour que l'on ne découvre pas qui était son père. Elle avait simplement cessé de le voir quand elle avait dix-sept ans. Ensuite, elle avait rencontré Danny, s'était mariée avec lui et était partie pour la Californie. Après leur divorce, elle avait gardé son nom et Alex aussi.

Elle songea à ce qu'elle pouvait faire pour limiter les dégâts. On souhaitait se servir d'elle et de son secret, mais la révélation de ce secret ne lui ferait du mal que si elle ne prenait pas les devants.

Seulement, ce qui l'attendait l'effrayait. Toute sa vie, elle avait menti à Alex. Elle ne lui avait jamais caché qui était son véritable père et il savait que, le jour de ses dix-huit ans, s'il souhaitait prendre contact avec lui, elle le laisserait faire.

En revanche, elle lui avait affirmé qu'il n'avait plus de grands-parents, en dehors du père de Danny. Pas de cousins. Aucune famille encore vivante de son côté à elle.

Elle avait voulu le protéger en le tenant à l'écart de la vérité, comme elle s'était protégée, elle. Car si elle n'avait pas fui son père, elle serait devenue une personne haïssable.

Les heures passèrent, et elle continua à se débattre avec l'idée que son fils allait la détester de lui avoir menti, la repousser, tant la vérité lui paraîtrait écœurante.

Pourtant, lorsque le jour se leva, elle sut ce qu'elle devait faire. Elle prit son téléphone et composa le numéro de portable d'Alex.

# 8

Ava entra dans la salle de conférences et échangea un regard avec Benton et Sibbits. S'ils étaient là tous les trois, qui gardait de las Reyes et Gonzalez ?

Ils prirent place autour de la table. À la vue de la mine sombre de Cael, elle songea que, pour lui non plus, ces dernières quarante-huit heures n'avaient pas été de tout repos. Elle refusait néanmoins d'éprouver de la sympathie pour lui. Depuis la scène de la chambre, elle ne lui avait plus adressé la parole, et elle n'était pas pressée d'avoir à s'entretenir avec lui. Mais, pour le moment, elle devait se concentrer sur ce qu'il avait à leur dire. Apparemment, c'était urgent.

— Vous savez que Perez, qui était parti assister à l'interrogatoire de police du contrôleur aérien, n'est pas revenu.

Tous trois acquiescèrent. Elle savait que Cael s'était montré de plus en plus inquiet à ce sujet, plus encore après avoir parlé au capitaine de police. Perez avait en effet quitté les locaux après avoir passé douze heures à interroger le suspect et, depuis, plus personne ne l'avait revu.

— Comment être sûrs que nous pouvons faire confiance à la police locale ? intervint Sibbits. Après tout, nous devons nous méfier de tout le monde. Pourquoi serait-ce différent avec les policiers ?

— L'interrogatoire les a convaincus que le contrôleur aérien était à la solde de Ramirez. Il n'est pas inenvisageable qu'ils soient eux aussi corrompus, c'est certain. Mais nous ne pouvons pas exclure l'hypothèse que d'autres hommes de Ramirez aient pu suivre Perez à sa sortie du commissariat et s'emparer de lui.

L'ambiance dans la pièce devint pesante.

— A-t-on appelé les hôpitaux ? demanda Ava.

Cael fit signe que oui.

— Il n'est pas à l'hôpital, ni en prison. Il n'est pas non plus à la morgue. Hier soir, j'ai envoyé Reynolds à la pêche aux informations, mais il ne m'a toujours pas rappelé.

Ava sentit son inquiétude grandir. Reynolds était un professionnel chevronné. Cael et lui étaient, sans nul doute possible, les plus à même de retrouver la trace de Perez.

Le fait qu'il n'ait pas appelé depuis plus de huit heures était extrêmement préoccupant.

— Pour le moment, nous avons deux hommes en moins pour assurer notre mission. Deux gardes nationaux surveillent Gonzalez. Ils savent pertinemment que si par malheur ils tentaient de le faire sortir, tout exploserait. Quant à de las Reyes, il est dans la pièce à côté. Il prend son petit déjeuner avec Marissa. Nous allons devoir tous les quatre nous partager les tours de garde auprès de lui. Mais le fait de nous retrouver en sous-effectif est dangereux. Je voudrais donc que vous me communiquiez le nom de gardes nationaux qui vous ont fait bonne impression et à qui vous faites plus confiance qu'aux autres. Nous devrons leur donner davantage de responsabilités.

— Et où en sont les audits des comptes bancaires ?

— Aucune nouvelle anomalie n'a été relevée. Évidemment, un garde corrompu aurait pu recevoir du liquide et ne pas le déposer à la banque. Le contrôleur aérien, lui, avait reçu un versement suspect. Ce qui signifie qu'avec un peu de chance, nous pouvons faire confiance aux gardes.

— Et au sujet des télécommandes, qu'as-tu appris ?

Cael prit un ton grave :

— Je vais retourner voir Gonzalez sans tarder. Il y a de nouveaux points à éclaircir avec lui.

Il consulta sa montre.

— Bien, c'est tout. Benton et Sibbits, allez dormir. Carter, vous surveillez de las Reyes, moi je m'occupe de Gonzalez. Nous nous retrouverons ce soir.

Ava repoussa sa chaise, se leva et se dirigea vers la porte. Cael l'arrêta :

— Carter, j'aimerais vous parler une minute.

Elle fut tentée de l'ignorer. Depuis deux jours, elle était parvenue à l'éviter. Il n'avait pas été facile de laisser de côté l'antagonisme installé entre eux depuis leur dernière conversation. Cela lui pesait et, dès qu'elle le voyait, elle sentait son cœur se serrer, comme en cet instant.

Cette réaction la contraria. Elle ne devait plus laisser à Cael McCabe le pouvoir de lui causer la moindre émotion.

Elle s'efforça de lui faire face avec un air détaché, mais quand Benton et Sibbits furent sortis, elle eut la sensation que les murs se refermaient sur elle.

Cael resta silencieux quelques instants et la scruta d'un regard inquisiteur. Elle devait oublier ses baisers et ses caresses et se rappeler ce qu'il lui avait dit ensuite.

Un homme qui était sur le point de lui faire l'amour et qui, l'instant d'après, proférait des menaces ne méritait que le mépris. Et une femme qui, après une telle scène, aurait encore éprouvé le moindre sentiment pour lui aurait été une idiote.

Quoi qu'il en soit, elle ne put repousser l'inquiétude qui s'empara d'elle tandis que le silence se prolongeait et qu'elle observait ses traits tirés par la fatigue et le souci. La disparition de Perez devait peser lourd sur ses épaules.

Refusant de briser le silence, elle attendit qu'il prenne la parole. Lorsqu'il le fit, ses mots l'aidèrent à s'endurcir alors qu'elle commençait à éprouver de la compassion.

— J'espère que ces deux derniers jours vous ont permis de réévaluer votre position.

Elle fit mine de ne pas comprendre.

— Sur le plan professionnel ? Oui, car je dois bien admettre que supporter quotidiennement les caprices de Marissa Fuente éprouve ma patience. Je crois que si elle me demande encore une fois d'aller lui chercher à boire ou à manger, je vais finir par l'enfermer dans un placard.

Cette tentative de détourner la conversation lui parut minable. L'expression de Cael ne changea pas.

— Je ne veux pas que cette affaire vous éclabousse. Quoi

qu'il arrive, je ne souhaite pas que vous… soyez une victime collatérale, dit-il, la gorge serrée.

— Parfait. Nous sommes donc d'accord.

Elle tourna les talons pour s'en aller, mais il la rattrapa avant même qu'elle n'ait atteint la porte. Il la saisit par le bras et la força à lui faire face.

— Bon sang ! Ava, soyez raisonnable ! Pensez-vous vraiment que vous pourrez vous en sortir indemne ? C'est facile de prétendre que vous vous désintéressez de cette histoire, mais Samuelson ne l'acceptera jamais. Il est dangereux et vindicatif. Il vous réduira à néant.

Ava ignora le frisson qui lui parcourut l'échine.

— Et si ce n'est pas lui qui le fait, ce sera vous ?

Il la lâcha brusquement et recula de quelques pas, comme si mettre un peu de distance physique entre eux pouvait également en mettre sur le plan émotionnel.

— Ça fait deux jours que je retourne tous les scénarios possibles. Vous êtes dans une impasse. Si vous annoncez à Samuelson que vous ne voulez plus collaborer avec lui, il commencera par tenter de vous faire changer d'avis, ensuite il passera aux menaces. Ne vous trompez pas à son sujet. Sa position lui donne beaucoup de pouvoir, et il n'hésite pas à s'en servir.

— À part votre parole, je n'ai aucun élément qui me permette de croire que ce qu'il attend de moi est différent de ce qu'il a prétendu, à savoir un rapport sur la situation politique à San Baltes.

Il lui adressa un sourire ironique.

— Vous êtes-vous demandé ce que la Sécurité intérieure était venue faire à Metro City ?

Dans le bureau de Sanders, elle s'était effectivement posé la question.

— Ils étaient là à cause de la tentative d'assassinat sur de las Reyes et de la crainte d'autres événements violents sur le sol américain, répondit-elle, sans parvenir à paraître elle-même convaincue par ce qu'elle disait.

— La situation à San Baltes ne menace en aucun cas la sécurité des États-Unis, répliqua Cael avec un geste d'agacement. Ce n'était qu'un prétexte pour justifier sa présence. Ce qui l'a fait venir est le fait que j'étais chargé de la sécurité de De las Reyes. C'était trop tentant pour lui. Il a compris que ce contrat était sensible et que, si ça se passait mal, il pourrait s'en prendre à moi et me désigner comme responsable. Ce n'est pas la première fois qu'il agit ainsi.

Ava avait bien compris que tous deux étaient engagés dans une guerre personnelle, mais elle refusait de connaître l'origine de cette antipathie. Pour elle, l'important n'était pas là.

— Aucun de vous deux ne m'utilisera à son profit. Et il va bien falloir que vous en preniez votre parti.

— Vous êtes terriblement naïve ! Vous ne pourrez pas rester neutre. Toutes les menaces que j'ai proférées à votre égard, il les a déjà envisagées. Ses plans sont prêts, ça ne fait aucun doute, et à la première occasion, il les mettra à exécution.

— Et vous, hésiteriez-vous à mettre ces menaces à exécution ?

L'expression de Cael se modifia imperceptiblement. Il détourna le regard.

— Votre seule chance, c'est de m'aider. Le temps qu'il comprenne qu'il s'est fait doubler, il sera trop tard. Il sera trop occupé à se débattre pour ne pas perdre son poste pour essayer de se venger de vous.

Elle n'aurait pas dû être blessée de l'entendre essayer de la rallier à lui, puisqu'elle savait déjà jusqu'où il était prêt à aller pour y parvenir.

Pourtant, elle avait mal. Terriblement mal.

— Je suis extrêmement touchée de votre sollicitude, dit-elle d'un ton sarcastique. Cependant, je préfère courir le risque.

— Ne soyez pas stupide ! explosa Cael en frappant violemment la table du plat de la main. Je ne peux pas vous protéger contre lui, ne comprenez-vous pas ? Même si je le voulais, je ne pourrais pas vous laisser vous désintéresser de cette histoire sans que vous en subissiez les conséquences. Soit vous êtes de son côté, soit vous êtes du mien. Il n'y a pas d'autre option.

Ava devait lutter pour se convaincre que son inquiétude pour elle n'était qu'une feinte. Seule sa haine de Samuelson était sincère.

— Avez-vous, ne serait-ce qu'un seul instant, songé que vous pourriez vous être complètement trompé sur le compte de cet homme ? Que votre aversion pour lui vous a rendu aveugle ?

Cael recouvra son calme, un calme plus effrayant que sa colère. Il serra les poings, si fort que ses phalanges devinrent blanches. Ava se demanda pourquoi il réagissait ainsi, mais, elle était loin de s'attendre à la réponse qu'il lui fit.

— Je sais exactement qui il est et ce qu'il est. Mieux que quiconque. Parce qu'il est mon père.

D'humeur massacrante, Cael se rendit aux quartiers de Gonzalez. D'un mouvement sec de la tête, il fit signe aux gardes de s'écarter et s'activa sur le boîtier électronique de la porte. Il devait reprendre le contrôle de ses nerfs et ne pas laisser la colère née de la discussion avec Ava affecter la façon dont il allait mener cet entretien.

Jamais il n'aurait pensé qu'il en viendrait à lui avouer les liens l'unissant à Samuelson ; au fil des années, il s'était efforcé de les oublier. Jamais non plus il n'aurait pensé qu'il se torturerait autant l'esprit pour chercher une solution qui permettrait à Ava de ne pas être éclaboussée par les agissements de Samuelson. Une solution qu'il n'avait d'ailleurs pas trouvée.

Même si lui ne l'utilisait pas à son profit, Samuelson l'anéantirait. Il n'y avait pas d'échappatoire. Pourquoi diable cette perspective le perturbait-elle à ce point ? Après tout, il ne la connaissait que depuis deux semaines !

Il devait penser à ses propres intérêts et laisser le reste de côté, une bonne fois pour toutes. La porte s'ouvrit, il pénétra dans la pièce et fut accueilli par l'habituelle expression méprisante de Gonzalez.

— Vous me servirez d'interprète, dit-il au garde qui était entré avec lui.

Eduardo Vasquez, le garde, parut mal à l'aise. Cependant, lorsque Cael lui demanda d'installer deux chaises face à Gonzalez, il s'exécuta et prit place face à son ancien supérieur.

Cael resta debout et observa Gonzalez qui lui retourna son regard sans ciller. Il fit une remarque qui parut déstabiliser Vasquez, qui n'osa pas regarder Cael droit dans les yeux.

— Le capitaine dit que… vous êtes euh…

— Je sais ce qu'il pense de moi, ne vous tracassez pas. Et croyez-moi, c'est réciproque.

Vasquez fronça les sourcils, mais Cael ne prit pas la peine de s'expliquer plus avant. Il retourna la seconde chaise et s'y assit à califourchon, les bras sur le dossier.

— Vous êtes un menteur, dit-il à Gonzalez. Maintenant, nous en avons la preuve.

Il attendit que Vasquez traduise puis sortit une série de photos qu'il lui passa. Vasquez les regarda, troublé.

— Donnez-les au capitaine.

Vasquez se leva, posa les photos sur les genoux de Gonzalez puis alla se rasseoir.

— Je pense que vous reconnaissez l'homme qui figure sur ces clichés. En tout cas, vous devriez, puisqu'il s'agit de votre neveu.

Gonzalez le dévisagea d'un air de défi pendant que Vasquez traduisait. Enfin, son regard s'agrandit. Il prit les photos malgré ses menottes et les regarda de près. Cael vit son visage se décomposer.

— Ce cliché a été pris par la caméra de surveillance de votre banque le jour où le dépôt suspect a été effectué sur votre compte. Ce dépôt dont vous disiez ne rien savoir.

— Le capitaine dit que jamais son neveu ne ferait une chose pareille, relaya Vasquez. Il doit y avoir une autre explication.

— Le problème, c'est que tout l'accable. Un dépôt d'argent sur son compte, la présence de son neveu à la banque le jour de ce dépôt. Si on ajoute à cela que, depuis, son neveu a disparu, il devient difficile de croire qu'il pourrait y avoir une autre explication.

— Le capitaine ne sait pas comment l'expliquer. Il s'inquiète pour son neveu. Peut-être l'a-t-on forcé à faire quelque chose.

— Moi, ce qui m'inquiète, c'est que son neveu travaille peut-être pour Ramirez. Et lui aussi. Et qu'il continue de mentir parce qu'il redoute de se retrouver face à un peloton d'exécution pour haute trahison.

Vasquez resta quelques instants silencieux. Il leva les yeux vers Gonzalez et traduisit d'un air grave.

— Vous vous trompez sur son compte. Il dit qu'il serait prêt à donner sa vie pour le président.

— Bien sûr. C'est sans doute pour ça qu'il a fourni une

commande supplémentaire de la grille d'entrée à Marissa Fuente sans en avertir le président, justement. Combien de doubles en a-t-il faits en tout ?

Vasquez traduisit et, avant même qu'il ait terminé, Gonzalez secoua la tête avec véhémence. Le garde répliqua à son tour, et Gonzalez lui répondit en haussant le ton.

— Il nie avoir donné une commande à Mlle Fuente. Je lui ai répété ce que je vous avais appris, à savoir que je l'ai vu moi-même donner cette commande à Mlle Fuente. Il ment, parce que je l'ai vu de mes yeux.

Le regard de Gonzalez passa de Vasquez à Cael. Il sembla perdre sa contenance et s'adressa à Vasquez d'une voix plaintive.

— Maintenant, il avoue. Mlle Fuente l'avait imploré de lui donner une télécommande, et il a accepté parce qu'elle lui avait juré que le président était au courant.

— Que dois-je croire, alors ? rétorqua Cael, excédé. Que c'est un menteur, ou un incompétent ? Lui-même, que croirait-il si un de ses hommes était accusé et si de telles preuves le désignaient ?

Gonzalez garda le silence.

Cael s'efforça de rester calme.

— Demandez-lui ce qu'il comptait faire. Ramirez souhaitait-il se servir de Marissa et de sa commande pour introduire un assassin dans le palais présidentiel ? Placer une bombe dans le coffre de la limousine ?

De nouveau, Gonzalez secoua la tête.

— Il dit qu'il est coupable d'une erreur d'appréciation, mais pas de trahison. Il donnerait sa vie pour le président.

Cael se leva brusquement et braqua son arme sur la tempe de Gonzalez.

— Vous avez mis la vie de votre président en danger. En faisant cela, vous avez également mis la stabilité de votre pays en danger. Soit vous vous réfugiez derrière des excuses minables, soit vous êtes le complice d'un trafiquant de drogue. Quelle est la bonne réponse ?

Gonzalez resta immobile et ferma les yeux. Un instant, Cael eut la sensation que ce n'était plus lui qui était là, sous la menace de son arme, mais Dennis Samuelson. Il prit une longue inspiration, baissa son arme et recula de quelques pas.

— C'est votre président qui décidera de votre sort. C'est devant lui que vous devrez répondre de vos actes. Et devant votre pays.

Il quitta les quartiers de Gonzalez et remit soigneusement en place tous les systèmes de sécurité. Ses gestes étaient mécaniques ; il ne voulait plus penser à rien.

Jamais il ne perdait le contrôle de ses nerfs. Et pourtant, ça avait failli se produire.

— Je pensais que le capitaine Gonzalez était un homme admirable.

Cette déclaration le fit sursauter. Il avait presque oublié la présence de Vasquez.

— C'est lui qui m'a engagé, qui m'a inculqué le sens du devoir. Je le prenais pour un héros.

Les épaules basses, Vasquez se dirigea vers la caserne des gardes. Cael comprit que le jeune officier venait de recevoir une bonne leçon. Plus jamais il ne prendrait un homme pour un héros.

Au final, sa désillusion contribuerait peut-être à l'endurcir.

Cael se passa la main sur la nuque pour se détendre. Il ne savait plus quoi faire. En plus d'être préoccupante, l'absence de Perez et de Reynolds était préjudiciable à sa mission. Il faudrait encore plusieurs jours avant que des renforts n'arrivent.

En outre, Ava avait peut-être finalement raison. Peut-être sa haine pour Samuelson l'aveuglait-elle.

Ou alors, c'était son obsession pour elle qui l'aveuglait. Il s'appuya dos contre le bâtiment. Il avait besoin de s'éclaircir les idées, de réfléchir comme un soldat, et non comme un adolescent épris. En mission, rien ne devait le détourner de son objectif. Et surtout pas la peur de tomber amoureux.

— Mademoiselle Carter !

Le ton impérieux irrita Ava. Elle jeta un coup d'œil en direction de Marissa Fuente, qui s'approchait d'elle, en robe de soirée au milieu de la journée.

— J'ai très soif. Allez me chercher de l'eau minérale, s'il vous plaît.

Ava perçut l'éclat narquois dans son regard. Marissa savait pertinemment qu'elle ne se plierait pas à sa requête, pas plus qu'aux précédentes, mais elle les formulait par pure provocation.

Ava détourna le regard et ne bougea pas. Marissa tournait en rond et s'ennuyait, comme c'était prévisible. De las Reyes passait de réunion en réunion et n'avait guère de temps à lui consacrer.

Cela dit, songea Ava, étant donné que Marissa se levait rarement avant midi, elle n'avait pas tant de temps que ça à tuer… Hélas ! pour elle, elle avait décidé de s'occuper en harcelant le seul élément féminin du dispositif de sécurité.

Marissa fit claquer ses doigts tout près de son visage.

— M'avez-vous entendue ? Je la veux maintenant.

Ava ne répondant toujours pas, Marissa eut un sourire ironique et s'adressa au garde posté près d'elle.

— Peut-être est-elle sourde et muette, dit-elle en espagnol. Si c'est le cas, elle n'est pas d'une grande utilité à Antonio.

Du coin de l'œil, Ava vit que le garde esquissait un sourire. En s'apercevant qu'elle l'avait repéré, il s'empressa de reprendre son sérieux et ne répondit pas. Les autres gardes présents ne réagirent pas non plus. Depuis sa mise au point de l'autre soir, l'attitude des gardes à son égard avait changé. C'était au moins ça de gagné.

Voyant que son petit jeu tombait à plat, Marissa changea de tactique. Elle contempla Ava de la tête aux pieds puis déclara :

— Comment espérez-vous attirer les hommes dans cette tenue ? Vos vêtements dissimulent tous vos charmes. Mais peut-être êtes-vous le genre de femme que les hommes n'intéressent pas ?

Ava inspira pour garder son calme. Elle se pencha en avant et répliqua à voix basse :

— Vous voulez savoir quel genre de femme je suis ? Eh bien je suis du genre qui va vous botter le train si vous ne me fichez pas la paix pour me laisser faire mon travail.

Outragée, Marissa recula d'un pas et se passa la main dans les cheveux.

— Je parlerai de votre attitude à Antonio. Vous êtes à son service, ne l'oubliez pas.

Là-dessus, elle tourna brusquement les talons et quitta la pièce. De las Reyes, au téléphone à l'autre bout de la salle, ne s'en aperçut même pas.

Les paroles de Marissa avaient toutefois fait mouche dans l'esprit d'Ava, car elle se demandait également quel genre de femme elle était au juste. Elle n'avait jamais été du style à trouver des excuses aux machos ni à éprouver de sympathie pour les femmes soumises. À quinze ans, elle avait appris à mettre fin à une relation et à passer à autre chose. À cette époque, en apprenant qu'elle était enceinte, son petit ami avait oublié sur-le-champ tous les serments d'amour éternel qu'il lui avait faits. Et elle n'avait pas perdu de temps à les lui rappeler.

Elle avait donc du mal à comprendre pourquoi, malgré toutes les menaces de McCabe à son endroit, ses réactions étaient toujours aussi fortes lorsqu'ils se trouvaient dans la même pièce. En outre, ce qu'il lui avait appris un peu plus tôt tournait dans son esprit.

Samuelson était son père.

Elle soupira. Il fallait qu'elle chasse toutes les pensées parasites et qu'elle se concentre sur son travail.

Hélas ! c'était impossible, car Cael était loin de lui avoir tout dit.

Le fait qu'ils soient père et fils n'expliquait pas, loin de là, l'animosité entre eux. Si McCabe détestait son père, Samuelson le lui rendait bien ; elle avait pu le noter au cours de leur entrevue dans le bureau de Sanders.

Soudain, on frappa à la porte. De las Reyes leva les yeux tandis qu'un garde allait passer la tête dans l'entrebâillement. Ava approcha de la porte et s'aperçut que c'était le vice-président Quintero, entouré de deux gardes. Ava fit signe au garde de le laisser entrer.

Quelques instants plus tard, de las Reyes mit fin à sa communication téléphonique et se leva pour accueillir le nouveau venu. Tous deux s'installèrent à la table et se mirent à converser à voix basse. Rapidement, Ava fut de nouveau happée par ses pensées.

Il fallait qu'elle cesse de se tracasser au sujet de la haine entre McCabe et Samuelson et qu'elle s'inquiète un peu plus d'elle-même. Et de son fils. Cael s'était peut-être montré exagérément inquiet pour la rallier à sa cause, mais elle avait senti un fond de sincérité dans son attitude. Et elle était certaine que Samuelson pouvait effectivement lui causer beaucoup de tort.

La conversation entre de las Reyes et Quintero s'anima tout à coup et Ava jeta un coup d'œil dans leur direction, au cas où il y aurait eu un problème. Mais quelques secondes plus tard, ils recommencèrent à parler à voix basse. Elle revint à ses pensées.

Même si elle ne savait pas encore exactement comment, elle allait s'assurer que cette affaire n'atteindrait pas Alex. Il avait paru tellement choqué lorsqu'elle lui avait appris au téléphone que son grand-père était encore en vie. Tellement en colère quand il lui avait reproché de lui avoir menti. Cependant, elle n'avait pas voulu lui dire le nom de son grand-père. Pas au téléphone. Mais lorsqu'il l'apprendrait, ce serait de sa bouche, pas de celle de Samuelson ou de McCabe.

Elle songea avec dérision que sa conversation de ce matin avec McCabe avait au moins eu pour effet de la pousser à agir. Maintenant, il ne lui restait donc plus qu'à déterminer comment protéger son fils d'un agent fédéral et d'un spécialiste de la sécurité rapprochée, tout en faisant en sorte de garder la vie sauve au président de San Baltes, malgré des conditions précaires.

Autrement dit, du gâteau.

— Mlle Fuente m'a averti de son intention de sortir pour la soirée, déclara Cael d'un ton neutre. J'ai suggéré au président qu'il serait préférable qu'elle ne revienne pas au palais, du moins pas avant que nous ayons pu renforcer la sécurité. Au départ, il était contre, mais il a fini par accepter.

Ava ne fut pas étonnée de cette nouvelle, car elle avait surpris des bribes de la conversation houleuse entre de las Reyes et Marissa. Cette dernière avait déclaré qu'elle se sentait « bannie ».

— Notre travail, continua Cael en pesant chaque mot, c'est de nous débrouiller pour que la sortie se passe sans encombre et ensuite de nous assurer que les gardes à la grille ont bien compris que la limousine ne doit pas revenir.

Il se tourna vers Sibbits.

— Toi tu seras de garde auprès de Gonzalez, donc tu ne

pourras pas nous aider. Benton sera toujours avec de las Reyes mais je l'avertirai de notre plan.

Il s'adressa ensuite à Ava.

— Il ne reste donc plus que nous deux pour préparer les gardes qui seront de service ce soir. Vous vous occuperez du périmètre de sécurité à l'extérieur, moi de celui à l'intérieur du palais.

— Donc, vous souhaitez que je m'assure que tout sera calme lorsque la limousine quittera l'enceinte du palais et qu'elle ne rentre plus une fois dehors.

Cael acquiesça. Savoir que Marissa ne serait plus là pendant quelque temps était un soulagement pour Ava qui n'était pas certaine qu'elle aurait pu supporter encore bien longtemps son petit jeu sans réagir.

— Et sinon, des nouvelles de Reynolds ?

Elle lut la réponse sur le visage de Cael avant qu'il s'exprime.

— Non. Mais tant que nous serons en sous-effectif, nous ne pourrons rien faire.

Malgré le ton détaché qu'il s'appliquait à prendre, Ava sentit qu'il était très inquiet. Quand il parlait d'elle, elle mettait toujours en doute la sincérité de l'émotion qui émanait de lui. Mais pas quand il parlait des autres, songea-t-elle.

— Cet après-midi, je me suis entretenu avec Emmanuel Ortega, reprit Cael. Les résidences connues de Ramirez sont toutes sous surveillance militaire. Par ailleurs, plusieurs informateurs lui ont fourni de précieux renseignements sur la logistique qu'il déploie pour mener à bien ses trafics. Une fois qu'il sera neutralisé, le danger qu'il représente pour de las Reyes sera beaucoup moins important. Mais d'ici là, à nous de nous arranger pour que le président reste en vie.

Ava se demanda si elle était la seule dans la pièce à être dubitative. Si le gouvernement avait su comment remonter jusqu'à Ramirez, il aurait été arrêté depuis longtemps. Il ne restait donc plus qu'à espérer que les renseignements obtenus récemment leur permettent d'atteindre cet objectif au plus vite. Entre-temps, leur tâche ne serait pas plus simple.

Le départ de Marissa était donc la seule raison de se réjouir.

*
* *

Marissa prenait tout son temps pour se préparer. Ava consulta sa montre : 21 h 30.

Depuis un quart d'heure, la limousine attendait devant le palais. Ava avait supervisé la fouille corporelle du chauffeur, qui s'y était prêté avec flegme. La voiture avait été vérifiée avant qu'il puisse la prendre. Jusque-là, le protocole était donc scrupuleusement respecté. Le chauffeur était allé chercher les valises de Marissa, laissant le coffre et les portières de la limousine grands ouverts. Ava avait cessé de compter le nombre d'allers-retours qu'il avait dû effectuer pour charger tous les bagages.

Elle porta sa radio à la bouche et annonça :

— Préparez-vous pour un départ dans les quinze prochaines minutes.

— Périmètre intérieur, tout va bien, répondit la voix de Cael.

Il devait être dans le fond du palais, car elle ne le voyait pas.

— Périmètre extérieur, tout va bien.

C'était la voix du garde posté à la grille.

Elle attendit quelques minutes supplémentaires, mais ni Marissa ni le chauffeur n'arrivèrent. Elle leva les yeux au ciel et parla de nouveau dans sa radio :

— Benton, le départ est-il imminent ou pas ?

Il n'y eut pas de réponse, et elle sentit d'instinct que ce n'était pas normal. Cael intervint à son tour :

— Benton, quelle est ta…

Ses derniers mots furent couverts par le bruit d'une explosion dont le souffle projeta Ava au sol.

# 9

Désorientée, Ava se releva promptement et brandit son fusil. Elle s'attendait presque à découvrir le palais présidentiel livré aux flammes et fut étonnée de le voir intact.

Soudain, elle vit des volutes de fumée s'élever derrière le palais et comprit que c'étaient les quartiers de Gonzalez qui avaient volé en éclats.

Elle se mit à courir dans cette direction.

— Benton, donne-moi ta position ! cria-t-elle dans sa radio.

— Maintenez votre position, répondit la voix de Cael. J'ai pris la jeep et je vais vers les quartiers de Gonzalez. Benton ? Benton ?

Il n'y eut pas de réponse de l'intéressé et, après quelques instants, Cael intervint de nouveau dans la radio :

— Carter, allez voir ce qui se passe à l'intérieur.

Alors qu'Ava faisait demi-tour, la porte du palais s'ouvrit brusquement sur une scène qui lui glaça le sang.

Elle plongea dans les buissons qui bordaient l'allée et reprit sa radio.

— Le chauffeur de la limousine sort par l'entrée principale. Il braque une arme sur de las Reyes, une autre sur Marissa Fuente.

— Pouvez-vous le neutraliser ?

— Pas pour le moment. Mais je pourrai peut-être tenter un tir à la tête quand ils iront à la voiture. J'aurai un meilleur angle.

— Si vous êtes sûre… allez-y.

Silencieusement, elle chercha une position plus confortable dans les buissons. Au moment où le chauffeur devrait faire monter ses deux otages dans le véhicule, il constituerait une cible.

Elle n'avait d'autre choix que de viser la tête. Elle expira lentement et fit le vide dans son esprit.

Depuis le pas de la porte, le chauffeur s'exprima en espagnol :

— Baissez tous vos armes et jetez-les au pied de l'escalier ! Sinon, je tue le président !

Ava regarda les gardes s'exécuter les uns après les autres.

— Vous deux, reprit le chauffeur en désignant deux des hommes, prenez les armes et jetez-les dans la fontaine. Faites ce que je dis et de las Reyes aura la vie sauve.

Ava n'attendait qu'une chose : qu'il descende les marches.

— Où est Carter ? demanda-t-il alors. Je veux qu'elle se montre, les mains en l'air !

Ava resta cachée et réfléchit à ce qu'elle pouvait faire. Le chauffeur savait qu'elle était là, mais il ne pouvait pas être certain qu'elle n'avait pas bougé après l'explosion, n'est-ce pas ?

Elle retint un juron de frustration. Il tenait ses deux otages tout contre lui et pressait le canon de ses armes sur leurs tempes.

— Je vais commencer par tuer Marissa, reprit le chauffeur.

Marissa s'arrêta de sangloter et se mit à hurler.

— Jetez votre arme, Carter ! Je vous laisse trois secondes. Un…

Ava réfléchissait à grande vitesse. De las Reyes était immobile. Si le chauffeur pressait la détente, Marissa s'effondrerait et elle aurait l'angle de tir dont elle avait besoin.

— Deux…

Mais il était resté au sommet des marches. Ce qui signifiait que la balle risquait de toucher également de las Reyes.

— Trois…

— Je suis là ! s'exclama-t-elle.

Elle abaissa son fusil et se leva. Son arme de poing était toujours à sa ceinture, bien visible. Elle n'avait pas d'autres armes.

— Avancez, que je puisse vous voir. Et gardez les mains en l'air !

Elle obéit et avança doucement, guettant une opportunité de tenter un tir puis de se mettre à l'abri.

— Désarmez-la, ordonna le chauffeur aux gardes les plus proches.

Ces derniers restèrent immobiles.

— Désarmez-la, sinon j'abats l'un de vous au hasard.

À contrecœur, un garde s'avança vers elle, et prit son fusil et son arme de poing.

— Dans la fontaine également, ordonna le chauffeur avant de la dévisager d'un air ironique. Nous n'allons tout de même pas vous donner une nouvelle occasion de nous tirer dans les pneus. Où est McCabe ?

Ava se posait la même question. Sa radio était ouverte. S'il entendait ce qui se passait, il reviendrait au plus vite.

La question était de savoir s'il arriverait à temps.

— Il s'est rendu sur le lieu de l'explosion. Nous diviser, c'est ce que vous vouliez, non ?

— Venez ici, lui ordonna le chauffeur.

— Pourquoi ? demanda Ava, qui resta immobile, méfiante.

— Obéissez !

L'homme ne manifestait aucune émotion, aucune peur. Ava comprit qu'il n'hésiterait pas à tuer et s'exécuta.

Lorsqu'elle eut monté les marches, le chauffeur lui ordonna de se placer derrière lui. Elle obtempéra avec appréhension.

— Restez à distance mais suivez-nous jusqu'à la limousine.

Ils avancèrent. Marissa avait cessé de crier mais poussait toujours de petits gémissements. Ava les suivit en regardant autour d'elle.

Les gardes étaient immobiles, comme tétanisés. Quelques-uns la fixèrent droit dans les yeux, comme s'ils attendaient un ordre de sa part. Elle secoua légèrement la tête. Ils ne pouvaient rien faire sans risquer de mettre la vie de leur président en danger.

McCabe était leur dernier espoir. S'il arrivait à temps, il pourrait tenter une intervention, un tir…

Mais était-il bon tireur de loin ? Ava n'en savait rien. Or, pour réussir à éliminer un homme qui tenait deux otages, il fallait être infaillible.

Le chauffeur poussa Marissa vers la portière côté passager.

— Montez !

Le chauffeur contourna ensuite la voiture en tenant de las Reyes contre lui. Ava poussa un juron silencieux. De las Reyes allait s'installer au volant et le chauffeur se placer derrière lui et se recroqueviller sur la banquette. Il serait impossible de le voir et de tenter un tir.

L'homme ordonna au président de fermer sa portière puis se tourna vers Ava.

— Si une voiture nous suit, ils sont morts. Si j'entends le moindre bruit d'hélicoptère aussi.

Il monta vivement à l'arrière, et claqua sa portière, son arme toujours braquée sur le président. Quelques instants plus tard, la voiture démarra.

Ava eut le temps de voir de las Reyes avant que la limousine s'éloigne.

Il avait l'expression d'un homme qui s'en va vers sa tombe.

— Il dit que Benton doit aller à l'hôpital.

— Certainement pas ! rétorqua l'agent, étendu sur le canapé des appartements présidentiels. Dites au toubib de me faire un pansement, et ça ira.

Le médecin jeta à Ava un regard interrogateur, mais elle avait les yeux tournés vers McCabe.

— Demandez-lui ce qu'il fera de plus à l'hôpital qu'il ne peut pas faire ici, reprit Benton.

— Il devrait y aller, répliqua-t-elle sans se préoccuper de traduire la question au médecin. Il pourrait avoir une hémorragie interne, continua-t-elle, ignorant les protestations de Benton. Ici, le médecin ne peut pas faire d'examens.

— Je m'en fiche !

— Très bien, répondit Cael, ignorant lui aussi Benton.

— McCabe, par pitié ! Je te jure que ce n'est pas la peine.

Le médecin demanda à deux infirmiers de transférer Benton sur une civière pour l'emmener.

— McCabe !

Ava s'adressa au médecin en espagnol. Celui-ci acquiesça puis s'approcha de McCabe.

— Que lui avez-vous dit ? demanda Cael d'un air méfiant.

— Que vos brûlures ont également besoin d'être soignées.

— Je vais bien.

— Mais oui, dit-elle sans cacher son scepticisme. Vous avez l'air en pleine forme.

À vrai dire, il donnait l'impression d'être sorti tout droit de l'enfer. Il avait des cheveux et un sourcil brûlés, le visage et les bras couverts de suie.

— Il faut qu'il aille se laver, déclara en espagnol le médecin à Ava. La saleté est ce qu'il y a de pire pour les brûlures.

— Vous devez aller prendre une douche, et ensuite il soignera vos brûlures, relaya Ava en observant McCabe avec inquiétude.

Elle était certaine qu'il souffrait, même s'il n'en montrait rien. Il affichait une expression déterminée.

— Le feu à l'arrière du palais n'est pas encore maîtrisé et le président s'est fait enlever sous nos yeux. Le vice-président va arriver d'une minute à l'autre. Alors j'ai d'autres soucis pour le moment que quelques égratignures.

— Vous n'allez pas éteindre l'incendie ni faire revenir Marissa et de las Reyes en refusant de vous faire soigner. Par ailleurs, le vice-président n'est pas encore là, répondit-elle calmement. Ce n'est donc pas le moment de faire une démonstration de virilité qui ne sert à rien, sauf à risquer que vos blessures s'infectent. Donnez-moi la clé de votre chambre. Je vais aller vous chercher des vêtements propres pendant que vous vous douchez et que le médecin s'occupe de vous.

Ignorant son air furibond, elle inclina la tête et ajouta d'un air malicieux :

— Ensuite, je vous laisserai reprendre le commandement des opérations.

Il resta quelques instants silencieux à la contempler d'un regard inquisiteur.

— J'ai un plan, dit-il.

— À la douche ! répliqua-t-elle en tendant la main pour qu'il y dépose la clé.

Une heure plus tard, Ava était assise à côté de Cael, qui avait repris un aspect humain. Le vice-président Quintero était installé en face d'eux et écoutait le compte rendu des événements, la mine sombre.

— J'ai alerté Ortega pour qu'on sache qui est exactement le chauffeur de la limousine, dit-il une fois le rapport terminé.

Toutefois, je ne comprends pas comment il a pu se procurer des armes. Votre mission consistait à protéger Antonio. Vous auriez dû le fouiller, et…

— Nous l'avons fait, le coupa Ava. J'ai supervisé la fouille personnellement. Quand il est venu garer la voiture devant le palais, il n'avait pas d'arme sur lui. Il n'y avait rien non plus dans la voiture.

— Dans ce cas, je ne comprends pas comment…

— Peut-être les avait-il volées à la caserne et cachées au palais. Ou alors, il a acheté les services d'un garde pour qu'il les lui fournisse. Il aurait été assez facile pour lui de les récupérer pendant qu'il allait et venait pour charger les bagages dans la voiture.

Ava avait son opinion sur la question mais, faute de certitude, elle préféra ne pas l'exprimer pour le moment.

— Ce qui est sûr, c'est qu'à son troisième aller-retour entre les appartements présidentiels et la voiture, il avait les armes sur lui, car c'est à ce moment-là qu'il a tiré sur Benton puis est sorti du palais avec Marissa et le président.

— Et personne n'a réussi à l'arrêter !

Il était évident que Quintero était furieux et cherchait un responsable à ce scénario catastrophe.

— Tous ces hommes armés, toutes ces mesures que vous aviez mises en place, monsieur McCabe… Et pourtant, cet homme est parti avec le président, et personne n'a été capable de l'en empêcher.

— Avez-vous déjà essayé de tirer une balle dans la tête d'un homme qui tient deux otages contre lui ? lui demanda Ava avec véhémence. C'est extrêmement périlleux. Je l'ai réussi quelques fois, mais je dois bénéficier d'une bonne position. Or, il ne s'est jamais exposé. Je pensais que vous préfériez que je n'aie pas risqué de tuer le président en essayant d'éliminer cet homme, mais peut-être me suis-je trompée.

Le vice-président ouvrit la bouche pour répondre, puis se ravisa.

Cael intervint à son tour :

— Dès que la situation a mal tourné, je vous ai alerté. Avez-vous appelé l'armée ?

Quintero acquiesça.

— L'avion-espion a décollé, comme vous l'avez demandé. Comme vous le pensiez, la limousine a été retrouvée abandonnée à quelques kilomètres du palais et le président et sa compagne ont été transférés dans un véhicule tout-terrain, qui a ensuite pris la direction de la jungle.

Ava tourna le regard vers Cael. Cette nouvelle ne semblait pas le surprendre.

— Pour le moment, je suis à peu près certain qu'ils vont le garder en vie. Mais votre gouvernement doit s'attendre à recevoir des revendications des rebelles.

— Vous êtes plus confiant que moi, répliqua Quintero. Ramirez a déjà tenté de l'assassiner. Qu'est-ce qui vous fait croire qu'il n'est pas déjà mort ?

— Si Ramirez avait voulu sa mort, le président aurait été tué ici, il ne l'aurait pas fait enlever.

Le vice-président fronça les sourcils.

— Mais pourquoi ? Qu'est-ce qui l'a fait changer d'avis…

Comprenant soudain, il ne termina pas sa phrase.

— Bon sang, mais oui ! Les avoirs que nous avons gelés.

— Exactement, renchérit Cael. Seul le président peut donner l'ordre de lever le blocage de ces fonds. Donc, il aura la vie sauve jusqu'à ce que ce soit fait. En revanche, une fois que Ramirez aura récupéré ses fonds, je ne donne pas cher de sa peau. Nous disposons donc de peu de temps pour agir.

— Il n'y a pas de « nous » qui vaille, monsieur McCabe, rétorqua sèchement Quintero. À partir de maintenant, je prends le relais. J'ai d'ailleurs déjà demandé aux forces d'intervention de l'armée de se préparer pour une opération de sauvetage.

— Ça, ce serait une grosse erreur.

Ava nota que cette remarque vexait le vice-président.

— De nombreuses erreurs ont été commises ce soir, mais aucune de mon fait, monsieur McCabe.

Cael tendit le bras pour se saisir du rouleau de cartes qu'il avait rassemblées avant l'arrivée de Quintero. Il en choisit une, la déplia et pointa une zone du doigt.

— La jungle de San Baltes couvre approximativement six mille kilomètres carrés. Il faudrait plusieurs centaines d'hommes pour la quadriller entièrement. Or, pour sauver la vie de votre président, vous disposez de quelques jours, pas de quelques semaines.

— Et que nous conseillez-vous de faire, alors ? Rien ?

— Vous devriez commencer par demander à votre ministre des Finances comment procéder pour que la levée du blocage des avoirs de Ramirez prenne du temps, suggéra Ava.

Au regard de McCabe, elle comprit qu'ils étaient sur la même longueur d'onde.

— Vous devriez également faire croire aux rebelles que, en l'absence du président, les communications entre les divers membres du gouvernement sont interrompues, ou qu'il y a des chamailleries entre ministères. Bref, vous devez chercher par tous les moyens à gagner du temps.

Dès que Ramirez aurait remis la main sur ses fonds, la vie de De las Reyes ne vaudrait plus rien. C'était leur seule certitude.

Quintero croisa les bras.

— Tout cela, c'est bien beau. Mais si, comme vous l'affirmez, l'armée ne doit pas bouger, qui ira sauver le président ?

— Ce n'est pas difficile à deviner, répondit Cael. J'irai moi-même.

— Vous n'étiez pas sérieux en disant envisager d'y aller tout seul ? demanda Ava qui marchait à côté de Cael.

— À vrai dire, je n'en suis plus au stade de l'envisager.

Elle posa le regard sur les pansements qui couvraient les brûlures de ses bras, et se demanda un instant si sa décision n'était pas la conséquence d'une crise de délire due à la douleur. Pourtant, il paraissait parfaitement maître de ses facultés intellectuelles.

— Vous ne pouvez même pas être certain de l'endroit où il est retenu !

— Ils l'ont emmené dans la jungle, ce qui est un indice probant.

Ils étaient arrivés à sa chambre.

Toujours animée du désir de le faire changer d'avis, elle le suivit à l'intérieur.

— Vous croyez qu'il est au camp rebelle localisé par Reynolds ?

— Ça me paraît logique.

Il ouvrit la porte du placard et en sortit un sac à dos qu'il posa sur le lit. Puis il alla à la commode et ouvrit les tiroirs.

— Vous avez dit vous-même qu'ils déplaçaient régulièrement leur camp.

Il revint vers le lit avec des sous-vêtements. Ava détourna les yeux. Ce n'était pas le moment de l'imaginer en caleçon. Hélas ! c'était déjà trop tard, et cette image allait sans doute revenir la titiller.

— Vous pourriez remettre aux militaires la carte établie par Reynolds. Pourquoi vous croyez-vous plus à même de réussir qu'eux ?

— Tout seul, je ne ferai pas tout rater. Eux, je ne suis pas certain que leur opération ne tournerait pas au fiasco.

Il lui répondait en lui tournant le dos, ce qui était agaçant. Après avoir pris des vêtements dans l'armoire, il se dirigea vers la salle de bains.

— Moi, je suis persuadée qu'ils ont des hommes entraînés pour ce…

— Vraiment ? la coupa-t-il en revenant dans la chambre pour ranger ses affaires de toilette dans le sac à dos. Eh bien moi pas. Je n'ai aucune idée de ce que vaut l'armée de ce pays. Et j'ignore aussi si Ramirez n'a pas des hommes infiltrés dans les forces militaires. Ce dont je suis certain, c'est qu'il vaut mieux ne pas courir le risque. Alors j'y vais tout seul. Quand j'aurai repéré le camp, localisé la position du président et établi un plan d'action, j'appellerai l'armée en renfort, comme je l'ai expliqué à Quintero.

Ava résista à la tentation de l'assommer. Sa décision était de la pure folie, mais il balayait tous ses arguments d'un revers de main.

— Partez au moins avec Sibbits, alors. Vous avez confiance en lui, n'est-ce pas ? Tous les deux, vous…

Cael s'était figé, et Ava comprit le terrible impair qu'elle venait de commettre. Sibbits était de garde auprès de Gonzalez… Elle éprouva de la peine et des remords.

— Oh ! Mon Dieu !

D'instinct, elle s'approcha de Cael et lui posa doucement la main sur l'épaule.

— Je suis désolée, Cael.

Elle vit sa pomme d'Adam saillir. Il avait les mâchoires serrées, et elle ne s'attendait pas à ce qu'il lui passe un bras autour de la taille pour l'attirer à lui.

Il la serra fort, le visage enfoui dans ses cheveux. Sentant à quel point il avait le cœur lourd, elle ne résista pas à l'envie de passer les bras autour de ses épaules pour répondre à son étreinte.

Un long moment s'écoula avant qu'il reprenne la parole.

— C'était un cauchemar..., commença-t-il. Alors que je roulais vers la caserne, je l'ai vu sortir du bâtiment. C'était une torche humaine. Je ne pouvais rien faire pour lui. Quand enfin j'ai pu me précipiter pour éteindre les flammes, il...

— Je sais.

Elle n'avait pas de mal à imaginer comment il s'était brûlé les bras. Elle eut de la peine, pour l'homme qui était mort et pour celui qui avait essayé de le sauver, et elle souffrait de voir Cael aussi affligé. Elle sentait ses épaules trembler de désespoir. Elle aurait voulu être en mesure d'atténuer sa souffrance, lui éviter de porter des remords qui ne manqueraient pas de le ronger pendant longtemps.

Elle savait ce que c'était d'éprouver un sentiment d'échec, de voir une mission tourner au désastre sans rien pouvoir y faire.

Même si elle avait plus souvent réussi qu'échoué, c'était toujours le souvenir des missions qui avaient mal tourné qui venait la hanter. Elle avait donc pleinement conscience de ce que Cael ressentait, tout comme elle savait qu'il était inutile de chercher des mots pour le réconforter.

Ils s'étreignirent pendant de longues minutes, unis par le besoin de partager un moment de chaleur humaine. Ava ne se demanda pas ce qui, chez Cael, l'émouvait tant. Pas cette fois, du moins.

Lorsque, enfin, il reprit la parole, il avait encore le visage tout contre ses cheveux.

— Je ne perdrai pas quelqu'un de plus.

Il soupira et se redressa.

— Il y a une chance que Perez et Reynolds soient également prisonniers des rebelles. Ils étaient là avant notre arrivée, et s'étaient mêlés à la population. Ramirez a peut-être appris qui ils étaient réellement.

Ava n'osa pas lui faire remarquer que, s'ils avaient été identifiés comme étant des espions, ils avaient très bien pu être abattus.

— À quoi cela servira-t-il si, à votre tour, vous vous faites prendre ? lui demanda-t-elle d'une voix mal assurée.

— Je ne me ferai pas prendre.

— Qu'en savez-vous ?

Troublée d'avoir laissé paraître autant d'inquiétude, elle se tut un instant avant de reprendre d'un ton plus ferme :

— Prenez au moins deux soldats avec vous. Ce sera moins risqué que d'y aller seul.

— Je ne pars jamais en mission avec quelqu'un en qui je n'ai pas confiance. Je préfère y aller seul que devoir sans cesse surveiller mes arrières.

Elle était aux abois ; elle avait du mal à respirer normalement. Il se comportait comme s'il était indestructible, mais il n'était qu'un homme.

— Je dois y aller, dit-il en regardant sa montre. Ramirez doit se méfier et fait peut-être surveiller le palais. De nuit, il est plus facile de sortir en toute discrétion.

— Très bien, répondit Ava, qui avait compris ce qu'il lui restait à faire. Laissez-moi dix minutes. Je viens avec vous.

# 10

— Vous pouvez me déposer ici, dit Cael à Vasquez d'un ton sec.

— Nous descendons tous les deux ici.

Cael lui adressa un regard sévère, qu'Ava fit mine d'ignorer. Elle ouvrit la portière de la jeep, sortit, se pencha pour prendre son sac à dos et son fusil puis se redressa.

Il lui avait fallu plus d'une demi-heure pour être prête à partir, mais ce n'était pas sa faute. Cael avait passé tout ce temps à chercher à la dissuader de l'accompagner. Il n'avait d'ailleurs toujours pas décoléré, mais elle s'en fichait. Elle refusait de le laisser affronter seul le danger.

Un demi-croissant de lune leur offrait un peu de lumière. Devant eux, ils apercevaient la masse sombre de la jungle. Quand ils y auraient pénétré, ils seraient dans l'obscurité totale.

Elle sentit un frisson la parcourir. Cael ne devait pas se douter à quel point elle redoutait d'entrer dans la jungle, ni à quel point elle était malgré cela déterminée à ne pas le laisser partir seul.

Mieux valait qu'elle ne s'appesantisse pas trop sur les raisons qui la poussaient à agir ainsi. Étant donné ce qui l'attendait à son retour aux États-Unis, elle ne lui devait rien. Au contraire, même. Toutefois, lorsqu'elle songeait que, si Cael ne revenait pas vivant de cette opération, ses problèmes seraient terminés, elle éprouvait de l'effroi, certainement pas du soulagement.

Donc, elle partait avec lui. Elle se préoccuperait de son avenir plus tard.

Incapable de dissimuler son irritation, il la regardait avec froideur.

— Je vous ai dit que je partais en mission seulement avec des gens en qui j'ai confiance. Vous n'entrez pas dans cette catégorie.

— Vous avez raison, ne me faites pas confiance. Car compte tenu de votre comportement, ma seule envie est de vous envoyer ma main dans la figure !

— Vous avez encore l'opportunité de repartir avec Vasquez et de vous occuper de superviser les négociations quand Ramirez aura fait connaître ses revendications.

— Vous perdez votre temps et votre salive.

Elle passa devant lui et partit sans se retourner le long du chemin de terre.

Derrière elle, elle entendit une brève conversation à voix basse. Quelques instants plus tard, Cael la rejoignit puis la dépassa.

— Restez derrière moi, grommela-t-il en portant à ses yeux des lunettes de vision nocturne. Et, par pitié, tâchez de ne pas faire de bruit,

Alors que la jeep redémarrait et s'éloignait, elle prit une longue inspiration pour se donner du courage, mit ses propres lunettes nocturnes et entra dans la jungle à la suite de Cael.

Dans un premier temps, leur progression fut lente, Cael devant leur ouvrir un chemin à coups de machette. Elle se demanda comment ils parviendraient à arriver à temps s'ils n'avançaient pas plus vite. Heureusement, au bout d'un moment, la végétation se fit moins dense et ils purent marcher normalement.

Ava se concentrait sur ses pas, pour faire le moins de bruit possible. Soudain, un cri déchira la nuit et la fit sursauter.

— Qu'est-ce que c'est ?

— Un singe hurleur, répondit Cael. Leur cri est très strident.

Ava prit alors conscience de tous les bruits nocturnes. Elle entendait le coassement des grenouilles et, au loin, un rugissement rauque qui pouvait être celui d'un fauve. Elle songea qu'à tout moment, ils pourraient être la proie d'un prédateur…

Au bout d'une demi-heure de marche, Cael s'arrêta brusquement et posa son sac à dos au sol. Il s'agenouilla, l'ouvrit, et en sortit une torche qu'il lui tendit.

— Je vous laisse la tenir. Allumez-la, mais veillez à garder le faisceau pointé vers le bas.

Ava obtempéra et vit Cael sortir un papier de sa poche. C'était la carte de Reynolds. Il passa plusieurs minutes à l'étudier et à comparer les indications avec celles du GPS qu'il portait au poignet. Enfin, il se releva et replia la carte.

— Il faut obliquer vers l'ouest, mais nous devrions atteindre le camp rebelle d'ici quelques heures.

Sans attendre ses directives, elle éteignit la lampe et le suivit lorsqu'il reprit sa marche.

— Dans quelques heures il fera grand jour, remarqua-t-elle.

— Nous nous approcherons le plus près possible en restant cachés. Ensuite, nous attendrons que la nuit retombe pour faire une reconnaissance complète et estimer les forces des rebelles.

— Ça, nous en avons déjà une petite idée. Selon l'estimation de Reynolds, nous allons nous retrouver face à une centaine d'hommes au minimum.

— Oui. Mais si Perez et Reynolds sont là-bas aussi en compagnie de De las Reyes et de Marissa, nos chances seront beaucoup plus importantes.

La mention du nom de Marissa fit réagir Ava.

— Au fait, au sujet de Marissa… je ne crois pas que le chauffeur ait agi seul.

Cael s'arrêta si brusquement qu'elle entra en collision avec lui.

— Cessez de vous arrêter de manière intempestive !

— Avez-vous des raisons de soupçonner Marissa Fuente ?

— Vous, je ne sais pas, mais moi je n'ai pas vu le chauffeur rôder dans le palais. Alors quand aurait-il eu l'opportunité d'y dissimuler des armes ?

— Mais où Marissa se les serait-elle procurées ? Non, ce n'est pas le genre de femme à manipuler des armes à feu.

Ava leva les yeux au ciel. Les hommes étaient décidément bourrés de stéréotypes sexistes.

— Elle a réussi à obtenir une télécommande de la grille d'entrée, non ? Réfléchissez. Si le chauffeur travaille pour Ramirez, pourquoi aurait-il éliminé Gonzalez ?

— Peut-être Gonzalez a-t-il échoué dans la mission que lui avait confiée Ramirez. Ou alors, il ne souhaitait pas prendre de risques, pensant que Gonzalez finirait par tout avouer, les charges contre lui étant accablantes. De plus, faire exploser les quartiers de Gonzalez a créé la confusion, ce qui était le but recherché pour réussir l'enlèvement.

— Pourtant, l'attitude de Marissa m'a paru forcée, insista Ava. Pendant que le chauffeur la menaçait d'une arme, elle a hurlé, comme si elle était terrorisée. Le soir de son arrivée, quand nous ne savions pas qui était dans la limousine et que nous braquions nos armes dessus, à aucun moment elle n'a paru avoir peur. Au contraire, elle est sortie comme une furie et s'est mise à vociférer. Cette différence de comportement est pour le moins étrange.

Dès le départ, Ava avait senti que Marissa Fuente était une femme hautaine, imbue de sa personne, et finalement peu intéressée par le sort des autres. Elle aurait parié que c'était le soir de son arrivée qu'elle avait agi avec le plus de naturel.

— Et puis, quelle raison le chauffeur avait-il de l'emmener elle aussi ? Il détenait le président et c'est plus compliqué de surveiller deux otages qu'un seul. Je pense que Marissa était une otage de complaisance.

— Moi, je crois plutôt que vous ne lui avez pas pardonné de vous avoir sauté au visage lors de son arrivée, répondit Cael avec une pointe d'ironie. Elle semblait réellement éprise de De las Reyes.

C'était déstabilisant de l'entendre tenir de tels propos.

— Jamais je n'aurais cru que vous étiez romantique !

— Détrompez-vous, je ne le suis pas. Ça fait bien longtemps que je n'ai plus d'illusions sur les intentions et la nature des gens.

Elle repensa à ce qu'il lui avait appris la veille.

— À cause de votre père ?

La démarche de Cael s'altéra quelque peu, et sa voix se fit plus amère.

— Il n'a que biologiquement le titre de père. Il n'a fait partie de ma vie que quand j'ai eu quatorze ans.

Ava sentit qu'évoquer le sujet lui coûtait, mais elle était déterminée à comprendre l'origine de l'animosité entre Cael et Samuelson.

— Vous l'avez repoussé parce que vous lui en vouliez de ne pas avoir été présent pendant votre enfance ?

Il resta silencieux un long moment.

— Je lui en ai voulu d'être réapparu, au contraire. Mais pas tout de suite. Au départ, ma mère était heureuse. Elle ne s'était jamais mariée et avait toujours refusé de me dire qui était mon père. C'est pour ça que je porte son nom à elle. Quand je les ai vus ensemble pour la première fois, j'ai compris qu'elle n'avait jamais cessé de l'aimer. J'adorais ma mère, mais elle n'a jamais été capable de regarder objectivement qui était réellement Dennis Samuelson.

— Et combien de temps est-il resté après son retour ?

— Assez longtemps pour convaincre ma mère de le laisser prendre en main mon éducation. En fait, il avait eu un autre fils avec la femme à qui il était marié, et ce fils était mort tragiquement dans un accident quelques mois avant son retour auprès de ma mère. Il est revenu parce qu'il cherchait un fils de substitution. Mais ça, ma mère n'a jamais voulu l'admettre. Son intention était tout simplement de faire de moi un clone de lui-même. Le problème, c'est que je n'étais pas d'accord.

Il repensa à l'adolescent revêche qu'il avait été. Plus Samuelson cherchait à lui faire suivre un chemin, plus il s'échinait à faire exactement l'inverse. Et il n'avait pas été très long à comprendre que son père n'avait aucune affection pour lui.

— Lorsque j'ai obtenu mon bac, il nous a quittés pour de bon. Avant, il faisait sans cesse des allers-retours. Il restait parfois des mois sans revenir, et évidemment sans dire où il était ni comment le joindre, ce qui plongeait ma mère dans le désespoir. Moi, mon ambition, c'était de rejoindre la marine ; lui voulait à tout prix que j'aille à West Point. Ma mère a pris son parti, mais j'avais dix-huit ans, et personne ne pouvait décider à ma place. Je suis donc parti de chez moi, et Samuelson a quitté ma mère peu après.

Cael en voudrait toujours à Samuelson de la dépression dans laquelle sa mère avait plongé ensuite, dépression qui avait fini par avoir raison de sa santé et de sa vie.

— Au fil des années, il a fait quelques réapparitions dans mon existence, chaque fois pour me mettre des bâtons dans les roues. À cette époque, il occupait un poste important au sein de l'intelligence militaire. Si, dans la marine, je n'avais pas rencontré un officier qui m'a soutenu contre vents et marées, je n'aurais jamais pu intégrer les Navy Seals. Lorsque, à la fin de mon dernier contrat au sein de ce corps, je n'ai pas rempilé, il a de nouveau repris contact avec moi. Il souhaitait que je travaille pour lui afin de l'aider à obtenir des détails compromettants contre certains de mes anciens commandants d'unité. Il arrivait en effet qu'une mission ne se déroule pas comme prévu, et Samuelson ne supportait pas qu'un homme prenne une initiative qui n'aille pas dans le sens de ce que ses services avaient préconisé. Mais, encore une fois, j'ai refusé et je lui ai demandé de me laisser tranquille. C'est à cette époque que je lui ai annoncé que je comptais lancer ma propre société.

— Quand a-t-il rejoint la Sécurité intérieure ?

— Quasiment dès que ce service a été créé. Et, croyez-moi, ce poste lui donne tout loisir de nuire à qui bon lui semble, et à moi en particulier. Au cours de plusieurs missions, mes hommes et moi avons rencontré des soucis imprévus et j'ai compris qu'il en était à l'origine. Pour lui, de ses deux fils, la mort n'a pas choisi le bon. Et il ne connaîtra pas le repos tant qu'il n'aura pas éradiqué la part de son passé dont il ne veut plus se souvenir.

Tout en parlant à voix basse Cael, méfiant, ne cessait de regarder autour d'eux.

La jungle regorgeait d'endroits où se cacher, mais il ne pensait pas que les rebelles aient posté des sentinelles aussi loin du camp.

Ils marchèrent pendant deux heures encore, en échangeant peu de paroles, s'arrêtant seulement pour vérifier les coordonnées sur la carte.

Cael n'avait pas prévu de raconter à Ava l'histoire de ses relations avec Samuelson. Mais peut-être comprendrait-elle mieux maintenant quel genre d'homme c'était et ce qu'elle risquait à son retour aux États-Unis si elle refusait de coopérer avec lui.

Il ne lui demanda cependant pas si elle avait changé d'avis à ce sujet. S'il avait bien appris une chose sur elle, c'était que lorsqu'elle avait pris une décision, elle ne revenait pas en arrière.

— Arrêtons-nous pour boire un peu d'eau.

Il sortit sa gourde et but, pensant qu'elle allait faire de même. Au lieu de cela, elle versa un peu du contenu d'un flacon dans le creux de sa main et se l'appliqua sur le cou et le visage.

— Que faites-vous ?

— Je remets de la lotion anti-insectes.

Il acquiesça. La sienne n'avait pas été aussi efficace que prévu.

— La meilleure protection, c'est sans doute la boue. Il suffit de se baisser, d'en ramasser et de s'en appliquer aux endroits sensibles. Ce n'est pas très agréable, mais ça marche.

— Je préfère ma lotion personnelle. Je n'ai même pas été piquée une fois.

— Pas une seule piqûre ? demanda-t-il, surpris.

— Nan.

— Faites voir…

Elle lui tendit le flacon qu'il porta à son nez avec une moue suspicieuse.

— Qu'est-ce que c'est exactement ? On dirait un truc de filles.

— Ça vous a peut-être échappé, répliqua-t-elle d'un ton ironique, mais il se trouve que je suis une femme.

— Oh ! j'en ai toujours été pleinement conscient, croyez-moi !

Au cours des derniers jours, il aurait donné cher pour pouvoir l'oublier. Il renifla de nouveau le flacon, hésita un instant puis haussa les épaules. Après tout, l'odeur finirait bien par se dissiper. Il s'en appliqua sur le visage et le cou puis lui rendit le flacon.

— Passez-moi la torche, s'il vous plaît.

Il braqua le faisceau sur la carte.

— Il va bientôt faire jour.

— Quoi ?

Il comprit l'étonnement d'Ava. La végétation était si dense qu'aucune lumière ne filtrait au-dessus des arbres.

— Il est 4 h 30. Selon la carte, nous devons être à une heure de marche du camp tout au plus. Il va falloir être extrêmement prudents et ne plus communiquer que par gestes. Les rebelles ont peut-être établi un périmètre de sécurité très étendu autour du camp. Avant de repartir, nous devons faire une reconnaissance.

— C'est-à-dire ?

Son ton inquiet le fit sourire.

— Savez-vous grimper aux arbres ?

Ava resta silencieuse quelques instants.

— Tant qu'ils ne sont pas pleins de singes hurleurs, je peux me débrouiller.

Il n'osa pas lui dire que les singes étaient le moindre de leurs soucis et qu'il redoutait bien plus les serpents.

— Depuis la cime des arbres, nous aurons une vue dégagée. Lorsque nous verrons le camp, je m'en approcherai le plus possible. Nous devons avoir une idée précise de son étendue, et surtout localiser toutes les sentinelles et déterminer à quelle fréquence a lieu la relève. Et il faut aussi compter le nombre d'otages et de soldats.

Soudain, une pensée lui traversa l'esprit.

— Mince ! Je n'ai pris qu'une paire de jumelles.

— J'en ai pris une.

Il se sentit admiratif. Elle avait pensé à tout et avait sans doute porté le même soin que lui à ce qu'elle emportait.

Il observa les arbres autour d'eux pour repérer celui qui conviendrait. Il fallait qu'il soit large et domine les autres.

— Je vais prendre votre fusil.

Elle le lui tendit et passa les jumelles autour de son cou.

Cael posa le fusil contre un tronc d'arbre et tira sur une branche pour tester sa solidité.

— Celui-ci devrait soutenir votre poids. Mais prenez tout de même ça.

Il lui tendit la machette dont il s'était servi à leur entrée dans la jungle pour dégager le passage. Elle la contempla d'un air perplexe.

— Que suis-je censée en faire ?

— Simple précaution, au cas où vous dérangeriez une bestiole dans son sommeil.

— Pourquoi ai-je la désagréable impression que vous ne me dites pas tout ?

— Vous pourriez rencontrer un toucan. Ou un macaque.

— Mais oui, mais oui. Et quoi d'autre encore ? Non, ne dites rien !

Elle saisit une branche à deux mains, posa les pieds contre le tronc puis se hissa avec une grâce et une aisance qui le laissèrent pantois. Quelques instants plus tard, elle disparut parmi les branches basses.

Il attendit pendant un temps qui lui parut interminable, même s'il ne devait pas s'être écoulé plus de dix minutes. Il consulta de nouveau la carte. Soudain, il entendit la voix d'Ava dans sa radio.

— J'ai une vue dégagée, mais je ne vois pas le camp. Je redescends.

Deux minutes plus tard, il entendit un bruissement et vit Ava redescendre avec précaution, ses longues jambes s'enroulant avec aisance autour des branches. Elle mit pied à terre et lui lança un regard noir.

— La prochaine, fois, c'est vous qui montez et moi qui reste en bas.

— Ah ! j'imagine que vous n'avez pas rencontré de toucan, donc. Mais vous êtes plus légère que moi, il y a donc moins de risques qu'une branche cède sous votre poids. Et puis, je dois admettre que je ne suis pas très à l'aise pour grimper.

Ils se remirent en route, et quinze minutes plus tard, Ava grimpa de nouveau. Cael était inquiet. Ils étaient censés se trouver près du camp. Si elle ne voyait rien, il devrait…

— Je le vois.

La voix d'Ava dans sa radio le tira de ses pensées.

— À quelle distance ?

— Environ un kilomètre et demi. Ils ont dégagé récemment la végétation pour élargir une clairière. Le camp est en plein milieu.

Excité, Cael dut s'efforcer de se maîtriser pour demander :

— Voyez-vous les otages ?

Une minute passa sans réponse. Puis deux. Enfin, Ava répondit :

— Je ne vois ni otages ni rebelles, Cael. Je crois que le camp a été abandonné.

# 11

Ava et Cael traversèrent le camp désert en silence. De toute évidence, les rebelles n'étaient pas partis à la hâte, car ils n'avaient rien laissé derrière eux : ni armes ni réserves de nourriture.

Juste quatre cadavres autour desquels vrombissaient des nuées de mouches.

Cael avait retourné chaque corps avec précaution. Ava avait retenu son souffle et s'était sentie vaguement coupable d'éprouver du soulagement en ne reconnaissant pas les victimes.

Les bâtiments autour d'eux étaient construits de bois récupéré sur place. D'autres petites structures aux barreaux taillés en pointe avaient sans doute servi de cellules.

— Je dirais qu'ils sont partis depuis deux jours environ.

— Comment le savez-vous ? demanda Ava.

— Je ne suis pas médecin légiste, mais je me base sur l'état de décomposition des cadavres. La bonne nouvelle, c'est que s'ils détiennent toujours les otages, ils ne doivent pas être très loin. À quelques heures de marche tout au plus. Ils ont dû envoyer une équipe préparer le nouveau camp et partir une fois qu'il a été terminé.

— Et nous allons suivre leurs traces.

Il n'était pas difficile d'imaginer ses intentions.

— Ça ne devrait pas être trop dur. Une centaine de personnes ou plus qui se déplacent dans la jungle, ça laisse forcément des traces, en effet. Et comme leur départ est récent, elles seront encore fraîches.

*
* *

Ava fut néanmoins surprise par l'étroitesse du sentier par endroits. Dans un premier temps, il avait été facile de découvrir dans quelle direction les rebelles étaient partis. Ensuite, ils avaient dû s'arrêter à plusieurs reprises pour retrouver leur piste. Il faudrait sans doute peu de temps pour que la végétation recouvre leurs propres traces. Dans ce milieu, les humains étaient des intrus.

Par instants, les rayons du soleil perçaient entre les arbres, mais l'atmosphère restait très humide. Les vêtements d'Ava lui collaient à la peau, et son sac à dos lui semblait de plus en plus lourd.

Elle était en excellente condition physique, mais traverser cette jungle à pied sous un climat tropical était une épreuve inédite. Elle avait l'impression d'évoluer dans un sauna qui sapait peu à peu son énergie.

Toutes les demi-heures, ils s'arrêtaient, à la recherche d'un arbre pour vérifier s'ils pouvaient voir le camp. Jusque-là, sans succès.

Ava s'essuya le front et jeta un regard à Cael. La fatigue semblait n'avoir aucune prise sur lui, malgré sa barbe de deux jours et ses vêtements aussi imprégnés de sueur que les siens.

Finalement, elle décida de faire une pause, même si ce n'était pas lui qui en prenait l'initiative.

— Vous êtes peut-être aussi résistant qu'un chameau, mais moi, j'ai besoin de recharger un peu les batteries.

Il se retourna avec une expression d'impatience puis, très vite, son visage changea.

— Vous avez raison. Nous ne devons pas foncer tout droit et nous épuiser.

Il s'approcha d'elle et laissa tomber son sac au sol. Elle fit de même avec un soupir de soulagement.

— La dernière fois que j'ai grimpé à un arbre, j'ai entendu un bruit d'eau.

Cela lui avait donné une irrésistible envie de trouver ce cours d'eau et de s'y jeter. Elle avait la sensation que sa dernière douche remontait à une éternité. Sa seule réserve était que, dans un cours d'eau comme ailleurs au milieu de la jungle, la faune pouvait s'avérer hostile.

— Il doit y avoir un ruisseau ou une cascade tout près d'ici, dit Cael, penché sur la carte qu'il venait de déplier. Si le camp n'est pas loin, ça pourrait être un bon endroit pour se cacher en attendant les renforts.

Ava déglutit. Après avoir découvert le camp, ils devraient surveiller ce qui s'y passait et élaborer un plan de sauvetage des otages.

Elle n'osait même pas se demander quelles étaient leurs chances de réussite. Elle ouvrit son sac à dos et se mit à chercher dedans.

— Vous voulez un sandwich ?

— Quand avez-vous trouvé le temps de les faire ? s'étonna Cael qui n'hésita pas à prendre celui qu'elle lui proposait.

— Ce n'est pas moi qui les ai faits, je me suis contentée d'appeler les cuisines du palais pendant que je préparais mes affaires.

— J'avoue que c'est meilleur que mes rations de survie, dit-il en engloutissant son sandwich en quelques bouchées.

— Pourquoi emportez-vous des…

Elle s'interrompit, troublée par l'apparition d'une énorme mouche qui, quelques instants plus tard, disparut dans la végétation. Elle avait l'impression de se trouver dans un autre monde, qui ne cessait de la surprendre.

— L'habitude, répondit Cael, qui avait compris le sens de sa question. Je n'ai même pas songé à passer voir si je pouvais prendre quelques provisions en cuisine. L'avantage, c'est que ces rations ne prennent pas beaucoup de place. Quand nous n'aurons plus de sandwichs, nous serons heureux de les avoir.

Ava espérait sincèrement que lorsque sa réserve de sandwichs serait épuisée, ils seraient déjà de retour au palais. Comme pour le moment, c'était un vœu pieux, elle n'en dit rien.

Ils avaient chaud dans leurs vêtements sombres, mais il était hors de question de retirer quoi que ce soit. Non seulement ils devaient être aussi peu visibles que possible, mais Cael avait expliqué que, dans la jungle, il fallait éviter d'exposer sa peau.

— Puisque nous sommes là, nous ferions aussi bien de changer vos pansements.

Il secoua la tête.

— Inutile, ça va.

— Il faut qu'ils soient changés tous les jours et qu'ils restent secs, ce qui ne doit plus être le cas.

Elle sortit de son sac une petite réserve de pansements que le médecin lui avait laissée.

Cael la dévisagea, ébahi.

— Qu'avez-vous d'autre encore comme surprise dans ce sac ?

— N'ayez crainte, je suis sûre que son contenu est bien plus inoffensif que celui du vôtre.

Elle leva les yeux et ajouta :

— Otez votre chemise.

Il continua de la regarder avec intensité puis, sans mot dire, commença à déboutonner sa chemise. Ava sentit une chaleur nouvelle l'envahir qui ne devait rien à l'humidité ambiante.

Leur situation n'était guère propice aux pensées érotiques, et elle lui avait demandé d'enlever sa chemise dans le but de le soigner. Pourtant, son pouls s'accélérait à mesure que sa chemise s'entrouvrait et elle ne put réprimer son impression d'assister à un strip-tease.

Tandis qu'il déboutonnait les manches, Ava s'affaira avec ses bandages en prenant soin de ne pas les salir.

Cael s'approcha d'elle et tendit ses bras nus.

— Très bien, docteur, allez-y.

Elle s'agenouilla près de lui et observa les pansements. Comme elle s'y attendait, ils étaient humides. Elle les retira délicatement et fit la grimace ; les brûlures étaient encore à vif. Avec précaution, elle appliqua de la pommade dessus et refit un pansement neuf. Elle fit de même avec toutes les blessures, avec un souci de délicatesse.

— Je suppose qu'il est inutile que je vous demande si vous avez pris la peine d'emporter les antalgiques prescrits par le médecin.

Cael observa son travail de près.

— Je ne pouvais pas me le permettre ; je dois garder l'esprit clair.

— Je doute que la douleur soit ce qu'il y a de mieux pour garder l'esprit clair.

Elle repensa à sa blessure par balle et à ce qu'elle avait enduré en négligeant de prendre ses analgésiques. Mais ce n'était pas le moment de le narguer.

Elle rangea les bandes non utilisées, sortit un petit sac en plastique et y fourra les pansements usagés.

Cael la regardait faire avec un petit sourire.

— Vous ne laissez vraiment rien au hasard.

— Pas vous ?

Leurs regards se croisèrent et son sourire disparut.

— D'habitude, si. Mais je dois avouer que je n'avais pas prévu d'éprouver ce que je ressens pour vous.

Ava ne répondit pas. Ses paroles pouvaient être interprétées de différentes manières, mais ce qu'elle lisait dans ses yeux ne laissait aucun doute sur ce qu'il voulait dire.

Car son regard exprimait du désir.

Elle tenta de l'ignorer en se souvenant de quoi cet homme était capable. De plus, le moment était mal choisi pour nourrir des pensées de cet ordre. Mais tout bon sens l'abandonnait seconde après seconde. La force de son attirance pour Cael balayait tout le reste.

Il n'avait pas encore remis sa chemise.

Elle posa le regard sur son torse puissant, ses muscles bien dessinés, repensa à ce qu'elle avait éprouvé en faisant courir ses mains dessus et en le sentant tout contre elle.

C'était comme si la végétation autour d'eux s'estompait, comme si le danger n'existait plus.

Poussant un long soupir, elle rassembla toutes ses forces pour se remettre à ranger ses affaires dans son sac à dos. Elle sentait le regard de Cael sur elle et se doutait que lui aussi devait lutter contre ses émotions.

— Devons-nous toujours nous montrer raisonnables ? marmonna-t-il.

— Il le faut, oui.

Il bougonna quelque chose qu'elle ne comprit pas et se leva. Il remit sa chemise et ramassa son sac à dos.

— C'est vrai que ce n'est pas le bon moment, mais ce n'est que partie remise, Ava.

Le regard qu'il lui adressait était une véritable promesse.

Troublée, elle se leva et chargea son sac sur ses épaules. Il avait raison de dire que le moment était mal choisi. Cependant, elle refusait de croire qu'il tiendrait sa promesse et, à cette pensée, sentit une pointe de déception la transpercer. Elle la refoula et se remit en route.

— Je le vois !

La déclaration d'Ava dans sa radio lui envoya une décharge d'adrénaline.

— À quelle distance ?

— Une heure et demie de marche environ, je pense.

Au-dessus d'eux, le ciel était sombre et le tonnerre grondait. Résigné, Cael songea que c'était déjà une chance qu'ils n'aient pas eu à progresser sous la pluie jusqu'à maintenant.

— Je distingue quatre cellules.

Il sentit l'espoir renaître. Quatre cellules, cela pouvait signifier que les quatre otages étaient Perez, Reynolds, de las Reyes et Marissa Fuente. Peut-être étaient-ils tous quatre en vie, mais ils devaient également se préparer à l'éventualité que l'un d'eux soit en trop mauvais état pour être transporté.

— J'ai repéré Marissa Fuente, dit Ava d'une voix rauque. Je ne reconnais personne d'autre. Je descends.

Le temps qu'elle le rejoigne, Cael avait déjà déplié la carte et l'attendait avec un marqueur en main.

— Marquez la position du camp sur la carte.

Elle prit le marqueur et entoura une zone.

— Les cellules sont situées à l'arrière du camp, comme dans l'autre. De petites structures sont disposées en cercle et, au centre, il y a une construction plus imposante. En fait, ce camp est sur le même modèle que celui que nous avons traversé. Et là, ce sont les endroits où j'ai vu des gardes en faction, ajouta-t-elle en traçant des croix sur la carte.

Cael observa le dessin. Six gardes pour surveiller le périmètre autour du camp, six pour surveiller les abords du camp lui-même. Avec un prisonnier aussi important que le président de las Reyes, ils ne prenaient aucun risque.

Soudain, il prit conscience qu'Ava le regardait d'un air grave.

— Quoi ?

— Je n'ai pas pu voir qui était dans les cellules, mais j'ai vu qui n'y était pas.

Perplexe, Cael fronça les sourcils.

— Marissa Fuente se promène librement dans le camp, Cael, et elle ne porte plus la robe qu'elle avait lors de l'enlèvement. Je dirais même qu'elle donne l'impression d'être chez elle.

— Alors elle faisait bien partie de la conspiration, constata Cael, abasourdi.

Ava, elle, ne semblait nullement étonnée.

— J'aurais dû lui flanquer une bonne correction le soir de son arrivée.

Il se rappela qu'Ava lui avait fait part de ses doutes au sujet de Marissa. Lui s'était complètement laissé prendre… C'était une actrice remarquable. Il fit part de sa réflexion à Ava qui renifla de dédain.

— Vous, les hommes, il suffit qu'on vous mette une poitrine avantageuse sous les yeux pour que vous ne voyiez plus rien d'autre, de toute façon. Elle s'est jouée de nous. Enfin, elle s'est surtout jouée de De las Reyes, rectifia-t-elle. Maintenant, nous savons pourquoi elle est revenue beaucoup plus tôt que prévu.

— À votre avis, travaillait-elle avec Ramirez dès le début ou l'a-t-il recrutée après l'échec de la tentative de Metro City ?

Elle haussa les épaules.

— Quelle importance ? Elle est impliquée jusqu'au cou, c'est ce qui compte.

Perdu dans ses réflexions, Cael pinça les lèvres.

— Mais alors, qui est dans la quatrième cellule ?

Ils se regardèrent en silence. Les rebelles n'auraient pas perdu de temps à construire une cellule pour rien.

— Peut-être Marissa était-elle en cellule avant de réussir à obtenir un traitement de faveur.

Ava grimaça, sceptique, et posa le regard sur la carte.

— Quoi qu'il en soit, nous ne pouvons pas lui faire confiance.

Il acquiesça. Le point positif, c'était que si Marissa se trouvait là, cela signifiait que de las Reyes y était également.

Cael fit de son mieux pour ne pas s'inquiéter pour ses agents. S'ils n'étaient pas là, il lancerait une nouvelle opération de recherche pour les retrouver. En aucun cas il ne quitterait le pays sans savoir ce que ses hommes étaient devenus.

— Vous devriez rester ici pendant que je pars en reconnaissance.

Au regard qu'elle lui retourna, il sut ce qu'elle pensait.

— Je dois déterminer quelles sont exactement les mesures de sécurité mises en place, et ça, c'est ma spécialité. Il est donc plus prudent…

— Il est donc plus prudent que je vous accompagne pour vous couvrir quand vous pénétrerez en territoire ennemi.

Il la dévisagea sans ciller.

— Ce n'est pas pour ce genre d'intervention que vous avez signé. Nous devons improviser et, même si nous élaborons un plan, il serait surprenant que nous puissions nous y tenir de bout en bout. Je préférerais donc que vous affirmiez n'avoir jamais eu connaissance de ce type d'opération.

Il s'attendait à ce qu'elle réagisse avec colère, qu'elle rétorque vertement, mais pas à voir de la peine dans son regard.

— Donc, vous croyez que je vais raconter tout ça à Samuelson pour l'aider à vous piéger.

Elle se leva et s'efforça d'affecter une attitude détachée.

— Je suppose qu'étant donné ce qui s'est passé entre lui et vous, vous avez raison d'être méfiant.

Cael se sentit stupide. Il n'était pas dupe de son ton faussement désinvolte ; il l'avait blessée.

— Attendez, dit-il, tandis qu'il se mettait à pleuvoir.

Ava ne l'écoutait pas et s'éloigna de lui à grands pas.

— Ava, attendez-moi, bon sang !

Il la rattrapa et la saisit par le coude pour la forcer à se retourner.

— Écoutez, vous n'êtes pas dans votre environnement familier, ici.

— Vraiment ?

Elle lui adressa un sourire crispé et chercha à libérer son bras, mais il refusa de la lâcher.

— Hier soir, vous m'avez déjà dit que vous ne vouliez pas que je vous accompagne parce que vous ne me faites pas confiance. Je commence à connaître le refrain.

Cael sentit la colère monter en lui. Ce n'était pas contre elle mais contre lui-même qu'il était furieux.

— Bon sang ! Allez-vous m'écouter ? Je ne veux pas que cette histoire ait des répercussions sur vous. Je n'ai aucune intention de fournir à Samuelson des munitions qu'il pourra utiliser contre vous. C'est déjà assez difficile sans cela de déterminer comment je vais m'y prendre pour qu'il ne puisse pas vous atteindre une fois que vous serez rentrée aux États-Unis !

— Je ne vous crois pas.

— Vraiment ? Eh bien c'est fort dommage parce que, depuis le début, je n'arrête pas de me comporter comme un imbécile. J'ai très rapidement eu des doutes sur vous, mais j'ai passé outre et j'ai accepté de vous engager. Et maintenant que j'ai Samuelson dans ma ligne de mire, mon seul souci est de vous protéger de lui. Pourtant, m'inquiéter pour vous est un luxe que je ne devrais pas me permettre. Car cet homme constituera une menace pour moi tant qu'il sera en poste.

Le regard d'Ava était maintenant aussi embrasé de fureur que le sien.

— Un luxe ? Mais qui vous a demandé de vous inquiéter pour moi ? Certainement pas moi ! Depuis mes quinze ans, je me suis toujours prise en charge toute seule. Alors laissez de côté vos projets de protection. Je n'en ai pas besoin, ni ici ni plus tard.

— Ne comprenez-vous pas que j'aimerais pouvoir les laisser de côté, ne plus y penser ? Ce serait tellement plus facile si je parvenais à ne pas m'inquiéter de ce qui peut vous arriver ! Malheureusement, je n'y arrive pas.

Elle le regardait fixement. La pluie, de plus en plus forte, commençait à couler en rigoles sur son visage.

— Jamais je n'ai ressenti cela avant et, croyez-moi, ça ne manque pas de me troubler.

Il la lâcha brusquement, se retourna et reprit sa marche.

L'averse cessa aussi vite qu'elle avait éclaté, les nuages se dispersèrent et le soleil ne tarda pas à transformer la jungle en étuve. Ava avait les mollets de plus en plus raides. La pluie avait rendu le sol glissant et, à chaque pas, elle devait s'efforcer de garder l'équilibre.

Mais l'épuisement qui la gagnait avait au moins une vertu : il l'empêchait de penser à la déclaration que Cael lui avait faite.

Enfin, presque.

Par moments, ses mots lui repassaient en tête et elle évitait de trop s'appesantir sur leur implication. La colère les avait amenés à vider leur sac, mais elle avait toujours du mal à croire que c'était son inquiétude pour elle qui le mettait dans cet état.

Elle tenta de se remémorer à quand remontait la dernière fois où quelqu'un s'était fait du souci pour elle.

Durant son enfance, elle avait rapidement compris que son père n'était pas du genre à éprouver beaucoup d'émotions ou à se soucier des autres. Elle avait donc appris à garder ses souffrances pour elle. Quant à Danny, il avait toujours été plus préoccupé par les choix de carrière qu'elle avait faits que par les dangers qu'ils impliquaient.

Tout à coup, Cael leva le bras pour lui signifier de s'arrêter et porta un doigt à ses lèvres. Ils devaient être tout près des gardes en avant-poste. Il désigna un arbre au large tronc et fit mine de se baisser ; il voulait qu'elle aille se cacher. Lui, il avait l'intention d'essayer de se rapprocher davantage.

Il se pencha, ramassa de la boue et se l'appliqua sur le visage. Ava se fraya un chemin parmi la végétation jusqu'à un autre arbre que celui qu'il avait indiqué. Elle mit son fusil en bandoulière et commença à grimper.

Une fois en haut, elle prit quelques secondes pour récupérer de cet effort puis ajusta ses jumelles. D'où elle était, elle voyait nettement le camp et les cellules. Elle reconnut de las Reyes dans l'une d'elles, Reynolds dans l'autre, mais elle ne put distinguer le visage des deux autres détenus.

Soudain, alors qu'elle observait les environs, elle eut un coup au cœur en voyant Cael s'approcher du camp en rampant. À moins de vingt mètres de lui, un rebelle pointait son fusil dans sa direction.

# 12

Pleine d'appréhension, Ava déclara dans sa radio :

— Tireur armé à moins de vingt mètres sur votre droite.

À peine eut-elle prononcé ces mots qu'elle vit Cael se figer. Un instant, elle le perdit de vue tandis qu'il roulait sur lui-même puis elle le vit se relever à quelques mètres du garde. L'homme pointa son arme sur Cael, qui replia le bras puis le lança sèchement en avant. Un couteau qu'elle ne lui avait même pas vu porter fendit l'air et alla se ficher dans la poitrine du garde.

Il vacilla. Cael le rattrapa avant qu'il ne s'effondre et le tira à l'abri de la végétation. Quelques secondes plus tard, il réapparut seul et reprit sa reconnaissance comme si de rien n'était.

Il fallut à Ava un moment pour se remettre de ses émotions. Tremblant de tous ses membres, elle abaissa ses jumelles, laissa reposer sa tête contre une branche et respira bouche ouverte, le temps de se calmer.

Cael aurait pu se faire tuer. Prendre véritablement conscience qu'il risquait de mourir à tout instant la bouleversait.

Elle se secoua et reprit ses jumelles. Elle devait absolument couvrir ses arrières, sans quoi il serait encore plus en danger.

Elle balaya l'ensemble du secteur et s'arrêta pour observer une scène au centre du camp. Un homme semblait parler avec véhémence à deux hommes armés. Elle zooma pour mieux voir. Les deux soldats paraissaient s'expliquer en faisant de grands gestes. Soudain, le troisième homme sortit une arme de poing.

Les coups de feu produisirent un bruit étouffé qui s'entendit de loin. Un premier corps s'effondra, suivi de près par le second. L'homme au revolver donna des ordres à deux autres soldats qui s'empressèrent de s'exécuter.

Ava retint son souffle. Les deux soldats rebelles se dirigeaient vers les cellules.

Elle chercha à localiser Cael et mit du temps à le trouver. Enfin, elle le repéra à une centaine de mètres de l'endroit où il avait éliminé le premier garde.

— Garde à gauche à vingt mètres, annonça-t-elle dans sa radio.

Sans doute l'avait-il vu, mais pourquoi menait-il sa reconnaissance en s'approchant aussi près au lieu de noter les positions de plus loin ?

Elle reporta son attention sur les événements du camp. Un otage avait été amené devant l'homme au revolver ; il était à genoux devant l'officier qui vociférait en gesticulant.

L'otage était de las Reyes.

Ava lâcha ses jumelles, prit son fusil et se mit en position. Cette fois, il n'y avait personne pour lui ordonner d'attendre ou de faire feu. Elle devrait prendre la décision elle-même. Cael était trop près des gardes pour qu'elle ose le prévenir de ce qui se passait.

Mais que devait-elle faire ? Sauver la vie à de las Reyes en tirant sur l'homme qui le menaçait ne ferait qu'alerter le camp, et toute tentative d'intervention ultérieure serait vaine.

Finalement, elle n'eut pas à prendre de décision. L'homme au revolver secoua brutalement de las Reyes puis finit par ordonner qu'on le ramène à sa cellule. Le président semblait épuisé et avoir du mal à marcher seul, mais il était vivant. Pour le moment, c'était l'essentiel.

Elle était crispée, le corps raidi par la tension nerveuse. Elle reposa son fusil et reprit ses jumelles. Elle ne voyait Marissa nulle part, et ne voyait plus Cael non plus. Sans doute comptait-il décrire un large arc de cercle pour faire un tour complet du périmètre de sécurité établi autour du camp. Il lui faudrait donc pas mal de temps.

Elle chercha une position plus confortable et s'efforça de prendre son mal en patience.

— Reynolds avait raison, dit Cael tandis qu'ils s'éloignaient du camp. L'argent fourni par Ramirez a permis aux rebelles d'acheter des armes. Ils ont un équipement de pointe et je parierais que je n'en ai vu qu'une petite partie.

— Le reste du matériel doit être stocké dans la structure sur la gauche du camp, répondit Ava.

Ayant depuis longtemps dépassé le stade de l'épuisement, elle marchait comme un automate. Elle avait mal partout d'être restée aussi longtemps dans cet arbre, et son sac semblait peser vingt kilos de plus qu'avant.

— J'ai vu un rebelle y entrer et en ressortir avec un fusil qu'il a donné à son supérieur, reprit-elle.

— Oui, vous devez avoir raison. Cela dit, même s'ils sont mieux armés, ça ne leur sera pas forcément d'une grande utilité, car ils sont plus préoccupés par la surveillance de leurs otages que par les attaques extérieures. Ce qui pour nous est une bonne chose.

— J'ai tout de même repéré au moins trois pièges anti-intrusion.

Elle n'avait même pas demandé où ils allaient. Elle espérait que c'était quelque part d'où ils pourraient alerter l'armée et attendre calmement les renforts.

Cael lui adressa un regard admiratif.

— Bravo, vous avez de bons yeux ! En fait, il y en avait six, et je les ai tous neutralisés, ainsi que quelques autres pièges artisanaux. En revanche, il y a deux sentinelles postées devant chaque cellule et une demi-douzaine d'autres éparpillées autour du camp. Faire sortir les otages ne sera pas une sinécure, mais ce n'est pas impossible non plus.

— J'ai vu de las Reyes et il n'a pas l'air en grande forme.

— Oui, je l'ai vu aussi, dit Cael d'un ton préoccupé. Je suppose que les deux soldats qui ont été abattus avaient pour mission de surveiller sa cellule. Je ne sais pas quelle infraction ils ont bien pu commettre, mais dans ce genre d'organisation, on ne pardonne rien.

Il s'arrêta pour rajuster les bretelles de son sac à dos puis se remit en marche.

— Ces types sont des barbares qui ne reconnaissent que l'autorité de leur chef, qui lui-même est prêt à se vendre au plus offrant. En ce moment, c'est Ramirez. En ce qui concerne les hommes, ils n'ont certainement reçu aucune formation militaire, mais je pense que pour leur chef, c'est différent. C'est donc lui qu'il faut neutraliser en priorité. Sans lui pour donner des consignes, les autres seront perdus.

— Que se passera-t-il au moment de la relève, quand ils s'apercevront que le garde que vous avez éliminé est porté manquant ?

— La relève a eu lieu récemment, il me semble. Je crois qu'un tour de garde dure huit heures. Je n'en ai pas la pleine certitude mais je pense que, à moins que quelqu'un ne tombe sur le cadavre, nous pouvons être tranquilles de ce côté-là. D'autant que, au sein de ces milices, les désertions sont fréquentes.

Ava ne l'écoutait plus que distraitement. Elle avait reconnu l'endroit vers lequel ils se dirigeaient. Quelques heures plus tôt, elle aurait payé cher pour pouvoir s'y arrêter un moment.

— De l'eau ! dit-elle avec un soupir de bien-être.

Elle entendait le bruit du petit cours d'eau qu'elle avait repéré depuis un de ses postes d'observation. Elle était impatiente d'y plonger les mains et de se rafraîchir un peu.

— Oui, nous avons besoin de nous reposer et de nous restaurer. Il faut aussi que je contacte Quintero pour planifier l'intervention militaire.

La perspective de se reposer et de manger lui plaisait, mais ce n'était rien en comparaison de son envie d'être dans l'eau. Elle en oublia sa fatigue.

Un quart d'heure plus tard, quand elle aperçut enfin l'eau, elle s'immobilisa, ébahie. Elle s'attendait à découvrir un petit ruisseau paisible, pas ce spectacle saisissant.

Une petite cascade coulait entre deux imposants rochers et formait à leur pied un petit lac aux reflets scintillants.

— Pitié ! Dites-moi qu'il n'y a pas de piranhas ni de serpents !

— Ça ne doit pas être assez profond pour les piranhas. Mais, histoire de ne pas prendre de risques, vous devriez vous contenter de vous doucher sous la cascade plutôt que de vous baigner au pied des rochers.

Il inspecta le secteur aux jumelles et elle eut du mal à attendre qu'il ait terminé.

— Tout semble calme, annonça-t-il enfin. De toute façon, les rebelles n'ont pas besoin de venir jusqu'ici pour s'approvisionner en eau. J'ai repéré une source au sud du camp.

Elle le poussa légèrement pour passer devant lui et dévala la pente qui descendait vers la cascade.

— Je sais que vous êtes couvert de boue, mais j'insiste pour me doucher la première.

Il devait être habitué à ce genre de mission, contrairement à elle. Il pourrait donc bien attendre encore un quart d'heure ou vingt minutes pour se débarrasser de la boue dont il s'était tartiné pour se camoufler.

— Je vous promets de ne pas utiliser toute l'eau chaude, ajouta-t-elle en riant.

Elle tendit la main sous l'eau et en frissonna de plaisir. Elle se débarrassa de ses jumelles et de son fusil et les posa à proximité. Elle ôta ensuite son sac à dos et en sortit ses vêtements de rechange.

— Prenez garde à ne pas mouiller vos chaussettes et séchez-vous bien les pieds avant de les enfiler, l'avertit Cael.

Il s'était lui aussi débarrassé de son sac mais avait gardé son fusil en main.

— Et, avant de remettre vos bottes, vérifiez qu'aucun invité indésirable n'y a trouvé refuge.

Tandis qu'elle ôtait sa chemise et se délectait de la sensation de l'air sur ses épaules, elle éprouva un peu de culpabilité.

— Finalement, pourquoi n'iriez-vous pas vous laver le premier ?

— C'est bien la première fois qu'une femme me propose de passer avant elle à la salle de bains, remarqua-t-il, surpris.

Sa réflexion suggérait qu'il avait eu de nombreuses occasions de partager l'intimité d'une femme, et Ava ne put refouler une pointe de jalousie déplacée.

— Je vais protéger vos brûlures avec de la Cellophane pour éviter que vous les mouilliez, dit-elle pour changer de sujet. Ensuite je referai vos pansements.

Cael eut une expression amusée.

— Je n'ai pas besoin d'infirmière, mais j'apprécie votre offre.

— Allez, dépêchez-vous ! Plus tôt vous serez dans l'eau, plus tôt ce sera mon tour.

Ignorant ses protestations, elle sortit sa trousse de premiers secours et de la Cellophane qu'elle avait fourrée au fond de son sac.

Lorsqu'elle se redressa et se tourna vers lui, elle se figea et en oublia presque de respirer.

Cael se déshabillait tranquillement, roulant ses vêtements pour les ranger dans son sac. Il était déjà torse nu, et ses abdominaux impeccablement dessinés constituaient un spectacle fascinant. Elle repensa à ce qu'elle avait éprouvé en les parcourant de ses mains.

Elle eut la sensation que la fatigue s'évacuait de son corps, et que toutes ses terminaisons nerveuses se réveillaient.

Leur présence au cœur de cette nature sauvage conférait à la scène quelque chose de primitif. Dans ce milieu, ils étaient de passage. Aucune trace de leur venue ne subsisterait. Il était extrêmement tentant de se dire qu'ils étaient dans une sorte de bulle intemporelle et que rien de ce qui pourrait arriver n'aurait de conséquences.

— Prête ?

Cael tendait les bras pour qu'elle recouvre ses pansements. Elle le contempla et songea que ce n'était pas étonnant qu'il n'ait pas trop protesté quand elle lui avait proposé d'aller dans l'eau le premier. De la boue lui collait encore au visage, au cou et aux mains.

Elle s'empressa de lui envelopper les bras de Cellophane qu'elle fixa avec du sparadrap.

— Je ne suis pas pointilleux, vous savez, déclara-t-il. En fait, nous pouvons très bien aller dans l'eau en même temps.

Ava n'osa pas lui dire qu'elle s'était fait la même réflexion.

— Eh bien, peut-être que moi je suis pointilleuse, répliqua-t-elle en s'efforçant de ne pas montrer à quel point elle était tentée.

Elle alla prendre son fusil et s'éloigna de plusieurs mètres en prenant soin de ne pas se retourner.

Tous ses sens en éveil, elle l'entendit ôter ses bottes, descendre la fermeture Éclair de son pantalon et continuer de se déshabiller. Quelques instants plus tard, elle entendit des clapotis et sut qu'il était entré dans l'eau et se tenait nu sous la cascade.

Elle fit tout son possible pour détourner son attention de ce qui se passait derrière elle. Jamais elle n'avait éprouvé autant de difficulté à se concentrer. Souvent, son travail l'obligeait à rester en position pendant des heures, à passer une nuit entière en bas d'un immeuble, dans une voiture. Alors pourquoi avait-elle autant de mal à rester en place ?

Soudain, une branche bougea derrière elle et elle fit volte-face avec son arme. Le cochon sauvage qui était sorti des taillis resta immobile face à elle l'espace d'une seconde avant de bondir en avant et de disparaître.

Elle abaissa son fusil et son regard se posa sur Cael, qui était toujours sous l'eau. Il la regardait et ne fit rien pour dissimuler son attirance pour elle. À la vue de la virilité qui émanait de lui, elle sentit sa résolution faiblir.

Le temps était comme suspendu. Plus rien d'autre que Cael n'avait d'intérêt ni de prise sur elle.

Lorsqu'il tendit la main pour l'inviter à le rejoindre, elle ne trouva pas la force de résister.

Il avait repoussé ses cheveux en arrière et son regard vert clair était embrasé d'un désir qui la fit frissonner.

Totalement sous l'emprise de son charme presque animal, elle ôta ses bottes sans le quitter des yeux.

Elle ne se rappelait même plus la dernière fois où elle s'était déshabillée devant un homme. Elle ne cherchait nullement à aller lentement pour le séduire ; sa seule envie était d'être nue elle aussi et de sentir sa peau contre la sienne.

Quand elle ôta son pantalon, elle vit son expression s'altérer et fut heureuse de l'effet qu'elle produisait sur lui. Ses mouvements se firent plus lents, plus fluides. Si ce ne devait être qu'un moment volé, autant faire en sorte de s'en souvenir longtemps.

Elle enleva son T-shirt et se délecta de son regard toujours plus intense. Jamais elle n'avait été contemplée ainsi par un homme, et elle se sentait extrêmement féminine et séduisante.

Elle prit la main qu'il lui tendait toujours, entra dans l'eau et glissa un peu sur les cailloux. Il la retint et elle atterrit tout droit dans ses bras.

L'eau était plus froide qu'elle l'avait cru, mais cela ne tempéra en rien leur ardeur. Elle passa les bras autour de son cou et partit à la rencontre de ses lèvres.

Leur baiser fut empressé, avide, presque violent, révélant tout le désir qu'ils avaient besoin de laisser s'exprimer. Ava avait vaguement conscience qu'ils auraient dû ralentir, prendre leur temps, mais c'était impossible. Ils avaient trop longtemps réprimé leur envie de l'autre pour être encore maîtres de leurs émotions.

Elle sentait ses mains affolées courir sur elle, chercher à prendre possession de chaque parcelle de sa peau. Elle aussi explorait fébrilement son corps, goûtant la puissance et la fermeté de ses muscles. Elle laissa glisser sa main le long de son ventre jusqu'à l'expression de sa virilité et se mit à le caresser lentement.

Jamais elle n'avait été inhibée ou timide. Le sexe avait toujours été un acte naturel pour elle, même s'il y avait longtemps qu'elle n'avait pas eu de relation avec un homme. Mais jamais le désir ne l'avait consumée comme en ce moment.

Elle mit fin à leur baiser pour reprendre son souffle, mais Cael ne lui laissa pas de répit et fit glisser ses lèvres sur son cou puis sur ses seins. Ava inclina la tête en arrière, ferma les yeux et s'abandonna à la sensation de sa bouche qui prenait possession de ses mamelons.

Au bout d'un long moment, Cael se redressa et reprit à son tour sa respiration. Il était autant consumé de passion qu'elle et de nouveau Ava éprouva un sentiment de fierté à l'idée d'être capable de susciter autant d'émotion chez lui.

Elle caressa son dos tandis que lui laissait descendre sa main le long de son ventre jusqu'à son intimité. Elle laissa échapper un petit cri et ses caresses se firent plus empressées, plus intenses. Un désir insoutenable s'empara d'elle. Elle ne pouvait plus attendre, elle voulait plus.

— Tu me rends fou. Depuis le premier jour, tu m'as fait perdre la tête, murmura-t-il, le souffle court, tout contre son oreille.

Il continuait à faire monter son excitation et Ava sentit qu'elle ne tiendrait pas longtemps à ce rythme. Lorsque, enfin, il laissa remonter sa main le long de sa cuisse, elle enroula d'instinct ses jambes autour de sa taille pour l'accueillir, impatiente. Elle le contempla et prit conscience qu'il semblait totalement subjugué. Elle bougea les hanches et sentit une trace de feu la transpercer. Un long gémissement de plaisir lui échappa, auquel il répondit.

Elle sentit ses bras se refermer autour de ses hanches avec vigueur tandis qu'il allait et venait en elle. Serrant davantage les jambes autour de sa taille, elle répondit à ses mouvements pour l'attirer toujours plus loin en elle.

Après un long moment de frénésie, elle sentit ses muscles se crisper, et vit son regard s'agrandir. Il la serra contre lui avec une force inouïe et émit un gémissement rauque. Elle atteignit l'orgasme au même moment et, bouleversée et émerveillée, enfouit son visage tout contre son épaule.

# 13

Ils ne se rhabillèrent pas entièrement tout de suite et restèrent un long moment allongés l'un contre l'autre au bord de l'eau.

C'était une impression étrange d'être là contre son torse nu au milieu de cette nature sauvage.

Un bras passé autour de sa taille, Cael la serrait tendrement. Ava n'était guère habituée à des moments de tendresse comme celui-ci, et pourtant elle n'avait aucune envie d'être ailleurs ou d'y mettre fin. Elle avait la tête contre sa poitrine, écoutait les battements réguliers de son cœur, et n'osait pas s'avouer que ce qui s'était noué entre eux était plus qu'un moment intime.

Sa respiration était calme et régulière. Il était silencieux, et, un instant, Ava crut qu'il s'était endormi.

— J'ai déjà vu ton père à la télé, entendu des bribes de ses discours, dit-il soudain. Tu ne lui ressembles pas du tout.

Ava se raidit et, troublée par cette allusion à son père, voulut s'écarter de lui. Il la retint.

— Pourtant, il a tout fait pour que je sois comme lui. Il m'a élevée, ou du moins a essayé, selon ses principes.

C'est pourquoi elle avait tellement honte d'évoquer son père. Elle se rappelait les affiches qu'il l'obligeait à confectionner, les tracts qu'il la forçait à rédiger pour lui inculquer ses idées.

— Donc, il a toujours été aussi intolérant ?

— Oui, toujours, répondit-elle sans hésiter en espérant qu'il ne lui poserait pas d'autres questions.

Mais Cael souhaitait en savoir davantage.

— Tu m'as dit que c'était lui qui t'avait appris à tirer.

— Nous vivions dans un camp paramilitaire dans le Montana, entourés de gens qui partageaient les mêmes opinions extrémistes.

Des compétitions de tir étaient souvent organisées, et comme j'étais plutôt douée, mon père m'a forcée à m'inscrire dans des concours un peu partout dans le pays.

Son aptitude au tir était la seule qualité que son père ait jamais respectée.

— Mais quand je suis entrée en sixième, j'ai dû prendre les transports en commun pour aller au collège.

C'est à ce moment-là qu'elle avait commencé à s'interroger sur l'éducation qu'elle recevait et sur les principes de son père. Peu à peu, elle s'était forgé ses propres opinions, et elle l'avait payé cher. Chaque fois qu'elle osait les exprimer devant lui, elle recevait une correction.

— J'ai commencé à le voir sous un autre jour, et il n'aimait pas ça. Quand, à quinze ans, je me suis retrouvée enceinte, il m'a chassée de la maison. Depuis, je ne l'ai plus jamais revu.

Elle sentit Cael se crisper sous l'effet de la colère.

— Il t'a complètement abandonnée ?

— En fait, j'ai déjà eu de la chance qu'il me laisse la vie sauve, car le père d'Alex est d'origine hispanique.

Eduardo avait été le premier homme, la première personne, même, qui lui avait fait voir les choses sous un angle différent et qui lui avait témoigné de l'affection. Certes, lorsqu'elle lui avait appris qu'elle était enceinte, il avait complètement paniqué et ne s'était plus soucié que de son propre avenir. À cette époque, elle s'était sentie de nouveau abandonnée et trahie. Depuis, elle avait pardonné.

— Comment t'en es-tu sortie ? demanda Cael d'une voix émue.

— Une conseillère d'orientation du collège m'a aidée et j'ai été placée dans une famille d'accueil.

C'était par l'intermédiaire de cette famille d'accueil qu'elle avait rencontré Danny. Deux ans plus tard, ils se mariaient et partaient pour la Californie, où il poursuivait alors ses études universitaires.

Chaque fois qu'elle repensait à l'histoire de sa vie, elle éprouvait de l'amertume.

— Pendant deux ans, j'ai essayé de convaincre mon père de me revoir, ce dont je ne suis pas fière. J'étais même parvenue à me persuader que, étant donné qu'Alex était un garçon, il souhaiterait connaître son petit-fils. J'ai vraiment été stupide.

Finalement, c'était une chance qu'Alex ait échappé à l'emprise de son grand-père. Ça aurait été affreux pour lui d'être exposé au même fanatisme.

— En fin de compte, je ne m'en suis pas trop mal tirée.

C'est du moins ce qu'elle avait pensé. Elle s'était félicitée de s'être débarrassée du nom de son père.

Jusqu'à récemment.

Le moment fort qu'elle venait de passer dans les bras de Cael lui avait fait oublier un temps ce qui l'attendait dans un avenir proche, mais ses inquiétudes revenaient au pas de charge. De nouveau, elle voulut se relever et s'écarter de Cael. Encore une fois, il la retint.

— Je ne me servirai pas de lui contre toi, dit-il. Je fais allusion à ton père. Après ce que tu as vécu, jamais je n'en serais capable. En revanche, je reste persuadé que Samuelson n'aura pas autant de scrupules. J'ai réfléchi et, pour le moment, je ne sais toujours pas comment éviter qu'il le fasse.

Ava avait l'estomac noué.

— Je sais, répondit-elle d'un ton résigné. Mais j'ai déjà appelé Alex il y a quelques jours.

La colère de son fils en apprenant qu'elle lui avait menti lui avait fait mal, mais il lui restait encore beaucoup à lui expliquer, et elle ne pourrait le faire qu'à son retour.

— Quand je serai rentrée, nous aurons une grande discussion, lui et moi. Pour le moment, il m'en veut terriblement. J'espère qu'avec le temps, il comprendra. C'est un gamin génial.

— Ça ne m'étonne pas, car sa mère n'est pas la première venue.

Ces mots lui firent chaud au cœur, ce qui était un peu absurde alors qu'elle refusait d'analyser les paroles qu'il lui avait adressées quelques heures plus tôt. Elle repoussa ces pensées et continua :

— Alex m'a rendu la vie facile. Il est très intelligent et ne m'a jamais causé de soucis. Le seul problème entre nous, c'est qu'il devient bizarre lorsqu'il craint d'être vu en public avec moi, ajouta-t-elle avec un petit rire. C'est à cause de ses amis, il me semble, qui lui disent que je suis une « MSB ». Je suppose que c'est une expression de jeunes pour désigner les flics.

Cael éclata de rire. Étonnée, elle se redressa pour le regarder.

— Quoi ? Tu sais ce que ça veut dire ?

— Oui. Et je peux te dire que ça n'a rien à voir avec ton boulot.

Ava se demanda pourquoi il semblait tant s'amuser.

— Et donc, qu'est-ce qu'une MSB ?

Il se pencha en avant pour lui déposer un petit baiser sur le front.

— MSB, ma chère Ava, signifie Maman Super Bonne.

— Hein ? Tu plaisantes, c'est toi qui viens d'inventer cette formule !

— Absolument pas. Le terme a été inventé dans un dialogue de film pour ados, si je ne me trompe pas.

— Et ils trouvent ça drôle, ces gamins ! Si j'en croise un que j'entends dire ça, je lui colle une baffe !

Cael rit de nouveau.

— C'est de leur âge, tu ne peux pas leur en vouloir. Moi, en plus, je trouve qu'ils ont un jugement très sûr.

Ava lui attrapa une mèche de cheveux et fit mine de tirer.

— Vous n'êtes qu'une bande de dépravés. Je commence à croire que je devrais enfermer Alex avant qu'il soit lui aussi contaminé.

— Alors là, s'il a… quoi ? Quinze ans, c'est ça ? Eh bien, trop tard, il est déjà corrompu !

Contrairement à lui, Ava ne trouvait pas ça drôle. Ce n'était vraiment pas ce qu'une maman aimait imaginer lorsqu'elle pensait à l'homme que deviendrait son fils. Cependant, si Alex développait quelques-unes des qualités de Cael, il deviendrait bel et bien un homme accompli.

— Nous devrions essayer de dormir un peu, dit Cael en lui caressant le dos. Repose-toi, je prends le premier tour de garde.

— Non, vas-y, dors le premier, protesta-t-elle. Ça ne me dérange pas.

— Je dois peaufiner les détails de la mission de sauvetage, répondit-il. Allez, dors, et ne t'inquiète pas, je te livrerai le fruit de mes réflexions.

La fatigue eut raison d'elle et lui fit oublier les incertitudes de la nuit à venir. Elle bascula dans le sommeil et rêva d'un homme aux yeux verts qui prenait de plus en plus de place dans son cœur.

Le soleil n'était pas encore complètement descendu derrière les montagnes, mais déjà le crépuscule s'installait.

— Il faut que nous en parlions.

Cael finit de boutonner sa veste et referma son sac.

— Il n'y a rien à discuter.

Agacée, Ava le contempla tandis qu'il lui tournait le dos.

— Oh que si ! À commencer par ton idée de ne pas associer l'armée à cette intervention.

— Nous ne pouvons pas avoir confiance en eux.

Il s'exprimait d'un ton mesuré mais ferme, comme s'il s'adressait à une gamine qui ne supportait pas qu'on ne cède pas à ses caprices, ce qui eut le don d'irriter davantage Ava.

— Nous ne savons pas si Ramirez a ou non des informateurs dans l'armée, ajouta-t-il. S'il en a, il serait prévenu de l'intervention de ce soir et nous foncerions droit dans un piège.

— C'est un risque à prendre, répliqua Ava qui terminait de s'habiller avec des gestes nerveux. Tout comme c'est un risque de miser sur le fait que Reynolds et Perez seront en état de te prêter assistance quand tu les auras libérés. Bon sang ! De toute façon, tu te seras sans doute fait tuer avant d'avoir réussi à les atteindre. Et je ne te demande même pas comment tu comptes t'y prendre pour filer avec tous les otages.

— Je t'ai expliqué mon plan. Je suis certain qu'il peut réussir. Les militaires doivent rester en retrait, sous les ordres de Quintero. Quand les otages seront libres, nous créerons une diversion et demanderons de l'aide. Il faudra un quart d'heure, vingt minutes tout au plus, pour qu'un hélicoptère arrive sur place.

Ce plan lui donnait toujours aussi froid dans le dos.

— Avec une centaine d'hommes armés à nos trousses, un quart d'heure, c'est une éternité !

Il eut un sourire carnassier.

— Je compte bien faire en sorte qu'ils soient occupés ailleurs.

— C'est trop dangereux ! insista-t-elle, obstinée.

L'imaginer en train de s'infiltrer seul dans le camp, à la merci des rebelles, l'emplissait de terreur.

Cael reprit son sérieux.

— Si tu ne te sens pas de taille, dis-le-moi dès maintenant et je chercherai une autre manière de procéder. Mais je refuse toujours d'appeler l'armée avant qu'il soit trop tard pour que quelqu'un puisse prévenir Ramirez.

Ava soupira, abattue. Il était impossible de lui faire entendre raison. Elle n'avait aucune prise sur lui, en tout cas pas sur cet aspect de lui. Partir en mission la peur au ventre la perturbait, et elle était plus perturbée encore d'avoir aussi peur pour lui.

— S'il apparaît que nous n'avons aucune chance de réussir, nous battrons en retraite, dit-il. Et si la situation m'échappe, tu sais ce qu'il te reste à faire, conclut-il en se baissant pour ramasser de la boue qu'il s'appliqua sur le visage.

Ava se sentit prise de nausées. Ce qu'elle devrait faire, ce serait s'enfuir et alerter Quintero pour lui demander d'envoyer l'armée. Mais surtout, elle devrait abandonner Cael. Ou plutôt son cadavre.

La possibilité que cela puisse arriver la tétanisait. Peut-être croyait-il qu'elle se faisait du souci pour sa propre sécurité, mais elle n'eut pas le cœur de lui dire que ce qui lui faisait aussi peur, c'était la pensée qu'il puisse lui arriver malheur. Elle n'aurait su expliquer pourquoi le sort d'un homme que, deux semaines plus tôt, elle ne connaissait même pas lui importait autant, mais elle tenait énormément à lui.

Dans un état second, elle le regarda effectuer les derniers préparatifs, et fit tout son possible pour reprendre le contrôle de ses nerfs. Si elle se laissait dominer par ses émotions, elle ne lui serait d'aucune utilité, elle le savait d'expérience. Si elle ne recouvrait pas son calme, elle le mettrait encore plus en danger.

Il s'approcha d'elle, ramassa de la boue et la lui appliqua doucement sur les joues.

— C'est dommage d'être obligé de cacher un si joli visage, dit-il d'une voix émue.

Elle déglutit et posa les mains sur ses poignets pour l'arrêter.

— McCabe…

Il s'interrompit et la regarda avec gravité. Elle inspira à fond et expira lentement.

— Si tu te fais tuer, je ne te le pardonnerai jamais !

Il esquissa un demi-sourire, prit son visage entre ses mains et l'embrassa fort.

— Je sais à quel point tu es dangereuse quand tu es en colère, alors je te promets de faire de mon mieux pour rester en vie.

Ils progressaient en silence dans la pénombre de la jungle. Cael tourna la tête pour s'assurer qu'Ava soutenait l'allure et s'aperçut qu'elle était juste derrière lui. À l'expression de son visage, il put constater qu'elle n'était toujours pas enthousiasmée par son plan, mais il était venu avec tout l'équipement nécessaire pour mener son projet à bien. Il n'allait pas faire comme dans les films d'action où le héros débarque armé jusqu'aux dents et élimine les méchants dans un déluge de feu. Au contraire, il allait s'infiltrer silencieusement dans le camp, libérer les prisonniers, et repartir avec eux tout aussi silencieusement. Si du moins ça se passait bien.

Il s'arrêta et tendit un couteau à Ava. Elle le prit sans faire de commentaire et le glissa dans sa ceinture.

— Nous ne pourrons pas communiquer par radio, ce serait trop risqué, lui dit-il tout bas. Et tire seulement en cas d'extrême nécessité. Je sais que tu as un silencieux, mais mieux vaut ne pas créer de remous inutiles.

— Évidemment, puisque tu prends déjà des risques insensés toi-même, répliqua-t-elle.

Il ignora sa pique.

— Prends position ici. Ainsi, tu auras les trois gardes qui ont la meilleure vue sur les cellules dans ta ligne de mire. Je vais d'ailleurs m'occuper d'eux avant d'entrer dans le camp.

— Que feras-tu si Reynolds et Perez ne sont pas en état de t'aider à faire sortir les deux autres otages ? demanda-t-elle. À moins que, sous tes vêtements, tu ne dissimules une combinaison bleue et une cape rouge, je te vois mal porter quatre hommes sur ton dos sans attirer l'attention.

— Je ne saurai ce qu'il en est qu'une fois sur place, alors inutile d'anticiper le pire, répondit-il.

Par expérience il savait que, la plupart du temps, au cours de ce genre de mission, la question n'était pas tant de savoir si quelque chose n'allait pas se passer comme prévu, mais plutôt quand cela allait se produire. Son souci premier était donc de garder la lucidité nécessaire pour déterminer s'il devrait le cas échéant renoncer à son plan dans l'intérêt de ses amis et de l'homme dont il devait protéger la vie.

— Prends garde à ne pas faire de bruit et à rester hors de vue.

Il la contempla longuement. Bien des pensées l'agitaient, mais il n'arrivait pas à les exprimer. C'était terrible, pour un homme, d'être face à une femme et de ne pas trouver ses mots au moment où il l'aurait fallu.

— Quand tout sera terminé, nous aurons quelques questions à régler.

— Quand tout sera terminé, je serai toujours aussi en colère contre toi d'avoir imaginé un plan aussi dangereux ! répliqua-t-elle. Alors je te préviens dès maintenant qu'il faudra que tu te surpasses pour me calmer.

Le regard de Cael brilla d'un éclat nouveau. Il ajusta ses lunettes de vision nocturne et rétorqua :

— Je suis né pour me surpasser.

La première sentinelle fut facile à neutraliser. L'homme était appuyé contre un arbre, en train d'allumer une cigarette. Cael l'assomma, dissimula son corps dans la végétation et lui prit son fusil et ses munitions. Puis il rampa en direction de la deuxième sentinelle. Cette fois, c'était un jeune type plus alerte et vigilant, qui regardait régulièrement autour de lui. Lorsque Cael fut juste derrière lui, il perçut sa présence et voulut faire volte-face.

Cael bondit sur ses pieds et le neutralisa par-derrière. La lutte dura quelques instants, mais il eut rapidement le dessus. Tandis qu'il se débarrassait du corps de son adversaire, il entendit un petit bruit sec.

Il se retourna et vit le troisième garde, qui apparemment courait vers lui, s'effondrer.

Sans l'intervention d'Ava, il aurait dû faire face à une première situation imprévue. Il lui était redevable.

Il camoufla les corps et prit leurs armes. Il les cacha un peu plus loin, dans l'espoir de pouvoir venir les récupérer plus tard. Ensuite, il passa plusieurs minutes à observer ce qui se passait dans le camp.

Deux soldats étaient en position devant les cellules. Rien dans leur comportement n'indiquait qu'ils avaient senti qu'il se passait quoi que ce soit d'anormal.

Il espéra qu'Ava gardait un œil sur la sentinelle postée au nord-est du camp, car si cet homme tournait la tête au mauvais moment, il pourrait le surprendre.

Il devait donc agir vite et laisser la prudence de côté. S'il attendait trop, ce serait l'heure de la relève, et la disparition de trois gardes éveillerait les soupçons.

À présent, il se trouvait assez près pour entendre la voix des gardes devant les cellules. Il ne comprenait pas ce qu'ils se disaient, mais ils parlaient sur un ton détendu.

La première cellule était celle de De las Reyes. Cael savait qu'il était faible et aurait du mal à se déplacer. Il continua de ramper et arriva à hauteur de la seconde cellule. Il prit un peu de boue entre ses mains, confectionna une boulette qu'il lança en direction de la cellule, dans l'espoir d'attirer l'attention d'un garde. Il attendit, crispé.

Il ne se passa rien.

Poussant un juron silencieux, il prit un petit morceau de bois et le lança délibérément sur la cellule de Reynolds. La conversation des deux gardes s'interrompit et l'un d'eux se leva pour voir ce qui était à l'origine de ce bruit.

Couteau en main, Cael l'attendait. Son attaque fut brève, silencieuse et impitoyable. Il tint le corps de l'homme devant lui et attendit que le second vienne voir pourquoi son collègue ne revenait pas.

— *Eh! Que haces ? Donde estas ?*

N'obtenant pas de réponse, le garde se leva. Cael resta immobile, retenant son souffle. Il savait que si Reynolds était en pleine possession de ses moyens, il serait à l'affût de ce qui se passait autour de sa prison, prêt à réagir.

L'homme approchait, méfiant, se demandant pourquoi son collègue ne répondait pas. Cael devait le désarmer avant qu'il ne songe à donner l'alerte.

Il appuya le corps du premier garde contre la cellule et attendit que l'autre arrive pour pousser le corps qui s'effondra aux pieds de l'homme. Comme celui-ci se penchait sur son collègue, Cael bondit et l'assomma.

Il tira les deux corps à l'écart puis retourna auprès de la cellule de Reynolds en restant à l'affût du moindre mouvement dans le camp. Se postant tout contre les barreaux, il murmura :

— Zone de combat.

Une voix lui répondit tout bas :

— Positif.

Cael se sentit extrêmement soulagé. C'était bien Reynolds ; ils avaient convenu de ce mot de passe bien des années plus tôt.

Avec précaution, Cael commença à défaire la corde qui fermait la porte de la cellule. Reynolds sortit en rampant et tous deux allèrent se cacher derrière les cellules. Cael tendit à son ami le fusil de la seconde sentinelle.

— Quelles sont les nouvelles ?

— Marissa est leur complice.

— Ava l'avait déjà remarqué. Elle l'avait même pressenti dès le départ.

— Le chef des rebelles a ordonné à un petit contingent de la ramener en ville cet après-midi. Sans doute pour lui permettre d'aller récupérer sa récompense auprès de Ramirez. Aujourd'hui, il a exécuté deux de ses hommes à qui il reprochait d'offrir un traitement de faveur à de las Reyes.

— Je sais, j'ai assisté à la scène.

— Le contingent parti en ville est censé revenir avec des instructions de Ramirez.

Reynolds commençait déjà à se passer de la boue sur le visage.

— Ramirez veut que de las Reyes ordonne le déblocage de ses fonds.

— Quand ce sera fait, la vie du président ne vaudra plus rien.

— C'est pour ça que nous devons le sortir d'ici avant. Perez est là aussi ?

— Oui, dans la cellule au fond du camp. Je ne sais pas qui est dans celle à côté de la mienne, mais c'est un américain aussi.

Ils l'évacueraient avec eux. D'ailleurs, il était grand temps de partir. Cael fouilla dans son sac, en sortit deux grenades et en tendit une à Reynolds.

— Nous allons nous approcher autant que possible. Cette structure au fond à gauche, c'est l'armurerie ?

Reynolds acquiesça.

— Et ce gros édifice au milieu ?

— Un dortoir. Quant au chef, il dort dans la petite tente sur la droite.

Cael réfléchit. C'était toujours démoralisant pour une unité de perdre son chef, mais ce n'était qu'un homme. Or, ils devaient en neutraliser le plus possible.

— Si ça se passe mal, occupe-toi du dortoir. Moi, je ferai sauter l'armurerie.

Avec un peu de chance, ils pourraient faire sortir les trois autres prisonniers et s'enfuir sans se faire remarquer. Ensuite, ils n'auraient plus qu'à alerter l'armée qui enverrait des hélicoptères.

Mais rien n'était encore joué.

— Carter est en position pour nous couvrir.

Cael rampa entre les cellules et revint avec les armes des deux gardes. Il tendit un fusil à Reynolds.

— Pour Perez, dit-il.

Il échangea un regard avec son ami.

— Allons-y.

Cael ouvrit la première cellule et se glissa à l'intérieur. De las Reyes gisait au sol et réagit à peine à son arrivée. Il était impossible de se soucier de ses blessures pour le moment. Cael prit son bras, le passa autour de son cou pour l'aider à se lever et sortit avec lui. Il vit Reynolds tendre un fusil à Perez et faire signe à un troisième homme qu'il ne connaissait pas de les suivre.

Penché en avant, l'inconnu courut vers lui.

— Donnez-moi une arme, chuchota-t-il.

— Hors de question, rétorqua Cael.

Il ne savait pas qui était cet homme et ne souhaitait donc pas lui faire une confiance aveugle. En revanche, il lui demanda d'aider le président de las Reyes.

— Restez accroupi et ne nous lâchez pas d'une semelle.

Cael ouvrit la marche et ils progressèrent rapidement en file. Lorsqu'ils atteignirent les pièges qu'il avait repérés et neutralisés, il les indiqua au reste du groupe.

Ils y étaient presque. Pour le moment, tout se passait bien. Trop bien.

À peine s'était-il fait cette réflexion qu'il entendit un nouveau bruit sec. Ava avait encore fait feu. Il se retourna et vit une autre sentinelle s'effondrer.

Puis, tout bascula.

Des rafales d'arme automatique retentirent. La sentinelle postée au nord-est du camp fit feu sur Ava, et Cael la vit s'abattre sur le sol. Son cœur s'en arrêta de battre.

Il riposta sur la sentinelle puis entendit le bruit du fusil d'Ava. Il se sentit reprendre espoir avec une puissance dévastatrice.

— Allez, allez, allez ! dit-il à l'intention de ses comparses.

Conscient que le camp s'animait et que des hommes commençaient à sortir des baraquements, il se rua vers Ava.

— Tu es blessée ?

— Non, ça va.

— Alors lève-toi !

Il l'incita à suivre les autres puis vit Reynolds à côté de lui. Ensemble, ils dégoupillèrent leurs grenades et les lancèrent de toutes leurs forces.

Les soldats sortaient du dortoir, certains faisant déjà feu dans leur direction. Reynolds et lui se retournèrent et prirent leurs jambes à leur cou.

Quelques secondes plus tard, deux déflagrations retentirent et la nuit s'embrasa.

Les protagonistes réunis pour le débriefing formaient une drôle d'équipe, songea Cael en regardant autour de la table. De las

Reyes vacilla légèrement en s'installant, tandis que son médecin s'affairait auprès de lui. Assis à côté de lui, Quintero lui jetait régulièrement des regards inquiets.

Quant aux autres… Ava et Reynolds avaient encore de la boue sur le visage, tout comme lui d'ailleurs. Perez avait le visage tuméfié, même s'il paraissait en meilleure forme que de las Reyes. Quant à l'étranger qu'ils avaient secouru, il avait le visage émacié comme s'il avait été privé de nourriture pendant plusieurs jours.

Cael se tourna vers Ava.

— Dis au médecin de l'examiner quand il aura terminé avec le président, dit-il en désignant l'étranger de la tête. Et il pourra t'examiner aussi.

Elle haussa les sourcils avec dédain.

— Je vais bien.

— Et vlan ! intervint Reynolds à voix basse, ce qui lui valut un regard noir de Cael.

Il haussa les épaules.

— Les femmes dangereuses, reprit-il, c'est un point faible, je l'ai toujours dit.

C'était un point faible qu'ils partageaient.

— Vous avez mis inutilement la vie du président en danger, déclara Quintero d'un ton sentencieux. Vous auriez dû solliciter l'aide de l'armée beaucoup plus tôt.

Il fallut quelques instants à Cael pour parvenir à détourner le regard d'Ava. Il ne serait rassuré sur son état que lorsqu'il aurait vérifié par lui-même qu'elle n'avait aucune égratignure.

Mais ça devrait attendre.

— Je ne souhaitais pas transmettre notre position tant que nous n'avions pas quitté le camp. Si l'armée était arrivée trop tôt, nous aurions pu nous retrouver au milieu des combats.

Il n'avait aucune envie d'avouer qu'en vérité, il ne savait pas à qui il pouvait faire confiance ou pas.

— C'est ridicule ! Nos hommes suivent un entraînement très poussé. Ils auraient…

— Assez, Ernesto ! le coupa de las Reyes avec autorité, malgré sa faiblesse. M. McCabe a mené la mission sans commettre la moindre erreur. Et notre armée est arrivée au bon moment pour couvrir notre fuite.

Ses propos décrivaient un peu succinctement les événements, songea Cael. Car les hélicoptères étaient arrivés sur place près d'une demi-heure après qu'ils eurent fait exploser le camp. Ils avaient donc dû tenir trente minutes en protégeant des hommes affaiblis et en ripostant à leurs poursuivants.

Le président se tourna vers lui.

— Le commandant des forces armées m'a appris qu'environ soixante-dix rebelles ont été capturés. Quant à la police, elle a appréhendé Mlle Fuente et son chauffeur. Ils sont sous bonne garde.

Cael se demanda si l'amertume perceptible dans sa voix était due aux regrets d'avoir été trahi par Marissa ou à la culpabilité pour les avoir tous mis en danger en lui faisant confiance. Sans doute, à l'avenir, serait-il beaucoup plus méfiant avant de se laisser séduire.

— Et au sujet des revendications de Ramirez ? Vous n'avez pas fait débloquer les fonds, n'est-ce pas ?

Quintero secoua la tête en signe de dénégation.

— Nous avons fait traîner la procédure, comme nous l'avait suggéré Mlle Carter, en prétendant que les longueurs étaient dues à la lenteur de la bureaucratie.

Cael reprit la parole en s'adressant à de las Reyes :

— Maintenant que ses avoirs sont gelés et que vous vous êtes échappé, Ramirez n'a plus d'options. Il va peut-être tenter de prendre la fuite. Souhaitez-vous renforcer la sécurité aux frontières, au port et à l'aéroport ?

Le président acquiesça.

— Oui, je vais faire passer cette consigne sans tarder.

— À votre place, monsieur, j'hésiterais à impliquer la police locale dans les opérations visant à sa capture, intervint Reynolds. Lorsque je recherchais Perez, je suis passé voir la police et j'ai parlé à quelques hommes chargés de mener l'interrogatoire du contrôleur aérien. Une heure plus tard, en ville, un policier en uniforme m'a abordé pour me dire qu'il détenait des informations sur Perez. Je me suis laissé prendre. On m'a assommé, mis à l'arrière d'un camion, emmené jusqu'à la lisière de la jungle et livré aux rebelles.

— Pour moi, ça s'est passé exactement de la même façon, enchaîna Perez. On m'a intercepté une heure après la fin de l'interrogatoire. On a prétendu qu'il y avait un problème de procédure et que je devais retourner au commissariat.

De las Reyes était visiblement furieux.

— Pourriez-vous identifier ces hommes ?

Reynolds et Perez acquiescèrent.

— Ça aussi, je vais faire en sorte qu'on s'en occupe au plus vite. Il y a trop de déloyauté partout autour de nous.

Cael perçut la note d'aigreur dans sa voix et sut qu'il songeait à la trahison de Marissa.

— Tous ces individus à qui nous ne pouvons pas nous fier mettent la vie d'autrui en danger. Ils seront traités avec fermeté.

Cael posa le regard sur l'inconnu assis à la table, et qui avait suivi tous les échanges en silence. Il fallait déterminer ce qu'il adviendrait de lui.

— À vous de vous exprimer, Johnny. Expliquez-nous comment vous vous êtes retrouvé prisonnier des rebelles.

Cael était conscient que, s'ils s'étaient méfiés de lui, il leur avait bien rendu la pareille. Il était donc impatient d'en savoir un peu plus sur son compte.

— Je m'appelle Johnny Streich, et je fais partie des unités anti-drogue.

Cael se redressa et observa l'homme d'un air suspicieux.

La loi américaine interdisait toute ingérence militaire dans un pays ami. Toutefois, des forces étaient déployées « discrètement » dans les pays en lutte contre les narcotrafiquants. Le rôle des unités anti-drogue consistait à entraîner et à former les militaires locaux.

— Un de mes équipiers et moi avions été affectés sur un bateau qui patrouillait sur le fleuve. Il y a dix jours, nous avons été victimes d'une embuscade tendue par les rebelles. Les survivants ont été faits prisonniers.

Il regarda de las Reyes avant d'ajouter :

— J'ai le regret de vous informer, monsieur le président, que les membres de votre armée ont été exécutés en détention.

Cael échangea un regard avec Ava. Il s'agissait sans doute des hommes dont ils avaient découvert les cadavres dans le camp abandonné.

De las Reyes déglutit et fit un petit mouvement de tête.

— J'ai eu connaissance de cette embuscade au cours de mon déplacement aux États-Unis. Et je vous remercie pour votre contribution à la lutte que nous menons.

Il se tourna vers Cael.

— Quant à vous, monsieur McCabe, j'ai envers vous et votre équipe une dette dont je ne pourrai sans doute jamais m'acquitter. Demandez-moi ce que vous voulez, n'importe quoi, et je vous l'accorde.

Depuis que Johnny Streich avait expliqué qui il était, Cael réfléchissait furieusement. Il fixa Ava et déclara :

— En fait, monsieur le président, il n'y a qu'une chose que j'aimerais vous demander…

Ava sentit qu'elle n'était plus seule et fit brusquement volte-face quand la porte de la cabine de douche s'ouvrit. Cael lui saisit le poignet afin d'éviter qu'elle le frappe avant d'avoir compris à qui elle avait affaire.

— Que fais-tu là ? s'exclama-t-elle en se débattant pour libérer son bras.

— Je suis un peu sale, répondit-il sur un ton innocent.

Elle le regarda se déshabiller hâtivement en sentant que c'était vraiment injuste qu'elle sente sa volonté se liquéfier à la vue de Cael en train de se dénuder.

— Il y a une douche dans ta chambre, lui fit-elle remarquer tandis qu'il pénétrait dans la cabine et qu'elle sentait le sang lui battre aux tempes.

— Oui, mais la tienne coulait déjà.

Il se pencha en avant et, devinant son intention, Ava se déroba pour qu'il se retrouve sous le jet d'eau.

— Tu es sale, tu l'as dit toi-même.

Il tendit la main pour lui saisir de nouveau le poignet et s'assurer qu'elle ne s'éloigne pas tandis qu'il nettoyait la boue qui lui collait au visage et aux bras. Mais Ava n'avait nulle envie de s'enfuir.

Le lendemain, l'équipe, à l'exception de Cael, s'envolerait pour les États-Unis. Son temps ici était donc compté. Cette pensée lui procura un serrement de cœur qu'elle ignora. Par le passé, elle avait fait des choix qu'elle regrettait et dont elle aurait à s'expliquer auprès de son fils.

En revanche, elle n'avait aucun regret au sujet de Cael McCabe.

— De quoi as-tu parlé avec le président après notre départ de la salle ?

Elle avait surpris le regard qu'il lui avait adressé avant de répondre à la question de De las Reyes. Elle se doutait que la conversation la concernait et n'avait pas apprécié d'en être exclue.

— Eh bien, crois-moi si tu le veux, mais j'ai un plan, dit-il d'une voix étouffée par la serviette dont il se servait pour s'essuyer le visage.

— Ça, c'est de l'info !

Elle prit le savon et le passa sur ses larges épaules. Il dégageait une force naturelle qui la subjuguait chaque fois. Et quand cette force se mêlait de tendresse, il avait tout pour combler une femme. Au souvenir de ce qu'ils avaient partagé, elle sentit une douce chaleur envahir son ventre. À l'avenir, elle chérirait précieusement le souvenir de ce moment près de la cascade.

Cael se retourna vers elle, lâcha sa serviette et passa un bras autour de sa taille pour l'attirer à lui.

— En temps normal, je ne divulgue pas les détails de mes missions, pour de nombreuses raisons. Mais cette fois, j'ai demandé à de las Reyes de passer quelques coups de fil pour parler de nous.

Elle fronça les sourcils.

— Quel genre d'appels ? À qui ?

— Au Pentagone, pour commencer, afin de vérifier l'identité de Streich. Ensuite, il appellera tous les gens qu'il connaît là-bas et à la Maison Blanche afin de chanter nos louanges, insister sur la maestria avec laquelle nous les avons sauvés, lui et l'agent des unités anti-drogue.

Il grimaça, comme si cette perspective le gênait un peu.

— C'est contraire à mes habitudes, comme je viens de te le dire. Car quand les médias apprendront ce que nous avons fait, tout deviendra public. Je vais donc m'arranger pour qu'un avion privé te ramène aux États-Unis et qu'on vienne te chercher à l'aéroport. Les journalistes vont sans doute camper devant chez toi, donc tu auras peut-être envie de passer quelques jours ailleurs avec ton fils.

La légèreté avec laquelle il évoquait son départ attristait Ava, mais elle ne pouvait pas se permettre de se laisser guider par ses émotions quand il y avait tant en jeu. Alex devait être sa priorité. En outre, Cael ne lui avait pas encore tout dit.

— Et quel est le but de cette manœuvre ?

Il lui adressa un sourire ravageur.

— Cette manœuvre, c'est un coup d'échecs, ma chérie. Parce que quand ce qui s'est passé ici sera rendu public, il sera politiquement impossible pour Samuelson de chercher à détruire ta réputation. Même s'il dévoilait l'identité de ton père à la presse ou à tes supérieurs, ton statut d'héroïne te rendrait intouchable, d'autant que ça ne ferait que mettre en lumière à quel point tu es différente de lui. J'admets que ce n'est pas très agréable de remuer cela, ajouta-t-il en la voyant grimacer, mais tu t'en sortiras indemne et c'est ce qui compte.

— Et toi ?

Il haussa les épaules.

— Pour moi, ce sera grosso modo le même scénario. Il sera impossible de me dénigrer et de me chercher des noises.

Elle le contempla d'un air sceptique.

— Mais ça ne te permettra pas de ruiner la réputation de ton père.

Il reprit un air sérieux et changea de position.

— Non. Mais disons que, récemment, j'ai compris qu'il y avait plus important à faire que de me consacrer à la petite guerre que lui et moi nous livrons depuis des années.

Ava fut bouleversée. Elle n'aurait su définir la nature de l'émotion qu'elle lisait dans ses yeux verts. Ou, plus exactement, elle n'osait pas. Pourtant, elle se sentait y répondre de tout son être.

— Et quand cette révélation s'est-elle imposée à toi ?

Il la serra davantage contre lui.

— Peut-être au moment où tu nous couvrais alors que les balles sifflaient autour de toi. En fait, ça avait commencé avant, mais je n'avais pas pris conscience de ce qui me troublait tant quand il était question de toi.

Elle eut un sourire de satisfaction.

— Tiens donc, je te troublais ! répliqua-t-elle en passant les bras autour de son cou. Pourtant, tu ne semblais pas tellement troublé lorsque tu me menaçais.

— Quoi que tu en penses, mon souci premier a toujours été de trouver un moyen de te protéger. C'était plus important que de savoir que je pourrais réussir à anéantir mon père. Ça aurait donc dû me mettre la puce à l'oreille, répondit-il avant de l'embrasser doucement. Aujourd'hui, c'est chose faite. Je sais que je suis fou amoureux de toi.

L'émotion coupa un instant le souffle à Ava.

— Pour moi, c'est pareil. Je n'arrive plus à te faire sortir de ma tête depuis le jour où nous nous sommes rencontrés. Je t'aime…

Il l'interrompit d'un baiser passionné.

— Ça ne va pas être facile, remarqua-t-elle lorsqu'il releva la tête.

— Mais si, ce sera on ne peut plus facile ! assura-t-il.

Elle essaya de raisonner avec logique.

— Mais notre travail… Et je ne peux pas déménager, je ne peux pas faire ça à Alex ! Il a encore trois ans à passer au lycée.

Cael lui sourit tendrement.

— Ne t'inquiète pas, je trouverai un plan.

# Épilogue

L'organiste commençait à jouer lorsque Alex et Cael rejoignirent Ava sur les bancs de l'église. Elle adressa un regard de reproche à Cael qui lui fit un clin d'œil.

— Nous avons été bloqués dans les embouteillages, chuchota-t-il.

À côté de lui, Alex souriait malicieusement.

— Oui, c'est ça, les embouteillages.

Elle haussa un sourcil pour indiquer qu'elle ne les croyait pas une seconde, mais elle était incapable de se mettre en colère contre eux, même s'ils arrivaient à la fin de la cérémonie.

Jour après jour, son fils devenait de plus en plus complice avec Cael qui était en train de transférer sa société en Californie. En outre, Alex et elle étaient de nouveau en bons termes, même si les jours qui avaient suivi son retour de San Baltes avaient été orageux. Il avait exprimé sa colère et sa frustration, et elle avait accepté tous ses reproches. Puis, plus Alex en avait appris sur Calvin Julson, plus il avait compris sa réticence à lui parler de lui. Finalement, sa rancœur s'était évaporée.

Lindsay Bradford et Jack Langley, ses collègues, remontèrent l'allée centrale bras dessus bras dessous au son de la *Marche nuptiale*. Elle avait du mal à imaginer Jack, un dragueur impénitent, marié. Pourtant, à en juger par le sourire qui illuminait son visage, il semblait avoir trouvé en Lindsay sa moitié idéale.

Ava leur sourit lorsqu'ils passèrent à sa hauteur. C'était vraiment étonnant de constater tous les changements survenus au cours des derniers temps dans sa vie et dans celle de certains des membres de son unité.

Cael prit discrètement sa main dans la sienne, et elle se tourna vers lui pour lui sourire.

Être avec lui alors qu'elle assistait au mariage de ses amis lui parut naturel et parfaitement de circonstance.

Car, quoi que l'avenir lui réserve, Ava n'en doutait pas : Cael en ferait partie.

# Retrouvez en octobre, dans votre collection

BLACK ROSE

**Un protecteur dans l'ombre, de Carol Ericson - N°447**

SÉRIE LES DISPARUS DE TIMBERLINE - TOME 3/4

Pour quelle raison Jim Kennedy est-il de retour à Timberline ? En découvrant que son voisin est revenu en ville après des années d'absence, Scarlett est partagée entre inquiétude et fascination. Inquiétude, car le retour de Jim coïncide avec une série de meurtres sans doute liés à l'enlèvement de trois enfants, vingt-cinq ans plus tôt. Fascination, car celui qui n'a rien perdu de ses allures de bad boy se conduit avec elle comme le plus parfait des gentlemen et semble vouloir la protéger des dangers qu'elle sent planer autour d'elle...

**Les faux mariés, de Elle James**

Dubitatif, Benjamin dévisage la femme aux cheveux blonds et au regard gris qui, un sourire troublant aux lèvres, lui tend la main. Se peut-il réellement que cette envoûtante sirène soit sa nouvelle coéquipière ? Pourtant, se ressaisissant rapidement, il la salue à son tour et, d'un ton professionnel, évoque l'opération d'infiltration qu'ils vont mener ensemble. Une mission pour laquelle ils vont devoir jouer au couple parfait et que leur attirance mutuelle — aussi immédiate qu'évidente — risque de compromettre dangereusement...

---

**Au secours d'un enfant, de Jennifer Morey - n°448**

Jamais il n'aurait cru remettre un jour les pieds en Alaska... En arrivant à Anchorage, Brycen Cage maudit intérieurement l'agence de détectives qui l'a envoyé enquêter dans cette ville du bout du monde à laquelle tant de mauvais souvenirs le rattachent. Pourtant, lorsqu'il fait la connaissance de Drury Decoteau, dont le mari a été assassiné un an plus tôt, sa colère tombe d'elle-même. Séduit par la beauté et l'attitude courageuse de la jeune femme, il révise son jugement : il va faire la lumière sur cette mystérieuse affaire. Et, surtout, il va les protéger, elle et son fils, ce petit garçon dont le regard triste l'a profondément ému...

**Un justicier improvisé, de Barb Han**

La jeune femme gît non loin du ranch de Tyler, près d'un quad accidenté. Elle a une vilaine blessure à la tête et dit s'appeler Jennifer... Fasciné par sa magnifique chevelure rousse, troublé par la détresse qu'il lit dans ses yeux verts, Tyler n'a de cesse d'en apprendre plus sur elle. Mais, à l'hôpital où il lui a rendu visite, il découvre un homme à son chevet. Possessif, brutal, celui qui prétend être le fiancé de Jennifer le chasse de sa chambre. Devinant alors que la jeune femme a besoin d'aide, Tyler glisse son numéro de téléphone sous son oreiller avant de s'éloigner...

Retrouvez en octobre,
dans votre collection

BLACK ROSE

**Le chalet du mystère, de Carla Cassidy - N°449**

En atterrissant dans le Missouri balayé par la neige et le vent d'hiver, l'agent du FBI Jordon James n'a qu'une image en tête : la plage de Floride où elle ira se reposer après sa mission. Très vite, pourtant, la réalité la rattrape. Accueillie à son arrivée par Gabriel Walters, le très séduisant chef de la police locale, elle décide, contre l'avis de ce dernier, de loger seule dans le B&B où plusieurs touristes ont été assassinés. Comme si, dans ce chalet perdu en pleine forêt, elle avait décidé de donner rendez-vous à l'assassin fantôme qui terrorise la région…

**Double révélation, de Rita Herron**

*Joe McCullen a été assassiné…* Abasourdi, Roan dévisage Megan Lail qui vient de lui faire cette révélation. Pendant quelques secondes, il s'imagine dénouant le chignon serré qui donne un air beaucoup trop sérieux à la jeune médecin légiste, puis la phrase le percute à nouveau. Ainsi, le patriarche du clan n'est pas décédé de mort naturelle… Mais qui l'a supprimé ? Quel terrible secret a-t-on voulu taire par ce crime ? Autant de questions auxquelles Roan va tenter de répondre. D'abord en tant que shérif de la ville. Ensuite — et surtout — parce qu'il porte lui aussi un lourd secret : il fait partie du clan McCullen car il est le fils naturel, et caché, de Joe…

Retrouvez en octobre,
dans votre collection

BLACK ROSE

**Dangereux hiver, de Paula Graves**

Janelle est-elle encore en vie ? Rongée par la peur, Laney Hanvey ne tient plus en place depuis qu'elle a appris la terrible nouvelle : sa sœur a disparu alors qu'elle randonnait en montagne avec deux amies... dont l'une vient d'être retrouvée morte, tuée de deux balles dans le dos. Qui est le fou qui, tel un prédateur, a pris en chasse les trois jeunes filles ? Envahie par un irrépressible sentiment d'urgence, Laney décide de partir à la recherche de sa sœur, malgré l'avis de tempête qui vient d'être diffusé. Et, surtout, malgré la résistance que lui oppose Doyle Massey, le chef de la police locale. Doyle qui, bien qu'il semble la prendre pour une folle, accepte pourtant de l'escorter, afin de remporter avec elle l'angoissante course contre la montre dans laquelle ils se sont lancés...

Composé et édité par HarperCollins France.

Achevé d'imprimer en août 2017.

CPI BLACK PRINT

Barcelone

Dépôt légal : septembre 2017.

Pour limiter l'empreinte environnementale de ses livres, HarperCollins France s'engage à n'utiliser que du papier fabriqué à partir de bois provenant de forêts gérées durablement et de manière responsable.

*Imprimé en Espagne.*